悪魔の日記を追え

FBI捜査官とローゼンベルク日記

ロバート・K. ウィットマン／デイヴィッド・キニー 著
河野純治 訳

柏書房

THE DEVIL'S DIARY
Alfred Rosenberg and the Stolen Secrets of the Third Reich
by Robert K. Wittman and David Kinney

Japanese translation rights arranged with
HarperCollins Publishers through
Japan UNI Agency, Inc., Tokyo

ロバート・ケンプナー検事。ニュルンベルク裁判所にて（第1章）。 *U.S. Holocaust Memorial Museum, courtesy of John W. Mosenthal*

ロバート・ケンプナーと助手兼通訳のジェーン・レスター。1948～49年、ニュルンベルクの大臣裁判にて（第2章）。 *ullstein bild/ullstein bild via Getty Images*

「永遠のドイツ万歳！」地元のナチ党員の歓迎を受けるアルフレート・ローゼンベルク（中央で手を挙げている）。1935年、テューリンゲン州ハイリゲンシュタットにて（プロローグ）。
ullstein bild/ullstein bild via Getty Images

ナチ党主筆、
アルフレート・ローゼンベルク
Bundesarchiv, Bild 146-2005-0168/ Heinrich Hoffmann

ローゼンベルクの日記を調べるヘンリー・メイヤー・アメリカ合衆国ホロコースト記念博物館資料保管所上級顧問（第3章）。 *U.S. Holocaust Memorial Museum, courtesy of Miriam Lomaskin*

10年間、500ページにわたる、ローゼンベルクの手書きの日記（第8章）。 *U.S. Holocaust Memorial Museum, courtesy of Miriam Lomaskin*

1922年、「ドイツの日」の集会のため、バイエルン州コーブルクに集まったアルフレート・ローゼンベルク（3列目の左から3番目に立つ中折れ帽にトレンチコート姿の人物）とナチ党員たち。ナチ党員たちは路上の乱闘で棍棒をふるい、相手を通りから追い払った（第4章）。
Bayerische Staatsbibliothek München/Bildarchiv

ミュンヘンのローゼンベルク（左）とヒトラー。1923年11月、ビュルガーブロイケラーにおけるクーデター未遂事件のときの写真（第5章）。 *Keystone/ Getty Images*

1933年1月30日、権力の座についた日のヒトラーとその仲間たち。左から右へ。ヴィルヘルム・クーベ、ハンス・ケルル、ヨーゼフ・ゲッベルス、アドルフ・ヒトラー、エルンスト・レーム、ヘルマン・ゲーリング、リヒャルト・ヴァルター・ダレ、ハインリヒ・ヒムラー、ルドルフ・ヘス。座っているのはヴィルヘルム・フリック（第6章）。 *Universal History Archive/ UIG via Getty Images*

ケンプナーの妻ルート。1936年に夫とともにドイツを逃れ、フィレンツェのユダヤ人生徒のための寄宿学校の運営を手伝った。
U.S. Holocaust Memorial Museum, courtesy of Robert Kempner

マーゴット・リプトン。学校ではケンプナーの秘書を務め、のちに愛人となる（第11章）。
U.S. Holocaust Memorial Museum, courtesy of Robert Kempner

Ausweis. Nr. 97.

Der durch nebenstehendes Lichtbild kenntlich gemachte
Robert Kempner,
Wohnung: Berlin-Lichterfelde
58a
ist bei dem Preuß. Ministerium des Innern, Unter den Linden 72/74, beschäftigt. Alle militärischen und polizeilichen Organe werden gebeten, ihm Schutz und Hilfe angedeihen zu lassen und ihm in der Ausübung seines Berufes bei Absperrungen Durchlaß zu gewähren.
Berlin, den 7. September 1929.
Der Preußische Minister des Innern.
In Vertretung.

Eigenhändige Unterschrift des Inhabers.

ロベルト・ケンプナーの身分証明書。1929年、プロイセン内務省が発行したもの（第9章）。 *U.S. Holocaust Memorial Museum, courtesy of Robert Kempner*

1939年9月1日、ケンプナーたちが汽船ニュー・アムステルダム号に乗ってアメリカに到着したときに撮られたハドソン川とエンパイアステート・ビルディングのスナップ写真（第13章）。
U.S. Holocaust Memorial Museum, courtesy of Robert Kempner

ケンプナーはアメリカに渡って最初の数年間、フィラデルフィアのウォルナット通りにあったペンシルヴァニア大学ブランチャード・ホールのオフィスで働いた（第15章）。
University of Pennsylvania

1934年、ニュルンベルクのアポロ劇場におけるナチ党文化集会。最前列のヒトラーの横に座るローゼンベルク（第12章）。 *SZ Photo/ Scherl/ The Image Works*

自身の45歳の誕生日に、ベルリンのダーレム地区にあるわが家にヒトラーを迎えるローゼンベルク（第14章）。 *SZ Photo/ Scherl/ The Image Works*

バイエルン州エリンゲンの教会では、略奪された財宝が山積みにされていた（第16章）。
U.S. National Archives

廃墟となったニュルンベルク（第23章）。 *U.S. National Archives*

幸せだった頃のマックスとフリーダ・ライナッハ。抱いているのは娘のトルーデ（第19章）。
U.S. Holocaust Memorial Museum, courtesy of Ilana Schwartz

弁護士としてのケンプナーは、その攻撃的な尋問で悪名高かった（第20章）。
U.S. Holocaust Memorial Museum, courtesy of Robert Kempner

ウクライナのヴィーンヌィツャの穴の縁で殺人部隊「アインザッツグルッペン」の一員がウクライナのユダヤ人を撃とうとしている（第18章）。
U.S. Holocaust Memorial Museum, courtesy of Sharon Paquette

1941年夏、バルバロッサ作戦の開始とともに突撃砲でソ連領内を猛スピードで進撃するSSトーテンコップ──髑髏──師団（第17章）。 *Bundesarchiv, Bild 101I-136-0882-12/ Albert Cursian*

1942年、ウクライナ訪問中、キエフの飛行場に立つローゼンベルク。彼の東部占領地域省は最後まで地域に足場を築くことはなかった。ヤド・ヴァシェム（イスラエル・ホロコースト博物館）提供の写真（第21章）。 *Yad Vashem*

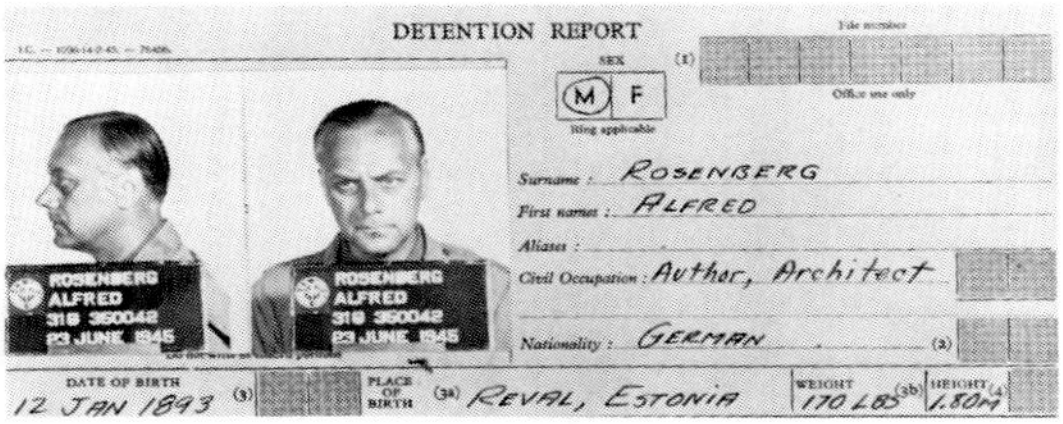

ローゼンベルクは1945年5月18日、イギリス軍に逮捕された。当初、ソ連軍に引き渡されなかったことに安堵していた（第22章）。 *Yad Vashem*

盗まれた日記の行方を突きとめた男たち。アメリカ合衆国国土安全保障省の特別捜査官マーク・オレクサ、連邦検事補デイヴ・ホール、ロバート・ウィットマン、ホロコースト記念博物館のヘンリー・メイヤー、ロバートの息子ジェフ（エピローグ）。 *Author collection*

私たちの家族へ

◆目　次

戦争　一九三九〜一九四六　257

《おもな登場人物》

〈ケンプナーとケンプナーを取り巻く人々〉

ロバート・ケンプナー…………元プロイセン内務省官僚。アメリカに亡命後、ニュルンベルク裁判の検察団の一員として働く。

ルース・ケンプナー…………ケンプナーの妻。
マーゴット・リプトン…………ケンプナーの秘書。
ジェーン・レスター…………ケンプナーの秘書。
ルシアン…………ケンプナーの息子。
アンドレ…………ケンプナーの息子。

ハーバート・リチャードソン…………トロント大学・セント・マイケルズ・カレッジの神学教授。
ヘンリー・メイヤー…………アメリカ合衆国ホロコースト記念博物館の主任アーキビスト。

〈ナチ党〉

アルフレート・ローゼンベルク……ヒトラーの思想的支柱と言われる。東部占領地域担当大臣。

アドルフ・ヒトラー……………国家社会主義ドイツ労働者党指導者。ドイツ国総統。

ヨーゼフ・ゲッベルス…………ドイツ国国民啓蒙・宣伝大臣。

ヘルマン・ゲーリング…………プロイセン州首相、ドイツ国家元帥。

ハインリヒ・ヒムラー…………親衛隊全国指導者。

ルドルフ・ヘス…………………国家社会主義ドイツ労働者党副総統。

ルドルフ・ディールス…………ゲシュタポ（秘密国家警察）長官。

装丁・本文デザイン◉宮川和夫事務所

悪魔の日記を追え

——FBI捜査官とローゼンベルク日記

偉大な哲学的変化が、脈打つ生命へと変わるまでには、何世代もかかるものだ。
この広大な死の荒野にも、いつかふたたび花の咲く日が来るだろう。

――アルフレート・ローゼンベルク

いくつかの小さな行動が、大量殺人に発展することもある。それが厄介なところだ。
そうなるには、ほんのちょっとした行動でじゅうぶんなのだ。

――ロバート・ケンプナー

プロローグ　金庫室

そびえ立つ山上の宮殿は、バイエルンのなだらかに起伏する広大な田園地帯を見おろす位置にあった。この地方は、あまりの美しさからゴッテスガルテン――神の庭――と称された。麓《ふもと》を蛇行する川沿いの村や農場からも、バンツ宮殿は人目を惹いた。壮大な石造りの両翼が日差しを浴びて明るい金色に輝き、先細りの優美な銅の尖塔が二つ、バロック様式の聖堂の上に天高く伸びている。この場所には一〇〇〇年の歴史があった。かつては交易所であり、難攻不落の城塞であり、ベネディクト派の修道院だった。戦争による略奪や破壊を経たのち、ヴィッテルスバッハ王家のために華麗に再建された。光栄なことに、これまで何人もの王や君主が、そして最後の皇帝ヴィルヘルム二世も一度だけ、宮殿のきらびやかな大広間で過ごした。時は一九四五年春、大宮殿はある悪名高い特別任務部隊の前哨《ぜんしょう》基地となっていた。部隊は戦時の占領下ヨーロッパにおいて、略奪の限りを尽くしていた。第三帝国の栄光のために。

六年にわたる過酷な戦争の末に、いよいよ敗北が迫る中、ナチスはドイツ各地で政府の機密文書を焼却していた。没収されて、自分たちに不利な証拠として使われないようにするためだ。だが、文書をどうしても焼き捨てる気になれなかった官僚たちは、森林、鉱山、城、そしてこのような宮殿に隠した。そうした膨大な数の秘密文書館が各地に存在し、連合軍に発見されるのを待っていた。そこにある詳細な内部記録は、ドイツの歪んだ官僚機構、非情な軍事戦略、そしてヨーロッパから「望ましくない要素」を最終的かつ永久に一掃しようとするナチスの病的なまでに執拗な計画に光をあてるものだった。

四月の第二週、ジョージ・S・パットン将軍指揮下のアメリカ陸軍第三軍およびアレクサンダー・パッチ将軍指揮下の第七軍の兵士たちがこの地域を制圧した。兵士たちは数週間前にライン川を渡ってから、徹底的に破壊された地域の西部を横断するように進撃してきた。進撃のスピードが鈍るのは、破壊された橋や、間に合わせのバリケード、今なお抵抗を続ける孤立した敵に遭遇したときだけだった。そうして連合軍の爆撃で破壊し尽くされたいくつもの都市を通過した。目の落ちくぼんだ村人たちや、ナチスの鉤《かぎ》十字ではなく、白いシーツや枕カバーを掲げた家々の前を通り過ぎた。ドイツ軍はほとんど崩壊していた。ヒトラーは三週間半後には死んでいるかもしれなかった。

アメリカ軍はこの地域に入ってまもなく、ある異彩を放つ官僚に出会った。男は片眼鏡をかけ、磨きあげられた長靴《ちょうか》を履いていた。クルト・フォン・ベーアは、戦争中、パリを拠点にして、フランス、ベルギー、オランダの数万人のユダヤ人の財産から、個人の美術品コレクションや家庭用家具を略奪することに明け暮れていた。パリ解放の直前、ベーアは妻とともにバンツに逃亡し、盗んだお宝も乗用車一一台、家具運搬用トラック四台に積んで運んだ。

今やフォン・ベーアは取引をしたがっていた。

近くのリヒテンフェルスの町に行き、アメリカ軍政部の高官サミュエル・ハーバーに接触した。フォン・ベーアは、宮殿の精巧に描かれた天井画の下で王族のように暮らすことにすっかり慣れてしまっていたようだ。引きつづき宮殿に滞在することをハーバーが許可してくれるなら、フォン・ベーアはナチスの重要文書の隠し場所をハーバーに教えるという。

アメリカ人は興味をそそられた。作戦に関する情報は入手が難しく、しかも戦争犯罪の裁判期日が迫っていたため、連合軍はドイツ側のあらゆる文書を捜索し、見つけたものはすべて保存するよう命じられていた。パットン軍にはこの任務を専門に受け持つG－2軍事情報部があった。四月の一カ月だけで、各担当チームが合わせて三〇トンものナチス記録文書を押収することになる。

フォン・ベーアの情報に従って、アメリカ人たちは行動を起こした。山を登り、いくつもの門をくぐって宮殿に入り、フォン・ベーアに会った。ナチ党員は彼らを地下五階へと案内した。コンクリートの見せかけの壁で封じられた地下室には、ナチス機密文書の主鉱脈が隠されていた。大量のファイルが巨大な金庫室を満たしていた。金庫室に収まりきらないものは、部屋のあちこちに積みあげられていた。

こうして秘密を引き渡したフォン・ベーアは――そんな策を弄《ろう》したところでドイツの屈辱的敗北という惨禍《さんか》から自らを救うことはできないと自覚していたらしく――舞台からさっそうと退場する準備をした。きらびやかな制服に身を包み、妻とともに宮殿内の寝室に入った。二人はシアン化物入りのフランス産シャンパンのグラスを掲げ、すべての終わりに乾杯した。あるアメリカ人特派員は書いている。「この出来事は、ナチスの指導者たちが好むメロドラマの要素をすべて含んでいた」

兵士たちはフォン・ベーア夫妻が絢爛豪華な部屋で倒れているのを見つけた。遺体を調べているとき、半分空になったボトルがまだテーブルの上にあることに気づいた。

夫妻は、いかにも象徴的な極上の一本を選んでいた。それは一九一八年もののシャンパンだった。愛する祖国がもう一つの大戦で大敗を喫した年である。

金庫室の書類はアルフレート・ローゼンベルクのものだった。ローゼンベルクは、ヒトラーの指導的理論家で、ナチスの初期からの党員である。一九一九年、ローゼンベルクは党の誕生初期を目撃していた。怒りに燃えるドイツ民族主義者たちは、アドルフ・ヒトラーの中に指導者を見出した。当時のヒトラーは、大げさな言葉づかいをする宿無しの退役軍人だった。一九二三年一一月、ヒトラーがバイエルン政府を打倒しようとした夜、ローゼンベルクは英雄の一歩後ろに付き従い、ミュンヘンのビアホールに突入した。その一〇年後にはベルリンにいた。党が政権を握り、敵の撃滅に着手した時である。ナチスがドイツのすべてを思いどおりに作り変える中、その現場で奮闘していた。そして最後に、戦局が悪化し、歪んだ幻想が崩れ落ちるまで、その場にいた。

一九四五年春、調査官たちが膨大な量の文書を調べはじめたところ――二五〇通の公式および個人の書簡が含まれた――驚くべきものが見つかった。ローゼンベルクの個人的な日記である。

記録は五〇〇ページにわたって手書きで記されていた。綴じられたノートに書かれたものもあったが、ばらばらの用紙に書かれたもののほうが多かった。日記はヒトラーが権力を掌握した一九三四年から始まり、一〇年後、戦争終結の数カ月前で終わっていた。第三帝国の最も高い地位にいた最重要人物の中で、このような日記を遺しているのは、ローゼンベルクと、宣伝大臣のヨーゼフ・ゲッベルス、占領下ポーランドの残忍な総督ハンス・フランクなど数少ない。ヒトラーをはじめとするその他の面々は秘密を墓場まで持っていってしまった。ローゼンベルクの日記は、四半世紀にわたってナチスのごく上層部で働いてきた男の視点から、第三帝国の活動を明らかにしてくれるはずだった。

ドイツ国外では、ゲッベルス、治安部隊ＳＳ（親衛隊）指導者ハインリヒ・ヒムラー、ヒトラーの下で経済相および空軍総司令官を務めたヘルマン・ゲーリングなどと比べると、ローゼンベルクはけっして有名ではなかった。ローゼンベルクは、自分にふさわしいと思う権力を手に入れるために、ナチス官僚組織の巨人たちを相手に闘争をくりひろげなければならなかった。だが、最初から最後まで、総統の支持を得ていた。ローゼンベルクとヒトラーは、最も基本的な問題に関しては、意見が一致しており、ローゼンベルクはヒトラーにつねに忠実だった。ヒトラーは、ローゼンベルクを次から次へと党や政府の指導的地位に任命した。その結果、ローゼンベルクの知名度は高まり、幅広い影響力を持つまでになった。ベルリンのライバルたちはローゼンベルクを忌み嫌っていたが、一般の党員たちは彼をドイツの最重要人物の一人だとみなしていた。かくしてローゼンベルクは総統その人の耳を持つ偉大な思想家となったのである。

　ローゼンベルクの指紋は、ナチス・ドイツの最も悪名高い犯罪のうちのいくつかで発見されるはずだ。

　ローゼンベルクはパリからクラクフ、キエフまでの各地で美術品、古文書、蔵書の略奪を組織化した——これらの略奪品を、のちに連合軍のモニュメンツ・メン（美術品奪還部隊）が追跡し、ドイツ各地の古城や岩塩坑で発見したことは有名だ。

　一九二〇年、ローゼンベルクは、ソヴィエト連邦における共産革命の背後には世界的なユダヤの陰謀が隠されている、という陰険な思想を、ヒトラーの頭に植えつけ、その主張を何度もくりかえした。ローゼンベルクが先頭に立って主張していた理論を、ヒトラーはその後二〇年にわたって、ソ連に対する壊滅的な戦争を正当化するのに用いていたのだ。ナチスがソ連への侵攻準備を進めているとき、ローゼンベルクは次のように請け合った。この戦争は「浄化による生物学的世界革命」になる、そして、「ユダヤ民族とその私生児のすべての民族的な感染性病原菌」をついに根絶するのだ、と。戦争初期の東部戦線では、ドイツ軍が赤軍（ソ連軍）をモスクワに釘付けにしているあいだ、ローゼンベルクは占領当局を指揮して、バルト三国、ベラルーシ、ウクライナを恐怖で支配した。さらにこの占領当局は、東欧各地でユダヤ人大量虐殺を展開するヒムラー指揮下の虐殺十字軍とも協力していた。

　ローゼンベルクは少なからずホロコーストの基礎を築いていた。ローゼンベルクがユダヤ人に関する危険な思想を発表しはじめたのは一九一九年のことだ。党機関紙の編集者として、また記事、小冊子、書籍の作者として、憎悪に満ちた党の主張を広めた。その後、総統の代理人としてイデオロギー問題を論じるようになり、帝国各地の都市や村では、小旗を振り歓声をあげる群衆から歓迎を受けた。その理論をまとめた代表作『二〇世紀の神話』は一〇〇万部以上も売れ、ヒトラーの『わが闘争』と並んで、ナチスのイデオロギーの中心的テキストとみなされた。重々しい文章の中で、ローゼンベルクは、他の似非《えせ》知識人たちから拝借した人種や世界の歴史に関する時代遅れの思想を融合し、独特の政治的信念体系を作りあげた。党の地方支部長たちはローゼンベルクに、手元にあるあなたの言葉を用いて何千回も演説したと語った。

ローゼンベルクは日記の中でこう自慢している。「どうだ。彼らは戦いのための方向性と材料の両方を見つけたのだ」。百万人以上が虐殺されたアウシュヴィッツ絶滅収容所の司令官ルドルフ・ヘスによれば、心理的な面で自分に任務遂行の覚悟を決めさせたのは次の三人の言葉だったという。ヒトラー、ゲッベルス、ローゼンベルク。

第三帝国では、理論家は自分の哲学が実用化されるのを目にすることができた。そして、ローゼンベルクの哲学は致命的な結果をもたらした。

「こんな寄生虫のようなユダヤ人どもが、ドイツに対してしてきたことを考えるたびに、私は激しい怒りに襲われる」と一九三六年の日記には記されている。「しかし、少なくとも一つは満足していることがある。この裏切り行為を暴露することに、自分が一役買うことができたからだ」。ローゼンベルクの思想は数百万人の虐殺を正当化し、合理化した。

一九四五年十一月、ニュルンベルクで異例の国際軍事裁判が開かれた。生き残った最も悪名高いナチ党員たちを戦争犯罪容疑で裁こうとするものだった――その中にはローゼンベルクもいた。戦犯の起訴は、戦争終結時に連合軍が押収した大量のドイツ側文書に基づいていた。宣伝省の報道部門責任者として果たした役割を罪に問われ、戦犯として起訴されたハンス・フリッチェは、公判中、刑務所の精神科医にこう述べている。ナチスが政権を握る前の一九二〇年代、ローゼンベルクはヒトラーの哲学形成に重要な役割を演じていた、と。「私の意見では、ローゼンベルクは、まだ考えが定まっていない頃のヒトラーに多大な影響を与えていました」とフリッチェは語った。フリッチェはニュルンベルクでは無罪を言い渡されたが、のちに、ドイツによる非ナチ化裁判で懲役九年の刑を受けた。「ローゼンベルクが重要人物だったのは、ただの理論でしかなかった彼の思想が、ヒトラーの手で現実になったからです……悲惨にも、ローゼンベルクの奇想天外な理論が、現実に実行されてしまったのです」

フリッチェはこう主張した。「ローゼンベルクは、この被告席に座っている全員の重大な罪を背負っています」

ニュルンベルクでは、アメリカ首席検事のロバート・H・ジャクソンがローゼンベルクを「『支配者民族』の知的指導者」だと非難した。判事らはこのナチ党員の戦犯に有罪判決を下し、一九四六年一〇月一六日の真夜中、ローゼンベルクはロープの先端でその命を終えた。

その後の数十年間にわたって、歴史家たちは、この二〇世紀最大の事件が、なぜ、いかにして起こったのかを解明するため、戦争終結時に連合軍に押収された何百万もの文書を熟読することになる。残存する文書は多岐にわたった――機密の軍事記録、詳細な略奪品リスト、個人的な日記、外交文書、電話通話の筆記録、官僚たちが大量虐殺について論じたぞっとするメモ。一連の裁判が終わった後の一九四九年、アメリカの検事らは事務所を閉鎖し、押収されたドイツ側資料は船に積みこまれ、ヴァージニア州アレクサンドリアのポトマック川河畔にある古い魚雷製造工場に送られた。そこで、国立公文書館に保管する準備が進められた。マイクロフィルムが作成され、最終的に原本のほとんどはドイツに送り返された。

だが、ローゼンベルクの秘密日記の大部分に、何かが起こった。ワシントンに届かなかったのである。第三帝国研究者によって、完全な形で書き写されることも、翻訳されることも、検討されることもなかった。バイエルンの宮殿の金庫で発見されてから四年後、日記は消えた。

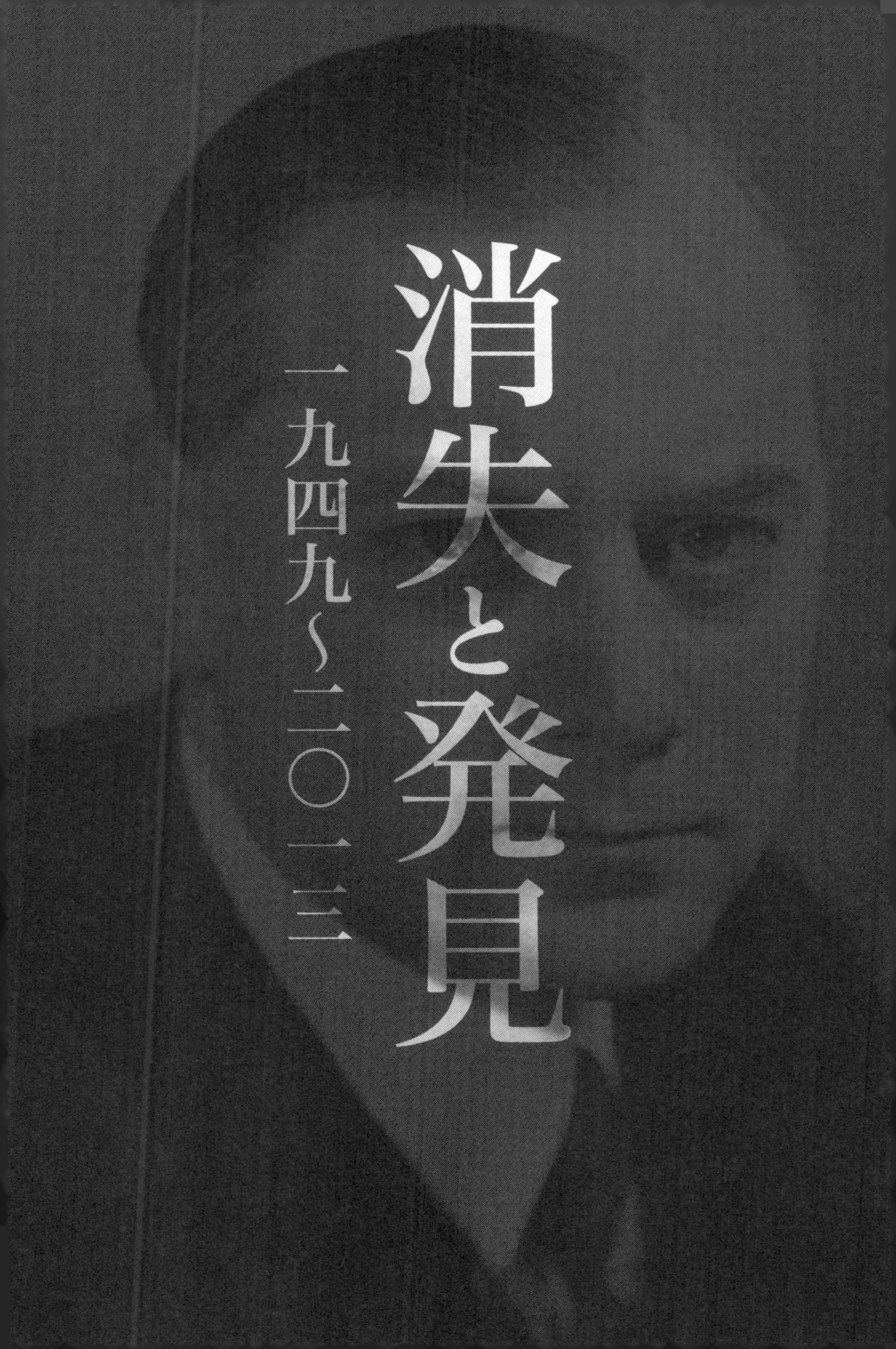

消失と発見

一九四九～二〇一三

第1章　十字軍戦士

戦争終結から四年、ニュルンベルク裁判所第六〇〇号法廷では、一人の検事が判決を待っていた。それは、アメリカが告発したナチスの戦争犯罪人に対する最終的な判決であり、この日に向けて、ロバート・ケンプナーはあらゆる努力を投入してきた。

けんかっ早く、強情だが、人脈作りに熱心な、策略を好む四九歳の弁護士は、いつも顎を突き出して生きてきた。まるで対戦相手に――しかもたくさんの――全力でかかってこいと挑発するかのように。際立った体格の持ち主ではなく、身長は一七〇センチあまりで、前頭部の生え際は後退しつつあったが、ケンプナーにはある種の人間的な魅力があり、人々を味方につけるすべを知っていた。見る人によって評価は分かれた。カリスマ的でもあり、ただ仰々しいだけでもあり、献身的でもあり、独断的でもあり、正義の闘士でもあり、狭量な田舎者でもあった。

ケンプナーは、二〇年という歳月の大半をヒトラーおよびナチスとの戦いに費やしてきたが、最近の四年は、総統の誇大妄想と連合軍の爆撃によって廃墟と化したこの都市で過ごしていた。ケンプナーの戦いは、一個人の物語であると同時に、普遍的な物語でもあった。彼の生きのびるための戦いは、世界の同世代の人々の戦いのほんの一部だった。一九三〇年代初頭、ベルリンの若手警察官僚だったケンプナーはこう主張した。ドイツはヒトラーとその支持者たちを大反逆罪で逮捕すべきだ、連中が共和国を転覆させ、恐怖の青写真を実行に移す前に。一九三三年、ナチスが政権に就くと、それから何日もしないうちに、ユダヤ人の自由主義者で、ナチスに公然と反対を唱えていたケンプナーは、官職を失った。一九三五年、短期間勾留され、ゲシュタポの尋問を受けた後、イタリアに逃げ、その後フランスに移り、最終的にアメリカに渡って、そこで活動を続けた。ケンプナーはドイツの内部文書や情報提供者ネットワークを活用して、司法省に協力し、アメリカ国内で活動するナチスの宣伝工作員に有罪判決を下す手助けをした。また、陸軍省、秘密機関である戦略情報局（ＯＳＳ）、Ｊ・エドガー・フーヴァー指揮下の連邦捜査局（ＦＢＩ）に第三帝国に関する情報を提供した。

その後、まるでハリウッド映画のような展開で、ケンプナーは故郷に戻ることになる。そこで、かつて自分を免職し、ユダヤの血を理由に悪とみなし、ドイツの市民権を剝奪し、命がけの逃亡生活に追いやった、まさにその連中を起訴する手助けをしたのだ。

ゲーリング、ローゼンベルク、その他、崩壊した帝国の鉄面皮な面々が、有名な国際軍事裁判で戦犯として起訴された後も、ケンプナーは引きつづきニュルンベルクに残り、アメリカ側が訴えた追加の一二の事件で、さらに一七七人のナチス協力者を起訴した。その中には強制収容所の囚人に対して身の毛もよだつ実験をした医師や、囚人を死ぬまで働かせたＳＳの管理者、強制労働の恩恵を受けていた会社の重役、戦争中、東欧各地で一般市民を虐殺した殺人部隊の指揮官などがいた。

ケンプナーは、最後にして最長の裁判となる第一一号訴訟を自ら取り仕切った。その裁判は「大臣裁判」という通称で呼ばれた。なぜなら、被告人の大半が、ベルリンのヴィルヘルム通りにある政府省庁で指導的な立場にいたからである。中でも最重要人物は、外務省のエルンスト・フォン・ヴァイツゼッカー外務次官である。チェコスロヴァキア侵攻への道を開き、六〇〇〇人以上のユダヤ人のフランスからアウシュヴィッツ死の収容所への移送を自ら許可したことがわかっていた。最も悪名高い被告人はゴットロープ・ベルガーというＳＳの上級将校で、残虐行為で有名な殺人部隊を結成した人物だ。ベルガーはこの部隊について、こう書いている。「ポーランド人を二人余計に撃ち殺したほうが、二人殺し足りないよりましだ」。最もおぞましい被告人は、収容所建設に資金を提供しただけでなく、絶滅収容所の犠牲者たちからもぎ取った歯の金の詰め物、宝飾品、眼鏡を何十トンも貯めこんでいた銀行家たちである。

一九四七年末から進められてきた裁判は、一九四九年四月一二日、ついに終結を迎えようとしていた。三人のアメリカ人判事が法廷に入り、裁判官席に上がると、判決文を朗読しはじめた。全部で八〇〇ページに及び、朗読を終えるまでに三日を要した。部屋の反対側では、光り輝く銀色のヘルメットをかぶった憲兵に守られながら、ナチ党員たちがヘッドフォンをつけ、通訳によってドイツ語に翻訳される判決を聴いていた。すべて終わった時点で、二一人中一九人の被告人が有罪判決を受けていた――そのうち五人は、ニュルンベルク裁判における画期的な罪状、すなわち平和に対する罪で有罪となった。ヴァイツゼッカーは懲役七年、ベルガーは二五年、三人の銀行家たちは五年から一〇年を宣告された。

検察側にとって、それは大勝利だった。ナチス文書を掘り起こし、四年にわたって何百人もの証人を尋問した末に、最悪の犯罪者たちを有罪にし、刑務所送りにしたのだ。そして、ホロコーストへの関与がドイツ政府全体に深く広がっていた事実を世界に示し、ケンプナーが言うように、第三帝国の「全犯罪のフレスコ画」を描いて、「国際法への信頼の砦」としてのニュルンベルクの歴史的地位を強固にした。検察は戦争犯罪を積極的に起訴するべきだと強く主張していた。

この判決は、ケンプナーの長きにわたる反ナチス活動の集大成だった。

いや、少なくともそうなるはずだった。

それから数年もしないうちに、ニュルンベルクの約束はほころびを見せはじめる。

ドイツにもアメリカにも、当初からこの裁判を批判する人々がいた。批判者たちは、検察側の心の奥底にあるのは正義ではなく復讐心だと見ていた。そして、性格の悪い、とりわけ攻撃的な質問者だったケンプナーは、そんな不公平感の象徴になった。その代表例が、元ナチス外交官フリードリヒ・ガウスに対するケンプナーの厳しい証人尋問だった。このときケンプナーは、考えられるいくつかの戦犯容疑で証人をソ連側に引き渡すと脅した。同僚のアメリカ人検事の一人は、ケンプナーの戦術を「馬鹿げている」と断じ、「ニュルンベルクの法廷では、ただの犯罪者を受難者にしてしまう恐れがある」と述べた。反対尋問を受けた別の証人は、ケンプナーを「最もゲシュタポのような男」と呼んだ。

一九四八年、ケンプナーはプロテスタントの監督（正教会・聖公会の主教、カトリックの司教に相当）であるテオフィル・ヴルムとのあいだで、訴訟手続きの信頼性をめぐって、激しい公開論争に巻きこまれた。ヴルムはケンプナーに抗議の公開書簡を送った。ケンプナーはそれに答えて、ニュルンベルク裁判に疑問を投げかける者は、事実上、「ドイツ国民の敵」であることを示唆した。するとマスコミでは反論の声が巻き起こり、気がつけば、ケンプナーはドイツの新聞各紙でさんざんに叩かれていた。風刺漫画には、復讐に燃える独善的な亡命ユダヤ人として描かれた。

ジョセフ・マッカーシー米上院議員からも厳しく非難された。上院議員を選出したウィスコンシン州の選挙区には多数のドイツ系アメリカ人が暮らしていたのだ。上院議員はヴァイツゼッカーの訴追に反対した。なぜなら、上院議員の匿名情報源によれば、ヴァイツゼッカーは戦時中、アメリカのために働く貴重な秘密諜報員だったというのである。マッカーシーは、ニュルンベルク裁判がドイツにおけるアメリカの情報収集活動の妨げになっていると主張し、一九四九年春には、上院軍事委員会に対して、ヴァイツゼッカー裁判をめぐる「完全なる愚行」を調査するよう求めた。

「思うに、当委員会は」とマッカーシーは言った。「どんな愚か者たちが——あえて控えめな表現を使う――あの軍事裁判を動かしているのか、確認すべきである」

最後の裁判が終わるまでに、アメリカ主導の戦争犯罪法廷は一〇〇〇人以上のナチ党員に懲役刑を言い渡していた。その大部分がミュンヘン近郊のランツベルク刑務所で惨めな暮らしを送った。大多数の西ドイツ国民は、依然として連合国主導の裁判の正当性を認めようとせず、これらの投獄されたナチ党員は戦犯ではなく、むしろ違法な司法制度の犠牲者だと考えた。この問題は、一九四九年に西ドイツの初代首相が選出された後、大きな争点になった。このとき、ヨーロッパにおけるソ連の計画に不安を感じていたアメリカは、打ち破った敵国の再建、再軍備を進めて、忠実な同盟国にしようとしていたのである。

冷戦の現実が、戦犯を起訴した検事たちの業績を、早くも台無しにしようとしていた。

一九五一年、アメリカの駐ドイツ高等弁務官は、ニュルンベルクで有罪判決を受けた戦犯の三分の一を釈放し、五件をのぞいてすべての死刑判決を減刑した。その年の終わりまでには、第一一号訴訟でケンプナーが刑務所送りにしたナチ党員は一人残らず釈放されていた。減刑が発表されたのは寛大さを示すためだったが、ドイツ人はそれとは別のメッセージを受け取っていた。すなわち、アメリカはついに裁判が不当だったことを認めたのだ、と。ケンプナーはこの決定を激しく非難した。「きょう、私は公に警告を発しておきたい。ランツベルクの門の早期開放は、自由世界を危険にさらす全体主義の破壊的勢力を、社会に解き放つことになるだろう」

ケンプナーの警告は無視された。アメリカの指導者たちは政治的現実主義に屈し、一九五八年までに戦犯のほとんどが釈放された。

ケンプナーの戦いはけっして終わりではなかった。四年の歳月を費やし、ナチスの犯罪の証拠書類を徹底的に調べあげた。裁判は国際メディアの脚光を浴びる中でおこなわれたが、世界はまだすべてを知っているわけではないと、ケンプナーにはわかっていた。

第三帝国の生き残りたちが、ナチス統治下のドイツを美化して語ろうとするようになると、その修正主義的歴史観に怒りを覚えたケンプナーは、マスメディアに登場して反撃を始めた。ケンプナーはニューヨーク・ヘラルド・トリビューン紙にこう書いた。「ドイツの政治記者や評論家の多くが、程度の差はあれ、率直なノスタルジアから、国民に対してこう言っている。総統はちょっとばかり手に負えない状態になってしまったが、そうでなかったらドイツはうまくいっていただろう、と」。ケンプナーはそんな主張を認めなかった。右翼系の新聞に載った天使のようなヒトラーの写真や、ヒトラーが戦場のことに口出ししなかったら、将軍たちはドイツを屈辱から救うことができただろうという軍国主義的な意見、そしてナチス外交官たちの取り繕いを、ケンプナーは嘆いた。

ケンプナーは、ニュルンベルクで明らかになった事実を出版物として発表するよう求めた。「これは今の状況と戦うただ一つの方法だ。誕生まもないドイツ共和国では、われわれの目の前で、ドイツ人の心が組織的に毒されている」

だが、この文章を書いてからまもなく、検事はそうした開放的な精神に反する行動をとった。ケンプナーは、押収されたドイツ側重要文書の原本を、ニュルンベルク裁判が終わった後、自宅に持ち帰ったのだ——そして複製が存在するとしても、それがどこにあるのか、もはや誰にもわからなくなっていた。

検事としての役割の中で、ケンプナーには訴訟準備に必要なあらゆる書類を請求する権限があった。ケンプナーの文書の取り扱いについては、一度ならず疑問が呈された。一九四六年九月一一日、文書部門の責任者はメモにこう書いている。ケンプナーの事務所には五種類の文書を貸し出しているが、まだ返却されていない、と。「つけくわえるなら、これは初めてのことではない。ケンプナー博士に図書館の書籍や文書を返却してもらうのに、われわれはいつもたいへん苦労している」

一九四七年、ケンプナーはアメリカ検察団の同僚から不評を買った。ホロコーストに関する最も有名な残存文書の扱いが問題になったのだ。裁判の第二ラウンドに臨むためニュルンベルクに戻ってまもなく、ケンプナーは部下たちにドイツ外務省の記録を詳しく調べさせた。それは、ハルツ山地の隠し場所から回収され、ベルリンまで届けられたものだった。ある日、助手が一五ページの文書を見つけた。それは次のように始まっていた。「以下の者がユダヤ人問題の最終的解決に関する会議に参加した。一九四二年一月二〇日、ベルリン、グロッセン・ヴァンゼー通り五六/五八番地にて」。これはヴァンゼー・プロトコル（議事録）だった。ヒムラーが設置した国家保安本部の長官ラインハルト・ハイドリヒが議長を務めた会議の議事録で、ヨーロッパのユダヤ人の「排除」について話し合われた。

文書発見から数カ月後、アメリカの検事の一人、ベンジャミン・フェレンツがデスクから顔を上げると、チャールズ・ラフォレットがものすごい剣幕でオフィスに飛びこんできた。「あの野郎、ぶっ殺してやる」ラフォレットはわめいた。ラフォレットはニュルンベルク裁判後半の別の訴訟を担当していた。それはナチスの判事と弁護士に対するものだった。ヴァンゼー・プロトコルについては耳にしていたが、ケンプナーがそれをこちらに引き渡そうとしないのだ。ニュルンベルクでは多くの検事のあいだで競争があった。ケンプナーはおそらく、この爆弾文書を自分が主導しようとしている裁判で発表したかったのだろう。

フェレンツは仲裁するためケンプナーのオフィスへ行った。ケンプナーはそんな文書は持っていないと言った。フェレンツはしつこく尋ねた。最後にもう一押ししてみると、ケンプナーはやっとデスクの一番下の引き出しを開け、平然と「これのことかな？」と言った。

ラフォレットは即座にその文書が自分の担当する公判にとってきわめて重要であることに気づいた。第三帝国の司法省はこの重要会議に代表者を派遣していたのだ。ラフォレットはすぐにオフィスを飛び出すと、一連の裁判で首席検事を務めるテルフォード・テイラーにこのことを報告し、「あの野郎をクビにしてください！」と要求した。フェレンツもその後を追い、ケンプナーを擁護した。フェレンツはテイラーにこう言った。それに、文書を独占していたのは故意ではなく、不注意によるものだ、と。ケンプナーがニュルンベルクから追放されたら、大臣裁判は間違いなく崩壊する。

「それを信じる者は誰もいなかった」とフェレンツは後年、ケンプナーへの手紙の中で書いている。いずれにせよ、テイラーは大臣裁判の検事に味方した。

ニュルンベルクで、ナチス文書の原本を私的に使用する目的でしまいこんでいたのはケンプナーだけではない。戦争終結以降、押収された文書は各地の軍事文書センターへ運ばれたのち、パリ、ロンドン、ワシントンへ空輸され、情報機関による精査を経て、戦争犯罪裁判のため、ニュルンベルクに送られた。そうして記録文書がヨーロッパ各地を飛び交っているあいだ、記念品あさりの連中が盗みを働く機会はいくらでもあった。連中が狙うのは、ナチスのレターヘッド付きの書類で、重要人物の署名があり、党員の誰もが使う結語「ハイル・ヒトラー」が書かれたものだ。文書の保管責任者たちは、ニュルンベルクの検察関係者をとくに警戒していた。ある陸軍士官がメモに書いているように、文書を請求する者たちは、正義を推進しようとする欲求よりも、一個人のジャーナリスティックな本能に突き動かされているのではないか、という懸念があった。また別の目撃者はニュルンベルクの検察の文書部門について、文書の流れを追うためにすべきことをほとんど何もしていない、と断定している。

消えた重要書類の中には、ヒトラーの副官だったフリードリヒ・ホスバッハのメモもあった。一九三七年にはすでに総統がヨーロッパ征服を計画していたことを示すもので、公判中、検察は認証済みのコピーを使うしかなかった。戦後押収されたドイツ側文書の公表を監督していた歴史家からこのメモについて尋ねられたとき、ケンプナーは見た覚えがあると答え、「原本は記念品あさりの誰かに取られたのかもしれない」と示唆した。ある軍事文書センターでは、一九四六年九月には、ニュルンベルクの検察チームに原本を貸し出すことを中止しており、すでに貸し出していた一〇〇〇点の証拠書類が戻ってこないのではないかと懸念していた。

裁判中、ニュルンベルク裁判所はいつも書類であふれかえっていた。一九四八年四月に実施された調査によれば、その量は全体でおよそ一八〇〇立方メートルに達していた。内訳は次のとおり。「行政文書、新聞発表用写真ネガおよび原稿、フィルム・ライブラリー、法廷録音テープ、尋問記録テープ、図書館の書籍その他の出版物、原本書類、フォトスタットによる複写、文書のコピー、書籍化された文書、弁論趣意書、囚人記録、尋問記録、尋問記録の要約、法廷およびスタッフによる証拠分析の筆記録」

文書の量があまりにも多かったため、当局者たちは原本がうっかりゴミ箱に捨てられるのではないかと心配した。ケンプナーがのちに回顧録に書いているように、「たいへんな散らかりようだった」――そしてケンプナーはこの混乱を利用した。

ケンプナーは、爆弾文書になるかもしれない書類が適切に保管されない恐れがあると主張し、それらの資料を有効活用できるようにする役目を自ら買って出た。回顧録の中で次のように認めている。もしも裁判期間中に、どこかの「関心を寄せる頭脳明晰な」調査員がやってきて、重要文書を見たいと言ったら、ただオフィスの長椅子にファイルを置き、「私は何も知りたくないので」と言い残して出ていくことにしていた。

ケンプナーは考えた。「貴重な歴史的資産」は、その内容について報告してくれるであろう信頼できる仲間の手に預けたほうがいい。政府官僚の手に預けておいたら、それを放置して、破棄されても気づかないかもしれないからだ。

押収ドイツ文書の原本はすべて、裁判終了後、軍事文書センターに返却することになっていたが、ケンプナーは自分が収集した文書を用いて、ナチス時代に関する論説や本を書きたいと思っていた。大臣裁判の判決が出る数日前の一九四九年四月八日、ケンプナー検事は、検察団文書部門の責任者フレッド・ニーバーガルから、わずか一段落の書簡を手に入れた。「本署名者は、次席検察官で官庁部門の主任検事であるロバート・M・W・ケンプナー博士に対して、ドイツのニュルンベルク戦犯裁判に関連する機密扱い以外の資料を、調査、執筆、講演、研究の目的で持ち出し、保持することを許可する」。それは異例の覚え書きだった。のちに、軍情報部で働くある弁護士は、ニーバーガルのような立場の人間が本当に署名したのか、という重大な疑問を抱いた。

ケンプナーはニーバーガルからの書簡を手に入れたその日に、ニューヨークの出版社、E・P・ダットンに手紙と著書の概要を郵送している。内容はニュルンベルクでの尋問とドイツ外務省の記録文書に基づいており、『ヒトラーと彼の外交官たち』という仮題がつけられていた。ケンプナーはすでに一月から著書の売り込みを始めており、それにダットン社の編集者が興味を示し、詳細を尋ねてきていたのだ。

後になって、この本がケンプナーの一九四九年のいくつかの出版構想の一つにすぎなかったことがわかる。

数十年後、ケンプナーは回顧録の中で、ニュルンベルクから文書を持ち出した理由を説明している。「一つだけわかっていたことがある。何かについて書こうとするときは、記録保管所に資料を申請しなければならなかった。もちろん断られることはなかっただろうが、一部の資料については保管所の係員が見つけられない可能性もあったのだ。だが、私は自分で確保しておいた」

正当な根拠と呼ぶにはほど遠かった。ケンプナーの真の望みは、ナチス時代を記録しようとする他の著者たちに勝る大きな強み、すなわち、独占情報だった。

許可状を手にしたケンプナーは、ニュルンベルクで収集した文書を――その他、ナチを起訴する検事として働くあいだに集めたものすべてとともに――梱包して船に積みこみ、大西洋の向こう、フィラデルフィア郊外のわが家へ送った。荷物がペンシルヴァニア鉄道ランズダウン駅に到着したのは、一九四九年一一月四日のことである。箱にして二九個、重さは三・六トン以上あった。

『ヒトラーと彼の外交官たち』の話はけっきょく実現しなかった。ケンプナーは途中でやる気をなくしたようである。その代わりに、第三帝国の悪行を裁く別の方法を見つけた。フランクフルトに法律事務所を開設し、とくにナチスの悪行の被害者たちの損害賠償請求訴訟を引き受けたのだ。彼はエーリヒ・マリア・レマルクの代理人を務めた。レマルクの第一次世界大戦を描いたベストセラー小説『西部戦線異状なし』はナチスによって焼き捨てられ、禁書とされていた。また、ハイデルベルク大学の著名な数学教授エミール・ガンベルの代理人も務めた。ガンベルは反戦思想の持ち主だったため、職を追われたのだった。ケンプナーはユダヤ人、カトリック信徒、レジスタンスのメンバーなどの代理人を務めた。それはやがて儲けになる仕事になった。

ニュルンベルク裁判が終わって一〇年後、新たにナチ戦犯の訴追が始まった。西ドイツでおこなわれた一九五八年の裁判は、ドイツ人がすでに過去のことだと思っていた残虐行為への新たな関心を呼び起こした。一〇人のナチ党員が、戦時中、リトアニアのユダヤ人五〇〇〇人以上を殺害したとして有罪判決を受けた。この訴訟をきっかけに、ドイツ司法当局は――戦後、多くの加害者が処罰を免れていることに驚き――ルートヴィヒスブルクにナチス犯罪追及センターを設立した。

同じ時期、ドイツ国外の検事たちは、注目の事件を裁判に持ちこんでいた。一九六一年、ケンプナーはアドルフ・アイヒマンの裁判で証言するためにエルサレムに飛び、ふたたび国際的な脚光を浴びた。アイヒマンはヨーロッパ全土からのユダヤ人追放を指揮していた人物だ。その後の一〇年間、ケンプナーはいくつもの注目の裁判に、犠牲者遺族の弁護士として参加している。オランダのユダヤ人数千人の絶滅に関与したとして告発された三人のSS将校に対する訴訟では、アンネ・フランクの父親と、カルメル会修道女エーディト・シュタインの姉の代理人を務めた。さらに、一九三三年にナチ突撃隊員に殺害された反戦ジャーナリストの未亡人の代理人を務めた。ゲシュタポ指揮官オットー・ボーフェンジーペンの裁判では、ベルリンの三万人のユダヤ人の代弁者となった。ボーフェンジーペンは、ユダヤ人の東方追放を画策した人物である。

こうしてナチスの犯罪への新たな関心が呼び起こされた機会に乗じて、ケンプナーは、これらをはじめとするドイツの読者によく知られた事件に関する著書を次々に執筆した。また、ニュルンベルク裁判で自分が担当した尋問の抜粋を出版し、一九八三年には回顧録『時代の検察官（*Ankläger einer Epoche*）』を出版した。ケンプナーは一九四五年にアメリカに帰化していたが、その著作が英語で出版されることはなく、アメリカよりも生まれ故郷のドイツでよく知られるようになる。

ニュルンベルク裁判から四〇年が過ぎても、ケンプナーはまだ戦いを続けていた。ドイツ銀行がフリック財閥を買収したとき、ケンプナーは会社に働きかけ、戦時中、フリック財閥の子会社の火薬工場で強制労働者として働かされた一三〇〇人のユダヤ人のために、賠償金二〇〇万ドル以上を支払わせることに成功した。

ナチスとの戦いはケンプナーを特徴づけるものとなった。ケンプナーは、加害者たちが何をしたかを、けっして世界に忘れさせようとはしなかった。元ナチ党員について、そんなに悪い人には見えない、などと言われれば、ファイルを開いて反証してみせた。

「文字どおり、何千人もの殺人犯が、今もドイツや世界の通りを歩いている」と、ケンプナーは記者にそう言ったことがある。「何人のナチ犯罪者が今なお野放しになっているか、自分で判断してみるといい」。戦後、たくさんの裁判がおこなわれたが、殺人で裁かれたドイツ人はわずか数千人だった。「教えてくれないか、二〇〇〇人かそこらで、どうやったら六〇〇万から八〇〇万人の人間を殺すことができるんだ？　そんなことは数学的に不可能だ」

ナチス時代が終わり、三〇、四〇、五〇年が過ぎても、ケンプナーはけっして水に流そうとはしなかった。そして最晩年までこの闘争を続けることになる。

ケンプナーは、アメリカとヨーロッパを行き来して国際的な法律業務をこなしながら、複雑な家庭生活をどうにか切り回していた。法律事務所はフランクフルトにあったが、ケンプナー自身は帰化してアメリカ国民になっていたので、主な自宅は今でも戦時中に移住したペンシルヴァニア州ランズダウンにあった。そこで二人目の妻で、ソーシャルワーカー兼作家のルース、高齢の義母、マリー＝ルイーズ・ハーン、自分の秘書であるマーゴット・リプトン、そして一九五〇年代には息子のアンドレとも暮らしていた。

ケンプナー家には秘密があった。息子の母親はルース・ケンプナー――周囲にはそう言っていた――ではなく、マーゴット・リプトンだったのだ。一九三八年、ロバート・ケンプナーと秘書は不倫の関係にあった。

アンドレは自分がケンプナーの養子だと信じるよう育てられた。学校の記録には、ルース・ケンプナーが母親として記されていた。ただそのほうが簡単だったからだ。「簡単だったのでしょう、ケンプナー博士にとっては」とリプトンは語っている。アンドレも兄も——ケンプナーの最初の妻との息子ルシアン——何年も後になるまで、真実を知ることはなかった。けれども、疑いを抱いていなかったわけではない。アンドレがスウェーデンで結婚式を挙げたとき、リプトンと新郎があまりにもよく似ていることに誰もが驚いた。

ケンプナーの息子たちはとても控え目な性格で、何も訊こうとはしなかった。「父の言うことをただ受け入れるだけでした」とルシアンは言う。「それ以上は私にはどうでもいいことだったのです」

何を知っていたにせよ、アンドレは成長し、父親を崇拝するようになった。農場を経営するために二九歳で妻とスウェーデンに移り住んだ後も、几帳面な筆跡の手紙を定期的に実家に書き送った。「ぼくたちみんなにとって最高の父親であることを、父さんにひたすら感謝したいと思います」と、ある年、ケンプナーとリプトンの訪問を受けた後に書いている。「いっしょにいるときにはとても言いにくいことですが、ぼくがあなたとあなたの仕事に対して抱いている好意と理解を、けっして過小評価なさらないことを願っています」

一九七〇年代から、ケンプナーはずっとヨーロッパで暮らすようになり、ドイツのフランクフルトとスイスのロカルノの二カ所で過ごしていた。一九七五年に心臓発作を起こし、——ネオナチの一団が法律事務所の前で抗議の声をあげてからまもなくのことだ——身体が弱って海外旅行はできなくなった。ルース・ケンプナーとリプトンは、あいかわらずペンシルヴァニアで暮らしていたが、訪ねてくるたびに、数週間は滞在した。しかし、それ以外の場合には、この弁護士はもう一人の献身的な女性を頼りにするようになった。

ジェーン・レスターは、ナイアガラの滝のおよそ九六キロ東に位置するニューヨーク州ブロックポートで育ったアメリカ人だ。一九三七年、同級生の後を追ってドイツに渡り、海外移住を希望する人々に英語を教えていた。何年も後になって、自分の無知を認めざるをえなかった。ヒトラーが敵にどんなことをしているのか、まったく知らなかったのだ。一九三八年、ナチ党員の集団がドイツ各地で暴れ回り、シナゴーグやユダヤ人の商店、家屋を破壊した「水晶の夜」事件が起こったとき、彼女はすやすやと眠っていた。翌日、なぜ語学学校の生徒たちが登校してこないのかわからなかった。その後ドイツを離れ、バッファローの証券会社で働いたのち、ワシントンでタイピスト――本人言うところの「ガバメント・ガール（政府で働く女子）」――になった。職場は戦略情報局だった。

一九四五年のある日、ワシントン・ポスト紙を読んでいるとき、ニュルンベルクの戦犯裁判で通訳が必要とされていることを知り、ペンタゴン（国防総省）に赴いてその仕事に応募した。そうしてまもなく、ふたたびドイツへと向かった。

ケンプナーの評判は知っていた。ニュルンベルクのグランド・ホテルで夕食をとっているところを見かけたこともあった。そこは裁判に関わるほとんど全員が毎晩引きあげてくる場所だった。ついに出会ったのは一九四七年、ケンプナーが後半の裁判のためにスタッフを募集していたときである。レスターはケンプナーの助手になり、たびたび尋問にも同席した。これが被告人を警戒させたようだった。「私が何者なのか、わからなかったのです」とレスターは言った。「私が心理学者だという噂が流れていました」。彼女はまた、アメリカ人検事たちのために、ヴァンゼー・プロトコルを英語に翻訳するという光栄に浴した。

戦後は、フランクフルト郊外、オーバーウルゼルのキャンプ・キングにあるアメリカ軍情報部に勤めた。だが、ケンプナーのところでもアルバイトをしていた。ケンプナーは通信文の翻訳や業務管理に助けを必要としていたのだ。二人の関係はこのあと四〇年間続くパートナーシップへと発展する。「彼の人生の最後の二〇年間、私は昼も夜も、ロバート・ケンプナーから離れることはありませんでした」とレスターは言った。「私は看護師で、運転手で、秘書だったのです」。彼女は口にしなかったが、愛人でもあった。

ケンプナーと人生を共にした三人の女性たちは最後まで親密な関係だった。

後年、そのことをルシアンはこう語っている。「みんなで一つの幸福な大家族でした」

ケンプナーの妻ルースは一九八二年に亡くなった。晩年、ケンプナーはフランクフルト郊外のホテルで暮らしていた。レスターは夜、隣室で眠り、ドアを開けたままにしておいた。そうしておけば、夜中、ケンプナーに何が起こったとしても、すぐそばにいられるからだ。父ロバートと息子ルシアンはほとんど毎日、話をした。父親は電話の声がよく聞こえなかったので、レスターもいっしょに聴いていて、父親が聞き漏らしたことをすべてくりかえした。

一九九三年八月一五日、ケンプナーは九三歳で死去した。その週、リプトンがペンシルヴァニアからドイツへ行き、ケンプナーに付き添った。

「彼は私の腕の中で亡くなったのです」とレスターは言った。「私たちは彼が亡くなった部屋で、彼の両側にそれぞれ座りました」。やってきた医師から臨終を告げられると、「私たちは動揺したり、悲しんだり、信じられなかったり、それはもうひどい状態でした」。

レスターとリプトンはルシアンに電話をかけた。ルシアンは妻とともにミュンヘンから車でやってくると、事務作業を引き受けた。

作業は簡単ではなかった。調査と執筆と旅行に明け暮れる人生を送ったケンプナーは、ありとあらゆるものを保管していた。フランクフルトと、ペンシルヴァニア州フィラデルフィア郊外のランズダウンに所有していた家は絵画や家具、数千冊の書籍、そして書類の山でいっぱいだった。ケンプナーは個人、仕事、法律などに関する文書ファイルを際限なく保管していた。古いパスポート、アドレス帳、子供の頃の学習日記、使用済みの鉄道切符、公共料金の請求書、古い手紙、写真。

レスターはホテルの自分の部屋で、ケンプナーの遺言書が鞄の中にしまいこまれているのを発見した。一枚の用紙に、濃い黒のマジックで手書きで書かれていて、かろうじて判読できた。遺言書によると、ケンプナーは二人の息子、ルシアンとアンドレにすべてを遺していた。

だが、一つ問題があった。

第2章「何もかもなくなった」

ケンプナーの死から二年後、忠実な助手、ジェーン・レスターはあいかわらず彼の遺産を守る方法を見つけようとしていた。かつてニュルンベルク裁判で活躍した有名検事としての地位のおかげで、ケンプナーは戦後ドイツにおいて高い社会的評価を得ていた。新聞紙面の常連となり、裁判に関するテレビ番組にもたびたび登場した。だがアメリカではほとんど無名だった。レスターはそれを変えたいと思った。

レスターは、ニューヨーク州ルイストンのハーバート・リチャードソンという男性に電話をすることにした。リチャードソンは正式に叙任された牧師で元神学教授、そして、エドウィン・メレン・プレスという小さな学術出版社を経営していた。批評家たちはメレン社を「ほとんど自費出版社のようなもので、学術出版社というのは巧妙な見せかけだ」として相手にしなかった。このような侮辱に反論するため、リチャードソンは名誉毀損《めいよきそん》で学術誌「リンガ・フランカ」を訴え、一五〇〇万ドルの損害賠償を求めたが、うまくいかなかった。レスターはケンプナーのファイルのどこかでリチャードソンの名前を見つけたのかもしれない。ケンプナーは一九八一年にアメリカのいくつかの出版社に著書を売りこもうとしており、メレン・プレス社はそのとき接触した出版社の一つだった。リチャードソンは、自分が経営する会社は小規模なので、たくさんの部数を出すことはできないと説明した。

「しかし問題は、あなたの本を英語で出版し、北米全体に流通させなければならないということです」とリチャードソンは一九八二年四月に書いている。「これはとても重要な情報なので、世に出せないのは悲しいことです。でも、私に何ができるでしょう??? 小規模な出版社ですから、できないことはできないのです」

一三年後、レスターが電話をしてみると、リチャードソンはまだ関心を持っていた。レスターはケンプナーの回顧録の一部を翻訳し、一九九六年、ニュルンベルクの最初の裁判が終了してから五〇周年に合わせる形で、メレン・プレス社から出版した。

一九九六年三月、リチャードソンは、ワシントンで開かれたニュルンベルクの検事たちの再会の集いに出席した。そこでアメリカ合衆国ホロコースト記念博物館の上級歴史学者に話しかけ、ケンプナーが保管していた文書を「少しばかり」寄付することについて尋ねた。文書はまだ二人の元助手、ドイツのレスターとペンシルヴァニアのリプトンが所有していた。当時、二人とも八〇歳代で、あいかわらず、とても親しい関係にあった。

二日後、歴史学者は、リチャードソン、レスター、リプトンの三人が博物館の主任アーキビスト(公文書の収集、分類、保管、調査研究をおこなう専門職員)、ヘンリー・メイヤーと面談できるよう手配してくれた。レスターがほとんど一人で話をした。ケンプナーが重要な人物であり、彼が遺した文書には計り知れない価値があることを説明した。しかし、会話はどこにも行き着かなかった。メイヤーは博物館に来てまだ二年しか経っておらず、殺到する新しい資料を整理するので手いっぱいだった。その日、ケンプナーの文書コレクションについていろいろな話を聞いたが、仕事を山ほど抱えるメイヤーには、重要度の高いものとは思えなかった。

リチャードソンはすぐに別の案を思いついた。自分が施設を開設して、そこで文書を保管するというのだ。一九九六年九月二一日、リチャードソンはロバート・ケンプナー・コレギウム(協会)の開設を祝う手の込んだ式典を開いた。場所はナイアガラの滝の上流にある国境の町ルイストンである。

黒いガウンと伝統的な祭服に身を包んだリチャードソンが、最初の礼拝を執りおこなった。そして、故人の友人や支援者たちの小さな集団の前で、ケンプナーを賞賛した。そこにはレスターと彼女の親戚もいた。「ケンプナーは、国家を相手に戦った最も勇気ある戦士の一人でした。その国家は合法的だと主張しながら不法なおこないをしていました」とリチャードソンは説教壇から語りかけた。半分だけ埋まった教会堂に彼の声が高く低く響き渡った。開いた窓から初秋の涼しい空気が流れこんだ。「ロバート・ケンプナーは、司法の仕事に人生を捧げ、不当かつ非合法な法律と国家を暴き、戦いつづけました。そのような国家は、犯罪的な法律を公布し、正義の名の下に、歴史上最も非道な悪行を働いたのです」。ケンプナー・コレギウムは、道徳が法律に取って代わる、という思想に捧げられることになる。

リチャードソンは目に涙を浮かべながら、自分がいかにしてケンプナーの死後、その友人の輪に入ったかを回想した。自分はどこにでもいるくたびれた老人で、六〇代を無為に過ごしていた。そんなとき、レスターから電話があり、ケンプナーの著書の英語版の出版に力を貸してほしいと頼まれた。心を揺さぶられ、日々の不安から脱することができた。「一年後」とリチャードソンは聴衆に語った。「私はジェーンによって新たな事業、新たな未来へと導かれました。彼女はまさに若さの泉です！」そして説教壇から降り、レスターに額入りの表彰状を渡した。「ジェーン・レスターの限りない想像力と豊かな活力は、聖杯を追い求め、危険を冒し、限界を超え、人生の果実だけでなく茨《いばら》をも受け入れたこの気高い騎士の精神的な武器であった」と書かれていた。リチャードソンはレスターを「終生変わらぬ正義の戦士」と呼んだ。

それから出席者たちはメレン・プレス社へ移動した。そこで軽い昼食を食べながら、レスターは出席者のために、翻訳されたケンプナーの回顧録にサインをした。その後、集団は教会堂に戻り、回顧録の一節の、俳優の弾むような英語によるドラマチックな朗読に耳を傾けた。

リプトンは小さな白い建物の前でテープカットをした。そこには大きな看板が立てられ、新たな団体の存在を告げていた。

だが中に入ってみると、本棚は空っぽだった。

問題は、物理的には女性たちが文書を管理していたが、法的にはロバート・ケンプナーの二人の息子に管理義務があることだった。息子たちは、ランズダウンにある文書をどうするべきか、まだ決めていなかったが、一九九五年、ドイツの国立公文書館にあたる連邦公文書館と交渉を進め、フランクフルトのケンプナーの法律事務所にあったファイルは寄付することにした。ルシアン・ケンプナーによると、リチャードソンがこの交渉に加わろうとしたため、息子たちの弁護士は、権利侵害行為の中止を求める通告書を送ったという。

リチャードソンはそれでもくじけず、ロバート・ケンプナー・コレギウムの開設から二カ月半後、ルシアン・ケンプナーに手紙を書き、ある提案をした。自分が新たに設立した協会は、「ロバート・ケンプナーの蔵書および文書の所蔵、目録作成、出版、研究」に専念する。代わりに、ルシアンは前金として二万ドル、父親の著書の再版による印税、そしてリチャードソンの協会からの名誉学位を受けとる。「一月にミュンヘンまで行き、これらの提案について、あなたと話し合ってもいいでしょうか？」

ルシアンは提案を断った。

一九九七年五月、レスターはふたたびホロコースト記念博物館に電話をかけ、ケンプナーの文書のことについて尋ねた。主任アーキビストのヘンリー・メイヤーは、今度は話をする準備ができていた。

メイヤーの祖父、ハインリヒ・マイヤー（Meier）は、ドイツのオウバールシュタットで畜産農家を営んでいたが、ナチスによって廃業に追いこまれた。何世代にもわたってユダヤ人から家畜を購入していた農民たちが、購入を拒否するよう圧力をかけられたのだ。ユダヤ人業者から買うところを見られた農家は、政府協同組合から支払われる牛乳の代金を数分の一に減らされた。ユダヤ人が市場で売ろうとすると、デモ隊に阻止された。ついには保険会社が、法律で義務づけられている牛にかける保険を、ユダヤ人には提供しようとしなくなった。そんな状況にうんざりしたハインリヒ・マイヤーは、一九三七年、娘と息子とともに豪華客船ワシントン号に乗りこみ、ニューヨークへと旅立った。先に到着していた親戚たちを頼って、フラットブッシュ地区の同じ街区に住みはじめた。祖国との溝はもはや修復不可能だった。到着すると、名字のつづりを変え、ドイツ風の「マイヤー」ではなく「メイヤー」（Mayer）と読めるようにした。

メイヤー家の人々はホロコーストについて、けっして語らなかった。ヘンリー・メイヤーが誕生したのは、第二次大戦が終わって五年後のことである。メイヤーにはすぐにわかった。第三帝国のユダヤ人に何が起こったかを尋ねることは厳禁だということを。「それはつねに、誰も口にしないことでした」とメイヤーは言う。「誰もそれについて話しませんでした」

ヘンリー・メイヤーはシカゴ大学でアメリカ史を学び、ウィスコンシン大学で修士号を取得した。教授になろうと思い、博士課程の予備試験を受けて失敗。再挑戦を目指して勉強しているとき、やっぱり教授になるのはやめることにした。退学してワシントンDCへ移り、しばらくして、国立公文書館に就職した。そこでの仕事はおもしろかったが、そのうちに、資料の目録を作り、記録をある場所から別の場所へ移すことが人生のすべてになってしまったような気がした。そのため、一九九四年、新たに開館するホロコースト記念博物館での仕事に誘われると、すぐにチャンスに飛びついた。

これから何百万人もの見学者がホロコースト記念博物館を訪れることになる。この博物館の狙いは、博物館から出てきた人々が、世の中に戻って、「憎悪に立ち向かい、大量虐殺を防ぎ、人間の尊厳を促進する」ようになることだった。主な展示区画へ行くエレベーターに乗る前に、訪問者はカードを渡される。それにはナチスによる迫害の犠牲者一人ひとりについて書かれている。長い時間をかけて展示室を歩き、大虐殺の写真の前を通って、鉄道車両の中に入る。ユダヤ人を死へと運んだのと同じ型の車両だ。その上には次のような標示がある。アルバイト・マハト・フライ――「働けば自由になれる」――アウシュヴィッツの入口の上に掲げられていたのと同様の標示だ。そして最後に、四〇〇〇個の靴でいっぱいになった部屋に入る。ポーランドのマイダネク収容所のガス室で犠牲になった人々が遺したものだ。この博物館は歴史の教訓を伝えるだけでなく、個々の人間の責任についても問いかけようとしていた。あなたならどうしていましたか？　今日、憎悪の拡大を止めるために、何をしますか？

だが、博物館のコレクションは、展示されているものだけではなく、それをはるかに上回る膨大なものだった。博物館には巨大な資料保管所があり、研究者がホロコーストについて調べたり、世に伝えたりするのに役立っていた。資料には文書、写真、録音資料、口述資料、その他の貴重な物品が含まれた。

ナチスによってドイツを追われたユダヤ人の息子、そして孫として、ヘンリー・メイヤーはもともと、この博物館の使命に関心があった。しかし、自分の家族の歴史の全貌が見えてきたのは、そこで働きはじめてからのことだ。

メイヤーの祖先であるマイヤー家とフランク家は、ドイツ南西部、ライン川沿いのカールスルーエおよびその周辺に何世代にもわたって暮らしていた。一九三〇年代、親戚の何人かがアメリカに逃れた。

しかし、多くの人々は逃げなかった。そして一九四〇年一〇月、ナチスの網に捕らえられた。このとき、地域全体で七六〇〇人以上のユダヤ人男女や子供が一斉に捕らえられ、国境の外へ追放された。

追放された先は東ではなく西だった。東方がドイツ系ユダヤ人の標準的な追放ルートになるのはそれから数年先のことである。西へ追放された彼らは、フランスのヴィシー政権の責任下に置かれた。同政権は、その年、ナチスがフランス北部を占領した後、南半分の非占領地域に成立した傀儡《かいらい》政府だった。ドイツはユダヤ人を追放する際、ヴィシー政権になんの予告もしなかった。そこでフランスは、ユダヤ人を乗せた列車をいくつかの強制収容所に送った。そのうちの一つは、ピレネー山麓のグールという小さな町の外れの湿地に急ごしらえで建てられたものだった。

ユダヤ人を乗せた列車は収容所に最も近いオロロン＝サント＝マリーの鉄道駅で停車し、そこで全員が無蓋トラックに押しこめられた。冷たい土砂降りの雨の中、長くつらい旅の最後の行程を進んだ。故郷からおよそ一三〇〇キロ離れた場所で、抑留者たち——ずぶ濡れで凍え、神経が参っている——が連れていかれた先には、人気《ひとけ》のない、今にも倒れそうな宿舎が建ち並んでいた。荷物は泥の中に積みあげられた。

冬に入って、フランスが運営するこの収容所を訪れた民生委員たちは、「あたりには息もできないほど人の絶望感が充満し」、高齢の囚人のあいだに「死にたいという強い願望」があることを知った——追放された人々の四〇パーセントは六〇歳以上だった。武装した看守が見張る有刺鉄線の列の中では、窓のない木造の小屋に人々が押しこめられていた。宿舎には暖房も、水道も、家具もなかった。シラミ、ネズミ、ゴキブリ、病気が蔓延した。「雨が降りつづいた」と、ある囚人は書いている。「地面は泥沼状態で、足を滑らせたら泥の中に沈む可能性があった」。囚人たちは共用の長靴を履いて、ぬかるみを渡り、原始的なトイレまで行った——ドアのない吹きさらしの小屋にバケツが置かれていた。ある歴史家は書いている。「泥のにおいと尿の悪臭とが混じり合って」、あらゆるものの上に漂っていた、と。囚人たちに与えられる食事は、代用コーヒーと薄いスープ、そしてパンだけだった。飲み水が不足していたため全員に行きわたらず、激しい飢えに襲われた。グールの収容所にいた大学教師は書いている。「あらゆる年齢の何千人もの男女が苦しんでいた。その苦しみのさまざまなニュアンスは、ランボーのような偉大な詩人でなければ表現できないだろう」

ハインリヒ・マイヤーのいとこたち、エリーゼとサロモン・フランクは、この収容所で一九四〇年末まで生きのびることはできなかった。二人は記録的な寒さの中で死んだ。

ハインリヒの兄夫婦、エマヌエルとヴィルヘルミーナ・マイヤー、いとこのマルタ・マイヤーは、時が来るまでのおよそ二年間をフランスの収容所で過ごした。一九四二年八月、鉄道で北へパリ郊外、ドランシーまで運ばれた。そこで、まだ持っていたすべての所持品を取りあげられた。八月一四日の夜明け、エマヌエルとヴィルヘルミーナはバスに乗せられ鉄道駅まで連れていかれた。そこで、機関銃を手にした警備兵たちによって、家畜運搬用の貨車に強制的に乗せられた。東の「未知の目的地」へ向かうためである。マルタが連れていかれたのはその三日後だった。周囲には病人、老人、たくさんの幼い孤児たちがいて、中にはまだ二歳、三歳、四歳の子供もいた。数日の旅を終えて、ハインリヒの身内たちは最後の目的地に到着した。東へ一五〇〇キロあまり離れた占領下ポーランドの、アウシュヴィッツである。

それから長い年月が過ぎ、メイヤーはホロコースト記念博物館で、七〇〇〇万ページ以上に及ぶコレクションの構築、整理、目録作成に力を尽くしていた。ケンプナー文書ほど膨大または複雑な――あるいは最終的には歴史的に重要な――収集資料はないだろう。

一九九七年にレスターから電話をもらった後、メイヤーはルシアンとアンドレ・ケンプナーに手紙を書いた。二人から熱心な返事が返ってきて、すぐに、ルシアンがこの問題を受け持つことになった。ルシアンは、ホロコースト記念博物館こそ、父の文書を保管しておくのに最適な場所だと信じていた。「父の生涯はナチズムとの戦いだった」。ルシアンの説明によれば、問題の文書はランズダウンにあり、目録を作成できるよう、マーゴット（リプトン）が手配してくれる、とのことだった。

一九九七年八月、メイヤーが学者チームとともにワシントンから車で出向いたときには、すべてがスムーズに進むように思われた。

彼らは六つの寝室のある邸宅に到着した。ケンプナー家が戦時中に購入していたものである。ダービー川の曲がり目にある丘の麓に建っていた。約束の時間になっても、誰も玄関に出てこなかった。二、三分すると、リプトンが散歩から帰ってきた。メイヤーが自己紹介すると、リプトンは驚いているようだった。「どちら様？」やっと思い出すと、メイヤーたちを招き入れ、資料のある場所に案内した。

資料は至る所にあった。左のケンプナーの書斎、右の部屋、サンルーム、階段の上の二つの部屋、地下室。そのうちの一部屋はまったく明かりがつかなかったので、リプトンは電球を取ってこなければならなかった。

同行の学者の一人は以前この家に来たことがあった。ジョナサン・ブッシュは弁護士で、戦犯裁判の専門家だ。司法省ナチス追及特別捜査室の検事、ホロコースト記念博物館の法律顧問という経歴の持ち主でもある。何年も前、まだ二〇代の学者としてホロコーストの賠償金について調べているときに、ブッシュはケンプナーにインタビューをしにきたのである。長い年月を経た今も、この場所はあまり変わっていなかった。「ひどく散らかっていました」とブッシュは言う。「一軒の家にあれほどたくさんの箱が詰めこまれているのを私は見たことがありませんでした」。リプトンに案内されたどの部屋でも、積みあげられた箱が天井まで達していた。床はすべてファイルで覆われていた。

四人の男たちは圧倒された。「さて、どうしたものか？」と、メイヤーは思案したことを憶えている。家の中には二〇〇〇個以上の箱があると言われても、ブッシュは疑いもしなかっただろう。「これはすごい！」とブッシュは思った。「何個あるかなんて、わかるわけがない」

彼らは二手に分かれて目録作りを始めた。あまり時間がなかったので、資料から抜き取った少数のサンプルを調べ、ケンプナーの文書の中に保存価値のある資料があるかどうかを確かめるしかなかった。地下室で見つかった本箱には、外国語辞書を含む古い書籍やニュルンベルクの資料、ナチス時代以前の法律書などがぎっしりと詰まっていた。四つのテーブルには、ケンプナー個人の財務状況や、損害賠償関係の仕事に関する記録が三〇箱近く置かれていた。書斎の書類キャビネットからは、未整理の手紙や報告書のファイルが次々に見つかった。書斎には家具や箱が所狭しと並んでいて、ガラス扉付きの本棚に入った書類には手が届かなかった。

フォルダーは意味をなしておらず、年代順にも、項目別にもなっていなかった。男たちは、大工道具、ビタミン剤の瓶、ローションなどを取り除いて、やっと新聞の切り抜きや請求書、写真、旅行ガイドにたどりついた。下の箱を踏み台にしなければ、いちばん上の箱に手が届かなかった。そこにあるものすべてを見ることは、とうていできなかった、とブッシュは言う。「ほとんどの箱は二列に並んだ別の箱の裏にあり、その上にさらに六個の箱が並んでいた」

彼らが目にしたのは明らかに興味深く、歴史的に重要なものだった。ブッシュはある箱を開けて驚いた。そこに入っていた文書から、ナチ戦犯にとっては災いの元であるケンプナーが、ゲーリングの未亡人エミーの代理人として訴訟に参加していたことがわかったのだ。エミーは自分が夫の年金を受けとれるはずだと信じていた。ブッシュは、J・エドガー・フーヴァーとの往復書簡の写しを見つけた。とくに目を見張ったのは戦犯裁判に関するケンプナー文書の幅広さだった。資料の写しは主要な図書館に寄付されていたが、あまりにも場所を取るので、すでに処分されていることもあった。ケンプナーの記録文書はほとんど完璧だった、とブッシュは言う。「何から何までそろっていました」

メイヤーは訪問後の報告書に書いている。「このコレクションは、ホロコースト研究の資料として、歴史的価値がきわめて高い」。だが、「かなり悲惨な状態」でもあった。ポーチや地下室に置かれた文書の一部にはカビが生えていた。メイヤーは、すぐに文書を仮の保管場所に移し、虫食い対策を施してから箱に入れ直すことを勧めた。

メイヤーは報告書の内容をルシアンに伝え、ルシアンはそれをレスターとリプトンに伝えた。それがトラブルの始まりだった。リプトンは何一つ手放したくないと思っていたのだ。

そこでケンプナーの遺言の問題点が関わってくる。ケンプナーは自分の死後、リプトンが面倒を見てもらえるようにするため、ランズダウンの家に住みつづける――その中身とともに――ことを認め、費用は遺産で賄うよう明記していた。ルシアンとアンドレは父の願いをかなえたいとは思ったが、ケンプナーがランズダウンに遺した歴史的重要文書は運び出したいとも思っていた。

メイヤーがランズダウンの家で文書の目録を作成してからまもなく、リプトンから手紙が届いた。文書をおとなしく引き渡すつもりはないという。

「あなたはこの件に関する私の法的権利をわかっていないようです」とその手紙には書かれていた。ケンプナーはリプトンに「ランズダウン・コート一一二番地にあるすべてのものを保有もしくは処分する権利」を与えていた。リプトンとしては、ケンプナー文書を――「最終的に」――博物館が保存することには、なんの問題もなかった。だが、半分空になった家に一人残されるのは嫌だった。「引退した年寄りは、自分の一生の業績を具体的に示す書類や本、写真、その他の物に囲まれることに確かな慰めを見いだすものだということが、あなたにはわからないかもしれません」手紙にはそうあった。さらに、「トラックを派遣して、わが家にあるものの大部分を運び去ってもかまわないか」と尋ねもしないのは無神経だ、と書かれていた。「私はここに五〇年以上も住んできて、まだあと三〇年は住むつもりなのですから」。リプトンは一〇〇歳をゆうに超える年齢まで長生きするつもりのようだった。

リプトンはメイヤーに、このまま計画を進めるなら、ルシアンと博物館を訴える、と告げていた。「この件について私に相談しなかったことを謝罪し、もう二度と、私の書面による要請と同意なしに、わが家に立ち入り、いかなる物も持ち出そうとしないと固く約束する返信をお待ちしています」

ルシアンによると、手紙の下書きが書かれたとき、リプトンはリチャードソンとレスターとともにドイツにいたという。そのため、のちに博物館の幹部たちは、手紙を書いたのはじつはリチャードソンではないかと疑った。

その手紙がホロコースト記念博物館に届いたのと同じ頃、ルシアンはリプトンの弁護士から手紙を受けとっていた。ルシアンがランズダウンの家と、家の中にある文書以外のものすべてを譲るなら、リプトンはケンプナー文書を運び出すことへの反対を取り下げるという。家を所有するということは、つまり、家を売却し、その利益を手にしてよそへ移ることもできるわけである。ルシアンはふたたび提案を断った。

一九九七年末、メイヤーはレスターに返事を書いた。「われわれの意図するところは、ケンプナー博士の知的遺産が後世の研究者のために保存されるようにすることです。しかも、彼が長年心血を注いで追求してきた理想に捧げられる施設で」。メイヤーはレスターを蚊帳の外に置いたことを謝罪し、ルシアンから、交渉には自分以外誰も関与させないように言われていたことを伝えた。そして、レスター自身の文書その他の所有物がケンプナーのものといっしょに運び去られないようにするため、レスターと共同で作業を進めることを約束した。「私たちはあなたの所有物を、過失であれ故意であれ、何一つ盗むつもりはありません」

しかし、訴訟に巻きこまれることを恐れた博物館は、ルシアン・ケンプナーとマーゴット・リプトンのあいだで折り合いがつくまで、手を引くことにした。

この件全体の中で、まったく予想のつかない人物が、ハーバート・リチャードソンだった。教師時代の教え子たちによると、リチャードソンは激昂したり、威圧したりすることがあったという。その反面、人の心を鷲づかみにする、情熱にあふれた、カリスマ的な演説者でもあった。教え子だった女性は、リチャードソンが弁舌をふるう様子を見て、アドルフ・ヒトラーがどのようにして大衆を味方に引き入れたかがわかった、と述べている。

そのことを言われたリチャードソンは、ため息をついた。

「私をヒトラーと比べる人もいれば、神と比べる人もいます。それについて、どう答えたらいいのでしょうか?」とリチャードソンは言う。

リチャードソンは一九六三年にハーヴァード神学校で博士号を取得し、そこで五年間教鞭をとった。プロテスタントの長老派牧師だったが、トロント大学内にあるカトリック系のセント・マイケルズ・カレッジに勤務し、終身在職権を獲得した。その学識はあらゆる分野にわたり、カンタベリーの聖アンセルムス、妊娠中絶、ベビーM代理母事件、ジャンヌ・ダルク、軍隊内の同性愛者などに関する著述がある。一九七一年にハーパー&ロウ社から刊行された著書『尼僧、魔女、プレイメイト』では、「性のアメリカ化」ついて考察した。

一九七二年、大学とは独立した学術出版事業を始めた。セント・マイケルズの学生の論文を刊行する、というのがそもそもの目的だったが、やがて、自分の論文を発表する場がない学者のための出版社になった。リチャードソンは自分の会社のことを「最後の出版社」と呼んだ。一九七九年、トロントの地下室にあった会社を、南へ約一三〇キロ離れたルイストンに移転した。出版社はゆっくりと成長し、やっと儲けも出て、幅広い分野の出版物を年間数百タイトル刊行するまでになった。リチャードソンによると、それらの出版物は母校ハーヴァードを含む世界各地の学術図書館に所蔵されているという。

一九八〇年代、新興宗教ではなくカルトだと批判されていた文鮮明師の統一教会やサイエントロジー教会を擁護して、物議を醸した。

その後、一九九一年に教室で起こった事件によって、リチャードソンの学者人生は危機に瀕することになる。ある日、リチャードソンは学生たちを怒鳴りつけ、――机をきちんとした円形に並べていなかったからだ――次に、指導助手と激しく口論したあげく、その場でクビにした。学生たちがこの件を報告すると、大学当局はリチャードソンの授業を監視するようになり、翌年には早期退職を求めてきた。当時、宗教学部長はこう書いている。「リチャードソンのふるまいは、爆発寸前の時限爆弾だ」

リチャードソン教授は退任を拒み、代わりに病気療養のための休暇を要求した。何年も前から胸に痛みがあったので、そろそろデューク大学で心臓病リハビリを受けたほうがいいと思ったのだ。「このまま教える仕事を続けていたら、一月を待たずに死んでしまうだろう」とリチャードソンは友人たちに語った。そうしてダーラムまで行ったものの、わずか二週間でリハビリをやめてしまった――費用が高すぎた、というのがのちのリチャードソンの言い分である。――代わりに北米とヨーロッパを旅して回った。ウェールズ、カンザス、南カリフォルニアを訪れた。ウェールズにはエドウィン・メレン・プレス社の海外支社があり、カンザスには父が埋葬されていた。将来は南カリフォルニアのボレゴ・スプリングスという砂漠の町で隠居生活を送ろうかと考えていた。タークス・カイコス諸島（西インド諸島の一部でイギリス領）にも行き、そこでメレン大学の設立に着手した。まもなく、この大学は、論文と「人生経験」に基づいて、九九五ドルで学位を授与する、という宣伝を始めた。「人生は学校です」とリチャードソンは言った。「人は生きているかぎり、学びつづけるのです」

旅行中、リチャードソンの行動は、セント・マイケルズ・カレッジに知られていた。旅から戻ると、リチャードソンは重大な不正行為で大学から告発された。終身在職権があるため、あからさまには解雇できなかったことから、きわめて異例な裁判になった。大学当局は、些末なことから重大なことまで、さまざまな罪状で告発した。最終的に、主な申し立ては、リチャードソンが病気療養のための休暇を悪用し、休暇中エドウィン・メレン・プレス社の仕事にどれだけの時間を費やしていたかについて、大学側に嘘の報告をしていた、というものになった。

リチャードソンは法廷で五日間にわたって証言した。「この公の場での屈辱によって、私と家族はこの上ない恥をかかされました」とリチャードソンは言う。「その結果、私は破産に追いこまれ、教授としての面目を失ったのです」。リチャードソンは自分のことを、同僚学者たちによるいじめの犠牲者だとみなした。調べられていることを知ったときは、ひどく落ちこんだという。「五〇年間、自分が人生を築きあげてきた、その土台となるあらゆるものが攻撃され、重圧に押し潰されそうな気がしました」。一九九四年一〇月、リチャードソンは訴訟に敗れ、解雇された。判決の中で裁判所は、リチャードソンの証言は信用できない、と述べている。「頭の回転の速さ、雄弁さ、機知に富んだ性格によって、自分に都合のいい一部の真実に見せかけの説得力を与えることができる」

そんな、人生で最も波乱に富んだ出来事を経験してから一年後、ハーバート・リチャードソンはジェーン・レスターに出会った。

一九九八年八月――メイヤーをはじめとする博物館関係者たちがランズダウンの家でケンプナー文書の目録を作成した一年後――リプトンはケンプナーの相続人たちを相手取って訴えを起こした。それは、リプトンが一九五八年にルースとロバート・ケンプナーと共同で購入した三六エーカーの未開発の土地をめぐる訴えだった。ケンプナーの死後、リプトンはルシアンとアンドレにその土地の売却を任せ、売却益の一部をリプトンが受けとる、ということで話がまとまっていた。ところが、一九九七年に兄弟がその土地を四五万ドルで売却する契約書に署名すると、リプトンが訴えを起こし、自分はケンプナーの弁護士に騙された、売却益の全部を受けとれるはずだ、と主張した。

裁判記録によると、ルシアン・ケンプナーは、ハーバート・リチャードソンがリプトンに「不当な影響」を与え、訴えを起こすようそそのかしたのだと信じていた。ルシアンの弁護士ケヴィン・ギブソンは裁判官に対して、リプトンは自分の身辺の事柄に関して、リチャードソンに代理権を与えていると述べた。リプトンはランズダウンの家を出て、ロックポート・プレズビテリアン・ホームという介護施設に入っていた。その施設はニューヨーク州北部にあるリチャードソンのアメリカ・オフィスから三〇キロほどのところにあった。ギブソンは裁判官に、リプトンの訴えを却下し、ケンプナーの相続人が家に立ち入ってケンプナーの所有物を運び出す許可を与えるよう求めた。

ホロコースト記念博物館では、メイヤーがいらだちを募らせながら、複雑な訴訟の行方を遠くから見守っていたが、一九九九年六月二三日、突破口が開けた。ギブソンがついにリプトンを証人尋問する機会を得たのだ。リプトンは八五歳になったところで、年齢による影響が出ていた。「今、自分がどこで暮らしているのか、よくわかりません」とリプトンは認めた。リチャードソンとはどのように知り合ったのかと訊かれると、「憶えていません」と答えた。ギブソンはリプトンに、ケンプナーの遺産である銀行口座から振り出された一万三〇〇〇ドルの小切手を見せた。リプトンがルシアンの名前を署名しており、自分に代理権があることを主張しているように見える。リプトンは、預金の引き出しのことは何も知らない、と証言した。

ギブソンはリプトンに、ランズダウンの家からケンプナーの文書を運び出して保存することに異議を唱えたことがあるかどうか、くりかえし尋ねた。リプトンは、ない、と答えた。「できることなら私が死んだ後にしてもらいたいとは思いますが」とリプトンは言った。「今でなければダメだというなら、そうしていただいてもかまいません」。リプトンはまた、もう帰るつもりはないので、家を売却することに「異議はない」とも述べた。けっきょく、リプトンは不動産訴訟でケンプナーの相続人と和解することになる。

弁護士はさっそく博物館に連絡をとった。博物館はすぐさま動きだすことにした。メイヤーは同僚たちに書いている。「ミズ・リプトンの気が変わる可能性もあるし、家は現在無人になっているため、盗難の危険もある」。リプトンの証言から一週間後、メイヤーはランズダウンを再訪した。そこではギブソン弁護士が錠前師と警察官とともに待っていた。万事順調に進めるためである。

中に入ってみると、まず、キッチンの棚にリボルバーが置かれていることに気づいた。次に、二年前に見た文書のほとんどがなくなっていることがわかった。「家は完全に空っぽの状態でした」と戦争犯罪研究者のブッシュは言った。ブッシュは二年前、メイヤーがこの家の文書の目録を作成する手伝いをしていた。地下室の本棚の中身もきれいさっぱり消えていた。ケンプナーの書斎の書類キャビネットも空だった。二階にあった文書も同様に、ほとんど消えてなくなっていた。メイヤーたちは、一九九七年に作成した目録を手に家中を調べた。そして、並んだ項目に「紛失」「すべて紛失」「全部紛失」と、次々に書きこんでいった。「机も紛失」と書かれた項目もあった。

ギブソンはランズダウン警察の刑事たちを呼んで捜査を要請し、いっぽうブッシュたちは通りの家々を尋ね歩いた。近隣住民の話では、前の週に、家の前に引っ越し用トラックが停まっていたという。

警察は、長年ケンプナー家の邸宅を管理していたマグナス・オドネル——通称ニフティ——から事情を聴取した。すると、七カ月前、リチャードソンが訪れ、レスターとリプトンといっしょに、コレクションを整理したという。必要なものは箱に詰めてニューヨークに送った。大型ごみ容器二杯分の古い衣類、家具、台所用品は処分した。

捜査官たちはルイストンでリチャードソンを追及した。そして、なくなった文書がロバート・ケンプナー・コレギウムに移されていたことを知った。そこは空調が完備され、鍵がかかっていた。捜査官たちは、リチャードソンがリプトンの資産をどのように管理していたのかを調べていると告げ、資料をホロコースト記念博物館に引き渡すよう求めた。リチャードソンはすぐに同意した。

八月三日、ケンプナー文書を分類、梱包するため、メイヤーは警察を伴ってルイストンのコレギウムを訪れた。出迎えたのは怒れるジェーン・レスターと彼女の弁護士だけで、リチャードソンはどこにも見あたらなかった。

一九九七年のレスターからの電話をきっかけに、博物館によるケンプナー文書の獲得が再開したのだが、二年後、レスターはその後の展開に激怒していた。ええ、彼らはたしかに文書を持っていきました。でも、それはただ文書を保護し、ケンプナーの遺産に含まれないものと区別するためです、と。

博物館のスタッフたちは、最後に二階に移動してコレクションを調べた。一つ一つのファイルを念入りに検討し、どれがケンプナーの文書で、どれがレスターとリプトンのものかを判断すると約束した。

作業はなかなか進まなかった。博物館はプライバシーを侵害している、とレスターは苦情を述べ、メイヤーに向かって、その顔を覚えておきたい、と言った。博物館による自分への仕打ちを、いつか文章に書くつもりだから、と。レスターがケンプナーに宛てて書いた手紙が見つかると、そのたびにレスターは手放すことを拒否した。一九六〇年代から一九八〇年代まで、何百通もの手紙があった。レスター、リプトン、ケンプナー夫妻は、離ればなれになっているとき、ほとんど毎日手紙をやりとりしていたのだ。メイヤーは、ケンプナーに届いた手紙はコレクションの一部とみなすべきだと主張し、可能なものはすべて博物館で保存しようとした。

ケンプナーのコレクションは、それまでに博物館に寄贈された最大の文書資産だった。博物館が集めた資料は以下のとおり。ニュルンベルク関係のファイル八五箱、製本された裁判書類一一七冊、ケンプナーの個人的または仕事上の書簡六八箱、七八回転の録音盤三九枚、そして、一〇〇〇冊近い書籍および定期刊行物。

資料はワシントン北部にある博物館の倉庫に運ばれ、ファイルの詳細な調査が始まった。すると、アーキビストや歴史家たちはケンプナーの秘密に気づきはじめた。何十年ものあいだ放置されていたフィラデルフィア郊外の邸宅は、ドイツ文書の原本の膨大なコレクションの隠し場所になっていた――歴史家たちが目にしたことのないものばかりだった。なぜなら、ケンプナーがニュルンベルクから持ち出したきり、返却していなかったからだ。

コレクションの中には次のようなものがあった。ハンガリーに駐留していた武装親衛隊の一九四四年の戦争日誌。六〇万人のユダヤ人が収容所に送られて殺された時期である。ラインハルト・ハイドリヒが署名した手紙。ホロコーストの設計者の一人であるハイドリヒは手紙の中で、オーストリアのユダヤ人から奪った文化的資産をどこへ送ればいいか、ヒトラーに尋ねていた。ユダヤ人が所有するすべてのラジオを没収することを命じた一九三九年九月の文書。ドイツ国防軍最高司令部総長ヴィルヘルム・カイテルの署名入りの手紙。ニュルンベルク刑務所で書かれたものだ。

ケンプナーは、一九四一年の対ソ連侵攻の二日前におこなわれたアルフレート・ローゼンベルクの演説の草稿を手に入れていた。ローゼンベルクによる鉛筆画も何枚か持っていて、横たわった裸婦の習作もあった。ローゼンベルク個人の家系図もあった。親戚にユダヤ人がいないことを証明するために描かれたものだ。

コレクションの目録作成が完了したとき、メイヤーは思った。これでケンプナーの相続人が寄贈した資料はすべて博物館に収蔵された。ケンプナーをめぐる長くこみいった奇妙な物語も、やっと終わりにたどりついたのだ、と。

メイヤーは間違っていた。

第3章　「邪悪なる者の心を覗きこむ」

メイヤーがルイストンでのジェーン・レスターとの対決から戻って数週間後、ホロコースト記念博物館の著名な歴史家ユルゲン・マテウスから、一枚のメモが届いた。ロバート・ケンプナーの相続人から寄贈された秘蔵文書の中には、きわめて重要なものが含まれているはずだという。アルフレート・ローゼンベルクの日記である。

歴史学者はこう書いていた。じっさい、ケンプナー文書の中に、そのことを示す確かな証拠書類を見つけた。ケンプナー検事自身が認めているのだ、と。

宮殿の金庫室で発見された後、日記はニュルンベルク裁判の検事たちのオフィスに届けられた。だが、公判中に証拠として提出されることはなかった。それどころか、ローゼンベルクの弁護士が弁護側申し立ての準備をする際に閲覧を求めたところ、見つからないと言われた。

日記原本の七五ページ分は、ニュルンベルク裁判の終了後、別の一一六ページ分の複製とともにアメリカ国立公文書館に収蔵された。一九五〇年代半ば、ハンス＝ギュンター・ゼラフィムというドイツ人歴史学者が日記を注釈付きで出版する準備を進めていた。その際、ケンプナーが一九四九年にドイツの雑誌「デア・モーナト」に「教会との戦い」と題して発表した日記の一部にも目を通した。ケンプナーは、ローゼンベルク日記から数多くの記述を抜き書きしていた。ゼラフィムは、それらが公文書館にある日記から抜粋されたものではないことに気づいた。そこでケンプナーに手紙を書き、これ以外に日記のどの部分を保有しているのか尋ねた。元検事は真実を隠さなかった。手書きの日記を約四〇〇ページ分持っていると答えた。一部を出版する計画だったが、「そこまでこぎつけられなかった」とゼラフィムに打ち明けた。ゼラフィムはケンプナーに、日記の完全版を出版するために、資料を使わせてくれるよう求めた。ケンプナーは断ったが、ゼラフィムが簡約版を出版しようとしていることを知ると、脚注を付けて自分が膨大な補足資料を保有していることを読者に伝えるよう提案した。ゼラフィムはその文書が国有財産であることを知らなかったか、でなければ、その点を追及することに気が進まなかったのだろう。

ケンプナーは、その後の何年かのあいだにも、出版した二冊の本の中で、それまで知られていなかった日記の記述を引用している。そのうちの一冊では、「秘密日記は……私の保存資料の中にある」とまで書いている。しかし、他の研究者が日記を見せてもらえないかと話を持ちかけても、ケンプナーからは慎重な返事が返ってくるだけだった。

ヘンリー・メイヤーにとって、これは衝撃的な発見だった。ローゼンベルクの日記は、他の何にも代えがたい、とてつもなく重要な文書だ。歴史的遺物としての価値以上のものがある。欠落したページを読めば、最終的解決（ユダヤ人絶滅計画）に関する重要な事実を解明できるものと研究者たちは期待していた。ローゼンベルクとその側近たちは、一九四一年から一九四二年におこなわれた重要な議論に参加していた。ナチスがヨーロッパのユダヤ人殺戮を開始した時期である。

フレッド・ニーバーガルには、ケンプナーに文書の持ち出しを許可する権限はなかった。たとえ権限があったとしても、ケンプナーには、ローゼンベルク日記のようなものをいつまでも持ちつづける権利はなかった。

マテウスのメモに促されて、メイヤーは博物館所蔵のケンプナー文書を綿密に調べ、消えた日記を探した。だが、どこにも見あたらなかった。

そして二〇〇一年六月二五日、ウォルト・マーティンという男から電話があった。ケンプナーのランズダウンの家にあった文書の一部を所有する人物の代理人だという。

メイヤーは困惑した。一九九九年夏にケンプナーのコレクションを手に入れるために訪れたとき、邸内を徹底的に調べたはずだ。どんなにわずかなものでも、残っていたものはすべて博物館が確保した。何も見落としたはずはない。メイヤーは男に詳しいことを訊いた。マーティンはいろいろな説明をした。最初、資料は家の外のゴミ箱で見つかったと言い、その後、サンルームで見つかったと修正した。文書の中にアルフレート・ローゼンベルクという人物の日記は含まれているか、とメイヤーは尋ねた。

そう思う、とマーティンは答え、いくらぐらいの価値があるのか問いかえした。「一〇〇万か、二〇〇万か？」

メイヤーはマーティンにまた後で連絡すると言っておき、代わりにＦＢＩに電話をかけた。

ＦＢＩ美術犯罪チームの創設者、ロバート・ウィットマンは、世界各地で潜入捜査をおこない、あらゆる種類の泥棒、詐欺師、密輸業者から芸術品を取り戻して有名になった。たとえば、かつて北京の故宮を飾っていた重さ約二三キロの水晶玉を取り戻した。それはニュージャージー州トレントンの自称魔女の家の鏡台の上で発見された。また、ニュージャージー高速道路７Ａ出口近くのサービスエリアで、囮《おとり》捜査を実施した。相手は密輸業者で、一七〇〇年前のペルーの黄金の腰当てを売ろうとしていた。盗まれたアメリカの歴史的資料を驚くほど大量に発見したこともある。フィラデルフィア南部の質素な家に隠されていた。二〇〇万〜三〇〇万ドル相当のそのコレクションには次のようなものがあった。急進的な奴隷制度廃止運動家ジョン・ブラウンがハーパーズ・フェリーを襲撃して失敗したときに持っていたライフル。ジョージ・ワシントンの毛髪を封じこめた指輪。ゲティスバーグの戦いの後、北軍のジョージ・ミード将軍に贈られた金時計（「勝利」という銘が刻まれている）。ウィットマンは密輸業者をフィラデルフィアの空港ホテルにおびきよせ、ジェロニモの羽根付き頭飾りを取り戻したこともある。マドリードでは、スペインの捜査官たちがゴヤやブリューゲルなどの絵画一八点を発見するのに力を貸した。これらの絵画は総額五〇〇〇万ドルに相当した。そのほかにウィットマンは次のようなものを救出している。ピケット将軍が持っていたゲティスバーグの地図、パール・バックの小説『大地』の草稿原本、権利章典（合衆国憲法修正第一条～一〇条）の写本一四枚のうちの一枚。

ウィットマンはＦＢＩ史上最も成功した美術犯罪捜査官であり、三億ドル以上の文化遺産の回収作戦を指揮してきた。その過程で、美術品密売という犯罪界のドル箱分野への国際的な関心を呼び起こした。ＦＢＩはウィットマンが発見したすべての文化遺産の金銭的価値を集計したが、ウィットマンは、失われた歴史的遺物には、本当は金に換算できないほどの価値があることを知っていた。

かけがえのない文化的、国家的遺産を、どうして金に換算することができようか？　盗まれた歴史的遺物を救済することは、ウィットマンにとって、この仕事の最もわくわくするところだった。

二〇〇一年、ホロコースト記念博物館の事件の捜査に着手したウィットマンは、メイヤー、マーティンとの電話会議に参加した。その際、歴史文書の鑑定家ボブ・クレイと名乗った。本当のファーストネームを使ったのにはしかるべき理由があった。嘘は最小限にとどめておいたほうが、役を演じつづけるのが楽になるのだ。

ＦＢＩ捜査官として直接尋問するよりも、囮捜査のほうが、より多くの情報を得られることを、ウィットマンは経験から知っていた。鑑定家なら、マーティンに対してコレクションを自分の目で確認したいと要求できるし、文書の出所について突っこんだ質問をしても不自然ではない。

マーティンの話では、ケンプナーの相続人たちは家の売却に備えて業者に清掃を依頼した。その業者が仕事を下請けに出した先がマーティンの兄でゴミ処理業者のウィリアム・マーティンだった。ウィリアムによれば、敷地内にあったゴミ袋の中から文書を見つけたのだという。どうしてそんなところにあったのかは謎だった。ケンプナーの相続人たちの弁護士、ケヴィン・ギブソンは次のように語っていた。「博物館の職員たちは、ネズミが出る地下室の穴の中に入ったり、壁の裏を調べたり、金庫の中を探したりしました。彼らが立ち去ってから、私もひととおり調べてみましたが、それ以上の文書は見つかりませんでした」。中にはナチス文書の原本もあるようだ、とウォルト・マーティンは言う。マーティンは次のような資料を持っていた。数百ページに及ぶドイツ軍の軍事計画書、戦争後にソ連から原材料を搾取することについての文書、J・エドガー・フーヴァーからケンプナーへの書簡、そして――マーティンはそうであることを願い、また信じていたが――ローゼンベルクの日記の複製。マーティンはルシアン・ケンプナーの古い軍服も持っていた。ウォルト・マーティンは、ケンプナー文書について、イギリスの歴史家デイヴィッド・アーヴィングに連絡したとのことだった。アーヴィングは作家デボラ・リップシュタットを名誉毀損で訴えていたが、長期にわたる訴訟に敗れたばかりだった。リップシュタットはある本の中でアーヴィングをホロコースト否定論者の一人だと主張していたのだ。

電話会議が終わった後、ウィットマンはメイヤーに、フィラデルフィア郊外のウォルト・マーティンの家を訪問して、じっさいにどのようなものを持っているのか確認するため、期日を設定するよう指示した。もしマーティンが日記を持っていれば、ウィットマンはそれを保護、保管し、同時に、国のものなのかどうか調べることができる。

一〇月三〇日、メイヤーとホロコースト記念博物館の歴史学者一人がマーティンの家を訪れた。レンガ造りのテラスハウスで、州間高速九五号線脇の工場地帯の一角にあった。中に入ると、小さな家のあちらこちらに大量の書類が置かれていた。まだ箱に入ったままのものもあれば、むき出しで積みあげられているものもあった。作業を進めるあいだ、マーティンはタバコを吸っていたので、書類の上に灰が落ちた。

メイヤーはすぐに書類がケンプナーの遺産の貴重な一部だと判断し、外で待つウィットマンと相棒のジェイ・ハインに報告した。家に踏みこんだ捜査官たちはマーティンに、文書は複雑な所有権問題が解明されるまで、ＦＢＩが証拠品として押収する、と告げた。

マーティンは裁判に訴えると息巻いた。ホロコースト記念博物館の職員たちは、どこまで強くこちらの主張を押しとおすべきか話し合った。けっきょくローゼンベルクの日記はマーティンの箱の中には入っていなかったが、ケンプナー・コレクションの貴重な一部はメイヤーの心の中でまだ重大な位置を占めていた。法廷でマーティンと戦うことには賛成だった。もしも日記が出てきた場合、博物館が所有権を主張できるようにしておきたかった。失われたページの重要性を考えると、メイヤーはそれが好ましくない者の手に落ちるのを見たくなかった。

博物館の上層部は同意し、すべては連邦裁判所で争われることになった。

しかし、けっきょく、誰もマーティンの主張を覆すことができなかった——一九九九年にケンプナーのコレクションを取りにいった博物館職員が問題の箱を見落とさなかったということを誰も証明できなかったからだ。そのため弁護士たちは和解を勧めた。裁判の両当事者はすべてを分けることで合意した。メイヤーはふたたび、ケンプナーが遺した文書の山を腰を据えて二つに分けることになった。両者は代わる代わる、欲しいと思う文書を選んでいった。

二〇〇五年のある日、フィラデルフィア郊外、チェスター・ハイツにあるウィルソンズ競売鑑定社で、マーティンの取り分となった文書の半分が競売に付された。なんともまとまりのない競売だった。生涯ナチズムと戦ったロバート・ケンプナーの遺産である文書が、ヒトラー・ユーゲントのスポーツシャツや、親衛隊のベルトとバックル、ドイツ空軍のティースプーン、ナチスの腕章などとともに売りに出されたのだ。

二〇〇一年のウォルト・マーティンからメイヤーへの電話から始まった追跡は、メイヤーとウィットマンにとって、期待外れの結果に終わった。ケンプナーがランズダウンに保管していた文書は、その死後ばらばらになり、別の場所に移され、あまり最適とは言えない状態で隠されていることが判明した。アーキビストと捜査官は、すべて手に入ったと思うたびに、なんらかの新たな問題に直面するのだった。

失われた日記が発見される見込みはほとんどないように感じられはじめた。

マーティンとの交渉の最中、メイヤーは新たなケンプナー文書が見つかったことを知った。それは地下室の鍵のかかったドアの中に隠されていた。場所はニューヨーク州ルイストン。ハーバート・リチャードソンが設立した協会《コレギウム》の建物である。ジェーン・レスターはこの建物に移り住んでいたが、転倒して腰を骨折し、寝たきりになっていた。二〇〇一年初頭、姉がそんな悲惨な状態にあることを知った妹たちが、レスターをひそかに連れ出し、病院に入院させた。その後、裁判に勝利して後見人に任命され、レスターの資産を管理するようになった。レスターの資産は六〇〇万ドルにものぼり、少なくとも一部はリチャードソンとの共同口座に保有されていた。このとき、妹たちの弁護士はリチャードソンがマーゴット・リプトンとも関わりがあることを知った。裁判所は第三者後見人としてルイストンの弁護士エドワード・ジェセラを任命し、リプトンの身辺の事柄を管理させた。ジェセラは、リチャードソンがリプトンを説得し、アメリカとヨーロッパにある彼女の銀行口座に自分の名義を追加させていたことを知った。これらの口座には一〇〇万ドル以上の預金があった。ジェセラは積極的に動き、リプトンの資産を管理しようとした。ジェセラによると、リチャードソンの弁護士たちは法的措置をとると脅したが、最終的には、リチャードソンはリプトンといっさいの接触を絶った。

二〇〇三年、レスターの妹たちの代理人を務める弁護士が、ホロコースト記念博物館に文書の調査を依頼した。文書はルイストンのリチャードソンの建物から運び出され、ニューヨーク州アマーストの保管用ロッカーに移されていた。もしも箱の中にケンプナーの相続人たちが博物館に寄付した文書が入っていたら、ワシントンに持っていってかまわない、と弁護士は言った。

メイヤーは、新たにあらわれたケンプナー文書についてウィットマンに相談した。レスターの後見人たちはメイヤーに、博物館に所有権があるものは持っていってかまわないと言っていた。そこでウィットマンはアーキビストに、アマーストへは一人で行き、何か問題が生じたら連絡するように、と提案した。

メイヤーは丸一日かけて保管用ロッカーにある箱を開けた。そこにも日記はなかった。

だが、その旅は無駄ではなかった。レスターの妹エリザベスから興味をそそられる話を聞いた。ジェーンがドイツの雑誌「デア・シュピーゲル」のインタビューを受けたとき、エリザベスも同席した。記者との会話の中で、保管のため、ローゼンベルクの日記をある人に渡したことを、姉がうっかり漏らしたというのだ。

ある人とは、ハーバート・リチャードソンである。

メイヤーはウィットマン宛てにメモを書き、調査の状況を伝えた。日記は盗まれた国有財産であること。ケンプナーがニュルンベルク裁判の後も返却せずに持っていたらしいこと。最新情報によると、現在はリチャードソンが所有していること。しかし、妹がふと耳にしたレスターの記者への発言だけでは、ウィットマンが事件として立件する証拠としては不十分だ。それに、リチャードソンはカナダとアメリカを行き来する生活を送っており、ＦＢＩが捜査に乗り出すとなれば、複雑な国際協力が必要になる。

ウィットマンがＦＢＩを退職する二〇〇八年には、日記はまだ回収できていなかった。それからまもなく、メイヤーはイーライ・ローゼンバウムに出会った。司法省特別捜査局の局長として、ナチ党員を追い詰め、国外に追放することを生涯の仕事としてきた人物である。ローゼンバウムは力になろうと申し出たものの、けっきょく、この件について捜査することはできないと認めた。

二〇一二年、思い詰めたメイヤーはウィットマンに電話をかけ、この件をもう一度調べてもらえないか尋ねた。

元捜査官は興味を持った。民間の美術品回収・警備コンサルティング事業を始めていたが、その使命はほとんど変わっていなかった。ウィットマンは依頼人のために、今も唯一無二の貴重な美術品の行方を追っていた。以前と違うのは、民間の調査員として、国境という制限を気にすることなく、自由に事件を追うことができる点だった。

メイヤーから連絡を受けてまもなく、ウィットマンは息子のジェフとともに列車でワシントンに向かった。ジェフは大学卒業後、父親の会社に入社していた。いつものように、ナチスの犠牲者に捧げられた記念碑である花崗岩の建物の外は、厳重に警備されていた。ちょうど三年前、二二口径のライフルを持った八八歳の白人至上主義者が、この正面玄関で警備員を殺害したのだ。ウィットマン父子は金属探知機をくぐり、五階の会議室へ入り、博物館関係者と面会した。

ウィットマンは、博物館の掲げる理想に共感することができた。アメリカ人の父は朝鮮戦争のとき、立川の米空軍基地で日本人の母と出会った。一九五三年に結婚した後、二人でアメリカに戻り、ボルチモアに居を構えた。子供の頃、見知らぬ人々がよく、あたりもはばからず母に侮蔑の言葉——ジャップ！　ニップ！——を投げつけていたのを、ウィットマンは憶えている。その当時はショックを受けたが、やがて、その憎しみが戦争に由来するものだということに気づいた。近所の人々は、日本との戦争で家族や友人を亡くしていた。ウィットマンは戦争を両方の側から見ることができた。ウィットマンの父はアメリカ軍の上陸用舟艇の操舵手で、母方のおじたちは日本軍の兵士だったからだ。真珠湾攻撃の後、アメリカ政府によって一一万人の日系人が立ち退きを迫られ、強制収容所に送られた。大半は一般市民だった。そのことを考えると、どのようにしてドイツでナチズムが広がったかをウィットマンが理解するのに、それほど想像力を要しなかった。愛国心は、なんと容易に公認の人種差別に堕してしまったことだろう。

ケンプナー自身もそのことを述べている。間違った方向へほんの少し踏み出しただけでも、国家は破滅への道を進む可能性がある、と。

博物館では、メイヤーがローゼンベルク日記の現状についてざっと説明すると、ウィットマンは仕事に着手した。メイヤーから電話をもらってから一〇年の歳月が流れ、ついにウィットマンは追跡を開始しようとしていた。半世紀にわたる謎を解明し、ローゼンベルク日記を人々の手に取り戻す時が来たのだ。

ウィットマンは、寄贈された未整理のロバート・ケンプナー文書に関するメイヤーの報告書を熟読した。ケンプナー検事の二人の息子は、レスターやリプトンと同じく、すでに故人となっていた。だがリチャードソンは存命だった――その年、八〇歳になっていた。そこで調査はリチャードソンから始められた。ウィットマンはまず、この元大学教授を見つけ出し、話を訊く必要があると判断した。見つけるのはいとも簡単だった。リチャードソンは今なお自ら経営するルイストンの学術出版社で仕事をしており、川を渡ったカナダのオンタリオ州ナイアガラフォールズに住んでいた。問題はリチャードソンが調査に協力するかどうかだ。ウィットマンが直接会って確かめるしかない。それまでリチャードソンに直接接触した者はなく、もしも日記を持っているなら、あなたにはそれを保有する権利はなく、政府に返還するしかないのだ、と伝えた者もいなかった。ウィットマンは元教授に事態の深刻さを思い知らさねばと考えた。

しかし、状況は不確かなことばかりだった。ロバート・ケンプナーが生前に日記を譲渡あるいは売却していたらどうする？　もしもレスターがうっかり漏らした言葉が誤解されていて、じつはリチャードソンは日記を持っていないとしたら？　あるいは、出版できないとわかって売り払っていたら？　持っていたとしても、ひたすら持っていないと言い張るつもりだとしたら？

一一月、ウィットマンはメイヤーに電話をかけ、今後の作戦について伝えた。長年日記を追いつづけてきたメイヤーの情熱はけっして衰えることはなく、自身も同行して、博物館がふたたび日記の行方を捜すことができるのかどうか確かめたがった。しかし、慢性の腰痛が悪化し、旅行には耐えられなかった。そこでウィットマンは自分の息子でありパートナーであるジェフを連れていくことにした。

ルイストンに着くと、リチャードソンがリッジ通りに所有する白い下見板張りの間口の狭い建物の前には、今もまだ看板が立っていた。「ロバート・ケンプナー・コレギウム」。緑色の背景に金色の文字が並んでいる。しかし、ポーチに上がって玄関の窓から覗いてみたところ、建物の中はがらんとして、もぬけの殻であることがわかった。そこでウィットマン父子は、ルイストン地区の外れの、産業道路の突き当たりにある見栄えのしない赤レンガ造りの建物まで足を運んだ。そこはリチャードソンが経営するエドウィン・メレン・プレス社の本拠地だった。二人の親切な社員が、教授は一足違いで出かけたところだと教えてくれた。昼食を食べに行っているので、午後に出直してくれれば会えるとのことだった。

ウィットマンは名刺を残し、リチャードソンの反応を想像してニヤリとした。FBIの潜入捜査官だった時代、美術犯罪を追うウィットマンの役割は極秘だった。重要な美術品の奪還成功を発表する記者会見では、報道陣のカメラに映らない、後ろのほうに立っていたものだ。だが、ウィットマンは二〇〇八年に退職した後、回顧録『FBI美術捜査官　奪われた名画を追え』を出版した。だから今では、インターネットでちょっと検索すれば、リチャードソンにはすぐにわかるはずだ。訪ねてきた相手が、元FBI特別捜査官で、隠された歴史的遺物を見つけ、白日の下に引きずり出すことについては長年の経験と輝かしい業績を持つ人物だと。

午後になってふたたびメレン・プレス社を訪れてみると、予想どおり、ウィットマン父子に対する社員の態度はがらりと変わっていた。先ほどとは打って変わって、約束がなければリチャードソンと話はできない、という。事前に電話して日時を設定しなくてはならない、と女性社員が説明した。ところが女性社員は電話番号を教えようとしなかった。ウィットマン父子が食いさがると、最終的に出版社の取締役ジョン・ラップナウに引き合わされた。ラップナウは、明日、リチャードソンとの会合を設定すると約束し、後刻こちらに電話をして約束を確認するようにと言った。言われたとおり後で電話してみると、誰も出なかった。

リチャードソンは協力を拒んでいる。何かを隠している証拠だ、とウィットマンは考えた。何かを知っていて、それを認めることを恐れている。ウィットマンの直感が正しいとすれば、それはリチャードソンがローゼンベルクの日記を持っていることを意味していた。

その日の後刻、ウィットマン父子は車でカナダに入り、自宅にいるリチャードソンに接触しようと考えた。もしリチャードソンがいなければ、ウィットマンはそこにも名刺を残していくつもりだった。重要なのは、いつまでもウィットマンを無視しつづけることはできないとリチャードソンにわからせることだ。

しかし、経験豊富な捜査官だからといって、かならずしも物事が円滑に進むとはかぎらない。ウィットマン父子は国境で思わぬ問題にぶつかった。ウィットマンは国境警備隊員に観光目的でカナダに入ると説明した。自分の任務を何から何まで説明するより簡単だったからだ。ホロコースト記念博物館は連邦政府の支援を受けた組織なので、博物館のための仕事で国境を越えるとなると、いちいちカナダ当局の許可を求める必要が生じるかもしれないとウィットマンは考えたのだ。官僚的な煩雑な手続きを回避したかった。でなければ、長年にわたって日記を追跡してきた博物館の努力が台無しになる可能性があった。

観光客だというウィットマンの作り話は、国境警備隊員には本当とは思えなかった。どう見てもナイアガラの滝を見に行く格好ではない。ウィットマン父子はビジネススーツを着ていたのだ。警備隊員はウィットマンに車を脇に寄せるよう命じた。ウィットマンはばかばかしい状況にいらだちつつも、ちょっとおもしろがりながら、車が調べられる様子を見守っていた。警備隊員たちはブリーフケースの中の調査ファイルを見つけて、ウィットマンにあれこれ質問を浴びせた。ウィットマンは自分の立場を説明しようとしたが、国境警備隊はその主張に納得せず、ほどなく二人をニューヨーク側に追い返した。

困難に直面して、あることがひらめいた。リチャードソンが二、三日おきにルイストンに通勤していることはわかっている。もしリチャードソンが、ウィットマンと同じように、車を止められ、車内を捜索されるということを何度か経験したら、説得に応じて協力する気になるかもしれない。リチャードソンに日記を返還させるには、心理的な圧力をかけつづけるのがいちばんだ、とウィットマンは考えた。

ウィットマンは経験から、忍耐が重要だということを知っていた。時がウィットマンの味方だった。罪の意識がある者には、自分の置かれた状況について気をもませておけばよい。向こうには捜査官がどこまで知っているのか、わからない。すると、心理的な防御メカニズムが動きだす。ほとんどの場合、最悪のシナリオを考えはじめるのだ。

そのとき、突破口が開ける。

フィラデルフィアに戻ったウィットマンは、親友で仕事仲間のデイヴィッド・ホールに電話をかけた。ホールはデラウェア州ウィルミントンの連邦検事補だ。武器や軍事技術の密売業者の訴追を生涯の仕事としてきたが、同時に、ウィットマンと組んで美術犯罪の捜査にも関わっていた。パームビーチのギャラリーから盗まれた二枚のピカソを取り戻したのも彼らである。ある記憶に残る事件では、ホールとウィットマンはリオデジャネイロに飛び、ノーマン・ロックウェル作の象徴的な絵画三点の返還交渉にあたった。ウィットマンは、個人で事業を営むだけでなく、国土安全保障調査部（ＨＳＩ）の潜入捜査コンサルタントを務め、ホールやＨＳＩ特別捜査官マーク・オレクサとチームを組んで仕事をすることもあった。ローゼンベルク日記の捜索ほど重要な案件なら、彼らも協力してくれるはずだとウィットマンにはわかっていた。

だが数日後、ウィルミントンの中心街にある連邦検事局のオフィスで、ウィットマンがホール、オレクサとともに腰をおろしたとき、ホール検事補はウィットマンの案件をなかなか受け入れようとしなかった。ウィットマンがそれまでの紆余曲折を語ると、ホールの頭はクラクラしはじめた。ウィットマンが数十年来の旧知の仲でなかったら、この件からは全面的に手を引いていただろう。米海軍予備役軍で三〇年以上にわたり情報将校を務めていたホールは、数々の難事件を解決してきたという自負があった。しかし今回の話は「まるでいかれた男の戯言」のようだと思った。

ある日記が一九四六年から一九四九年のあいだに消えた。又聞きの情報によると、今は故人となったジェーン・レスターが、日記はニューヨーク州北部に住む元大学教授に渡したという。何より、疑問だらけだった。誰が日記を持っているのか、どこにあるのかといった信頼できる情報があれば、捜索令状を取る確かな根拠になるし、それで日記を押収できる。しかし、日記がアメリカにあるのか、カナダにあるのか、それとも、ぜんぜん違う場所にあるのか、誰にもはっきりしたことは言えないのである。

それでもホール検事補はウィットマンが優れた直感の持ち主であることを知っていたので、連邦政府による捜査を開始しようと考えた。ウィットマンはホール、オレクサとともに行動計画を検討した。まず、リチャードソンについて入念な身元調査をおこなう必要があった。次に、アメリカ・カナダ間の往来履歴を分析してパターンを割り出し、国境警備隊員にリチャードソンの車を止めて車内を捜索するよう指示しなければならない。ウィットマンは考えた。捜索を受けた――しかもウィットマンがメレン・プレス社を訪問した直後に――となれば、リチャードソンは自分が監視下にあると思うはずだ、と。最後に、日記について元大学教授を尋問する。もし協力が得られなければ、日記の引き渡しを命じる召喚状を出す。

オレクサは行動を開始した。一二月某日、リチャードソンの車は国境で捜索を受けた。二カ月後、対決の準備は整った。ホールはルイストンのオフィスがいいと考えた。そこならリチャードソンは捜査官たちに調べてもらってかまわないと言うだろう。ホールはリチャードソンがすぐに日記を引き渡すとは思っていなかった。だが、元大学教授が捜査官たちのまだ知らないことを何かしら話すだろうと期待した。オレクサは、リチャードソンがルイストンを訪れるのはたいてい木曜日だということを知った。そこで二月七日、もう一人の捜査官とともに車でルイストンまで行き、メレン・プレス社の狭い駐車場で張りこみ、リチャードソンがあらわれるのを待った。

リチャードソンが姿をあらわすと、捜査官たちは車から降りて身分を明かした。リチャードソンは話すことに同意した。どのようにしてレスターとリプトンと出会い、どのように支援したかを語った。二人の女性は自分にとって大きな重荷になったが、とても大切に思っていたという。「この女性、いや女性たちを、自分の母親のように思っていました」。女性たちがケンプナーの相続人からお金を取り戻すのに力を貸した、とリチャードソンは言った。女性たちの銀行口座から資金を引き出したことは一度もない、と自発的に語った。

リチャードソンはケンプナーの絵画をランズダウンからルイストンに移すのを手伝ったことは認めたが、「とくに価値が高いものがあるとは聞いていなかった」と述べた。ランズダウンの家から姿を消した文書については、触れたこともないと主張した。「ケンプナー文書を保有していたことは一度もないと思います」

リチャードソンはローゼンベルク日記を持っていることを否定したのみならず、そんな日記が存在することさえ知らなかったというのだ。

オレクサは納得せず、リチャードソンに連邦大陪審の召喚状を手渡した。それは、ローゼンベルク日記およびその他現在保有するすべての政府文書を引き渡すよう命じるものだった。リチャードソンはこう通告されたのだ。国有財産である日記を、もし保有しているなら、あきらめて引き渡すほうが賢明だ、と。

別れ際にオレクサはリチャードソンに一つ忠告した。弁護士を雇ったほうがいい。

数週間後、状況はまさにホールとウィットマンが望んだとおりの展開を見せた。

リチャードソンの弁護士ヴィンセント・ドイルがホール検事補のオフィスに電話をかけてきて、召喚状について尋ねた。ホールは説明した。ニュルンベルク裁判のあらゆる文書の行方を追っているところだが、とくにローゼンベルク日記を重要視している、と。ホールはドイルに、リチャードソンが駐車場で語った内容には虚偽があると考えている、と告げ、もし可能であれば個人的に日記を探してもらいたいと強く要請した。

一カ月後の三月二七日、ドイルはウィルミントンの連邦検事局に電話をかけ、伝言を残した。そのときホールとオレクサはたまたまフィラデルフィア中心街にある移民税関捜査局にいた。ホールは別の同僚の電話を借りて、折り返しドイルに電話した。オレクサにも聞こえるようにスピーカーフォンをオンにした。

ドイルの話では、リチャードソンはドイツ語の文書を持っていて、綴じられたものもあれば、ばらばらのものもあり、どれも手書きだという。あなたがたが探しているものではありませんか？　ホールはオレクサの顔を見た。ロイヤルフラッシュを引いたポーカープレイヤーのような気分だった。だが、熟練の交渉人はできるだけ冷静にプレイを続けた。

「ヴィンス」とホールは呼びかけた。「私たちが探しているものかどうか確かめるには、自分の目で見るしかない」

二〇一三年四月五日、ヘンリー・メイヤーとユルゲン・マテウスは、列車でウィルミントンの中心街に到着すると、エレベーターに乗って上階の連邦検事局に向かった。二人は期待に胸を膨らませていた。日記の失われたページはもう出てこないだろうとマテウスはあきらめていた。メイヤーは、リチャードソンが手書きのページを当局に引き渡したと聞いて、すぐに同僚に駆け寄って吉報を伝えた。とはいえ、文書をじっさいに調べてみるまでは、それが何かはわからない。

リチャードソンの弁護士から電話があった後、捜査官の一人が週末に車でバッファローに出かけた。四月一日、いくつかのアコーディオンファイルと蓋付きの段ボール箱四個を受けとってウィルミントンに戻ってきた。文書は金庫室に保管されていた。

そして今、会議室で、オレクサが文書を取り出し、博物館員たちの前に置いた。

マテウスがファイルから文書を引き出すと、問題の日記であることがすぐにわかった。一つには、マテウスがローゼンベルクの筆跡を知っていたからだ。そこにある記述が出版された抜粋と一致していることもわかった。さらに、一九四五年に書かれたローゼンベルクの論文の草稿とまったく同じ記述があった。マテウスとメイヤーには、この日記がかつてケンプナー文書の一部だったこともわかった。日記にはところどころにケンプナーの手書きと思われる印がついていたからだ。日記のページのあいだには、その他の雑多な文書が挟まっており、それらは博物館員たちが面倒な手順を踏んでケンプナー文書を選別・収集しているときに見つけたのと同様のものだった。

六〇年の歳月を経た今、もはや疑いの余地はなかった。日記探しは終わったのだ。

メイヤーは大喜びだった。一四年間探しつづけてきた日記がついに見つかったのだ。アーキビストなら誰もが、このような失われた重要文書を発見することを夢見ている。しかも、これに匹敵する文書はほかにはほとんどない。それはめくるめく体験だった。第二次世界大戦終結から六八年、こうしてデラウェア州の会議室に座り、ローゼンベルクの万年筆で書かれた日記をめくっている——歴史の闇に消え失せたと思われていた日記である。

誰かがカメラを構えた。メイヤーは満面の笑みを浮かべて、親指を立てた。

二カ月後、メイヤーはふたたびウィルミントンの連邦検事局を訪れた。世界中から報道陣が詰めかけ、日記の再発見を発表する記者会見が開かれた。

記者会見にはホール、オレクサのほか、移民税関捜査局のジョン・モートン局長、デラウェア州連邦検事のチャールズ・オバーリーが出席した。日記を手放すよう説得するのに法執行機関の力が必要だったが、それでもリチャードソンが罪に問われることはなかった。リチャードソンの弁護士は、検察側がリチャードソンに不利な法令を適用しないことを条件に、文書の引き渡しに同意した。連邦検事局は元大学教授を起訴するだけの証拠をほかにつかんでいなかった。また、捜査の主な目的は日記を見つけることにあった。リチャードソンはこの件についてずっと沈黙を守っていたが、この日、ニューヨーク・タイムズ紙に次のような短いコメントをファックスで送った。「連邦捜査官から連絡があったとき、私は彼らに喜んで会い、捜査に協力しました。司法省、国土安全保障省がいくつかの文書を取り戻すのに一役買うことができて嬉しく思います。当局はその文書がアルフレート・ローゼンベルクの日記であることを確認しています」

報道陣がメモをとり、カメラのシャッター音が響く中、モートンが演壇に立って発表した。「第二次世界大戦の永遠の謎の一つに、ローゼンベルクの日記はどうなったのか、というものがあります。私たちはその謎を解き明かしました」とモートンは言った。モートンの脇のガラス張りの会議室の中で、日記は展示された。「ローゼンベルクの日記は、当時のことが書かれた、ありふれた日記ではありません。ナチスの指導者の一人について、その思想、哲学、他のナチス指導者とのやりとりについて、ありのままに記されています。ローゼンベルクの日記を読むことは、邪悪な人間の心の中を覗きこむことなのです」

それは、戦前から戦中にかけて、ベルリンに混乱をもたらした政治的、文化的な闘争の最前線からの報告だった。今ではほとんど忘れられた理論家の手で書かれたものである。この理論家こそ、二〇世紀最悪の犯罪への土台作りをした人物だ。六〇年以上のあいだ、フォルダーや箱の中に入れられて、フィラデルフィア郊外やニューヨーク州北部に隠されていたローゼンベルクの日記は、消滅した時代のタイムカプセルだった。

そしてついに、その中に埋めこまれた秘密に光をあてる時が来た。

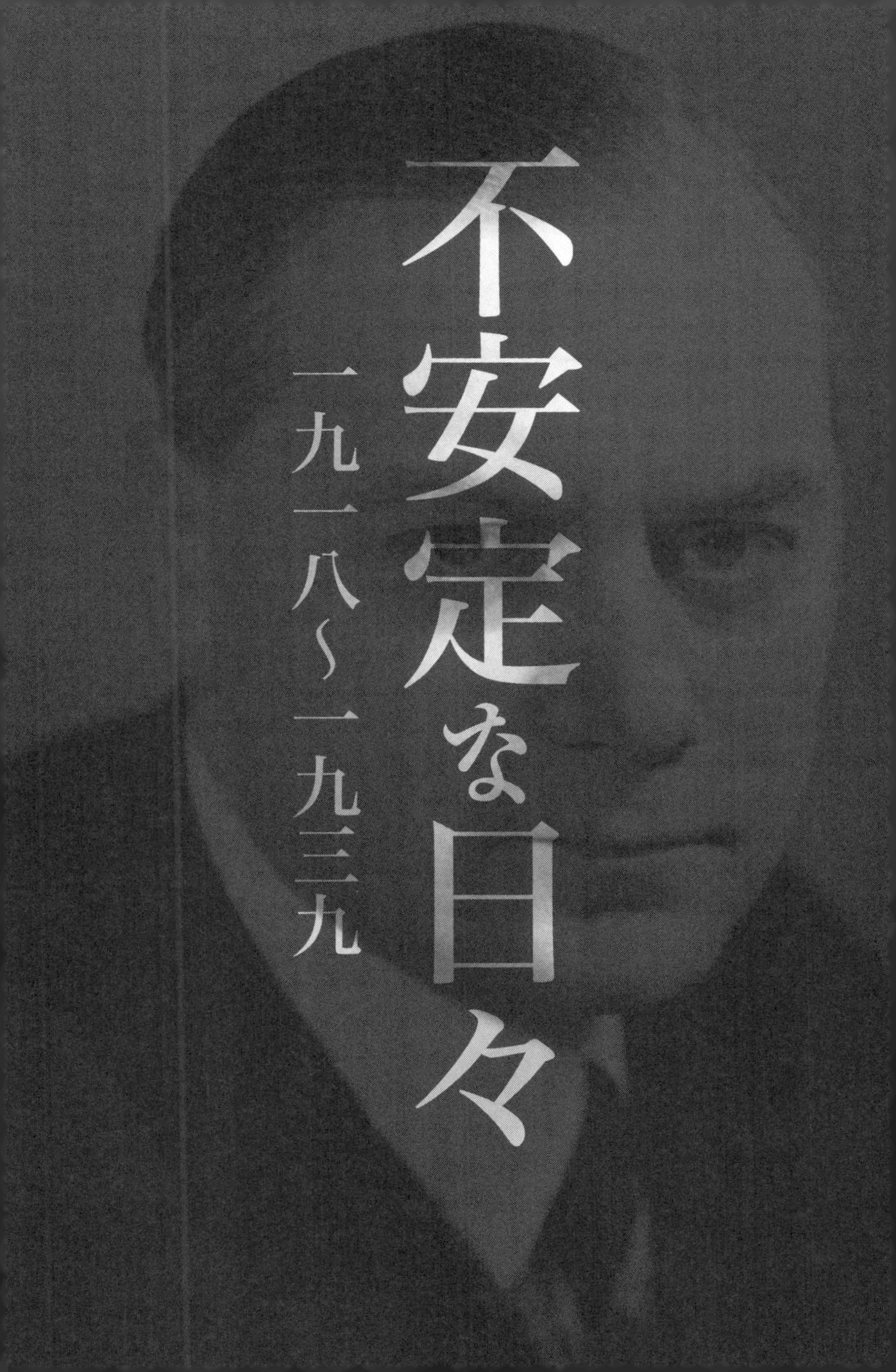
不安定な日々
一九一八〜一九三九

第4章 「運命の継子たち」

都市は歓喜に沸いていた。朝からの小雨がやみ、ベルリン市民はウンター・デン・リンデン通りにくりだした。この優雅な並木の大通りは、王宮からティーアガルテン公園まで伸びている。女たちは自分の持っているいちばん明るい色のドレスを着ていた。まるで敗北したドイツを覆う冬の闇に逆らうかのようだった。黒い服と帽子を身につけた男たちの中で、女たちの姿は際立っていた。時は一九一八年一二月一〇日。首都には暴力の底流が音を立てて流れていた。第一次世界大戦は敗北に終わり、ドイツ帝国は崩壊した。だが、その日は祝うべき日だった。兵士たちが前線から帰ってくるのだ。

パリ広場に集まった見物客を、翼の生えた女神ヴィクトリアがブランデンブルク門の上から見おろしている。彼女が乗る馬車を引いているのは四頭の雄馬だ。一八〇六年、プロイセンに勝利したナポレオンは、この門をくぐってベルリンに入城した。門は今、「平和と自由」と書かれた横断幕に覆われている。

午後一時、灰緑色の軍服と鋼鉄製ヘルメットを身につけた最初の部隊が到着した。花々が銃身に差しこまれ、馬の首に飾られた。群衆は帽子や白いハンカチ、月桂樹の枝を振った。人々はよく見える場所を求めて木の上や通りの売店の屋根に登り、屋上に並び、窓から頭を出した。どのバルコニーも人でいっぱいになった。「あまりにも群衆が密集していたため、最初に到着した部隊は前進できなくなった」と、ある特派員は書いている。押し合いへし合いで負傷した見物人を救出するため、衛生兵が派遣された。「このとき、愛国心の強い見物客が数百万人はいたにちがいない」

やっとのことで兵士が進む道が開け、徒歩や馬に乗って通り過ぎていった。兵士たちの先頭には旗手がいて、敗れた帝国の黒、白、赤の旗と、誕生したばかりの革命国家の黒、赤、金色の旗を交互に掲げた。将校たちの中には、妻子を引っ張り上げて自分たちの乗り物に乗せ、群衆の中を進んでいく者もいた。ぼろぼろの姿の部隊には、軍楽隊が同行し、行進曲を演奏した。馬に引かれながら湯気を立てる、「グーラッシュ・ガンズ」と呼ばれる食糧輸送隊もいっしょだった。大砲と弾薬も運んでいた。兵士たちが帰還するまでの数日間、誕生したばかりの新政府の人々は、前線から首都に呼び戻された兵士たちが、革命勢力を厳しく弾圧するのではないかと恐れていた。

だが、その日は平和に過ぎていった。熱狂するベルリン市民は菊とタバコを差し出した。正面観覧席では、シルクハットをかぶったフリードリヒ・エーベルトが注目を浴びていた。この首の太い政治家は、前の月に首相に就任していた。皇帝の退位と一一月革命の後のことである。エーベルトは帰還した兵士たちを、まるで勝利者のように迎えた。

「同志よ、仲間よ、市民よ」エーベルトはそう言って、ドイツ人は戦争に負けたのではなく、内なる敵に裏切られたのだという神話を人々に吹きこんだ。「諸君の犠牲と行為は比類なきものだ！　諸君はいかなる敵にも征服されなかった！」

それから二週間のあいだ、兵士たちは都市に流れこみつづけ、歓声をあげる群衆に迎えられた。「未来への自信、新たな希望の感覚が、兵士たちとともに戻ってきたようでした。彼らは拍手喝采に男らしい明るい真剣さで応えました。死を間近に見てきたばかりなのに、生を恐れていません」と、兵士たちの行進を目撃した女性は友人に書き送っている。「通りはたいへんな混雑で、人であふれかえっています。私はこう考えはじめています。これらの目に見えない秘められたエネルギーは、速やかに何かよい目的に使わなければ、いつかは一気に噴出して、自分を活かす道を自ら見つけようとするのではないかと」

フリードリヒ通りとウンター・デン・リンデン通りが交差する角にいたベルリン市民の中に、不機嫌そうな二五歳の移民が、はらわたの煮えくり返る思いで立っていた。この状況で祝うべきことなど何もないと思っていた。

アルフレート・ローゼンベルクは、ほんの数日前に故国エストニアから列車でベルリンに到着したばかりだった。帰還したドイツ兵の部隊を眺めているとき、男たちの顔を見て衝撃を受けた。凍りついたように無表情で、戦争神経症にかかっているようだった。後年、ローゼンベルクはこう書いている。「その瞬間、ドイツ国民の大きな悲しみが私を襲った」

その光景が心に焼きついて離れなかったローゼンベルクは、すぐに南のミュンヘンに移動し、秘密めいたドイツ民族主義地下組織に加わった。そこでエストニア語を話す過激な反ユダヤ主義者の一団と出会った。

それから数カ月のうちに、ローゼンベルクは闘争に参加し、けっしてふりかえることはなかった。


その後、第三帝国が誕生し、ドイツ国民は支配者民族であるという思想を軸に国造りを進めた。すると国民は、指導的立場にある人々の多くが理想と食い違っていることに気づかざるをえなかった。ドイツにはこんなお決まりのジョークがあった。典型的なナチ党員は、太ったゲーリングのようにほっそりしていて、内反足のゲッベルスのようにたくましく、ヒトラーのように金髪で、そしてもちろん、ローゼンベルクのようにアーリア人である。

「髪は黒く、肌は浅黒かった。見た目にはとくにドイツ人らしいところはなかった」と、戦後、あるイギリス人将校はローゼンベルクについて書いている。「ナチ党員の大半は、ローゼンベルクにはユダヤ人の血が流れているとか、『世界でただ一人のアーリア人のローゼンベルク』にちがいないと考えていた」。じつのところ、ローゼンベルクというのはバルト諸国のドイツ系住民にはよくある名前だった。ローゼンベルクによると、彼の先祖は一七〇〇年代にドイツから移住したという。最初はラトヴィアのリガに定住し、その後、エストニアの首都レヴァル、現在のタリンに移った。一四世紀、レヴァルは、ドイツ人が支配するハンザ同盟（商業都市同盟）の大都市だったが、一七一〇年、疫病と戦争で弱体化し、ピョートル大帝に征服された。ローゼンベルクが生まれる一八九三年までには、レヴァルはロシア帝国の主要港になっていたが、子供の頃にはまだ街の曲がりくねった路地や古い中庭を歩いたり、建設された当時の城壁や中世の建造物を目にすることができた。

母親は、ローゼンベルクが生まれて二カ月後に、結核で亡くなった。父親は大手ドイツ企業のエストニア支社を経営していたが、一一年後、四二歳で死去し、ローゼンベルクは叔母たちに引き取られた。プロテスタントとして育てられたが、信仰に反抗し、ひざまずいて祈るようなことはしなかった。堅信礼（信仰告白の儀式）のための講習で神の前にひれ伏すように命じられたときのことを、ローゼンベルクはこう書いている。「ひざまずいたとき、私の中の何かがかき立てられ、それは後になってもけっして静まることはなかった」

中等学校時代、画家でもあった美術教師に言われて、レヴァルの街をスケッチしに出かけたことを、ローゼンベルクはのちに懐かしく思い出している。歴史と地理を教えていた校長から、地元の墓地での考古学調査に誘われ、石の骨壺や水差し、指輪などを発見した。とくに目立つ生徒ではなかったが、教師たちからは気に入られていた。一七歳のとき、リガの工科大学に入学し、建築を学んだ。教室の外では、ゲルマン民族の英雄伝説、アイスランドの神話、インドのヴェーダ（バラモン教・ヒンドゥー教の聖典）、そしてカントやショーペンハウアーといった哲学者の著作を読んだ。のちにある作家は、ローゼンベルクを

「深遠な半教養の持ち主」にすぎないと評したが、リガで加入した学生団体「ルボニア団」の若者たちのあいだでは「哲学者」というニックネームで呼ばれていた。

ある日、レヴァルから祖父母の住むサンクトペテルブルクへ列車で向かう途中、魅力的な女性に出会う。ヒルダ・リースマンという裕福な実業家の娘だった。ローゼンベルクより一歳年上の聡明な読書家で、ドイツとロシア両方の伝統に慣れ親しんでいた。ヒルダはローゼンベルクに、トルストイの『戦争と平和』や『アンナ・カレーニナ』を読むよう勧めた。ピアノを弾いて、ロシアの偉大な民族主義作曲家たちの音楽を聴かせた。ニーチェの『ツァラトゥストラはかく語りき』を贈った。ヒルダはパリでダンスの勉強をしていたので、ローゼンベルクが訪ねると、ノートルダム大聖堂やルーヴル美術館に連れていってくれた。二人は毎日、モンパルナス地区にある老舗、カフェ・ド・ラ・ロトンドで朝食を食べた。その店ではピカソやモディリアーニのような人々が食事を楽しんでいた。世慣れた大人の女性になりつつあったヒルダは、ロシアのバレエ団から誘われていた。いっぽうローゼンベルクは、リガに戻ると、子供演劇のエキストラとして、中世の衣装を着せられていた。

ローゼンベルクとヒルダは一九一五年に結婚した。二人は田園の屋敷で夏を過ごした。ローゼンベルクは絵を描いたり、ゲーテの伝記を朗読してヒルダに聞かせたりした。夏が終わると、第一次世界大戦の影響で、二人とも慣れ親しんだ環境から引き離されることになった。ヒルダは家族とともにサンクトペテルブルクに逃れた。ローゼンベルクの大学は図書館から何から、まるごとモスクワに避難した。流浪の身となった学生たちは、ロシアの首都のあちこちに散り散りになった。建物の廊下で授業がおこなわれることもあった。ローゼンベルクは中心街の外れに住む夫婦の家の一室を借り、寝室兼用のスペースで質素な家庭料理の夕食を食べた。お茶を飲んでいるとき、その家の主人は、膝に左翼系の新聞を載せ、「支配階級の悪党ども」をののしっていた。週に一度は外で夕食をとり、ペストリーとアルコール二パーセントのビールを楽しんだ。ローゼンベルクの社交生活は、トゥヴェルスカヤ通りの安いレストランでぼんやり過ごすだけだった。トヴェルスカヤ通りは赤の広場から北西に伸びる目抜き通りだ。

ローゼンベルクがトルストイやドストエフスキーを貪り読んでいるときに、その周囲でロシア革命が勃発した。読書に没頭するあまり、革命にはほとんど気づいていなかった。ある朝早く、列車でモスクワに入ってみると、何十万人もの人々が広場や通りにあふれていた。「街はヒステリックな喜びに支配され、人々はまったく見ず知らずの者の肩で泣いていた」とローゼンベルクはのちに書いている。「何百万もの人々が精神の病にとらわれていた」

一九一七年後半、ヒルダが厳しい北の気候のせいで健康を害していることを知った。結核にかかったため、家族は彼女をクリミアに転地療養させていた。ローゼンベルクは勉学を中断し、ヒルダの元に駆けつけた。数カ月後、二人は荷物をまとめてエストニアに戻った。ヒルダは寝たきりだった。ローゼンベルクは本を読んで聞かせた。そのいっぽうで、卒業に向けた最後の研究課題を仕上げた。その後の人生がたどる道を考えれば、なんともぞっとする話だが、ローゼンベルクは火葬場を設計したのだ。モスクワが大混乱の中にあるにもかかわらず、卒業試験のためにロシアの大学に戻り、その後、帰国したときに、ちょうどレヴァルに入るドイツ軍の行進を目にした。

ローゼンベルクはレヴァルには長くはとどまらなかった。数カ月間、学校で「あまりやる気のない子供たち」に絵画を教えたり、いくらか金を稼ぐために旧市街を描いたイラストを売ったりした。だが、エストニアには自分のためのものは何もなかった。そこで一九一八年一一月、ロシア軍が侵攻してくる前に、何万人ものドイツ系住民とともに脱出した。

出発する前、黒頭組合会館で開かれた集会で、ローゼンベルクは初めて演説をした。黒頭組合とはレヴァルの商人や船主の市民団体だ。その後の無数の演説の予告編とも言うべき演説の中で、ローゼンベルクはロシアを弱体化させたユダヤ主義とマルクス主義の邪悪な同盟を激しく攻撃した。一説によると、あるユダヤ人実業家は、この演説に抗議して、同胞たちを引き連れて騒々しく会館を出ていったという。

そしてその日の晩、ローゼンベルクはドイツに発った。それから二〇年以上、故郷に戻ることはなかった。

「列車はレヴァルを出発した。私の背後で、ロシアはそのすべての記憶、すべての予測不能の未来とともに消えていった」とローゼンベルクは書いている。「私の背後で、青春期を過ごした街が、尖塔や古い街路、私がともに過ごしたすべての人々とともに消えていった。私が故郷を後にしたのは、自分で祖国を手に入れるためだった……だからこうしてこの帝国にやってきた。もともとは、芸術、哲学、歴史にしか関心がなく、政治に関わろうとは夢にも思っていなかった……人生が私を引っ張ったのだ。私はそれに従った」

ローゼンベルクは、著名な建築家ペーター・ベーレンスとベルリンで面会する約束をとりつけていた。しかし、ベルリンという都市にぞっとさせられた。ベルリンはほどなく、その退廃的な性生活、文化生活が国際的な評判を呼ぶことになる。ベーレンスはモダニズムの傾向が強いデザイナーであることがわかった。ローゼンベルクが求めている師ではなかった。そこでベーレンスとの面会をとりやめ、すぐに南のミュンヘンへ向かった。

バイエルン地方の首都ミュンヘンは、雪をいただくアルプスの麓に、イーザル川をまたいで広がっていた。よく晴れた日に南にそびえるアルプスは、まるで画家が描いた舞台背景のようだった。保守的なカトリックの土地柄で、人々の温和さとビールで知られていた。王立のホフブロイハウス（ビアホール）や、修道院の醸造所アウグスティナーブロイがあった。ミュンヘンは七〇〇年のあいだヴィッテルスバッハ家によって支配されていた。一八二五年から一八四八年の国王ルートヴィヒ一世の治世に、野心的な建設復興が始まり、その結果、ヨーロッパの大都市の仲間入りを果たした。広くて新しい大通り――当然ながらルートヴィヒ通りという――は、中世の中心街から北へ伸び、通り沿いには大学や図書館など、イタリア風の建物が建ち並んだ。新しくできたケーニヒス広場には新古典主義の博物館複合施設が建てられ、ギリシャ、ローマ、エジプトの彫刻や、王家が保有する巨匠作品のすばらしいコレクションが展示された。

世紀の変わり目までには、ミュンヘンはドイツの芸術・文化の中心地としての名声を確立し、「イーザル川河畔のアテネ」と呼ばれた。画家、彫刻家、作家、知識人、音楽家たちが押し寄せ、ミュンヘン上流階級の金と注目を集めた。芸術家たちを賞賛する展覧会、パレード、舞踏会が催された。前衛的な舞台芸術家たちは、帝国権威主義で知られる国の重苦しい現状に挑戦し、シュヴァービングと呼ばれる土地には自由奔放な人々が住むボヘミアン地区が生まれた。歴史家のデイヴィッド・クレイ・ラージは、「真のシュヴァービンガーはビアホールよりカフェを好んだ」と書いている。カフェ・シュテファニーの大理石のテーブルの周りには詩と、政治と、紫煙があった。このカフェにはアナーキスト、共産主義者、ダダイスト、小説家といった人々が頻繁に訪れた。この店はカフェ・グロッセンヴァーン――カフェ誇大妄想――という皮肉なあだ名で知られていた。レーニンはロシアで革命を起こす前、シュヴァービングに住んでいた。ヒトラーはミュンヘンで最初の仕事に就いたとき、シュヴァービングの外れに部屋を借りていた。一九一三年の春から一九一四年の夏にかけてのことだ。バイエルンの首都で自分のなすべきことを知ったローゼンベルクは、シュヴァービングのすぐ南のバラー通りに面した部屋を借りた。そこから数ブロックのところには王立の美術館、大学、ミュンヘン美術院などがあった。

ローゼンベルクが来た頃には、すでにミュンヘンは失業、飢餓、そして不可解な混乱に支配されていた。ヴィッテルスバッハ家の最後の王は、第一次世界大戦の終わりに亡命を余儀なくされていた。ミュンヘンの革命家たちが支配権を掌握し、ドイツ南東部に位置するバイエルン州を独立共和国と宣言した。ドイツの社会主義政党、社会民主党の指導者だったクルト・アイスナーが実権を握った。ユダヤ人の元ジャーナリストで、戦争に反対していたアイスナーは、民族主義者たちから見れば、典型的な国家の敵だった。

無一文も同然で独り、街を漂い歩いていたローゼンベルクは、革命の気分に呑みこまれる運命にあった。妻は病状が重くなり、療養のため義父母がスイスのアローザへ連れていった。ローゼンベルクはのちに書いている。自分もまた「たくさんの運命の継子」の一人であり、戦後のヨーロッパで前に進もうとしていたのだ、と。彼はわずかばかりの金を家から持ってきていた。また、文章や絵を売ろうと試みた。だが、それではどうにもならなかった。救済委員会に申しこんで住む場所を世話してもらったり、無料食堂でキャベツのスープとダンプリングといった日々の食事を食べさせてもらうしかなかった。美術館を歩きまわったり、ルートヴィヒ通りの州立図書館で読書をして過ごした。

ある日、通りを歩いていると、柱の張り紙に気がついた。病気になる前の妻と親交があったダンサーの公演の広告だった。ローゼンベルクはその女性と会うことにした。会話の中で、自分がロシア革命に関するいくつかの記事を売りこもうとしていることを話した。売れるものはそれしかなかった。

女性はある人の名前を教えてくれた。その人が、のちにローゼンベルクの人生の道筋をすっかり変えてしまうことになる。ディートリヒ・エッカートはボヘミアン、劇作家、詩人、ジャーナリストであり、彼の雑誌「アウフ・グート・ドイチェ」(「わかりやすいドイツ語で」という意味)は、ミュンヘンで連合した反ユダヤ右翼集団のあいだでは必読誌となっていた。翌日、ローゼンベルクはエッカートに会いに行った。

「私を迎えてくれたのは、気むずかしいが親切な男で、人目を引く頭と、個性的な顔の持ち主だった」とローゼンベルクは書いている。「眼鏡を額に押しあげて、探るような目で私を見た」

「反エルサレムの闘士を使うつもりはありますか?」ローゼンベルクは尋ねた。

「もちろんだとも」エッカートは笑って答えた。

ローゼンベルクは自分の書いた記事を手渡した。翌日、エッカートに呼ばれた。レストランで食事をしながら、二人はすぐに友人兼協力者になった。

ローゼンベルクはエッカートの新聞に記事を書きはじめた。同じ頃、トゥーレ協会という謎に包まれた反ユダヤ組織のことを知った。同協会は武力によるアイスナー政権打倒を計画していた。歴史家のイアン・カーショーは書いている。「その会員名簿はまるで、初期のナチス支持者とミュンヘンの有力者たちの人名録だ」。革命から三カ月後、じっさいにアイスナーは街頭で右翼の若者に暗殺された。だが皮肉なことに、殺人犯は、ユダヤの血を理由にトゥーレ協会を除名された男で、自分の価値を証明するためにアイスナーを撃ち殺したのだった。

通りはデモであふれ、社会民主党は権力を失った。「コーヒーハウスのアナーキストたち」の一団が一時的に実権を握り、通貨の自由な発行を提案した。その後、ボリシェヴィキが政権を握ると、富裕層を逮捕し、ヨーロッパに攻めこむための共産軍を組織しようとしはじめた。

一九一九年四月の涼しい日、ローゼンベルクは、怒れる男たちの一団に加わり、事態の進展について議論を戦わせた。場所は街の中心のマリエン広場で、巨大なネオ・ゴシック様式の市庁舎《ラートハウス》のすぐ近くだった。風雨にさらされてきた高さ約九〇メートルの建物の正面は、アーチ、小尖塔、円柱などの華麗な装飾に覆われていた。ローゼンベルクは石の手すりの上に立ち、「ドイツの労働者万歳！　ボリシェヴィズムを打倒せよ！」と書かれたプラカードを振りながら、数千人の聴衆の前で、新政府を激しく非難した。しかし、人々が自分の過激な発言に注目していることに気づくと――路上で呼び止められて、演説を賞賛された――身を潜めることにした。逮捕されるのを恐れたのだ。

ローゼンベルクとエッカートは、南に四〇キロ離れた小さな町、ヴォルフラーツハウゼンに逃れた。二人がいないあいだ、トゥーレ協会の会員たちは人質となった。そして混乱の中、共産軍は人質を中等学校の地下室に整列させ、一人ずつ撃ち殺した。五月初め、亡命中の社会民主党政府の軍隊がミュンヘンを奪還した。その血みどろの戦いは、処刑や虐殺によって何度も中断させられた。夏の終わりに、ワイマール共和国が正式に樹立され、バイエルン州は新国家に組みこまれた。

数週間後、ローゼンベルクとエッカートは短期間の自主的な亡命から戻ってきた。五月、二人はドイツ労働者党と称する新しい右翼団体の集会に出席した。小さなレストランで、ローゼンベルクとエッカートは、ユダヤ人とソ連のボリシェヴィキを批判する長い演説をおこなった。

その年の後半、九月のある金曜の夜、そんな草創期の党の集会の一つにドイツ軍の三〇歳の伍長が登場する。場所はシュテルネッカーブロイという小さなビアホールだ。黒っぽいビードボード張りの壁にアーチ型の天井のその店で、毎週、集会が開かれていた。

それからほどなく、その集団は新たな名称を採用する。国家社会主義ドイツ労働者党。敵対者たちからは「ナチ」という二音節の略称で呼ばれるようになる。党の妥協を許さない厳しい姿勢がよくあらわれている呼び名だった。

第5章「この地で最も嫌われている新聞！」

アドルフ・ヒトラーとアルフレート・ローゼンベルクには多くの共通点があった。二人はドイツ国外で育ったが、どちらもドイツの神話的、英雄的な歴史に魅了された。どちらも幼い頃に親を亡くしていた。どちらも建築家の道に進むことよりも、絵を描いたり、本を読んだり、空想にふけることに関心があった。どちらも若い頃、空腹を満たすために無料食堂に頼らざるをえなくなったことがある。そうして二人が出会うと、ほどなく、今日の重要問題に対する考え方について、意見が一致していることに気づいた。教会は有害であり、共産主義は危険であり、ユダヤ人は脅威である、というのが二人の一致した意見だった。

オーストリアのブラウナウに生まれ、リンツ郊外で育ったヒトラーは、ローゼンベルクの四歳年上だった。出世した公務員だった父親が一九〇三年に亡くなり、一九〇七年、ヒトラーはウィーンに出て、ウィーン美術アカデミーへの入学を目指したが失敗した。(「デッサンの試験は不合格。ほとんど才能なし」と審査官は結論している)。その後、無軌道な生活を送るようになった。一九〇九年の終わりには、浮浪者保護施設で暮らしており、痩せ細り、不潔な状態だった。おばからの仕送りと、ウィーンのあちこちの酒場で絵を売って稼いだわずかな収入で、どうにか生きのびていたが、一九一三年、二四歳のときに父親の遺産を相続した。その年の春、ミュンヘンに出て、街の芸術家地区の西端にある商店の二階の部屋に引っ越すと、ホフブロイハウス・ビアホールやゴシック建築のフラウエン教会、何百年も前に神聖ローマ帝国皇帝が暮らしていたアルター・ホーフといったミュンヘンの名所旧跡を描いた絵を売りはじめた。ドイツの新しい生活の地が大いに気に入った。ヒトラーはのちにこう書いている。「私はこの街をよく知っているような気がした。まるで長年、その城壁の中で暮らしていたかのように」

ヒトラーはいくつかのありふれた偏見を抱いていたが、それらはまだ、ヨーロッパを変貌させるイデオロギーにはまとまっていなかった。リンツ時代から、オーストリアの政治家ゲオルク・リッター・フォン・シェーネラーが唱える反ユダヤ、反カトリック的なドイツ民族主義に賛同していた。国際都市ウィーンでの貧しい生活は、そうしたものの見方を助長しただけだった。ウィーン市長のカール・ルエーガーは猛烈な反ユダヤ主義者で、街の売店にはユダヤ人を邪悪で腐敗した人々として描く右翼系の新聞があふれていた。しかし、ヒトラーは反ユダヤの声に賛同していたとはいえ、ユダヤ人美術商に絵を売るのをやめることも、母の晩年を看取ってくれたユダヤ人医師に絵を贈るのを思いとどまることもなかった。ウィーンの浮浪者保護施設でヒトラーと知りあい、街頭で絵を売る手伝いをしたラインホルト・ハニッシュが後年書いた短い回顧録によれば、ヒトラーはウィーンのユダヤ人と、とてもうまくやっているように見えたという。ユダヤ人を民族として賞賛し、世界文化への貢献を認めさえした、とハニッシュはふりかえる。

ヒトラーはオーストリアの兵役義務をなんとか免れた。その代わり、第一次世界大戦が勃発したときには、バイエルン軍に志願した。戦いの準備を急ぐあまり、当局はヒトラーの国籍を確かめなかった。ヒトラーは戦争中、伝令兵として司令部と前線のあいだを行き来した。前線で大量殺戮を目にしたことで、人の死や苦しみに対して無感動になった。二度にわたって鉄十字勲章を受け、二度負傷した。ヒトラーは連隊の戦友たちを大事にした。戦友たちはヒトラーを「芸術家」と呼び、その一風変わったところに驚嘆した。酒も飲まず、タバコも吸わなかった。手紙が届くこともないらしく、たいていた。

一九一八年一〇月、ベルギーのイーペル近郊でマスタードガスによる攻撃を受けて部分的に目が見えなくなり、ベルリンの北約一三五キロのところにあるパーセヴァルクの病院に送られ、終戦までそこで過ごした。ミュンヘンに戻ったのは一一月二一日、ローゼンベルクがやってくるおよそ二週間前のことである。

一九一九年五月、ボリシェヴィキ政権が粉砕され、バイエルンがワイマール共和国に加わった後、ドイツ軍はバイエルンの混沌とした党派活動の渦から目を離すまいとした。何十もの政治組織が自分たちの考え方への支持を集めようとする中、軍の上層部は、敗北して苦々しい思いをしているドイツの兵士たちに、きちんとした民族主義的、反ボリシェヴィキ的な考え方を確実に教えこみたいと考えた。ヒトラーは情報提供者兼教官として軍のプロパガンダ組織に加わった。また、ドイツの歴史と社会主義についての授業を受けた。そこで初めて、経済学者ゴットフリート・フェーダーによるユダヤ人金融業者の害悪に関する講義を聴いた。

その夏、自身が教化啓蒙のための授業を受け持つようになると、ヒトラーは熱のこもった演説で聴衆を奮起させた。

授業に出席したある男が、「ユダヤ人問題」を問いただす手紙を書いた。自由主義的な社会民主党政権下で、ドイツはどのようにしてユダヤ人問題に対処することができるのか？　手紙を受けとったヒトラーは、返事を書いた。のちに心を占めるようになる問題について、知られているかぎり初めて言及したその文章の中で、ヒトラーは書いている。ユダヤ人に対する感情的な攻撃は、何度か大量殺人を誘発するだけだろう。この国に必要なのは、「理性」に基づく反ユダヤ主義である。厳然たる事実に直面すれば、ドイツ国民はユダヤ人から権利を剝奪することを支持するだろうし、最終的には、ドイツ人の生活からユダヤ人を完全に除去することも支持するだろう。

この手紙の日付は一九一九年九月一六日。のちにナチスとなるグループの集会にヒトラーが初めて参加した四日後である。

ヒトラーは上官であるカール・マイヤー大尉の指示でシュテルネッカーブロイに派遣されていた。できたばかりの団体を監視するためである。そこでヒトラーは討論に参加することになった。そして、そのあまりに激烈な演説に感動した党創設者アントン・ドレクスラーは、ヒトラーの手にパンフレットを押しつけ、ぜひまた来るようにと促した。マイヤーの命令に従って、ヒトラーはその党に加入した。だが、あいにくヒトラーは、ただのスパイにはならなかった。ヒトラーにはすぐにわかったのだ。この党の主張は自分の考えていることと同じだ、しかもこの党はまだ小規模だから自分が支配することも可能だ、と。ほどなく、ナチ党はヒトラーの人生そのものとなり、ヒトラーは右翼政界に新たに登場した最もカリスマ的な人物となった。

ローゼンベルクが未来の党指導者と出会ったのは、一九一九年後半のある日、ヒトラーがエッカートを訪問したときのことである。ローゼンベルクとヒトラーは古代ローマ、共産主義、敗戦後のドイツ人の根無し草のような状況について語り合った。「私は彼に圧倒され、すぐに無条件の支持者になった、などと言えば嘘になるだろう」とローゼンベルクは第二次大戦後、ニュルンベルクの独房で書いている。

党の資金調達に尽力した裕福な支持者クルト・リューデッケは、もっとはっきりと、こう述べている。じつはローゼンベルクは「ヒトラーの知性の熱烈な崇拝者などではまったくなかった」と。

だが、誰もがそうであったように、ローゼンベルクは、ヒトラーの演説を聴いて、すぐに心をつかまれた。「そこで私が目にしたのは、ドイツの最前線の兵士が、明確かつ説得力のある形で戦いに乗り出し、自由人の勇気を胸に自分だけを頼みとする姿だった」と、ローゼンベルクはある手紙の中でヒトラーの最初の演説について書いている。「それこそが、最初の一五分で、私がアドルフ・ヒトラーに惹きつけられた理由だった」

けっきょく、ローゼンベルクは、ヒトラーとの最初の出会いを、あるがままに受けとめるようになる。それは自分の人生における最も重要な転換点であり、ほんの一瞬の出会いが、「自分の運命をすっかり変え、ドイツ国家全体の運命と結びつけたのだ」と。

一九二〇年一二月、新興のナチ党は小さな週刊新聞社を買収し、「その規模を拡大して、ドイツ民族が敵対的な反ドイツ勢力に対抗するための無慈悲な武器にする」と明言した。買収資金の一部は、ドイツ軍のある将校からの出資だったため、その金が軍の秘密口座から支払われたのではないかという憶測を呼んだ。小規模の支持者、裕福な民間人後援者、そして少なくとも一つの民族主義組織からの寄付によって、新聞の発行は続けられた。しかし、この新聞はナチスに買収される前から借金を抱えていた。当初は、ちゃんと印刷されて売店に並ぶのか、という不安がつきまとった。

ヒトラーは演説の中で、「この地で最も嫌われている新聞」の購読を支持者に促すようになった。フェルキッシャー・ベオバハター紙(「民族観察者」の意)の拠点はシェリング通り三九番地にあり、ローゼンベルクはその近くに住んでいた。典型的なニュース編集室だった――「混乱に満ちていた。電話が鳴り、編集者が口述し、来訪者があらわれ、大勢の声でがやがやしていた」と、ある社員はふりかえる――ただし、その建物はたまたまヒトラーの私的武装集団である「突撃隊」の本拠地でもあった。突撃隊のごろつきどもがオフィスをうろつき、銃をもてあそびながらおしゃべりをしていることもあった。

ヒトラーは午前中の数時間、新聞社で過ごすことが多く、来客と長々と語り合った。シェリング通りのレストランやカフェはナチ党の活動の場となった。隣の街区の角に、ヒトラーお気に入りのレストランの一つ、シェリング・サロンがあり、タマネギ型の丸屋根が独特だった。この店はナチ党員のたまり場になっていたが、そのうち店主が勘定を党首のつけにするのを断るようになった。ヒトラーは、そこから二、三軒隣の照明の薄暗いイタリア料理店、オステリア・バヴァリアの長年の常連でもあった。羽目板張りの壁には自然の風景画が飾られていた。ヒトラーと来客たちは、玄関を入ってすぐのところにある引っこんだ小部屋で、カーテンを引いて食事をすることを好んだ。ときにはルートヴィヒ通りを歩いてカフェ・ヘックまで足を伸ばすこともあった。優雅なルネサンス様式の王宮付属庭園ホーフガルテンに面していた。天気がよければ、木陰の錬鉄製の椅子に腰をおろし、市松模様のクロスが掛かったテーブルを囲むこともできた。

ミュンヘンでの最初の数年間、ローゼンベルクは起きている時間のほとんどをシェリング通り三九番地で過ごした。当初は党の公式機関紙編集長であるエッカートの下で働いていたが、そのうちにだんだん多くの責任を負うようになり、最終的には、ある意味で、党を代弁する主筆を務めるまでになった。ローゼンベルクの文章はぎこちない部分が多く、手直しが必要だった。ヒトラーはローゼンベルクとエッカートの発表する論文が最初はあまり気に入らなかった。大衆のためのもの、人々の注目を集め、人々にナチスと同じ世界観を持たせるものを求めていた。

「最初の頃のフェルキッシャー・ベオバハター紙は、あまりにも知的水準が高く、私自身、理解するのに苦労したほどだ」とヒトラーは述べている。「私の知っている女性は誰一人、その内容を理解できなかった！」

しかし、この新聞は、ローゼンベルクの難解な思索を発表していただけではない。通信社からの特報や他の新聞から盗用した文章、スポーツや芸術に関する記事、支持者からの投稿、政治漫画、ジョーク、ヒトラーの記事や演説、党の広告（「ここに明日われわれが戦う場所がある」）、連載小説、流血の暴動や犯罪を報じるセンセーショナルな記事などが掲載され、中でも、ユダヤ人によるショッキングな性的暴行事件に焦点が当てられ、生々しい描写で報じられた。

同紙は党の機関紙だったので、言うまでもなく、どの記事にもイデオロギー的なフィルターがかかっており、その過程で、ヒステリックかつ嘲笑的な調子になった。記者たちはありとあらゆるワイマール政権のスキャンダルに飛びついた。著名な政治家たちとバーマトという名のユダヤ人四兄弟が絡んだ汚職事件に関するたくさんの記事が書かれ、「ディー・バーマトロジー」というシリーズになった。

この新聞の書き手たちは、敵対者の発言を引用する際、皮肉な感嘆符を入れるのを好んだ。ひどく嫌われていたベルリンの警察副本部長ベルンハルト・ヴァイスの発言は次のように引用された。「おしゃべり（!!!）ヒトラーや扇動政治家（!!）ゲッベルスの言うことなど、本気で取りあげることはできない（!!!）」。スポーツ欄では、ハイキング、体操、軍事教練など、軍国色に彩られたスポーツが読者の目に飛びこんできた。文化欄は芸術に対するユダヤ人の影響を嘆いていた。この新聞にはポルノ風の反ユダヤ主義的記事まで掲載された。それはユリウス・シュトライヒャーとデア・シュテルマー紙を有名にしたのと同種の記事であり、ヒトラーはこれらを愛読していた。

「当時、彼は人間に絶望したにちがいない」と、ヒトラーはのちに編集長を務めたローゼンベルクについて述べている。「彼の人間に対する侮蔑の念は増すばかりだった。記事の知的水準を下げれば下げるほど、販売部数が増えていったからだ！」

一九二三年、ある貴族階級の女性支持者が、保有する外国株の一部を売却して資金を援助した結果、新聞は日刊紙になった。上流中産階級出身のハーヴァード大学卒業生で、母国に戻ってヒトラーの支持者となっていたエルンスト・ハンフシュテングルは、新型の印刷機を購入する資金一〇〇〇ドルを党に融資した。アメリカの主要な新聞と同じ、人々の目を惹く、より大きな判型で印刷できるようにするためだ。新聞の拡大と同時に、ローゼンベルクは正式に編集長に就任した。エッカートは、日刊のスケジュールを守るには自由奔放すぎたため、解雇されていた。潤沢な資金を持つヒトラーは、新編集長を連れてデスクを買いに出かけた。ローゼンベルクはロールトップ式のデスクを選んだ。いつも散らかり放題なので、それを隠すのに都合がよかったからだ。「ヒトラーはほとんど子供のように喜んでいた」とローゼンベルクはふりかえる。「さらに一歩前進だ!」一一月までに、ナチ党機関紙の定期購読者は三万人に達する。

このぎこちない文章の書き手をヒトラーが高く評価していることに、ナチスの他の指導者たちは当惑した。「ローゼンベルクはじつにつまらない男だった」とハンフシュテングルは書いている。ハンフシュテングル、通称プッツィは饒舌で、豊富な人脈を持ち、のちにヒトラーの外務報道官を務めることになる。彼はローゼンベルクに対してたくさんの不満を抱いていた。「本質的に無教養だ」。人が話しているときに、歯の隙間で口笛を吹くという気に障る癖がある。「行商人のロバみたいな感じの男だ」。毎日同じシャツを着ている。「シャツを洗濯するのは金の無駄だという持論があり、本人の基準でもう着られないと判断したものは捨てていた」

しかし、わけてもハンフシュテングルは、ローゼンベルクのことをペテン師だと思っていた。もしナチスの指導者たちがこの男の話に引きつづき耳を傾けるなら、党の運動全体が暗礁に乗りあげるだろう、と。

ほこりまみれの分厚い書物をいつも熱心に読みふけっていたが、ローゼンベルクはけっして先見の明のある思想家ではなかった。過去の作家や思想家たちの考えを剽窃《ひょうせつ》し、それを現代の聴衆向けに作り直していた。ローゼンベルクの真の重要性は橋渡しとしての役割にあった。一八、一九世紀の哲学をナチスの急進主義者たちに教え、ヨーロッパの歴史の流れを変えようとするときに必要な正当な根拠を与える、という役割である。

長身瘦軀《そうく》、頑健、金髪碧眼《へきがん》という理想化された最高の「アーリア」人種という概念は、奇妙なことに、比較言語学から生まれたものである。一八世紀、インド在住のイギリス人学者、ウィリアム・ジョーンズ卿は、サンスクリット語、ギリシャ語、ラテン語のあいだの類似点を見つけ、これらの言語を話す人々を「アーリア」と呼んだ。サンスクリット語で「高貴な」という意味である。その後、他の研究者たちがこれらの言語をいくつかの語族に分類した。その語族には同様の類似性を持つ四〇以上の言語が含まれ、その中には英語とドイツ語もあった。

次の一九世紀に入ると、どのようにしてインド人とヨーロッパ人が似たような言語を話すようになったのかという疑問と格闘する思想家たちによって、この単純な新事実はねじ曲げられた。ある者は、ヒマラヤの戦士の一団が西方を征服し、ドイツに到達したと想像した。ある者はその逆だと考えた――アーリア人はその父祖の地であるドイツから東に勢力を拡大したのだ、と。

一八〇〇年代、民族主義の哲学者たちは、この大いに議論の余地のある疑似学問的な考えをとりいれ、自分たちが主張するドイツ例外論の根拠とした。これらの人々、さらにのちの世代の人々にまったく見えていなかったのが、アーリア人の共通点は言語であって人種ではない、という事実である。

一八五三年、フランスの貴族で外交官だったジョゼフ・アルテュール・ド・ゴビノー伯爵は、四巻からなる有名な『人種不平等論』を出版した。その中で伯爵は、世界の歴史は人種というレンズを通さなければ完全には理解できない、と結論している。白人、とりわけ重要なドイツ「アーリア人」(と伯爵は呼んでいた）は、他のすべての人種よりも優れており、文明におけるあらゆる偉大な業績に貢献している。アーリア人種は、その純潔を他の人種から守ることによってのみ、自身の繁栄の持続を確かなものにすることができる。

その次に登場したのがヒューストン・ステュアート・チェンバレンだ。イギリス人で、イギリスの提督や将軍を輩出した家系でありながら、ドイツびいきになった人物である。一〇代の頃、プロイセン人の家庭教師の指導を受けたチェンバレンは、ドイツ国民となり、作曲家のリヒャルト・ヴァーグナーとその妻コジマと親交を結んだ。ヴァーグナー夫妻の娘エーファと結婚し、ドイツ皇帝ヴィルヘルム二世とも活発に手紙のやりとりをするようになった。チェンバレンは書いている。自分はたくさんの悪魔に取り憑かれていて、その一人が自分に本を書かせたのだ、と。『一九世紀の基礎』というその本は一八九九年に出版され、二〇年後、ローゼンベルクの新聞で「ナチス運動の福音」だと評価された。この本の中で、チェンバレンはこう主張している。ユダヤ人は劣等な人種であり、生物学的に優れたチュートン民族、とくにドイツ民族こそ、世界を支配するのにふさわしい。これは科学的事実であり、確かなことである、と。

ローゼンベルクは次のようにふりかえる。一〇代の頃、『一九世紀の基礎』を読んだとき、「自分の前に新しい世界が開けた……そうだ、そうだ、そうなのだ……ユダヤ人問題に対するこの基本的な見識は私の心をとらえ、そして二度と離すことはなかった」

ローゼンベルクは、チェンバレン風の歪んだ歴史を書く以前は、毎日ありふれた人種差別的文章を書き散らしていた。ローゼンベルクが出版した最初の四冊は、妄想的、強迫観念的、そしてなにより偏執的な反ユダヤ主義を広めようとするものだった。ある学者は書いている。「歴史上、アルフレート・ローゼンベルクよりも強硬で容赦ない反ユダヤ主義の論客がいたという記録はない」

世界を苦しめるすべての事態を招いたのはユダヤ人である、とローゼンベルクは一九二〇年に出版された『ユダヤ民族の歴史的足跡』の中で断言している。迫害されたとしても、それは自分たちの責任だ。ユダヤ人という民族は欲深く、節操がない。「中世のユダヤ人の商売に関する報告を読むと……ユダヤ人の策略には驚かされるばかりだ」とローゼンベルクは書いている。「両替をするときにいつも金額をごまかす。破産を装う。……ヘブライ語の約束手形を信用して受けとり、後で訳してみたら、不可思議な文章が書かれているだけ。購入直後に買い物の包みをすり替えられ、家に帰って開けてみると、買ったものではなく、石ころや藁《わら》が出てくる」

「生まれながらの陰謀者」であるユダヤ人には、内なる倫理基準というものがないため、指導者たちは「法の混同」という複雑で技術的な規範を導入した。ユダヤ人は公平な裁判官や公務員にはなれなかった。なぜなら、ユダヤの信仰では、同胞である「選ばれた民」だけを平等に扱わなければならなかったからだ。ユダヤ人は非ユダヤ人には不寛容だった。「客観的に見て、ユダヤ人は何をするときも、国家に対する反逆者なのだ」。ユダヤ人は皇帝ヴィルヘルムによって解放されるべきではなかったし、ドイツ社会に浸透することを認められるべきではなかったし、新聞や企業の経営を許されるべきではなかったのだ、とローゼンベルクは主張した。

「人は、知らぬ間に毒が漂うことを許さないし、それが薬と同価値であると認めることもない」

翌年、ローゼンベルクは著書『フリーメイソンの犯罪』の中で書いている。「ユダヤ民族は、他のあらゆる民族にとっての疫病として、サタン、すなわちメフィストによって選ばれたのだ。メフィストがこそこそとファウストの後をついて回るのは、ファウストのあらゆる弱みにすぐさまつけいって、泥の中に引きずり倒すためだ」。ユダヤ人は改宗を試みることもできるし、洗礼を一〇回くりかえして受けることもできるが、その血の中の邪悪さを変えることはけっしてできないだろう。

ローゼンベルクは、偽書である『シオンの賢者の議定書』を広めるのに一定の役割を果たした。一九〇三年にロシアで最初に出版された、ユダヤ人指導者たちの秘密会議の議事録だと称するこの本の中で、指導者たちは戦争や騒乱を画策し、経済を操作し、新聞・雑誌を通じて無神論と自由主義を広めることによって、世界を支配しようと企てている。

この悪名高い捏造《ねつぞう》文書の出所は今なお不明のままである。帝政ロシアの秘密警察が、世紀の変わり目頃に、あちこちから盗用された情報を一つにまとめたものだ、と長いあいだ言われていた。共産主義革命から逃れた反ボリシェヴィキ派のロシア人たちがソ連国内から持ち出してきたものが、まもなく世界中で出版された。

『議定書』がドイツで出版されたのは一九一九年のことだ。ローゼンベルクを最初に雇った編集発行人エッカートは、この謎に包まれたユダヤ人の陰謀に「言いようのない恐怖」を覚えた。どうやらヒトラーにも伝えたようである。一九二一年までに、ロンドンのタイムズ紙が『議定書』は偽物だと暴露していた。しかしローゼンベルクは、その二年後に発表した論評の中で、『議定書』が本物か偽物かはまだわからない、と述べている。いずれにしても、この本は他のさまざまな報告と一致しており、ユダヤ人の世界的な戦略を正確に描き出している、とローゼンベルクは主張した。

ローゼンベルクはまた、党公式の二五カ条綱領のあらましを説明する決定的な論評を書いている。この数年間、党員たちはローゼンベルクを、国家社会主義イデオロギーに関する権威ある代弁者であり、党の方針展開に影響力を持つ人物だとみなさざるをえなかった。何人かのナチ党員が一九三〇年代に党を離脱してドイツを逃れた後、回顧録を書いている。彼らによると、ローゼンベルクは初期のナチスにおいてヒトラーに重要な影響を与えた人物だという。亡命者の一人、オットー・シュトラッサーによれば、一九二三年当時、ローゼンベルクは「紛れもなくアドルフ・ヒトラーの陰の頭脳だった」という。

初期の支持者だったクルト・リューデッケは、外交政策についてはとくにローゼンベルクの意見に注意を払うようにとヒトラーから言われた記憶があるという。「ローゼンベルクにはまだ会っていないのか?」と、ある日ヒトラーが尋ねた。「あの男のことをよく知り、親しくしておいたほうがいい。彼の言葉にだけは、私はいつも耳を傾ける。彼は思想家だ」

むろんヒトラーは、自分は誰の操り人形でもないと主張したことだろう。著書『わが闘争』の中で、劇的な啓示を受けたときのことを語っている。ウィーンの路上で暮らす二〇代の若者だった頃に、ユダヤ人の邪悪さに突如として気づいたという。ウィーン時代のいろいろな話を総合すると、ヒトラーが反ユダヤ主義を過激化させたのは、もっと後、すなわちドイツが第一次大戦に敗北した後のようだが、ヒトラーは、そのカリスマ的な性格を軸にして運動を構築していく際に、自分が徹底的な研究と個人的な経験から生まれた啓示について語っているのだということを人々に信じさせる必要があった。自分が並はずれた人物だと示す必要があった。歴史家のイアン・カーショーによれば、これによってヒトラーは、「国民運動の指導者……ドイツの次なる『偉大な指導者』となる資格」を与えられた。

ヒトラーが演説する様子は、まるで教会の伝道集会のようだった、と歴史家のリチャード・エヴァンスは書いている。劇的に語る才能を駆使して、最初は静かに語りはじめ、ゆっくりと、順序立てて、人々を奮起させる終盤へと盛りあげていく。叫び声になり、汗をかいた額に髪が乱れかかり、両手が空を切る。生粋の政治家であったヒトラーは、自分の苦しかった時代とドイツの歴史を結びつけた。その演説は、混乱と超インフレに見舞われた人々の心をとらえた。激しい言葉で革命と共和国を攻撃し、そのすべての背後にはユダヤ人がいるとして非難した。「ウイルスを殺さず、病原菌を絶滅させせずに、病気と戦うことができるなどと思ってはいけない」と、ヒトラーはある悪名高い演説で叫んだ。「人々が人種的結核の原因に触れないようにすることなしに、人種的結核と闘うことができるなどと思ってはいけない」

一九二〇年の後半頃、ヒトラーは演説に新しい重要な要素を加えた。ソ連にボリシェヴィキ思想をもたらしたユダヤ人たちが、今度はそれをドイツに押しつけようとしている、という明確な警告を発するようになった。ソヴィエト連邦の象徴である赤い星は、「シナゴーグの印であるダヴィデの星に相当する。それは天下を睥睨《へいげい》する民族の象徴であり、ウラジオストクから西欧まで広がる支配――ユダヤ人による支配――を意味する。金色の星はユダヤ人にとって輝く黄金を意味するのだ」。ドイツ人には選択肢がある。ソヴィエトの星の下で生きるか、民族主義者の鉤十字の下で生きるか。

これはローゼンベルクの影響のあらわれだった。ヒトラーは一九二〇年夏の時点で、自分がソヴィエト連邦の現状をよく知らないことを認めていた。ロシア語を話す部下は、すぐさま詳細を教えた。

ローゼンベルクは、ミュンヘンにやってくるとすぐに、ソ連の動きに関する専門家としての地位を確立しようとした。自分は共産主義の危険性を誰にも劣らずよく知っている、とローゼンベルクは主張した。なぜなら、一九一七年、最初の蜂起があったとき、現場であるモスクワにいたのだから。ローゼンベルクはこの「ロシア・ユダヤ革命」について、最初に発表した文章の中で書いている。それは一九一九年にエッカートの新聞に掲載された。

ローゼンベルクは、ヒトラーの頭の中で、世界的なユダヤ人の陰謀というでっち上げ話と、ロシアにおける共産主義者の蜂起を結びつけた。ある歴史家が言うように、「ロシア＝ボリシェヴィキ思想＝ユダヤ人」というのがローゼンベルクの公式である。ローゼンベルクはさらにその先に進んだ。ユダヤ人は、ソ連やドイツだけでなく全世界を支配しようと企てており、今や資本主義と共産主義の両方を支配している、とローゼンベルクは主張した。これはユダヤ人による大がかりなペテンである。やつらがすべての糸を引いている。両者を争わせて利益を得ようとしているのだ。ミュンヘンでは一九一九年に短いながらも流血を伴う共産主義蜂起があったばかりで、ローゼンベルクの読者やヒトラーの聴衆にしてみれば、万一ドイツが共産主義者に支配されたら悲惨な結果になるだろうと想像するのは難しいことではなかった。共産主義者が支配権を握ったとき何が起こったか、目の当たりにしたばかりではないか？　個人所有の武器をすべて没収すると警告される。ゼネストや深刻な食糧不足が起こる。即決の逮捕、処刑がおこなわれる。ユダヤ人は、モスクワで実行したように、そしてミュンヘンでも実行しようとしたように、抵抗する者は誰彼かまわず殺すだろう、とヒトラーは断言した。

「分別があり、ユダヤ人でない者は、ただそれだけで死刑に処せられるだろう」

ヒトラーは、一九二二年七月二八日にミュンヘンでおこなった代表的な演説で、聴衆に向けて、ソ連の「証券取引所のユダヤ人」は、マルクス主義者を装って労働者を擁護するふりをしている、と語った。「これは途方もなく大がかりな詐欺である。世界の歴史上、これほどのものはまず見られない」

ユダヤ人はロシアを破壊した。やつらの陰謀によって、「ついには全世界が廃墟と化すだろう」「現在のロシアには、荒廃した文明以外に、見るべきものは何もない」とヒトラーは言った。ユダヤ人――「けっして満足することのない強欲そのもの」――は、すべてを奪い、わがものにしようとしている。「ユダヤ人は教会の財宝を独り占めにしながら、人々に食べ物を与えようとはしない。なんということだ！　あらゆるものがどこかへ流出し、跡形もなく消えてしまう……そして今ドイツは、辛酸をなめたロシアと同じ段階に入りつつある」

ユダヤ人は、かつて偉大だったドイツ国家を「軍事力において無防備」にし、その国民を「精神において無防備」にしようとしている。諸君は口をつぐんで面倒を避けるほうが賢明だと思っているのだろうが、どちらにしても諸君はおしまいだ、とヒトラーは断言した。「それではだめだ、友よ。諸君と私の違いは、おそらく私は絞首刑に処されてもまだしゃべりつづけ、諸君はただ絞首刑に処される――黙ったまま――ということだ。ここでも、ロシアは無数の実例を提供してくれる。われわれも同じ道をたどるだろう」

ドイツにおけるユダヤ人主導のソヴィエト独裁という可能性に対して、ただ一つ理にかなった態度がある、とヒトラーは表明した。人々は反撃しなければならない。「この点については、なんの疑いの余地もないはずだ。ユダヤ人がわれわれの喉を掻き切るのをただ待つわけにはいかない。防戦ばかりではいけない」

数カ月後の別の演説で、これは死闘になるだろう、とヒトラーは断言した。われわれか、やつらのどちらかが滅びるまで戦うことになる、と支持者たちに語った。未来のドイツにおいてユダヤとナチスが共存することはできない。「ユダヤ人が権力を握れば、われわれの首が砂の上に転がることはわかっている。だが、われわれが権力を手にしたときには、諸君に神の恵みが与えられることもわかっている！」

ワイマール共和国誕生後、何年ものあいだ、選挙が実施されるたびに政治情勢は混乱し、ドイツは二〇もの異なる内閣によって導かれることになる。社会民主党、ドイツ民主党、カトリック中央党、共産主義政党、民族主義政党など、さまざまな政党が国会の主導権を握ろうと闘争をくりひろげた結果である。軍事債務、平時経済への移行、産業の崩壊、ヴェルサイユ平和条約における連合国によって課せられた戦争賠償金――これらすべての問題がドイツ経済を苦しめ、インフレーションが途方もない水準にまで達する。一九二三年のある時点では、一ドルを購入するのに四兆マルク以上が必要になった。

その夏、ヒトラーは憎むべき共和国の打倒を訴えはじめた。バイエルン州総督のグスタフ・リッター・フォン・カールはこれに対して、予定されていた一連のナチス集会を禁止し、ローゼンベルクの新聞に閉鎖を命じた。

業を煮やしたヒトラーは、今こそクーデターを起こして権力を奪取する時だと決意した。ヒトラーの背後にはエーリヒ・ルーデンドルフ将軍という重要な盟友がいた。ルーデンドルフは第一次世界大戦でパウル・フォン・ヒンデンブルク将軍とともにドイツ軍を率い、一九二三年には、ドイツで最も著名な右翼人士となっていた。

ヒトラーは武力も持っていた。民族主義者の準軍事組織の連合体が存在し、その中には一万五〇〇〇人からなる突撃隊も含まれた。この突撃隊を指揮していたのは、のちに第三帝国の超大物の一人となる人物で、その肥満体と恫喝《どうかつ》で世に知られるようになる。

ヘルマン・ゲーリングは、贅沢への飽くなき欲求と、残虐行為を実行する巨大な力を持つ饒舌な男だった。幼い頃の一時期、中世の城で暮らしていたことがある。城の所有者は母親の愛人で、半分ユダヤ人の血を引くオーストリア人医師だった。城壁や小塔、装飾用の鎧などに囲まれて、幼いヘルマンは、ドイツの神話的歴史を空想した。騎士道をわきまえたチュートン騎士団が各地に遠征し、ヨーロッパを征服した時代である。

学生時代は当初反抗的だったが、軍事学校に入ると、めきめきと頭角をあらわした。アメリカのウエスト・ポイント（陸軍士官学校）に相当するプロイセンの士官学校で学び、第一次世界大戦初期の戦闘で、歩兵将校として鉄十字勲章を受けた。

膝が悪かったことと幸運とが重なって、ゲーリングは航空学校に入った。二人乗り飛行機の偵察員として、軍首脳の注目を集めた。砲火を浴びながらも敵の要塞をとらえた優れた写真を撮ることができたからだ。ほどなく、革新技術だった機関銃を装備した戦闘機の操縦を習得し、戦争が終わる頃には、名前に二二機撃墜という肩書きがついていた。一九一八年の一時期、ドイツの戦闘機パイロットのエリート中隊、リヒトホーフェン航空団を指揮した。かつてレッドバロン（赤い男爵）と呼ばれた伝説の撃墜王が生前指揮していた中隊である。

ゲーリングは戦争終結時、ドイツの降伏に激怒した。そして、国家の栄光を取り戻す活動に参加しようと決意した。「私は、今夜ここに集まった諸君には、憎しみを忘れないでもらいたい。われわれドイツ国民とその伝統を侮辱した愚劣なる者どもへの深く、永続的な憎しみを」と、ゲーリングは一九一八年の反革命集会で語った。「だが、われわれがやつらをドイツから追い出す日が来るだろう。その日に備えよ。その日のために武装せよ。その日に向けて働け。その日はかならず来るのだ」

四年後、憎悪に満ちた戦争の英雄はヒトラーと出会い、その直後、ナチスによるバイエルン政府打倒の試みに加わることになる。

問題は決行の時期だった。ローゼンベルクともう一人の東からの移住者マックス・エルヴィン・フォン・ショイブナー＝リヒターは、フォン・カール総督を人質にとってベルリンへの進軍に同意させることを提案した。ナチスは一一月八日に決行する計画を立てた。この日、フォン・カールがビアホール〈ビュルガーブロイケラー〉で演説をおこない、軍司令官と警察長官も同席することになっていた。

当日の朝、ローゼンベルクは新聞と突撃隊の所在地であるシェリング通りのオフィスにいた。建物の中は活気でざわめいていた。ハンフシュテングルは、いつものように洗濯していないシャツとネクタイ姿のローゼンベルクが、これ見よがしにデスクの上にピストルを置いていることに気づいた。

ヒトラーが乗馬用の鞭を手にしてあらわれ、ローゼンベルクのオフィスに入ってきた。「今夜、決行する」と、男たちに言った。「各自ピストルを持ってくるように」

ローゼンベルクは黄褐色の中折れ帽をかぶり、トレンチコートを着ると、ヒトラーとその護衛とともに赤いメルセデスに乗りこみ、イーザル川を渡ってビアホールに向かった。重武装し、鋼鉄製ヘルメットをかぶった、ゲーリング率いる突撃隊がビュルガーブロイケラーを包囲したのは午後八時三〇分少し過ぎだった。正面出入口には機関銃が設置され、ナチ党員たちがビアホールの正面に殺到した。ローゼンベルクはピストルを手にして、ヒトラーのそばにいた。

大混乱が起こった。黒のモーニングコートに身を包み、鉄十字勲章を身につけたヒトラーは、天井に向けて銃を撃ち、革命が始まったと宣言すると、テーブルを乗り越えて演壇に上がった。バイエルンの最高指導者たちは奥の部屋へ連れていかれた。

ゲーリングが群衆を鎮めようとしているあいだ(「ビールはおごりだ!」)、ヒトラーは、あまり丁重とは言いがたい形で、国家的クーデターに参加するよう、フォン・カールらを説得しようとした。彼らはヒトラーとの話し合いを拒否した。「私の許可なく、誰もこの部屋を生きて出ていくことはない!」とヒトラーは叫んだ。まもなく、ルーデンドルフがあらわれ、この緊迫した交渉に加わった。するとバイエルンの指導者たちは、最終的に協力することに同意した。

ビアホールでクーデターが宣言されると、歓声が沸き起こり、ドイツ国歌「ドイツよ、すべてのものの上にあれ」の大合唱が始まった。

ローゼンベルクは、革命の公式宣言の新聞発表を指示するため、急いで新聞社に戻った。編集部員たちにニュースを伝えると、オフィスは爆発的な拍手喝采に包まれた。

「われわれには二つに一つしかない」とローゼンベルクは部下たちに言った。「明日、われわれがドイツ中央政府を掌握するか、死ぬか」

編集部員の一人が記事の書き出しを口述した。「ドイツは、熱にうなされて見る悪夢から目覚めた。国家隆盛の新時代が、流れる輝きとなって雲を突き破り、夜は明るく照らされて昼となる。ドイツの力と偉大さの象徴たる鷲がふたたび立ち上がる！」

しかし、その新聞が街頭に出る前に、すでに反乱は失敗する運命にあった。ナチスは主要な軍兵舎の占拠に失敗し、ヒトラーは、バイエルンの指導者たちを監視下に置いておくよう手配することなくビュルガーブロイケラーを後にした。ルーデンドルフがフォン・カールらを逃がしたため、その後、フォン・カールらはすぐさま反乱鎮圧に動いた。反乱側は通信回線を掌握しておらず、政府側に忠実な部隊が呼集された。フォン・カールはラジオで策謀者を非難し、ナチ党の解散を命じた。

翌朝は雪が降っていた。ドイツ共和国宣言からちょうど五周年のその日は、民族主義者たちの考え方によれば、「一一月革命を引き起こした犯罪者たち」がドイツを裏切った暗黒の日である。クーデターは失敗したが、なんらかの成果を得ようと必死だったナチスは、ミュンヘン中心街まで行進することにした。数に勝るデモによって軍と警察を味方に引き入れようという狙いがあった。

反乱者二〇〇〇人が隊列を組んでビアホールを出発した。最初は葬送の行進のようだったが、中心街に入って群衆が加わると、一瞬、勝利できるのではないかと誰もが考えた。ローゼンベルクは二列目にいた。先頭にはゲーリング、ルーデンドルフ、ヒトラーらがいて、ヒトラーはショイブナー＝リヒターと腕を組んで団結を示した。デモ隊はマリエン広場の市庁舎までやってくると、右に曲がってレジデンツ通りを北上し、オデオン広場に向かった。

広場にあるバイエルンの将軍たちの記念建築物、フェルトヘルンハレ（将軍廟）では、一〇〇人からなる州の警官隊が待ちかまえていた。

「降伏せよ！」ヒトラーが叫んだ。

銃が抜かれた。続く沈黙の中、一発の銃弾が発射された。

そのあと一斉射撃が一分ほど続き、銃弾が空気を切り裂いた。ショイブナー＝リヒターは頭に銃弾を受け、倒れて死んだ。同時にヒトラーも地面に引き倒された。このときナチス指導者の肩が外れた。ゲーリングは鼠径部を撃たれた。第一次大戦の戦場を経験していないローゼンベルクは、銃撃が始まるとすぐに地面に伏せた。隣にいた小さな玩具店の店主、オスカー・ケルナーは死んだ。ヒトラーとゲーリングはこの大混乱から逃れ、無傷のローゼンベルクも逃れた。ナチ党員一六人と警察官四人が死亡した。ルーデンドルフは、どういうわけか無傷のまま、警官隊の隊列まで迫り、当然ながら逮捕された。

ヒトラーは、医療要員によって、待機していた車に担ぎこまれ、ミュンヘン南部のハンフシュテングルの家に運ばれた。負傷し、悲観的になっていて、自殺する恐れもあった。いつ逮捕されてもおかしくなかった。ヒトラーは鉛筆を取り、支持者たちへのメッセージを書きとめた。その中で、臨時の党指導者を発表した。ローゼンベルクに宛てた特別なメッセージも書いた。その後ヒトラーは、白いナイトガウンを着たまま拘束され、ランツベルク・アム・レヒの刑務所の第七号独房に収監された。

今後のナチ党に関するヒトラーの決断を知って、ローゼンベルクは他の誰よりも驚いた。

「親愛なるローゼンベルクへ」とヒトラーは書いていた。「今から君がこの運動を指導するのだ」

しかし、ローゼンベルクは自分が幹部指導者にはまったく不向きであることをすぐに証明することになった。のちに、ナチ党員の中には、だからこそヒトラーはローゼンベルクを選んだのだと考える者もいた。たしかにヒトラーは、刑務所から出た後、党の実権を取り戻すことを望んでいた。有力なライバルに党を渡したくなかった。しかし、それと同時に、この先どうなるのか、わからなかった。長期刑になるのではないか？　オーストリアに追放されるのではないか？　ヒトラーは負傷し、苦悩していた。そして、指示を伝えようと急ぐ中、最も忠実なアルター・ケンプファー――「古くからの闘士」――を選んだのだ。草創期からのナチ党員はそう呼ばれた。

ヒトラーはタイプライターで『わが闘争』を執筆しながら獄中生活を送っていた。いっぽうナチ党は、ローゼンベルクが見守る中、分裂していった。党が非合法化され、財源を凍結されたとき、ローゼンベルクが、一二月三日のメモで、まず仲間たちに伝えたのは、地下組織として活動しなければならない、ということだった。（メモには「極秘！　読後焼却のこと」という警告が付されていた）。ローゼンベルクはロルフ・アイドハルト（Rolf Eidhalt）という筆名を使うようになった――「アドルフ・ヒトラー（Adolf Hitler）のアナグラムである。

ミュンヘンの一斉射撃を生きのびたナチ党員たちは、ザルツブルクに集まり、ローゼンベルクに接触しようとしたが、居所をつきとめるのは容易ではなかった。迫りくる逮捕を恐れて、夜中にアパートメントを転々としていたのだ。

ローゼンベルクの盟友リューデッケでさえ、党は漂流している、と述べている。「ローゼンベルクはわれわれを導くという役割をほとんど果たせなかった」

一九二四年一月、ローゼンベルクは「大ドイツ民族共同体」を設立した。活動を禁止されたナチスの後継組織にするつもりだった。だが、ヒトラーに承認されたにもかかわらず、ローゼンベルクは競い合う派閥を自らの旗の下に一つにまとめることができなかった。ローゼンベルクの戦略は、革命家集団から合法的な政党への転換だった。春、この新党は、他の極右集団と手を組んで、バイエルン議会とドイツ国会に候補者を立てた。しかし、ライバルの民族主義勢力、ドイツ民族自由党が選挙で大成功をおさめ、ナチスに連立政権を持ちかけたとき、ヒトラーは躊躇《ちゅうちょ》した――そして、刑務所から出られるまで政治活動から身を引くことを表明した。

ヒトラーの支持がなければ、極右勢力統合の試みは終わったも同然であり、総統の代理人としての短く強烈な経験も同じく終わろうとしていた。民族主義運動が内部抗争によって分裂する中で、傷つけられ、軽んじられたローゼンベルクは、その地位を追われた。

一九二四年一二月二〇日、ヒトラーは刑務所から釈放され、すぐさま党の実権を取り戻した。ヒトラーは、選挙の駆け引きに乗り出したローゼンベルクに激怒していた。もっとも、このあと、ヒトラー自身、その駆け引きを実行しようと決意することになるのだが。フェルキッシャー・ベオバハター紙の発行が再開されると、ヒトラーはトップ記事を書き、自分が不在中の失策について、ルーデンドルフとローゼンベルクを非難した。

ローゼンベルクは、二月にミュンヘンの超満員のビュルガーブロイケラーで開催された、熱狂的なナチ党再出発集会には出席しなかった。「そんな滑稽なものには参加しない」とローゼンベルクはリューデッケに言った。「ヒトラーが党内の融和を図ろうとしていることはわかっている」。前の年にはいがみ合っていた者たちが舞台に上がり、握手を交わして互いに赦し合い、ヒトラーの後ろに一列に並んだ。いっぽう、過去のことを水に流すつもりはなかったローゼンベルクは、党内の主な敵に対して名誉毀損訴訟を起こした。

ヒトラーはローゼンベルクに訴えを取り下げるよう迫った。その代わりに、ふたたび党機関紙の責任者に任命しようと言った。ローゼンベルクが躊躇していると、ヒトラーはリューデッケに介入を求めた。「ローゼンベルクが正気に戻り、罪のない被害者を演じるのをやめるように取りはからってくれ」「それは容易なことではありません」とリューデッケは答えた。「あなたが考えている以上に傷は深いのです」

「そうか、そうか、ちょっと様子を見よう」と総統は笑いながら言った。

ヒトラーはローゼンベルクの傷を縫い合わせるために、ただ仕事を与えるだけでなく、驚くべき手紙を書いた。回りくどい書き方だったが、その手紙には、どうしてもローゼンベルクを手放したくないというヒトラーの心情が記されていた。

ヒトラーはこう書いていた。クーデターを試みた後、党内情勢があまりにも混乱していたので、ローゼンベルクのライバルたちが敵意に満ちた侮辱の言葉を吐いた理由も理解できる。「心がいっぱいのときには、口から言葉があふれ出るものだ」。しかし、かっとしたはずみで何を言われようとも、副官にはわかっておいてもらいたい。自分はヒトラーから最高の敬意を払われていることを。「私は君をよく知っている、ローゼンベルク君。そして尊敬している……君はわれわれの運動への最も貴重な協力者の一人だ」とヒトラーは書いている。「困難な時期に、思いがけず、なんの説明もなく、運動の指導者の地位を引き継いだ君は、可能なかぎり運動を推進しようとした――私がそのことを確信していることは言うまでもない。その過程で、いくつかの間違いが紛れこんだかもしれない。それは君だけでなく、他の誰にでも起こりうることだ。だが、私の目的は、間違いについて意見を述べることではなく、ただ意図と善意について意見を述べることにある。そして、私は君に対して、すべてにおいて最高の信頼を寄せている」

二人の関係は修復されたものの、ローゼンベルクは二度とふたたび、ビュルガーブロイケラーでのクーデター未遂事件以前のように、ヒトラーに親しく接することはなくなる。

ヒトラーは六人乗りの黒いメルセデスを買った。愉快な仲間たちといっしょに、田園地帯を突っ走るのが大好きだった。いつも深刻な顔をして、融通がきかず、ユーモアのかけらもないローゼンベルクは、自分が、くつろいだ日帰り旅行に誘われるタイプの人間ではないとわかっているようだった。会話をすれば、かならず党の仕事や他のナチス指導者との官僚的闘争の話になるに決まっていた。そんな自分を抑えることができなかった。

「私はヒトラーからひじょうに高く評価されたが、好かれてはいなかった」とローゼンベルクは結論している。

ヒトラーから新聞編集の仕事に戻してやろうと言われたとき、ローゼンベルクは虚勢を張っていたが、おそらく、やる気満々だったはずだ。ローゼンベルクは三二歳で、ドイツに来て以来、一つのことしかしていなかった。党のために批判や反論の文章を書くことである。

そんなわけで、一九二五年、ナチ党員たちが、崩壊した党の再建に着手し、政権奪取に向けた継続的な運動を開始すると、ローゼンベルクにはシェリング通りのオフィスに戻り、フェルキッシャー・ベオバハター紙の運営を始める以外に選択肢はなかった。金が必要だ、とローゼンベルクはリューデッケに言った。「それに、この仕事は私の人生だ。大義を捨てるわけにはいかない」

党機関紙は以前と同様、皮肉に満ち、好戦的な内容になった。ワイマール政府の指導者を「軟弱な国際主義者・平和主義者だ」と決めつけた。ユダヤ教の神ヤハウェを「悪魔、生まれついての殺人者、嘘つき、偽りの父」と呼んだ。ユダヤ教を「ドイツ法の保護の下で道徳的かつ経済的な略奪と破壊をおこなうための仮面だ」と非難した。そしてライバル紙の編集者を「ドイツの魂の殺人者、ドイツ国民の裏切り者、世論腐敗の元凶」として攻撃した。

驚くにはあたらないが、この新聞の痛烈な非難が原因で、ローゼンベルクや記者たちは、名誉毀損や扇動の罪でたびたび法廷に立たされた。政府当局は、共和国保護法によって、反政府暴動を呼びかけた新聞を発禁処分にすることが認められており、同紙は何度も罰金を科され、発行停止を命じられた。一九二六年三月には、ローゼンベルクが一カ月間服役している。

「国民の魂をめぐる戦いは、白昼公然とおこなわれた」とローゼンベルクは何年かのちに書いている。「われわれに対する攻撃は容赦なく、われわれも容赦なく応戦した」。フェルキッシャー・ベオバハターのそれらの記事は、「朝七時に書かれることが多く、入ってきたばかりの報告に基づいていた。したがって熟慮の末の見解ではなかった。敵対する新聞からの攻撃は、まったく情け容赦ないものだった」。それは熾烈な戦いの時期であり、党内外の敵との果てしない闘争の時期であった。

一九三〇年、ローゼンベルクは国会議員に当選した。そこでナチスの敵から要注意人物として目をつけられた。一度、ローゼンベルクがナチスの制服である茶色のシャツを着て演説に立ったとき、社会民主党の議員たちがすぐさま野次を飛ばした。ユダヤ人のような名前を持つ反ユダヤ主義者を動揺させる野次だった。

「ユダヤ人が出てきたぞ！　あの鼻を見てみろ！　パレスチナへ行け！」

さらに打撃となったのは、第一次世界大戦中のローゼンベルクの行動に関する当てこすりだった。ハンフシュテングルはゲーリングに、ローゼンベルクが一時フランスにいたことがあり、フランス軍情報部に雇われていたと報告した。ゲーリングはこの噂を広めるのに一役買った。「戦争中、本当はパリで何をしていたのか、いつかはっきりさせるべきだ」と、あるときゲーリングは言った。ナチスの敵対勢力が新聞紙上で攻撃を開始したが、警察の捜査の結果、この話を裏づける証拠は出てこなかった。ローゼンベルクによれば、一九一四年にパリにいたのは、まったく害のないただの旅行であり、当時の恋人で未来の妻を訪ねただけだという。この件をめぐって、ローゼンベルクは社会主義系新聞二紙を相手取って訴訟を起こし、損害賠償を勝ちとった。

しかし、この中傷はやまなかった。一九三二年の国会論戦中にも話題になり、ちょっとした騒ぎが起こった。ある共産党議員が、ローゼンベルクが戦争中、反ドイツ活動に従事していたことを示唆したのだ。攻撃の的になったローゼンベルクは逆上した。「きさま、横っ面を殴られたいのか？」この日、ローゼンベルクからの激しい反発に対して、ハインリヒ・ブリューニング首相は、このナチ党員を次のように一蹴した。「彼はいわゆるバルト人であり、戦争中、私が決死の覚悟で戦っていたとき、彼は本当の祖国がどこなのか、まだわからずにいたのだ」

ローゼンベルクは、私生活に慰めを見いだしていたとしても、それについての記録はほとんど残していない。妻ヒルダとは一九二三年に離婚した。結婚から八年が経っていた。結婚生活は、ローゼンベルクがドイツに発った一九一八年に、事実上終わっていた。ヒルダは夫には同行せず、結核療養のため、家族とともに、ドイツのシュヴァルツヴァルトやスイスの温泉地を訪れた。「初めの頃なら自分も少しは手伝いができたかもしれない、と彼女は言った。だが、私はこうして独りでやってきた。彼女はこう言った。自分は病気で、これから先は一生、ほかの人々に頼らなければならないだろう、と」。ローゼンベルクはのちに、ある手記の中で書いている。その冷淡な調子が印象的だ。「その後彼女はレヴァルの両親のもとに移り、それからフランスへ行って、最後の望みをかけて治療法を探したが、けっきょく亡くなった」

離婚後まもないある夏の日、ローゼンベルクがシェリング通りの新聞社から出てくると、「ほっそりとした美しい女性」が目にとまった。「黒っぽい服装で、タータンチェックの帯が付いた大きな黒い帽子をかぶっていた」。ローゼンベルクはすぐに興味を持った。ヘドヴィヒ・クラマーは二四歳で、ローゼンベルクの六歳年下だった。見ていると、自分がよく昼食を食べるギリシャ料理店に入っていったので、後を追って中に入り、話しかけた。ミュンヘンのエングリッシャー・ガルテンにある池や草地で長い散策をしながら、ローゼンベルクは彼女に求愛した。そこはヨーロッパ最大の都市公園で、引き返すことなく何時間ものんびりと歩くことができた。二人は一九二五年に結婚し、子供が二人生まれた——幼少期に亡くなった息子と、一九三〇年に生まれた娘イレーネである。子供ができると、二人はアカデミー通りの家に引っ越した。通りを挟んで真向かいに、ミュンヘン美術院の光り輝く白亜の殿堂があった。

だが、ローゼンベルクにとっては仕事が人生だった。長年、デスクに向かって過ごしてきた。研究し、本を読み、考え、書いてきた。ほんのつかのまオフィスを離れるときも、本に埋もれ、ドイツの歴史に浸って過ごした。新婚の頃、新妻との旅では、ハイデルベルクの城の遺跡を見に出かけた。

ローゼンベルクには編集者として、党機関紙の下品なジャーナリズム以上のものを世に出す責任があった。反ユダヤ主義雑誌「デア・ヴェルトカンプ」(世界闘争)もひそかに読んでいた。反ユダヤ主義の一般的なテーマを扱っており、擬似学術的な脚注付きの記事が掲載されていた。ヒトラーはこの雑誌を「第一級の武器」と呼んだ。その後、ローゼンベルクは雑誌「月刊国家社会主義」の編集長を務めた。党の思想的・理論的基盤を詳しく説いた雑誌である。並はずれて多作な扇動家だったローゼンベルクは、亡くなるまでに書いた文章の総量が、他のすべてのナチス指導者が書いたものを足し合わせた量を上回っていた。

一九三三年に入り、これまでの仕事がついに実を結ぼうとしていた。オデオン広場での血みどろの敗北以来、試練の一〇年が過ぎた——ビアホールでの選挙運動、新聞を通じた世論への訴え、密室の駆け引き、路上での乱闘騒ぎなどに明け暮れた歳月だった。——ヒトラー率いるナチスはついに、そして驚いたことに、国の実権を握ろうとしていた。

ローゼンベルクはベルリンに戻ろうとしていた。今回は、ウンター・デン・リンデン通り沿いに立つただの見物人ではなく、たんなる歴史の目撃者でもない。

今回、ローゼンベルクは、権力者の右腕としてベルリンに入る。その権力者は歴史を作ろうと決意していた。

第6章　夜のとばり

すべては瞬く間の出来事だった。一九三三年一月三〇日、ヒトラーは権力の座についた。それは政治的妥協の一環だった。この血気にはやる革命家は、パウル・フォン・ヒンデンブルク大統領が任命した良識ある人々からなる内閣によって取り囲まれる——頭を冷やされ、抑えこまれる——ことになっていた。ヒンデンブルクは第一次世界大戦でドイツ軍を指揮した大男の陸軍元帥だ。

だが、ナチ党の首相の動きはあまりにも速く、内閣はその勢いを抑えることができなかった。ドイツの首相に就任後数時間のうちに、ヒトラーは新たな議会選挙の実施を要求した。自己の権力を強化するためである。ワイマール共和政では、長年野党として、立ちはだかる権力を相手に戦ってきた。それが今、ナチスはあらゆる点で有利な立場にある。ヒトラーはそのことを知っていた。今度は負けられなかった。

ナチスはただちに行政府を掌握し、警察、国営メディア、ラジオを党のために利用した。裕福な財界人たちから選挙運動への資金援助の約束をとりつけた。政敵の決起集会を暴力で妨害し、敵対する新聞社を閉鎖した。長年、たくさんの首が飛ぶことになるだろうと予言していたが、すぐさまその脅しを実行に移し、敵に対して無慈悲な復讐を果たした。

これ以降、恐怖はナチスの主要な武器になる。

ヒトラーが権力の座に登りつめた日の夜、突撃隊——一〇年以上にわたる街頭での乱闘で鍛えられた準軍事組織——は、果てしない縦列を組んでベルリンの街を行進した。松明《たいまつ》のパレードが何時間も続いた。一部の見物人には、ヒトラーがすでに、自分の意のままになる、茶色のシャツに長靴《ちょうか》を履いた狂信的な戦闘員を何十万人も抱えていて、邪魔する者は誰であれ恐怖で弾圧するつもりのように思われた。じっさい、ヒトラーはそのとおりのことをした。準軍事組織は、その後の数カ月間、拡大の一途をたどった。構成員の数は、一九三四年初めまでに、三〇〇万人近くに達していた。

ナチスが権力の座について一カ月も経たない頃、マリヌス・ファン・デア・ルッベというオランダ人の共産主義者が国会議事堂に火をつけた。ドイツ議会が開かれる華麗な建物である。ローゼンベルクは、ティーアガルテン公園を車で走り抜けているときに、炎を目にした。一人の記者が炎を見つめるローゼンベルクの姿を目撃している。このときローゼンベルクが真っ先に考えたことは、他の人々が考えているのと同じことだった。おそらくナチスの謀略家たちが建物に火をつけ、それを政敵たちの仕業だと非難するつもりだろう、と。

国会議事堂を燃やしたのは本当は誰の罪なのか、その後何十年にもわたって議論されることになるのだが、この放火事件はヒトラーの宣伝工作員によってすぐさま政治利用され、ドイツ政府転覆を狙った赤（共産主義者）の陰謀だと喧伝《けんでん》された。

翌日、ヒトラーはヒンデンブルクに基本的市民権を緊急に一時停止するよう訴えた。年老いた戦争の英雄は――ヒトラーを首相に任命した人物であり、その後一年にわたるヒトラーの台頭を阻止できたであろうドイツで唯一の人間は――ナチスが望むものをすべて与えた。表現と集会の自由、報道の自由、令状なしの捜査・監視からの保護――これらの基本的な権利は、「追って沙汰があるまで」国家安全保障の名の下にすべて切り捨てられた。共産主義者たちは、ナチスの攻撃の矛先が自分に向けられているのをすぐに感じた。突撃隊が党事務所を襲撃し、党員を逮捕し、資金を押収したのだ。全国各地の都市では、共産党支持者が数千人単位で一斉に検挙された。逮捕者の中には作家、教師、知識人、弁護士、平和主義者、政治家、さらには選挙で選ばれた国会議員もいた。逮捕者たちは間に合わせの強制収容所に放りこまれた。拷問を受けた人々もいて、数百人が拘留中に死亡した。

ヒトラーとともに権力の座に登りつめたヘルマン・ゲーリングは、プロイセン州内相に任命された。これにより、首都を含むドイツ最大の州の警察力を掌握した。ゲーリングはすぐさま非常時権限を主張し、治安機関を用いて、ナチスに反対するあらゆる政治組織に容赦ない弾圧を加えた。

「国家のための職務を遂行するため、私の命令に従って、容赦なく拳銃を使用する者は、誰であれ、私が保護することを保証する」とゲーリングは二月一七日の指示書の中で部下たちに伝えた。「私は二種類の法律があることを知っている。なぜなら二種類の人間がいることを知っているからだ。われわれに味方する者と、敵対する者だ」。ゲーリングは外国の外交官に、今、国家の敵のために強制収容所を建設している、と語った。「行きすぎだという者もいるが、ショックを受けてはいけない。鞭打ちなどの残虐行為が幅広くおこなわれ、死者が出ることもある……徹底的かつ大々的な若い革命において、それは避けられないことなのだ」。敵に対して、ゲーリングは、選挙二日前の演説で、激烈な警告を与えた。「ドイツ国民諸君、私の措置はいかなる司法上の判断にも損なわれることはない……私には司法など気にかけている暇はない。私の使命は、ただ破壊し、滅ぼすこと、それだけだ！」

ドイツでは前例のない選挙になった。アメリカ大使に言わせれば、「茶番」だった。ナチスは、これが最後の投票になる、今後ドイツでは二度と投票が見られることも、必要になることもないだろう、と約束した。選挙の勝敗にかかわらず、政権を手放すつもりはなかったのである。

けっきょく、ヒトラーは権力を維持するために憲法を無視する必要はなかった。三月五日の開票の結果、ナチスは政権を維持するのにじゅうぶんな議席を獲得したからだ。「ヒトラーは空前の大勝利を収めた」とフレデリック・サケット米大使は断言した。「ドイツの民主主義は大打撃を受けた。もう二度と立ち直れないかもしれない」

三月二三日、焼け焦げた国会議事堂の代わりに優雅なクロール歌劇場で新議会が招集されたとき、ヒトラーは演壇に立ち、ドイツの安全を脅かす共産主義の脅威を激しく非難した。議員たちに対して、全権委任法案を可決するよう訴えた。それは議会の権限のほとんどをヒトラー内閣に譲り渡す法案だった。祖国を守るためには、すべての権力をもっとしっかりと握っておく必要がある、とヒトラーは議員たちに語った。議場の外に集められた突撃隊がシュプレヒコールをあげた。「全権を委任せよ、さもなくば！」ヒトラーの法案は圧倒的多数で可決され、ドイツを独裁と戦争、そして、この先ヨーロッパが経験する最悪の恐怖へと導くことになる。

アメリカの特派員ウィリアム・シャイラーが驚嘆しているように、最も驚くべきことは、多かれ少なかれ、「すべてが合法的におこなわれた」ということである。


ベルリンでは、三三歳のロベルト（ロバート）・マックス・ヴァジリー・ケンプナーが、落ち着かない気持ちでナチスの台頭を見つめていた。ケンプナーは不安定な立場にあった。両親の生まれはユダヤ人だった。社会に同化させるため、子供たちにキリスト教ルター派の洗礼を受けさせたが、ナチスが市民として認める基準は――信仰ではなく――人種だった。社会民主党の党員でもあったケンプナーは、一九三〇年、ナチ党を非合法化し、ヒトラーをオーストリアに追放するための訴訟を手伝った。

しかし、このような事情にもかかわらず、ケンプナーは生まれながらの人脈作りの達人であり、巧みな策士だった。ナチスが権力を握った後でも、重要な地位に意外な友人がいた。

ケンプナーの両親はかなり名の知れた微生物学者だった。ヴァルター・ケンプナーとリディア・ラビノヴィッチ＝ケンプナーは自分たちを国家に忠実な野党だと考えていた。ドイツを信じていたが、その神話は信じていなかった——ビスマルクの「鉄血政策」も、君主制も、アルフレート・ローゼンベルクが擁護するチュートン伝説も信じなかった。「私が育った家では、懐疑主義が大きな役割を果たしていた」と、後年ケンプナーは書いている。

一九一四年八月四日に第一次世界大戦が勃発してから数日後、リディアは国会に出向き、戦場のドイツ兵たちがペストのような伝染病に直面する可能性や、軍がどのようにしてその病気と戦うべきかについて議論した。王宮の白の間で皇帝ヴィルヘルム二世の演説を聴いた——ドイツが戦争状態にあることを正式に議会に伝えた歴史的な演説だった。——その後、ある記者がリディアがいることに気づいて、ここで何をしているのかと尋ねた。「疫病を待っているのです」とリディアは答えた。それはまったく文字どおりの意味だったが、言葉の隠喩的な重要性は、後年になっても、息子の心の中に、いつまでも響き渡っていた。

リディア・ラビノヴィッチはリトアニア生まれのロシア系ユダヤ人で、ビール醸造所を所有する裕福な家庭で育った。ラビノヴィッチ家の人々は歯科医、医師、実業家、弁護士になっていた。最年少だったリディアは、スイスのベルンとチューリヒの大学に行き、植物学と動物学を学んだ。

一八九三年に博士号を取得すると、ベルリンに出て、微生物学者のロベルト・コッホの下で研究を始めた。当時最も重要な科学者の一人だったコッホは、炭疽《たんそ》病の先駆的研究をおこない、コレラ、結核を引き起こす細菌を発見し、細菌が伝染病を引き起こすことを証明するのに貢献した。コッホの感染症研究所は、この世紀の変わり目に、細菌学の分野で最も優秀な頭脳が集まる場所だった。ラビノヴィッチはこの研究所で、ヴァルター・ケンプナーという頭の切れる若い医師兼研究者に出会った。ケンプナーは研究所付属病院の医長を務めていた。担保付き債券ビジネスで財をなしたポーランド系ユダヤ人一族の子孫だった。リディアとヴァルターは一八九八年に結婚した。翌年、バルカン半島におけるマラリア流行を調査するためモンテネグロに滞在しているときに、リディアの陣痛が始まった。二人は急いで帰国した。最初の子がドイツで生まれるようにするためだ。二人はその子を、自分たちが崇拝するコッホにちなんで、ロベルトと名づけた。

ケンプナー家の三人の子供たちは、両親の仕事にどっぷりと浸かっていた。父親は、リヒターフェルデのポツダマー通りにある大邸宅の診察室で患者を診ていた。リヒターフェルデは首都南西部の緑豊かな地域である。書斎には顕微鏡が置かれ、ポーチに並べられたケージの中では実験動物――ウサギやマウス――が走り回っていた。家族は夕食のテーブルで最新の細菌研究について会話した。日曜日にはコッホが子供たちを連れだして、凧揚げを教えてくれた。

一九一七年六月一八日、ロベルト・ケンプナーは陸軍に入隊した。いずれは徴兵されるだろうと考え、自ら志願したのである。家族が軍国主義について、とくに皇帝について、どう思っていようと、自分は国のために働きたかった。一九一八年一〇月二五日、ロベルトが西部戦線に到着したその日、ドイツ軍は連合国軍の最後の攻撃に直面して、主要な防衛陣地から後退を開始した。所属部隊とともにベルリンに帰還したロベルトは、大勢の兵士の一人としてウンター・デン・リンデン通りを行進した後、一二月一八日に除隊した。その功労に対して鉄十字勲章を授与された。

家に帰ると、軍から支給された拳銃とカービン銃を屋根裏部屋に隠した。一九歳のロベルトは、それまでいろいろなことを目にしていたので、また銃が必要になるかもしれないとわかっていたのだ。

ワイマール共和国が成立してから二カ月が過ぎた頃、新政府は反乱に直面した――右翼民族主義勢力ではなく、左翼の「スパルタクス団」による反乱だった。一九一九年一月六日、共産主義者たちが行動を起こし、新政府を打倒してソヴィエト型の政権を樹立しようとした。社会民主党の機関紙を掌握した彼らは、ゼネストによって都市を封鎖しようと試み、主要な政府庁舎を占拠した。さらには、ブランデンブルク門の上にライフルを設置した。

蜂起の二日目、フリードリヒ・エーベルト大統領は執務室に身を潜め、降伏すべきかどうか思案していた。だが降伏はせず、グスタフ・ノスケ国防大臣がベルリン南西部にある女子寄宿学校に作戦司令室を設け、反撃を指揮した。エーベルトとノスケにはドイツ義勇軍を召集する以外に選択の余地はなかった。義勇軍は大戦終結時に解散した軍部隊の生き残りだ。当時ベルリンには、元陸軍将校が率いるそのような半独立準軍事組織が一〇あまり存在した。構成員はみな経験豊かな退役軍人で、愛国心によるものか、軍人としての習慣によるものかはともかくとして、共産主義の脅威を撃退しようと志願していた。

この共産主義者の反乱は、当時が血みどろの時代だったことを考慮に入れても、とりわけ暴力的な形で鎮圧された。ノスケが集めた間に合わせの軍隊は北へ進撃し、都市の街区を一つ一つ奪還していった。新聞社の建物は、正面が迫撃砲や戦車の攻撃で吹き飛ばされ、中にいた兵士たちは――白旗を振る者も、新聞印刷用紙の巨大なロールの陰から拳銃を撃つ者もいた――榴弾砲、機関銃、手榴弾などで殺された。ドイツ義勇軍はベルリン警察本部に向けて砲弾を発射した。共産主義者たちがクーデターを起こした場所である。殺戮から逃れようとした者たちは撃ち殺された。革命はわずか数日で鎮圧された。

戦闘が続く中、ケンプナーは所属部隊の生き残りたちとともにベルリンへ行くことを志願した。父親は仰天した。(父は息子に「おまえ正気か?」と尋ねた)。ケンプナーは当時の自分の行動について、さまざまに異なる説明をしている。勲功の承認を求めて書いた手紙の中で、「市街戦」に参加したと述べている。軍歴記録によると一月の一〇日間と三月のまる一カ月間を所属部隊である志願兵第四胸甲騎兵連隊とともに過ごしている。

しかし、後年、自叙伝の中で、ケンプナーは自分の役割についてもっと控えめな書き方をしている。すでに大学に入学しており、休暇で実家にいたというのだ。「純粋な好奇心からデモに参加」したことはあったが、じっさいの戦闘には一度も参加しなかった。カービン銃はリヒターフェルデの実家の屋根裏部屋に置いたままで、ベルリンには二週間しか滞在していない。ケンプナーは自分に休暇中の学生という役を割り当てた。「それは恐怖を見物するための遠足だった」と書いている。

出頭すると、ホテル・エデンに派遣された。ホテルは動物園の通りを挟んだ向かい側にあり、接収されて義勇軍の騎兵連隊という部隊の指揮所になっていた。ケンプナーは電話に出たり、伝言を伝えたり、通話を盗み聞きしたりした。ありとあらゆる事柄を耳にした、と認めつつも、「何が起こっているのか」、じっさいにはわからなかった、と主張している。ホテルの外や、近くのクアフュルステンダム通りの警備任務にもついた。店やカフェが並ぶ高級な通りだ。断続的に市街戦が発生している地域であり、しかも寒かったにもかかわらず、じっさいには人々が出歩いていた。ケンプナーの友人の一人は、通りで出会った少女に、軍服の上着を試しに着せてやった。

ホテル・エデンにおける数週間は、さまざまな理由で歴史に残ることになる。一月一五日午後九時、反乱の二人の指導者、カール・リープクネヒトとローザ・ルクセンブルクが逮捕され、このホテルに連行された。そこで尋問され、暴行を加えられ、最後には裏口から引きずり出された。そしてライフルで殴られ、それぞれ車に放りこまれ、撃ち殺された。ルクセンブルクの遺体は橋の上から凍った運河に投げ捨てられ、朽ちるまま放置された。引きあげられたのは五カ月近く経ってからのことだ。

この悪名高い殺人について、自分は何も知らなかった、とケンプナーは書いている。事件の数日前に部隊を去り、実家に戻っていたというのだ。だが軍歴記録によると、じっさいには、ルクセンブルクとリープクネヒトが引きずり出されて撃ち殺されたとき、ケンプナーはまだ任務についていた。

学業を再開したケンプナーは、ベルリン、ブレスラウ、フライブルクの大学で政治学、法律、行政を学んだ。一九二三年には法律学校を卒業し、すぐにエーリヒ・フライという有名な弁護士に雇われた。オールバックの髪型に説得力のある弁論で知られていたが、弁護する相手はベルリンで最も裕福で、最も悪名高い犯罪者たちだった。フライはギャングたちを独自の正義の概念を持つ人々だと主張して軽い刑を勝ちとる類の弁護士だった。

三年間、被告側に立った後、ケンプナーは反対側に立つことになった。一九二六年、州検事局の検事補として働いていたが、検事局のイメージを損ねるような情報を新聞にリークしたことが発覚し、昇進の道は断たれた。

その後、鮮やかな黄色のフラノのスーツを着て大臣との面接に臨んだ——服装の趣味はいつも奇抜に走りがちだった——にもかかわらず、ケンプナーはプロイセン内務省に就職した。野心的で勤勉な職員だった。一九二八年から一九三三年まで、プロイセン州警察の法律顧問として、警察への抗議に対応し、新しい警察行政規則の作成に参加し、州警察学校で教鞭をとり、法律雑誌に寄稿した。

ナチスが、大衆迎合的な仰々しい演説で、暴力による国家再生を訴え、全国各地で支持を集めていた当時、ケンプナーは左翼の人々と共通の主張を持っていた。その一人がカール・フォン・オシエツキーだ。反戦論者の編集者で、軍が秘密裏に再軍備を進めていることを自身の新聞で暴露した後、投獄された。再軍備はベルサイユ平和条約の条項に違反していた。オシエツキーの要請を受けて、ケンプナーはドイツ人権連盟の代理人として、無料で法律業務をおこなった。同連盟は、戦間期のドイツで最も活発な運動を展開した反戦平和団体で、アルベルト・アインシュタインもその一員だった。

一九三〇年、内務省は、ヒトラーが駆使する革命のレトリックに次第に不安を感じ、ナチスに関する包括的な調査を開始した。中心となる問題は、ヒトラーとその支持者たちが政府打倒をくりかえし議論していることが、反逆罪に問えるかどうかということだった。

同省の法務、政治、警察各部門の調査官たちは、ナチス主催の市民集会に参加し、党のプロパガンダを検討した。また、党のパンフレット、会報、研修文書、チラシ、演説録音、内部メモ、そしてフェルキッシャー・ベオバハター紙を精査した。数カ月にわたる調査の結果、内務省当局は、三通の詳細な報告書を作成した。ナチスの脅威のあらましを、政治的、宗教的、経済的観点から記したものである。

ケンプナーが所属する部門が作成した報告書は、ナチ党を非合法化し、党員を投獄するための法的根拠を提示した。ナチスは過去一〇年間、自分たちが権力を握ったとき――もしも、ではない――何をするつもりか、世間に触れ回ってきた。急進派は演説、新聞、著書の中で自分たちの計画を吹聴した。代表的なものとして、一九二五年に出版されたヒトラーの難解で退屈な一四万語からなる宣言の書『わが闘争』がある。(著名な小説家リオン・フォイヒトヴァンガーの計算によれば、この本には一三万九九〇〇個の誤りがあるという)。

党指導者たち自身の言葉に依拠して作成されたケンプナーの報告書は、次のように主張している。国家社会主義ドイツ労働者党(ナチス)は、たんなる政治団体ではない。「高度に中央集権化した」急進的カルト集団だ。すべての党員は、誰もが同じ意見を主張する「従順な道具」になることを要求される。ナチスは、共和国を独裁国家に変えようと決意している。選挙で選んだ代表者を国や州の議会に送りこんで内側から変化を起こすと主張していながら、じっさいには革命家であり、力ずくで政権を奪取する考えを本当は捨てていない。

ナチスは事実上、自らの罪状を公式に認めていた。

「国家社会主義ドイツ労働者党は正直に告白する。わが党は軍事的政党であり、けっして国民の大多数を代表するものではない」とローゼンベルクは書いている。

「われわれは強力な集団を結成している。この集団によっていつの日かこの国を征服し、そしてこの国の力によって、われわれの意志と計画を情け容赦なく実行するのだ」とゲッベルスは宣言した。「われわれがひとたびこの国を征服すれば、この国はわれわれのものだ」

「われわれは果敢かつ冷酷に新しい国家を建設している」とヒトラーは叫んだ。「われわれは自分が望むことを実行する。われわれにはいかなる力にも立ち向かう勇気がある」

ケンプナーの報告書は次のように主張する。このような反逆行為を取り締まる法律があるのだから、政府はそれらの法律を執行すべきである――国会においてナチスを合法的な政党のように扱うべきではないし、暗雲が垂れこめるのを、なすすべもなく座視すべきではない。

この頃、ナチスを連座させる注目の起訴手続きが進められ、法廷で争われるに至った。政府は、軍に浸透しようとするナチスの試みに神経を尖らせていた。将軍たちはナチ党員から新兵を募集することを禁止し、兵士に対して政治活動を控えるよう求めた。しかし、軍の将校たちの多くが、ヴェルサイユ平和条約による制限から自由になった強力な軍隊、というヒトラーの描く未来像に次第に魅力を感じるようになる。

一九三〇年春、ナチスのプロパガンダを広め、ナチスがクーデターを起こしたら応援するよう呼びかけたとして、三人の青年将校が告発された。捜査に加わったケンプナーは、中尉たちの反逆罪の審理を傍聴した。ライプツィヒの法廷で証言台に立ったヒトラーは、被告人と自分との関係を否認し、法廷に対して、ナチスは武力による反乱など計画していないと明言した。

「われわれの運動に武力は不要だ。いずれドイツ国民がわれわれの考えを知る時が来る。そのとき三五〇〇万人のドイツ人が私を支持するだろう」。同時に、次のように誓った。ナチスが――憲法で認められた合法的な手段で――権力を獲得した暁には、軍隊を増強してかつての栄光を取り戻し、一九一八年にドイツを裏切り、没落させたユダヤ人の裏切り者たちに復讐する。

「いくつも首が転がることになるだろう」とヒトラーは叫び、法廷で大喝采を浴びた。

ケンプナーが作成に尽力した内務省文書は司法省の上席検察官に提出されていたが、無視された。後でわかったことだが、その検察官はナチスに好意的な人物だった。その後ヒトラーが首相に就任したとき、この忠実な官僚は従来の地位を保証された。

三年後の一九三三年、ナチスは権力の座につき、約束したことをすべて実行した。「ヒトラーは本当に時間をむだにしない」とベルリンの新聞「フォッシッシェ・ツァイトゥング」の人脈豊富な外交ジャーナリスト、ベラ・フロムは、総統が権力を握った日に書いている。「新しいヒトラー内閣が法務大臣なしで始動しなければならないというのは皮肉で不吉な前兆のように見える」。フラウ・ベラ（ベラ夫人）として知られた彼女は、あらゆるティーパーティー、公式舞踏会、上流社会の晩餐会などに姿をあらわす類の女性で、そのような会場にいるのは全員が彼女の知り合いだった。フラウ・ベラは、ベルリンの政治風土に対する自分の洗練された感覚が自慢だった。だが、めまぐるしい状況の変化に、頭がクラクラした。どうしてヒンデンブルクはこの狂った男に権力を握らせたのだろう？

「何もかも信じがたい」と彼女は書いている。「もしもあなたが正気なら」

三月、ロンドン・ヘラルド紙は、ナチスが「二〇〇〇年にわたるユダヤ人迫害の歴史上、どの類例に勝るとも劣らぬ恐ろしい規模の」攻撃を計画していると報じた。アメリカのヘンリー・スティムソン国務長官は、あまりにもヒステリックに聞こえる報道に懐疑的だったが、ベルリンの米大使館に問い合わせた。

「ナチ党員による小さな自主的民兵組織が、それぞれの考えに従って、ナチス支配の最後の仕上げだと思うことを実行している」と、数日後、ニューヨーク・タイムズ紙の特派員フレデリック・バーチャルは報告した。ナチスはシナゴーグに支柱を立てて鉤十字の旗を掲げ、ユダヤ人が所有するデパートに悪臭を放つ小型爆弾を仕掛けた。ドレスデン・オペラ・ハウスでは大騒ぎを起こして公演の開始を妨害し、有名指揮者の即時解任を要求した。この指揮者は社会主義者だと疑われており、あまりにも多くのユダヤ人演奏家や歌手を雇用していると非難されていた。

逮捕者が続出した。ある社会主義政治家は自宅から引きずり出され、気を失うまで殴られ、唾を吐かれ、粉辛子で目を潰された。シュパンダウ刑務所で二週間を過ごしたある名もない難民の話によると、刑務所では看守が囚人の目をえぐり出し、ライフル銃の台尻で歯を粉砕したという。ある作家は自分の書いた原稿を無理やり食わされた。「もはや疑う余地はない。今や支配派にとって、ユダヤ教徒あるいはユダヤ系の人々がドイツ国内にいること自体が犯罪なのだ」と、三月二〇日のニューヨーク・タイムズ紙は報じている。「ユダヤ人であることは犯罪だという判定に差別はない。著名な専門家も、有能な実業家も、公務員も、善人も、例外とはされない。教授は教室から追い出され、指揮者はコンサートホールから追い出され、俳優は舞台から追い出される」。『わが闘争』を酷評した作家フォイヒトヴァンガーはスイスに逃れた。自宅は捜索を受け、原稿を押収された。

四月一日、突撃隊がユダヤ人の店先にピケを張り、訪れた客に、ドイツ人の商店で買うようにと言って追い返した。

ドイツから帰国したアメリカ人が「ほとんど信じられないような」恐ろしい話を語った、とニューヨーク・タイムズ紙は伝えている。ユダヤ人の一団が突撃隊の兵舎に連行され、棒での殴り合いを強制された。あるレストランのユダヤ人の常連客が、ブラスナックルで殴られ、通りに放り出された。森で発見された死体は、警察の報告書では「身元不明の自殺者」として扱われている。

「至る所で制服を見かけた」とヴィリー・ブラントは書いている。ナチスの公然の敵であり、戦後の数十年にわたり、西ベルリン市長、西ドイツ首相を務めた人だ。「行進する突撃隊の隊列、彼らの叫び声、通りに響きわたるオートバイの凄まじいエンジン音。都市全体が軍の駐屯地のようだった」。有名なカフェは半分が空席で、著名な知識人、芸術家、作家たちの姿はなかった。「そこにいる客はみんなひそひそ声でしか話さず、疑いの視線が私を追いかけてきた。疑念と恐怖が有毒な霧のようにあたりに立ちこめていた――それが気を滅入らせ、胸を締めつけた。息が詰まるような思いがした」

アメリカ大使館では外交官たちが不安を募らせていた。状況は緊迫しており、ユダヤ人や、ナチスの敵が大量に虐殺される可能性がまったくないとは言いきれなかった。

しかし、毎日の混乱を目撃した誰もが不安を感じていたわけではない。ドイツからの報告で一九三四年にピュリッツァー賞を受賞するニューヨーク・タイムズ紙のバーチャルもそうだった。その春、バーチャルはアメリカのラジオに出演し、全国の聴取者に向けてこう言った。「ドイツにおいて国家社会主義政権の敵が大量に虐殺されるとか、深刻な人種弾圧が起こるといった心配は無用です……さらに、ドイツが、あるいは現在のドイツの支配者が、相手かまわず戦争を仕掛けようとしているなどと心配する必要もないと、私は確信しています」

バーチャルは自分のことを「どうしようもない楽観主義者」だと認めている。その楽観主義は長くは続かなかった。

あるアメリカ人外交官によれば、新しい政権は、「ユダヤ人をドイツから切り離す」広範囲に及ぶ法的措置を講じはじめた。ナチス支配の一年目、ドイツに住むユダヤ人の生活を制限する三〇〇以上の法律や規制が制定された。ユダヤ人は官職から解雇された。ユダヤ人学者たちも職を追われた。ユダヤ人の弁護士や判事は裁判所から締め出された。ユダヤ人医師は医療制度から除外された。企業はユダヤ人取締役を全員解任するよう命じられた。ベルリン証券取引所はユダヤ人仲買人を追放した。その結果、多くの自殺者が出た。

その狙いは、あらゆる手段を使ってユダヤ人を国外移住に駆りたてることだった。ナチスは、ユダヤ人のパレスチナ移住を支援するシオニストの計画を歓迎した。「一つ問題が残っている」と、あるナチ党員は述べている。「ドイツを去るユダヤ人に、財産をどのくらいまで持ち出すことを認めるか」党内の過激派の主張が通れば、あまり多くを持ち出すことはできない。

ベルリン駐在のアメリカ人外交官の一人、ジョージ・メッサースミスはひどく驚いた。ユダヤ系の人々が、自分たちにどこまでも悲惨な思いをさせようと必死になっている国にとどまろうとしていたからだ。彼は一九三三年の国務省報告書に書いている。「ドイツで暮らし、本当にこの国の社会の一部にならなければ、ここで日々おこなわれている精神的虐待を理解することはできない。それは多くの点で、革命の初期に顕著だった身体的残虐行為よりもはるかに深刻だ」

一九三三年に新たにプロイセン内務大臣に任命されたゲーリングは、まずルドルフ・ディールスを呼びつけた。黒髪のさっそうとした三二歳は、機を見るに敏な人物として定評があった。二年前、内務省の政治警察部門で働きはじめ、左翼政党、中でも共産党の活動に関する報告が任務だった。ディールスはゲーリングとは緊密な関係にあり、そのゲーリングが今、内務省内から敵を一掃しようとしていた。「ここでは人を欺く悪党どもと関わり合いたくない。ここにまともな人間はいるのだろうか？」とゲーリングはディールスに言った。

ディールスは忠誠が疑われる官僚の人事ファイルや警察の人物調査書を調べた。それから数日もしないうちに、ゲーリングは自分が支配する官僚帝国から社会民主党員やその他の疑わしい厄介者を排除しはじめた。内務省の職員は、信仰、所属政党、人種に関する情報を求める書類に記入しなければならなかった。ケンプナーは律儀に書類に書きこんだ。小さな反抗の印に、人種については調べておくと約束した。

ゲーリングは会議を開き、省の職員たちに、すべては「国家社会主義の精神に則っておこなわれる」と告げた。異議のある者は辞めてよい。ケンプナーは自ら異議を唱えることはしなかった――どうして言われる前から給料を手放したりするものか？――だが、ほどなくケンプナーは、自分が除外されていることを知る。

ほとんどの職員は簡単な通知一枚で追放された。ケンプナーは自分が受けた特別な扱いについて話すのが好きだった。ゲーリングはケンプナーを執務室に呼び、解雇を言い渡した――直々に、極端な偏見をむき出しにして。

「投獄されないだけ運がいいと思え」と太った男は叫んだ。「失せろ。もう二度と会いたくない！」

ケンプナーは、いい話に事実を差しはさんで台無しにすることはけっしてしない人だった。じっさいはそれほど劇的な話ではなかった。自叙伝の中で次のように書いている。内務省の人事部の幹部が古くからの友人で、さっさと辞めたほうがいいと言ったが、休暇を取る許可をくれ、その後、プロイセン建設財務省に異動させてくれた。新しい仕事は、ベルリンの運河の水位調査だったという。

四月、職業官吏再建法はユダヤ人が教員、教授、裁判官、検察官を含む官職につくことを禁じた。しかし、ヒンデンブルクからの強い要望により、一九一四年以前から官職にあるユダヤ人、およびケンプナーのように戦争中、戦線で任務を遂行したユダヤ人は法の適用を免除された。それでもこの法律の下で五〇〇〇人のユダヤ人が職を失った。

最初は軍歴のおかげで保護されていたケンプナーだったが、一九三三年九月には政治的な信頼性の欠如を理由に正式に解雇された。

いっぽう、ディールスは新たな重要ポストを与えられ、新しい秘密政治警察を率いることになった。その名はゲハイメ・シュターツポリツァイ（秘密国家警察）。三音節に短縮された呼称「ゲシュタポ」は、ナチスの敵を恐怖で震えあがらせることになる。


ケンプナーとディールスは互いによく知っている仲だった。ディールスはひじょうに話し上手な人間で、ケンプナーと同様、たくさんの友人や重要な人脈を作るすべを身につけていた。内務省のカフェテリアでゴシップの交換をしているところをたびたび目撃されている。

何年も経った頃、ディールスはケンプナーについてよくこう言っていた。「本当にゲシュタポ向きの男だった。たまたま人種に問題があっただけだ」

ディールスの顔にはフェンシングの勝負で受けた傷跡があった——右頰に二本、左頰にもさらに深い傷が一本——が、女性たちは彼に魅力を感じた。「アメリカの西部劇に主役で出演できただろう」と言う人もいた。既婚者だったが、他の女性の愛をはねつけたりはしなかった。一九三一年、ケンプナーはこの同僚のために一肌脱いだ。ある夜、ディールスは売春婦のアパートメントに身分証明書を忘れてきた。まもなく売春婦が内務省にあらわれ、ディールスに殴られたと抗議した。ケンプナーは仲裁に入り、彼女に金を渡して追い返した。

そんなディールスの色恋沙汰の一つが、ベルリンの外交界に衝撃を与えた。一九三三年、ディールスはマーサ・ドッドと逢瀬を重ねるようになる。アメリカ大使ウィリアム・ドッドの二五歳になる娘だ。ティーアガルテン公園を散策したり、映画に行ったり、ナイトクラブで飲んだりしているところが目撃された。ベルリンに来る前に夫と別れたマーサは、すぐに無分別な情事をくりかえしていると評判になった。マーサはディールスを「愛する人」と呼び、彼の「冷酷で、壊れた美しさ」を賞賛した。ディールスは彼女に、ナチス官僚組織内の内紛や、いつか自分が誰かの暗殺リストに載るのではないかという恐怖について語った。のちに、ナチスの理想へのディールスの忠誠心に疑いを抱いた敵に狙われていることがわかったとき、マーサ・ドッドは救いの手をさしのべようとする。

一九三三年二月、ケンプナーが内務省を去ってからまもなく、そして国会議事堂放火事件によってゲーリングがナチスの敵を一斉検挙する口実を得る前、ライプツィガー通りのケンピンスキーというレストランで、ケンプナーはゲシュタポ長官に偶然出会った。

「ディールスじゃないか、どうだい調子は？」とケンプナーは尋ねた。「今は何をしてるんだい、仕事は忙しいのか？」

「トラブルと仕事で忙しいよ」ディールスは言った。「リストをまとめなくちゃいけない」

「なんのためのリストだ？」

「実行可能な作戦のためのリストさ」

左派勢力の一斉検挙が始まろうとしていた。「われわれの古くからの友人たちも含まれている」とディールスはケンプナーに言った。

こうしてひそかに情報を得たケンプナーは、反戦論者の友人たちに国外へ脱出するよう促した。その一人、クルト・グロスマンは、ケンプナーから電話があったその日に、チェコスロヴァキアに発った。グロスマンはのちにこう述べている。「ケンプナーには、他の人々には閉ざされていて見えないものを見つけ出す才能があった」。ケンプナーのもう一人の知人、カール・フォン・オシエツキーは逃げることを拒否し、国会議事堂放火事件の後、ゲシュタポに逮捕された。病弱だったオシエツキーは、重労働刑を言い渡され、くりかえし殴打された。

その間、反戦団体のドイツ人権連盟は解散した。ケンプナーは連盟の会員リストを燃やし、万全を期すため、その灰をシュプレー川に捨てた。

ケンプナーは、一九三〇年のナチスによる政権掌握の結果を予見していた。恐ろしい最初の数カ月間は、どうにか逮捕を免れたが、ユダヤ人――そして言うまでもなくナチスの敵――に分類された人間がヒトラーの帝国で暮らすことが、どれほど危険か、よくわかっていた。だがケンプナーはベルリンを離れなかった。まだそのときは。その点では、ドイツの大多数のユダヤ人と同じだった。ビザを求めて事務所に駆けこむ人々もいたが、多くの人――大多数の人々――は様子を見ることにした。

主に中産階級の人々は、精神的にも、物質的にも、土地に縛られていた。みんな自分はドイツ人だと思っていた。単純に、自分たちが栄えてきた、しかも過去二世代にわたって栄えてきたこの国での生活を放棄する準備ができていなかった。

長年、二級市民として扱われた後、一八七一年、皇帝ヴィルヘルムによって解放されたユダヤ人は、新たな自由を歓迎した。彼らは、ヨーロッパの経済大国になりつつあったこの国で、官職につき、医師や弁護士になり、学界に入り、企業を経営した。多くのユダヤ人はすぐに社会に同化し、あるいは、同化しようと試み、そのために先祖代々の信仰を捨て、プロテスタントや世俗主義に転じた。ドイツ、とくにベルリンはあらゆる国籍のユダヤ人が目指す場所になった。ドイツの金融、政治、科学、文化の重要人物の中に、初めてユダヤ人が含まれるようになった。第一次世界大戦中、一〇万人のユダヤ人が入隊し、一〇人中八人が最前線に送られ、一万二〇〇〇人が理想のために戦って死んだ。

権力を握ったナチスは、ユダヤ人を追い出してやると怒り狂いながら誓ったが、ユダヤ人のほうとしては、この脅しをどのくらい真剣に受けとめるべきなのか、よくわからなかった。権力を手にした今、きっとヒトラーはレトリックを和らげざるをえなくなる、と多くのユダヤ人は考えた。きっと、ユダヤ人が平和に暮らせるような妥協案を考え出すことができるはずだ。ユダヤ人の指導者たちは忍耐と平静を説いた。たぶんドイツ国民は、一年か二年の狂気の時期を過ぎたら、正気に戻って、ヒトラーを放り出すだろう。

ユダヤ人に対する暴力はこの数年、激化と沈静化をくりかえしていた。ユダヤ人にとって、この先さらにひどい攻撃を受けるのも恐ろしかったが、同様に、国外移住で危険な目に遭うのも心配だった。見知らぬ外国の通りで、無一文でさまよい、言葉もしゃべれず、自分に合った仕事も見つからない、ということになるのではないか？　そんなユダヤ人の多くは一家の稼ぎ手で、国外移住を訴える妻の声を無視しているうちに、けっきょく手遅れになった。総合的に考えてみると、ドイツのユダヤ人は、出ていくべき理由よりも、とどまるべき理由のほうが多かった、と歴史家のジョン・ディッペルは書いている。「最初に克服しなければならないものが多すぎた――土地への執着、現状への満足、懐疑心、独善、無知、希望的観測、そして日和見主義」。驚いたことに、ナチス支配下の最初の数年間、一部のユダヤ系企業は繁栄していた。

どんなに抜け目のないユダヤ人も、まさか大陸全体がナチスの手に落ちるとは予想できなかった、とケンプナーは後年書いている。

だから彼らは待った。「忠実なドイツ人の愛国者」として待った。

当初、ケンプナーも待っていた。逮捕と、差別的規制と、醜悪なレトリックの嵐の中で踏みとどまっていた。そんなレトリックを吐き散らしていたのは、権力の座にある過激な反ユダヤ主義者たちだった――その代表がローゼンベルクである。彼は、すべての不純物が浄化された人種、ユダヤ人の血の痕跡が完全に除去された国、という未来像を飽くことなく説いていた。

第7章「ローゼンベルクの道」

葬儀屋を思わせるような男だった。深い眼窩《がんか》の奥の目は黒っぽい円で縁取られ、唇は堅くひき結ばれていて、いつもしかめ面をしている。薄い髪は分けられ、高い額から後ろになでつけられている。「身長は中くらいで、青白い顔に少したるんだ頬は、いつも座ってばかりの生活を送る不健康な男という印象を与える」と、アメリカ人記者ヘンリー・C・ウルフはローゼンベルクに会った後に書いている。ウルフは思った。ローゼンベルクは笑顔を見せたくないらしい――まるで、自分の使命はきわめて重大なので、いかなる軽佻浮薄《けいちょうふはく》な行為も不適切であるかように。でなければ、慢性の胃弱だろう。「淡い青色の光のない瞳は、あなたに向けられていても、あなたを見てはいない。あなたがそこにまったく存在しないかのように」とクルト・リューデッケは書いている。リューデッケは一時期、資金調達担当者および後援者として、このナチの著述家と密接に協力していた。ローゼンベルクは自分のことを高潔な知識人だと思っていたが、世間からは冷淡で、傲慢で、無関心で、ひどく冷笑的な男だと思われていた。「氷の塊だ！」とリューデッケは書いている。「ローゼンベルクのよそよそしく冷ややかな皮肉に、人々は怖じ気づいてその場を立ち去った。ローゼンベルクがいるだけで、人々は気が引けて落ち着かなくなるのだ」

しかし、アルベルト・クレープスは怖じ気づいたりしなかった。とりわけローゼンベルクに対しては。ハンブルクの労働組合指導者だったクレープスは、突撃隊の指揮官、地域の党幹部でもあり、ナチスと同盟関係にある新聞「ハンブルガー・ターゲブラット」の編集長も務めていた。かつて、一九二〇年代後半、党がベルリン派とミュンヘン派に分かれて対立した闘争の時代に、クレープスはローゼンベルクの恨みを買った。党のソ連に対する憎悪に満ちた反発に疑問を呈する論評を書いたからだ。その姿勢は、言うまでもなく、党機関紙編集長とのあらゆる政治的対話において終始一貫していた。ローゼンベルクは電報を打ち、クレープスをミュンヘンに呼びつけた。シェリング通りのオフィスを訪れたクレープスは冷ややかに迎えられた。「ローゼンベルクはデスクの向こうに座っていた」と後年クレープスは書いている。「だが立ち上がりも、顔を上げもせず、私の挨拶に対して、聞き取れないうなり声を返しただけだった」

クレープスは椅子を引き寄せて言った。「私と話がしたいとのことですが?」

「連絡したのは一四日も前だ」ローゼンベルクは答えた。

「そのときは時間がなかったもので」

「党の報道機関で働く者は、私が呼んだら時間を作れ」ローゼンベルクは言い返した。

二人の書き手は、問題の記事について議論を始めた。けっきょく何も解決されなかったが、クレープスは党の指導的理論家について、いくつかのことを学んだ。ローゼンベルクはクレープスに講釈を垂れた。その長い独白の中で、新聞記事に書いたのと同様のことをくりかえした。クレープスが質問をしても、ローゼンベルクはそれを無視した。「本当は人の話をまったく聴いていない、という印象を受けた。ときおり、こちらが批判的な発言を挟むと、彼は唇をひき結んだり、計算された笑顔を浮かべようとしたりする。横柄で無愛想な人間という評判を得るのも当然だった」とクレープスはふりかえる。「自分はバルト貴族で、イギリス貴族で、コペルニクスに匹敵する大天才科学者である、という空想や自分勝手な白昼夢を厳格に演じていた。その結果、最終的には、もともと不完全だった、他人と親交を結んだり、会話を交わしたりする能力をすっかり失った……あまりにも自分の意見に凝り固まっていて、他人がどうして異なる意見を持つことができるのかまったく理解できなかったのだ」

クレープスはほかにも何度かローゼンベルクと話をしたことがあった。あるとき、この党思想家は、カトリック中央党の指導者であるハインリヒ・ブリューニング首相が、ドイツに共産主義をもたらし、プロテスタント教会を潰そうと計画している。ヴァチカンによる勢力拡大とカトリック信仰の強要を可能にするためだ、と主張した。クレープスは驚愕した。「ローゼンベルクは、政治的な出来事に、現実離れした空想、探偵小説やスパイ・スリラーのような幻想を付け加えていた」

クレープスは、このひどく支離滅裂な男が、ヒトラーからひじょうに高く評価されている知識人だとは、なかなか信じられなかった。ローゼンベルクは明らかに、あいまいで、混乱した考え方――しかも盗用したもの――を不当に広めていた。クレープスは書いている。「優れた記憶力と並はずれた活力のおかげで、驚くほど大量の個人に関する知識を持っていたが、それらの知識を統合して、歴史的な出来事の文脈や関係を正しく理解する素養が完全に欠如していた」

ヒトラーはそのことに気づいていなかったのかもしれない。あるいは気づいていて、こういう男こそ、まさに自分の運動のために必要なイデオロギー思想家だと思いついたのかもしれない。そうクレープスは考えた。「やはり、プロパガンダの達人であるヒトラーは、まさに難解で無意味なことこそが、大衆に最も大きな影響を与えると知っていたのだ」

クレープスの知るかぎりでは、第三帝国が誕生したとき、ヒトラーがローゼンベルクに仰々しい肩書きを与えた理由は、それしか考えられなかった。

ローゼンベルクは、一九二〇年代後半にフェルキッシャー・ベオバハター紙を発行するいっぽう、別のことにも取り組んでいた。それは彼の最高傑作であり、過去数千年の人種、芸術、歴史に関する著作であり、毎日、毎月世に送り出していた大量の記事の範囲を超えるものだった。ローゼンベルクはその著書『二〇世紀の神話』に持続的な力を持たせたかった。執筆の意図は、ドイツについて、さらには世界におけるドイツの位置についての思索の成果を示し、包括的な哲学を表明し、これまでに示されたナチス・イデオロギーを最も完全に体系化した書にすることだった。ローゼンベルクはこの著書によって自分が党の最高の思想家として認められることを期待していた。

本の執筆に集中できればよかったのだが、断続的に進めることしかできなかった。「一日中、新聞の仕事で忙しかった」とローゼンベルクは後年告白している。「だから、学者のように執筆に専念することはできなかった」。日中、執筆のためにこっそり抜け出すと、上司は機嫌が悪くなった。「あそこに座っているやつを見ろ。愚かなうぬぼれ屋の見習いのお馬鹿さんだ！」と、新聞発行人であるマックス・アマンは、ある日、同僚に言った。アマンはローゼンベルクを指さしていた。ローゼンベルクは、オデオン広場に面したカフェ〈タンボジ〉の大きな窓の前の大理石のテーブルについていた。カフェの向かいには豪壮なテアティナー教会の二つの時計台がある。この教会にはヴィッテルスバッハ家のたくさんの王族が埋葬されている。ローゼンベルクは複数のテーブルに置かれた本や書類に囲まれていて、明らかに深い思索に没入していた。「『作品』を書いてるんだそうだ――ボヘミアンめ！」とアマンは声を大きくした。「そんなことをしている暇があったら、まともな新聞を出せ！」

ローゼンベルクは一九二九年に原稿を書きあげ、妻のヘドヴィヒにタイプライターで清書させ、それをヒトラーに届けて承認を求めた。六カ月が過ぎた。総統からは何も言ってこなかった。とうとうローゼンベルクがあらためて承認を求めると、ヒトラーは「独創的」だと思う、と答えた。だが、何百ページもあるローゼンベルクのイデオロギー理論をじっさい誰が読むのだろうか、とヒトラーは首をかしげた。なぜかというと、一つには、すでにヒトラーが『わが闘争』というナチスの主張を書いた傑作を出版していたからだ。それと同時に、ヒトラーは権力を掌握し、行使しようと決意している現実的な政治家だった。『二〇世紀の神話』の中の思想の一部は、控えめに言っても、扇動的なものだった。

どんな懸念を抱いていたかはともかく、ヒトラーはそれらを脇に置き、出版を承認した。一九三〇年、ローゼンベルクの本は書店に並んだ。

『二〇世紀の神話』は複雑で、ほとんど理解不能な本だった。ローゼンベルクはこの本を、芸術や宗教についての自己の哲学と、歴史と人種に関する斬新な思想を記した学術論文だと考えていた。「すべての人種にはそれぞれの精神があり、すべての精神にはそれぞれの人種がある――それぞれが独自の内的・外的構造を持ち、固有の外見と生活様式の性格を持ち、意志の力と理性の力のあいだの独特な関係を持っている」と、ある章に書かれている。「すべての人種は自身にとって最高の理想を育む。もしも、異なる血と異なる考え方が大量に浸透したことで、この状態が変化もしくは崩壊した場合、内部の激変の結果は混沌であり、時代を経れば大惨事になる」

だいたいがこんな調子で、漠然とした話が延々と続く。ある崇拝者は、読者に役立ててもらおうと、とくに難解な言葉を集めた長大な用語解説書を出版した。

あいまいな部分が多い中にも、明快な瞬間があった。そこにある考え方は、その後一五年にわたって、ナチス思想に浸透することになる。ローゼンベルクは、ゲルマン民族の文化と国家の名誉は、古来、文明を広めるために不可欠であったと書いている。偉大な文化が勃興する場所には、アーリア人の影響が見られる。人種の混在――人種的混沌――は偉大な社会の崩壊につながった。「異なる血」に平等な権利を与えることによって、チュートン人は「自らの血に対する罪」を犯した。人種の純潔を取り戻すことによってのみ、ドイツはふたたび強くなれる。

反ユダヤ主義的民族主義の文学に染まっていた人々――ゴビノー、チェンバレンなど――は、どれも以前に読んだことがあると気づく。ローゼンベルクの本には、これといって独自の考え方があるわけではなかった。しかし、一九三三年に権力を握ったナチスは、『二〇世紀の神話』を国家社会主義の基準であり、『わが闘争』と並んで、忠実なナチ党員の必携書だと賞賛した。後年、ナチス上層部の多くは、念入りに読んだことはないと述べている。ゲッベルスはこの本を「イデオロギーのげっぷ」と呼んだ。ゲーリングはローゼンベルクへの手紙では賞賛したが、陰では、第一章で眠りそうになったと言っている。ヒトラーは、伝えられるところでは、ローゼンベルクの本に「ざっと目を通し」たが、「難解すぎる」と述べたという。ヒトラーは題名も気に入らなかった。ナチスは神話を広めているのではない、とヒトラーは言った。新しく得た知識で世界をあふれさせているのだ。「この本はでたらめです」とプッツィことハンフシュテングルはヒトラーに言った。「でたらめは、いつまで経ってもでたらめです。折りたたんだ紙のインクのしみは、五〇年経ってもレンブラントと見間違われることはないでしょう。ローゼンベルクは危険で愚かな男です。なるべく早く厄介払いしたほうがいい」。保守派の政治家で一九三三年一月にヒトラー政権の副首相に任命されたフランツ・フォン・パーペンは、ヒトラーがこの本と著者をひそかに嘲笑していたことを憶えている。

だが、つねに政治的優位を得ようとするヒトラーは、聴衆の心をつかむことで知られていた。一時はナチ党員で、のちに党から追放されたオットー・シュトラッサーは、ヒトラーがローゼンベルクとその過激な教えを強く支持していたことを記憶している。

あるとき、シュトラッサーのベルリン事務所での会議中、シュトラッサーはローゼンベルクのキリスト教会に対する悪意に満ちた反発に、「異教信仰だ」と異議を唱えた。

ヒトラーが興奮して立ち上がり、シュトラッサーの広い書斎を行ったり来たりしはじめた。

「ローゼンベルクのイデオロギーは国家社会主義の不可欠な部分なのだ」とヒトラーはシュトラッサーに言った。「ローゼンベルクは先駆者であり、預言者だ。彼の理論はドイツ人の精神の表現だ。真のドイツ人にはそれらを非難することはできない」

二年後に『神話』が出版されたとき、ヒトラーが「この種の最もすばらしい成果だ」と激賞したことを、シュトラッサーは憶えている。歴史上の革命はすべて人種をめぐる闘争だった、とヒトラーは言った。「ローゼンベルクのこの新しい本を読むだけで……それが理解できるだろう」

官僚組織の中のローゼンベルクのライバルたちが『神話』をどう思っていたかはともかく、この本はドイツにおける標準教科書になった。新しいナチス国家は、この本を学校のカリキュラムや図書館の蔵書に加えることを義務づけた。教化講習に出席する教師は、『神話』を持参することを求められた。法科の学生はその教訓に精通しなければならなかった。ヒトラー・ユーゲントの教官たちは、イデオロギーの授業で、『神話』の考え方を利用した。

「ローゼンベルクの道はドイツの若者の道だ」とユーゲント組織の指導者バルドゥール・フォン・シーラッハは言った。

この本は一〇〇万部以上の売り上げを記録し、著者はヒトラー時代の宗教、芸術、人種をめぐる無数の戦いにおける重要な代弁者になった。全国の書店では、『神話』はドイツ出版界における唯一のライバル『わが闘争』の隣に置かれた。それはローゼンベルクが望んでいた以上のものになった。彼はナチス運動のためのバイブルを書いたのだ。

ある男はローゼンベルクにこう言った。「あなたの作品は一〇〇〇年以上経っても残るでしょう」

一九三〇年代のベルリンの街は活気に満ちていた。毎朝、スーツやドレス姿の会社員、作業用つなぎを着た工場労働者が鉄道や地下鉄の駅からあふれ出した。交通の喧騒にかぶせるように、花、果物、たばこ、風船、新聞を売る声、大道手品師の客寄せの声が響き渡った。

訪れた人々は、ウンター・デン・リンデン通りやブランデンブルク門、そしてティーアガルテン公園の芳香漂う小道などに大いに感銘を受けたかもしれない。だが、ポツダム広場ほどベルリンの本質をとらえた場所はほかになかった。ポツダム広場はベルリンのタイムズ・スクエアだった。高級ホテル、通り沿いのカフェ、ビアホール、商店などが建ち並んでいた。ハウス・ファーターラントと書かれた光の文字が丸屋根のある正面建物をぐるりと囲み、建物の中の映画館、劇場、国際色豊かなレストランがベルリン市民を招き寄せていた。(「一つの建物に世界がある」という標語があった)。そこにあるカフェは、二五〇〇人の常連客を抱え、世界最大のコーヒーハウスとして喧伝された。ポツダム広場では、八つの通りからの交通が交差点に流れこみ、混沌としていた。路面電車が中央を走り抜け、小型のオペルやぴかぴかのメルセデス・ベンツが、二階建てバス、トラック、タクシー、馬車、自転車、そして、怖いもの知らずらしい歩行者と競い合っていた。一九二五年、ヨーロッパ初の信号機の一つが広場中央に設置されたが、誰に聞いても、脈打つように通過する車や人の激流を制御するのには、ほとんど役に立たなかったという。

一九三三年一月、そんな活気に近づこうと、ローゼンベルクが最終的にミュンヘンから北へ移ったとき、オフィスに選んだのはマルガレーテン通り一七番地の普通の家だった。ベルリンの最も混雑する交差点から歩いてすぐの場所である。本当は総統官邸や最も重要な省庁があるヴィルヘルム通りにしたかったが、当面はマルガレーテン通りでも大差はないはずだった。

新しい帝国では、ナチ党が言わばもう一つの「超法規的政府」として活動しており、政府省庁の長でない者たちが巨大な権力を握ることができた。ナチス支配の最初の八年間、ローゼンベルクは党のために働き、一九三三年四月からナチス外交部の長官を務めた。ヒトラー新首相は、コンスタンティン・フォン・ノイラート外相をはじめとするドイツの経験豊かな外交官たちを信頼していなかった。しかし、ヒンデンブルク大統領が生きているあいだは、ノイラートを更迭して、子飼いの部下を据えるわけにはいかなかった。ノイラートには大統領の後ろ盾があった。だから最初、ヒトラーは、言わば裏の外相としてローゼンベルクを使い、外交政策を進めようと考えた。

それは、いくつかの点で、ローゼンベルクにとっては自然な流れだった。一九二七年に『ドイツ外交の将来の方針』と題する本を書いていたし、国会の外交委員会の委員でもあった。また一九三二年には党務でローマを訪問し、国際会議でヨーロッパの未来について演説した。だがそのいっぽうで、ローゼンベルクは他国のことをほとんど理解しておらず、興味もなかった。外交官としての洗練された気配りや微妙な慎重さに欠けていた。

誰に聞いても、ローゼンベルクとの会話はいつも同じ道をたどった。「この世のどんな問題であれ、進んで議論を始めるのだが、どこから議論を始めても、五分もしないうちに、血と人種に関する自分の理論をめぐって自分がいつも主張し、使い古してきた決まり文句を滔々《とうとう》と語りはじめるのだった」と、ある議論の相手は書いている。「歴史、園芸、落下傘兵の長靴《ちょうか》など、なんの話で会話を始めても、ローゼンベルクはすばやく血と人種の問題に話題を転じる。いつも決まってそうなるので、誰でもほぼ正確にタイミングを予想できた」

ベルリン駐在のアメリカ大使、ウィリアム・ドッドはローゼンベルクとのそのような会話をいくつか憶えていた。ドッドはそれが嫌でたまらなかった。この党思想家といっしょに写真を撮られるのも躊躇したほどだ。一九三四年一一月のある晩、パリ広場に面したホテル・アドロンの中で偶然出会ったときのことだ。

「私にとっては喜ばしいことではなかった」とドッドは私的な日記に書いている。「これほど明瞭な思考を持たず、戯言《たわごと》ばかり並べるドイツ人高官はいない」

ローゼンベルクが新たな役目を担って臨んだ初めてのロンドン訪問は、政治の面でも、広報の面でも、大失敗に終わった。友人が事前に忠告したとおりになった。「君は英単語の一つも話せないじゃないか！」ナチスの財務担当者リューデッケは、ローゼンベルクが出発する前に言っていた。「ちゃんと身体に合ったスーツも持っていない。夜会服も最悪だ。それじゃあロンドンなんかに行けないぞ――その前にいい仕立屋に行け」。ローゼンベルクは冷ややかな笑みを浮かべて答えた。「ヒトラーは正しかった。君に必要なのは銃口だな」。一九三三年五月の旅では――イギリスは抑圧的なナチス政権に猛反発しており、訪問はそれに対する最初の反論の試みだった――、イギリス議会で抗議の声だけでなく、ローゼンベルクをイギリスから追い出せという声まであがった。イギリスの外交官、ロバート・ヴァンシッタートはローゼンベルクについて、「いかにも冷血漢といった感じ」で、それにふさわしい気質の持ち主だと思った。ローゼンベルクは早々にイギリスを後にした。急いでいたので、手袋、ネクタイ、ハンカチ、靴下、ネイルブラシを置き忘れてきた。

その間、ローゼンベルクは二人のイギリス人とつながりを持つが、彼らはのちにスパイと判明する。一人はウィリアム・デ・ロップというジャーナリストで、ナチスに雇われて、イギリスの重要人物を紹介する役目を担っていた。もう一人は、MI6の諜報員フレデリック・ウィンターボサムで、イギリス空軍省内のナチスのシンパを装っていた。そうとは知らぬローゼンベルクは、この二人を総統との会談のために官邸に連れてきたり、ベルリンの有名レストラン〈ホルヒャー〉での高級将校との昼食に招いたりした。ローゼンベルクは、両国間の和解のための土台作りをしているつもりだった。だがじっさいには、諜報員たちがドイツの再軍備に関する大量の情報を集める手助けをしていたのである。

それでも、ローゼンベルクは、党の名目上の外交専門家として、その権限を手放さなかった。可能なかぎりあらゆる方面で活動した。各国のナチスのシンパと関係を結び、その上、アメリカその他の国々でのプロパガンダ工作に資金を提供した。また、ソ連を解体するための計画を策定した。そして、ヨーロッパに自分の名前が轟く瞬間を待った。

その瞬間が到来するかどうかはともかく、ローゼンベルクはつねに、そして永遠に、ナチスの第一級の理論家として君臨することになる。一般大衆からは、有力な理想の擁護者、過激な使命に知的基盤を与えた人物としてしっかりと認められた。一九三三年六月、ローゼンベルクは一六人しかいない全国指導者の一人だった。全国指導者は党の最高幹部であり、総統のすぐ下に位置していた。その年の終わりまでに、ヒトラーは党の最も重要な指導者たちへ一連の感謝状を送り、そのうちの一通の中でローゼンベルクを賞賛した。感謝状はその後フェルキッシャー・ベオバハター紙に掲載された。「親愛なる党同志ローゼンベルク！」とヒトラーは書いている。「国家社会主義運動の勝利のための最初の条件の一つは、われわれの前に立ちはだかる敵対的な観念世界の精神的な破壊であった。君はこの観念世界への攻撃を断固として指揮した……のみならず、われわれの政治闘争の哲学的統合の波及を確実にすることに……並はずれた貢献をした」

一九三四年の初め、ヒトラーはローゼンベルクの指導的地位を公式に発表した。ヒトラーの忠実な側近は、総統の「国家社会主義ドイツ労働者党全知的イデオロギー教化教育担当代表者」となる。長ったらしい肩書きは──当然ながらローゼンベルクの手によるもの──ヒトラーが署名した、あいまいな表現の二つの文からなる任官命令とほぼ同じ長さだった。

この任務はロベルト・ライからの教化訓練教材の要請から生まれたものである。ライはドイツ労働戦線の指導者で、党組織全国指導者でもあった。ライの責務の一つは「教育本部」を監督することだった。第三帝国の現在そして未来の指導者たちを教育する部署である。ヒトラーが首相になって以来、党は急激に成長していた。一九三三年一月三〇日から、登録が一時停止される五月一日までのあいだに、一六〇万人のドイツ人が入党した。ライは、古くからのナチ党闘士から「三月のスミレ」と呼ばれる新党員たちが、きちんとした国家社会主義教育を受けられることを確信したかった。ライはローゼンベルクに顧問になってもらうつもりだった。この理論家がカリキュラムを設計し、授業計画を策定し、教材を作成し、それらをライの部下たちが研修講座で用い、党幹部たちに対する一貫した教化を確実に進めていくのだ。

ローゼンベルクは教科書を書くよりも、もっと大きなことを考えていた。自分の任務を可能なかぎり広い視野でとらえ、長い肩書きどおりの壮大な野望の実現にとりかかった。

二月、ローゼンベルクはベルリンのクロール歌劇場の階段を上がってマイクの前に立った。そして、聴衆として集まった党幹部たちに向かって演説をおこない、自分が掲げる大いなる目標の意味を語った。バルト系ドイツ人特有のうねるようなアクセントは、ローゼンベルクがよそ者、つまりドイツへの移民一世であることを際立たせた。だがローゼンベルクは、自分の言葉が大ホールに響き渡る中、ドイツ国民の心をつかもうと、必死に語りかけた。「今日、われわれが国家の力だけで満足すれば、国家社会主義運動はその使命を果たせないだろう」とローゼンベルクは聴衆に向かって語った。「たしかに国家の政治革命は完了したが、人心の知的・精神的改革はまだ始まったばかりだ」

しかし、その先頭に立つ前に、ローゼンベルクはもっと身近な戦いに勝つ必要があった。

ヒトラーの政権運営は、ダーウィニズム方式だった。部下たちに責任が重複する複数の肩書きを与え、自分の要望については大まかな指示しか出さないことが多かった。積極的に内部抗争を促した。下っ端連中を互いに対立させ、縄張り争いや政策対立が激化したところで初めて総統が割って入り、裁定を下す。ヒトラーの不興を買えば、解任される――あるいはもっとひどい目に遭う――可能性があることを誰もが知っていた。不信がはびこった。「国家社会主義ドイツ労働者党の幹部たちはみんな、出世するためなら喜んで他の幹部の寝首を掻くことを考えている」と外交ジャーナリストのベラ・フロムは書いている。「ヒトラーはそういうやり方が好きなのだ。誰にも油断をさせない。そんな状況を切り抜けられる者なら自分の役に立つだろうと、ヒトラーは思っているらしい」

ローゼンベルクは、新しいポストに就任したことで、ベルリン最強の政治勢力の一人と直接対決することになる。執念深く狡猾な官僚、大衆操作の天才、ヨーゼフ・ゲッベルスである。ゲッベルスは国民啓蒙・宣伝大臣を務めていた。ローゼンベルクの四歳年下で、デュッセルドルフ近郊のライトの労働者階級の家庭で育った。両親は敬虔なカトリック信者で、ゲッベルスは司祭になろうと考えた。骨髄の病気を緩和するための外科手術を受けたために、片方の脚が発育不全で不自由になり、生涯足を引きずって歩いた。自分の身体の状態を恥じたゲッベルスは、学業に打ちこみ、きわめて優秀な成績を収めた。ドイツ文学、歴史、古代文献学を学び、哲学の博士号を取得した。それ以来、博士として有名になりたいと主張するようになる。

作家になりたいと考えたゲッベルスは、日記をつけたり、自伝的な小説、たくさんの戯曲、いくつかのジャーナリズム作品を書いてみた。だが、それらを出版することはできなかった。新聞の仕事にさえつくことができなかった。短期間、銀行で働いたが、一九二三年の金融恐慌のときに解雇された。

幻滅を感じていた一九二四年に、ナチスに出会った。すぐに演説家として頭角をあらわし、グレゴール・シュトラッサーとともに仕事をするようになる。薬剤師で、精力的な党指導者だったシュトラッサーは、北部の労働者階級をナチスの理想の下に結集させた。ゲッベルスと、オットー・シュトラッサーの兄であるグレゴールは、民族主義者ではあったが、社会主義的傾向も強かった。そのためヒトラーや、ローゼンベルクらミュンヘンの保守的な人々と対立することになる。ゲッベルスはなぜナチスと共産主義者が協力できないのか理解できなかった。「われわれは互いに戦っているが、本当は敵ではない」と、ゲッベルスは共産主義者への公開書簡の中で書いている。「戦うことで、われわれは力を分散させている。これではけっして目標に到達することはできない」。一九二六年、ミュンヘンの群衆に狙いを定めて、シュトラッサーとゲッベルスは新しい政党綱領を起草した。それは、貴族の土地を没収し、ドイツが「ユダヤ人の国際主義から解放された」ソ連と協力することを主張するものだった。

ヒトラーはどれも認めなかった。最大の理由は、自分にとって最も重要な財政的支援者の中に、裕福な貴族がいたことだ。シュトラッサーとゲッベルスを非難し、一九二六年二月、党大会という公の場で屈辱を与える形で、二人を降伏させた。このナチス指導者に心服していたゲッベルスは、ヒトラーがローゼンベルクの方針に忠実であることに打ちのめされた。「ヒトラーはどうしたのか？　反動主義者になったのか？」とゲッベルスは日記に書いている。「ロシア問題はまったく的外れだ。イタリアとイギリスが自然な同盟相手だと！　最悪だ！　ヒトラーは言う。われわれの任務はボリシェヴィズムの破壊であり、ボリシェビズムはユダヤ人が創造したものだ。われわれはロシアを粉砕しなければならない、と……言葉もない。まるで誰かに頭を殴られたような気分だ」

しかし、何より野心家で現実的だったゲッベルスは、すぐさまナチスの囲いの中に戻った。彼の日記はまもなく英雄への賞賛であふれた。（ある日の日記にはこうある。「アドルフ・ヒトラー。私があなたを愛するのは、あなたが偉大であると同時に単純でもあるからだ。それを人は天才と呼ぶ」）。いっぽうヒトラーは、これ見よがしにゲッベルスに助けを求めた。この反対派志願者はシュトラッサーと決別した後、ベルリンに派遣され、つい最近まで友好関係を結ぼうとしていた共産主義者たちへの非難の先頭に立った。その仕事には悪口雑言を好む性質が必要であり、ゲッベルスは適任だった。ゲッベルスの賞賛者の一人でさえ、彼の言葉は「塩酸と硫酸銅と胡椒」を混ぜたようなものになる、と述べている。

密謀の達人ゲッベルスは、大臣の仕事と同じくらい、ライバルの監視にも力を注いだ。あるいは、そのように見えた。ベルリンのジャーナリストたちは、ゲッベルスの長時間働く意欲と、知力——暴力に依存していることで知られる党の中ではまれな資質——そして、議論を進めるためならどんな言葉でも使うという姿勢に注目した。「見たところ、ざっくばらんで、率直な印象を受けるし、人なつこい笑みを浮かべ、愛想のいい声で話すけれど、じつは、都会的な仮面の裏に本心を隠す名人だ」とベルリン駐在のAP通信特派員ルイス・P・ロックナーは書いている。ロックナーは、演説するゲッベルスを見て、ショーマンだと思った。演説中のゲッベルスは、あたかも感極まっているように見えるかもしれないが、本当は演技だった。動きはすべて入念に計算されており、最大の効果が得られるように実行された。

ゲッベルスは、まさに職人技と言うべき芸当をやってのけた。四回の演説で、それぞれ四つの異なる政治形態——君主制、共産主義、民主主義、ナチズム——を擁護し、聴衆はゲッベルスが本当にそれを正しいと信じているのだと完全に納得してしまった。「ゲッベルスが扇動の達人であることが証明された」とロックナーは断言した。「眼光鋭い黒い瞳、後ろになでつけられたまっすぐな髪、張りつめた皮膚は、間違いなく、見る者にメフィストフェレスを想起させる」

ローゼンベルクはゲッベルスを受け入れられなかった。一つは、このプロパガンダ責任者が自分の仕事は広範囲にわたると考えていたからだ。一九三三年六月三〇日のヒトラーの命令によると、ゲッベルスの管轄範囲は次のようなものだった。「国民の宗教的教化、国内宣伝、文化的・経済的宣伝、国内外の民衆の啓蒙などの分野全体」。このことが、ローゼンベルクを自分の縄張りだと考える分野に固執させた。

その結果として熾烈な闘争が勃発し、二人はそれからの一二年間のほとんどを、縄張り争いに費やすことになる。

最初の戦場は、よりによって、芸術だった。第一次大戦の終結時に君主制が崩壊し、ベルリンは束縛を解かれた。一夜にして文化と社会の中心になった。脚の長いブロンド女性と著名人たちが、街の大通りを闊歩《かっぽ》し、通り沿いのカフェで飲み物を口にした。訪れる人々は巨大な百貨店に驚愕した。中でも巨大だったのがライプツィガー通りのヴェルトハイムの旗艦店だ。空へと伸びるガラスの吹き抜け、シャンデリア、そびえ立つアーチ。それはまさに大量消費主義の大聖堂のように見えた。

人口四〇〇万人の首都ベルリンは、ロンドン、ニューヨークに次ぐ世界第三位の大都市だった。典型的なベルリン市民は世界主義者《コスモポリタン》で、冷笑的で、おそらくどこか別の土地から来た人々だった。ある書き手はこう結論している。「彼らは中央ヨーロッパのニューヨーカーだ」。彼らは方言で話すこともあった。他のドイツ人たちには、厚かましく、礼儀知らずのように思われた。

一九二〇年代を通じて、ドイツの支配権をめぐって、右派と左派が街頭や国会で戦いをくりひろげているあいだ、美術館や劇場ではモダニズムがさまざまに花開いた。オットー・ディクスをはじめとする表現主義芸術家たちは、戦場の混沌と都市の異常をキャンバスにとらえた。ダダイストたちは、合理的思考として通用しているあらゆる考えに異議を唱えた。エーリヒ・メンデルゾーンのようなモダニズム建築家たちは、流れるような未来的なラインを持つ建物を設計した。前衛的な恐怖映画や、「嘆きの天使」のマレーネ・ディートリヒ、ベルトルト・ブレヒトのギャングたち、ジャズ、トップレス・キャバレー、バスタブの中の裸の歌姫、ネックレスとバナナのスカートだけを身につけてシミーを踊るジョセフィン・ベーカー——暗くなると、ベルリン市民はこれらすべてを、そしてそれ以上のものを目にすることができた。皇帝時代の保守的な権威主義は、無限の性的エネルギーに取って代わられた。ナイトクラブや舞台作品は、活気づくゲイ・サブカルチャーの需要に応えた。戦間期のベルリンは、乱雑で、幅広く、堂々とした左翼社会だった。

当然ながら、ナチスはそのすべてを憎悪した。フェルキッシャー・ベオバハター紙は首都ベルリンを次のように非難した。「あらゆる邪悪なものの坩堝《るつぼ》——売春、酒場、映画、マルクス主義、ユダヤ人、ストリッパー、踊る黒人、その他すべての『近代美術』とやらの不道徳な派生物」。一九二五年、ローゼンベルクは次のように嘆いている。「ユダヤ人に支配されている」。ゆえに、映画は「国民を——みだらな映像を介して——堕落させる手段となっている。ユダヤ系新聞を見てもわかるように、犯罪を美化する計画が判明している」

ローゼンベルクは民族主義文化プログラムの最大の提唱者となった。それは、モダニズムを否定し——彼はそれを「文化的ボリシェヴィズム」と呼んだ——、ドイツ人の歴史に根づいた伝統的な芸術だと自分が考えるものを推進するためのものだった。この民族主義運動は、空想的な人種差別ナショナリズムであり、ドイツの兵士、農民、民衆の伝統を礼賛した。一九二九年、ローゼンベルクは「ドイツ文化闘争同盟」という、ある程度独立した団体を設立した。この団体は、著名な知識人による注目の講演を開催したり、挿絵入りの会報で保守的な理想を広めた。

いっぽうゲッベルスは一部の近代美術を評価しており、ローゼンベルク陣営のイデオロギー的保守派によって芸術作品に手錠がかけられるのを見たくないと訴える諸団体を支持した。「われわれは芸術の自由を保障する」と宣伝相はたびたび述べた。イタリア未来派美術の展覧会に自分の威光を利用させ、自宅の壁にエミール・ノルデが描いた表現主義の水彩画を飾り、印象派の画家レオ・フォン・ケーニヒに自分の肖像画を注文し、省本部に飾った。

ナチスが権力を握った後、ローゼンベルクは、近代美術を告発するチャンスだと思った。しかし、一九三三秋、ゲッベルスは帝国文化院を設立し、美術、劇場、音楽、ラジオ、映画、出版、文学の統制を一本化した——これによってローゼンベルクとの闘争において明らかに優位に立った。戦場から退くことを拒否したローゼンベルクは、闘争同盟のイメージチェンジを図り、ひじょうに人気のある政府組織、歓喜力行団の旅行・余暇プログラムに連盟を組みこんだ。これによりローゼンベルクは、ドイツの労働者とその家族を対象としたイデオロギー的・文化的プログラムにある程度影響を与えることができた。

同時に、ローゼンベルクは何か派手な攻撃手段はないかと探した。ゲッベルスを貶め、最終的に新しい文化機関を乗っ取ろうと企てたのである。

ローゼンベルクは表現主義彫刻家エルンスト・バルラハを先頭に立って批判した。バルラハの外套を身にまとった巨大なゴシック様式の像は人気があり、彼は第一次世界大戦の記念碑を数多く手がけていた。ゲッベルスもバルラハのファンの一人で、小さな作品をいくつか自宅に所有していたほどだ。ローゼンベルクは、フェルキッシャー・ベオバハター紙上で、マクデブルク大聖堂にあるバルラハの彫刻を狙い撃ちにした。その彫刻は、ヘルメットをかぶった骸骨、ガスマスクを持った男、悲しむ女、三人の兵士などを表現したもので、兵士の一人は頭に包帯を巻き、大きな十字架を抱えていた。民族主義者にとって、ドイツの兵士は英雄にして超人である。なのにバルラハの表現はまったく違う、とローゼンベルクは抗議した。「言いようのないタイプの人間とソ連のヘルメットの少し間の抜けた混じり合いが、ドイツの戦士たちを表現しているというのだ！」バルラハは批判者たちをなだめようと、公式にヒトラー支持の宣言までしたが、けっきょく、作品は国立美術館から排除され、マクデブルクの記念碑も撤去された。

ローゼンベルクはさらにゲッベルスに圧力をかけ、帝国音楽院の総裁を務めていた作曲家リヒャルト・シュトラウスを解任させた。自ら進んでユダヤ人と仕事をした、というのがシュトラウスの罪だった。二人のユダヤ人作家、フーゴ・フォン・ホフマンスタール、シュテファン・ツヴァイクとオペラを作り、ユダヤ人所有の劇場で作品を発表し、ユダヤ人のピアニストを雇った。シュトラウスからツヴァイクへの手紙をゲシュタポが検閲したところ、シュトラウスはナチス政権への裏切りに近い真情を吐露していた――自分が帝国音楽院の総裁を引き受けたのは、芸術家たちが「これ以上不幸にならないようにするため」だったというのだ。――ゲッベルスはシュトラウスを解任せざるをえなかった。

一九三五年には、宣伝相はついに自分の立場の危うさを認識していた。ローゼンベルクから攻撃を受けるだけではなく、ヒトラーとも歩調が合わなくなっていた。ヒトラーは以前からモダニズム芸術には反対していたのだ。前年のニュルンベルクでの年次党大会で注目された文化に関する演説で、総統は「ぎこちないキュビズム、未来派、ダダイズムの芸術家たち」について、ドイツ文化を危険にさらしていると辛らつに批判した。「これらのペテン師たちは思い違いをしている。新しい帝国の創造者は、あんな駄作で混乱するほど愚かでも、頼りなくもない。ましてやおびえたりするわけがない」

ゲッベルスは、一〇年前、シュトラッサーをとるか、ヒトラーをとるかの選択を迫られたときにそうしたように、総統に同調した。近代美術に背を向けたのである。

忠実さを証明するとなれば、中途半端なやり方ではだめだ。そう思ったこの変節漢は、ナチス・ドイツの最も悪名高い美術展を企画、制作した。「ボリシェヴィズムの恐ろしい実例が私の目にとまった」とゲッベルスは日記に書いている。「退廃した時代の芸術の展覧会をベルリンで開催したい。人々が見てそれと認識できるようにするためだ」。かくしてナチスが「退廃芸術展」と銘打った展覧会が一九三七年七月に開会した。パブロ・ピカソ、アンリ・マティス、ワシリー・カンディンスキーなどの作品をはじめとする六〇〇点以上のモダニズム作品が、暗い照明の下にぞんざいに掛けられ、その脇には、まったく堕落していると断じる過激な説明文が付されていた。

ヒトラーは喜び、ゲッベルスは安心した。危ういところだったが、どうにかヒトラーの不興を買わずにすんだ。

ローゼンベルクはゲッベルスを失脚させることはできなかったものの、ヒトラーのイデオロギー的代理人としての地位を利用して、ドイツの隅々まで自己の方針を推し進めることをやめようとはしなかった。さまざまな官僚的闘争を通じて、戦争が始まってからも、配下の文化機関やその下部組織を閉鎖せず、仕事に没頭させた。

「芸術作品保護局」は、新しい音楽、演劇の価値を検討、判定し、ナチ党員の観客の前に出る予定の舞踊・演劇・音楽などの公演芸術家や演説家のイデオロギー的な背景調査を実施した。職員は忠誠心が疑わしい芸術家たちについてゲシュタポに連絡メモを送った。ローゼンベルクは、教育本部による教化努力が、ナチスの世界観に合わない美術、文学、演劇、音楽によって損なわれては、ほとんど意味がない、と考えた。芸術作品保護局はコンサートを企画し、講演会に金を出し、演劇を制作して、それらを各地の小都市で開催した。

ローゼンベルクの部局は、党が考える正しいドイツ芸術の概念を広めるための豪華図版入り月刊美術誌「ドイツ帝国の芸術」や、コンサート・ステージからユダヤ人の影響を排除することを狙いとした音楽雑誌を刊行した。

ローゼンベルクの「文芸育成局」には職員チームのほかに、かなりの数の無給ボランティアがいて——最も多いときで一四〇〇人——、「ドイツ国民の人格形成および教育上重要なドイツ文学全般」を組織的に調査した。新刊の書籍がイデオロギー的に妥当かどうか検討し、その結果を雑誌「書誌学」で報告した。出版業界で働く八〇〇〇人が定期購読者になった。承認された本が白いページで紹介され、好ましくない本は赤いページで批評された。否定的な批評を受けると、たいていの場合、宣伝省がその本をドイツ国内発禁リストに加えることになる。禁書は数千冊にも及んだ。また、ローゼンベルクの勤勉な部下たちはユダヤ人作家のリストも配布し、その人数は最終的に一万一〇〇〇人に達した。あるとき、ローゼンベルクが組織した、前線の兵士たちのための本を集めるという運動の一環として、文芸チームは「一般家庭から好ましくない文学を除去した」。

部局の下にまた部局が生まれるという形で、ローゼンベルクのイデオロギー監視機構は、文化分野全体に広がった。「科学局」は大学などでの学者の任用を審査した。「ドイツ農村建築調査局」は、農民の家を調べ、それが外国の影響に汚染されておらず、さらにそれを建てたゲルマン人の血が完全に反映されたものになっていることを確かめた。「民俗・党儀式局」はナチ党員の誕生、結婚、死に関わる儀式を開発し、党機関紙で発表した。その儀式では規定の音楽と装飾を使わなければならなかった。ゲルマン人らしい赤ん坊の名前も提案された。アルヴェート、エルドムート、ゼーバルト、ウルフ。

ローゼンベルクが指揮するある部局は、ヒトラーをモデルとした彫刻や絵画を、公共の場に展示される前に審査した。

ローゼンベルクはドイツ全土を回って自分の主張を広め、拍手喝采を浴びた。ベルリン以外では、大群衆による熱烈な歓迎をつねに期待できた。他の党指導者たちからどう思われているかはともかく、ローゼンベルクは、都市でも村でも、運動の英雄の一人だった。

しかし、首都ベルリンでは、ゲッベルスとの闘争が続いていた。宣伝相は陰で党思想家のことを『今一つ』のローゼンベルク」と呼んでいた。「学者としても、ジャーナリストとしても、政治家としても、ほとんど申し分ないが、今一つ足りない」

いっぽうローゼンベルクは、ナチスのイデオロギーは不変でなければならないと考えており、ゲッベルスが政治的利益のために方針を転換しようとすることに反対した。ある伝記作者は書いている。「一九三三年以降、党が権力の果実を貪る中、ローゼンベルクは旧約聖書の預言者の役割を果たし、邪神をあがめる人々を厳しく非難した」。ローゼンベルクは次のような結論を下した。誇示と虚飾の達人であるライバル、ゲッベルスはナチスの主張を、血のように赤い旗や、通りを練り歩く松明行列のような、たんなるプロパガンダの手段の一つだと思っている、と。

ゲッベルスは本当に党の方針を信じているのだろうか、とローゼンベルクは首をかしげた。信じているとは思えない。あれほど巧みに立場を変える男だ。権力を維持するためなら、なんでもするし、なんでも言うのだろう。そうとしか思えなかった。

数年後、ローゼンベルクは「われわれの革命には膿瘍がある」と断じることになる。

イデオロギー的指導の下に党を統一するという、ローゼンベルクの夢の前に立ちはだかるのは、ゲッベルスだけではなかった。

一般のナチ党員に対しては、ローゼンベルクの影響力は大きかった。しかし、第三帝国の首脳陣は、権力をふるうことに取り憑かれた集団であり、自分たちが嘲って「哲学者」と呼ぶ男に邪魔をされたくなかった。行動の人である彼らは、主知主義を疑っていた。ヒトラーは、国際社会をなだめるいっぽうで、ひそかに軍を再建しようとしていた。そして、ヒンデンブルクに気に入られたいと思っていた。なぜなら、ヒンデンブルクは、今もドイツの大統領であり、最高の国民的英雄であり、ヒトラーを解任できるただ一人の人物だったからだ。ヒトラーは臨機応変に立ち回る必要があった。策謀をめぐらせる必要があった。

ローゼンベルクの考えはそれとは反対だった。「誰かが賛成していようが反対していようが、その考え方が運動にとって正しいと心から感じられれば、私はそれを選ぶ」と、あるとき書いている。「最終的に私一人になったとしても、そうするだろう」。自分の最大の才能が敵を作ることにあるということに、きっとローゼンベルクは驚かなかったはずだ。

敵の一人は、ローゼンベルクが執拗に説く道徳とは無縁の男だった。ナチス突撃隊の司令官、エルンスト・レームである。ローゼンベルクは、レームの首は太く、顔にはドイツ軍将校として第一次大戦に参加したときの複数の傷がある。ヒトラーが首相に就任した数カ月後に、「第二革命」を唱えた。レームは、年老いた将軍たちを権力の座から一掃し、今の軍隊を、配下の恐ろしい男たち――屈強なナチ党員――と入れ替えたいと思っていた。

一九三三年のある夜、レームとローゼンベルクは、トルコ大使が主催したベルリンでの豪華なパーティーで、顔を合わせた。ベラ・フロムも出席しており、情報源と交流していた。「フォーマルな夜会だった」とフロムは報告している。「外のティーアガルテン公園は霧に包まれ、ルネサンス様式の古い宮殿はまばゆい光の中で輝いていた。巨大な門が大きく開かれた。車がひっきりなしに入ってきた……なんとも豪華絢爛で賑やかなパーティーだった。軍服、精緻なドレス、きらめく宝石」。しかし、騒々しいレームと茶色いシャツを着た突撃隊員たちは、別の意味で賑やかだった。男たちはシャンパンを飲みすぎてすぐに酔っ払い、もう帰るようにと丁重に促された。だが男たちは帰らず、さらに数十本のボトルを持って、別の部屋へ引っこんだ。

燕尾服姿のローゼンベルクが部屋に入ると、ベルリンの突撃隊指導者カール・エルンストがピンク色のソファに座り、部下の一人を膝の上に乗せて揺すっていた。

ローゼンベルクは、レームやその部下の一部のあからさまな同性愛をいつも不快に思っていた。「彼の取り巻きは堕落した者や、たかり屋ばかりだ」とローゼンベルクは後日、日記に書いている。「部下の将校たちにはいずれも若い男の愛人がおり、われわれの運動とはますます縁遠い生活を送るようになっている。彼らはそのふるまいによって一般国民を怒らせた」。ローゼンベルクに言わせれば、レームの部下たちは不愉快な「茶色のシャツを着たベルリンのジゴロ」の集団だった。

憤慨したローゼンベルクは怒気を含んだ低い声で二言三言言った。酔っ払った司令官は大声で楽しそうに笑った。

「そこのバルトの豚を見てみろ」レームはみんなに聞こえるように叫んだ。「意気地なしには酒を飲む度胸もない！　お高くとまってるから茶色のシャツも着られない。成り上がり者のバルトの男爵様！　燕尾服なんか着たってどうしようもない。なあ、男爵、おまえはいったい自分を何だと思ってるんだ？」

ローゼンベルクは憤然として立ち去った。

しかし、その後まもなく、他人の災難を喜ぶという最も暗い感情を覚えることになる。一九三四年の夏、エルンスト・レームに愛想を尽かしていたのは、ローゼンベルクだけではなくなっていた。

第8章　日記

一九三四年五月——ローゼンベルクが革装の個人日記に自分の考えを初めて書きとめはじめた月——、力強い新しいドイツに対する不安が欧米全体にさざ波のように広がった。ニューヨーク・タイムズ紙は、ドイツの軍需工場が「フル稼働している」、アメリカの航空機メーカーがドイツに飛行機や航空技術を売っている、ＢＭＷなどのドイツ企業が航空エンジンを大量生産している、ナチスはまもなく強力な空軍力と頑強な対空防衛力を備えるだろう、などと報じた。同紙は五月に次のように伝えている。「ドイツは来年末までには、空襲に対して、考えられる最も難攻不落の国となるだろう」。イギリスの指導者たちは、次の戦争の準備に着手するしかないと判断しはじめていた。

いっぽう、大西洋の向こう側では、その月のある木曜の夜、二万人のドイツ系アメリカ人が街にくりだし、ニューヨーク市八番街にあるスポーツ競技場の巨大な倉庫で開かれる大規模集会に向かっていた。人々は「マディソン・スクエア・ガーデン」と書かれた大型看板の下を通り、白いシャツに鉤十字の腕章をした男たちに誘導されて、席に着いた。ステージ上には、恐ろしげな一対のナチスの鷲が、こちらをにらみつけていた。

この好戦的な群衆は、「新生ドイツの友」という親ヒトラー団体を支持するために集まっていた。団体はハインツ・シュパンクノーベルというドイツ人移民によって一年前に設立された。目的は、デトロイト、シカゴ、ニューヨークなどのドイツ人街に集中し、内輪もめをくりかえすアメリカのナチ党員たちを団結させることにあった。けんか早く、野心的なシュパンクノーベルは、ベルリンのヒトラーの腹心、ルドルフ・ヘス副総統の支持を得ていたが、アメリカではあっという間に、ありとあらゆる悪しき注目を集めた。最初に、アメリカ最大のドイツ語新聞「ニューヨーカー・シュターツ・ツァイトゥング・ウント・ヘロルト」の本部に突撃して、ナチ党の方針に従うよう要求した。編集長はシュパンクノーベルを追い返し、警察に通報した。その後、シュパンクノーベルはまた騒ぎを起こした。「ドイツの日」の祝賀の際に、マンハッタン・アーモリー――アメリカ政府の建物――の上のアメリカ国旗の横に鉤十字を掲揚するよう執拗に求めたのである。ユダヤ人の指導者たちは反対した。紛争が起こり、鉤十字を掲げたシュパンクノーベルの支持者たちが街のシナゴーグを破壊した。ニューアークでは、シュパンクノーベルの演説が論争に発展した。そのときシュパンクノーベルの用心棒の一人が、鉛を仕込んだゴムホースで相手を殴りはじめた。

まもなく連邦当局は、ドイツ政府の秘密諜報員であるという容疑でシュパンクノーベルの逮捕状を発行した。シュパンクノーベルは本国へ逃げ帰った。しかし、彼の過激派組織は、新たな指導者の下で活動を続けた。構成員はヒトラーに忠誠を誓い、自分が純粋なアーリア人の血筋であることを宣言した。制服姿の警備員たちが、レーム配下の元突撃隊員の指揮の下、秩序を維持した。組織の公式機関紙「ドイチェ・ツァイトゥング」は、ベルリンから直輸入のプロパガンダを展開した。青少年部はサマーキャンプで次の世代を教化した。

ドイツでヒトラーがやったように、「新生ドイツの友」は集会を組織し、演説をおこない、アメリカにおけるナチス運動への支持を集めようとした。マディソン・スクエア・ガーデンでは、弁士が次々に演壇に立ち、ユダヤ人によるドイツ製品不買運動を激しく非難した。今や始まって一年近くになる不買運動は、ニューヨークの弁護士サミュエル・アンターマイヤーが先頭に立って展開してきた。外では一〇〇〇人ほどの共産主義者が抗議デモをくりひろげ、「ヒトラーを打倒せよ!」と叫んだ。

すると中からナチス支持者が敵を罵倒した。アンターマイヤーの名前が出ると、群衆の一部から、「やつを吊せ」という声があがった。

「われわれは、ドイツが一つの巨大な監獄であるかのような中傷を毎日のように受けることを、許すことはできないし、許すつもりもない」。ドイチェ・ツァイトゥング紙の編集長ヴァルター・カッペは言った。それはゲッベルスがドイツで完成させた好戦的な言葉づかいを模倣したものだった。「われわれはもうこれ以上この状況に耐えられない、耐えてはならない、絶対に耐えたりはしない。そしてこう叫ぶのだ。すべて嘘だ、嘘だ、嘘だ！」カッペはアメリカのユダヤ人指導者たちが扇動していると非難した。「アメリカ世論を反ドイツに誘導した。きょうこそきっぱりと警告する」とカッペは言った。「この戦いを続けるなら、おまえたちはわれわれが完全に武装していることを知るだろう。そしてその結果の責任を負うことになるのだ」

そのとき外の共産主義者たちは戦いの準備を整えていた。マディソン・スクエア・ガーデンの外で行進しながらシュプレヒコールをあげた後、タイムズ・スクエアに集まり、集会が終わるのを待っていた。警察は競技場に通じる道に入れないよう防御線を張り、それを突破しようとするデモ隊と衝突した。「新生ドイツの友」の人々が地下鉄駅に駆けこんだり、タクシーに飛び乗ったりする中、気が大きくなったある人は、春のニューヨークの夜に向かって主張を叫んだ。

「ハイル、ヒトラー！（ヒトラー万歳）」

その後、彼はブロードウェイと四五番街の角にある店に飛びこんだ。そして、怒りに燃える群衆に捕まる前に、パトロール警官に救助された。

一九三四年五月、ベルリンでも緊張が高まっていた。マディソン・スクエア・ガーデンでの集会の一週間前、ベルリンのスポーツ宮殿では、ゲッベルスが壇上に上がり、こちらもアメリカの不買運動を批判する演説をおこなった。宣伝相は、不買運動など展開しても、ドイツのユダヤ人の運命が好転することはないと断言した。「徹底的な不買運動によって、じっさいにわが国の経済が危機的状況になったとしても、われわれはユダヤ人を解放したりはしない」と、ゲッベルスは聴衆に約束した。「そんなことをするものか！　ドイツ人の憎しみ、怒り、絶望がぶちまけられる先は、ドイツ本国に捕らえられた者たちだ。ユダヤ人が、ドイツでは流血もなく革命が成功したのだから、自分たちには今までどおり厚かましく傲慢に生活を楽しみ、ドイツ人を怒らせる権利が与えられるなどと想像しているのだとしたら、警告しておく。われわれをひどくいらだたせるような真似はするなと」

ユダヤ人は新生ドイツ体制下における自分たちの立場を理解する必要がある、とゲッベルスは声を張りあげた。ユダヤ人はこの国の客なのだから、「静かに、控えめに、自分の部屋に引っこんでいるべきだ」

ゲッベルスの演説は新たな宣伝攻勢の始まりを告げていた。それは「不平を言い、あら探しをする」反逆者に対するもので、ゲッベルスは彼らを指す新語「クリティカスター（似非批評家）」を発明した。ヒトラーが権力の座についてから一年後、革命に亀裂があらわれはじめた。ナチスは国の速やかな復興という公約をまだ果たしておらず、党に対する国民の支持が低下しはじめた。新聞紙上では批評家たちが率直な批判を展開し、ナチス指導者に関するジョークが広く流布した。

これに対して、ゲッベルス配下の新聞「デア・アングリフ（攻撃）」は、政権への侮辱がどんな結果をもたらすかについて、警告を発した。万が一、ゲシュタポと強制収容所のことを忘れている人間がいるかもしれないから、というわけだ。その一例が、ゲッベルスによる新聞検閲に皮肉をこめて抗議したある編集者である。彼は気がつくとオラニエンブルクの有刺鉄線の向こうにいた。ベルリンの北にある収容所である。ナチスの宣伝工作員たちはカフェやレストランに派遣され、そこで政権を支持する演説をした。突撃隊が出口を固め、店の客にかならず主張を聴かせた。大規模集会の宣伝にはポスターが使われ——泣き言を言うな、働け！——、さらにトラックに乗ったナチ党員の集団がスローガンを叫んだ。

忠実なドイツ人は鉤十字のバッジを購入し、公の場でそれらを身に着けるよう命じられた。ほんのちょっとした不忠実でも、よくない結果をもたらす可能性があった。ナチス体制下では「何一つよくならない」と断言するのを聞かれたある女性は、毎日市長の執務室に出頭し、次のような同じ語句を暗唱するよう命じられた。「すでに毎日がよくなっています、これからもっともっとよくなるでしょう」

ゲッベルスが壇上で厳しい非難の声をあげたように、ナチスは今、国民の熱意が薄れてきていることと以上の大問題を抱えていることが明らかになりつつあった。内戦が始まろうとしていた。そしてヒトラーは敵か味方かを見定めようとしていた。

一九三四年の夏には、政府当局者の誰もが圧力の高まりを感じるようになった。そしてその圧力は、第三帝国においては、暴力によってしか解放できない類のものだった。

この混乱のさなかの五月一四日、ローゼンベルクは赤い革綴じの日記を開いた。見返しには水彩絵の具によるぎざぎざの縞模様の装飾が施されていた。それは手漉きの未裁断の紙を思わせるデザインだった。一ページ目を開き、万年筆を手に取った。右上の隅に「ベルリン　三四・五・一五」と書いた後、「一五」を塗りつぶして、日付を訂正した。それから乱れた字で書きはじめた。

「この一五年間、私は日記をつけてこなかった」とローゼンベルクは書いている。「そのため、多くの歴史的展開が忘却の彼方へ消えていった。今われわれは、未来を決するであろう新たな展開のまっただ中にいる。そこで私はとくに二つの基本的な問題に関心がある」。一つは「すべての反対者に対してわれわれの世界観を強制することだ」。ローゼンベルクは、キリスト教会とその教えを公然と非難しつづけており、聖職者を排除したいと考えていた。ナチスのイデオロギーをドイツ国民の心と魂に植えつけることができるようにするためだ。ローゼンベルクの心を占めていたもう一つの問題は、イギリスである。ローゼンベルクは党の外交政策責任者として、今なおナチスの理想を信じるようにイギリスを説得したいと考えていた。一九三三年にはロンドン訪問に失敗し、イギリス人がヒトラーとその好戦的な子分たちに激しく反発しているにもかかわらずである。

ローゼンベルクは歴史的な瞬間を間近で目撃していた。そしてそれを詳細に文書化することを決意した。ローゼンベルクにこの新しい日記を書きはじめさせたのは――それとなく言及しているこれ以前の日記は戦後見つかっていない――、将来、歴史的偉人とみなされたいと考える著名人としての自負だけではなかった。ドイツの書店に並びはじめたばかりの本とも、何か関係があったのだろう。宿敵ゲッベルスは、長年にわたる熱心な日記作者で、一九三二年から一九三三年の日記を編集して出版したのである。圧勝によるヒトラー政権誕生の立役者として、自分の評判を高めようというわけだ。

ローゼンベルクの場合、日記をつけるためには、全般的なだらしなさと戦わなければならなかった。ローゼンベルクは、いろいろなことに手を広げすぎる、焦点が定まらない、何か新しいことを始めても、その管理を他人任せにする――あるいは誤った管理をさせる――ことで有名だった。ローゼンベルクは毎日のように政治パンフレット、宣伝文のほか、山ほどメモを書いていたので、日記がローゼンベルクの気を惹くには、それらと競い合わなければならなかった。

日記の出版を計画していたとしても、それを口にすることはなかった。ローゼンベルクは日記を個人的な覚え書きを集めたものだと考えていた可能性がある。いつか、何年も後になって、ナチ党員としての人生について、きちんとした回顧録を書く時が来たら参考にしようと思ったのかもしれない。

その意図はともかく、夏のあいだ、日記を書くことに没頭した。赤い日記帳の罫線のないページは、そのときローゼンベルクの心を占めていたさまざまな事柄で埋められた。日記作者としてのローゼンベルクは、冷淡や自己憐憫、そして、自らよくライバル批判の材料にしているナルシシズムに陥りがちだった。ローゼンベルクは狭量な中傷を書いた。すぐにカッとなり、自分の頑なイデオロギーの犠牲になった人々への共感が欠如し、ほぼ全身どっぷりとナチ党に浸かっていた。家族のことにはほとんど触れていない。仕事以外の生活についてはいっさいほのめかさない。

最初のほうのページには五月後半の日付がある。そこでローゼンベルクは、イギリスの世論状況に関するヒトラーへの報告を述べ、ゲッベルスについて文句を並べ、外務省の外交官たちの二枚舌に抗議している。

ローゼンベルクがそうとは知らずにイギリス人との仲介役として採用していたイギリスのスパイ、ウィリアム・デ・ロップによると、この月前半のスポーツ宮殿でのゲッベルスによるユダヤ人攻撃は、ロンドンで新たな批判の嵐を巻き起こしていた。ローゼンベルクはゲッベルスを憎んでいたが、律儀にもその気持ちを抑えた。「それでは、イブニング・スタンダード紙の反ヒトラー運動に対して、われわれはなんと言えばいいのか？　ロンドンでは、人は相手が誰であれ、なんであれ、侮辱することができる。ところが、ユダヤ人に関することになると、ミモザのようにしぼんでしまう」。ローゼンベルクは、内心では、デ・ロップの言うとおりだということを知っていた。ゲッベルスはもっと表現を抑えたほうがいいだろう。ゲッベルスの演説は、ドイツでは「安っぽい喝采」を博していたが、国際的には問題を引き起こすだけだった。

ローゼンベルクはまた、ゲッベルスのクリティカスターに対する大規模なプロパガンダ攻撃についても心配していた。それはただ国民のあいだに「広範な不満」があることを世界に伝えただけだった。ナチスは批判者を黙らせるためにそこまでしなければならない理由がほかにあるのだろうか？「ドイツ政治の最大の武器である、全国民が総統を支持しているという主張が崩れる恐れがある。『君たちは判断を誤った』と敵はわれわれの友人に言っている。『人々は彼らの力をもう信じていない』」

しかし、その月、中でも最もローゼンベルクを怒らせたのは、新聞紙上のちょっとした悪評だった。五月九日、ロンドンのタイムズ紙が、第三帝国の変わりゆく権力構造についての記事で、ヒトラーのイデオロギーの指導的代理人としてのローゼンベルクの権威は、その肩書きが示唆するものとはほど遠い、と報じた。「ローゼンベルク氏が『解任された』という最近の噂に照らしてみると、この仰々しい肩書きは最初から、消息筋のあいだでは、それに付帯すると考えられる実質的な権威と活動範囲をはるかに超える印象を与えるものだった」と特派員は報告していた。「この見方を裏づける事実がある。ナチスのイデオロギーに関する、就任後初のローゼンベルク氏の大演説会が予定されており、総統が出席することも事前に大々的に宣伝されていた。ところがヒトラー氏は欠席する旨を伝え、ゲッベルス博士とともにアイスホッケーの試合とソニア・ヘニー嬢のスケートの演技を観にいってしまったのだ」。ヘニーはノルウェーのフィギュアスケート選手でオリンピックの金メダリスト、そして未来のハリウッド・スターだった。

激怒したローゼンベルクは、足音も荒々しくヒトラーのオフィスを訪れ、抗議を申し入れた。間違いない、とローゼンベルクは言った。この報道の背後には外務省の外交官たちがいたにちがいない。

総統はローゼンベルクの怒りをただ受け流した。彼に何ができただろう？

しかし、ロンドンのドイツ大使館の元参事官、アルブレヒト・グラフ・フォン・ベルンシュトルフが、イギリスの退役陸軍将校グレアム・シートン・ハッチソン――ファシスト活動家、スパイ小説家、熱狂的なヒトラー支持者――に、ナチス政権は崩壊の危機に瀕していると語ったという報告をローゼンベルクが伝えると、ヒトラーは腹を立てた。ベルンシュトルフはすでに新体制に対する反対者として知られており、前年にロンドンから召還されていた。

「この豚をどうしたものかな?」とヒトラーは言った。そして、ヒンデンブルクの意見を尊重して、ノイラートをはじめとする外交官たちの扱いには引きつづき細心の注意を払わなければならない、とローゼンベルクに語った。「晩年につらい思いをさせないためにも、あのじいさんとは争いたくないのだ」。大統領が亡くなったら――いつそうなってもおかしくなかった。彼は弱っていた――友情の時代は終わる。「そのときはベルンシュトルフをただちに逮捕する」

ローゼンベルクはどんなにその日を待ち焦がれたことか。「これらの時代遅れの紳士たちによる妨害は、まさにグロテスクだった」とローゼンベルクは日記に書いている。「彼らの『覚醒』はきわめて突然かつ苦々しいものになるだろう」

だが、ヒトラーには外務省の裏切りよりも差し迫った問題があった。たしかにローゼンベルクは――そして政府の誰もが――その危機を認識していたが、あえてはっきりと書きとめておくことはしなかった。きわめて微妙な事柄が含まれていたため、たとえ自分の目にしか触れない個人の日記であっても、書きとめるわけにはいかなかったのだ。

突撃隊の長であるエルンスト・レームは、一九三三年中頃から「第二革命」を世論に訴えており、ナチスが実業家、大企業家、とりわけプロイセンの将軍たちを追い詰めることを望んだ。「今日、公的な立場にありながら、いまだに革命の精神をまったくわかっていない者がいる」とレームはある演説で述べている。「やつらがその反動的な考えをあえて実践するなら、われわれはやつらを無慈悲に一掃する」。レームはこれらの言葉を力によって裏づけることができた。一九三四年初頭には、指揮下に三〇〇万人近い隊員がおり、長年、街頭での戦いに従事してきた隊員たちは、雇用によって報いられることを期待していた。レームは突撃隊員が新生ドイツ軍の基盤となることを望んだ。

だがヒトラーはレームの主張を認めなかった。革命は終わった。さらなる混乱からよい結果は得られない。権力を維持するには軍の後ろ盾が必要であることはわかっていた。将軍たちの指揮下にはわずかに一〇万人の将兵がいるだけだった――依然としてヴェルサイユ条約の制限下にあって不自由な思いをしていた――しかし、兵士たちはじゅうぶんに武装しており、レーム配下の暴徒よりも規律正しかった。軍にはヒンデンブルク大統領の揺るぎない支持もあった。だからヒトラーは、とりわけ、平和条約の制限下にあるにもかかわらず、完全再軍備を推進することによって、抜け目なく将軍たちの機嫌をとったのである。

一九三四年二月、レームは突撃隊をヒトラー指揮下の軍と合併させることを提案した。だがヒトラーは、四月に装甲艦ドイッチュラント艦上で開かれた会議で、将軍たちと秘密協定を結んだ。ヒンデンブルクは余命いくばくもなかった。それでもヒトラーは、老陸軍元帥が死去したときに陸軍が反旗を翻すのではないかと不安だった。そこで、もしも将軍たちがヒンデンブルクの後継者として自分を支持してくれるなら、レームの突撃隊員を大幅に削減し、軍事における陸軍の優位を保証すると約束した。

協定のことを知らないレームは、あいかわらず第二革命を唱えていた。そして一九三四年の春には、ベルリンにクーデターや反逆の噂が流れはじめた。

二人の強力な敵がレーム攻撃の下準備を始めた。一人は、ビュルガーブロイケラーでのクーデター未遂事件以前、一九二三年に突撃隊を指揮していたゲーリングである。もう一人は、レーム自身がナチス入党を勧めたハインリヒ・ヒムラーだ。敬虔なカトリック中等学校校長の息子だったヒムラーは、ゲルマン民族の歴史にどっぷりと浸かって成長した。子供の頃、ドイツの最も有名な戦いについて細部まで暗記した。ティーンエイジャーになると、第一次世界大戦の戦闘に参加するのが待ちきれなかった。しかし、前線に立つ前にドイツは降伏し、戦後の数年間は学校に通い、農場で働いた。

一九二三年、レームはヒムラーをナチスに招き入れ、その六年後にヒムラーはSSの指導者に任命される。その頃の親衛隊は突撃隊の中のあまり重要でない小さな部門だった。ヒムラーは親衛隊を恐るべき軍隊に育てあげようと行動を開始した。レームの突撃隊は、統制のとれていない乱暴者の集団だったのに対して、ヒムラーのSS――シュッツシュタッフェルすなわち親衛隊――は精鋭の護衛部隊であり、それを構成するのは、最も優れたアーリア民族の、純血の中の純血の家系の者たち、厳格なゲルマン人の規範に従って生きる男たちでなければならなかった。ヒトラーが首相に就任した後、黒い制服を着たSS隊員たちはヒトラー個人の護衛を務めた。だがヒムラーはもっと壮大な野心を抱いていた。ドイツという警察国家全体を指揮したいと考え、秘密裏に、そして整然と権力の集中に着手した。

ヒムラーは目立たない、瘦せこけていると言ってもいいくらいの体格の男だった。顎は貧弱で、丸い眼鏡の奥の目は小さかった。だが、野心的かつ注意深い男でもあった。一九三四年春にゲーリングからゲシュタポ、すなわちプロイセンの秘密警察を譲り渡されたときには、すでにドイツ全土の政治警察部門の支配権を握っていた。野心過剰な二人のナチ党員は、その後、力を合わせてレームの失脚を図る。ゲーリングとヒムラーはレームをライバルおよび脅威とみなしていた――後年ゲーリングはレームがただ邪魔だったと記している。SSは、突撃隊の長がクーデターを計画していることを示す証拠を捏造し、その偽情報をヒトラーに伝えた。

さらに他の勢力もレームに対抗していた。保守派、中でもフランツ・フォン・パーペン副首相とその後援者ヒンデンブルクは、ナチス革命による不安定化を以前から心配していた。六月、マールブルク大学で、パーペンはいつになく痛烈な演説をおこない、ナチスの恐怖、そしてレームの執拗な第二革命の要求を批判した。「ドイツは、行き先も、どこで止まるのかもわからぬまま突き進む列車になるわけにはいかない」とパーペンは断言した。「ドイツ革命の名の下に、利己主義、原則の欠如、非騎士道的行動、傲慢さが増大していることを、ドイツ政府はじゅうぶん認識している」。パーペンはゲッベルスを激しく非難し、あんな未熟なプロパガンダに国民は騙されない、と述べた。「偽りの楽観主義によって国民を欺こうとする下手な試みは、ただ国民に笑われるだけだ。長い目で見れば、どんなに優れた組織やプロパガンダも、それだけで信頼を維持することはできないのだ」

激怒したゲッベルスは、演説の内容が広まることを阻止した。数日後、ゲッベルスはスポーツ宮殿でのもう一つの演説で、保守派を「おかしな阿呆ども」と一笑に付した。「あいつらにこの世紀の発展を止めることはできない」とゲッベルスは言った。「われわれはやつらを踏み潰して前進を続けるのだ」。パーペンはゲッベルスからの非難についてヒトラーに不満を述べ、ヒンデンブルクに相談すると主張した。

ヒトラーは先回りをして、六月二一日、ヒンデンブルクの邸宅に飛び、瀕死の大統領を見舞った。そこで衝撃的なことを聞かされた。大統領からの最後通告だ。首相が第二革命の要求をやめさせ、ベルリンの混乱を終わらせることができないなら、ヒンデンブルクは戒厳令を宣言し、国を軍に委ねるというのだ。

最後の一押しはゲーリングとヒムラーによるものだった。レームは数週間の病気休暇のため、温泉地バート・ヴィースゼーのホテル、ハンゼルバウアーに滞在しており、突撃隊員たちには夏期休暇をとるよう命じていた。しかし、六月二八日、エッセンでの結婚式に出席していたヒトラーのもとに、ゲーリングの部下が、でっち上げたばかりの報告を届けた。レーム配下の突撃隊員たちが武装し、全国蜂起を企てているという。

総統はもううんざりだった。ゲーリングをベルリンに帰し、全国の敵を制圧するよう命じた。ヒトラーは南に飛び、自らレームの処分を引き受けた。

数日後、ローゼンベルクは日記に没頭し、その後の出来事を息もつかせぬ筆致で書きとめた。それはまるで大衆小説のようだった。

ローゼンベルクの記述によると、ヒトラーはバート・ヴィースゼーのホテルの部屋のドアをそっとノックした。そこではレームが政権を転覆させ、敵を処刑し、同性愛者による支配を樹立しようと企んでいた。

しかし、主人公である総統は危機一髪で悪の陰謀を暴き、もはやレームの命運は尽きた。

「ミュンヘンからの伝言です」とヒトラーはノックをしながら作り声で言った。

「入れ」とレームは答えた。「ドアは開いている」

ヒトラーは勢いよくドアを開けて室内に飛びこむと、まだベッドの中にいたレームの喉首をつかんだ。「この豚め、お前を逮捕する！」ドイツのスーパーマンは怒鳴り声をあげ、反逆者をＳＳに引き渡した。レームが服を着ることを拒否すると、ＳＳの将校が服を顔に叩きつけた。

ヒトラーが隣の部屋に踏みこむと、レームの副官エドムント・ハイネスが「同性愛行為」の真っ最中だった。

「ここにいる指導者たちはドイツのあらゆるものになろうとしている」激怒したヒトラーは無表情に

言った。「総統閣下」ハイネスは泣きわめいた。一緒にいた若者が頬に優しくキスをしている。「私はこの少年に何もしていません」。激怒したヒトラーはハイネスの愛人をつかんで壁に叩きつけた。

次にヒトラーが廊下に出てみると、頬紅をつけた男がいた。「誰だ、おまえは?」ヒトラーは怒鳴った。

「幕僚長の使用人です」と男は答えた。

怒りに駆られたヒトラーは、突撃隊の若い愛人たち——ローゼンベルクは彼らをルストクナーベン(稚児)と呼ぶ——をすぐさま集合させて地下室に連行し、射殺した。

ヒトラーは古くからの友人であるレームを撃ちたくはなかった。しかし、ナチスの出版社の社長だったマックス・アマンは、やるべきことをやるようヒトラーを説得した。「最大の豚は始末しなければなりません」と、アマンと副総統ルドルフ・ヘスが自ら反逆者を撃つことを申し出た。だが、レームは拳銃を手渡され、自殺を促された。

レームはそれを拒否し、代わりにSSが実行した。というわけで、ドイツを屈辱と不名誉から守るヒトラーの戦いが終わるのは、また別の章である。

「長いナイフの夜」——この血の粛清はのちにそう呼ばれる——に関するローゼンベルクのけばけばしい報告の驚嘆すべきところは、多少の脚色はあるものの、なぜ粛清がおこなわれたかの大まかな輪郭を除けば、作戦の記述がある程度正確なことだ。第三帝国の歴史は誇張されたマンガのように展開した。

明け方、ヒトラーの乗った飛行機はミュンヘンに到着した。滑走路に降り立ったとき、小雨が降っていたが、空は明るかった。「きょうは私の人生の中で最も陰鬱な日だ」と、迎えに来ていた二人の陸軍将校にヒトラーは言った。待っているメルセデスに乗りこみ、片をつけに行った。SS分遣隊と合流し、レームが――明らかに何も知らずに――眠っているホテルに向かった。

総統は拳銃を抜き、突撃隊の長を起こすと、反逆者と呼び、逮捕すると言った。それから隣の部屋に踏みこむと、ハイネスが若い愛人とベッドの中にいた。「ハイネス、五分で服を着ろ」とヒトラーは叫んだ。「さもないとその場で射殺する」。突撃隊員たちはミュンヘンのシュターデルハイム刑務所におとなしく送られていった。ゲーリングは電話を受け、「コリブリ」と言われた。

ハチドリのことである。処刑を開始せよという暗号だ。ベルリンにいたレームの突撃隊の指導者たちは銃殺隊によって射殺されたが、殺戮はそれだけでは終わらず、広範囲に及んだ。過去、現在の政敵たちも暗殺された。犠牲者の中にはクルト・フォン・シュライヒャー元首相（とその妻）や、ナチスの堕落した指導者グレゴール・シュトラッサーもいた。一九二三年のビュルガーブロイケラーでのクーデターを鎮圧したバイエルンの政治家、グスタフ・リッター・フォン・カールの遺体が沼地で発見された――斧で切り刻まれていた。「かくして一九二三年一一月九日の復讐がとうとう果たされた」とローゼンベルクは書いている。「そしてカールはかねてから当然の運命に襲われたのだ」。かつてプロイセン内務省警察部長を務め、ケンプナーの上司だったエーリヒ・クラウゼナーは手を洗っているときに射殺された。ゲーリングは、パーペンがマールブルク大学でおこなった不愉快な演説の原稿を書いた男、エドガー・ユリウス・ユングの殺害を命じた。パーペンは、標的としてはあまりにも著名であったため、自宅軟禁下に置かれただけですんだ。

ゲーリングとヒムラーはベルリンの宮殿から作戦を指揮していた。目撃者によれば、二人は処刑リストを手に、殺戮の進行状況を楽しそうに見守っていたという。のちの国家元帥（ゲーリングのこと）は上機嫌だったが、あるとき、誰かが逃亡したと聞くと、残忍な命令を叫びはじめた。「全員撃ち殺せ！……中隊丸ごと連れてこい！……撃ち殺せ！……撃て……とにかく全員銃殺しろ！」

ミュンヘンで突撃隊の多数の幹部の処刑を命じた後、――まだこのとき、レームは含まれていなかった――ヒトラーは空路ベルリンに帰還した。

「彼は帽子をかぶっていなかった。顔は青白く、髭が伸び、寝不足だった。やつれて、息を切らしていた」と、ある目撃者は報告している。「額に張りついた前髪の下から、けだるそうに両目をぎょろつかせていた。それでも、悲痛な印象はなかった……友人たちの殺害がなんの苦もなく実行されたのは明らかだった。彼は何も感じなかった。ただ怒りのままに行動したにすぎない」

犠牲者の正確な数は伝わっていない。ゲーリングは作戦後、記録の破棄を命じた。いくつかの推定によれば、一〇〇〇人近くにのぼるという。

レームは最後の犠牲者の一人だった。レームの運命をめぐって、ヒトラーの気持ちは揺れていた。古くからの友人の一人で、当初から忠実な副官だったからだ。だがゲーリングとヒムラーから、この反逆者とされる人物を殺すべきだと強く促され、ついにヒトラーは同意した。SSの将校団が刑務所に派遣され、レームが企てたとされるクーデターを報じるフェルキッシャー・ベオバハター紙と、薬室に一発の銃弾を込めた拳銃を手渡した。

一〇分後に戻ってみると、レームはまだ生きていた。シャツを脱ぎ、気をつけの姿勢をとっていた。射殺されるとき、二つの最期の言葉を口にした。「総統閣下、総統閣下」

この粛清によって、ヒムラーはそれまで以上に大きな力を持つようになった。ヒトラーはSSを昇格させ、突撃隊の下から離脱させた。突撃隊は、処罰され、活動を制限されたものの、新しい指導者の下で、引きつづきナチスの敵に暴力を加えていた。今やヒムラーは総統の直属となり、その帝国は拡大していた。ヒムラーは、最愛のSS、ゲシュタポ、ドイツ全土の政治警察だけでなく、拡大する強制収容所ネットワークをも指揮下に置いていた。収容所には国家の敵を投獄した。ほどなく、ヒムラーはナチスの治安機関を完全に支配し、それを利用して自分の意志を無慈悲に押しとおすことになる。

一カ月後の八月二日午前九時、ヒンデンブルクが世を去った。ヒトラー内閣は、首相と大統領の職を統合することで合意し、軍は総統への絶対服従を誓った。ヒトラーはドイツの独裁者の座につき、そのことに誰も異議を唱えなかった。少なくともヒトラーを止めるべき立場にある者は誰も。

その日、ローゼンベルクはヒトラーに会っている。そして、その機会に、あらためて外交官たちへの対抗を訴えた。ヒトラーはローゼンベルクに言った。亡くなった大統領からいろいろな遺物を押しつけられたが、もうたくさんだ、と。「きょう、外務省の連中はみんなうなだれていることだろう。私がヒンデンブルクの権限を受け継いだからだ。もう、お楽しみは終わった」。ヒトラーは、外交官の中の裏切り者を特定し、「人民法廷」に引っ張り出してやると誓った。人民法廷は、その後まもなく世に悪名を轟かせる特別法廷の一つで、党の政敵に対する訴訟を扱った。「誰もそんなところに引っ張り出されたくはないだろう」とヒトラーはローゼンベルクに言った。

ローゼンベルクはヒンデンブルクの死去について、日記にごく短く書きとめている。「ドイツ全土が深い悲しみに包まれている。偉大な人物が失われた」

その後すぐに嘆きは喜びに道を譲った。ヒトラーはついに思いどおりに行動できるようになった。ローゼンベルクは大喜びした。「今や総統はドイツの頂上に立つただ一人の人になったのだ」

今や彼らはなんでも好き勝手にできるようになったのである。

第9章 「賢明な行動と幸運な偶然」

友人たちが外国に亡命する中、ロベルト・ケンプナーはベルリンで開業し、金儲けを始めた。ベルリンの官僚の職を追われた後、ティーアガルテン公園の南西にある賑やかなクアフュルステンダム通りから半ブロック離れたマイネッケ通り九番地に「移住事務所」を開設した。ナチスによって裁判官の職を追われたユダヤ人判事エルンスト・アシュナーとともに、ケンプナーは国外への移住者がドイツを脱出するために通過しなければならない官僚的迷路の道案内をした。具体的には、課税に対処し、できるだけ多くの資産を移転させ、必要書類をすべて入手した。

絶好の場所に提携相手が集まっていた。隣の建物にはユダヤ人の聖地パレスチナへの移住を推進するいくつもの組織が入っていた。その中には、大手シオニスト系新聞や、「ドイツ・シオニスト連合」、「ユダヤ機関パレスチナ事務所」などが含まれていた。ケンプナーとアシュナーは、「スムーズで、有利で、迅速な解決」によって顧客を送り出すことを約束した――パレスチナだけでなく、南米、イタリア、その他、顧客が望むどんなに遠い場所でも移住させた。二人の弁護士は、成功報酬制で仕事をしており、努力が成功したときだけ料金を請求した。

事業は盛況だった。ナチスが権力を握った後も、大多数のユダヤ人は国内にとどまっていたが、一九三三年から一九三五年におよそ八万一〇〇〇人のユダヤ人がドイツから脱出した。行き先はほとんどがヨーロッパの他の国やパレスチナだった。最初の波が始まったのは、一九三三年四月にユダヤ人商店に対する暴力的な不買運動が起こり、同月、多くの職業からユダヤ人を追放する法案が通過した後のことである。その後、一九三〇年代末まで、この流れは絶え間なく続いた。

ナチスはこの大量脱出を歓迎し、ユダヤ人を国外へ移住させるあらゆる政策を支持したが、同時に、移住を高くつく困難なものにしていた。ナチスの抑圧的な政策によって、すでにユダヤ人は仕事や商売を強制的に放棄させられていた。今や、ドイツから脱出しようとする移住者たちは、たいていの場合、資産の多くを置いていかなければならなかった。一九三一年には、国内資本の流出を防ぐため、「帝国離脱税」が導入された。ナチスはこれをユダヤ人に対して増税したため、税金を支払うために全財産を売り払わなければならない人々もいた。

銀行口座は凍結されたため、国外移住者は法外な交換率で外貨に替えないかぎり、自分の金を手にすることができなかった。（しかし、聖地パレスチナへの移住を推進するシオニストたちは、一九三三年にナチスと協定を結び、パレスチナへ行くユダヤ人はより多くの資産を保持できるようにした）。さらに国外移住者は書類を作成し、申請を出し、正式な許可を求めなければならなかった。すべての段階で、賄賂や贈り物、さらには性的関係まで求められることがあった。ゲシュタポの男たちがドアをノックし、テーブル、敷物、名作絵画などを探しまわることもあった。

そのいっぽうで、多くの人々が外国のビザを待っていた。外国では、たいていの場合、到着後、難民はその国の公共福祉制度に負担をかけないことを証明する必要があった。アメリカの場合、移民が経済的に困窮したときに支援することを約束する保証人の宣誓供述書が必要だった。

ケンプナーとアシュナーの事務所には、手続のあまりの複雑さに呆然とした国外移住希望者が殺到した。後年、必死に脱出しようとするユダヤ人たちを相手に生計を立てていたことについて訊かれたとき、ケンプナーは肩をすくめた。自分は独裁国家で暮らしていた。法の支配は存在しない。規制をかいくぐる方法を知っていれば、かなりの大金を儲けることができた。

この状態がいつまで続くのか、ケンプナーにはよくわからなかった。他の人々とは違って、ケンプナーには、ナチス政権が短命に終わるという確信がなかった。不気味なことに、ナチスの査察官たちが自分の身辺を嗅ぎまわっていた。ケンプナーの帳簿を調べ、ユダヤ人が通貨を不法に国外へ持ち出す手助けをしている証拠を探した。

一歩間違えれば、投獄されるか、殺されるとケンプナーにはわかっていた。だが、危険を冒す価値はあるように思われた。経済的にはとてもうまくいっていたので、まだ出ていくわけにはいかなかった。のちにケンプナーが当時の年収を推計したところ、八〇〇〇ドル、今日の価値にして一三万八〇〇〇ドルに達していた。

国外移住を先延ばしにしていたのにはもう一つ理由があった。母のリディアを見守りたかったのだ。母はナチス政権下で苦しんでいたが、脱出できる状態ではなかった。一九三四年当時、六三歳で、健康に不安があった。娘はその前年に結核で亡くなっていた――夫ヴァルターも同じ病気で一九二〇年に命を落としている。ナチスが権力を確立すると、リディアはモアビット病院の細菌研究所所長の職を追われ、ドイツの代表的結核専門誌「ツァイトシュリフト・フュア・トゥベルクローゼ」の編集長の職も捨てざるをえなかった。

ロベルト・ケンプナーはわが子を国外へ脱出させた。イタリアのフィレンツェにあるユダヤ人の寄宿学校で、そこなら比較的安全だった。息子のルシアンは、ヘレーネ・ヴェーリンガーという女性と結婚して生まれた子だが、結婚生活は九年後の一九三二年に終わりを告げた。嫌な別れ方だった。彼女はケンプナーが自分を殴り、乱暴にアパートメントから追い出したと告発した。このことについてケンプナーは法廷で争わなかった。だが、息子の親権は勝ちとった。一〇年後、ケンプナーの弁護士は宣誓供述書の中で、妻は「特定の政治理念に影響を受けており、ユダヤ系である夫や家族に対してひどい偏見を持つようになった」と述べている。

一九三三年、ケンプナーはまだ実家で母親と暮らしていた。母親が失職する前、職場である病院まで車で送っていた。いつも通る道沿いにナチスの旗が掲げられたとき、母親は泣きだした。

「母さん、どうしたんだい？」とケンプナーは尋ねた。

リトアニアのカウナスで育った母は、ロシアにおいて過去五〇年にわたってユダヤ人コミュニティに加えられてきた暴力的な攻撃のすべてを知っていた。ドイツのユダヤ人がそれと同じ扱いを受けるのは明らかなように思えたのだ。

「これから大虐殺が始まるわ」と彼女は息子に言った。


一九三五年三月のある日、ケンプナーは脱出をわずかに先延ばしにしすぎたようだった。ゲシュタポは、ベルトルト・ヤーコブという左翼のドイツ人ジャーナリストを逮捕するための緻密《ちみつ》な計画に着手した。ワイマール時代、平和主義者であるヤーコブは、ドイツの秘密再軍備に関する記事を書いて罰金を科され、投獄された。ナチスが政権を握ると、このユダヤ人ジャーナリストはフランスのストラスブールに逃れて通信社を設立し、ドイツの軍事計画に関する調査報道を続けた。ヤーコブは、ドイツの偽造パスポートの売人を装った捜査官たちによってスイスのバーゼルにおびき寄せられた。ナチスはヤーコブの市民権を剝奪していたのだ。〈シーフェン・エック〉というレストラン――「歪んだ角《かど》」という意味――でワインや蒸留酒をしこたま飲んだ後、ヤーコブは売人たちとどこかのアパートメントまで行き、取引を完了させることに同意した。ところが、彼らの車に乗りこむと、運転手は猛スピードで車を北へ走らせ、スイスの国境検問所を通ってドイツに入った。ジャーナリストはその日の夜にベルリンに連行された。

ゲシュタポの捜査官たちは、ヤーコプから没収した住所録を入念に調べた。軍事関係の連絡先やその他の情報提供者らしき人々の名前が並んでおり、その中に、ロベルト・ケンプナーとエルンスト・アシュナーの名前もあった。

三月一二日、ゲシュタポはリヒターフェルデにあるケンプナーの家の外の鉄の門を通り、ドアをノックした。間口が狭く、高く優雅な石造りの家は三階建てで、木骨造りの切妻に瓦葺きの屋根だった。三つのアーチと石の手すりが左側のポーチを縁取り、二階にはバルコニーがあって、通りのほうに突き出していた。

「ミットコメン！」ケンプナーがドアを開けるとゲシュタポ将校たちが言った。「いっしょに来い！」

これはドイツ人、とくにユダヤ人とナチスの政敵が恐れていた瞬間だった。プリンツ・アルブレヒト通りにあるゲシュタポ本部に手当たり次第に呼び出されるのだ。葉書が届くこともあれば、将校たちが予告もなく直接やってきて強引に連れていくこともあった。いくつか質問があるとか、何か情報が欲しいというだけで、すぐに帰される可能性もあった。あるいは、ヒムラーの新しい強制収容所の一つで、いわゆる「保護拘置」下に置かれる可能性もあった。

ケンプナーは「保護拘置」下に置かれた。ベルリンにある悪名高く荒廃したコロンビアハウスに投獄された。ここはかつての軍事刑務所で、残虐と無法で知られていた。

到着したとき、一つのことが頭に浮かんだ。「これで終わりだ」

九日間の孤独な幽閉生活の中でいちばん不安だったのは、なぜ逮捕されたのかよくわからなかったことだ。経営する移住事務所と関係があるのだろうか？　ペンネームで出版された、ナチスの脅威について書いた短編小説のせいだろうか？　オシエツキーやドイツ人権連盟との連携のせいか？　そのことについてはひと言も漏らしていない、と、のちにケンプナーはふりかえる。「ゲシュタポの尋問で最初に訊かれたのはオシエツキーのことではなかったからだ」

プリンツ・アルブレヒト通りに連れ戻されて尋問されたときに初めて、自分の逮捕がベルトルト・ヤーコブと関係があることを知った。ゲシュタポは、ナチスのベルリンでの活動について、ケンプナーがヤーコブに情報を漏らしているのではないかと疑っていた。ケンプナーは否定した。「なぜ私の名前が彼の住所録に載っていたのか、私は知らない」と、後年ケンプナーは語った。

母リディアは、息子が逮捕されたという知らせを聞いた後、心臓発作を起こした。ケンプナーの親戚たちは、釈放に向けた試みを開始した。なぜなら、のちにケンプナーが書いているように、愛する者がナチスに捕らえられたとき、人々は裁判の成り行きを見守ったりはしなかったからだ。釈放させるために、できるかぎりのことをした。一刻も早く。

ケンプナーは、ゲシュタポといっしょにリヒターフェルデの家を出る前に、弁護士のシドニー・メンデルに電話をかけ、メンデルが正式な抗議を申し入れた。ケンプナーの母親の知人で著名な外科医フェルディナント・ザウアーブルッフが送りこまれ、今は亡き大統領の息子オスカー・フォン・ヒンデンブルクに相談し、介入を要請した。ヒンデンブルクが助けようとしたかどうかは不明だが、ケンプナーが交際中の女性、ルート・ハーン――ソーシャルワーカーで、ケンプナーと同じルター派教会の信者――は、潜在的な影響力を持つ古くからの知人に連絡した。ルドルフ・ディールスである。

ディールスはもうゲシュタポの長官ではなかった。何人もの強力な敵を作ったディールスは、一九三四年に、ゲーリングとヒムラーの権力闘争に巻きこまれた結果、指揮権を解かれ、ヒムラーの部下であるラインハルト・ハイドリヒに取って代わられた。のちに国家元帥となるゲーリングという後援者がいたおかげで、ナチスによる「長いナイフの夜」の粛清を免れ、ケルンの行政長官に任命され、ついにはゲーリングの企業帝国の役職を与えられた。おまけにゲーリングの親戚と結婚までしている。

たしかにディールスは、ケンプナーが売春婦がらみの不名誉な状況から自分を救ってくれたことを憶えていた。だが一九三五年にディールスがかつての同僚を助けて恩返しをしたのかどうか、どちらも語っていない。

いずれにせよ、ケンプナーは二週間もしないうちに釈放された。数年後に書いた友人への手紙の中で、ケンプナーはただ次のように述べている。コロンビアハウスから無事に出てこられたのは、ルートの「賢明な行動と幸運な偶然」のおかげだった、と。

ベルトルト・ヤーコブについては、新聞が噂を嗅ぎつけ、その後、国際的な抗議の声があがった。スイスは、ゲシュタポが、なんの通知も許可もなく、国境を越えてジャーナリストを逮捕したことに抗議し、この問題は国際法廷に持ちこまれた。独裁政権の初期で、まだ外交圧力に敏感だったヒトラーは、六カ月後にジャーナリストを解放した。

ケンプナーにはもはや疑問の余地はなかった。国を出なければならないことはわかっていた。一九三五年、母が亡くなり、ついにケンプナーは必要な準備を始めた。顧客の依頼で国外に出かけたときに、ルートといっしょに移住するのに最適な場所を調べた。ルートとは、刑務所から釈放された直後の一九三五年五月に結婚していた。オランダは近すぎる。イギリスは、かなり名の知れた移住者にとっては、一か八かの賭けになる。フランスは長期的に見ると住みにくい。パレスチナはまだ状況がよくわからない。

ある日、ケンプナーはポツダム広場の路面電車や歩行者、ぐるぐる回る自動車の喧騒の中で、コーヒーを飲みに来たかつての同僚に出会った。痩せて眼鏡をかけたヴェルナー・パイザーはユダヤ人で、プロイセンの首相副報道官を務めたのち、ローマにあったプロイセン歴史研究所に移ったが、ナチスが政権を握ったとたん、解雇された。

仕事を探していたパイザーは、ユダヤ人の子供たちのための学校を始めることを思いついた。親たちはわが子を先に安全な場所に送り出したいと思っていたからだ。財政パートナーを迎え、必要な正式の認可を得て、ドイツの新聞に広告を掲載した。一九三三年秋、少数の子供たちで始まったパイザーのフィオレンツァ学園はまもなく軌道に乗り、生徒数は約三〇人になった。彼の学校には魅力的なセールスポイントがあった。場所である。広告には「フィレンツェの田園寄宿学校」とあった。「トスカーナの田園地帯に位置している」。ある卒業生がのちにこう述べている。「トスカーナにある寄宿学校を宣伝するのは難しいことではない」。ケンプナーは、今こそ息子のルシアンをナチス・ドイツから脱出させる時だと判断し、パイザーの学校に送り出した。そして今、パイザーは、ケンプナーもフィレンツェに来て、学校経営を手伝ってはどうかと提案した。

考えれば考えるほど、イタリアはナチス政権が消え去るのを待つのに最適な場所のように思えた。ヒトラーは、一九二二年にローマで権力を握ったファシストの指導者ベニート・ムッソリーニを大いに賞賛したものの、まだ、このイタリアの独裁者を味方に引き入れることはできていなかった。ムッソリーニは、とくにヒトラーのオーストリアに対する構想に疑いを抱いていた。一九三四年夏、ドイツの支援を受けたウィーンのナチ党員らがオーストリアのエンゲルベルト・ドルフース首相を暗殺し、政府の転覆を試みた。これに対してムッソリーニは、国境線に軍を集結させ、必要とあらばオーストリアの救援に駆けつけると約束して、ヒトラーを激怒させた。

ケンプナーはドイツ人が昔からイタリアで歓迎されていることを知っていた。ビザも必要なかった。決定的だったのは、のちにケンプナーが書いているように、イタリアには「ユダヤ人問題が存在しなかった」ことである。少なくともそのときは、まだ。

そこでケンプナーはリヒターフェルデの実家の邸宅と母の蔵書を売り払った。ケンプナーのグランドピアノはポツダム広場のハウス・ファーターラントに五〇〇マルクで売れた。パスポートの期限が切れていたが、その地区の警察署長はケンプナーに借りがあったので、すぐに新しいパスポートを用意してくれた。ケンプナーは移住を記念して、ルートに指輪をプレゼントした。

それからスーツケースに荷物を詰めはじめた。小さなスーツケースだった。逃げ出して二度と戻ってこないだろうと思われないためだ。

疑念を持たれるわけにはいかなかったのだ。

第10章　「私にとって時はまだ熟していない」

六頭の黒い馬に引かれた軍葬用馬車には、旗に覆われたパウル・フォン・ヒンデンブルクの棺が載せられ、プロイセンの平野を横切って進んでいく。葬列は永遠に続くように見えた。らっぱ手、旗手、歩兵、騎兵、砲兵、高級将官、親族、使用人。ヒンデンブルクの馬車の車輪が、葬列の前に投げられた花や松の小枝を踏み潰していく。暗闇の中、どこまでも続く松明《たいまつ》の火が揺らめいていた。

大統領の亡骸は、東プロイセンのタンネンベルク記念碑に向かっていた。一九一四年八月、ヒンデンブルクがロシアに対して軍事的大勝利を収めた場所である。ヒンデンブルクは、そこに眠る二〇人の無名戦士の横に埋葬されることになっていた。翌朝の一九三四年八月七日午前五時、葬列は巨大な記念碑に到着した。それは要塞であり、軍隊のストーンヘンジだった。空高くそびえる八つの胸壁が戦場を見おろし、石の壁が八角形の中庭を囲んでいる。この陰鬱な哀悼の日に、塔は黒く覆われ、頂上からは煙が出ていた。それによって塔は「生け贄を捧げるたくさんの祭壇に変わった」と、ある出席者は思った。七機の飛行機が翼端から黒い吹き流しをはためかせながら上空を旋回し、SSと突撃隊の部隊が規律正しく隊列を組んだ。

外国の高官や党の幹部たちが座席に座り、総統が小さな演壇に上がって棺を見おろし、陸軍元帥を来世に送り出した。

「今は亡き将軍よ！」ドイツの独裁者になりたてのヒトラーが命じた。「ヴァルハラ（戦死した英雄の霊が迎えられる殿堂）へ入れ！」

観衆の中にいたローゼンベルクは、ヒトラーの言葉を聞いて静かに喜んだ。長年、キリスト教を厳しく批判してきたローゼンベルクは、ナチ党の過激な反キリスト教勢力の名目上の指導者として、国際的な汚名をこうむっていた。葬儀では、従軍牧師が、ヒンデンブルクは「死ぬまで生ける神に忠実だった」と断言するのを、いらだちと嫌悪を感じながら聴いていた。ローゼンベルクはのちに日記の中で、従軍牧師は「聖書の引用でわれわれを悩ませた」と不満を述べている。その血統にふさわしいドイツ人たちが、なぜこんな魔法の戯言《たわごと》に騙されるのか、ローゼンベルクには理解できなかった。「教会がドイツ語の単語で中国語を話していることが、またしても明らかになった」と、その日の後刻、ローゼンベルクは日記に書いている。「国民はもう詩篇やら『預言者』やらのわけのわからない言葉を聞きたくないのだ」

だが、ローゼンベルクはいつもヒトラーが物事を正してくれるものと信頼していた。そして、総統がヒンデンブルクを、キリスト教徒の天国ではなく、北欧神話の神オーディンの神殿という来世に送り出したとき、ローゼンベルクは胸が熱くなった。ローゼンベルクは確信した。ヒトラーの言葉にじっと耳を傾けていた者なら誰もが、これはキリスト教への威嚇射撃だと思ったはずだ、と。

ローゼンベルクはそれが多くのうちの最初の例になることを祈った。ヒトラーとは教会の裏切りについて数多くの会話を交わしていた。ヒトラーを説得して、ドイツ国民を聖職者たちからもぎ離すという考えを公表させたかった。

あれだけ公然とユダヤ人を攻撃していたにもかかわらず、ローゼンベルクは、万年筆を手に取り、増えていく私的な日記に向かうときには、このナチスの中心的な強迫観念について深く論じることはめったになかった。それはまるで、ナチスによる政権奪取で、その戦いには勝利したも同然であり、ほとんど検討する価値もない話題だと考えていたかのようだ。ローゼンベルクは次の戦いを見据えていた。

ナチスは、何世紀にもわたってその地位を保ってきたキリスト教会制度と戦っていた。戦いはまだ始まったばかりで、これから長く続くだろうとローゼンベルクにはわかっていたが、それでも、生きているうちに勝利したいという熱意をもって、改宗運動を展開した。

「聖地はパレスチナではなく、ドイツなのかもしれない」と、ある演説で声高に語った。

前進の報告があるたびに、ローゼンベルクは喜んだ。オルデンブルクでは、「人口四〇〇〇人の教区で、年間三一回の日曜礼拝が、出席者がまったくいないため、中止に追いこまれるだろう」との報告を受けた。教会を破壊するためには、ナチスはドイツ人の核となる信念を弱め、父祖伝来の信仰を剝奪し、新しいものに置き換える必要がある、とローゼンベルクは信じていた。一九三四年、ハノーファーの群衆に向かって言った。「茶色のシャツを身につけたとき、われわれはカトリックでもプロテスタントでもなくなる。ただのドイツ人になるのだ」

ローゼンベルクは著書『二〇世紀の神話』でこの考えを明らかにしており、そこには近代キリスト教に対する容赦ない攻撃も含まれている。ローゼンベルクは、聖パウロをはじめとする古代ユダヤ人が、キリストの真の教えを損ない、キリスト教に浸透して支配し、服従と苦難、謙虚さと普遍的な愛という偽の教えを広めた、と主張した。それは、キリスト教信者を弱らせ、従順にさせて征服するための策略だった。ローゼンベルクの考えでは、神の前の平等という聖パウロの教え──「そこではもはや、ユダヤ人もギリシア人もなく、奴隷も自由な身分の者もなく、男も女もありません。あなたがたは皆、キリスト・イエスにおいて一つだからです」（新約聖書〔新共同訳〕ガラテヤの信徒への手紙　三章二八節）──は「虚無主義」を意味した。ローゼンベルクは、すべての人々が一つの宗教を信じるという考えを否定した。ドイツ人は、劣等人種と同じ席に座ることを要求する信仰には、従うことなどできないからだ。ローゼンベルクは、原罪という考えを否定した。なぜなら、北欧人は英雄だからだ。また、煉獄、処女懐胎、三日目の復活といったカトリックの中心的な考え方を嘲笑した。これらの教えはすべて法螺話であり、「魔法だ……どれもこれも迷信だ」というわけである。

『神話』の中で、ローゼンベルクは、教会が「組織的に改竄《かいざん》した歴史」に依存していたこと、ヴァチカンが教会の公式方針に異を唱える者すべてを異端者とみなして容赦なく迫害、追及、殺戮したこと、聖職者たちが剣と宗教裁判によって権威を守っていたことなど、古今を通じたキリスト教の罪をいくつも列挙している。教会の教えは、「じつのところは偽りであり、死んだものである」とローゼンベルクは書いている。

自由で、強力で、たくましいドイツ人には、力強い新たな信仰が必要だった。つまり、国家の名誉を賭けた、共通の雄々しい戦いの中で、ドイツ人を結束させる「血の宗教」が必要だった。ドイツ人は、何十年もの苦しみと屈辱ののちに、ドイツの栄光を復活させる超人種だ。ローゼンベルクは、新しいドイツの教会、すなわち国民的信仰を思い描いた。旧約聖書は廃止され、新約聖書のユダヤの教えと思われる部分は削除され、イエスの真正の教えを反映した「第五の福音書」が書かれる。「恐ろしい十字架像」はすべて取り壊される。なぜなら教会はキリストの苦しみではなく、英雄としての生涯に焦点を当てるからだ。ゲルマン民族のイエスは「強力な説教者にして、礼拝堂の怒れる男」であり、「すらっと背の高い、金髪の知的な人物」として描かれる。なぜなら、イエスは十中八九アーリア人であって、ユダヤ人ではないからだ。エホバ（旧約聖書の神）への賛美の言葉は、賛美歌から一掃される。信者は、「ポン引きや家畜商」の話が多い聖書に従うのではなく、ゲルマン神話を心のよりどころにする。「今日、新しい信仰が芽生えつつある——それは血の神話、すなわち、血を守ることは、あらゆる人の神性を守ることだ、という信念である」と、この新たな国民的信仰の預言者は宣言した。
「それは、最も優れた知識によって具現される信念であり、北欧の血が信仰の神秘《ミステリウム》を象徴し、そのミステリウムが古い秘跡《サクラメント》（洗礼、聖餐などの儀式）に取って代わるという信念だ」

日記の中でも、ローゼンベルクは、誰かカリスマ性を持った偉大な改革者が登場して、さまざまな宗派と、とんでもない偽善や不快な宗教芸術を一掃してくれることを切望している。「たいてい醜く歪んでいる後期ゴシック様式の彫刻」は、神聖な場所から出して、美術館に片づけるべきだ。「気持ちの悪いバロック様式の紋章」は取り外すべきだ。聖人の像は、偉大なゲルマンの英雄の胸像に取り替えるべきだ。そのとき初めてナチスはドイツ人の心を支配するのだ。「血と土」の福音、すなわち、アーリア人種とドイツ国家はすべてに勝利しなければならないという教えは、旧約聖書の中命記やレビ記の代わりに、説教壇から語られることになる。そして「ユダヤの『預言者の言葉』は、もうこれ以上、教会の中に響き渡ることはないだろう」

一九三四年の終わりに、ローゼンベルクはシュトゥットガルトの聴衆にこう言った。ナチスは、バイエルンの首都にあるナチス本部に、「中世のさまざまな聖なる神秘主義を奉じる教団」を作ろうとしている、と。「知ってのとおり、ミュンヘンのブラウン・ハウス（党本部）には六一の座席を備えた会議ホールがあって、まだ一度も使われていない」とローゼンベルクは言った。「われわれはただ、このホールにドイツの聖なる教団を創設せよという総統からの合図を待つだけだ」

一九三三年に正式に教会から脱退していたローゼンベルクは、総統を味方につけたと思った。それから何年ものあいだ、キリスト教徒とその二〇〇〇年にわたる裏切りに関する徹底的な哲学的議論に、くりかえしヒトラーを引きこむことになる。

かつてローゼンベルクはヒトラーに、エッタール修道院を訪れたときの衝撃について語った。一八歳のとき、ミュンヘン南部にあるこのベネディクト会の修道院の教会堂の中央ドームの下で、次のようなものを見た。「聖人の骸骨がガラスケースの中に横たわり、骨に金の指輪をはめ、頭蓋骨に金の冠をかぶっていた」。これはアフリカから出てきた何かだ、とローゼンベルクは興奮した口調で言った。これは「アシャンティ族の宗教」でやるようなことだ。ロシアでは、人々はただ教会に通うだけだ。「強制ではない東洋的な習慣で、美しい歌が歌われる」。しかし、ドイツでは、会衆は聖書の物語を本当に信じることを要求される。

「人生や世界の意味がなんであれ、われわれにはけっしてわからないだろう」と、そんな会話の一つの中で、ヒトラーはローゼンベルクに言った。「どれだけ多くの顕微鏡があっても、われわれになんの解決ももたらさなかった。ただ少しだけわれわれの見識を広げただけだ。しかし、神が存在するとすれば、われわれには与えられた技能を高める義務がある。人はこのことについて間違うことはできても、偽ったり、嘘をついたりすることはできない」

また別の機会に、ヒトラーはローゼンベルクに、キリスト以前の、ギリシャ、ローマの全盛期に戻れたら、どんなにいいだろう、と語ったことがある。アテネは絶対に爆撃しないと誓い、ローマを愛していた。「衰退期にあっても、壮大さは変わらず、若いチュートン人たちは、その光景にどれほど圧倒されたことだろう」とヒトラーは言った。「ゼウスの威厳のある頭部」と「苦悶するキリスト」の違いを見れば、文化の違いを理解することができる。「宗教裁判、魔女や異端者の火刑などと比べたら、古代世界はなんと自由で明るく見えたことだろう」

あるときヒトラーはローゼンベルクに言った。自分の見るところでは、古代人は幸運にも二つの害悪を知らなかった。梅毒とキリスト教である。

しかしヒトラーは、このようなことを公の場で語る危険を冒すことはできなかった。ローゼンベルクは日記に書いている。「彼は笑いながら、一度ならず次のように強調した。自分はつねに異教徒であり、ついにキリスト教の害毒が最期を迎える時が来た。だが、これらの成果は固く秘密にされている、と」。ヒトラーは首相として実際的問題を考慮しなければならなかった。『わが闘争』の中で書いているように、政治家は、たとえ教会を嫌悪していても、宗教が治安維持の鍵であることを認識しておかなければならない。「政治家にとって、宗教の価値とは、その欠点ではなく、より優れた代替物の長所によって推定されるべきものだ。そのような代替物が見あたらない場合、今あるものを破壊するのは愚か者か犯罪者だけである」。国民を味方につけておこうと思うなら、ドイツの四〇〇〇万人のプロテスタントと二〇〇〇万人のカトリック信者を公然と怒らせるわけにはいかない。

一九三三年までの数年間、ナチスはドイツのプロテスタントの伝統を守ることによって正体を隠し、信者から票を集めた。ヒトラーが権力を握った後、ドイツの民族主義者、ナチスの支持者たちが、帝国教会の下に、各地に多数存在するプロテスタント信徒団を統一した。ヒトラーの後ろ盾で、ルートヴィヒ・ミュラーというナチ党員が「帝国監督（主教や司教に相当）」となり、プロテスタント信仰を監督し、ナチスの福音を伝道する責任を負った。これは正式な国教会ではなかったが――少なくとも、まだ――、ドイツ社会のすみずみで起こっていた広範なナチ化と軌を一にするものだった。新たな教会を支配した民族主義者たちは、喜んでユダヤ人の脅威と戦い、人種的に「純粋な」形のキリスト教を促進した。牧師の中には、好んでSSの制服を着て礼拝をとりおこなう者もいた。

いっぽうカトリック信者は、ナチスとはより複雑な関係にあった。両者は、たしかにいくつかの点では、意見が一致していた。プロテスタントと同様、カトリック信者は、無神論的な共産主義の台頭に断固反対し、ヒトラーの反ボリシェヴィキ運動を歓迎した。ドイツの司教たちは、ワイマール共和国の文化的自由主義を非難した。最も重大なのは、何世紀にもわたって、反ユダヤ主義の圧力がカトリック思想全体に広まっていたことだ。神学者たちは、ユダヤ人の堕落はキリストの磔刑にまでさかのぼると考えていた。だが、カトリック信者にとって、これは信仰の問題であって、人種の問題ではなかった。ユダヤ人でも改宗すればイエスによって救われるのだ。むろん、ナチスにはこの違いがわかっていなかった。公式の名簿上、ユダヤ人キリスト教徒は、ユダヤ人として数えられていた。

カトリックのナチスに対する敵意は、主として政治の問題だった。司教たちは、ナチスが権力を握る以前は、自らの政治組織であるカトリック中央党を支持していた。それに、ローゼンベルクの主張のような不敬な発言を支持する政党を全面的に受け入れることはできなかった。聖職者たちは『二〇世紀の神話』を熟読し、ローゼンベルクの聖職者に対する穏やかならざる考えが国の政策になることを恐れた。ドイツを逃れたある神学者は、一九三七年にこう結論している。「ローゼンベルクの人生観は深刻な認知障害に陥っている。今の状況が続けば、彼の精神疾患は次第に多くの国民に感染していくだろう」。もしこれがヒトラーとナチスが本当に考えていることだとしたら、教会はおしまいだ、と聖職者たちは考えた。

『二〇世紀の神話』が出版された直後の一九三〇年の終わりに、ブレスラウの大司教、アドルフ・ベルトラム枢機卿は、中央党の機関紙「ゲルマニア」への寄稿の中で、ナチスと、優越人種アーリア人礼賛を非難した。「ここでわれわれが論じるのは、もはや政治的問題ではなく、宗教的妄想であり、これに対してわれわれは、総力を挙げて戦わなければならない」

一九三一年、バイエルンの司教たちは次のように定めた。カトリックの聖職者は信仰に敵意を持つナチ党には入党できない。また、ナチ党員に対する秘跡を拒否できる、と。他の教区の司教たちは、信者にナチ党への入党を禁じる通達を出した。

政権を握ったヒトラーは、ごくあたりまえのことをした。教会が聞きたいと望んでいることを言い、その後、自分が望むとおりのこと――たいていの場合、約束したこととは正反対のこと――をした。一九三三年二月一日の最初の国民向けラジオ演説で、ヒトラーはキリスト教について、「わが国の国民道徳の基盤である」とはっきりと宣言した。三月、ヒトラーが帝国議会に対して、「全権委任法」を可決し、自分に広範かつ新たな権限を与えるよう働きかけたとき、カトリックの政治家たちにはいくつかの譲歩を約束した。ヒトラーは票決当日の演説で、教会の「権利は侵害されない」と述べた。

これを受けて、ドイツの司教たちは、教会のナチ党員に対する制限を解除した。司教たち、および主なカトリック系労働者、青少年、友愛組織は信者に対して、新政権に従い、ヒトラーと力を合わせてドイツの名誉を復活させるよう強く説いた。

カトリック信者たちは、正式な協定を結んで、新しいドイツの体制内での地位を確保したいと熱望した。司教たちは、説教の自由が制限され、カトリック学校が閉鎖されるのではないかと心配した。カトリック中央党に所属する公務員が解雇され、多くのカトリック組織が威圧や脅迫を受けていた。司祭が逮捕され、カトリック教会の事務所が手入れを受けた。司教たちは、何よりもまず、制度が守れるかどうかが気がかりだった。新政権が共産主義者を容赦なく攻撃したことについてはまったく異議を唱えなかった。しかし、一つの人種を他のすべての人種より上だとするナチスの考え方は公然と批判した。カトリックはあらゆる人種を大聖堂に招き入れ、礼拝するように勧めていたのだ。さらには、キリスト教に改宗したユダヤ人への迫害に対しても声高に抗議した。だが、ドイツのユダヤ人コミュニティ全体に対するナチスの反ユダヤ主義運動の広範な影響については、はっきりと反対を表明することはなかった。

春から夏にかけて、ヒトラーの代理たちがヴァチカンと正式な協約を結んだ。一九三三年七月初めに締結されたこの協約の条件の下、ヴァチカンはドイツの政治に介入しないことに同意し、ナチスはカトリックの宗教的独立を保証した。しかし、この政教協約の規定は、さまざまな解釈が可能だったため、ヒトラーが外交的な約束に縛られることはなかった。

ナチスによる教会への嫌がらせは実質的にはいっこうに治まらなかった。内閣は、ヴァチカンと協約を結んだ同じ日に、病人や障害者の断種を命じる法案を承認した。カトリック側が声高に反対していた法案である。

カトリックの指導者たちは根本的な誤解に基づいて行動しているようだった。愛国心を示し、国政に介入しないことに同意すれば――他の国々ではそうしていた――、干渉されずにすむと思っていた。ナチスが自分たちに対する嫌がらせをやめさえすれば、政権に協力するつもりだった。彼らは、少なくとも最初のうちは、わかっていなかったのだ。ナチスの精神が求めているのは、党によるドイツ社会の全面的支配だということを。ナチスがカトリックを競争相手だとみなしていることにも気づいていなかった。歴史家のギュンター・レヴィーは書いている。「教会の一般社会への影響力を完全に排除しようとするのがナチス全体主義の本質だという基本的事実を、司教たちは理解できていなかった」。政権は、他のいかなる組織や制度とも、民衆の忠誠心を分かち合うつもりなどなかった。

一九三三年一二月、ミュンヘンの聖ミヒャエル教会には、降臨節のミサのためにたくさんの教区民が集まった。一六世紀ルネサンス様式の大聖堂に入るとき、人々は翼を持つ大天使、聖ミカエルの巨大なブロンズ像の下を通り過ぎた。信仰の守護者である聖ミカエルは、半人半獣の姿の、苦悩に満ちた表情のサタンの首に長い杖を突きつけている。人々は、白く輝く丸天井の下の会衆席に座り、壇上のミヒャエル・ファウルハーバー枢機卿がローゼンベルクの棄教を激しく非難する言葉に耳を傾けた。

ファウルハーバーは、ミュンヘンおよびフライジングの大司教として、ドイツ最大のカトリック・コミュニティを率いていた。一九二三年にヒトラーが起こしたクーデター未遂事件に反対し、この冬のナチスからの攻撃に対しては、すべての命は尊い――あてつけにユダヤ人も含めて――と主張した。しかし、ドイツの他の聖職者たちと同様、ヒトラーが首相に就任して以降は、より現実的な対応をとるようになった。一九三三年四月にナチスがユダヤ人商店に対して不買運動を展開したとき、ファウルハーバーはヴァチカンの国務長官だったエウジェニオ・パチェッリ枢機卿――のちの教皇ピウス一二世――にひそかに書簡を送り、カトリックが公式に反対を表明しても実際的には無意味だと伝えた。抗議したところで、ヒトラーを刺激してカトリックへの報復を促すだけだ。大司教は、国際的なユダヤ人支援者たちからの抗議で、ナチスが不買運動を速やかに中止したことに言及し、「ユダヤ人は自力でなんとかできる」と主張した。

ヴァチカンが協約に署名した後、ファウルハーバーはヒトラーに祝いを述べ、こう書いている。

「神が国民のために帝国首相をお守りくださいますように」

しかし、その日の朝、聖ミヒャエル教会の説教壇で、ファウルハーバーの頭にあったのは、もっと神聖な議論だった。旧約聖書はキリスト教をダメにしたユダヤの書だと公言するローゼンベルクのような人々を、ファウルハーバーは攻撃した。そして、イエスのユダヤ教信仰を否定する人々、「偽の誕生証明書でイエスを救おうとし、イエスはユダヤ人ではなくアーリア人だと主張する」人々を批判した。

「そんな声があがり、そんな動きが起こっているときに、司教として黙っているわけにはいかない」とファウルハーバーは言った。洞穴のような大聖堂の中で、熱心な聴衆は静かに耳を傾けていた。外では、拡声器からファウルハーバーの肉体を離れた声が、満員の教会に入れなかった群衆に向かって語りかけていた。「それ自体は宗教とは無関係の人種的な研究が、宗教に戦争をしかけ、キリスト教の基盤を攻撃するとき、そして、現代のユダヤ人への敵意が旧約聖書にまで及んでいるとき……司教として黙っているわけにはいかない」

大司教はわざわざ名前を挙げる必要はなかった。標的が誰なのか、聴衆の誰にも明らかだった。翌月、ヒトラーがローゼンベルクをイデオロギー上の代理人に任命したとき、教会はこの事態を大いに憂慮した。ローゼンベルクは著書『二〇世紀の神話』について、個人的な信念の概要を述べたものであり、ナチスの公式の信条ではないことを明確にしている、とヒトラーは主張したが、ドイツ国民のほとんどは、党の理論家がこのようなものを書いたということは、少なくとも総統の暗黙の了解があったはずだと考えていた。ヒトラーがこの扇動家を黙らせたり、書くことをやめさせたり、処罰したりすることは、一度もなかった。

ローゼンベルクの就任から二週間後、ヴァチカンは『二〇世紀の神話』を禁書目録に加えた。「この本はカトリック教会のすべての教義、それどころかキリスト教の原理そのものを侮辱し、完全に否定している」というのが聖庁による決定の公式説明である。ローゼンベルクは大喜びし、「この些細な抗議は、この作品のより広範な普及にそれなりに貢献するだろう」と書いている。「禁書目録入りで、私は最高の仲間を得たのだ」

ヴァチカンがこのことを発表した当日、ケルンの司教を務めるカール・ヨーゼフ・シュルテ枢機卿が首相官邸に派遣され、札付きの異端者で、教会の主たる敵であるローゼンベルクの昇進に対して、正式に異議を申し立てた。ヒトラーはシュルテの訴えをさえぎって、「私にはあの本は必要ない」と言った。「ローゼンベルクはそのことを知っている。私が直接そう言った。ヴォータン崇拝だのなんだのといった異教のことなど、私は知りたくないのだ」

シュルテは引きさがらなかった。「ローゼンベルクや彼の著書について、もうそんなことは言えなくなるでしょう、帝国首相閣下」

「なぜかね？」

「なぜなら数日前、あなたはローゼンベルク氏その人をナチ党のイデオロギー指導者に任命した、ということはつまり、ドイツ国民の大部分の指導者に任命したからです。今後は、あなたが好むと好まざるとにかかわらず、あなたとローゼンベルク氏は同一視されるでしょう」

「そのとおりだ」とヒトラーは答えた。「私は自分をローゼンベルクと同一視しているが、『神話』の作者と同一視しているわけではない」。ローゼンベルクの書いたものがヴァチカンを怒らせるからといって、あまり大声で抗議すべきではない、とヒトラーは警告した。そんなことをすれば、ますます多くのドイツ国民がその本を読むか、少なくとも読もうとするだけだろう。けっきょくのところ、『神話』がこんなに広く知れわたってしまったのは、司教たちが声高に批判したからだ、とヒトラーはシュルテに言った。

教会は、活字や説教を通じてローゼンベルクを攻撃する以外に選択の余地はないと判断した。聖職者はヒトラーを非難することができなかった。協約によって禁じられていたからだ。（注目すべきことに、『わが闘争』はけっしてヴァチカンの禁書目録には加えられなかった）。しかし、ローゼンベルクの主張が公式の信条に含まれていないかどうか、追跡することはできた。彼らは微妙な区別をしていた。指導者たちの異端の主張を容認することなく、政権には忠誠を示したのである。

「ドイツにまたしても異教徒があらわれた」とミュンスターの司教、クレメンス・フォン・ガーレンは単調な調子で言い、ローゼンベルクがアーリア人を他のすべての人種よりも上に位置づけていることを批判した。「いわゆる不変の人種的精神などというものは、じっさいには存在しない」。司祭たちは、ローゼンベルクが「不完全な人間の繁殖」を終わらせる優生学を支持していること、アーリア人種の「品種改良」を促進するための一夫多妻制を支持していることに抗議した。ローゼンベルクは『神話』の中で、すべてのドイツ人女性は愛国的義務を果たし、子供を産まなければならない、と主張している。単純な計算が極端な措置を正当化した。女性は男性より人数が多かったのである。さらにローゼンベルクはこう尋ねた。「これら何百万人もの女性は、哀れみの笑みを浮かべた人々から、生命の権利を奪われた老婦人と思われたほうがいいのだろうか?」

カトリックの学者たちは、『神話』の事実誤認、史実の誤り、神学上の虚偽記述を概説するパンフレットを作成した。それらはかなりの数にのぼり、一四四ページになった。パンフレットは五つの都市で同時に発行された。ゲシュタポにすべてを押収されないようにするためだ。また、フォン・ガーレンが自分の名前で発表した。記事を書いた匿名の批評家たちを保護するためだ。用心が必要だった。ナチスが監視しており、教会の動きについてローゼンベルクに情報を伝えていたのだ。

ファウルハーバーも攻撃を続けていた。一九三五年二月、説教の中であらためてローゼンベルクを批判したとき、ローゼンベルクはファウルハーバーの逮捕を望んだ。

「まだ総統に手を触れる勇気がないから、最も危険な同僚を批判しようとしている」とローゼンベルクは書いている。「その男に対する返報はかならず実現するだろう。新しい法によれば、私は彼を告発し、投獄することができる」。特別法廷は、最近制定された「国家および党に対する悪質な攻撃を禁止する法律」の下で、ドイツ人を起訴していた。しかし、ローゼンベルクでさえ、ファウルハーバーのような名声ある人物を逮捕すれば、激しい批判が巻き起こることはわかっていた。

いずれにせよ、「邪悪な枢機卿」——ローゼンベルクはそう呼んでいた——は、代償を支払わなければならない。

それは、しばらくのち、アルバン・シャハライターが「ほとんど死の床で」ローゼンベルクに語ったことだった。ナチスの支持者で、ローマカトリックの大修道院長だったシャハライターは、一九三三年初頭、フェルキッシャー・ベオバハター紙に寄稿し、カトリックはヒトラーに付き従うべきだと力説した。この記事が発表された後、各地の司教たちは信者のナチス入党禁止を解除した。これに対してファウルハーバーはシャハライターを激しく非難し、大司教管区でミサをおこなうことを禁じた。第三帝国初期、ナチスと教会を和解させようとした大修道院長は、ヒトラーにローゼンベルクの『神話』を公式に否定するよう訴えた。それでもシャハライターは、この本の著者と友好的な関係を維持し、ファウルハーバー枢機卿に対する恨みをけっして忘れなかった。その日、ローゼンベルクと話すとき、しわがれた声は「憎しみに燃え」ていた。死にゆく大修道院長は、「現世での正義はもはや枢機卿には及ぶまい。だが、天の正義が彼に代償を支払わせることを願っている」と語った。

ヒトラーの言うことにも一理あった。ローマカトリックからの宣戦布告は、ローゼンベルクの著書の認知度を高めただけだった。続々と届く読者からの便りを読んだローゼンベルクは、自分が、司祭や聖書によって催眠術にかけられていた何百万人ものドイツ人を覚醒させたのだと考えるようになった。「私の『神話』の印刷部数は二五万部に達し、一〇〇年に一度の大当たりになっている」と、一九三四年のクリスマスの翌日の日記に書いている。ローゼンベルクは教会への攻撃を楽しんでおり、ヴァチカンを死ぬまで戦いに巻きこんでやると誓った。「ローマの反撃はかならず返報を受けるだろう。彼らはすべてが危機に瀕していることに気づいている……ローマカトリックの基礎をなすのは恐怖と卑下だが、国家社会主義の基礎は勇気と誇りだ……大変動が始まった」

カトリックがローゼンベルクと戦っているいっぽうで、ナチスが任命したプロテスタント帝国監督ルートヴィヒ・ミュラーは、自分の進める教会統一運動が分裂、崩壊するのを目の当たりにした。信徒団の中のナチス支持者は、忠実でない牧師を解任し、キリスト教に改宗した者も含めてすべてのユダヤ人従業員を解雇せよと訴えた。ローゼンベルクの論法に従って、旧約聖書を捨て、十字架像を取り壊すよう教会に迫る者もいた。他のプロテスタント信者は、これはやりすぎだと感じ、反対派の人々は独立を宣言しはじめた。対抗する「告白教会」が結成され、ミュラーによる指導を拒否した。

一九三五年、ヒトラーは教会担当省を設置し、ハンス・ケルルに聖職者たちの反乱を鎮圧するよう命じた。その後の数年間、新しい教会担当長官はあらゆることを試みた。プロテスタントの重要な出版社が差し押さえられた。ミュンヘンのある教会が弾圧された。反対派の牧師たちは沈黙させられ、七〇〇〇人が投獄された。

その中の一人にベルリンのマルティン・ニーメラーがいた。当初はナチスを支持しており、一九三三年にはヒトラーに投票していた。無罪を言い渡され、釈放された——宗教上の抗議を申し入れただけだと主張した——が、総統が個人的に、すぐにふたたび逮捕するよう命じた。ニーメラーは、ベルリン郊外のザクセンハウゼン強制収容所に投獄され、独房に入れられた。よく知られているように、ニーメラーは戦後の演説の中で、ナチスが共産主義者、社会主義者、ユダヤ人を逮捕したとき、自分が何もしなかったこと、そして、ゲシュタポが自分を連行しにきたとき、誰一人自分のために立ち上がろうとしなかったことについて、後悔と無念の思いとともに語った。

ローゼンベルクは当初から、ケルル率いる新しい教会省に不信の目を向けていた。ケルルは素人も同然だ、とローゼンベルクは思った。ケルルの哲学的見解は「きわめて原始的だ……個人的にやる分には自分の好きなようにやればよいが、公式には、このような見解を運動の信条にする権利はない」。計画全体が間違っているように見える、とローゼンベルクは思った。教会と協力するのではなく、教会を粉砕する準備を進めるべきだ。

ローゼンベルクは日記の中で次のように述べている。「この点、健全な党全体は私に従っており、教会省をあるがままにとらえている——必要悪だが、その必要性への確信は一貫して弱まりつつある、と」。同時に、ローゼンベルクは、帝国教会を宣伝しようとしてケルルが巻き起こすいかなる論争も歓迎した。「起こることはすべて、最終的には、私が真っ先に用意してあったところに片づくだろう」とローゼンベルクは書いている。

さらにこうつけ加えている。「当然ながら、ケルルは私を嫌っている」

ケルルは、教会にナチスと手を結ばせるためなら、なんでもしようと考えていた。しかし、どこへ行ってもナチ党員の扇動家たちが不安をあおっていた。

そんな扇動家の一人がローゼンベルクの盟友で、カトリック信仰が盛んなオルデンブルクの知事を務めるカール・レーヴァーだった。一九三六年一一月四日、レーヴァーは、学校を含む公共の建物に、十字架像もマルティン・ルターの肖像画も掲げてはならないと命じた。その代わりに、総統の肖像を目立つところに飾ることを義務づけた。「このニュースは国中に野火のように広まった」と、地方のカトリック指導者が教区民当ての手紙の中で書いている。「われわれにとって、十字架に対する攻撃はすべて、必然的にキリスト教に対する攻撃だ」

カトリック信者たちはかつてないほどの抗議運動を展開し、数百人が街頭デモにくりだした。ある司祭は、この命令を阻止するために必要なら、最後まで戦って死ぬ覚悟だと誓った。教区民が一斉に離党し、複数の市長が辞任を表明した。各教区は絶え間なく抗議の鐘を鳴らした。ある日、命令に反対する人々が嘆願書を提出するため車で殺到し、小さな中央広場は大渋滞になった。ミュンスターの司教フォン・ガーレンは、その月の司教教書に、この命令を耳にしたとき、「冷たい戦慄」が心臓を貫いた、と書いている。「ここで……ローゼンベルクの道を進む最初の致命的な一歩が踏み出されたのだろうか?」

この異例の民衆蜂起に直面して、ナチスは予想外の行動に出た。命令を撤回したのだ。七〇〇〇人の群衆を前に、レーヴァーは言った。「賢明なる政府」は過ちを認める。「十字架像は今後も学校に掲げられることとする」と。

フォン・ガーレンは、カトリック信仰の自由に対するこの犯罪と戦った信者たちを賞賛した。「ほとんどすべての教区の代表者たち、戦時と平時の両方において多くの試練に耐えた勇気あるドイツの男たちが、オルデンブルクまで足を運び、人を恐れる気持ちを振り払い、自分のため、そして十字架にかけられたキリストへの忠誠のために声をあげた。キリスト教徒の男らしい勇気を神に感謝する」

ベルリンにいるときはいつも、ヒトラーはヴィルヘルム通りの総統官邸で定例の昼食会を主催した。昼食会は、総統の奇妙なスケジュールに合わせて、遅い時間に始まり、とても長く続いた。総統は遅くに起きて、寝室で新聞や報告書を読み、それから正午頃にやっとサンルームでの状況報告会に出席する。サンルームからは総統官邸裏の中庭庭園を一望できる。その後、ダイニングルームに向かい、大きな丸いテーブルの席に着く。その席から、カウルバッハ作の「太陽の女神の登場」と題する絵が見える。

二〇~三〇人の招待客を前にして――ローゼンベルク、ゲッベルス、ゲーリングが常連だった――ヒトラーは長い独白を語り、あるいは、その日に出た問題に関する人々の議論に耳を傾けたり、判断を下したりした。ゲッベルスは、ナチス批判者にまつわるジョークや風刺で人々を楽しませた。あるとき、ヒトラーが食事に関する問題を持ち出した。自分のような菜食主義者と、ヒトラー言うところの「死体を食べる者」とを比べてみようというわけだ。「菜食主義者には生命の不屈の力があるとヒトラーは確信している」とローゼンベルクは日記に書いている。「ライオンのように肉を食べる者は、瞬間的に大きな力を発揮できるが、持続力がない。いっぽう、象、牛、ラクダ、バッファローはその反対の例であることを自ら証明している。植物がわれわれにとってふさわしいものであることは、病人の世話の仕方を見てもわかる。子供や病人は現在、肉ではなく果物や野菜のジュースを与えられている」。ヒトラーは招待客に、科学者たちが「ビタミンの科学」を理解すれば、人間は二五〇歳まで生きられるだろうと断言した。

このような昼食会は、本当にやるべき仕事を抱えている人々には耐えがたいものだった。

十字架をめぐる闘争の二カ月後の一九三七年一月、ローゼンベルクが総統のテーブルに同席しているとき、ケルルが闘争の影響についてこぼしはじめた。現場のナチス指導者が不安をあおっているときに、どうやって教会と和解しろというのか？

ヒトラーは手を振り、平然として答えた。ならば、いくつか「戦術的な間違い」があるのだ。戦いの場ではごくあたりまえのことだ。そのうち論争は収まる。いずれにせよ、司祭たちの苦情など、重大な問題ではない。

「教会に対する国家の絶対的な優位を確立するための大規模な戦いは続くだろう」とローゼンベルクはのちに日記に書き、ヒトラーの主張を詳述した。「われわれは偉大な皇帝たちと同じように、教皇との戦いを続けなければならない。そして終わらせるのだ。もしも教会が抵抗するなら、戦術を……考えればいいだけだ。血管を一本一本切断していくか、あるいは公然と戦争に突入するか。どのみち、教会は世界中で力を失いつつある」。「われわれは教会のおかげで政権を握ったのか、それとも教会なしで政権を握ったのか？」ヒトラーは尋ねた。「どう思う、ケルル。現在、われわれの支持者は以前よりも増えているのではないか？」

「以前よりも増えています」

「ならば」とヒトラーは答えた。「錯乱するな、ケルル」

ケルルは総統の説教を受けて、「すっかり意気消沈した」とローゼンベルクは書いている。ケルルの仕事は聖職者たちの協力を得ることではなく、ナチ党の「教会の支配者」としての地位を確立することだったのだ。ローゼンベルクの見方によれば、教会はもはや宗教にも関心を失っていた。政治権力を欲しているだけだった。

彼らを阻止しなければならない。愚かなケルルはそれがわかっていない。完遂するよう命じられた任務についてまったく理解していない。「このことが示しているのは、イデオロギー的にあまりにも無能な人間が出しゃばって、とうていこなせない仕事をやろうとすると、重大な結果をもたらす、ということである」とローゼンベルクは日記に書いている。

ローゼンベルクは自分の使命になんの疑いも抱いていなかった。あらゆる機会を通じて、教会を声高に批判した。

「長期にわたる闘争によって、われわれはこの内なる珠玉の知恵を手に入れた」とローゼンベルクはある代表的な演説で言った。「もしも天国があるなら……名誉ある戦いをくりひろげ、民族とその最高の価値のために犠牲を払った者は、口で祈りを唱えながら国民と国家を裏切る者に比べれば、間違いなく天国にたどりつけるだろう」

ドイツ国内で政治的、文化的な闘争が激化する中、ナチスは軍を再建し、戦いを国境の外にまで拡大する準備を進めた。

第一次世界大戦の終結時、ザール地方はドイツの西側面から切り離され、フランスに引き渡された。ただし、一五年後、その地域をドイツと再統合すべきかどうかについて、住民投票にかけることができる、という条件が付いていた。一九三五年一月、大部分がドイツ語を話す住民による投票の結果、圧倒的多数で祖国との再統合が決まった。ヒトラーは、一九三五年三月一日の「再統一の日」に、こう言った。「けっきょく、血はどんな紙切れの文書よりも強いのだ」

二週間後、ヒトラーは世界に向けて、ドイツが空軍すなわちゲーリング率いる「ルフトヴァッフェ」を再建中であること、軍への五〇万人の徴兵を開始したことを発表した。これらはヴェルサイユ条約の条項に違反しており、ヨーロッパの近隣諸国は対応を迫られることになった。

一九三六年の初め、ヒトラーはドイツの国境をさらに西へ押し広げることを決断し、軍隊をラインラントに進駐させた。ラインラントはライン川、ルール川、モーゼル川に切り取られた丘陵地帯で、オランダからスイスにまで広がり、その中にはデュッセルドルフ、ケルン、ボン、マンハイムなどの都市があった。第一次大戦後もドイツの一部ではあったが、非武装地帯になっていた。ヒトラー配下の将軍たちは、もしフランス側が侵入を阻止しようとした場合、わが軍には戦闘の準備ができていないと注意を促した。ヒトラーがこの行動を発表したときには、すでに三〇〇〇人のドイツ軍部隊がひそかに所定の位置についており、フランス側は排除を試みることができなかった。フランス側は、占領軍のほうがはるかに大規模だと思い、すでにドイツ領である地域をめぐって戦争の危険を冒すことを望まなかった。冒険は成功した。

ヒトラーはただちに、新たな議会選挙と国民投票によって、ラインラント再占領の賛否を問うことを求めた。三月二九日にナチスが実施した選挙の投票率は九八・九パーセントに達した。

その夜、ローゼンベルクは総統官邸内の総統の居室の階段にいるヒトラーを見つけた。「やあ、ローゼンベルク」とヒトラーから声をかけてきた。「今回のことについて、何か言いたいことはあるか？私が選んだ選挙スローガンは最高だっただろう？　司教たちも、ライン川沿いの雰囲気に配慮して鐘を鳴らさなければならなかった！」声をあげて笑うと、ひと言つけくわえた。その場にいた他の人々はそれをローゼンベルクへの嫌みと受けとった。『神話』について投票を実施していたら、これと同じ結果にはならなかっただろう」

「ええ」とローゼンベルクは答えた。「今から一〇〇年後でなければ無理でしょう」

ローゼンベルクは、自分があまりにも危険で、あまりにも物議を醸し、あまりにも頑固なために、ナチス革命全体を破綻させないように管理下に置かれなければならない人間であることを、誇りに思っていた。しかしそれでも、思いつきだけの男とみなされるのはつらい、とヒトラーに言ったことがある。ローゼンベルクはそのときのことを日記に詳述している。ヒトラーはローゼンベルクに答えて、自分は会う人ごとにローゼンベルクは党の中で最も深く物事を考えている男であり、「国家社会主義の教父」だと言っている、と請け合ったという。

このやりとりをふりかえりながら、ローゼンベルクは現実を直視した。彼は書いている。「私にはよくわかっている。私にとって時はまだ熟していないことを」

第11章　トスカーナでの亡命生活

　ケンプナーは、ナチス・ドイツから逃れるとき、簡単な安全策を講じた。妻とは別々に移動したのだ。「万一、一人が捕まっても、もう一人は脱出しなければならない」とケンプナーは決意した。逮捕され尋問を受けてから一年が経過していたが、まだ不安は消えなかった。スーツケースに荷物を詰め、列車でテンペルホーフ空港まで行き、航空券販売所で、次のイタリア行きの便が何時に出るか尋ねた。搭乗ゲートを教えられたとき、自分の乗る便が、運悪く、フリッツ・ヘスがチャーターした自家用機であることがわかった。フリッツ・ヘスといえば、ヒトラーの腹心で副総統のルドルフ・ヘスの父親だ。飛行機はカイロに向かい、途中、ヴェネツィアに立ち寄ることになっていた。飛行機に乗りこみ、着席したとき、誰もケンプナーだとは気づかなかった。

　飛行機が滑走路から離陸し、ベルリンが遠ざかるのを窓から眺めながら、これが最後の旅立ちのように思えた。もう二度と生まれ故郷に戻ることはないだろうという思いが心をよぎった。ヴェネツィアに到着すると、フィレンツェまでの鉄道切符を買い、翌日フィレンツェの駅で、妻と義母に再会した。

　何年にもわたる不安な年月を過ごした後で、旅はまったく平穏無事に終わった。

　ケンプナー一家は、ファシズム国家イタリアに少しずつだが絶えず流入していたユダヤ人の一部だった。オーストリアでナチスがクーデター未遂事件を引き起こし、イタリア人を警戒させてから二年が過ぎ、ヒトラーとムッソリーニのあいだの緊張は和らぎはじめていた。イタリアがアフリカに新たな植民地を獲得しようとアビシニア――現在のエチオピア――に侵攻した後、国際連盟が経済制裁を示唆したとき、ドイツが中立を守ってくれたことで、ムッソリーニは大いに安心した。

それでも依然としてこの国はナチス・ドイツの恐怖からの避難所と考えられていた。イタリア外務省は、「反ファシスト政党で活動する人間を含まないかぎりにおいて」、ユダヤ人の移住を許可した。国籍のない移民でもビザは必要なく、就労制限もほとんどなかった。さらに重要なことに、一九三四年にドイツとイタリアが貿易協定を結んで以降、難民たちはかなりの量の外貨をイタリアに持ちこんで投資することができた。少なくとも当面のあいだは。そのため、芸術家、作家、政治家、医師、学者たちが、好都合な条件と安価な生活費に惹かれて南へ逃れた。

ケンプナーはヴェルナー・パイザーの申し出を受け、フィレンツェ郊外の丘陵地帯にある寄宿学校の運営業務を担当していた。パイザーが経営するフィオレンツァ学園は、ナチスによって公立学校から追放されたユダヤ人子弟の避難所となっており、生徒の大半はティーンエイジャーだった。一九三三年、ドイツは過密状態を理由に、中等学校および大学における非アーリア人の割合を一・五パーセントまでと制限した。まだ在籍していたユダヤ人の子供たちは、敵意を抱く教師や生徒たちにいじめられた。一部の授業では、「ユダヤ人席」に隔離され、ユダヤ人は生まれつき不誠実で、人種的に劣っていると教えられた。教室の外では、ヒトラー・ユーゲントに入隊したばかりの連中にいじめられた。ある生徒は、通っていたミュンヘンのイエズス会の学校の壁に、シュトライヒャーが発行する悪名高い反ユダヤ主義タブロイド紙「デア・シュテルマー」が掲示されているのを見た憶えがあった。「おまえはユダヤ人のにおいがする」とクラスメートから言われた。フィレンツェに逃れてきた別の生徒は書いている。ナチスが「ぼくらを追い払いたいと思っているのは確かだった。そのことを校長先生からやんわりと言われることもあれば、地元の警察署長からもっと高圧的に言われることもあった」

パイザーの学校に子供を入れた親の中には、すでにドイツから脱出していて、子供たちに引きつづき学校教育を受けさせる場所を探していた人々もいる。しかし、ほとんどの親は、急いで子供を脱出させ、その間に、自分たちの移住の準備をした。このような子供たちは、ケンプナーが言うところの「先発隊」として、先に送り出された。

ときどき、ゲッベルスが口を開くたびに入学申込者が急増するように思われることがあった。ケンプナーは、ナチスが学校の広告の新聞掲載を許可さえしていることに驚いた。「われわれが出した広告は、おおよそこんな内容だった。わが校にお子さんを預けなければ……殺されてしまうでしょう」

フィレンツェから学校までのドライブでは、曲がりくねった石畳の細い道を通り抜ける。すると突然、オリーブ畑やブドウ畑の美しい光景が開ける。「トスカーナの風景は、美しい女性に似て、つねに変化する」とここに来た生徒の一人は書いている。

学校は、アルチェトリの町にあるいくつかの大邸宅を使用していた。その一つが「イル・ジョイエッロ」つまり「宝石」という名の邸宅で、天文学者のガリレオが異端審問で追及されたのち、自宅軟禁下で晩年を過ごした場所である。学園の本部は町のいちばん高い場所にある大邸宅に置かれていた。到着した生徒たちには宮殿のように見えた。鍛鉄製の正門に、イトスギの並木のある私道、一二世紀に建てられた塔などがあった。その中では、生徒たちが赤いタイル張りの床と高い天井の部屋で食事や勉強をした。ダイニングルームのフレンチドアを開けると、段々になった庭に出られる。庭にはレモンの木や花壇、テニスコートがある。なだらかに起伏する丘陵の先に目をやれば、遠くにアペニン山脈の頂が見える。この建物は「ヴィラ・パッツィ」と呼ばれていた。フィレンツェの名家にちなんだ名前だが、寄宿生たちは「狂気の家」とも訳せるなどと冗談を言った（イタリア語のパッツィーア〔pazzia〕は錯乱、狂気を意味する）。

じっさい、彼らの仮の住処は、孤立した静かな場所にある田舎の屋敷で、周囲を囲む分厚く古い塀は藤のつるに覆われていた。ある生徒は、バルコニーに座って田園を見おろした日のことを次のようにふりかえる。「少し霧が出て、空にはいくつか雲が浮かんでいたが、その切れ間からときどき太陽が顔をのぞかせた。とても静かで平和だった――遠くのほうで雄鶏が鳴き、鳥たちがさえずっていた。空気は暖かくて心地よく、教会の鐘が鳴りはじめた」。フィオレンツァ学園は、狂った世界から逃れるための隠れ家のような場所だったのだ。

子供たちは標準的な古典のカリキュラムを学んだ。プラトンを暗唱し、『コンメンターリ・デ・ベッロ・ギャリコ』つまりユリウス・カエサルの『ガリア戦記』を読んだ。芝居、独唱や独奏、詩の朗読などを上演した。フィレンツェまで日帰り旅行に出かけ、サンタ・マリア・デル・フィオーレ大聖堂の独創的な建築の巨大ドームを見上げ、ミケランジェロのダヴィデ像の前に立ち、有名なウフィツィ美術館でメディチ家所蔵の傑作を見学した。学校の規模は小さかったので、教師は子供たちの一人一人に目が届いた。そのため結束の固いコミュニティができた。

パイザーはすばらしい教師陣を集めていたが、プロの教師はほとんどいなかった。その中には著名な言語学者、ジャーナリスト、女優、そしてのちにルネサンス哲学の権威となる人もいた。彼らはほとんど無給で、稼ぎがあってもせいぜい家賃と食費くらいのものだった。居住する部屋はとても狭かった。「並はずれた景観の美しさが、われわれの生活の主要部分を占めていた」と、ある教師はふりかえる。授業料は安くはなく、上層中流階級から富裕層の家庭の子供たち、あるいは、ある教師が嘆いているように、「ブルジョア階級の甘やかされたガキども」が集まっていた。

ケンプナーが来たことで、学校に変化が起こった。ケンプナーはもっと多くの生徒を集めようと努力し、ほどなく、生徒数は一〇〇人近くに達した。ほとんどがユダヤ人で、ドイツのほか、オーストリア、ハンガリー、ルーマニア、ポーランド出身の生徒たちだった。ヨーロッパで危機が拡大する中、カリキュラムはもはや人文科学や大学受験の勉強だけに焦点を当てていなかった。今や生徒たちは、亡命先で職に困らないように、毎日、より実践的な授業を受けていた。外国語――イタリア語、ヘブライ語、ポーランド語、そして何より英語――を学び、木工職人、金物細工師、製本師、速記者、薬局助手、医療技術者になるのに必要な技能を学んだ。一九三六年、この不愉快で挑戦的な弁護士が快適な学園共同体に加わることを、誰もが歓迎したわけではない。教師の中には、外国への永久移住を目標とするケンプナーが、自分たちの「人道主義的な教養の小さな砦」を「臨時宿泊施設」に変えようとしていることに不満を持つ者もいた。

「彼はまるで探偵のように人間関係を形成した」と、ケンプナーと衝突した教師、エルンスト・モーリッツ・マナッセは書いている。

ケンプナーは、人から機密情報を探り出す方法、という興味深い話をして教師たちを楽しませた。しかし、詳しいことは書いていないが、マナッセは、ケンプナーが語る「道徳的に問題のある方法」には、眉をひそめるしかなかった、と述べている。

時が経つにつれて、別のある教師は、ケンプナーがそれと同じ戦術を用いてフィオレンツァ学園の教職員に影響を及ぼそうとしていることに気づいた。ヴォルフガング・ヴァゾウは回顧録に次のように書いている。ケンプナーは、自分が人生で出会った中で「徹底的に忌み嫌った」数少ない人物の一人だった。イタリア語をほとんどまったく覚えようとせず、自分のオフィスから怒って誰かを追い出そうとするときも、「ヴァーダ（行け）」と言うべきところを間違って「ヴェンガ（来い）」と言ったりした。「無礼なほどのそっけなく無神経な態度と、必要に迫られたときの明らかに偽りの気遣い、というのが彼の特徴だった」とヴァゾウは書いている。「さらに私は確信している、彼は……ペテン師だった。法廷でこの主張を証明することはできないだろうが、それを示す無数の兆候があり、同僚の教師たちの大部分も私に強く同意していた」

ある日、ヴァゾウは、ケンプナーが、蒸気をあてて封筒を開け、教職員が出す手紙を盗み読みして、スパイ行為を働いていると非難し、その場で解雇された。

しかしティーンエイジャーたちはイタリアでの生活が気に入っていた。「ぼくらは気ままに楽しく暮らし、自分のことだけを考えていればよかった」と、ある生徒はふりかえる。噂話に花を咲かせ、いたずらをし、シオニズムについて議論し、畑からサクランボを盗んだ。窓を開けて寝ていたら、コウモリが飛びこんできて、びっくりして悲鳴をあげた。口ひげの代わりに鼻の下に櫛をあて、総統の大音声の演説の物まねをした。そして、恋に落ちた。

毎年夏の三カ月間は、イタリアン・リヴィエラ（地中海沿岸）のボルディゲーラにあるホテル・コンチネンターレに学校全体が移動した。トスカーナの暑さから逃れて、ある種の体験休暇を過ごすためである。当時、観光客は暑い夏場はリゾート地に寄りつかなかったので、ホテルのオーナーは喜んで寄宿学校にホテルを貸した。南国の青空と椰子の木に囲まれ、ハイキングに出かけたり、泳いだり、余興を上演したりした。モンテカルロまで日帰り旅行に出かける者もいた。「なんとすばらしく美しい場所だろう」とケンプナーは書いている。「毎日カーニバルとケーキとスポーツ三昧だ」

ホテルのバルコニーから地中海を眺めると、西のアメリカに向かう遠洋定期客船が見え、亡命者たちは、それに乗ることを夢見ることができた。

彼らは自分たちがナチス・ドイツの暗い現実から遠く遠く離れていると感じていた。「われわれは脱出できてほっとしていた」とマナッセは書いている。「フィレンツェやその周辺の美しさ、イタリア人の隣人たちが示してくれる友情、運命によって巡り会った生徒と教師のあいだの仲間意識などに魅せられるままになった」

そのすべてが変わろうとしていた。一九三八年春、彼らが置かれている状況の危うさは無視できなくなっていた。

ケンプナーの弟、ヴァルターは一九三四年にアメリカに渡り、ノースカロライナ州にあるデューク大学医学部の研究員の職に就いていた。ヒトラーを憎んでいたヴァルターは、自分と総統のあいだを海で隔てるために必要なことをしたわけだ。一九三八年、ロベルト・ケンプナーは、弟と同じことをしなかったために、自分の人生を変える過ちを犯したのかと自問することになる。


一九三五年九月一五日、党の年次大会で、ヒトラーは、ユダヤ人に対する広範囲に及ぶ新たな規制を発表した。ただちに国会で承認された第一のニュルンベルク法は、正式にユダヤ人を二等国民とし、ドイツ国旗を掲揚することを禁じた。いずれにせよこれ以後、国旗は鉤十字になる。第二の規制は、「ドイツ民族の存続にはドイツ人の純血が不可欠である」という原則に基づくもので、異人種間の結婚を禁じ、ユダヤ人とアーリア人の性交を非合法化し、ユダヤ人が四五歳以下のアーリア人女性を使用人として雇うことを違法とした。

観光客や外国人ビジネスマンは、このようなユダヤ人に対する不当な扱いにかならずしも注目しなかった、あるいは、ユダヤ人がドイツ社会のほとんどあらゆる分野から排除されていることに、ひどく不安を感じることはなかった。多くの人々は、そんなことより、ヒトラー支配下のドイツの急速な復活に大いに感銘を受けて帰っていったのである。

ナチスは慈悲深い顔をすることもできた。その格好の例が一九三六年のオリンピックのときである。このときゲッベルスは国民に「パリジャンよりも魅力的にふるまえ」と言った。商店やレストランの

「ユダヤ人お断り！」の掲示は外された。新聞はユダヤ人批判をひと休みした。暴徒の群れはどこにも見あたらなかった。そのときは、寛容さが世間の風潮になっていた。

外国から訪れた人々は、「政権の力と、若者の熱意と、ゲッベルスのプロパガンダによって、当然のことながら、感銘を受けた」とヴィリー・ブラントは書いている。「圧倒されないほうが難しかった。なぜなら、どこを見ても、ナチス政権の成功が、若い人々の笑顔、新しい記念碑的建造物、経済の発展として確認できたからだ。ベルリンは、一つの見世物のために、世界が息を呑むほどの壮大な光景を現出させた」

しかし、それはただの見世物であり、光景にすぎなかった。オリンピックが終わり、観衆が去ると、ふたたび迫害が始まった。「オリンピックの歓喜に異を唱える声は一つもあがらなかった」とブラントは続ける。「なぜなら、強制収容所からの叫びも、拷問の犠牲者たちの死の直前の呻《うめ》き声も、スタジアムには届かなかったからだ」

閉幕式の二日後、オリンピック村の建設を監督したドイツ軍将校ヴォルフガング・フュルストナーが軍用ピストルで自分を撃った。ユダヤ人の家系であることを当局に知られたために、降格され、除隊を言い渡されていた。ローゼンベルクはほとんど同情を示さなかった。それどころか、残念ながら混じってしまった血をフュルストナーが適切に処理したことを賞賛した。「彼のおこないに心からの敬意を表する」とローゼンベルクは日記に書いている。

その後の二年のあいだに、ユダヤ人がヒトラーとナチスになおも抱いていた幻想は、ついに消え去ることになる。

一九三八年夏、ある友人がケンプナーにドイツ国内の状況について手紙で知らせてきた。脱出できそうな人々は、誰もが出発の準備をしているとのことだった。

フィレンツェの亡命者たちは、迫害から逃れられたと思っていた。イタリアのファシストたちは、ナチスほど執拗な反ユダヤ主義者ではなかった。ムッソリーニは、非公式には、第三帝国の人種的基礎を否定さえしており、ヒトラーの頭の中には混乱したイデオロギーと支離滅裂な哲学が詰まっているらしいと語っていたという。

一九三六年には両国の関係改善は進んでいた。ヒトラーはムッソリーニと手を組み、スペイン内戦でフランシスコ・フランコ将軍とナショナリスト派を支援するため、大砲、航空機、兵士数千人を派遣した。一九三七年四月二六日、最も悪名高い攻撃において、ドイツとイタリアの航空機がゲルニカ村を爆撃と機銃掃射で襲い、一六〇〇人以上を殺害した。これはピカソの有名な壁画の主題となった。スペイン内戦では、ドイツとイタリアがフランスとイギリスに対抗する形となり、これが二人の独裁者の便宜的同盟への道を開いた。ほどなく二人はファシスト・ナチス枢軸を形成する秘密協定を結び、一九三七年九月、ドイツは威風堂々たる軍隊と旗を振る大群衆でムッソリーニを歓迎した。

翌年、ムッソリーニは恩返しをした。一九三八年五月三日、ヒトラーがローマに到着し、イタリア国王とともに馬車でサン・パオロ門を通り、ガイウス・ケスティウスのピラミッドを過ぎ、街の中心部に入った。ドラマチックな照明が、この光景に宗教儀式のような雰囲気を与え、ローマは「広大なオペラの舞台になった」と、あるイタリア人ジャーナリストは書いている。それは「皇帝ネロにふさわしい光景だ。コロッセオは崩れそうなアーチから炎を放ち、松が緑と黄色の光を放射して水晶のように見え、コンスタンティヌスの凱旋門が燐光を発しているように見え、フォロ・ロマーノの廃墟が銀色の反射光を放っている」

その翌週にかけて、ヒトラーはイタリアの歴史的建造物を鑑賞し、念入りに計画された軍事演習を見学し、博物館や美術館で数時間を過ごす。「私はローマに魅了された」とヒトラーはのちに語っている。

イタリア訪問の最終日、ヒトラーは慌ただしくフィレンツェに立ち寄った。二人の独裁者は、二〇台の車列の先頭を走る黒のコンバーチブルに乗り、オートバイの護衛一人を横に従えて、曲がりくねった通りを走り抜けた。鐘が鳴り響き、イタリア空軍の飛行機が緊密な編隊を組んで上空を飛んだ。街は歓声をあげるイタリア国民であふれかえり、鉤十字の旗で飾られた。二人はミケランジェロ、マキアヴェッリ、ガリレオが埋葬されているサンタ・クローチェ大聖堂を訪れた。フィレンツェのトランペット隊の歓迎を受けて、ヴェッキオ宮殿のバルコニーに姿をあらわした二人は、満面の笑みを浮かべ、下の広場に集まった支持者の大群衆に挨拶をした。ウフィツィ美術館を歩きまわり、メディチ家宮殿で食事をし、ヴェルディの曲を鑑賞した。

鉄道駅に向かう途中、二人の独裁者に敬意を表して、総統（フューラー）の文字を描く花火が打ち上げられ、ムッソリーニにも同じく統領（ドゥーチェ）の文字を描く花火が打ち上げられた。

こうしてイタリア訪問は終わった。ヒトラーは防弾の列車に乗りこみ、ムッソリーニとイタリアに別れを告げた。

ヒトラーがフィレンツェに滞在したのは全部で一〇時間だった。しかし、寄宿学校のユダヤ人教職員たちは、妻や二一人の男子生徒、そしてケンプナーの高齢の義母とともに、三週間も刑務所で過ごしていたのだ。「ぼくらの投獄は祝祭行事の一部だった」と生徒の一人は書いている。「ぼくらは人質だった。ゆえに、あの『訪問者』がかすり傷一つ負わずに帰国することを望まざるをえないという奇妙な状況に置かれていた」

一九三六年、両国の警察は、国境内の潜在的「破壊分子」に関する情報と文書の共有を開始した。一九三八年のヒトラーのイタリア訪問に備えて、ゲシュタポはイタリア警察と緊密に協力して、ファシズム国家に住むドイツ人、オーストリア人、ポーランド人の亡命者を組織的に特定、調査した。ナチスの治安当局者が、イタリア国内の警察署二十数カ所に駐在し、移民を「危険」、「不審」、または信頼できる者に分類した詳細なリストをまとめた。

その後、ヒトラー到着予定の前月である四月に、SSとゲシュタポの将校たちがイタリアに大挙して押し寄せ、尋問および家宅捜索を実施した。四月二〇日および五月一日、ユダヤ人移民が一斉に逮捕された。

男性と女性は別々の刑務所に送られた。看守らは、亡命者たちが、いつも監房に入っている通常の窃盗犯や売春婦ではないということをなかなか納得できなかった。男性はベルトを外さなければならなかった。万一、自殺を考える者がいた場合に備えてのことだ。しかし、ドイツにおける刑務所は強制収容所を意味していたが、いっぽうこちらでの拘留中の環境は過酷ではなかった。親切な司祭がカソック（長い法衣）の下に隠して、外からの知らせをこっそり届けてくれたり、手紙を持ち出してくれたりした。収容者は日中、刑務所内を歩きまわることを許されていた。そしてヒトラーが無事にブレンナー峠を越えてドイツの地を踏むと、全員が釈放された。

いつの間にか、反ユダヤ主義が国境を越えてイタリアに浸透した。ナチス主導による移民の投獄で、ドイツ同様イタリアにもユダヤ人問題が存在するとムッソリーニは思ったようだ。ヒトラーの訪問から数カ月後の一九三八年夏、イル・ドゥーチェ（イタリア統領）は北の同盟国を模倣した。「明確で、明白で、普遍的な人種意識がなければ、帝国を保つことはできない」とムッソリーニはイタリアの新聞に書いている。ムッソリーニは自分が先祖代々純粋な北欧人の家系であると発表。七月、政権は「人種主義科学者宣言」を発し、ユダヤ人をイタリア社会から排除するための抜本的対策に向けた下地作りを進めた。

一九三八年九月に承認された最初の法律によって、寄宿学校が存続する余地はなくなった。ユダヤ人はもはやイタリアの学校——幼稚園から大学まで、公立私立を問わず——で授業を受けることも、教えることも、働くことも認められなかった。

さらに、一九一九年以降にイタリアにやってきたユダヤ人は、六カ月以内の国外退去を命じられた。そうなることを予想していたケンプナーは、今回は先延ばしにしなかった。イタリアでの生活は終わりだと、何カ月も前からわかっていた。夏のあいだずっとその兆候はあった。ベルリンのドイツ当局は、学校が反ナチスではないかと疑問を呈し、親からの授業料の送金を遮断した。イタリアの当局者がたびたび訪れて脅しをかけてきた。八月二二日、学校管理者は教師および学生の人種的血統について報告するよう求められた。「恐怖と不吉な予感が学校全体に広まった」と、ある生徒は書いている。「ぼくらの気ままな暮らしが終わりに近づいていることがわかった」

ある日、イタリアの役人があらわれ、パイザーに、フィオレンツァ学園が自由な「社会民主主義」の学校であることを「白状」する文書に署名するよう要求した。パイザーが、署名したら逮捕されるのかと尋ねると、そうだ、という答えが返ってきた。

パイザーもケンプナーも、イタリアの刑務所に逆戻りするのも、さらに言えば、ドイツに送還されるのもごめんだった。ケンプナーはのちに友人に手紙を書いている。「われわれは内密に言われていた。今すぐイタリアを出たほうがいい、最後の瞬間まで待つべきではない、と」

九月三日、ついに決定的な知らせが届いた。イタリアは学校の閉鎖を命じていた。その根拠は、「ファシスト党の信条に反する政治的・イデオロギー的思想に感化されているから」ということだった。

当時、教師と生徒は夏期休暇でボルディゲーラに滞在していた。ケンプナーとパイザーは急遽《きゅうきょ》、夜を徹して準備を進め、「しかるべき人」を通じて生徒たちを家族のもとに帰す手はずを整えた。それから国境を越えてフランスに入り、ニースへ逃れた。妻と何人かの教師、有効なビザを持つ生徒一〇人がいっしょだった。

九月四日の朝、教師の一人、ガブリエーレ・シェープリヒが、ボルディゲーラのホテルのダイニングルームに行くと、ケンプナーとパイザーが出ていったことを知らされた。「子供たちもいっしょで、料金は外国通貨で支払われた」とのことだった。

置き去りにされた一一人の生徒たちは「呆然」とした。残されたシェープリヒともう一人の教師は、後始末に追われた。ホテルの従業員は一週間分の給料が支払われておらず、一斉に辞めた。精肉店、牛乳販売店、食料品店、金物商などの商店主が代金の取り立てに来たが、とても払える額ではなかった。その後の一〇日間にわたって、シェープリヒと同僚は残された生徒と保護者を再会させた。「その一〇日間、私たちは二人ともあまり眠れなかった」と彼女は書いている。彼女自ら二人の生徒をフィレンツェまで連れていき、ウィーンに戻る列車の駅で彼らの母親と落ち合った。

この混乱の中の脱出行に関する噂が広まっていた。ケンプナーの秘書で、フランクフルト出身の二四歳のユダヤ人女性、マーゴット・リプトンは、ローマにいる妹、ベアーテ・デイヴィッドソンから手紙を受けとった。

デイヴィッドソンは、学校解散の報道を聞いて胸が悪くなったと書いていた。一夜にして閉鎖するなどということがどうして可能だったのか？　一部の子供たちを置き去りにして、地域の人々に世話を任せたというのは本当か？「そもそも学校にはこのような未成年の子供たちを保護する責任がありますし」と彼女は書いている。「現在のような状況下で、子供たちを無一文で外国に置き去りにするなんて、まったくとんでもないことです」。デイヴィッドソンは次のような話を聞いていた。ケンプナーは学校が閉校に至った状況について両親と話してはいけないと子供たちに言ったとか、自分の行き先は誰にも言うなと言ったとか、誰かのパスポートを担保として預かったとか、学校は借金を残しているとか。これらはどれも犯罪だとデイヴィッドソンは言った。リプトンは何一つ知らなかったのか？

デイヴィッドソンはすぐにケンプナーとパイザーから手紙を受けとった。二人は、自分たちのことを知っている人から、明らかな不正行為を働いたと非難されてひどく気分を害している、とのことだった。そして、デイヴィッドソンが聞いた話は口さがないユダヤ女たちの噂話だと退けた。

債務問題を解決するためイタリア人弁護士が雇われていた。借金が残ったのは、授業料を一部しか支払っていない親たちがいたからだ。（閉鎖の状況を説明するために親たちに送付された通知の中で、ケンプナーとパイザーは、学校に三〇〇〇リラ以上の未払いがある「不良債務者」を列挙した）。そもそも、債務不履行の責任はイタリア政府にあるのではないか？あの状況では、家具調度品はすべて置いていかざるをえなかったのではないか？それがどうしてユダヤ人コミュニティの中で「詐欺師だと非難」されなければならないのか？　イタリア当局によってふたたび投獄される前に脱出したからといって、誰に批判ができるというのか？「四月と五月に投獄を経験した私たちが、またも幽閉生活を望んでいたと思いますか？　あのとき私たちは、男も女も、三週間ずっと売春婦や犯罪者と同じ部屋で過ごさなければならなかったのです。いいえ、大金や高価な品物を失ったうえに、さらに自由や生命を奪われるのをただ許すほど、私たちは無気力にもマゾヒスティックにもなっていませんでした」

生徒に関しては、ケンプナーとパイザーは何カ月も前から親たちに、学校は危機的状況にあり、子供たちに新しい家を見つける必要があると伝えてあった。救える子供たちは救っていたのだ。

また別の友人への手紙の中で、多くの場合、生徒たちはポーランド、ハンガリー、ドイツなどの両親のもとに戻ることを望んでいない――あるいは無事には戻れない――、と述べている。「われわれだけなら逮捕される心配はなかった……車で逃走できたからだ」と、ケンプナーはパリの友人への手紙の中で書いている。「だが子供たちだけ置いていくことはできなかった。だからといって、一〇〇人の子供たちを連れていくことはできなかっただろう。たくさんの金がかかるからだ。親たちも……その必要はないと言っただろうし、そんな金を払うつもりもないだろう。なぜなら子供たちはけっして逮捕されないからだ」

ケンプナーの生活は想像できないほど複雑になっていた。フランスが「この世の巡礼の最後の地」になるとは思えない、とケンプナーはある友人への手紙の中で書いている。なぜなら、西欧民主主義諸国は、「第三帝国と枢軸友好国の物事のやり方についてまったく無知であるように見えるからだ」

ケンプナーには面倒を見るべき一〇〇人の生徒のほかに、妻、義母、そして秘書のマーゴット・リプトンがいた。

そしてあるとき、三つの不都合な事実を妻に伝えなければならなくなった。リプトンと不倫を続けていること、リプトンが妊娠していること、その子が自分の子であること。

ケンプナーの一五歳の息子ルシアンは、父親とフランスへは行かなかった。フィオレンツァ学園では二年間過ごした。実母のヘレーネはユダヤ人ではなかった。息子の出国をめぐって法廷で争い、ケンプナーが自分の許可なくルシアンを国外へ連れ出したと訴えたが敗訴した。

一九三七年の終わりに、ケンプナーは、前妻が二週間、「イタリアの小さな山岳リゾートか、それと似たようなところで」ルシアンと過ごせるよう手配した。彼女のために三等車の往復切符を買った。

来る日も来る日もヘレーネとルシアンは長い散歩に出かけた。そしてある晩、二人が戻らず、ケンプナーは慄然《りつぜん》とした。大晦日、ヘレーネはルシアンに、お父さんからイタリアのどこか別の場所へスキーに行く許可をもらったと言って、そのままドイツまで連れて帰ってしまったのだ。ルシアンはのちに、自分は拉致された、ナチスとファシストの当局が母親に手を貸したのだと語っている。当時ルシアンは有効なパスポートも持っていなかったのだ。

ユダヤ人の父親を持つルシアンは、「ミシュリンク」すなわち混血児とみなされた。ナチスは依然として、どのような場合にユダヤ人として差別の対象とするか議論していた。ケンプナーはドイツに戻って息子のために戦うという危険を冒すことはできなかったが、裁判所に訴えて、ヘレーネの親としての適性に異議を唱えた。ヘレーネについて、アルコールや鎮痛剤への依存症の経験があること、薬物の過剰摂取による自殺を考えたことがあること、性病に感染していること、医師から生活を一八〇度変える必要があると言われたことなどを示す手紙を提出した。自分は前妻とは違い、財政状況が安定しており、学校の運営に関わっているので、ルシアンもそこで勉強することができる、とケンプナーは主張した。これに対してヘレーネは、この学校は「マルクス主義ボリシェヴィキ思想の下、ユダヤ人の影響を受けて」運営されており、生徒たちは「反ドイツ的考え方」を教えこまれていると反論した。

裁判所はケンプナーに有利な判決を下したが、それでもルシアンは出国を阻止された。ルシアンはパスポートを手に入れることができず、当局は母親がルシアンの親権を保持することを保証した。母親はルシアンを、ケーニヒスフェルト・イム・シュヴァルツヴァルトにあるキリスト教モラヴィア派の男子寄宿学校、ツィンツェンドルフ学園に入れた。

「母は私に多くの苦しみを与えた」とルシアンは書いている。「ドイツはその苦しみをさらに悪化させただけだ」

ケンプナーにできることはほとんどなかったが、息子宛ての手紙を書いて、ナチス支配下のドイツに送った。「まだ父親がいることをおまえが完全に忘れてしまったかもしれないと心配だった」と、ケンプナーはニースに逃れた直後に書いている。「きょう、こちらの状況は落ち着いている」と伝え、混乱の中の脱出や学校の閉鎖のことにはいっさい触れなかった。「私たちは今も美しいニースにいる。おまえも去年行ったから知っているだろう」と、その一週間後の手紙に書いた。「まだとても暖かく、天気も最高だ……イタリアの労働者たちとイタリア語で話したことがあるだろう。それともすべて忘れてしまったかな？　ほかの語学力のほうはどうだい――フランス語とか、英語とか？　語学力を磨いておく必要があることはわかっているだろう。おまえのようにユダヤ人の父とアーリア人の母を持つ男子にはとくに外国語が必要だ。そのことがじゅうぶんわかる年齢なのだから、肝に銘じておきなさい」

切手を同封して、写真を送るように頼んだ。「どうか、なるべく早く返事を書いてほしい」

第12章　「私は長老たちの心をつかんだ」

「ドイツのすべての都市の中で最もドイツらしい都市」と市長が言うニュルンベルクでは、一九三七年九月六日、教会が三〇分にわたって鐘を鳴らしつづけ、ナチ党年次大会開会式に出席するヒトラーの到着を告げた。何十万人もの党員たちが召集されたこの大会は、これまでで最大の規模になるはずだった――八日間にわたって演説、イベント、整列行進、恐るべき軍事力のデモンストレーションがおこなわれるのだ。

無数のテントや間に合わせの兵舎では、一般党員たちが三五〇万個の携帯用食器セットと、野営地でのつかの間の友情を手に入れるのだ。好天が続けばの話だが。まともな宿泊施設を見つけるのは難しかったので、アメリカやイギリスの代表たちは、ベルリンから南へ乗ってきた特別列車に泊まった。地位の高いナチ党員たちはホテルに宿泊し、グレックラインズ小路のゴルデネス・ポストホルン・ブラートヴルスト・ハウスのようなニュルンベルクの有名レストランで食事をした。一四九八年創業のこの店は、ニュルンベルクの有名画家アルブレヒト・デューラーのお気に入りだった。少なからぬ人々がこの機会にニュルンベルクの赤線地区を探しあて、SSの非常線をすり抜けて、一〇〇人ほどいる売春婦の一人にお目にかかろうと試みた。都合のいいことに、彼女らはみんな狭い地域に密集して暮らしていた。

その週、ローゼンベルクは党大会に数多く登場する演説者の一人ではなく、主賓だった。ミュンヘンのビアホールに集まった反ユダヤ主義者の小さな集団の定期会合に初めて参加してから一八年、今や彼は国家社会主義のイデオロギー的基盤を築いた男として賞賛されていた。彼の最高傑作である『二〇世紀の神話』は、『わが闘争』とともに、すでにニュルンベルクの会議場の礎石の中に収められていた。この会議場は大会開催地の中央に立つ記念碑的な建物である。完成すればローマのコロッセオより巨大なものになるのだ。

もちろん、当人は知るよしもなかったが、この週、ローゼンベルクが浴びることになる大きな注目は、彼の人生の中で最高のものとなる。

ヒトラーがニュルンベルクを党大会の定期開催地に選んだのは、象徴的な理由からだった。ドイツの輝かしい過去を利用したかったのだ。六〇〇年前、この中世の城塞都市は、ヨーロッパで最も豊かで、最も重要な都市の一つだった。分厚い防壁と全長およそ五キロの堀に囲まれた古い街には、今なお、いかにもゲルマン人らしい建築物があちこちに見られた。ここは驚くべき場所だった。ゴシック建築の切り妻や複雑な彫刻を施された入口、伝統的な市《いち》の開かれる広場、贅を尽くした教会、そして、丘の上にはかつて神聖ローマ帝国の皇帝たちを迎えた難攻不落の城がある。神話的な民俗伝承をよく引き合いに出す党にとって、ニュルンベルクは完璧な背景だった。ローゼンベルクのフェルキッシャー・ベオバハター紙は次のように宣言している。「ニュルンベルクのように、過去と現在のコントラストがこれほど厳密にあらわれている都市は少ない——巨大な城壁、大小の塔は男らしい力と闘争心の証である」

ニュルンベルクでの党大会は、政治的な集会以上のものであり、ナチス大衆運動の力を明確に示し、総統崇拝を促進することを目的とした神秘的な儀式だった。

それからの数日間、ゲッベルスがボリシェヴィズムを攻撃し、ヒトラーが宿泊するホテルでは外交官たちがヒトラーとお茶を飲み、国家社会主義女性同盟の指導者がドイツの妻たちにナチスらしい家事の切り盛りの仕方を叩きこんだ。「血染めの旗」が、新しいナチスの道徳基準を神聖化するのに利用された。一九二三年のビュルガーブロイケラーでのクーデター未遂事件のとき、ナチ党員たちはこの旗を掲げてミュンヘンの街頭を練り歩いたのだ。ＳＳと突撃隊がニュルンベルクの街を行進した。統制のとれた隊列が次々に丸石敷きの細い小路を通り、観客が窓を開けて見おろしていた。ヒトラーは滞在先のホテル〈ドイッチャー・ホーフ〉のバルコニーに立った。その下の建物正面には「ハイル・ヒトラー（ヒトラー万歳）」と書かれた電球看板があった。ヒトラーがドイツ国民群衆に挨拶をすると、「群衆はまるで救世主であるかのようにヒトラーを見上げた」と、ある記者はふりかえる。世界が戦争の恐怖に直面していた当時、ドイツ軍は、畏怖の念を起こさせるデモンストレーションによって自走砲、装甲車、オートバイ、戦車、偵察機、爆撃機などの最新鋭の兵器を披露した。新型戦闘機が時速五九五キロで急降下すると、それに挑戦するように対空砲が襲いかかった。

党大会で最も印象的だったのは、ツェッペリン・フィールドに集まった何十万人ものナチ党員の男たちが、規律正しく直立不動の姿勢で立つ光景である。この光景は、個々の人間はまったく取るに足らない存在だという意識を助長した。ヒトラーは、一七〇本の白い石の柱が並ぶ荘厳な正面特別観覧席の中央に立った。夜、何百ものスポットライトの光があふれた。光の一部が空に向けられ、ナチ党員の建築家、アルベルト・シュペーアの有名な「光の大聖堂」が創り出された。その輝きは三〇〇キロ以上西に離れたフランクフルトからも見えた。

「万歳《ハイル》、わが諸君！」ヒトラーが叫んだ。
「万歳、わが総統！」群衆が答えた。

その週はずっと雨が降ったりやんだりしていたが、ほとんどの日は雨だった。ニュルンベルクにファンファーレとともに姿をあらわした翌日の午後、ヒトラーと側近たちは黒のメルセデスの車列を組んで東に向かい、支持者たちが群れをなす通りを抜け、ルイトポルト・ホールに着いた。そこで開会式がおこなわれた。「彼の到着を告げる歓声は半マイル（約八〇〇メートル）離れたところからも聞こえた」と、ニューヨーク・タイムズ紙のフレデリック・バーチャル記者は書いている。「歓声はいよいよ大きくなり、彼が入ってくると、ホール内の群衆が熱狂的な万歳《ハイル》の大合唱を始めた」。ヒトラーたちは、両側に二〇本の赤いナチ党旗が空高く掲げられた、巨大な白い石のブロックでできた入場門を抜け、ホールに入った。ホールは大聖堂を模して造られていて、中央通路が高いステージに通じていた。演壇の背後には歪んだ十字架のような巨大な鉤十字が掲げられていた。たくさんの旗が前方へと進んだ。室内の湿度が急上昇し、演説者たちは強力な照明の中で汗をしたたらせた。

この開会式の壮観さはきわめて感動的で、欧米のひねくれた報道関係者たちにも感銘を与えた。外国人記者のウィリアム・シャイラーは、日記に書いている。「それは華やかなショー以上のもので、巨大なゴシック建築の大聖堂でおこなわれるイースターやクリスマスのミサのような、神秘と宗教的熱情のようなものが感じられた」。シャイラーは言う。ドイツ人がヒトラーの言葉の一つ一つを福音に似たものとしてとらえているのも無理からぬことではないか？

その日の晩、ヒトラーとローゼンベルクはオペラハウスに赴き、ヴァーグナー作曲の「ヴァルハラへの神々の入城」とともに入場した。そのときのローゼンベルクの演説は、バーチャルがニューヨーク・タイムズ紙に書いているように「自分の著書からの大量の引用を含んで」いた。その後、ゲッベルスが立ち上がり、ナチ党のイデオロギー責任者が待ちに待っていたことを発表した。アルフレート・ローゼンベルクは、ドイツ芸術科学国家賞の最初の受賞者の一人に選ばれたのだ。

「明らかなどよめき」がさざ波のように広がった、とローゼンベルクは日記に書いている。「満場一致の賞賛による」拍手喝采がえんえんと続いた。

その賞は新たに創設されたもので、ノーベル賞委員会の一九三五年の決定に対する抗議を目的としていた。同委員会は、ケンプナーの平和主義者の友人で、三年前にゲシュタポによって拘留されたカール・フォン・オシエツキーにノーベル平和賞を授与することを決めたのである。同委員会はオシエツキーを「思想の自由、言論の自由、観念世界の自由競争を理想とする世界市民」として賞賛した。ナチスは激怒した。「非常識で致命的だ」とナチ党員の一人はニューヨーク・タイムズ紙に語った。ヒトラーはこれに対して、以後、ドイツ人がいかなるノーベル賞を受賞することも禁止し、対抗する自前の賞を創設した。ドイツ芸術科学国家賞の受賞者には、一〇万マルクの賞金とダイアモンドをちりばめた豪華なバッジが贈られた。バッジの周囲にはナチスの鷲があしらわれ、中央には鉄兜をかぶったアテナの金色の浅浮き彫りが施されていた。「こんなに貴重な星を身につけるのは、なんとも照れくさい気がする」とローゼンベルクは書いている。

「その著書で、アルフレート・ローゼンベルクは抜きん出た存在となった。なぜなら彼は、国家社会主義の世界観の純粋さを維持するため、不屈の精神で戦ったからである」とゲッベルスは観衆のために表彰状を読みあげた。「この男が国家社会主義国の精神形態と世界観にどれほど深い影響を与えたかを正確に評価できるのは、将来の世代だけであろう。国家社会主義運動に関わる者、そしてすべてのドイツ国民は、総統が最も古くからの最も親密な同志の一人にこの賞を授与されたことを、深い満足感とともに喜ぶものである」

ローゼンベルクは日記に書いている。誰にでもわかることだが、この賞は、ローマとの激しい戦いのことを考えれば、たんなる「学問的な事柄」ではすまない、と。ヴァチカンはそれがローマ教皇にとって打撃になると考えている、とローゼンベルクは聞いていた。「私は自分の作品を守りとおした。総統は公式には秘密にしておかなければならなかったが、いつも私を戦いの先頭に立たせてくれた」とローゼンベルクは書いている。妄想的な自我が一文ごとに膨れあがっていく。ローゼンベルクにははっきりとわかった。自分のとる立場――ヒトラーが会う人ごとに、あれはローゼンベルクの個人的な見解だと明言していた『神話』の中の過激な主張――が、今や帝国の政策とまったく同一のものになった、と。まさしく「総統の革命全体の基盤」なのだ。

ローゼンベルクの作品が評価されたことに、人々も感動していた。あるいは受賞者にはそう見えた。ヒトラーその人も、事前に受賞を知らせてくれたときに涙をこらえていた。「最初の国家賞を受賞できるのは君しかいない。思ったとおりだ……」。オペラハウスでは友人たちが涙を流していた。オルデンブルクの知事でローゼンベルクの親しい盟友、カール・レーヴァーがヒトラーに歩み寄り、きょうは人生最高の日だと述べた。ローゼンベルクは書いている。「そして今、私が長老たちの心をつかんだことがわかった。彼らの心はまるで総統の堂々たる意思表示によって解放されたかのようだった」

ローゼンベルクがとりわけ大きな喜びを感じたのは、ゲッベルスが受賞を発表しなければならなかったことだ。「それまでありとあらゆる策を弄して私を脇へ押しのけようと躍起になっていた人物である。彼はすべての手段を自由に使えたはずなのだ。全報道機関に対して行政上の監督権を握っていたのだから」。それまでゲッベルスは、ローゼンベルクの『神話』が教会の抗議に直面して世間から消えてなくなる運命だと言いふらしていた。「そこがこの紳士の間違いだった。もっと深遠な問題に関してもことごとく間違っていたのと同じである」とローゼンベルクは日記の中で大いに喜んだ。「それが今、ＡＲ（アルフレート・ローゼンベルク）が国家社会主義帝国の形成にどのような意味を持っていたかを完全に理解できるのは後世の人々だけであろう、という声明を読みあげなければならなくなったのだ」

ローゼンベルクは名声を満喫した。受賞発表の翌月、演説のためにフライブルクを訪れると、ミュンスター広場で花飾りと旗と群衆の歓呼に迎えられた。広場の背後には数世紀の歴史を持つカトリックの大聖堂の尖塔がそびえ立っていた。きっと、その都市ではそれまでになかったことだろう、とローゼンベルクはのちに日記に書いている。大司教のお膝元で「過激な反ローマカトリックの異端者がまるで国王のように人々に迎えられたのだ」

ローゼンベルクは一九三八年一月、四五歳の誕生日に、ベルリンの裕福な人々の住むダーレム地区の新居にヒトラーを迎えた。その新居は、ナチスの他の権力者たちと同じように、ローゼンベルクがユダヤ人の所有者から奪ったものだ。総統はディートリヒ・エッカートの胸像を持ってきた。一九一九年に初めてローゼンベルクとヒトラーを引き合わせた人物である。さらにヒトラーはローゼンベルクに、銀色の額に入った自分の写真を手渡した。写真に書かれた献辞にローゼンベルクは感動した。「古くからの最も忠実な戦友アルフレート・ローゼンベルクへ。四五回目の誕生日に、厚い友情の印に、心をこめて、アドルフ・ヒトラー」

ゲッベルスはたしかにローゼンベルクに賞を授与したが、ローゼンベルクと宣伝相との戦争は終わらなかった。一九三三年以降、ゲッベルスはますます裕福になっていった。スーツは特注で、パーティーは盛大だった。ブランデンブルク門の近くの宮殿に移り住み、首都の北にある湖を独占し、湖畔の夏の別荘とヨットを購入した。確実に力を蓄えていた。新聞、ラジオ、劇場、そして——いちばんのお気に入りの——映画産業を支配した。映画会社の社長気取りで、脚本の変更を命じ、編集前の映像に文句をつけ、映画スターと談笑し、美人女優を口説いた。一九三六年のオリンピックのときには、ある島に三〇〇〇人の招待客を集め、並はずれて豪華なパーティーを開いた。島にはそのときだけのために、まるで映画から飛び出してきたような装飾が施された。ベルリン・フィルハーモニー管弦楽団の演奏家たちが曲を奏でる中、到着したゲストたちはランタンが吊された浮き橋を渡った。酒とダンスの長い夜に、ときどき壮観な花火が打ちあげられた。

ゲッベルスは数千人の雇用を支配していたため、ゲッベルスを憎む人々も、恐ろしくて異議を唱えることはできなかった。彼の激しい怒りを買いたくはなかった。「彼らはただ見守るだけだ、私は戦っているというのに」とローゼンベルクは不満を述べた。

ヒトラーもゲッベルスを注意するようなことはしなかった。どれほどローゼンベルクがドイツの文化担当長官としてのゲッベルスの「目に余る怠慢」に抗議しても無駄だった。ローゼンベルクはゲッベルスが創り出すものすべてに欠陥を見つけることができた。ゲッベルス宣伝相配下の帝国文化院が、三日間にわたるハイデルベルク大学創立六五〇周年祝賀行事で、舞踊公演を企画した。ナチスが学界を敵視しているという主張を否定するためのプロパガンダ工作である。ローゼンベルクは憤慨した。その公演がハンガリーのチャールダーシュ（民族舞踊）やポーランドの踊りを呼び物にしていたからだ。ローゼンベルクは日記の中で、それらの踊りを「黒人ステップ！」と呼んだ。「われわれは長年、黒人的な風習と戦いつづけてきたのだ——それがわれわれの祝賀の踊りとして上演されるとは！」

ローゼンベルクはまた別の折りに日記の中で疑問を呈した。なぜゲッベルスは、ユダヤ人に関するナチスの理論の根拠について、ドイツ国民を教育する努力をしないのか？　テオドール・フリッチュの『ユダヤ人問題入門』のような主要なテキストについて、人々は詳しいことを何も知らないようだった。ローゼンベルクは同僚の一人が言ったことに同意した。「この状態がこのまま続けば、子供たちはわれわれに対して、ユダヤ人についてそんなに心配するなんて馬鹿だと言うだろう！」未来の世代は、ドイツを破壊し世界を支配しようと目論むユダヤ人の計画をナチスが阻止したことに気づかないだろう、とローゼンベルクは心配していた。

ゲッベルスの問題は、あまりにも己の個性に埋没し、あまりにも自己陶酔的で、自分の写真を撮らせるのに忙しいことだ、とローゼンベルクは思った。あれは役者であり「大臣を演じている男だ」。ヒトラーにはわからないかもしれないが、一般のナチ党員はきっとわかっている。

この時期、ローゼンベルクとゲッベルスが党大会に登場すると、観衆はゲッベルスを「シューッという声のくりかえし」や「氷の沈黙」で迎えた、とローゼンベルクは日記に書いている。「これは道徳的崩壊だった……党も国民も、党の幹部が不快きわまりない自己賛美のために権力を濫用《らんよう》することに耐えられなくなるだろう」。いっぽう、自分自身の発言は「絶え間ない喝采」を浴びている、とローゼンベルクは自慢げに書いている。人々はローゼンベルクをゲッベルスの対極に位置する人間だと見ていた。「私は運動に携わる人々の心をつかんだ。このことは、党を汚染するG博士の虚栄心との、ときに絶望的とも見えた戦いを考えると、じつに嬉しいことである」

ローゼンベルクがたいそう喜んだことに、ほどなくゲッベルスの地位は重大な危機に瀕することになる。それはローゼンベルクによるさまざまな非難とは関係なく、ゲッベルスの結婚と関係があった。ゲッベルスは女好きで、妻のマグダに、「オープン・マリッジ」（互いに他の相手との性的関係を認め合う結婚）に同意してくれるよう懇願した。マグダは拒否した。ところが一九三六年、その妻が他のナチ党高官と寝ていることがわかった。ゲッベルスは激怒した――しかもローゼンベルクから聞かされたのでなおさら腹が立った。その年の後半、ゲッベルスは二二歳のチェコ人映画女優、リダ・バーロヴァに恋をした。二人は公然と浮気を始めた。彼女の夫は浮気の現場を見つけ、彼女から去った。マグダはゲッベルスをゲストハウスに追い出した。

浮気が始まって二年が経過した頃、ゲッベルスが、三人婚（同性二人、異性一人による婚姻関係）にすれば、この婚姻問題は解決するだろうと提案した。これを聞いたマグダはエミー・ゲーリングに助けを求め、「夫は人間の形をした悪魔だ」と訴えた。ヘルマン・ゲーリングはマグダとヒトラーその人との面談の手はずを整えた。ヒトラーはゲッベルスの結婚式で新郎介添人を務め、新婚時代の数年間に夫妻とは親しくなっていた。マグダは総統に離婚したいと言った。ヒトラーはそれを許そうとせず、ゲッベルスを呼びつけて、浮気をやめるか、大臣を辞めるかのどちらかだと迫った。ヒトラーとしては、最高幹部のスキャンダルは望んでおらず、同時に、優秀な宣伝相を失うわけにもいかなかった。ゲッベルスは不承不承、バーロヴァと別れることに同意した。「人生はあまりにも困難で残酷だ」とゲッベルスは日記の中で嘆いている。「だが義務はすべてに優先する」

だが、マグダをなだめることはできなかった。一九三八年一〇月、彼女はふたたびゲッベルスと別れる許可を求め、ヒトラーがふたたび停戦交渉を仲介した。

ベルリンでは、ゲッベルスの敵たちは、あいつはもう終わりだと感じていた。一九三八年の終わりに、SS長官のヒムラーがローゼンベルクに会いに来て、ゲッベルスに性的暴行を受けたという苦情がゲシュタポに「何十件も」寄せられていると報告した。ヒムラーは苦情の一部をヒトラーにも伝え、宣伝相の解任を働きかけていた。「今やドイツで最も嫌われている男です」と総統に話したという。「以前われわれは、従業員に性的な嫌がらせをしていたユダヤ人経営者を厳しく非難した。G博士は彼らと同じことをしているのだ」。ローゼンベルクは上機嫌でこれらの噂や疑惑を広範囲に広めた。

ローゼンベルクは、ヒトラーがなぜさっさとゲッベルスをクビにしないのか理解できなかった。この大臣は、政府の要職ではなく、刑務所にいるべき人間だ。「G博士は、党内では道徳的に孤立し、軽蔑されている」

それにもかかわらず、ローゼンベルクはゲッベルスの考えていることを感じとることができた。重大な結果を回避し、あらゆる危機を生きのび、さらにはすべての健全な人々に打ち勝とうとしている。けっして認めたくはなかったが、ゲッベルスの思惑どおりになることはローゼンベルクにもわかっていた。

二カ月後、外交団の歓迎会で、ゲッベルスは次のように発言している。ヒトラーが自分のライフスタイルを認めていなかったら、かつての戦いの日々に、自分を組織の中枢部に受け入れることはなかっただろう、と。誰もがゲッベルスに、自由奔放な私生活を認めざるをえなかった。「私はG博士のいかがわしさをよく知っていた。それでも彼の率直さには度肝を抜かれた」と、ローゼンベルクはこのゴシップについて書いている。

一九二四年にヒトラーがゲッベルスを追放していたら、どんなによかったことだろう、とローゼンベルクは書いている。一九二四年といえば、若き日のローゼンベルクが総統の指揮に一時反発していた時期である。ゲッベルスを追放していれば、ナチスは彼の有害な手法の影響を受けずにすんだだろう。ゲッベルスは敵に「膿」を吹きかけることを仕事としていた。それが今では忠実な党員にまで膿を飛ばしている。

ローゼンベルクは嘆いた。「このような人格にいつも寛容な態度で臨んでいたためにわれわれの革命の劣化が始まった」

ゲッベルスの事件は付随的な問題だった。この年は、ヒトラーがついに、そして断固としてドイツを世界大戦へと導いた重要な年だったからだ。

一九三七年の終わりに、ヒトラーは将軍たちにチェコスロヴァキアおよびオーストリアへの侵攻の準備を命じた。すでにザール地方とラインラントを支配下に取り戻していたヒトラーは、次に東のドイツ語圏を欲していた。これらの地域は戦略的緩衝地帯を形成し、帝国にとっては人的資源および原材料の供給源になるはずだった。ヒトラーは、一一月の会議で、国の軍および外交指導者たちに、次のように語った。「ドイツの政策の目標は、民族的血統を確保、保護、拡大することにある。したがってそれは空間の問題だ」。つまり攻撃を開始するという意味だった——おそらく早ければ翌年には。軍首脳部は尻込みした。武力によって近隣地域を併合する試みはきっとフランス、イギリスとの戦争に発展するだろう。ドイツは何年もかけて再軍備を進めているものの、西欧列強を相手にふたたび戦争をする準備はまだできていない。

しかし、たまたまヒトラーは、まもなくそのような内部からの異論を心配する必要がなくなった。ヒンデンブルク時代の遺物であるコンスタンティン・フォン・ノイラート外相が気も狂わんばかりに警告を発していたため、ついにヒトラーに更迭されたのだ——後任はローゼンベルクではなく、より従順なヨアヒム・フォン・リッベントロップだった。

その後ヒトラーは一連のスキャンダルを利用して、軍の最高指導部を一掃した。

一九三八年一月初め、戦争大臣で軍司令官であったヴェルナー・フォン・ブロンベルク陸軍元帥が秘書のエルナ・グルーンと結婚した。ブロンベルクは前妻と死別し、新妻は三五歳年下だった。新婚夫婦がカプリ島へハネムーンに出かけているあいだに、グルーンの経歴調査を促す複数の匿名電話があった。すると彼女が元売春婦で、ポルノ写真のモデルにもなっていたことが判明した。ゲーリングが調査ファイルをヒトラーのところに持っていくと、ヒトラーは怒りを爆発させ、その後、冷静さを取り戻したものの、陸軍元帥を解任した。

同時に、ヒトラーはヴェルナー・フォン・フリッチュ将軍を中傷する文書を見せられたことを記憶している。フリッチュは陸軍総司令官で、ブロンベルクの最有力後任候補だった。ヒムラーの秘密警察によってまとめられ、総統に提出された調査書類によれば、フリッチュは同性愛行為の現場を目撃され、長年にわたって恐喝され、問題を秘密にしておくために金を支払っていたという。容疑をかけられたとき、フリッチュは「全部根も葉もないでたらめだ！」と叫んだが、やはり解任された。

ヒトラーは勢いに乗って、その他一二人の将軍を解任し、さらに五一人を異動させ、その後、自らドイツ軍を指揮した。

ヒトラーはすぐさま軍を外交的な威嚇手段として利用した。一九三八年二月一二日、オーストリアのクルト・シュシュニック首相をベルクホーフに呼びつけた。ベルクホーフは総統の山荘で、南バイエルンのベルヒテスガーデンの近くにあった。シュシュニックはドイツの独裁者がひどくいらだち、異様に興奮していることに気づいた。ヒトラーは、オーストリアの指導者がナチスにほぼ完全な支配権を渡すという合意に署名しなければ侵攻すると脅した。シュシュニックは当初、受諾していたが、三月九日に、ドイツからの独立維持の是非を問う国民投票を呼びかけた。激怒したヒトラーがドイツ軍を国境に送ると、シュシュニック政権は崩壊した。そして三月一二日、総統は凱旋する英雄として生まれ故郷に乗りこんだ。

四月、ドイツ、オーストリア両国で、オーストリア併合の可否を決める投票がおこなわれた。オーストリアでは、投票を拒否したり、「反対」の票を投じた人々は嫌がらせや暴行を受け、反逆罪に値する行動をとったことを知らせる看板をぶら下げて街を歩かされ、精神病院に入れられることもあった。脅迫運動および投票操作の結果、オーストリア国民の九九・七五パーセントがドイツとの併合を望んでいることが報告された。

この無血占領に勢いづいたヒトラーは、次にチェコスロヴァキアに目を向けた。ズデーテン地方として知られている西部地域には三〇〇万人のドイツ系住民が住んでいた。ドイツのナチスにけしかけられて、ズデーテン・ドイツ党の党首は、チェコスロヴァキア政府から譲歩を引き出すための運動を開始した。一九三八年の初頭にはまさに分離を要求していた。その間、チェコスロヴァキア全土を欲していたヒトラーは、将軍たちに侵攻の準備を整えさせ、そのいっぽうで、国際社会の怒りを買わないよう、言い訳の立つ派兵の口実を探した。

五月、ヒトラーは非公式に、将軍たちにこう言っている。「チェコスロヴァキアを地図からきれいさっぱり消し去ることが、私の揺るぎない意志である！」

公式にはこう述べている。ズデーテンの人々――チェコ人に脅かされているとヒトラーは主張した――を安全な第三帝国に受け入れたいだけだ、と。イギリスとフランスは異議を唱えなかった。彼らは独裁者に立ち向かうよりも、戦争を回避したかったのだ。九月後半のミュンヘンで、次第に抑制がきかなくなるヒトラーとの、数週間にわたる緊迫した交渉の結果、英仏はナチスによるズデーテン地方占領を認めた。

イギリスのネヴィル・チェンバレン首相はダウニング街一〇番地（首相官邸）の窓からこう宣言した。

「これがわれわれの時代の平和なのだと、私は信じる」

五週間後、国際世論の気まぐれから解放されたナチスは、巨大な内なる敵に襲いかかった。

このときまで、反ユダヤ主義運動は一般的に暴力よりも法的手段を用いることのほうが多かった。一九三八年、一連の新たな差別的措置が、ユダヤ人をさらにドイツ経済から孤立させた。ユダヤ人は資産の登録を義務づけられた。その後、自分の銀行口座から引き出しを認められるのは限られた額のみで、しかも役所の許可が必要になった。また、自分の店がユダヤ人所有の商店であることを公表することが義務づけられた。そして、「見てそれとわかる」ユダヤ人のファーストネームを持つか、でなければ正式な氏名の前に、女性なら「サラ」、男性なら「イスラエル」をつけ加えることを義務づけられた。

こうした規制措置が最終的に公然たる暴力に道を譲るのは、一九三八年一一月七日のパリで、ヘルシェル・グリュンシュパンというポーランド人がドイツ大使館に乗りこみ、外交官を撃った後のことである。彼は両親がドイツからポーランドに強制送還されたことに激怒していた。二日後に外交官が死亡したとき、ゲッベルス、ヒトラー、その他のナチス幹部たちは、一九二三年のミュンヘン一揆を記念する例年の祝典のため、ミュンヘンにいた。彼らはこのせっかくの好機を逃したくなかった。

総統はドイツのユダヤ人への即時報復を命じた。シナゴーグを焼き払い、資産を破壊し、実行上可能なかぎり多くのユダヤ人を逮捕せよ。しかし、――これは重要なことだが――怒った民衆のユダヤ人に対する自発的な暴動のように見せかけよ。

ゲッベルスは党指導者を集め、外交官の死を知らせた。

「同志諸君」と彼は叫んだ。「われわれは国際的なユダヤ民族によるこの攻撃を見過ごすわけにはいかない」

ただちに、指令は全国の党指導者から地域本部、各地の突撃隊および党事務所へと伝えられた。一一月九日午後一一時五五分、ドイツ全土の警察署長にヒトラーからの命令を伝えるテレックスが届いた。まもなくユダヤ人の資産への攻撃が勃発する。略奪や「その他のとくに行きすぎた行為」がないかぎり、暴力を阻止してはならない。

ほとんどが民間人の服装をしたナチ党員が街頭にくりだし、全国の一〇〇〇以上のシナゴーグに襲撃を開始した。それだけでは終わらなかった。歩きまわってユダヤ人が所有する商店の窓を割り、中のあらゆるものを破壊した。ユダヤ人の住居も同様の扱いを受けた。一部の地域ではユダヤ人の墓地が荒らされた。ユダヤ人の孤児院が略奪され、子供たちは自力で生活しなければならなくなった。ユダヤ人は礼拝所の外でパジャマ姿で踊るよう命じられ、ナチ党員にホースで水をかけられた。何百人ものユダヤ人が殺害された。

オウバールシュタット——ホロコースト記念博物館のアーキビスト、ヘンリー・メイヤーの祖父が一九三七年に脱出した町——では、ナチ党員たちがジャガイモ用の鍬でシナゴーグの扉を粉砕した。斧を手にした群衆が中へ突撃した。聖櫃から律法《トーラー》の巻物を引っ張り出し、中庭に投げ捨て、叩き壊した会衆席といっしょに燃やした。何人かが羊皮紙の巻物を広げて、ヘブライ語で朗唱する真似をし、仲間たちは燃えさかる焚き火の周りで踊りながら、「ホクスポクス《ちちんぷいぷい》」と唱えた。村の警察官が聖歌隊席に通じる階段の下にガソリンをまき、まもなくシナゴーグは炎に包まれた。それから群衆は町を行進し、小さなユダヤ人コミュニティに襲いかかった。

ヒトラー・ユーゲントやドイツ女子同盟の子供たちを含む住民らは、ハインリヒ・マイヤーのいとこたち、サロモンとエリーゼ・フランクの家の外に立ち、鎧戸を壊して開け、窓を割った。ナチ党員たちは家の中を斧を持って暴れ回った。家具や食器を壊し、一家を通りに追い出し、そこで身体の不自由なサロモンを棍棒で殴った。

サロモンの兄、ヤーコブ・フランクは、その日は娘のイルマとマータとともに自宅で妻の誕生日を祝うはずだった。ところが朝から警察が来て、ヤーコブは連行されてしまった。残った女たちが家を守らなければならなかった。マータは侵入者を入れまいと門を押さえていたが、群衆が無理やり開けて入ってきた。そのときの衝撃で歯が何本か折れた。家の中に逃げこんだが、襲撃者たちがすぐ後についてきた。

ナチ党員たちがドアを突き破ってなだれこみ、ソファの脚をぶった切り、詰め物を切り裂き、テーブルと椅子を切り刻んだ。照明を引きちぎり、ベッドのシーツを外に投げ捨て、果物や野菜の貯蔵室を空にした。女たちは部屋から部屋へ逃げ回り、恐怖に震えながら身を潜めたが、最終的に逃げ出すしかなくなった。サロモンの家の納屋まで行くと、馬車があった。サロモンを馬車に乗せ、鉄道駅まで押していき、カールスルーエに逃れた。

オウバールシュタットのユダヤ人男性はその朝逮捕され、高齢者をのぞく全員がミュンヘン近郊のダッハウ強制収容所に送られた。彼らはその週に強制収容所に送られた三万人の一部だった。ダッハウでは、新しい囚人たちは寒さの中、じっと立っていることを強制された。線の外に出た者は激しく殴打された。彼らの新しい宿泊施設にはベッドがなく、床に藁が敷いてあるだけだった。

ミュンヘンでは、ゲッベルスが、のちに「クリスタルナハト（水晶の夜）」または「割れたガラスの夜」として知られるようになるこの出来事を喜んでいた。「車でホテルに戻る途中、家々の窓が粉々になっていた。ブラボー！　ブラボー！」とゲッベルスは日記に書いている。数日後、ゲッベルスは世界に向けて、これは自然発生的な反ユダヤ主義暴動であり、当局はできるかぎりのことをして、あの夜の暴力を止めようとした、と語った。

いかにもナチスらしい残酷で不正な妨害によって、ユダヤ人は損害保険金をまったく受けとれなかった。さらに、パリでの外交官殺害に対する罰として、共同で罰金を支払うよう命じられた。ゲーリングはその金額を一〇億ライヒスマルクと定めた。ドイツ経済を軌道に乗せるという使命を任されていたゲーリングは、ナチ党員が暴れ回った結果、ユダヤ人商店の数百万ライヒスマルク相当の商品が破壊されたことを知り、気分を害した。

「私だったら、二〇〇人のユダヤ人を殴り殺し、貴重な資産は破壊せずにすませただろう」とゲーリングは言った。

「水晶の夜」についてはローゼンベルクも同様の不満を述べている。家もシナゴーグも自由も命も失ったユダヤ人にはまったく同情を示さなかったが、大虐殺《ポグロム》は過度の不要な感情の爆発であり、ドイツからユダヤ人を排除するというナチスの目標達成にはほとんど役に立たなかった、と思っていた。また、荒れ狂う暴徒による破壊がもたらした金銭的損失を心配し、いつものスケープゴートに責任を負わせた。

「公共財産の損害が、冬季援助活動の募金二年分のおよそ六億マルクだ!」とローゼンベルクは日記に書いている。「冬季援助活動」とは、貧しい人々に食料や衣服を提供するための年一回の募金活動である。「Gがやることなすことすべてに、われわれが代償を支払わなければならないとは、ひどい話だ」

帝国のユダヤ人にとって、水晶の夜は、ドイツにとどまることができるかもしれないという希望を、ついに完全に打ち砕かれた出来事だった。もう耐え忍ぶ時期は過ぎていた。ドイツ国民はヒトラーを打倒して寛容の時代を取り戻すつもりはなかった。ローゼンベルクの痛烈な批判も、ゲッベルスの演説も、もはや空虚な言葉として片づけるわけにはいかなかった。ナチスはユダヤ人がいなくなることを望んでいた。自発的に立ち去ろうとしない場合、自分の家から力ずくで追い出されるだろう。

その後の一〇カ月間に、一〇万人以上のユダヤ人が国を逃れた。

そしてその倍のユダヤ人が後に残されることになる。

第13章「脱出」

ケンプナーらフィオレンツァ学園の難民たちは、ニースで日々を過ごしながら脱出の方法を模索した。そのときは誰もがひどく落胆していた。誰かが言ったように、現実的な態度、頼れる友人、そして幸運が必要な時だった。「一人一人が事態の進展を見守り、別の国へ行ける日を待っている」と学校が解散して職を失った教師、ヴァルター・ヒルシュは友人への手紙の中で書いている。彼の置かれている状況は、現時点では「耐えられる」ものだった。個人教授で稼いだ金でタバコを買ったり、靴底を新しく張り替えたりすることができた。しかし、これから先が不安だった。「このところ、私はあまりにも多くの失望に耐えてきた」と彼は書いている。「あまりにも多くの無関心、卑劣、誤解、拒絶の気配に耐えてきた、自分を理解してもらいたかったのに。だから私は腹を立て、取り乱している」

短期ビザでフランスに来てから七週間後の一九三八年一〇月二一日、ロベルト（ロバート）とルート（ルース）・ケンプナーは正式にドイツ国籍を剝奪された。ベルリンには戻れず、ずっとニースにとどまることもできない。代わりに、アメリカに渡るための仕事探しを始めた。ケンプナーは海外の同業者たちに大学の仕事がないか問い合わせ、友人や盟友たちから推薦状を集めた。そして、警察運営の専門家、大学レベルの行政法講師、そして作家としての自分を売りこんだ。元同僚からの推薦状の一通は、ケンプナーの「国家社会主義の挑戦に立ち向かったときの勇気」を賞賛していた。

ケンプナーが手紙を書いた人々の中に、ペンシルヴァニア女子医科大学の学部長がいた。ここは数十年前、ケンプナーの母親がベルリンに戻って結婚し、ロベルト・コッホの下で研究を始める前に、一時期教えていた大学だった。細菌学科には今も彼女の肖像画がかかっていた。学部長はペンシルヴァニア大学の地方・州政府研究所の所長、スティーヴン・スウィーニーを紹介してくれた。スウィーニーは、ケンプナーを喜んで研究所に迎えたい、と書いていた。ただし、「こちらは渡航に関してはなんの責任も負えないが、それでもぜひ来たいと思うなら」、そして、報酬はわずか数百ドルの「謝礼金」でもかまわないのであれば、という条件付きだった。

ケンプナーは一二月に返事を出し、申し出を受けた。じっさいの給料は「それほど重要ではありません」とケンプナーは書いている。当面は生計を立てる手段があったからだ。ケンプナーは同じ頃、別の手紙の相手に「数十万フラン」の資金があると書いている。現在に換算するとおそらく一〇万ドルに相当する額だ。ケンプナーに必要なのは、研究所が給料を支払うことを裏づける手紙だった。裏づけがあれば、移民割当人数の対象外のビザを申請することができる。当時、この割当によって毎年アメリカに入国できるドイツ人の数は制限されていたのだ。「この割当外移民ビザがなければ、アメリカに渡れるまで何年も待たなければならないでしょう。ドイツからの移民割当が満杯の状態だからです」とケンプナーは書いている。「私にチャンスを与えてくれることを心から願っています……返事を心待ちにしています」

そのいっぽうで、ケンプナー一家は、フィラデルフィアにいる家族ぐるみの友人、オットー・ライネマンの助けを求めた。ライネマンは一九三四年にドイツから移住し、市の地方裁判所に職を得ていた。ライネマンはフィラデルフィアでケンプナーのことを売りこんでおくと約束した。

ケンプナーは待つあいだ、二股をかけておいた。すべての条件が同じなら、今までの生活を捨ててアメリカに渡るより、コートダジュールにとどまりたかった。ケンプナーとパイザーは、一九三八年から一九三九年にかけての秋冬、ニースに学校を再建するために力を尽くした。彼らはアメリカ・ユダヤ人共同配給委員会――「ザ・ジョイント」――からの財政援助を求めた。同委員会は苦境に立つヨーロッパのユダヤ人を支援するための資金を集めていた。ナチス政権以前、ベルリンの平和主義団体、ドイツ人権連盟で事務総長を務めていたジャーナリスト、クルト・グロスマンの助けを借りて、学校は二万一〇〇〇フランを受けとった。その金はイタリアからいっしょに逃れてきた一〇人の生徒を支援するのに役立った。

今もドイツ、ポーランド、チェコスロヴァキア、オーストリア、イタリアには、危機にさらされた子供たちを、感謝の思いでニースに行かせようとするユダヤ人の親たちがいた。問題は、生徒たちがビザを取得できないことだった。フランスでは事務手続に数カ月もかかった。ケンプナーはパリの人権連盟に手紙を書き、子供たちのビザ取得を支援してくれるよう求めた。「これらの不幸な子供たちの親は、多くの場合、強制収容所にいるか、きわめて恐ろしい拷問を受けています」

ビザの取得が困難または不可能だとわかると、ケンプナーとパイザーは、すでにフランスにいる難民の子供たちを募集しようとした。フランスとスイスの新聞に生徒募集の広告を出し、フランスのジョルジュ・ボネ外相が、一九三八年一二月に、ドイツのユダヤ人孤児の面倒を見る組織をフランスに設立することを提案すると、ケンプナーはグロスマンに、その新組織に学校を売りこむ準備をするようせっついた。「早く動け」とケンプナーは書いている。「そうすればきっと利益があるはずだ！」ケンプナーはエミール・ガンベルという平和主義者の大学教授に情報を求めた。ガンベルは平和主義者の数学教授で、ハイデルベルク大学から放逐され、フランスのリヨンに移住しており、現在は難民を支援する委員会を運営していた。ガンベルは、誰もケンプナーに金を払って子供を教育、保護してもらおうとは思わないだろう、と警告した。それでもくじけないケンプナーは、イギリスとフランスの難民委員会に手紙を書き、一カ月六〇〇フランで授業その他を提供すると申し出た。現在に換算して三五〇ドルに相当する。ケンプナーは、ニースに拠点を置く難民委員会に対して、自分は市内にいる裕福なユダヤ人たちを知っている――亡命者もいれば、アメリカやイギリスからの旅行者もいる――、彼らを説得すれば、難民の子供たちの教育に巨額の資金を寄付してくれるかもしれない、と説明した。

学校管理者たちが生徒を募集していた頃、イギリスの活動家たちは大陸のナチスの脅威から少年少女を救うための組織「キンダートランスポート」の設立に取り組んでいた。しかし、ケンプナーの手紙の調子からすると、差し迫った人道危機の解決を手助けすることより、生活費を稼ぐことのほうに関心があるようだった。そして、一九三九年初頭、海外での就職の見通しがつくと、ケンプナーはすぐに寄宿学校の再建活動を断念した。学校を再建する代わりに、ボルディゲーラからいっしょに逃げてきた生徒たちの世話を引き受けてくれる人を探しはじめた。「いろいろな国から来た一〇人のユダヤ人の子供たちがいる小さな学校の指導役を引き継ぐことに関心はないか？　今のところ良好な状態で、今後、大きくすることもじゅうぶんに可能だ」とパリにいる元同僚への手紙の中で書いている。「パイザー博士と私はアメリカから契約書が届くのを待っているところだ」

ケンプナーが脱出を検討していた一九三九年の春、ドイツにいる隣人たちは次々に命を落とし、戦争が迫りつつあった。

最初に、ナチス主導の工作により、スロヴァキアがチェコスロヴァキアから分離し、ドイツの保護下に入った。次にチェコが屈服した。ヒトラーとエミール・ハーハ大統領の深夜の会談の後のことである。会談の中でドイツの指導者は、すでに軍が侵攻を開始しており、わずか数時間でドイツ空軍がチェコの飛行場を奪取するだろうと告げたのだった。独裁者はハーハに二つの選択肢を与えた。降伏か、流血の惨事か。チェコの指導者は重圧のあまり失神したが、ヒトラーの医師が薬を注射すると回復し、文書に署名して国をドイツに譲り渡した。一九三九年三月一五日、その日が終わる頃には、ヒトラーはプラハの古城、フラッチャニ城で眠りについていた。かつて国王、皇帝、大統領がこの城から国を支配していたのだ。

次にヒトラーは反ポーランドを訴えはじめた。ヒトラーの壮大な目標は、ドイツ人のための「レーベンスラウム」すなわち「生存圏」を開拓することであり、東の隣国は場所を譲らなければならない、というわけだ。このときもまた、ヒトラーは侵攻の口実を考えた。ポーランドは、第一次世界大戦後、バルト海に通じる「回廊」を獲得していたが、この回廊はドイツのプロイセン州を真っ二つに分断した。今や東プロイセンは周囲をポーランド、リトアニア、バルト海、港湾都市ダンツィヒ——現ポーランドのグダニスク——に囲まれた陸の孤島となっていた。ダンツィヒはドイツ人主体の都市だったが、国際連盟の保護の下、「自由都市」と宣言されていた。

ナチスはこの取り決め全体を受け入れがたいと考え、ポーランドにダンツィヒ返還を求め、東プロイセンに通じる幹線道路および鉄道の建設を認めるよう迫った。ポーランドはこれを拒否した。三月三一日、チェンバレンがイギリスはポーランドの主権を保証すると発表すると、ヒトラーは怒りを爆発させた。「やつらに喉が詰まるようなシチューを作ってやる！」と総統官邸の執務室で、ヒトラーは一人怒鳴り声をあげた。それから数日のうちに、ヒトラーはポーランドを撃破するための戦争計画を承認した。

三週間後の一九三九年四月二八日、ヒトラーは国会前で演説をおこない、フランクリン・D・ルーズヴェルトからの電報に答えた。電報の中で、大統領はヒトラーに、ドイツの近隣諸国に攻撃はしないと確約するよう求めていた。世界の聴衆に向けたその演説で、総統はドイツの平和的な意図を力説した。いかなる国に対しても、いっさい戦争計画など持っていない。「私は一九一九年にわれわれから盗まれた地域を帝国に取り戻した」とヒトラーは声を轟かせた。「われわれから引き離され、悲惨な生活を送っていた何百万人ものドイツ人を母国に連れ戻した……そしてミスター・ルーズヴェルト、そのとき私は一滴の血も流さず、わが国民にも、必然的に他の国民にも、戦争の苦難をもたらしはしなかった」

ヒトラーはそう言った。しかし、それも変わろうとしていた。一九三九年の夏、ヒトラーの軍隊は、戦争に新たな革新を起こす準備を進めていた。「電撃戦」である。

ケンプナーのアメリカの大学での仕事は、一九三九年春の終わりにはまだ実現していなかった。五月、ケンプナーはペンシルヴァニア大学のスウィーニーに手紙を書き、自分は絶望しかけていると伝えた。フランスの通過ビザの有効期限が近づいていた。「すぐにでもアメリカに渡ることができなければ、私はたいへんな困難に陥るでしょう」。スウィーニーはまた、ケンプナーを応援するパイザーからの手紙も受けとった。パイザーはアトランタでの教員の仕事を見つけてヨーロッパを後にしていた。またケンプナーの弟でデューク大学にいるヴァルターからの手紙も受けとっていた。

ロベルト・ケンプナーはライネマンにも、さらなる支援を求める手紙を何度も送っている。もうあまり待ってはいられなかった。当局は、ケンプナーの通過ビザの短期延長について、厳しい姿勢を示していた。多少の猶予を与えられたのは、ルートが虫垂の切除手術を受けたため、一二週間入院する必要があったからだ。

問題はスウィーニーがケンプナーにほんのわずかな報酬しか提供しないことだった。全部でほんの数百ドルである。割当外移民ビザの資格を得るには、生活できるだけの賃金として研究所が月額最低二〇〇〇ドルを向こう二年間支払う、ということをケンプナーが示す必要があった。

この要件を満たすために、ケンプナーは、ちょっとした金銭的な策略を駆使した。もしも研究所が書類上の給与額を引きあげてくれれば、「私の複数の友人が差額を出し」、大学に払い戻す、と五月の手紙の中で、ケンプナーはスウィーニーに伝えた。じっさいには、ケンプナーは自分の「給料」の大部分を自分で支払うつもりだった。手持ちの資金を第三者に送金し、その第三者が大学に寄付する、というわけだ。スウィーニーはその型破りな取り決めを承諾する意を伝え、ケンプナーはこの業務を引き受けてくれる「受託者」を探した。友人のライネマンが女子医科大学の学部長に依頼すると、彼女はためらった。誰かに恩恵を与えるなら、相手は女性のほうがいい、というのである。

そこでケンプナーたちはウィルバー・トーマスに頼むことにした。トーマスの運営するカール・シュルツ記念財団は、ドイツ人とアメリカ人のよりよい関係を育てることに取り組んでいた。トーマスが引き受けることに同意し、六月九日、全当事者の合意により、ライネマンはニースのケンプナーに電報を打ち、現金を送金するよう伝えた。

翌朝、ケンプナーはフィラデルフィアへ電報を打った。「銀行送金を開始した。本当にありがとう」ライネマンから手紙で連絡があり、契約が進行中とのことだった。「これで私たちの人生の新たな時代を始める機会が得られた」とケンプナーは返事の手紙の中で述べ、自分のために猛烈な働きかけをしてくれた友人に感謝した。契約は六月二一日にまとまった。翌日、ケンプナー一家は領事館で書類に記入した。すべてが円滑に進むように、ケンプナーは申請を裏づける事実をタイプライターで打った一枚の書類を持参した。「初めまして。私はフィラデルフィアの大学に任用されましたので、割当外ビザを発行していただきますようお願い申し上げます。必要書類はすべて用意しており、どれも間違いはないものと思います」

五日後、ケンプナー夫妻、妻ルートの母、ケンプナーの愛人であるマーゴット・リプトンの書類が手に入った。アメリカの友人たちへの手紙は、まもなく不安まじりの喜びであふれ、それと同時に、命に関わる問いかけは、実際的な質問に変わっていった。

ヨーロッパのラジオはアメリカでも使えるのか？　アパートメントが見つかるまでの宿泊先として、お勧めのホテルはあるか？

フィラデルフィアの環境のいい地区に二〜三部屋の寝室を備えたアパートメントを借りるとしたら、いくらぐらいになるか？　バルコニーは付いているか？

家具調度はフィレンツェに置いてこなくてはならなかった。家具を借りることはできるか？

ヨーロッパからライネマンのところに持って行けるものはあるか？

しかし、いつまでも喜んでばかりはいられなかった。状況の厳しさが忍び寄り、お祝い気分に水を差した。ベルリンからフィラデルフィアまでの紆余曲折の旅の過程で、ケンプナーは変身を遂げようとしていた。裕福で、豊富な人脈を持つ、高級官僚から、苦闘する、無名の、移民研究員になるのだ。すでに職業も、家族の家も、家具調度も、貯金の多くも失っていた。命こそ奪われなかったものの、ナチスにほとんどすべてを奪われた。

今、この最後の脱出で、ケンプナーが後に残していこうとしているものがまだあった。息子たちである。

三月にリプトンがアンドレを産んでいた。赤ん坊のためのビザ取得が間に合わなかったので、ニースの養護施設に預け、最善の結果を期待することにした。いっぽうルシアンは依然としてドイツから出られず、今も深刻な危機に直面していた。父親はそのことを承知していた。「ミシュリンク」すなわち混血ユダヤ人は、差別的なニュルンベルク法の規定を免除されていたが、一九三八年のある友人からの手紙にはこう書かれていた。「長期的に見れば、第三帝国に混血ユダヤ人の未来はないだろう」

一九三九年七月、ビザを取得してまもなく、ケンプナーはドイツにいる息子に惜別の手紙を送った。

「親愛なるルシアン。もうすぐ一六歳になるおまえの誕生日に、おまえが幸運に恵まれることを願う——とくにおまえが自由な国で、自由で平等な人間として生きる幸運をふたたび手に入れることを願う。自分の望むところで働くことができ、人種や信仰ゆえに制限を受けることがない国で。いつの日かこの願いが叶うことを私は確信している。そのときは、喜んでふたたび私の息子として迎えたいと思っている。この願いが実現することは、それ以外の物質的な小さな願いが実現するよりも、おまえの人生全体にとって重要だ。今の私にはその小さな願いさえ、叶えたくても叶えられない。知ってのとおり、第三帝国は私からすべてを奪った。他の非アーリア人や政治的に好ましくない人間にしてきたように。おまえが今年の誕生日をどこで祝うのか、私にはわからない。この手紙が犯罪者どもに盗み読みされるかどうかもわからない。だが、そんなことはどうでもいい。私の心は今もおまえとともにある。これまでいろいろな目に遭ってきたが、それでもおまえに対する気持ちや思いは、きょうも以前と変わりはしない。忘れないでほしい。私がこの戦いを続けているのは、おまえへの愛情ゆえにほかならないということを。戦いつづけるのは、利己的な動機ではなく、おまえの父親としてわかっているからだ——第三帝国でおまえを無為に過ごさせることに決めたほかの誰よりもよくわかっている——ユダヤ人であること、非アーリア人であること、ミシュリンクであることがどういうことなのかを」

八月の終わり、ケンプナー一行はフランス北部、イギリス海峡を臨む港町、ブーローニュ＝シュル＝メールまで行き、ホーランド・アメリカ・ラインの主力汽船ニュー・アムステルダム号に乗りこんだ。前年に就役した高速の豪華客船だった。全長約二三〇メートルの遠洋定期船がアメリカに向けて出港し、緑と金のストライプが入った二つの煙突から黒い煙を吐き出したとき、息子たちにいつ再会できるのか――いやそもそも再会できるのかどうか――ケンプナーにはまったく見当もつかなかった。

一週間後、船はゆっくりとニューヨーク港に入り、ホーボーケンの五番通りの外れにある桟橋に到着した。手をふり、歓声をあげ、友人や家族を出迎えるアメリカ人たちで港はごった返していた。ケンプナー一行は鞄を持って船を降り、バスに乗ってハドソン川を渡り、マンハッタンに入った。ベルリンを離れてから三年、ついに安全な場所にたどりついた。

日付は一九三九年九月一日だった。その日の朝、アドルフ・ヒトラーがヨーロッパに軍隊を解き放ち、世界が経験することになる最悪の戦争が始まった。

戦争

一九三九〜一九四六

第14章　「これからの苦難」

予想もしていなかった。アルフレート・ローゼンベルクがその驚天動地のニュースを耳にしたのは、ほかのすべてのドイツ国民と同じ、一九三九年八月二一日の午前零時少し前のラジオだった。敬愛する総統は、ローゼンベルクが最も憎む敵、ソ連と手を結ぼうとしていた。ヒトラーはヨアヒム・フォン・リッベントロップ外相率いる代表団をモスクワに派遣し、不可侵条約を締結するという。

それを考えただけで――鼻持ちならぬリッベントロップがクレムリンでヨシフ・スターリンとウォッカを酌み交わす――ローゼンベルクのはらわたは煮えくりかえった。

この条約のことを聞いて、ローゼンベルクよりも打ちのめされた者は、第三帝国にはおそらく誰もいなかっただろう。ローゼンベルクは二〇年にわたり、共産主義者とそれに関わる「ユダヤ人の犯罪性」について警鐘を鳴らしてきたのだ。自分にとってこれは一生の仕事であり、今も、これから先もずっと、自分の政治的世界観全体の中心なのだ。さて、どうしたものか？　ぐっとこらえて、同調すべきか？

これはきっと『わが闘争』を書いたヒトラーではないのだ。ヒトラーは、ドイツ人の生存圏はソ連とその領土を犠牲にしなければ手に入らないと書いていたし、ボリシェヴィキとの同盟という考えを嘲笑していたのである。「今のロシアの支配者は血に汚れた常習犯罪者であり、悲劇の時に、勢いに乗じて大国を制圧した人間のクズどもだということを、けっして忘れてはならない」。これはきっと、次のような恐ろしい警告を発した人ではないのだ。「ユダヤ人による世界のボリシェヴィキ化と戦うためには、ソヴィエト・ロシアに対する態度を明確にする必要がある。魔王《ベルゼブブ》を用いて悪魔を追い出すことはできない」。これはきっと、ほんの数年前、ローゼンベルクに次のようなことを語った総統ではないのだ。ナチスが盗賊の巣窟であるソ連と同じ理想を見いだすことなどありえない。「なぜならドイツ国民に盗みを禁じておきながら、同時に盗人と親しくつきあうことなど不可能だからだ」

リッベントロップを派遣してソ連と条約を結んだことは、「われわれの二〇年間の戦いを考えると」、ナチスにとって「精神的な屈辱だ」とローゼンベルクは日記に怒りをぶちまけている。「このような事態が必然的に生じたものなのかどうか、いずれ歴史が明らかにするだろう」。ローゼンベルクは願うことしかできなかった。これもまた総統の戦術的才能の成せる業であり、つかの間の便宜的同盟であり、じきにドイツは、ローゼンベルクがずっと思い描いてきた、共産主義者を友人として遇するのではなく、滅ぼすという長期的な計画に立ち戻るのだ、と。

ヒトラーに会う必要がある。何があったのか理解する必要がある。

この条約は、ヒトラーのポーランド侵攻計画から生まれたものだ。将軍たちが軍事計画をまとめているあいだに、総統は外交上の障害の除去にとりかかった。ヒトラーは西のイギリスとの戦争を――まだ――望んでおらず、東のソ連と対決する余裕もなかった。

こうした地政学的苦境をよくよく考えたドイツの独裁者は、外相に助言を求めた。ところがこの外相、ヒトラーをのぞくほとんど全員の意見では、当面の問題に対処する外交的洞察力と政治的判断力に欠けていた。自身もけっして機転の利かないローゼンベルクでさえ、そのことがわかった。「彼の最悪の敵は虚栄心と傲慢さを持つ彼自身だ……これは周知の事実である」とローゼンベルクは一九三六年に書いている。「私は彼に宛てた手紙で指摘した――日が当たりはじめてからの彼の行動の仕方について」

リッベントロップは洗練されたしつけを受けて育った。母親が亡くなった後、父親は貴族の娘と再婚した。リッベントロップ自身は貴族ではなかった。大人になってから、遠い親戚に金を払って養子にしてもらうことで、名前に「フォン」を用いる資格を得たのである。リッベントロップはテニスをしたり、ヴァイオリンを弾いたりしながら成長した。ティーンエイジャーの頃、しばらくスイス・アルプスで暮らし、一年間ロンドンに留学、一七歳のとき、友人たちとともに船でカナダに渡り、四年間を過ごした。そのときある女性と恋に落ち、ワインの輸入業を始めた。

第一次世界大戦が始まり、ドイツに帰国した。休戦後、ふたたびワインと蒸留酒の事業を一から築きあげて成功し、資産家になった。一九三二年、ナチ党に入党、翌年初頭には、ヒトラーへの権力移行に向けた計画遂行を手助けする立場になっていた。リッベントロップは、第一次大戦中、コンスタンティノープルで、フランツ・フォン・パーペンの下で働いた。パーペンといえば、一九三二年に首相に就任し、一九三三年一月の運命の数週間には、ヒンデンブルクの腹心だった人である。リッベントロップはそのとき、一カ月のあいだ、権力の配分をめぐって協議するパーペンとヒトラーのあいだを往復して過ごした。重要な秘密会議がリッベントロップの屋敷で開かれた。屋敷はベルリンの裕福な人々が住むダーレム地区にあった。パーペンはリッベントロップのリムジンで到着し、ヒトラーは静かに庭を通ってこっそりと中に入った。「一九三三年の彼の仲介者としての行動は総統にとってひじょうに重要だった」とローゼンベルクはのちに日記に書いている。「そのため総統はリッベントロップに並々ならぬ恩義を感じている」

リッベントロップが初めて未来の総統と言葉を交わしたのは、一九三二年、リッベントロップ主催のパーティーでのことだった。そのとき二人はイギリスについて長時間語り合った。リッベントロップがロンドンで暮らしていたのはほんの短い期間だったが、そのときの会話はヒトラーの心に深く銘記されたにちがいない。なぜなら、それ以来ヒトラーは——まったくの誤解だったが——このワイン商が大英帝国に精通していると思いこんでいたからだ。リッベントロップはふりかえる。「イギリスに関する見解の一致が、この初めてともに過ごした夕べに、ヒトラーと私のあいだに信頼の種をまいたのである」

第三帝国の初期の頃、リッベントロップは、ナチ党内の地位を利用して、イギリスやフランスの高官との会談を実現した。ヒトラーは知らなかったが、各国の外交官たちはリッベントロップを取るに足らぬ人物だとみなしていた。外交手続きについて正式な教育を受けておらず、下手で不誠実な交渉相手であり、おまけに無知で傲慢だった。にもかかわらずヒトラーは、この外交官に直属の外交専門機関「リッベントロップ事務所（のちのリッベントロップ機関）」を与え、彼をロンドンに派遣して、イギリスとの重要な海軍協定の交渉にあたらせた。ローゼンベルクをはじめとする多くの敵が驚いたことに、リッベントロップは交渉を成功させ、一九三六年、ヒトラーは彼をイギリス駐在大使に任命した。だが、リッベントロップが関係改善を図ろうとしても、イギリスは相手の未熟な手法をたびたび拒絶し、「ヘル・フォン・ブリッケンドロップ」とか「フォン・リッベンスノッブ」（ブリッケンは「レンガ」、ドロップは「落ちる」、スノッブは「俗物」）と呼ぶようになる。ヒトラーは、リッベントロップがイギリス政界のすべての重要人物を知っているらしいことに感心した。これに対してゲーリングはこう言った。「そのとおりです——ただ問題は、向こうもリッベントロップを知っていることです」。イギリスを味方に引き入れることができなかったリッベントロップは、逆に、断固として敵視することになる。

ヒトラーは一九三八年、リッベントロップを外相に任命し、翌年リッベントロップは総統に、予定されている侵攻へのイギリスの反応は心配しなくてもいいと告げた。イギリスはチェコスロヴァキアについても見て見ぬふりをしているのだから、ポーランドをめぐって戦争を始めるつもりはないはずだ、とリッベントロップは断言した。

ヒトラーはそんな危うい見当違いの助言を受け入れ、東の同盟相手を探した。一九三九年の春にはすでに、イギリスとフランスがソ連と連合の協定を結び、ナチスのポーランド侵攻を阻止しようとしていることは周知の事実になっていた。たしかにヒトラーは長年ソ連を厳しく非難していたかもしれない。だが、西で強力な敵と対峙し、今にも撃ち合いが始まろうとしている今、スターリンを味方につけるためならどんなことでもすると決意した。ヒトラーの侵攻の期日である九月一日が迫っていたため――泥濘だらけになる秋は避けたほうがいい――、ナチスは条約の締結を急いだ。

西欧民主主義を疑い、ヒトラー同様冷徹な現実主義者だったスターリンは、このときすでに、ナチスと手を結ぶという発想に抵抗はなかった。イギリス、フランスと同盟を結んだところで、世界大戦に巻きこまれるだけではないのか、という不安があった。戦争では不釣り合いなほど大きな犠牲を払うことになるだろう。国土そのものが長い東部戦線に沿った唯一の防塁だからだ。

ドイツとソ連のあいだで、何カ月にもわたって、協議や電報のやりとりが続けられ、八月二〇日、交渉は山場を迎えた。ヒトラーはスターリンに手紙を書き、「一刻も早く条約をまとめたい」、なぜなら、ポーランドでいつ「危機」が勃発してもおかしくないからだ、と伝えた。「ドイツとポーランドのあいだの緊張は、もはや耐えがたいほどになっている」とヒトラーは書いている。

翌日の午後九時三五分、スターリンは電報で同意を伝えた。「ドイツ政府による不可侵条約締結への同意は、両国間の政治的緊張の解消と、平和と協力の確立をもたらすものである」とスターリンは書いている。

このニュースはドイツのラジオでただちに報じられ、二日後、リッベントロップがモスクワに飛んで詳細を協議した。

午後の三時間、ソ連側と協議したのち、また夕方から会談を再開したが、これといった意見の相違はなく、二国間で領土を分割するという秘密の追加条項についても同様だった。ソ連はリトアニアの北までのバルト諸国を手に入れ、両国は主要河川に沿ってポーランドを分割することになった。じつのところ、この夜の協議ではほとんど技術的な詳細を詰めることはなく、国際情勢に関して意見を交換したり、温かい――そして何回もの――乾杯で互いを賞賛したり、といったことが中心だった。「私はドイツ国民がどんなに総統を敬愛しているか知っている」とまずスターリンが言った。「だから総統の健康に乾杯しよう」。続いて男たちはスターリンの健康に乾杯し、次にリッベントロップの健康に乾杯し、帝国に乾杯し、両国の新たな関係に乾杯した。

早朝、会談を終える前に、スターリンがリッベントロップを脇に連れていき、この新たな条約をどれほど真剣に考えているかを伝えた。そして、自分の名誉にかけてこの条約を破ることはないと保証した。

第三帝国で最も過激な反共主義者であるローゼンベルクは、条約締結までの交渉期間中、当然ながら蚊帳の外に置かれていた。ローゼンベルクはずっと、ドイツがイギリスと権力分担協定を結ぶことを願っていた。どちらも同じアーリア人国家であり、互いに協力すべきであって、戦争を決意すべきではない。団結して、ともに支配者として世界を統治すべきなのだ。しかし、そんなことは起こりそうもなかった。ローゼンベルクは、イギリス情勢への対応を誤ったことについてリッベントロップを――この「歴史的まぬけ」と呼び――痛烈に非難した。リッベントロップは友好を促進することは何もせず、その逆のことをした。「ロンドンでも、その『人脈』とやらを見込まれて派遣されたv・R（フォン・リッベントロップ）は、人々を失望させた」とローゼンベルクは日記に書いている。「明らかに、その多くは彼個人の人格に起因していた」。どうやらローゼンベルクは、何年も前に自分自身がしでかしたイギリス親善訪問の大失敗を忘れているようである。

「きっと彼は、こちらでそうしてきたのと同じように、イギリスでも愚かで傲慢なふるまいをしたのだ」とローゼンベルクは同じ年のそれより前にゲーリングに語ったことをふりかえる。「だからあちらでも人格を拒絶されたのだ」

たしかに外相にはドイツに一人しか友人がいない、とゲーリングは答えた。ヒトラーだ。「フォン・リッベントロップは道化か、それとも、まぬけか？」

「本当に愚かな人間だ」とローゼンベルクはつぶやいた。「相変わらず傲慢だ」

「あの男は『人脈』のはったりでわれわれを騙した。（彼が知っている）フランス人の伯爵やイギリス貴族をよく見れば、シャンパン、ウィスキー、コニャックの工場の所有者ばかりだった」とゲーリングは言う。「今ではあのまぬけは、どこへ行っても『鉄血宰相』を演じなければならないと思っている。しかし、そんな愚か者は次第に保身に走るようになり、恐ろしい災難を引き起こすことしかできない」

今、ソ連との条約とともに、その災難がやってきた。ローゼンベルクのヒトラーに対する忠誠心と、総統が取り返しのつかない重大な誤りを犯したという確信とが、突如せめぎ合いを始めた。ローゼンベルクとしては、一時的な同盟を理解できないわけではなかった。そのような欺瞞的な取り決めについて、かつてゲーリングと話したことがあると述べている。だが今回の条約は一時的なものとは思えなかった。新聞各紙は、ドイツ人とロシア人が伝統的な友人であり盟友であると宣言した。「まるでソ連との戦いがちょっとした不和にすぎず、ボリシェヴィキが真のロシア人であるかのようだ。その頂点にソ連のユダヤ人が君臨しているというのに！　この小さな容認には、困惑させられるどころではない」

英雄ヒトラーの知恵にいつも喜んで従っていたローゼンベルクは自分を納得させようとした。ヒトラーは、イギリスとフランスに先を越される前に、ソ連と条約を結ぶしかなかったのだと。それは自己防衛の問題だった。「総統の方向転換は、今の状況を考えればおそらく必要なことだった」とローゼンベルクは日記の中で認めている。それでも、ヒトラーが大きな賭けをしているという気持ちを振り払うことはできなかった。

「このソ連との条約はいつか国家社会主義に悲惨な結果をもたらすだろうという予感がする」とローゼンベルクは日記に書いている。「これは自由意志によって踏み出した一歩ではなく、むしろ強いられた状況から生まれた行動だった――つまり、ある革命を代表した、別の革命の指導者への嘆願である……ヨーロッパの破壊者に助けを求めなければならないときに、どうしてヨーロッパの救済と再建の話などできるだろうか？」

「ここでもう一つ疑問が生じる。この状況は必然的に生じたものなのか？　ポーランド問題は、今、このような形で解決しなければならないのか？」

これらの問いには誰も答えられない、とローゼンベルクは思った。

「心から哀れみを締め出せ！」対ポーランド戦争に軍隊を送り出す一〇日前、ヒトラーは軍司令官たちに語った。「容赦なく行動せよ！……無慈悲かつ冷酷であれ！　心を鬼にしていっさい情けをかけるな！」ヒトラーはただポーランド軍を破ることだけを望んでいたわけではない。「敵の物理的消滅」

を望んでいた。「私はＳＳ髑髏部隊を先頭に立たせた。そしてポーランド人の血統を持ち、ポーランド語を話す男、女、子供を、容赦なく、冷酷に、死に至らしめよと命じた」

ヒトラーの残忍さは、いつものように、人種的偏見に根ざしていた。ドイツ人はみんな幼い頃から、ポーランド人は乱暴で野蛮な民族なので強大な支配者に統治されるのが当然だと教わっていた。同時に、地理的な現実による影響もあった。ポーランドは、ドイツの東方への拡大にとって邪魔だったのだ。ワルシャワの指導者たちは、領土的譲歩に関する乱暴な要求を拒否してヒトラーを激怒させていた。

かくして九月一日、ドイツ軍は北、南、西の各方面から、轟音と喚声とともに国境を越えた。一五〇万人の将兵、三〇万頭の軍馬に引かれた大砲および軍需品、一五〇〇両の戦車、そして空軍の数百機の新しい航空機が投入された。この電撃戦《ブリッツクリーク》に対して、ポーランド軍の勝ち目はなかった。防御線は戦闘機の機銃掃射を受け、装甲師団に突破された。ポーランド空軍は壊滅。各都市は破壊された。何千人もの市民が自動車、荷馬車、自転車、徒歩で避難した。東へ向かったが、ソ連軍によって脱出を阻止された。ポーランド軍は一二万人の戦死者を出した——ドイツ軍の戦死者の一〇倍である。さらに一〇〇万人が捕虜になった。

ナチス誕生のきっかけとなった降伏から二〇年、ドイツ人は世界で最も恐れられる戦争製造機械を作りあげた。「今日の軍隊は、一九一四年に比べれば格段に優秀だ」とローゼンベルクは勝利の喜びに浸りつつ書いている。「指揮官と兵士の結びつきもまったく異なっている。将軍が兵士たちと同じ食堂で食事をとり、前線では先頭に立って戦う。全軍が前進するのを見て、(将軍は思う)、このような人類は二度と存在することはないだろう」

第二次世界大戦が始まった日、ローゼンベルク自身は——文字どおり——使い物にならなくなっていた。八月から九月の大部分、慢性的な足首の病気に悩まされた。長いあいだ健康状態が思わしくなかった。一九三五、三六、三八年、ベルリンの北、ホーエンリーヘンにあったSSの医療施設で数カ月にわたって関節炎の治療を受けた。あまりの痛さにほとんど動けなかった。「昔かかった強烈な足の関節炎が昔と同じ痛みを伴って再発した。背中の筋肉がまたいうことをきかなくなっている」と一九三六年の日記に書いている。医療監督者のカール・ゲープハルトは、ローゼンベルクが天候の変化に極度に敏感で、座りっぱなしの生活のせいでかなり太りすぎていると判断した。医師はまた、「精神的な孤立」もよくないと注意した。率直で正直な会話ができる友人がほとんどいなかったからだ。

たとえ自宅からほとんど出られない状態ではなかったとしても、ヒトラーは自分に用などなかっただろう、と一九三九年の日記の中で、ローゼンベルクは苦々しげに述べている。ドイツの最新同盟国への批判を中心になって扇動してきたことで知られる理論家など、総統には必要なかった。「闘争の時代をともにした人々とは違う連中が総統の取り巻きを構成しているのは明らかだ」

戦争が始まったその日、ローゼンベルクは足を引きずりながら国会議事堂に入り、ヒトラーの説明を聴いた。すべてはポーランド人の責任だ、とヒトラーは主張した。こちらが提示したきわめて良識ある提案を無視し、平和的な解決を拒否したのだ。だから攻撃する以外に選択の余地はなかった。「私の平和を愛する気持ちや忍耐強さを、弱さや臆病と誤解するとしたら、その判断は間違っている」とヒトラーは言った。「だから私は、ポーランドと話をすることにした」。ポーランドが過去何カ月ものあいだわれわれに対して使っていたのと同じ言葉で、ポーランドがドイツの兵士に攻撃を加えた、とヒトラーは主張した。——これは事実ではない——だからドイツ軍は報復しただけだ、と。「これからは、爆弾には爆弾で応じることにする」とヒトラーは言った。

演説の前、ローゼンベルクはゲーリングと出くわした。二人はヒトラーの到着を待つあいだ、中央大広間で話をした。「イギリスはことさら過小評価されているような気がする」とローゼンベルクは言った。

彼は正しかった。侵攻までの何日かのあいだ、イギリスの指導者たちはドイツとポーランドを交渉のテーブルにつかせようと努力していた。ヒトラーは、ベルリン駐在のイギリス大使、ネヴィル・ヘンダーソンに、自分はただイギリスとの平和を望むだけだと請け合った。論争の相手は、妥協しようとしないポーランド人だ。ポーランドとの問題が解決すれば、すぐに戦争はやめる――永遠に。だが、オーストリア、ミュンヘン、チェコスロヴァキアの出来事を経た今、ついにイギリス政府は、ヒトラーの約束を真に受けるべきではないと判断した。八月二五日、イギリスはポーランドと相互援助条約を結んだ。リッベントロップは間違っていた。イギリスが黙って見ているはずはなかったのだ。

数日にわたる外交努力も実を結ばず、侵攻を数時間後に控えて、ヘンダーソンは、いかにも快活な様子のゲーリングとお茶を飲んでいた。もしポーランドが要求に応じなければ、ドイツは「やつらをシラミのように叩き潰す」とゲーリングは大使に語った。そして、イギリスが介入するのは「まったく軽率なことだ」と。

九月三日の朝、ヘンダーソンはドイツ外務省にイギリスの正式な宣戦布告文書を届けに来た。この重大な日に大使を迎えたのはリッベントロップではなかった。リッベントロップの通訳がその簡潔な文書を受けとり、急いでヒトラーの執務室に持っていった。総統はデスクにいて、リッベントロップは窓辺に立っていた。二人は黙って報告を聴き、それから長い間があったのち――何時間にも思えた、と通訳はのちに書いている――ヒトラーが「凶暴な表情」を浮かべて外相のほうを見た。「さて、どうする？」

当時、CBSラジオのベルリン特派員だったウィリアム・シャイラーは、総統官邸の外の広場に立ち、ドイツの民衆といっしょに、拡声器の声に耳を傾けていた。声は、ヒトラーが国民を率いて新たな世界大戦に突入したことを伝えていた。「九月のよく晴れた日だった。太陽は輝き、空気は爽やかで、ベルリンの人々が森や近くの湖で過ごしたいと思うような日だった」とシャイラーは日記に書いている。発表が終わったとき、「つぶやき一つ聞こえなかった。誰もがそれまでと同じように、ただ立っていた。呆然としていた」

フランスはイギリスと同じ日に宣戦布告したが、どちらの国も戦う準備ができていなかったため、ドイツによるポーランド制圧を阻止するための措置は何も講じなかった。その後の数週間、ナチスは和平交渉を打診したが、英仏は応じなかった。ローゼンベルクはイギリスの強情さを理解できなかった。過去六年間、イギリスの指導者たちの発言を聴いてきたが、ローゼンベルクは、ベルリンの他の誰もがそうであるように、イギリスが何を望んでいるのか、よくわからなかった。「われわれは、ほとんどありとあらゆる手を尽くしたが、イギリスは頭のおかしい、ユダヤ人主導の少数派に支配されている」とローゼンベルクは日記に書いている。「チェンバレンは意志薄弱な老人だ。彼らは何かを徹底的に叩きこんでやらないと、容易にはわからないようだ」

総統官邸のヒトラーは、ナチスがイギリスに手を引くよう説得することは不可能だと悟りつつあった。彼らを叩いて屈服させるべき時が来ている、とヒトラーはローゼンベルクに言った。

開戦から一カ月が経った頃、ローゼンベルクは書いている。「イギリスが平和を望まないなら、総統は利用可能なあらゆる方法を用いて攻撃し、破滅させるだろう」

いっぽう、ナチスはポーランドの人々に対する過激な世界観を爆発させた。その先頭に立っていたのがハインリヒ・ヒムラーである。

一九三四年の「長いナイフの夜」において、レームが反乱を企てていることを示す捏造証拠を広めたのはヒムラーであり、ヒトラーが大粛清を指示したとき、殺害の多くを実行したのはヒムラー指揮下のSSだった。それ以来、SSは恐ろしい軍隊に成長した。将校たちは黒い制服を着て、襟には古代ルーン文字のような稲妻を思わせるシンボルマークがついていた。制帽には銀色の「髑髏」つまり頭蓋骨と二本の交差した骨の紋章があった。「この黒い制服を見ると気分が悪くなる人々が大勢いることは知っている」とヒムラーは言ったことがある。「われわれはそのことを理解しているが、多くの人々から愛されようとは思っていない」。ヒムラーはSSを一種の教団として構想し、チュートン人やヴァイキングから受け継いだ異教の儀式や作法を定めた。ナチスはチュートン人とヴァイキングを自分たちアーリア人の祖先とみなしていた。ローゼンベルクはナチス上層部で唯一の背教者ではなかった。ヒムラーもまた、「キリスト教との最終対決」が迫っていると信じていた。ヒムラー指揮下のSS隊員たちはキリストの誕生を祝福せず、夏至を祝福した。

オーストリア併合後、ヒムラーの部下たちが軍の後に続いた。数万人を逮捕し、その後、ユダヤ人に残酷な屈辱を与えた。このときウィーンを訪れて現場を取材したシャイラーは、ユダヤ人たちが群衆の野次を受けながら歩道の落書きをこすり落とし、トイレを掃除しているのを見て衝撃を受けた。「多くのユダヤ人が自殺した」とこのジャーナリストは書いている。「ナチ党員によるありとあらゆる残虐行為が報告されている」

ポーランド侵攻直後、ヒムラーは、広範かつ強力な警察活動をラインハルト・ハイドリヒ率いる国家保安本部に統合した。無慈悲で、道徳観念を持たず、効率追求のためには手段を選ばないハイドリヒは、ヒムラー同様、嫌われ、恐れられていた。オペラ関係者の父と劇場関係者の母に育てられ、ヴァイオリンを習得した。また熟練したフェンシング選手でもあった。海軍で中尉まで昇進したが、有力実業家の娘を妊娠させ、出世は止まった。ヒムラーによってSSに迎えられ、政敵やナチス同志に関する情報収集を担当した。すぐにヒムラーに気に入られ、一九三六年にはすでにゲシュタポと刑事警察の両方を指揮していた。三年後、すべてが一つの傘の下に置かれた。

ドイツ軍がポーランドの防御を突破した後、ハイドリヒは五つの特別殺人部隊を派遣した。「アインザッツグルッペン（出動集団）」と呼ばれるこの部隊は、敗北した国を掃討し、知識人、貴族、有力実業家、聖職者など、いつか抵抗運動《レジスタンス》を組織しようとする可能性がある人々を銃または絞首により殺害した。

戦闘が終わると、ポーランドは三つに分割された。東の土地はソ連の一部になった。西の土地はドイツに併合され、「人口を激減させたのち、ドイツ人を定住させる」ことになった。ヒトラーはこのことを攻撃開始の数日前から将軍たちに伝えていた。ワルシャワ、クラクフ、ルブリンなどの都市を含む中央部の土地は、ポーランド総督府として知られるドイツの植民地となった。無慈悲なナチスの統治者、ハンス・フランクによって管理された一一〇〇万人が住むこの土地は、ナチスにとって好ましくないと考えられた人々の広大な処分場と化す。

一〇月、ヒトラーはヒムラーにもう一つ新たな職務を与えた。ドイツ民族性強化国家委員である。その任務は、新しい植民地でのドイツ系住民の複雑な再定住を調整し、「帝国を危険にさらす外国人地域の有害な影響」の除去を監督することだった。

それから一年のあいだに、ヒムラーの監督の下、冷酷にも一〇〇万人以上のポーランド人とユダヤ人が、見捨てられたポーランド総督府に追放された。自宅から連れ去られ、暖房のない鉄道車両に押しこまれ、食糧も持たされぬまま降ろされた。到着した先では——生きて到着すればの話だ。多くの人が途中で命を落とした——、フランクは、人々をゲットーに入れ、強制労働をさせ、食糧を与えない、といった過酷な措置を実施した。「私はユダヤ人にはまったく興味がない」とフランクは一九四〇年の春に述べている。「彼らに食べるものがあるかないかといったことは、私にとってこの世でいちばんどうでもいいことだ」

他のポーランド人はドイツに移送され、しばしば悲惨な状況下で奴隷並みの賃金で働き、超満員の収容所の兵舎に収容された。衣服にはＯＳＴ――「東」――と書かれた札が縫いつけられた。ドイツ人が彼らと親しくなって穢れることを防ぐためだ。ポーランドの孤児院の子供たちは、帝国のドイツ人の里親に引き取られた。その多くはナチスが親たちを追放したために取り残された子供たちだ。

いっぽう、エストニア、ラトヴィア、ルーマニア、その他の地域のドイツ系住民は、帝国に併合され、新たに浄化されたポーランド西部に送還、移住させられた。そこにはポズナニ、ウッチといった都市も含まれた。

ヒトラーは新たに征服した土地に短期間滞在したが、従来のポーランド民衆に対する暗い見方が確認されただけだった、とローゼンベルクは報告している。「ポーランド人とは、ドイツ系住民の薄い層と、その下にある恐ろしい実体のことだ」と、一九三九年九月、この運命の月の終わりに、ローゼンベルクは総統と会った後に書いている。「中でもいちばんぞっとするのはユダヤ人だ。都市は一面汚れている。総統はこの数週間で多くのことを知った。何より、もしもポーランドがあと数十年も、帝国のかつての支配地域を支配していたら、何もかもシラミにまみれて、すっかりダメになっていただろう。優れた支配者の的確な手腕がなければ、この地を統治することはできない」

ヨーロッパの激動のまっただ中で、ローゼンベルクは気晴らしを探し求めた。「きょうは久しぶりに絵を描いた」と、ある日の日記に書いている。「私が二一年前に描いた習作がレヴァルから届いた。

また描いてみたが、ちっともうまくなっていない」。誕生日に届いた手紙に元気づけられた。「少しずつ、何十万もの人々が、私の著作によって、内なる革命を経験したことを知るのは、なんとも奇妙な感じだ。多くの人が内なる平和と救済を見いだしている。古い意味が失われ、新たな意味を見いだしている。多くの男女、少年少女がそう書いている。詩を書いている人もいる。多くの人が自分の進歩を綴っている」

ローゼンベルクは進行中の戦争や来たるべき戦争について考え、一九一九年以来の自分の読者たち、すなわちドイツ国民のことを考えた。この先に何があるのか、彼らはわかっているのだろうか。

ローゼンベルクは書いている。彼らには「これから降りかかる苦難に耐える」強さがあるのだろうか。

第15章　売り込み

ブーローニュ＝シュル＝メールから一週間の船旅ののちニューヨークに到着したロバート（ロベルト）とルース（ルート）・ケンプナーは、七番街に面したホテル・ペンシルヴァニアの一〇六三号室に落ち着いた。ホテルはペンシルヴァニア駅のボザール様式の正面の真向かいにあった。ルースはホテルの絵葉書に、移住の実現に尽力してくれたオットー・ライネマン宛ての手紙を書いた。彼女は今回の旅や、マンハッタンや、そしてとりわけ自分たちの幸運に感動していた。

新聞によると、もしも出発が一週間遅れていたら、暗闇の中、船長は船の照明を消すことを余儀なくされていただろうとのことだった。Uボートに攻撃される恐れがあったからだ。ホーランド・アメリカ・ラインは、ケンプナー一行が乗ってきた船、ニュー・アムステルダム号を港につないでおくことにした。戦時となったため、北大西洋航路の船をこれ以上危険にさらすことを避けたのだ。ケンプナー夫妻の他の友人や盟友たちは今もドイツやフランスにいて身動きがとれなかった。まもなく彼らの必死の訴えが郵便で届きはじめる。

ルースの高齢の母親とマーゴット・リプトンも旅をともにしてきた。リプトンとの不倫がケンプナーの結婚生活にどのような緊張をもたらしたかはともかく、ルースはリプトンがケンプナーの家に同居する取り決めを受け入れたにちがいない。リプトンはフランクフルトに両親を残してきた。彼らは旧チェコスロバキア領内にあったテレージエンシュタットの強制収容所に送られ、生きのびることはできなかった。彼女のきょうだいたちは、なんとかドイツから脱出し、イギリス、アメリカ、イスラエルに移り住んだ。時間が経つにつれ、リプトンはケンプナー家の人々を家族だと思うようになり、その気持ちはケンプナー家の人々も同じだった。

ケンプナーたちは旅立つ前の数カ月間、必死になって英語を勉強した。言語だけでなく、国についてもほとんど何も知らなかった。重要なのは、自分たちが「広大で、豊かで、政治的に自由な国」にいることだった、とのちにケンプナーは語っている。

ケンプナーには、移民の生活が楽ではないことはわかっていた。ベルリン時代のような生活を取り戻すことはできない。プロイセン内務省を解雇される前の高い地位――「上級参事官」――など、アメリカではなんの意味もない。ドイツの法律や警察行政の表裏に関する知識も、アメリカのシステムを理解する助けにはならなかった。きっと、ケンプナーが人々に与える風変わりな第一印象も、職探しに不利に働いたのだろう。一九四〇年代、亡命研究者の調査のためケンプナーの面接を担当したある人によると、「服装にはかなり無頓着」で、「椅子にもたれかかるように座っていた」という。ケンプナーはまばたきもせず、じっと面接官を見つめた。「彼の話すいくつかの事実や、返答そのものが真実ではないように聞こえた」と面接官は書いている。「精神に異常がある人間という印象を受けた」

ささやかで細々としたものではあったが、少なくとも仕事にありつくことはできた。ペンシルヴァニア大学の地方・州政府研究所の研究員だ。知りあいの著名な判事、実業家、大学教授の中には、こちらに来て皿洗いや簿記係として働きはじめた人々もいた。移民の誰もがアルベルト・アインシュタインのようになれるわけではなかった。誰もがニューヨークにあるニュー・スクール・フォー・ソーシャル・リサーチの亡命大学のようなところに行けるわけではなかった。亡命研究者たちのために設立された大学だ。かつての地位や名声はかならずしも通用しなかった。新たな移民の多くは、難民新聞の求人情報を見ながら、頑張って自分を変えていくしかなかった。

だがケンプナーはあいかわらずケンプナーだった。ただ機会を求めて新聞を眺めているだけでは気がすまなかった。自分の名前を新聞に載せて、機会が向こうからやってくるような策を講じた。驚いたことに——おそらくフィラデルフィア当局で働いていたライネマンにまた助けてもらったのだろう。また何人かの記者を知っていた可能性もある——、ケンプナーは自分が九月よりも前にアメリカに渡ってこられた経緯を、新聞に掲載させることができた。

フィラデルフィアの九月二九日付けイヴニング・パブリック・レッジャー紙には、「ドイツの元警察顧問、アメリカで新生活を始める」という見出しが踊った。短い特集記事では、かつて母親がペンシルヴァニア女子医科大学で働いていたことや、ケンプナーがナチスから逃れてきたことなどが紹介された。ケンプナーは新聞に対して、自分はこのままアメリカにとどまるつもりであり、ヨーロッパにはなんの未練もないと語っている。ルシアンとアンドレについては何も話さなかった。「この国で新しい生活を始めるほうがいい」とケンプナーは述べている。

記者に対して、ベルリンでの警察の仕事はゲシュタポとは無関係だったと強調した。ナチスが政権を握る前、自分は司法と行政に関わる一官僚にすぎなかった。

「大学では私はただの研究者にすぎません」とケンプナーは最後に言った。「政治家ではないので、政治について議論することはできないのです」

弁解がましいのには理由があった、とケンプナーはのちに自叙伝の中で説明している。戦争中、アメリカ人は「ドイツ人はドイツ人だ」という単純な考え方をしていた。人々はナチの工作員やスパイを恐れるあまり、移民はみんな同じで信用できない、ユダヤ人であろうがなかろうが、ヒトラーに権利を奪われていようがいまいが、ナチスと戦おうが戦うまいが、そんなことは関係ない、と思っていた。

そんなわけで、パブリック・レッジャー紙の切り抜きが名刺代わりになった。それは見知らぬ土地で一歩踏み出すための、一片の信用の証だった。

ケンプナーたちが最初に住んだのはフィラデルフィアのオーセージ通り沿いにある赤レンガ造りの長屋で、ペンシルヴァニア大学のキャンパスからあまり離れていなかった。職場はブランチャード・ホールの最上階だった。ブランチャード・ホールはウォルナット通りにある古風な趣の三階建ての家で、石造りのゴシック様式の正面がツタに覆われ、マンサード屋根と、とても重いクルミ材の扉があった。

新たな職場では、報告書を作成し、講義をおこない、学術誌に論文を発表した。また、政治学を学び、フィラデルフィアのラジオで毎週放送される反ナチス番組のために、ドイツからの難民にインタビューをし、講演依頼を募集して人前で話をした。ケンプナーは、総統の手下のドイツ野郎たちから逃れてきた生存者として自分を売りこんだ。本当に殺される寸前まで行ったため、一九三五年にゲシュタポに逮捕された後、ヨーロッパのいくつかの新聞には、銃殺隊に処刑されたという誤報が載った、とケンプナーは主張した。地元の社交クラブ、高校、大学での講演には、次のような目を引くタイトルがついた。「私はヒトラー、ゲーリング、ヒムラー、ゲッベルスを知っている」、「独裁国家での愛」、そして当然ながら、「私のスクラップブックは私の死から始まる」。

一九三九年には、雇用されるために自分で給料を支払ったが、後年には助成金を受けるようになる。その中には「亡命外国人研究者救援緊急委員会」からの給付金も含まれた。また、第三帝国の警察および行政手法の研究に対して、ニューヨーク・カーネギー財団から一〇〇〇ドルの助成金を獲得した。ナチス・ドイツから研究用の資料を取り寄せるためには、なんらかのごまかしが必要だ、とケンプナーは説明した。「国外在住の政権の敵として、私の名前はナチスのあらゆるブラックリストに載っており、私の著書はナチスによって燃やされた。だから、本名のケンプナー（Kempner）ではなくケンパー（Cemper）とかケンペン（Cempen）といった偽名を使った」

ケンプナーの研究は意外な方向に進むこともあった。あるとき、ワシントン大学の教授に手紙を書き、ヒトラー・ユーゲントやSS将校など「新しいナチ党員の人相の問題」について質問した。ケンプナーは書いている。「新世代のナチ党員の顔は『凍りついて』いて、これは特定の管理方法によって創り出されたものです。この事実に関して、同じ、または類似の趣旨の研究が存在するかどうか、たとえば、長期刑の囚人や移民集団その他の顔つきの変化といった研究があるかどうか、ご助言をお願いいたします」

ケンプナーの所蔵資料の多くは、複雑な経路を経てナチス・ドイツから出た後、ケンプナーとともに海を渡った。ケンプナーはそれを有意義に活用した。ナチスの犯罪的な性質を証明するため、一九三〇年に起草に関わった報告書を自費出版し、『警察秘密報告書で明らかになったナチス地下組織の青写真』と題して発表した。

また、『二〇世紀の神話』の注釈付き英訳版を、「〝ノストラダムス──ローゼンベルク〟の預言」として出版しようと出版社に働きかけた。英語圏の人々は、この「ナチスの哲学、新しい宗教、政治理論の唯一存在する公式基本書」を読んでおく必要がある、とケンプナーは、クノップ、オックスフォード大学出版局、マクミランなどの出版社に手紙を書いた。

ケンプナーはベストセラーになると確信していた。そこで出版社に、国を追われたドイツからの亡命者に収益を分け与えることを提案した。

だが次々に丁重に断られた。ある編集者からはこんな返事が来た。「あのような難解な文章ではけってアメリカ市場では成功しないだろうと思われます。それに、一〇〇人中九九人のアメリカ人にとっては、なんの意味もないでしょう」

こうして勉学と執筆と講演に明け暮れる中、ケンプナーはもっと大きなものを得ようとしていた。世界一名高い法執行機関で働きたいと考えていたのだ。

ケンプナーは一九三八年一二月、まだニースにいるときに、FBI長官のJ・エドガー・フーヴァーに初めて手紙を書いた。この難民の英語力はまだ流暢なものではなかったが——学生時代は英語よりギリシャ語に力を入れていた——言いたいことを伝えることはできた。

「専門的知識を持つ犯罪学者」、「元警察講師」、「ベルリンのドイツ内務省警察部一等事務官」として自己紹介した。ケンプナーはFBIに自分が働ける場所があるかどうか尋ね、フーヴァーに次のように主張した。自分は「貴国のために尽くすことができるでしょう。現在のアメリカにとって最も重要な、犯罪学のさまざまな問題を熟知しています」

この手紙の受取人は、ハリウッド映画で、悪名高い銀行強盗や殺人犯を猛烈に追跡する人物として描かれたおかげで、有名人になっていた。フーヴァーの司法省での経歴が始まったのは第一次世界大戦の開始から三カ月後、敵のスパイや工作員をめぐるヒステリーが国中を席巻していた頃である。アメリカが参戦した日、一〇〇人近いドイツ人が検挙、逮捕され、その他の約一二〇〇人が監視下に置かれた。一九一七年のスパイ活動法は、あらゆる裏切り行為を非合法化した。戦争反対を叫ぶだけでも犯罪になった。FBIはドイツのスパイを捜索し、戦争に反対する「世界産業労働組合」の運動を厳しく取り締まり、数万人の徴兵忌避容疑者を逮捕した。

第一次大戦後、フーヴァーは、司法省に新設された「過激派捜査部」の部長に選ばれた。FBIの六一人の捜査官を指揮し、アメリカ政府転覆工作に関わっていると思われる何千人もの人物の調査書類をすぐに作成した。捜査官たちはアメリカの共産主義組織に潜入し、メンバーを逮捕した。その結果、組織の活動は地下に潜った。評論家たちは、市民の自由が踏みにじられていると憂慮しはじめた。捜査官たちが連邦議会議員の行動を監視していたことが明るみに出ると、カルヴィン・クーリッジ大統領は抑制措置を講じた。クーリッジ政権の新司法長官ハーラン・フィスク・ストーンは述べている。「秘密警察組織は自由な政府、自由な体制への脅威になる恐れがある。なぜなら、秘密警察にはつねに権力の濫用の可能性がつきまとい、それはかならずしもすぐに把握、理解されるものではないからだ」。ストーンはFBI長官を解任し、フーヴァーを後任に任命した。ただし、一つ条件があった。監視はやめること。フーヴァーは同意した——そして、秘密裏に監視を継続する方法を見つけた。

一九三八年、新たな戦争の勃発に伴い、アメリカが懸念していたのは、ナチスとファシストだった。「ドイツ系アメリカ人協会」は、雑誌や街頭でナチス支持の主張を展開した。ミシガン州ロイヤルオークのカトリック司祭、チャールズ・コフリン神父は、戦争前の数年間に四〇〇〇万人ものラジオ聴取者を獲得し、「ユダヤ人陰謀団」と共産主義者たちへの反感をあおっていた。「われわれがユダヤ人をやっつけたら、彼らはドイツで受けている扱いなどなんでもないと思うだろう」と、コフリンはブロンクスでの演説で叫んだ。シンクレア・ルイスは、正当な選挙で選ばれた大統領が独裁制を宣言するというベストセラー小説『ここでは起こりえない』で人々の妄想をあおった。

こうしたスパイや工作員をめぐる絶え間ない不安や恐怖の中、新しい大統領はフーヴァーを頼りにした。

一九三六年八月二五日、ルーズヴェルトは、メモに残さない秘密命令によって、アメリカ国内のナチ党員、共産主義者に関する情報を収集するようFBI長官に指示した。フーヴァーはそれよりもさらに一歩踏みこんだ。外国の諜報員や潜入工作員だけでなく、ルーズヴェルトの政敵に関する情報も伝えたのだ。政敵の中には、ドイツを訪問してヒトラーと第三帝国に感銘を受けた飛行家チャールズ・リンドバーグもいた。「絶対間違いない、リンドバーグはナチだ」とルーズヴェルトは政権の閣僚の一人に語った。

一九三八年二月、ＦＢＩ捜査官たちは、アメリカの軍や国防企業に潜入していたドイツ人スパイ組織を摘発した。一〇年前から暗躍していたこの犯罪者たちは、新型の航空機や軍艦の青写真を盗み出すことに成功していた。この事件は国民の意識にぞっとする考えを植えつけた。ナチスは本当にここにいる、大西洋のこちら側で活動しているのだ。

フーヴァーはすぐにルーズヴェルトを説得し、アメリカの諜報・防諜活動の広範な指揮権を一手に掌握した。大統領は連邦最高裁判所の判決に反して潜在的なスパイや危険分子に対する盗聴を秘密裏に許可した。ＦＢＩは、アメリカが戦争に突入した場合に逮捕または監視すべき潜在的反逆者のリストをまとめた。

市民的自由を擁護する人々――その中には、のちにニュルンベルク裁判でアメリカの首席検事を務めるロバート・Ｈ・ジャクソン司法長官もいた――は、フーヴァーの攻撃的な戦術を心配していた。エレノア・ルーズヴェルトは、捜査官たちが自分の秘書の経歴を探っていることを知り、フーヴァーに個人的な手紙を書いた。「この種の捜査は、あまりにもゲシュタポの手法に似ているように思えます」

このような人物が長官を務める機関で働くことを、一九三八年の夏にロバート・ケンプナーは望んでいた。

だが、ケンプナーがフーヴァーに手紙を書いても、ＦＢＩ長官との面談は実現しなかった。フーヴァーの事務所から短い手紙と特別捜査官になる方法を概説した小冊子が送られてきた。だが長官からは、この見知らぬドイツ人難民への励ましの言葉は一つもなかった。

それでもケンプナーはくじけず、アメリカでの仕事を見つけたことを七月に報告した。ワシントンへ行ったおりにフーヴァーを訪ねてもいいか、と訊いた。「今の貴殿の部門にとってとくに興味深い情報を」届けたい、とのことだった。フーヴァーからの返事には、ぜひ来て、「われわれの施設や展示品の詳しい見学ツアーに参加するように」とあった。

これだけ素っ気なく拒否されても、ケンプナーはあきらめなかった。一九三九年九月二五日、この亡命弁護士は、アメリカ到着をフーヴァーに知らせる手紙を書いた。「アメリカで暮らし、働けること、ベルリンその他での長年の勤務で得たささやかな専門知識を提供できることは、ひじょうに名誉なことだと考えています。近いうちにワシントンへ行き、そちらを訪問する機会があることを願っています。ぜひとも貴殿を訪ね、共通の関心事について語り合いたいと思います」

ケンプナーは、この新天地について一つだけわかっていたようだ。アメリカで成功するには、強引さが必要だと。

第16章　パリの盗人たち

ヒトラーの命を狙う陰謀が第三帝国のあちこちで渦巻いていた。ある陰謀団は軍の将軍たちによって結成された。彼らはポーランド制圧後、総統が西に転進してすぐにフランスを攻撃するつもりであることに驚愕した。軍はまだ準備ができていないと将軍たちは主張した。これに激怒したヒトラーは、彼らを意志薄弱だと断じ、裏切り者ではないかと疑っていることをほのめかした。陰謀団は四散した。

一九三九年一一月八日、失敗したミュンヘン一揆の一六周年記念行事で、ヒトラーはビュルガーブロイケラーの演壇に立った。かつてヒトラーが天井に向けて拳銃を撃ち、バイエルンの指導者たちを人質に取った、あのビアホールである。毎年、古くからの闘士がミュンヘンに集まり、一九二三年当時と同じように街頭を行進するのだった。ただし今回は、彼らは勝者であり、凱旋する英雄として群衆の歓呼に迎えられた。ヒトラーはこの行事が大好きだった。ある年、二列目を歩いていたローゼンベルクに向かって、にっこり笑って言った。「古い聖者の行進では、こうはいかないだろう」。ローゼンベルクはこれを「ゲルマン民族の聖体祝日の行進」と呼ぶようになる――それはローマの街を練り歩くローマ教皇の聖体行列に対する、ナチスの答えだった。

ビアホールでのヒトラーの記念演説は毎年恒例となっていて、通常、夜の八時三〇分から一〇時頃まで、群衆に語りかけた。この年、演壇の後ろの柱の中で、時限爆弾がカチカチと音を立てていた。演説の半分ほどが過ぎた九時二〇分に爆発するようにセットされていた。

だが、ヒトラーは慣例を破った。九時少し過ぎに演説を終え、いつもは群衆と交流するのに今回はそうせず、車に飛び乗って急いで駅に向かった。「彼は私にどうしてもベルリンに戻らなければならないと言った」とローゼンベルクは三日後の日記に書いている。ベルリンでフランス侵攻に関する重要会議があった。予定では一一月七日に開かれるはずだったが、悪天候のため延期を余儀なくされたのだ。「短縮された演説の後、彼はビュルガーブロイケラーの客席にいる古い闘士たちに加わるよう勧められ、時間を尋ねた。九時一〇分……。列車の発車時刻を考えると、遅れるわけにはいかなかった。……だから急いで出発した。そのとき出発していなかったら、われわれ全員、瓦礫に埋もれていただろう」

爆弾は時間どおりに爆発し、柱とその上の屋根を破壊した。六三人が重傷を負い、八人が死亡。翌日、ローゼンベルクの新聞「フェルキッシャー・ベオバハター」は、「総統の奇跡の生還」を賞賛した。イギリス秘密情報部の陰謀ではないかと疑ったヒトラー同様、ローゼンベルクも、外国の破壊工作員が「われわれを始末しようとしている」と日記に書いている。暗殺未遂事件をきっかけに、ローゼンベルクは自宅を調べることにした。「寝室に爆弾を投げこまれても、どうということはない。夜中は無人になっているからだ」。同時にローゼンベルクはあれこれ考えた。偉大な人間は大きな危険を冒すものだ。それこそが一九二三年のミュンヘンでのクーデター未遂事件の教訓ではなかったか？「けっきょくのところ、あのような無頓着さがなければ、われわれは物事を始めることさえできなかっただろう」

また、危機一髪の経験で、ローゼンベルクはドイツの世論の現状についても考えた。そこでも、いつものように、ゲッベルスのせいだと考えた。宣伝相は国民の信頼をぶち壊した、とローゼンベルクは書いている。そうして「国内の憎悪」を引き起こした、というわけだ。「ゲッベルス博士の傲慢さや、その他の者たちの虚栄によって、どれだけの信頼が失われたか、計り知れない。個人がその虚栄心とレヴァント的な偽りによって破壊したものの代償を、……すべてわれわれが支払うのだ」

ローゼンベルクは、そうとは知らずに、いいところを突いていた。ビュルガーブロイケラーに時限爆弾を仕掛けたのはゲオルク・エルザーという大工で、単独犯行だった。何カ月ものあいだ、仕事が終わった後にビアホールに潜りこみ、少しずつ柱を削って爆発物を仕込んだ。

爆弾が爆発したときには、すでに逮捕されていた。違法にスイスに入国しようとしたところを捕らえられたのだ。

尋問に対してエルザーは、ヒトラーがドイツを導こうとしている方向に不安を覚え、新たな戦争を恐れ、市民的自由に対するナチスの締めつけに危機感を抱いたと答えた。そして、ヒトラーを排除しなければならない、ゲッベルスとゲーリングもだ、と決意したという。

イギリスとフランスは一九三九年後半から一九四〇年初頭にかけて、軍需生産を増大させ、迫りくる戦いに備えた。いっぽうナチスはデンマークとノルウェーに照準を合わせていた。

中立政策をとるスカンジナヴィア諸国への攻撃をドイツに決断させたのは、二つの戦略的要因だった。ドイツ海軍は、第一次大戦のときのように、北海を横切るイギリスの非常線によって海路を封鎖されたくなかった。同時に、ヒトラーに忠告していた——そしてその忠告は正しかった。イギリスはスカンジナヴィア諸国を占領し、スウェーデンにあるドイツへの鉄鉱石の供給源を断ち切ろうとしている、と。冬季、スウェーデンとドイツを結ぶ航路は凍結するため、ノルウェーの港を経由して鉱石を運ばなければならなかった。

ローゼンベルクは戦争のこの章で果たすべき役割を見つけた。一九三三年以来、ローゼンベルクはノルウェーの右翼政治家、ヴィドクン・クヴィスリングとの同盟関係を深めてきた。クヴィスリングが創設した政党「国民連合」は、ノルウェーにナチズムを導入することを目的としていた。一九三九年八月、ローゼンベルクはクヴィスリングの支持者からなる小部隊にドイツで訓練を受けさせた。同年後半、ベルリンがスカンジナヴィア攻撃の話題で持ちきりになる中、ローゼンベルクは、クヴィスリングがクーデターを計画していることをドイツ海軍に伝えた。もしかすると、ドイツはノルウェーの共謀者と協力して行動できるのではないか、とローゼンベルクは示唆した。

一九三九年一二月、クヴィスリングはヒトラーと三度会談し、クーデター計画の概略を説明したうえで、ノルウェー軍部内の支持を得ていると請け合った。ヒトラーは介入に乗り気ではなく、クヴィスリングにこう言った。ノルウェーには中立であってもらいたい。ただし、イギリスがノルウェーの港を占拠し、ドイツへの輸入を遮断しようとしたときには、黙って見てはいない、と。そして、さしあたり、クヴィスリングの活動に対して、財政的支援のみを約束した。

ベルリンを離れる前、クヴィスリングはローゼンベルクを訪問し、これまでの支援に厚く礼を述べた。ローゼンベルクは、いつかスカンジナヴィアを訪れ、歓迎される日を楽しみにしていると答えた。「私たちは固い握手を交わした。おそらくこの次に会うのは、行動が成功し、クヴィスリングがノルウェーの首相に任命されたときであろう」とローゼンベルクは日記に書いている。

その後の数カ月のあいだに、ヒトラーはスカンジナヴィア占領案に乗り気になり、一九四〇年四月九日、ドイツ軍がデンマークとノルウェーに侵攻した。デンマークはすぐに降伏した。しかし、ドイツ軍はイギリス海軍とノルウェー軍の猛烈な抵抗に遭う。

侵攻当日、ラジオに出演したクヴィスリングは、自分がノルウェーの新しい指導者だと宣言し、同胞国民にドイツ軍への抵抗をやめるよう訴えた。「きょうは、ドイツの歴史上、重大な日だ」とローゼンベルクは日記に書いている。「デンマークとノルウェーが占領下に置かれた。これを成し遂げた総統にお祝い申し上げる。準備には私も参加していた」。

ノルウェーの国王と正統政府の閣僚たちは北へ逃れ、翌日、ナチスに異なるメッセージを送った。自分たちはクヴィスリングを支持せず、戦うつもりである。しかし、抵抗してもほとんど状況は変わらず、イギリスの支援も役に立たなかった。ドイツ軍はオスロその他の大都市を速やかに制圧した。

ローゼンベルクは、自分が侵攻に果たした小さな役割について自慢した。自分の率いるナチス外交部が、作戦の基礎作りをすることによって、「歴史的な任務を果たした」ことは否定できない、とローゼンベルクは四月末の日記に書いている。「ノルウェー占領はおそらく戦争の趨勢《すうせい》を決するものとなるだろう」

そうはならなかったが、スカンジナヴィアにおけるドイツの勝利は、たしかに、一つの重要な成果ではあった。結果として、イギリス議会ではネヴィル・チェンバレン首相に対する反発が起こった。オーストリア併合、チェコスロヴァキア解体、ポーランド消滅に続くノルウェー陥落は、チェンバレン政権の失敗を決定的なものにした。

五月一〇日、チェンバレンは辞任した。そして、第三帝国の断固たる敵、という評判を確立した人物が政権の座についた。ウィンストン・チャーチルである。


一九四〇年四月、ローゼンベルクはドイツ西部に遊説に出かけたついでに、ザールブリュッケンを訪れ、都市南部にある高台の要塞を見学した。国境に沿って、ドイツ側にはヴェストヴァル（「西の壁」という意味。別名ジークフリート線）があり、フランス側にはマジノ線があった。難攻不落の防衛線の巨大なネットワークである。対戦車用の重い杭が地面に突き立てられ、有刺鉄線が何重にも張りめぐらされ、地下壕が掘られ、装甲された砲台が並んでいた。一九三九年九月以降、フランスは公式にはドイツと戦争状態に突入していたが、双方ともに攻勢に出る準備はできていなかった。しかし、一九四〇年春には、「偽物の戦争」は本物の戦闘に道を譲ろうとしていた。ローゼンベルクが偵察旅行に出かける数週間前から、独仏両軍は激しい砲撃戦を展開し、空軍が空中戦をくりひろげていた。ドイツの偵察隊が連合軍の要塞を探っているときに小競り合いが発生した。緊張は高まっていた。

ローゼンベルクは荒涼たる風景の中を歩きまわり、そのときの印象を日記に綴っている。「村々は砲撃で粉々に吹き飛ばされ、無人地帯となった。放棄されたフランスの古い塹壕には、マットレスや毛布が（散乱）していた。フランスのカフェが増築され、コンクリートの小要塞になっていた。絶え間なく塹壕が掘られている」。そこで会ったドイツ軍将兵たちの士気は高かった。だが、ザールブリュッケンの街では、家々が瓦礫の山と化していた。

「いつか万が一、西全体がこんなふうになったら悪夢であろう」とローゼンベルクは書いている。

一九四〇年五月一〇日。「最後の戦いが始まる」とローゼンベルクは書いている。「そしてドイツの運命を決める。おそらく永遠に、少なくとも何世紀にもわたって」

連合国には何年も準備をする時間はあったが、ナチスが立案した西への侵攻計画に対する準備はまだできておらず、おそらくドイツ軍はオランダとベルギー中心部を突っ切ってくるものと予想していた。ところがヒトラーは、戦車・装甲車の大規模な部隊を投入して、もっと南のアルデンヌを押し通るという大胆な計画を支持した。アルデンヌは、寂しく荒涼とした霧立ちこめる濃密な森林丘陵地帯なので、防備が薄いはずだった。連合国側は、あまりにも起伏が激しいので、装甲部隊による攻撃は不可能だと考えていた。

計画は完璧にうまくいった。北では、ドイツ軍による五月一四日のロッテルダム空襲で、オランダはすぐに降伏した。ベルギーでは当初、連合軍は北部戦線を維持し、兵力を集中させて、侵攻軍の主力と思われる部隊を迎え撃とうとしていた。

いっぽう南のアルデンヌでは、ドイツ軍の戦車および装甲車が四列になってゆっくりと西へ進んでいた。隊列の長さは一六〇キロ以上に達した。ドイツ軍は無傷でミューズ川に到達。五月一四日に連合軍の前線を突破した後、阻止されることなく、開けた土地を全速力で横切った。五月二〇日にはすでにイギリス海峡に到達して、ダンケルクの英仏軍をあっという間に包囲した。三四万人の連合軍兵士は海峡を渡ってどうにか無事に逃げられたが、戦闘の第一ラウンドはこれでほぼ終了だった。ドイツ軍は南へ大挙して進軍し、六月一四日、すんなりとパリに入城した。

フランスの指導者たちは休戦を求めた。一週間後、コンピエーニュの森に呼ばれた。一九一八年一一月に、ドイツが連合国に降伏した場所である。ヒトラーは協議を開始するため、代表団を森の空き地に案内した。空き地に着くと、第一次大戦の終結とドイツの敗北を記念する碑のところまでわざわざ歩いていった。碑にはこう書かれていた。「**一九一八年一一月一一日、ドイツ帝国の犯罪的な思い上がりはここで敗北を喫した――彼らが奴隷にしようとした自由な人々によって打ち破られて**」。ヒトラーは侮蔑の表情を浮かべてその碑文を読んだ。外国特派員のウィリアム・シャイラーは、この歴史的な瞬間を目撃し報告するために、総統を注意深く見守っていた。「彼の人生の重大な瞬間に、私は何度もその顔を見てきた」とシャイラーはのちに日記に書いている。「だがきょうはどうだ！　その顔は軽蔑、憤怒、憎悪、復讐、勝利に燃えている」

翌日、フランスは壊滅的な打撃となる休戦協定に署名した。その二日後、ドイツは記念碑を取り壊した。

ヒトラーから教化責任者に任命されて六年、ローゼンベルクは自分の教えがドイツ社会の隅々にまで浸透しているのを目にしてきた。グライヒシャルトゥング、すなわち「強制的同一化」によって、ナチスは労働組合、商工会議所、教師連盟、学生団体、青少年団体、その他ほとんどすべての社会および地域団体を、地方レベルの射撃クラブ、合唱クラブ、スポーツ・クラブに至るまで、支配下に置いた。四六時中イデオロギー教育にさらされていたドイツ国民は、いやおうなく、ローゼンベルクの過激な思想に触れることになる。

ローゼンベルクはヒトラー・ユーゲントの指導者たちの前で定期的に講演をおこなった。ヒトラー・ユーゲントには一九三九年までに八七〇万人の子供たちが所属していた。ヒトラーはこの組織を将来の兵士や忠実なナチ党員のための訓練場と見なした。子供たちは継続的に体育、ハイキング、キャンプ、各種スポーツ——さらに、戦争が進行すると、モールス信号、位置確認、行進といった、より軍人らしい活動——をおこなうとともに、一定のイデオロギー教育を受けた。歌を歌い、本を読み、総統、ゲルマン神話、人種の純潔について、入念にひとまとめにされた授業を受けた。ヒトラー・ユーゲントの指導者が学び、教えることを義務づけられていた教材の一つが『神話』である。

この本は第三帝国の至る所にあるようだった。中等学校の教師は認定試験を受けることを義務づけられていて、この本が主張する学説を暗記していなければならなかった。国家社会主義教師連盟のある出版物は、一九三五年、「心と魂の自由のために戦うすべてのドイツ人」にはそれを読む義務がある、と宣言している。「ローゼンベルクはその著書『二〇世紀の神話』の中で、ドイツ人に一つの武器を与えたと宣言している。それはドイツ人が名誉と気高い自己決定権を取り戻すための武器である」。教育者、大学生、公務員、そして実業家までもが、ナチスの教化キャンプに参加させられ、そこでは『わが闘争』と『神話』を用いて人種の純潔の重要性が教えられた。「国家社会主義はイデオロギーである。そのイデオロギーはローゼンベルクの『二〇世紀の神話』に見いだすことができる」と、党の訓練担当者は一九三五年九月、大学生のための教化研修会で語った。「われわれと同じ信仰を持たない者たち、あるいは、人種的に劣等であるためにそれを持てない者たちは、排除されなければならない」

ヒムラーの部下たちは、SSの公式機関紙「ダス・シュヴァルツェ・コーア（黒の軍団の意）」を通じてローゼンベルクのメッセージを受けとった。ローゼンベルクの記事は「SS－ライテフト（指導冊子の意）」にも転載された。これはSS指導者向けのイデオロギーに関する訓練報告書で、黒か赤の背景に稲妻の形をしたSSのロゴが入っているという目立つ表紙の冊子だった。

だが、ローゼンベルクは自分の理念が文化に浸透していることがわかっても、くりかえしヒトラーに訴えた。ドイツ人の心と精神に自分の権威をもっと広めるべきだと。ローゼンベルクは、人々に向かって説教をするための、もっと大きな演壇を欲していた。国が戦争状態にある今、党と国民をナチスの教義に忠実に行動させるために、ヒトラーには自分の影響力が必要だと、ローゼンベルクは主張した。

ローゼンベルクの計画が、その過程で、最大のライバル、ヨーゼフ・ゲッベルスの巨大な影響力を減少させたのは、けっして偶然ではなかった。

「人々は今、ナチ党を求めている」と一九三九年九月のある日の日記にローゼンベルクは書き、副総統のルドルフ・ヘスとの議論について詳述している。国民がナチスに信任票を投じたのに、指導者たちはその信頼を裏切った。ゲッベルスの帝国文化院は腐敗した。ロベルト・ライは、ローゼンベルクに党の教化教材を用意させた後、「私の一生の仕事を騙し取ろうとした」とローゼンベルクは不平を述べている。「このように、党は元の形を失っている。一部の成り上がり者のこれ見よがしの行動、仲間としてふさわしくないクジャクのごとき虚栄心から生まれた他人への妨害行為、そして、プチブルジョア的な軟弱さと優柔不断さ。何千人、何万人もの良識ある国家社会主義者たちは問いつづけている。『総統は介入しないのだろうか？　引きつづきG博士をわれわれに押しつけることができるのだろうか？　乗り出す組織はないのだろうか？』人々はいつものように忠実に働きつづけている――なぜなら、戦ってきた彼らは、その戦いを放棄することなどできないからだ――しかし、そんな状況では、かつてわれわれが抱いていた内なる信頼はもはや失われた」

ローゼンベルクは、イデオロギー問題について自分が強力に指導しなければ党は崩壊すると考えた。今、第三帝国を一つにまとめているのは、ヒトラーの絶対的な権威だけだ。総統が亡くなったら、部下たちは争いを始めるだろう。かつて古代ギリシャにおいて、アレクサンドロス大王が遺した戦利品をめぐって、配下の将軍たちがもめたのと同じである。「改革」の時が来た。そしてそれを指揮するのは自分なのだ。

一九三九年のその後、ローゼンベルクはヒトラーにこのことを訴えた。戦争で重要なのは領土だけではありません、とローゼンベルクはヒトラーに言った。これは魂のための戦争でもあるのです。ローゼンベルクは、人々が若手の指導者や「アールヌーヴォーの思想家」に騙されているのではないかと心配だった。教会は反体制的な活動を強化しており、ナチスは戦いの手を緩めるわけにはいかない。聖職者は、ドイツ人の魂の幸福に責任を負うのは――ナチ党でもローゼンベルクでもなく――自分たちだという考えに今なお固執している。ある神学者は、厚かましいことに、党のイデオロギー教育は教会の管理下にあるとまで言っている。「この臆面もない覚え書きは、世間知らずで狭量な傲慢さにあふれているが、それは、大げさな旧約聖書でいっぱいのキリスト教徒の頭では、ドイツ人の生活と向き合ったときに、物事をまったく理解できないことを示している」とローゼンベルクは書いている。「このような後進性の権化のような者たちは、自分がどんなに時代遅れか疑いもしないのだ」。一部の地域では、聖職者たちが戦争を神による罰だと公言していた。彼らは人々の魂を腐食させている。ゲッベルスの戦術――「おとぎ話、嘘のプロパガンダ、ヴォードヴィル・ショー」――では、これらの敵に勝つことはできないだろう。

「これまで自分は党の信頼のために誠実に戦ってきたと思う」とローゼンベルクは主張した。「もしも今、厳しい姿勢で臨まなければ、将来、この闘争は敗北に終わるだろう」

ローゼンベルクは自分の考えを文書化し、それをナチスの政策決定機関に浸透させ、協議と妥協を重ねてライバルたちに受け入れさせた。ところが一九四〇年の春、ヒトラーは突然、ローゼンベルクの考えを拒否した。原因はほかでもない、ベニート・ムッソリーニである。イタリアの独裁者は、ヒトラーが異端者ローゼンベルクに新たに重要な地位を与えた場合、カトリックのローマに悪影響を及ぼすのではないかと心配していたのだ。ムッソリーニの懸念も理解できる、とヒトラーはローゼンベルクに言った。悪影響が出れば「爆弾並みの大打撃になるだろう。今は大規模攻撃を目前に控えているのだ」。のちにナチスはなんでも意のままにできるようになるが、今はまだ聖職者たちの新たな反逆に対処する時期ではなかった。「教会は、この先も永続できるだろうという希望のようなものを今なお抱いている」とヒトラーは説明した。「君が新たな地位に就任すれば、彼らはそんな希望をすべて葬り去り、それまで抑えていたものを一気に爆発させるだろう」

しかし総統はまもなく、忠実な腹心のために別の考えを思いついた。

続く五年間、その限りない野心と飽くことなき自己の権力の追求によって、ローゼンベルクはナチス・ドイツの最も悪名高い犯罪の一部において主導的役割を果たすことになる。

ローゼンベルクの人生の新しい章が、じつに無害な新しい図書館の計画とともに始まった。ヒトラーの指示に従って、ローゼンベルクはナチ党のホーエ・シューレ――「高等学校」――の設計を進めていた。党の教えを代々、確実に伝えていく教育機関になることを、ナチスは期待していた。メインキャンパスは、バイエルン州南部の山々に囲まれた美しいキームゼーの湖畔に建てられる予定だった。設計者の構想によれば、荘厳な石板造りの本館は高さ約八〇メートル。ナチスらしい簡素なラインの建物で、頂上には記念碑的な複数の柱が建てられ、その上から一対の鷲の石像が見おろしている。

ホーエ・シューレは、エリートのイデオロギー教育システムの頂点に立つ。将来、党内でリーダーシップを発揮したいと考えるドイツのティーンエイジャーたちは、新しく建てられた「アドルフ・ヒトラー学校」の一つに通わなければならない。ヒトラー・ユーゲントが運営するこれらの学校は、軍事的、肉体的な訓練を重視する。トップクラスの卒業生は、次に「オルデンスブルク」(騎士団城の意)に入学する。――ラインラント、バイエルン、ポメラニアの三カ所に巨額の費用をかけて建設された学校だ。――そこでは選ばれた少数の学生たちが、人種生物学、高度な体育、イデオロギー教育にどっぷりと浸される。オルデンスブルクは現在の党指導者たちが訓練および継続教育のために行く場所でもある。ホーエ・シューレは、アドルフ・ヒトラー学校やオルデンスブルクの教官を養成する学校になる。かくしてローゼンベルクは党全体の教育システムを牛耳ることになる。

さらに、ローゼンベルクの機関は、党の教化担当者に指示を与え、ナチスの学術研究の中心になる。全国各地に出先機関を設置し、共産主義、神学、「人種衛生学」、ゲルマン民族伝承、芸術などの研究をおこなう。最初の研究所はフランクフルトに開設された。そこでは、ナチ党員の学者たちが最も差し迫った問題を研究した。ユダヤ人問題である。

教育研究機関には図書館が必要であり、図書館には本が必要だ。一九四〇年一月、ヒトラーは、党および政府関係者に、ホーエ・シューレのための蔵書収集に奮闘しているローゼンベルクを支援するよう命じた。ローゼンベルクはフランクフルト市に、所蔵するユダヤ関係資料の共有を求め、他の図書館の買収を開始した。

だが、戦争の開始とともに、ローゼンベルクに新たな道が開けた。パリ陥落から四日後の六月一八日、ローゼンベルクの部下たちは、フランスにあるユダヤおよびフリーメーソン関係の複数の主要機関が放置されているのを発見した。そこにある記録文書は、ローゼンベルクの研究機関にとって、宝の山になる。

この機会を最大限に利用しようと、ローゼンベルクは、特別部隊を立ち上げるため、ヒトラーに正式な許可を求めた。未来の学者たちの研究のために、逃亡したユダヤ人が放棄した資料を収集する部隊である。ヒトラーはすぐに同意し、まもなく悪名を轟かせることになる「全国指導者ローゼンベルク特捜隊」が誕生した。ローゼンベルクの部下たちは――ゲシュタポ、ＳＳ保安部、国防軍の秘密警察である秘密野戦警察隊の助けを借りて――オランダ、ベルギー、フランス全土の図書館、文書館、個人コレクションを略奪した。

特捜隊はパリにあった二つの主要なユダヤ人団体のコレクションに狙いをつけ、世界ユダヤ連盟とエコール・ラビニク（ラビ養成学校）から五万冊の本を奪った。また、パリの大手ユダヤ系書店〈リプシュッツ〉から二万冊の本を没収した。さらに、ロスチャイルド家が所有する膨大な個人コレクションを略奪した。主要なフリーメーソンのロッジ（本拠地）も占拠した。ローゼンベルクはフリーメーソンのことを本当は「戦闘組織」だと考えていた。ロシア出身のローゼンベルクの発案だったため、特捜隊はロシアおよびウクライナの西部占領地の図書館にも照準を合わせた。特捜隊は、とくにヒムラーの国家保安本部と激しく競い合った。国家保安本部は独自に秘密の学術研究図書館を創設しようとしていた。ナチスの敵に対する捜査を支援するためである。それでもローゼンベルクは、短期間に数十万冊の本を収集することに成功した。たとえば一九四〇年八月には、一二二四箱分の書籍が鉄道貨車一一両に満載されて運ばれた。

「私の特捜隊がパリで没収したコレクションは、間違いなく他に類を見ないものだ」とローゼンベルクは日記に書いている。

フランクフルトに新たに設立したユダヤ人問題研究所に、ローゼンベルクは世界最大のユダヤ文献図書館を作ろうとしていた。ここに数十万冊の略奪された文献が所蔵されるのだ。ローゼンベルクは研究者たちに、ドイツの巨大な敵を精密かつ詳細に研究するのに必要な資料を提供したかった。「誰でも将来ユダヤ人問題を研究したくなったら、フランクフルトへ行かなくてはならないだろう」とローゼンベルクは日記に書いている。

だが、まもなくローゼンベルク特捜隊の使命は劇的に拡大することになる。新たな征服地の状況を調べた第三帝国の指導者たちは、埃まみれの図書館の本の山よりも、もっとずっと価値のあるものに目をつけたのである。

ヒトラーは自分が育ったオーストリアのリンツに大規模な美術館複合施設を建設する構想を抱いていた。一九三八年にフィレンツェのウフィツィ美術館とボルゲーゼ美術館をあわただしくめぐったときに、わが国には、自分が作ろうとしている美術館に必要な世界的な美術作品が一つもないと痛感した。それが今、変わろうとしている。ドイツ国内では、ゲシュタポが美術品やその他の貴重品をユダヤ人から没収していた――「保管」のために。最も優れた作品はリンツや他のドイツの美術館のために取っておき、それ以外は売却または破棄した。

一九三九年、美術品が倉庫から溢れそうになると、ヒトラーは美術史家のハンス・ポッセを指名して、略奪した大量の美術品を分類させ、総統美術館に収蔵するべき作品を選ばせた。予算はほとんど無制限で、かなり強引に取引を進めてもよい権限を与えられていたポッセは、一般美術市場で新しい作品を入手しはじめた。

競争相手はヘルマン・ゲーリングだった。ナチス・ドイツには、略奪にかけてはゲーリングに並ぶ者はいなかった。ゲーリングは自分のことをルネサンス人だと思っていた。ベルリンの住居にはドイツの美術館から借りた絵画を飾っており、巨大なルーベンスが映画スクリーンを隠していた。彼はナチスが権力を握った直後に、大規模な美術コレクションを築きはじめた。一九三六年、ヒトラーから経済の責任者に任命されると、ゲーリングの金庫には政府資金が流れこみ、取引上の利害関係者たちから豪華な個人的贈り物が大量に届いた。ベルリンの北約八〇キロのところにあるショルフハイデの森に、のちの国家元帥はカリンハルと呼ばれる贅を尽くした屋敷を建てた。外国からの賓客は、その広大さだけでなく、これ見よがしなところに目を見張った。客は何百点もの絵画、巨大なライオンとバイソンの剝製に迎えられた。ゲーリングはデスクの上にいくつものダイアモンドが入った深鉢を置いておき、会議中にもてあそんだ。

オーストリア併合後、ドイツはウィーンでも略奪を働いた。著名な一族はコレクションを奪われた。ユダヤ人の中には、国外移住の許可を得る代わりに、財産を手放す者もいた。神聖ローマ帝国皇帝の戴冠用宝玉――笏《しゃく》、宝珠、シャルルマーニュ（カール大帝）の祈禱書、宝石がちりばめられたあらゆるもの――は、ニュルンベルク市長によって奪われた。四世紀のあいだ同市に置かれた後、一七九四年に保管を理由にウィーンへ移されたまま戻ってこなかったから、というのがその根拠だった。

翌年のポーランド侵攻後、ナチスはクラクフの聖母教会からドイツの彫刻家ファイト・シュトースが彫った世界最大のゴシック様式の祭壇画を奪い、レンブラント、ラファエロ、レオナルド・ダ・ヴィンチの有名絵画を持ち去った。

連合軍がダンケルクで包囲されている頃、オランダではゲーリングの代理人たちが略奪品を入手する手はずを整えていた。ナチスの捜査網はすべてを捉えていたらしく、逮捕された人々、侵攻前に脱出した人々、美術品を画廊に置き去りにした人々、高価な作品を船で国外へ送ろうとした人々の財産を手に入れた。あからさまに盗まれたものばかりではない。ナチスはコレクションを購入することによって、この作戦に一片の正当性を与えた。だがじっさいには、売らないなら没収すると脅して、無理やり安い値段で売らせたのである。ゲーリングは、売り渋るベルギーの美術商にこう警告した。「今回、万が一売る決心がつかなければ、こちらとしては申し出を引っこめるしかない。そうなると物事は通常のやり方で進むので、私にはそれを止めることはできない」

必死の売り手にとっては、出国ビザが取引の一部になることもあった。ある美術商は、ブリューゲルの板絵四枚と引き換えに、ユダヤ人従業員二人の自由を獲得した。別の美術商は、親戚二五人のビザを手に入れる代わりに、レンブラントの「ラマン家の男の肖像」(一六三四年)を手放した。最も重要な取引の一つには、巨匠作品を扱っていたユダヤ人大美術商、ジャック・ハウトスティッカーが遺したコレクションが含まれていた。一九四〇年五月、ナチスから逃れるため船に乗っていたハウトスティッカーは、開いたハッチから船倉に転落し、首の骨を折って死んだ。二人の従業員は、かなりの割引でもコレクションを売らないと、すべて没収されてしまう、と未亡人を説得した。ゲーリングはこの取引でルーベンスの作品九点を含む六〇〇点の絵画を手に入れた。

一九四〇年夏、ナチスは敗れたフランスに注意を向けた。ヒトラーは美術品の「保護」を命じた。リッベントロップの指揮下にあるオットー・アベッツ大使はただちにその任務を引き受けた。大使の部下たちが銀行の金庫、画廊、ユダヤ人の家々に踏みこんだ。大使館には略奪品が山積みになった。

しかし、軍の将校たちは――重要美術品の保護を任されているのは自分たちであって、大使ではないと考え――アベッツの攻撃的なやり方に異議を唱え、美術品をフランス国外へ運び出すのを阻止しようとした。略奪品の獲得競争にはほかにも参加者がいた。帝国文化院を率いるゲッベルスである。

だが今回は、ローゼンベルクがライバルたちに勝った。ヒトラーは、命令書によれば、「持ち主のいなくなったユダヤ人の所有物」を確保する仕事を、「特捜隊」に任せたのである。ゲーリングとは異なり、ローゼンベルクには築かなければならない個人美術コレクションなどなかった。ローゼンベルクなら誠実かつ奴隷のごとく総統のために略奪品を守ろうとするはずだった。

ゲーリングの代理人たちは、言うまでもなく、すでにフランスで活動していたので、ローゼンベルクはすぐに手紙を書き、全面協力を要請した。国家元帥は熱心な返事をよこし、ローゼンベルクが抱えている問題の一つ、すなわちどうやって美術品をドイツに持ち帰るか、を解決しようと申し出た。鉄道車両の手配は難しいかもしれなかったが、ゲーリングは美術品の積み荷の梱包、準備、保護、輸送にローゼンベルクが自由に空軍を利用できるように手配した。

この二人のナチス指導者の関係は複雑だった。ローゼンベルクが一九二三年から一九二四年の短期間、党の最高指導者を務めていたとき、ゲーリングは亡命先にいて、クーデター未遂事件の際に受けた銃弾の傷の療養中だった。当時ローゼンベルクはナチ党員名簿からゲーリングの名前を抹消しており、ゲーリングはそのことをけっして忘れなかった。一〇年後、ゲシュタポのルドルフ・ディールス長官は、プロイセン内務省内の忠実でないと思われる職員に関する文書をゲーリングに渡していたが、同時に、他のナチ党員に関する情報も伝えていた。ディールスは回顧録の中で、ローゼンベルクに関するファイルには、リゼッタ・コールラウシュというユダヤ人女性へのラブレターが複数含まれ、その女性はゲシュタポに逮捕されていた、と述べている。ローゼンベルクはどうにかその女性を釈放させることができたが、そのことでまずい立場に追いこまれたという。ゲーリングは、その事実をヒトラーに明かして、ローゼンベルクの人生を一瞬で破滅させることもできたのである。（ディールスが言及しているラブレターは、たとえ存在していたとしても、歴史の彼方に消えてしまった）。

しかし、一九四〇年の中頃、ゲーリングからの支援は、ローゼンベルクには天の恵みのように思えた。ライバルたちはすぐに特捜隊の権威に服従した。ゲーリング配下の為替管理部隊が略奪に手を貸し、場合によっては、自ら発見した美術品をローゼンベルクの機関に引き渡すこともあった。ナチスは、どこに最も重要な画廊、美術館、銀行、倉庫、個人の邸宅があるか、訊かなくてもわかっているようだった。大きな引っ越し用トラックが、裕福なユダヤ人の家の前にあらわれた、と、ある女性目撃者は日記に書いている。「美しいタペストリー、カーペット、胸像、傑作美術品、磁器、家具、毛布、シーツなど、何もかもがドイツへ持ち去られた」

中心となる倉庫が、コンコルド広場に面した小さな美術館〈ジュ・ド・ポーム〉に設置された。まもなく美術品がどんどん運びこまれるようになり、ローゼンベルク配下の美術史家たちはほとんど作業が追いつかなくなった。「可能な限りあらゆる方法と手段を用いて、パリ市内のユダヤ人の家、地方の城、倉庫、その他の保管場所に隠されていたユダヤ人所有の美術コレクションを発見、押収しました」とローゼンベルクはヒトラーに報告した。「逃亡したユダヤ人たちはこれらの美術品の隠し場所をごまかす方法を知っていました」。有名なフランスのロスチャイルド・コレクションは、パリ、ボルドー、ロワール地方に分散して隠されていた。

九月初旬、ヒトラーと昼食をともにしながら、ローゼンベルクは、パリのロスチャイルド家の邸宅で発見されたものについて興奮気味に報告した。跳ね上げ戸の下の秘密の地下室に、文書や本の詰まった箱が六二個置かれていた。小さな収納箱の中には、フリードリヒ大王（プロイセン王フリードリヒ二世）がかつて身につけていた磁器のボタンが入っていた。

戦後、尋問を受けた際に、代金も払わずに美術品や古代の遺物を押収したことについて訊かれたとき、ローゼンベルクが述べた根拠は単純だった。

「所有者はみんないなくなっていた」


ゲーリングとの協力は代償を伴うだろうとローゼンベルクにはすぐにわかった。

ゲーリングはパリの特捜隊員たちと親しくなった。中でも親密だったのがクルト・フォン・ベーアである——五年後、ローゼンベルクがバンツ宮殿に隠しておいた文書のところへ連合軍を案内することになる人物だ。尊大でうぬぼれの強いフォン・ベーアは、貴族の家に生まれ、かつてはドイツ赤十字社の指導者を務めていた。第一次世界大戦以来、軍には所属していなかったが、パリの軍政部から中佐に任命されるように手配した。フランス語を話し、きらびやかな軍服に身を包み、有力者の人脈を開拓し、盛大なパーティーを開いた。妻はイギリス人だったが、母国を嫌っていた。他の特捜隊員たちは、フォン・ベーアが「無節操で自己中心的な男」で、美術については何も知らず、そのふるまいはまるでギャングだ、と不平を述べていた。歴史上最も略奪の限りを尽くした体制の中にあっても、フォン・ベーアは突出していた。

終戦時にアメリカ戦略諜報局がまとめた調査によると、特捜隊パリ支部はローゼンベルクの帝国の中でも異質だった。隊員たちは自分の秘書と堂々と不倫の関係を持った。ある女性は、「毛皮や宝飾品、銀器などの高価な品物を横領」していた。同僚と大げんかになり、それが「ヒステリックな悪口と非難の応酬」に発展した。また別の女性職員は、上司のために他の隊員たちの動向を探っている疑いがあった。軍政部はフォン・ベーアと彼が指揮する作戦そのものを嫌悪するようになった。

一一月初め、ゲーリングがパリに買い物に来た。代理人たちは、没収される前の個人コレクションを探しまわり、優れた作品をジュ・ド・ポーム美術館に送るようにしていた。

美術館では、フォン・ベーアが国家元帥のために手の込んだ私的な展覧会を開いた。シャンパンの栓が弾け、美術館は椰子の木、格調高い家具、高級な絨毯で飾られていた。主賓は一日中、美術品のあいだをさまよい歩き、二日後にまたやってきて、さらに多くの作品の優劣を検討した。二十数点は自分のために取っておき──レンブラント、ファン・ダイク、ステンドグラスの窓、数枚のタペストリーなど──、ヒトラーの総統美術館に収蔵するその他の作品を戦略的に選定した。その代表格がフェルメールの傑作「天文学者」である。

ゲーリングはパリ訪問の最後に、差し出がましいことに、略奪品の分配方法を定める命令を出した――特捜隊やパリでの美術品押収に対して正式な権限を持たないにもかかわらず、である。

ゲーリングの命令は次のとおり。最初に、ヒトラーの代理人がリンツに送りたい作品を確保する。次に、ゲーリングが「国家元帥コレクションを完成させるために」必要な作品を取る。その次に、ローゼンベルクがホーエ・シューレのために必要なものを取ることができる。そして最後に、ドイツおよびフランスの美術館が残りの中から選ぶことができる。さらにゲーリングは次のような空々しい善意を示した。残った美術品は――もし残ることがあれば――オークションにかけて売却し、その利益は未亡人や戦争孤児に寄付する。

ゲーリングの派手な買い物から三週間後、ローゼンベルクはパリにやってきた。ナチスでさえ爆撃する気になれなかった都市である。一九四〇年夏、ドイツ軍がフランス国内を進撃する中、ヒトラーは「フランスの美しい首都を攻撃するつもりはない」と語った。その理由の一部は戦略的なものだった。ナチスには、パリを破壊すれば——たとえばロッテルダムのときのように——イギリスが敵意を抱くことがわかっていた。イギリスとは、フランス敗北後に和平交渉を進めたいと考えていたのだ。だが、ヒトラーはパリの美しさと様式を賛美してもいた。パリを「ヨーロッパの宝石の一つ」と呼び、保護することを誓った。

　ドイツ軍が戦うことなくパリに入城して二週間後、総統はメルセデスのコンバーチブルに乗りこんで市内をめぐった。街は超現実的なまでに無人だった——四〇〇万人近い人々が逃げ出していた。立ち寄ったオペラ座ではその建築に驚嘆し、オテル・デ・ザンヴァリッド（旧傷病軍人療養施設）ではナポレオンの墓を訪れた。ポーズをとって、観光客がパリでかならず撮るようなスナップ写真を撮った。エッフェル塔の前にも立った。

　ナチスはパリを破壊しなくても、存在感を示すことができた。フランス降伏後、パリジャンたちが戻ってくると、街には軍服姿の若い兵士があふれかえっていた。どのバルコニーにも鉤十字がはためいているようだった。主要な交差点には塗られたばかりの標識が立ち、ドイツ語で交通整理をしていた。かつて著名なユダヤ人の栄誉を称えていた通りは、新しい名前に変わっていた。シャンゼリゼ大通りに面した空っぽのグラン・パレ（展覧会場）は接収されて軍用トラックの車庫として使用されていた。ナチス当局は市内の有名豪華ホテルや宮殿のほとんどを占拠していた。接収した建物の住所に関する調査報告書は六〇〇ページにも及んだ。

　ナチスは、レストランやカフェ、ナイトクラブ、カジノ・ド・パリ、フォリー・ベルジェールなど、パリの娯楽を贅沢に楽しみ、有利なレートで交換したフランをたくさん持って、パリのおしゃれな店や歩道市場に押し寄せた。宣伝相が命じたとおり、彼らは喜んで「パリをパリのままにしておく」ことにした。多くの兵士は、パリに駐留する者も、休暇で訪れた者も、占領の一カ月後に発行された薄っぺらなドイツ語の旅行ガイドを頼りにしていた。「われわれの大部分にとってパリは未知の土地だ。優越、好奇心、不安な期待が入り交じった複雑な気持ちで接することになる。パリの名前は何か特別な感情を呼び起こす」。一八七〇年にフランスで戦った祖父たちがパリの話をするとき、その名前の響きは「謎と驚きに満ちていた。今われわれはその場所にいて、自由に楽しむことができるのだ」

ローゼンベルクはパリを訪れ、ブルボン宮殿で演説をおこなった。宮殿はかつてフランス議会の下院として使用されていたが、今はナチス占領軍の中枢が置かれていた。ドイツ空軍元帥フーゴ・シュペルレその他の軍司令官をはじめ、広大な半円形の部屋に集まった六〇〇人の聴衆がローゼンベルクの演説に耳を傾けた。

「ここで話すのは妙な気分だった。かつてクレマンソーやポアンカレが帝国を激しく非難していた場所であり、たびたび世界的な反ドイツ運動の起源となった場所なのだ」とローゼンベルクはのちに日記の中でふりかえった。「私は、言わばフランス革命の墓場で、国家社会主義革命を擁護する演説をした最初の人間だった」。ローゼンベルクの発言は、「血と黄金」と題され、パリの新聞雑誌で大々的に取りあげられた。「聞いたところでは、フランス人は皆、私の演説の話題で持ちきりだったという」とローゼンベルクはのちに日記に書いている。「教会と民主主義のあいだに挟まれていた彼らは、そこに新たな精神的な道筋を見たのだ。しかし今のところ、フランスの内なる変化は期待できない……フランス人はまだ自己の崩壊の程度を理解していない」

その夜、ローゼンベルクはオテル・リッツでのパーティーに出席した後、リュクサンブール宮殿内にあるシュペルレ元帥の新たに改装されたきらびやかな居住区を訪れた。フランスに勝利した直後から、ドイツ空軍はイギリスの飛行場、基幹施設、主要都市への爆撃を開始していた。計画されていたイギリス海峡を渡っての上陸侵攻作戦への準備のためだ。だが数カ月にわたる空中戦の末、イギリス空軍のスピットファイアとハリケーンは、制空権をめぐる戦いでドイツ空軍のメッサーシュミットに勝利し、一九四〇年九月には、ヒトラーは上陸計画を中止していた。だが、爆撃は続けられた。ロンドン、リヴァプール、その他のイギリスの都市への夜間空襲で、イギリス国民は避難所を求めて逃げ惑った。パリでは、シュペルレがローゼンベルクに、ドイツ軍のパイロットたちがもたらした破壊の跡を示す航空写真を見せた。

パリ滞在中、ローゼンベルクは、ジュ・ド・ポーム美術館の中で仕事に精を出す特捜隊の部下たちも訪問した。美術館には、ローゼンベルクのために菊の花が飾られていた。「見るべき貴重なものがたくさんあった」とローゼンベルクは日記に書いている。「ロスチャイルド、ヴァイル、セリグマンらは、一〇〇年間の株式利益の結果を引き渡さなければならなかった。レンブラント、ルーベンス、フェルメール、ブーシェ、フラゴナール、ゴヤなどなどがたくさんあり、さらに古代の彫刻やゴブラン織りのタペストリーなどもあった。美術鑑定士はその価値について、およそ一〇億マルクはすると推定している！」

しかし、ローゼンベルクには心配の種があった。ゲーリングがすでに美術品の一部を自分のものだと言っていたのだ。

ローゼンベルクはパリから帰る途中で死んでいたかもしれない。劇場で芝居見物をした後、急いで飛行場まで行き、ゲルト・フォン・ルントシュテット元帥の飛行機に同乗して、ベルリンまでおよそ一〇〇〇キロの帰途についた。ところが途中で計器が動かなくなり、パイロットは引き返さざるをえなくなった。慌てて着陸したため、飛行機の片方の翼が地面に激突した。「これを聞いたシュペルレ元帥は気の毒な機長の胸ぐらをつかんで持ち上げんばかりの勢いだった」とローゼンベルクは述べている。

ベルリンに戻ったローゼンベルクは、フランスでの美術品略奪作戦の指揮権を奪いとろうとするゲーリングの阻止にとりかかった。

国家元帥から一通の手紙が届いており、ローゼンベルクに対して、特捜隊の権威を全面的に支持すると述べていた。しかし、自分の部下および情報源が多くの美術品の追跡を支援してきたことを正確に指摘し、何点か――本人曰く「ほんの一部」――を自分が保有すると説明し、自分が死んだら帝国に遺贈すると誓った。

ローゼンベルクは、ベルリンに拠点を置く美術顧問ロベルト・ショルツをパリの特捜隊に派遣した。ショルツの報告で、じつはゲーリングが、私邸カリンハルへの「美術品の大量輸送」を計画していることがわかった。警鐘が鳴りはじめた。押収した美術品をどうするか決めるのはヒトラーではなかったのか？　ローゼンベルクは総統の介入を求めた。ショルツに、総統官邸のヒトラー側近宛てに手紙を書かせ、次のように提案させた。貨車一五両に積まれた最も価値ある品々をただちにフランス国外へ運び出して、中身を改め、目録を作成し、ヒトラーに引き渡せるようにすべきである、と。

一二月三一日、ヒトラーはフランスの在庫から自分の美術館が所蔵すべき作品を決定し、絵画四五点、タペストリー多数、一八世紀のフランス家具数点を選んだ。その多くはロスチャイルド家から没収されたもので、フェルメールの「天文学者」、レンブラント一点、ゴヤ二点、ルーベンス三点、ブーシェ三点などが含まれた。これらの美術品は二月に国家元帥の特別列車でミュンヘンに運ばれ、総統館の地下壕にしまいこまれた。いっぽうゲーリングは五九点を自分のものとした。

だが、これはナチスによる略奪のほんの手始めにすぎなかった。

最終的には、フランス国内にある個人所有の美術品のおよそ三分の一を奪うのである。

いっぽう特捜隊は、フランス国内のユダヤ人の二〇〇以上の個人コレクションから二万二〇〇〇点近くを押収した。油彩画、水彩画、素描、ブロンズ彫刻、タペストリー、コイン、磁器、宝飾品、アンティークの花瓶などが含まれた。一九四一年から一九四四年までのあいだに、二九回にわたってドイツ各地の六カ所の城にある保管所に運ばれた。その中には、ミュンヘンの南西の険しい山中にある、おとぎ話に出てくるようなノイシュヴァンシュタイン城もあった。ナチスが略奪した絵画には次のようなものがあった。ブーシェ作「ポンパドゥール侯爵夫人の肖像」、パンニーニ作「ベテスダの池のキリスト」、フランス・ハルス作の女性の絵、ヴェルネ作の港の風景、ベルヘム作の川の景色。

フランスは抗議したが無駄だった。ローゼンベルクの部下たちは、ドイツが世界的なユダヤ人の陰謀を阻止しようとしているのだということをフランス人に思い出させた。フランスの貴重な財宝を没収することによって、「ヨーロッパの人々のために帝国が払った大きな犠牲」の埋め合わせをしているだけだ、というわけである。

ゲーリングはジュ・ド・ポーム美術館を少なくとも二〇回は訪れ、六〇〇〇点以上の美術品を手に入れた。ある訪問の際に、田園地方にあったロスチャイルド家の屋敷から略奪された二二個の宝石箱を見せられた。一六世紀のペンダントなどの品々を見ているとき、国家元帥は最高級のものを六点選んでポケットに入れた。

ローゼンベルクは、ゲーリングが自分の作戦に強引に割りこんでくることに憤慨した。つねに忠実なナチ党員であるローゼンベルクは、宝物は一個人のものではなく党全体のものだと考えていた。ナチスは「二〇年にわたるユダヤ人との闘争で損害をこうむってきたのだ」

のちにローゼンベルクは、「すべての協力者に対して、どんなにつまらないものでも記念品として横領することを、きわめて厳格に禁じる」と主張する。しかし、ローゼンベルクは立場上、ゲーリングが望みのものを取っていくのをけっして阻止できなかった。後でわかったことだが、ローゼンベルクもまた、誘惑には勝てなかった。ベルリンの自宅に、オランダから略奪された三点の高価な絵画を飾っていたのだ。そのうちの一点はオランダの肖像画家フランス・ハルスの作品だった。

けっきょく、二人とも自分の望むものを手に入れていた。ゲーリングは略奪美術品の分け前を、ローゼンベルクは史上最大となる美術品没収作戦の指揮権を手に入れたのだ。

ローゼンベルク特捜隊は、今やドイツが所有することとなった宝物を記録するため、何冊かの革装の写真帳を作成した。四月のある日、ローゼンベルクは写真帳の一部をヒトラーに送った。「総統閣下、お誕生日のお祝いに、これを贈ります」。これ以外にもたくさんのものがあることをローゼンベルクは説明し、それらを直接届けたいと申し出た。「閣下にとって最も大切な美しい美術品に関わるこのささやかな仕事が、崇敬される閣下の人生に美と歓喜の一条の光をもたらすことを願っています」

「退廃した」絵画に関しては、フランス印象派やその他の近代的な作品は、ナチスの感性からするとあまりにも不愉快なので、古い大画家の作品と交換された。アメリカの捜査官が調べたところでは、ある取引で、ゲーリングはグスタフ・ロホリッツというパリのドイツ人美術商との交換を承認した。ロホリッツはドガ、マティス、ピカソ、ルノワール、セザンヌなどの絵画一一点を選び、ひじょうに疑わしいティツィアーノの肖像画およびヤン・ウェーニクスの平凡な作品と交換した。

のちにその他の近代画――ピカソ、ミロ、ダリの作品――は、額から蹴り出され、ジュ・ド・ポーム美術館の庭でゴミといっしょに燃やされた。特捜隊の綿密なリストでは、死刑を宣告された美術作品の名前はバツ印で消され、次の一語が記された。

Vernichtet（フェアニヒテット）。破棄。

一九四一年春、ローゼンベルクの関心は、より邪悪な種類の破壊へと移っていく。美術品の破壊ではなく、生命の破壊である。

第17章「ローゼンベルクよ、君にとって重大な時が来た」

一九四一年三月末、ドイツ国民はラジオに耳を傾け、ヒトラー政権のイデオロギー指導者の声が電波に乗って鳴り響くのを聴いた。ローゼンベルクはユダヤ人の話をしていた。演説は公式のもので、堅苦しい言い回しだったが、上の空で聴いていた人々にとっても、明らかに殺意に満ちた内容だった。「今度の大戦は、浄化のための生物学的世界革命である」と全国指導者は言った。「現在、われわれはユダヤ人問題を、ヨーロッパが直面する最重要政治問題の一つだと考えている。解決されるべき問題であり、解決されるであろう問題だ。そしてわれわれは期待しているし、そう、すでにわかっている。すべてのヨーロッパ諸国が最終的にはこの浄化を支持するだろうと」

その週末、フランクフルトでは、ナチスの高官たちが中世の市庁舎に集まり、ローゼンベルクが新設した「ユダヤ人問題研究所」の開所式が催された。ヨーロッパ一〇カ国から多数の反ユダヤ主義の記者、文筆家、下級官吏たちが押し寄せ、ユダヤ人を大陸から排除する方法を議論した。ちょうどいいタイミングだと、誰もがわかっていた。ナチスがヨーロッパを広範囲に支配する今、ユダヤ人の敵たちはついに、自身の言葉を、死をもたらす行動へと変える力を手に入れたのだ。ローゼンベルクは会議の前半に参加したが、ヒトラーに急ぎの用事でベルリンに呼ばれ、もうフランクフルトには戻れなかったので、ベルリンから基調講演を読みあげ、それをドイツ全土に放送したのである。

この戦争は「人種的な感染性病原菌であるユダヤ人およびその混血児すべて」を根絶する、とローゼンベルクはラジオの聴衆に語った。「すべての国がこの問題の解決に関心を寄せており、ここに、われわれは最大の情熱をもって宣言しなければならない。もはやわれわれは、ユダヤ巨大資本の油で汚れた指によって、ドイツその他のヨーロッパ民族の利益が干渉されるのを、じっと耐えて見ているつもりはないし、見ていられるはずもない。また、ドイツ人の子供たちではなく、ユダヤ人や黒人の混血児がドイツの町や村を走り回るのを我慢して見ているつもりもない」

問題は「ユダヤ人がひそかに世界支配を続けられる拠点を作ろうというシオニストの策略にすぎなかった。それは、ユダヤ人をどこにやるか」だった。独立したユダヤ人国家という考えはもう死んだ。ローゼンベルクはユダヤ人を特別居留地に強制移住させることを提案した。そこで「経験豊かな警察の監督下に」置かれるのだ。

じっさいにどうするかはともかく、「国家社会主義ドイツ労働者党として、すべての問題に対して、われわれがここで提示する絶対的な解答はただ一つである。ドイツにとって、ユダヤ人問題は、ユダヤ人の最後の一人が『大ドイツ圏』からいなくならないかぎり解決しない」とローゼンベルクは言った。「ヨーロッパにとって、ユダヤ人問題は、ユダヤ人の最後の一人がヨーロッパ大陸からいなくならないかぎり解決しない」

そう言いながら、ローゼンベルクにはすでにわかっていた。生まれて初めて自分の言葉を実行に移すチャンスが来たのだと。

ヒトラーはついに、ローゼンベルクに世界の歴史に影響を及ぼす力を与えようとしていた。

一九四〇年七月にはすでにヒトラーはその関心を究極の標的へと移していた。ソヴィエト連邦である。ローゼンベルクは間違っていなかった。モスクワと歴史的な条約を結んでいたにもかかわらず、ヒトラーは依然としてソ連を滅ぼすことをひそかに心に誓っていたのだ――早ければ早いほどよい、と。

ヒトラーはスターリンが条約を守るとは信じられなかった。一九四〇年五月、六月のドイツによる西への侵攻に乗じて、非情なソ連の指導者は新しい領土を奪取した。まず、スターリンはエストニア、ラトヴィア、リトアニアを占領し、次にルーマニアに東部二州をソ連に引き渡すよう要求して成功した。スターリンはドイツに東ヨーロッパでのさらなる譲歩を求めはじめた。フィンランドを支配し、ブルガリアとのあいだで重要なダーダネルスおよびボスポラス海峡にソ連軍基地を設置する条約を結ぼうとした。これをきっかけにヒトラーは戦争計画を始動させた。

青写真が描かれた。コードネームはバルバロッサ作戦。ソ連軍を制圧し、モスクワのはるか東方、ウラル山脈にまで及ぶ地域を占領する、というものだった。ドイツ軍が国境を越えてなだれこんだとき、ヒトラーは叫んだ。「世界が息を呑むだろう」。いつもは被害妄想的なまでに疑い深いスターリンだったが、めずらしいことに、このときは、ヒトラーが裏切って攻めてきたという報告を受けても信じなかった。

ローゼンベルクの党外交部は、一〇年近くにわたって集中的にロシア問題に取り組んできた。その取り組みについて日記で初めて言及したのは一九三六年八月のことである。「これで二度目だ。総統から、ロシアを攻撃する場合に備えて弁明文書を用意しておくように言われた」。ローゼンベルクの部下たちは東部地域の専門家だった。東における事態の進展を注意深く見守り、住民の民族的・政治的崩壊を画策し、反共指導者と密接な連絡をとっていた。その時が来た場合に国をどのように分割するかについても研究した。一九四〇年秋には、党幹部向けにソ連の国内事情に関する会報を隔週で発行した。

彼らはウクライナ、ベラルーシ、ロシア西部の住民がソ連に組みこまれて以来、長年苦しみに耐えていることをよくわかっていた。

一九三〇年代初め、ソヴィエト連邦全域の農場が没収され、集産化され、大規模農業地帯へと変わった。農業の効率化を図って余剰穀物を売却できるようにし、その資金で国全体を近代化する、というのがその狙いだった。

第一段階として、クラークと呼ばれる富裕な農家を弾圧した。ソ連はプロパガンダによってクラーク層を攻撃した。それはのちにナチス・ドイツでよく聞かれたプロパガンダである。あいつらは強欲な猿であり、人間ではない。二〇〇万人近いクラークが逮捕され、強制労働収容所《グラーグ》に送られた。この過酷なソ連の農業政策の結果、過剰なまでにしわ寄せを受けたのがウクライナである。集産化は悲惨な失敗に終わった。期待された穀物の余剰は出なかった。スターリンは、五〇〇万人の農民が餓死しても、まだ計画に固執した。

食糧配給の列に並ぶ都市住民は、栄養失調で腹の膨れあがった物乞いの子供たちに悩まされた――これらの子供たちは、皮肉なことに、農業地帯にいたら生きのびることはできなかったのだ。盗難防止のため、警備員が塔の上から畑を監視していた。集産農場で栽培されたものは今ではすべて国有財産であり、自分や家族が食べるためにほんの少しでも収穫すれば犯罪になった。生産ノルマを達成できなかった場合、妨害行為を働いたとして、当局はその農家を非難し、家宅捜索をおこなって、すべての食糧を没収した。多くの土地で、住民が食人に走った。

一九三二年の夏、スターリンは飢饉をよそに、これ見よがしの豪華列車で南のソチへ休暇に出かけた。

五年後の大粛清のとき、この地域は新たな衝撃に見舞われた。スターリンはふたたびクラーク層に対する容赦ない迫害を命じ、今回はソ連邦ウクライナおよびベラルーシに住むポーランド人やその他の少数民族を標的にした。こいつらは共産主義国家を転覆させようとする外国のスパイだ、と独裁者は叫んだ。「すべての敵とその血族親族を殲滅《せんめつ》するのだ！」

クラーク弾圧では七万人以上のウクライナ人が処刑された。多くの場合、三人組による非公開審問の後、頭の後ろに銃弾を撃ちこまれた。三人組は、熱に浮かされたような勢いで、次々に仕事をこなした。ウクライナとベラルーシのポーランド系住民は黒いトラックに乗せられて、数万人が連れ去られた。最終的に連れていかれた先は、強制労働収容所か、墓地だった。妻たちは追放され、子供たちは、ポーランド人として育てられないようにするため孤児院に入れられた。

驚いたことに、この殺害は国際的な抗議を引き起こすこともなく、ほとんど気づかれなかった。

そして一九四〇年の今、東に目を向けたヒトラーが、人々にさらに別の恐怖をもたらそうとしていた。ヒトラーは地図を眺めながら、ユートピア的な一〇〇〇年計画を実施すべき空白地帯を見つめていた。広大な地域から、追放、銃殺、餓死、そしてのちに明らかになるガス殺などによって、望ましくない者たちがいなくなる。そうなれば、忠実で純粋なアーリア系ドイツ人がその新たな土地に定住する。帝国は自給自足のために必要なすべての穀物と油を手に入れることができる。「ドイツ人植民者は広々とした立派な農場に住むのが望ましい。ドイツの省庁はすばらしい建物に入り、総督は宮殿に入る」とヒトラーは断言した。「イギリスがインドを支配したように、われわれもロシアの領土を支配する」

ローゼンベルクをベルリンに呼び戻した一九四一年三月には、ヒトラーはすでに、ドイツ軍がソ連に侵攻し、敵軍の大多数を殺戮した後、権限は速やかにドイツ人新政権に移譲されるだろうと思っていた。総統はローゼンベルクに、東部占領地の政治的再建計画を立案するという重大な責任を与えた。だが、ローゼンベルクは現場に着くのがかなり遅かった。多くの重要な決定がすでに下されていた。

最初からローゼンベルクの政治的計画は後回しにされ、何カ月も前から議論されてきた軍事的・経済的目標が優先された。

ゲーリングは、東部占領地から軍需工場の運営に必要なあらゆる原材料を奪う仕事、さらには、同じく重要な、本国のドイツ国民に必要な食糧を確保する仕事を監督することになっていた。平時でさえ、ドイツ国民は食糧を輸入に頼らざるをえなかった。今ではイギリス海軍が、ドイツに向かう船を止めて捜索し、必要不可欠な物資、原材料、食料品を容赦なく没収していた——この封鎖によって、ドイツでは深刻な不足が起こる恐れがあった。ヒトラーは食糧供給をスターリンに頼るようになることを恐れていた。ソ連がそれを影響力として利用したらどうなる？　飢饉を起こしてやると脅されたらどうする、一九三二年にウクライナがやられたときのように？　すでにドイツはパン、果物、野菜の不足に苦しんでおり、肉も配給制が現実味を帯びてきた。ゲーリングは、銃後の国民を空腹のせいで失うことを恐れていた。

このことを背景にして、一九四〇年から一九四一年にかけての冬、帝国食糧農業省次官ヘルベルト・バッケがある計画を立案し、軍の戦争経済軍備局局長のゲオルク・トマス将軍がそれを支持した。ドイツの穀物不足は解決可能だ、と一九四一年二月にヒトラーに渡された報告書の中でトマスは主張した。ソ連の穀倉地帯であるウクライナから奪えばいいのだ、と。

トマスの計算によれば、理論上、ソ連人による消費が少し減るだけで、ドイツ人の食糧となる穀物が数百万トン確保できるという。わずかな食糧で生活することになる者たちについては心配する理由はない、とバッケは侵攻開始時の部下への指示書の中で書いている。彼らは「劣等である」、とバッケは主張した。いずれにしても、「ロシア人は何世紀にもわたって貧困、飢餓、緊縮経済に耐えてきたのだ。彼らの胃には柔軟性がある。ゆえに、心にもない同情などするな！」

五月にゲーリング配下の経済計画立案者たちが作成した飢餓計画の概要は、このような理屈を並べていない。ソ連国民は戦争中に「最も恐ろしい飢饉に直面する」ことになる。ナチスは、南部の食糧供給地から、モスクワ、レニングラード（現サンクトペテルブルク）、その他の北部の都市への交通を遮断する。侵攻軍が栄養補給の優先権を獲得する。残りの食糧は西へ運ばれ、ドイツおよび占領下のヨーロッパの人々が食べる。「この地域に住む数千万人は余分な存在となり、死ぬか、シベリアに移住するしかなくなるだろう」と報告書は述べている。ドイツの食糧不足を考えると、これは戦争に勝つためには必要なことだった。「これについては、誰がどう考えても驚くほど明快なはずである」

この計画に対して、軍のトップからはなんの反対も出なかった。彼らの戦争戦略にとって重要だと考えたからだ。将兵に現地の食糧を与え、鉄道を利用可能にして弾薬、燃料、その他の物資を運べば、迅速に動くことができる。ポーランドのときのように、速さが鍵だった。

ドイツは一〇週間以内に赤軍を片づけることができると予想していた。

計画立案チームに加わったとき、ローゼンベルクは――「歴史を誤解する突出した才能を持つ愚かなナチ党員」と外国特派員のウィリアム・シャイラーは評している――自分が最も得意とすることを始めた。メモをとることである。

そうしてできた最初の文書を、四月二日、ヒトラーとの私的な夕食の席に持っていった。総統が執務室の騒音から離れたところで話したがったので、ヴィルヘルム通りに面した旧総統官邸にあるヒトラーのダイニングルームで食事をした。ヒトラーはそこを私邸にしていたのだ。食事の後、二人は隣のサンルームに移った。窓から木々が並んだ芝生の中庭を見おろすことができた。

ローゼンベルクは、ヒトラーに提示した計画の中で、大ロシア圏に対して情け容赦ない措置をとるべきだと主張した。ナチスはモスクワのユダヤ人ボリシェヴィキ政権を滅ぼし、合法的な政権継承を阻止すべきである。ソ連の産業を解体し、交通網をズタズタにすべきである。土地を荒廃させ、「住民中の有害分子を送りこむゴミ捨て場として」利用すべきである。

ローゼンベルクは、バルト諸国、ベラルーシ、ウクライナの扱い方については、違う考えを持っていた。ここでは賢明でなければならない、と主張した。政治的配慮を考える必要がある。戦後、これらの国々は、モスクワを取り囲む防衛線を形成する同盟国として必要となるだろう。

ローゼンベルクはこう提案した。バルト三国は、ドイツに組み入れるべきである。ただその前に、ラトヴィアの知識階級を「排除する必要」があり、リトアニア人の「人種的に劣等な部分」——一九四一年当時、二五万人のユダヤ人がいた——を追放しなければならない、と。

ウクライナに関して、ローゼンベルクはその文化的、政治的独立を支持したが、同時に、当然ながらウクライナは、戦争中および戦後、ドイツ人が必要とする原材料と穀物のすべてを提供すべきであると主張した。

ベラルーシは絶望的だ。遅れた国で、ユダヤ人が多く暮らしているため、けっして独立などできない。

ローゼンベルクが自分の考えの概要を述べると、ヒトラーはメモをとり、その晩、それを読みかえすことにした。「ロシア問題全般に対処するための組織を設置したい。ついては君が責任者を務めてくれ」とヒトラーは言った。「包括的な指針を作成しろ。必要な資金は自由に使ってよい。ローゼンベルクよ、君にとって重大な時が来た」

二人の男はいっしょにニュース映画を観た後、サンルームに戻り、ロシア人の心理とソ連におけるユダヤ人の役割について、夜まで議論した。「ここで長々と自分の気持ちを吐露する必要はない」と感激したローゼンベルクは、夜、帰宅後の日記に書いている。「二〇年にわたる反ボリシェヴィズムの取り組みが、ついに政治的、世界史的な成果をもたらすのだ。何百万人もの人間……そして彼らの運命が、私の手の中にある。ドイツはこの先何世紀にもわたって、これまでずっとさまざまな形で背負わされてきた重荷から解放されるだろう。われわれは必要なことを実行するだけだ。他の何百万人もがそれを恨むことになるとしても、なんの問題があるものか。将来、偉大なるドイツがこれらの行為を感謝できさえすればそれでいいのだ！」

ローゼンベルクはまた、サンルームで過ごした夜について、不可解なメモを書いている。ヒトラーは、東部地域についての自身の構想をきわめて詳細に語ったという。正確に言えば、総統が語ったことはひじょうに微妙な問題だったので、ローゼンベルクは私的日記に書くことさえ気が進まなかった。「きょうは（そのことを）記録したくない」とローゼンベルクは書いている。「だがけっして忘れることはないだろう」

このときヒトラーはあることをローゼンベルクに言わなかったようだ。それは、東部地域について、ローゼンベルクの提案に従うつもりはない、ということである。

「貪欲に、大人げないほどに、権力に手を伸ばした」と、ある歴史家は当時のローゼンベルクについて書いている。

侵攻の期日が近づくにつれて、ローゼンベルクが東部地域を監督する文民行政機関を計画するだけではないことが明らかになった。ヒトラーは、ひとたび戦争が始まり、ドイツがソ連の領土を占領したら、この忠実な全国指導者に新しい省（東部占領地域省）の運営を任せるつもりだった。ローゼンベルクにその組織の鍵を渡すのが妙案だと考える者はほかには一人もいないようだった。しかもその組織は、理論上、全権を有しているらしいのだ。ゲッベルスが書いているように、ローゼンベルクは「理論を立てることはできても……組織を作ることはできない」

ほとんどすぐにライバルたちがローゼンベルクの支配を妨害しはじめた。中でもヒムラーほど強力で非情な人物はおらず、過去一年半のあいだに、ポーランド住民に残虐行為を働いてきた。ヒトラーは軍隊の後からこのSS長官を東へ派遣しようと考えた。新たに征服した土地からユダヤ人、共産指導者、パルチザン、その他の敵を一掃するためだ。実在の敵か、想像上の敵かは問わない。「親衛隊全国指導者は、総統の代理として、政治的統治の準備に向けた特別任務を負っている。この任務は、二つの敵対する政治体制間の必然的闘争の結果として生まれるものである」と一九四一年三月一三日付の軍の指示書に書かれている。「これらの任務の枠組みの中で、親衛隊全国指導者は独立・独断で行動するものとする」

この指示書を根拠に、ヒムラーは、ローゼンベルクの新しい文民行政機関の支配下にある東部占領地域に自分の指揮下の警察を配置することを拒否した。

ローゼンベルクは躊躇《ちゅうちょ》した。「だったらこの任務を引き受けることはできない」とローゼンベルクは四月にハンス・ラマースに言った。ラマースは右目がやぶにらみの禿げ頭の弁護士で、ヒトラーの総統官邸から出されるすべての公式命令は彼を通じて伝えられる。すでにローゼンベルクは、軍とゲーリングの経済部門と権力を分け合わなければならないことについて不満を述べていた。ヒムラーも思うままに行動できるのなら、ローゼンベルクの省にはほとんどなんの権力も残らないだろう。「警察が並行して統治するなどということはありえない」とローゼンベルクはラマースに怒りをぶちまけた。「彼らの措置は、われわれが達成しようとしている政治的目標を妨げる恐れがある」

ラマースは、翌朝、SS長官と協議することに同意した。協議は延々と続き、ローゼンベルクには、ヒムラーがあくまで自分の意見を押しとおし、梃子《てこ》でも動かないことがわかった。一二時一五分、ラマースがやっと戻ってきた。

「絶望的だ」とローゼンベルクは書いている。「Hによれば、すべてをおこなうのはゲーリングであり、自分には自由な執行権限があり、私の役目は助言なのだ、という。この二〇年間、私はヘル・ヒムラーに『助言』するために問題に取り組んできたのではない。この問題について彼にはなんの知識もないし、この一五年間、ウクライナその他については、私の仕事を通じて知っているだけなのだ。今までのところ彼の若い部下たちはへまをやっており、これはとうてい栄光の一章とは言えない」

ローゼンベルクは腹を立てて出ていった。一九四一年の初め、オーストリアのモンド湖畔に小さな農場を購入していた。「楽園の真ん中にある美しい場所」で、田舎の邸宅には果樹園や森があり、家畜もいて、絵のように美しい湖に面した水際が八〇〇メートルほど続いていており、湖はザルツブルクのすぐ外に位置していた。ローゼンベルクはそこで自分の苦境について熟考した。またしてもヒムラーが「すべてを奪いとろうとしている」。ヒムラーは何かのために働こうなどとは思っておらず、ただより多くの権力を手にしたいだけなのだ。「理論的には、彼にはすでにたくさんの大きな任務があり、どれも生涯を捧げるに値する仕事ばかりだ」

ローゼンベルクには、ある光景が映画のように目の前に映しだされるのが見えた。偉大さを手にする寸前で倒れる自分の姿だ。

「これとは違う結末になることを願う」とローゼンベルクは書いている。

五月二日、ローゼンベルクは重要会議を主催した。集まったのは来たるべき東部占領地域の経済的利用を担当する幹部指導者たちだ。ドイツの計画がもたらす結果について、残虐な詳細まで議論した。

もし軍が侵攻した地域から必要な物資を略奪した場合、「間違いなく数百万人が」飢えることになるだろう。数百万人の中には捕虜となったソ連兵も含まれる。彼らには何も支給されないからだ。

会議終了後、ローゼンベルクは日記に「有意義な参謀会議であった」と書いている。

その日、ローゼンベルクはヒトラーに経過を説明した。会話はローゼンベルクの任務に関する長い話し合いになった。ローゼンベルクは総統の信頼に感謝した。この一カ月、自分の仕事に圧倒されたり、興奮したりのくりかえしだった。彼はバルト海からカスピ海に至る地域を監督することになっていた。軍事地図を見ながら、自分の統治下に入る地域の広大さに畏怖の念を覚えた。大混乱になる可能性が大だった。「いろいろな問題について長い時間考えるほど、目の前の任務がより大きく見えてきます」とローゼンベルクは言った。

「しかし、見通しの明るい任務だろう」とヒトラーは言った。そしていずれにせよ、とヒトラーは続けた。「私はこの一歩に責任を負わなければならない」。言いながらヒトラーは目に涙を浮かべていた、とローゼンベルクはのちに日記に記録している。

バルバロッサ作戦開始二日前の六月二〇日、ローゼンベルクは政権の同僚幹部たちに、ソ連西部地域をモスクワから切り離し、ドイツの同盟地域を創設する計画を語った。東部占領地域で友好を深め、住民を味方にすることは重要だ。「数年後、四〇〇〇万人から自発的な協力を得られるか、それとも、農民一人に兵士一人を監視につけなければならないか、という違いが生じるのだ」。ところがそのいっぽうで、ローゼンベルクは飢餓政策を支持していた。戦争中は、ドイツ国民への食糧供給が最優先事項であり、東部住民に食糧を与える義務はない、とローゼンベルクは述べている。

「われわれはこれが厳しい現実だとわかっているが、なんの感情も抱くことはない。ひじょうに大規模な避難が間違いなく必要となるだろう」とローゼンベルクは述べている。「ロシア人にはきっと苦難に満ちた歳月が待ち受けているにちがいない」

一九四一年五月一〇日土曜日の夕方、ローゼンベルクは自分の新しい任務を説明するため、副総統のルドルフ・ヘスに会う予定になっていた。だが、前日にヘスの補佐官から電話があり、会合を当日の朝にくりあげなければならないという。副総統が緊急の用事で出かけることになったのだ。

補佐官は詳しいことは話さなかったし、ローゼンベルクも手がかりをつかめなかったが、まもなく、この日がルドルフ・ヘスの人生の中でもきわめて重大な日であったことがわかる。そしてローゼンベルクは、終戦前にヘスに会った最後のナチス指導者の一人となる。

ベルリンから列車に乗るには時間が遅すぎたので、ローゼンベルクはヘスが差し向けた飛行機に乗ってミュンヘンに飛んだ。朝の一一時半にローゼンベルクを迎えたヘスは、「青白く具合が悪そうだった」が、それはいつものことだった。ヘスは当初から奴隷のごときヒトラー支持者だった。長年、党内で巨大な権勢をふるってきたが、戦争が始まってからは、ほとんどヒトラーと会うこともできなかった。次第にヘスの首席補佐官、マルティン・ボルマンがヒトラーから目をかけられるようになっていった。

ローゼンベルクとヘスは新設予定の東部占領地域省の人事について話し合った。しかしローゼンベルクが詳細に掘り下げて話そうとすると、ヘスは手振りで制止した。ヘスは最も重要なことだけを聞きたがった。頭がいっぱいで、些末なことは考えられなかったのだ。

昼食前、ヘスの三歳の息子が階段を降りてきたので、少しおしゃべりをした。

「後でわかったことだが」とローゼンベルクは書いている。「彼はそのとき、かわいい『小鬼』に別れを告げたかったのだ。これから先、息子は生涯、父のおこないの結果を背負っていくことになる」

ヘスはローゼンベルクに、何を心配しているのか明かさなかったようだが、間近に迫った二正面戦争を恐れていたと思われる。ローゼンベルクと同様、ヘスもイギリスはナチス陣営に属していると考えていた。自分がイギリスとの和平を成功させれば、ヒトラーもドイツも、持てるもののすべてを好きなだけ対ソ連戦争に投入できる。

ローゼンベルクと昼食をともにした数時間後の夕刻、副総統はミュンヘン郊外の飛行場から飛び立った。午後一〇時頃、グラスゴー近くで飛行機から飛び降りてパラシュートで畑に降下し、乗っていたメッサーシュミットは墜落炎上した。

ヘスは地上で農場労働者に出会い、ハミルトン公爵との面会を求めた。公爵はイギリス空軍の中佐で、ヘスによれば、一九三六年のオリンピックで会ったことがあるとのことだった。ヘスはハミルトンに、イギリスとの和平を提案しに来たのだと語った。他の当局者が尋問を重ねた結果、ヒトラーには何も知らせずに来たことがわかった。ヘスは、手遅れになる前に武器を捨てるようイギリスを説得しようとしていた。

この男の話は妄想のようだった。イギリスは戦争が続いているあいだ男を捕虜として捕らえておくことにした。

飛行の翌日、ヒトラーはヘスの書き置きを受けとった。書き置きの中でヘスは、計画の概要を説明し、もしも総統が自分の大それた行動に反対なら、常軌を逸した愚か者として解任してもらってかまわない、と述べていた。ヒトラーは、――ローゼンベルクによれば、書き置きを読んで吐き気を催したという――そのとおりにした。

日曜夜のラジオ放送で、ナチスはこの飛行の事実を世間に公表し、ヘスは精神を病んでいると説明した。

ローゼンベルクは他のナチ党員たちと同様、唖然とした。まったく予想もしていなかった。その男が途方もない旅に出かける当日に、昼食をともにしていたにもかかわらずだ。「あまりにも奇想天外で、政治的可能性の領域からかけ離れた行動だったので、当初、われわれは言葉を失った」とローゼンベルクは日記に書いている。「だが、ヘスは鬱病に苦しんでいたのだと私は思った。ヘスにはほとんど何もすることがなかった。党の指導権を失い、自分には地位に見合った能力がないと感じていた。……自分は何も達成できていないという絶望が、まったく予想外の形で表面化した。……ヘスは非現実の世界に生きていた。ダウジング、占星術師、心霊治療師等々が大好きだった。そんな根深い心的傾向が今回の行動につながったのだ。……ルドルフ・ヘスの現実離れした幻想は、いつか、未来の劇作家が描く歴史的悲喜劇の基になるだろう」

ヘスが表舞台から消えたことには少しはよい面もある、とローゼンベルクは思った。もはや第三帝国は、将来、「重い病を抱えた男」によって導かれるという不愉快な見通しに直面することはないだろう。

だが、ローゼンベルクはその先に待ち受ける問題を予見できなかった。ヘスの後任に就いたのが、嫌われ者の副官で、首の太い「事務机のマキアヴェッリ」、マルティン・ボルマンだったのだ。ボルマンは、名目上の上司が飛び立つ前から、党内の真の実力者と見られていた。無口で生真面目、陰で糸を引く典型的な黒幕であるボルマンは、いつもヒトラーの脇に控えているようだった。「ヘスは明らかに総統をいらだたせていたので、代わりにボルマンが要請や任務に対処していた」とローゼンベルクは戦後、刑務所で書いた回顧録の中で述べている。「そこからボルマンは不可欠な存在となりはじめた。夕食会の会話の中で、ある出来事が話題にのぼると、ボルマンはノートを取り出して書きとめた。あるいは、総統が誰かの意見、何かの措置、何かの映画に不満を表明すると、ボルマンはメモをとった。もし何か不明なことがあれば、ボルマンは立ち上がり、部屋を出ていくが、ほとんどすぐに戻ってくる――部下たちに、ただちに調査し、電話、電報、テレタイプなどするよう命じてくるのだ。そして、場合によっては、夕食が終わる前に、ボルマンの手元に答えが届いていることもあった」

時が経つにつれて、ボルマンはローゼンベルクの出世を妨げる最大の障害となっていく。

ソ連占領計画は着々と進められた。ローゼンベルクは早くも「ロシアの皇帝」のようにふるまっている、とゲッベルスは日記に書いている。「例によって、権限の届く範囲内では」。ヒムラーはあいかわらず、できるかぎりのことをしてローゼンベルクの動きを妨害していたが、ヒムラーの治安機関の長官であり、ユダヤ人問題の最終的解決策を見つける役目を負っていたハイドリヒは、ゲーリングの明確な命令に基づき、必要に応じてローゼンベルクの東部占領地域省に関与するよう指示されていた。

バルバロッサ作戦の数カ月前から、ハイドリヒはヒムラーとローゼンベルクのあいだで取り決めを結ばせようとしていた。ヒトラーがヒムラー配下のSSおよび警察幹部を国家弁務官に任命し、その弁務官が各占領地でローゼンベルクの文民行政機関を指導するというのはどうか？　このような「同君連合」は第三帝国ではよくあることだった。一人の官僚が二つの機関でそれぞれ役職を務める。それにより両機関の協力が促進されることもあれば、厄介な利害対立が生じやすいこともあった。この場合、ヒムラーがローゼンベルクの省の事実上の指導者となる。

「それでは警察官が政治を指導することになる！」とローゼンベルクは声を荒らげ、ハイドリヒの提案を拒絶した。ローゼンベルクは反撃し、ヒムラーがSS幹部を東部占領地域省に派遣し、大臣の配下においてはどうかと逆に提案した。数日経ってもまだ問題は解決せず、ローゼンベルクはヒムラーに書簡を送り、二人が協力できるかどうか確かめようとした。「私は彼がどんな反応を示すか見てみたい」

書簡を送ってもヒムラーの考えは変わらなかった。ローゼンベルクはヒムラーに東部占領地域での任務の準備に関する報告書を提出するよう求めた。また、ヒムラーが占領地に赴任させる予定の人員について承認を与えたかった。親衛隊全国指導者にとって、これはあまりにも厚かましい要求だった。ヒムラーはボルマンに、ローゼンベルクの口出しをやめさせるよう迫った。「総統は私に言った……任務遂行にあたっては、私はローゼンベルクに従属するわけではないと」とヒムラーはボルマン宛ての手紙に書いている。「この問題に対するローゼンベルクの対応の仕方は、またしても一対一の協力を果てしなく困難なものにしている。……ローゼンベルクの下で働くのはもちろん、彼と協力して仕事をすることは、ナチ党内で最も困難なことである」。六月、ボルマンはヒムラーの主張をラマースに強く伝えた。「とくに最初の数週間から数カ月間は、きわめて困難な任務を遂行しなければならないため、いかなる状況においても、警察が管轄権争いから生ずるさまざまな障害に直面しないようにしておかなければならない」

だが争いは激化した。ヒムラーは警察権力を握るだけでは不十分だとさえ主張しはじめた——占領地でも自分が政治を司るべきだ、というのである。

これは「まったく耐えがたい」ことになる。「前代未聞の大混乱」の要因となるだろう、とローゼンベルクは述べている。

この問題は、一九四一年六月二二日早朝、ドイツ軍がソ連への攻撃を開始したときには、まだ解決していなかった。

ソ連は完全に不意をつかれた。フィンランドから黒海まで伸びるおよそ二〇〇〇キロの戦線の向こうから砲撃があったという第一報をスターリンは信じなかった。それは史上最大規模の侵攻軍だった。三五〇万人の兵士が、五〇万両以上のトラックや戦車に乗りこみ、七〇万門の大砲と、三〇〇〇機近い航空機に支援されていた。ドイツ軍はバルト諸国とウクライナを横断するように進撃し、赤軍は目の前で崩壊した。ソ連の兵士たちは正面衝突で戦死したり、森林に退却したり逃走したり、集団で投降したりした。数日のうちに、ドイツ軍の将軍たちは早くも勝利を宣言していた。モスクワのスターリンは、それに異議を唱える立場にはなかった。六月末、クレムリンを発ち、モスクワ郊外のクンツェボにある別荘に向かった。そのとき側近たちに、「すべて失われた」と言った。

数十万人――最終的には数百万人――の兵士がドイツ軍の捕虜となった。しかし、ドイツ軍には捕虜を抑留する計画がなく、それどころか、生かしておこうとする意志もなかった。共産党人民委員はヒトラーの命令で銃殺された。投降したソ連兵たちは、ドイツ軍の捕虜収容所まで不揃いな隊列を作って行進させられ、棍棒で殴られた。途中、食べ物をめぐって取っ組み合いのけんかが起こった。一九四一年秋、捕虜収容所はたいていの場合、有刺鉄線で囲まれた、ただの野原だった。「彼らは飢えた獣のように見えた。人間のようには見えなかった」と、ある目撃者は、戦後発表された日記に書いている。鉄道が使われるときは、ソ連兵たちは屋根のない家畜運搬貨車にぎゅうぎゅうに詰めこまれ、全員が立っていた。

多くの収容所では、捕虜たちは身を寄せ合う群衆の中で用を足すしかなかった。ある収容所では火災が発生し、焼け死ななかった者たちが逃げ出そうとして射殺された。別の収容所では、捕虜たちが自分を殺して楽にしてくれと懇願した。ドイツ軍の警備兵たちは、捕虜のあいだで食人があったことを報告している。その年の終わりまでに、収容所での死者数は三〇〇万人に達した。戦争が終わるまでに、三〇〇万人以上のソ連軍捕虜が死亡する。

歴史は残酷だ、と戦争が進展する中、ローゼンベルクは書いている。ロシア人は数十万人のドイツ系住民を殺害したり、追放したりした、とローゼンベルクは主張する。「これらの殺人に対して、ロシア民族全体が同じ報いを受けることになるだろう」。ロシア民族が悪いのだ、とローゼンベルクは自身の主張を正当化した。彼らは絶対に共産主義者に権力を握らせるべきではなかったのだ。

要するに、ロシア人というのは看守と親しくしている囚人のようなものだ——その代わりに自分たちを解放してくれる者と戦っている。

侵攻から三週間後の七月中旬、新たな占領地の支配権をめぐる官僚的縄張り争いは山場を迎えた。ヒトラーは意気揚々としていた。ドイツはソ連領のかなり大きな部分を手に入れようとしていた。この地域の大々的な改造をどのように実行すべきか検討する時が来た。軽い昼食とビールの後、第三帝国の首脳陣は、東プロイセンにあるヴォルフスシャンツェ、すなわち「狼の巣」と呼ばれるヒトラーの指揮所で長い会合を開いた。ローゼンベルクもそこにいた。ゲーリング、ボルマン、ラマース、そして軍参謀総長のヴィルヘルム・カイテルもいた。

ドイツ軍は解放者としてソ連に入っている、とヒトラーは宣言した。あるいは少なくとも、人々にそう教えるべきである。ドイツのじっさいの計画に関して、総統は秘密厳守を命じた。彼らが「最終的解決」の準備を進めていることを、誰も——まだ——わかっていなかった。本当に重要なのは、ドイツの指導者全員が、必要な措置すなわち「銃殺、強制移住、その他いろいろ」について合意していたことだった。誰もがあることを理解しておく必要がある、とヒトラーは言った。「われわれはけっしてこれらの地域から手を引くことはないということだ」

「今やわれわれは、ケーキを切り分けるという課題に直面しなければならない」とヒトラーは彼らに言った。「われわれの必要に応じて、第一に支配し、第二に統治し、第三に利用することを可能にするためだ」

男たちが地図を見守る中、ヒトラーは新しい領土を切り分けた。レニングラードは「跡形もなく破壊される」だろう。残った部分はフィンランドのものになる。フィンランドは一九三九年から一九四〇年の短い血みどろの戦争で領土の一部を失って憤慨していたので、バルバロッサ作戦ではドイツ側につき、領土を取り戻した。東プロイセンはビャウィストクを獲得する。バルト諸国は帝国の一部になる。クリミアの住民は一掃され、ドイツ系住民が移住する。

ヒトラーのもとには、軍服を着ていないソ連のパルチザンがすでに前線の背後でドイツ軍と戦いはじめているという報告が届いていたが、ヒトラーは不安を感じなかった。これらの哀れな抵抗の試みはナチスに完璧な口実を提供する。「おかげで抵抗する者すべてを根絶やしにすることができる」

総統はこんな質問もした。ドイツ軍に装甲車は必要だろうか？

必要ありません、とゲーリングが答えた。住民が愚かにも暴動を起こしたとしても、ドイツ空軍の爆撃によって屈服させることができるという。ボルマンによる議事録にはこう書かれている。「当然ながら、この広大な地域をできるだけ早く平定しなければならない。最善の解決策は、目つきの怪しい者を全員撃ち殺すことだ」

この会議でも、ローゼンベルクはあいかわらず、征服された住民の少なくとも一部を味方につけようと試みるべきだという、ひねくれた主張を続けていたが、ゲーリングがその長話をさえぎった。兵器には原材料が必要であり、ドイツ国民には食糧が必要だ。自分には将来の同盟構築など心配している時間はない。

男たちが目の前の実際的な問題を議論しはじめると、ローゼンベルクにとって状況はさらに不利になった。実際的な問題とは、東部占領地域におけるローゼンベルクの代理人となる国家弁務官の任命である。ローゼンベルクとしては、きわめて重要なウクライナには自分の盟友を配置したかった。しかしヒトラーはローゼンベルクの提案を退け、エーリヒ・コッホという党指導者を任命した。ローゼンベルクはこの決定に異議を唱えた。コッホは残酷かつ露骨な現実主義者で、ベルリンの支持者たちから「第二のスターリン」と呼ばれており、絶対に命令には従わないだろう、とローゼンベルクは懸念した。しかしヒトラーは手振りでローゼンベルクをさえぎった。「すべての法令はただの理論にすぎない」とヒトラーは言った。「それが必要に即したものでないなら、変えなければならない」。ローゼンベルクはバルト諸国とベラルーシの指導者としてヒンリヒ・ローゼを推薦し、ヒトラーはこれについては承認した。

会議が終わったとき、ローゼンベルクはゲーリングと握手をした。「よい協力ができることを願っている」と国家元帥は言った。

だがローゼンベルクには、迫りくる闘争が見えていた。

この会議にヒムラーは出席していなかったが、東部占領地域においてすでに自己の権力を確立していた。

六月、ヒムラーは、自分はヒトラーから新占領地でドイツ系住民の植民を担当するよう命じられているので、東部地域において「政治的状況を平定、統合する」より大きな権限を与えられるべきである、と主張していた。侵攻二日後、ヒムラーは側近に、東部地域改造に向けた独自の総合計画案をまとめるよう指示まで出している。

ローゼンベルクは自分の領域に露骨に踏みこんでくるこの行動に激しく抗議した。ローゼンベルクは戦いに勝ったように見えた――だがそれは書類の上だけのことだった。ヒムラーは新占領地に対して明確な政治的権限を持っていなかったが、ローゼンベルクの縄張りで独立して活動する自由は獲得していた。国家弁務官たちは、名目上の上役であるローゼンベルクの命令だけでなく、警察が関わる問題については、ヒムラーからの命令も受けることになっていた。緊急の場合には、ヒムラーはこれらの国家弁務官への命令についてローゼンベルクに知らせる必要さえなかった。SSと警察の幹部たちは、あらゆる階級の文民行政官に任命されていたが、ヒムラーからの命令も受けており、東部占領地域省当局者からの命令には従わなかった。

地理的環境もヒムラーの力を増大させた。ローゼンベルクは現場には出ず、ベルリンで仕事をすることにしていた。いっぽう親衛隊全国指導者は占領地域を歩きまわり、事態の進展を監視したり、命令を発したりした。現場では、ヒムラーはなんでも自分の思いどおりにすることができた。

新大臣にとって、それは望んでいた勝利ではなかった。ヒトラーとの会談の成功から三カ月半が過ぎ、もはや自分には崩壊寸前の東部占領地域省しか残されていないとは、いったいどういうことなのか？　ヒトラーは何を考えていたのか？　東部占領地域省を、ひそかにおこなわれる搾取と殺人のための巨大な隠れ蓑や、ドイツによる弾圧体制を覆い隠すイチジクの葉とでも考えていたのだろうか？　のちに歴史家たちが、何十年にもわたってその疑問を解き明かそうとするが、けっして満足のいく答えは得られなかった。ヒトラーの官僚的な意思決定には、かならずしも意味があるわけではなかった。

ローゼンベルクの大臣任命には、なんらかの裏工作があった可能性もある。ローゼンベルクは、意外にも、ボルマンの支持を獲得していた。ボルマンはローゼンベルクを忌み嫌っていたが、占領開始時、こいつが大臣なら自由に操れる、あるいは少なくとも無視できる、と考えた。そこで静かに、そして強力にローゼンベルクを東部占領地域担当大臣に推した。もっともその大臣には、ローゼンベルクが望んでいた、誰にも邪魔されない完全な権力などなかったのだが。

「私はきわめて大きな任務を与えられた」とローゼンベルクはヒトラーが命令書に署名した三日後に日記に書いている。命令書はローゼンベルクを東部占領地域省の大臣に任命するものだった。「おそらく帝国が命じることのできる最も大きな任務だ。これから何世紀にもわたってヨーロッパの独立を守らなければならないのである」。ローゼンベルクはヒトラーが「任務の全権限」を与えてくれればよかったのだが、と考えた。それでも、内なる敵にただ降伏するつもりはなかった。

ローゼンベルクは中央政府省庁の一つを思いのままにできるようになった。そしてそれを最大限に活用するつもりだった。

その後の三年のあいだに、ナチスは反ユダヤ主義的な脅迫を実行に移しはじめた。その大部分は、怒りに満ちた長い演説から発展したものだ――三月のラジオ演説で、ローゼンベルクはその脅迫に身の毛もよだつ明快さを与え、「浄化のための生物学的世界革命」を訴えたのだった。そしてローゼンベルクは、ナチスがその脅迫を実行に移すときに、東部占領地域省にもどうにかして役目を果たさせようとする。

第18章「特殊任務」

ヒトラー主催の定例昼食会で、総統官邸のダイニングルームのテーブルを囲んだ人々は皆かなり機嫌がよさそうだった。ローゼンベルクは、ボルマン、ヘス、ラマースらとともに出席していた。それはバルバロッサ作戦の一年半前の一九四〇年一月のことで、ナチスの指導者たちはいつもの重大な問題を協議していた。問題とは、イギリスとの戦争と、ポーランドにおける人種的浄化の進展である。だが、会話は最終的にブラックユーモアへと変わった。

話題がユダヤ人に移ると、ローゼンベルクは、もしもソ連国民が覚醒し、反ユダヤ的な怒りを爆発させたら、「凄まじいユダヤ人の大虐殺《ポグロム》」が起こるだろうと予言した。

このときヒトラーがあいづちを打った。

もしもソ連で大虐殺が勃発したら、ヨーロッパ諸国から、東のユダヤ人を守るために介入してくれと求められるかもしれない、と総統は笑みを浮かべながら言った。

そこにいたナチ党員たちは大爆笑した。

それから、とヒトラーはさらに黒い冗談を続けた――それから自分とローゼンベルクで特別会議を開いて喫緊の問題を話し合うのだ。「ユダヤ人の人道的処遇」について。

ユダヤ人問題研究所の開所を記念する三月のラジオ演説の中で、ユダヤ人問題はユダヤ人の最後の一人がヨーロッパ大陸からいなくならないかぎり解決しない、とローゼンベルクは言った。そして、ヒムラーと国家保安本部長官ハイドリヒがこれらの言葉をじっさいの行動に移すことになる。

一九四一年初頭、ナチスの計画立案者たちのあいだで支配的だった考えは、ユダヤ人を遠くの荒れ果てた土地に追放するというものだった。フランスから約八〇〇〇キロ離れたアフリカ沖の植民地マダガスカルは、候補に挙がったものの、じっさいに追放するとなると現実的ではないとして却下された。バルバロッサ作戦は、ユダヤ人居留地としてより実現可能な土地を提供してくれそうだった。じきに打倒されるソ連の領土である。しかし、年を越す前にすでに侵攻は停滞していた。そこでナチスはユダヤ人問題についての考え方を劇的に転換させる。かくして、完全なる絶滅に向けた準備が進められた。

ナチスの死の政策転換の最初の犠牲者になるのが、バルト諸国、ベラルーシ、ウクライナのユダヤ人たちだった。ローゼンベルクと彼が率いる文民行政機関は、ユダヤ人虐殺で重要な脇役を演じることになる。

バルバロッサ作戦では、ローゼンベルクの根本的な誤解が、東部地域におけるドイツの戦略に不可欠な要素となっていた。話は一九一九年までさかのぼる。当時ローゼンベルクは、ソ連やその他の共産主義運動の背後にはユダヤ人がいると主張していた。この考えが原形をとどめぬほどに誇張され、ゆがめられた結果、ついにはユダヤ人はすべて共産主義者だと理解されるようになった――つまり、赤の脅威を打ち破るためには、ドイツはユダヤ人を完全に除去しなければならない、というわけである。

ヒトラーはその誤った結論を受け入れた。そして、侵攻に先立ち、その結論は、東へ進撃するドイツ軍に伝えられる基本的な指示の根幹となった。ドイツ軍の将兵たちは、これは普通の戦争ではないと教えられた。これは相容れない二つの世界観の激突であり、ナチズムとボリシェヴィズム、アーリア人とユダヤ人の戦いである。侵攻を控えた指揮官たちへの演説の中で、ヒトラーは、この「絶滅戦」において「最も残忍な力」を行使せよと促した。ドイツ軍兵士たちに向けて発行された指針は、ソ連人はまさに生かしておけぬ敵であると宣言している。「この戦いでは、ボリシェヴィキ主義扇動家、不正規兵、破壊工作員、ユダヤ人に対して、無慈悲かつ強力な措置を講じ、積極的か消極的かを問わず、あらゆる形の抵抗を完全に排除する必要がある」

それとほとんど同じことが、ヒムラー配下のSS、警察部隊、アインザッツグルッペンにも伝えられた。彼らはドイツ軍の後からゆうゆうと進入し、地域を「平定する」ことになっていた。この「平定」は、一九四一年の作戦命令では、非情な暗号名で「特殊任務」と呼ばれた。ヒトラーが親衛隊全国指導者に与えた任務である。

戦争初期、東部占領地域に展開したアインザッツグルッペンは、ハイドリヒからの指示に基づき、誰を処刑すべきか、広い自由裁量を与えられた。共産主義者、共産党や政府内のユダヤ人、そして「その他の過激分子（破壊工作員、宣伝工作員、狙撃兵、暗殺者、扇動家など）」。ヒムラーは、最前線に向かうSS兵士たちにこう言った。諸君がこれから処理するのは、「一億八〇〇〇万人の住民である。彼らは混合人種であり、発音できないような名前の者、哀れみも同情も感じることなく撃ち殺せるような体格の者ばかりだ……彼らはユダヤ人によって、ボリシェヴィズムと呼ばれる一つの宗教、一つのイデオロギーに統合された者たちである」

当初、ヒムラー配下のアインザッツグルッペンおよび治安部隊の犠牲者は男性だった。表向きナチスはレジスタンス闘士、ソ連の諜報員、共産主義扇動家、ユダヤ人知識人を銃殺していることになっていた。犠牲者たちは、略奪、妨害、宣伝流布、疫病感染などで告発された。

しかし、まもなくナチスは殺害作戦の対象を女性や子供にまで拡大し、新占領地の何十万人もの民問人を組織的に殺害しはじめた。

たいていの場合、ユダヤ人は中央広場に集められ、町の外の孤立した場所に連れていかれた。まだ共同の墓穴が掘られていなければ、最初に到着した人々が掘るように命じられた。犠牲者は穴の縁で撃たれるか、先に殺された人々の遺体の上に横たわった状態で撃たれた。遺体に土がかぶせられるとき、中にはまだ息をしている人もいた。

最大の虐殺がおこなわれたのはウクライナのキエフ郊外だった。一九四一年九月下旬、ロシアの抵抗運動組織が仕掛けた爆弾と地雷によって、ドイツ占領当局本部が破壊された後のことである。激怒したナチスは、ソ連の秘密警察と、さらにはキエフのユダヤ人の仕業だと断定した。市内の至る所にポスターを張り、ユダヤ人住民に対して、九月二九日に定められた交差点に集まるように命じた。ユダヤ人たちは書類、現金、荷物、宝飾品を持ってくるように言われていた。なぜなら強制移住させられることになっていたからだ。翌日はヨーム・キップール、つまりユダヤの贖罪の日だった。行ってみると、移住先へ行く列車などなかった。代わりに、ユダヤ人墓地の外の検問所まで連れていかれた。まもなく、行列に並んだ人々は、何が起こっているのかを知った。遠くのほうから銃声が聞こえた。

検問所では持ち物を、結婚指輪や着ている服まで引き渡した。一〇人ずつ追い立てられ、殴られながら、バビ・ヤールという峡谷まで連れていかれた。その後の数日のあいだに全部で三万三七六一人が撃ち殺された。歴史家ティモシー・スナイダーは書いている。「遺体はのちに掘り出されて積み薪の上で燃やされ、燃え残った骨は砕かれて砂に混ぜられたので、この数字は残っていた遺体の数である」

バビ・ヤール事件は一九四一年後半に起こった一連の大量虐殺の一つにすぎない。八月には、ウクライナ西部の都市カームヤネツィ＝ポジーリシクィイでハンガリーから追放された二万三〇〇〇人以上の外国ユダヤ人――大半はロシア系やポーランド系――が虐殺された。一〇月にはドニプロペトロウシクでさらに一万人が撃ち殺された。いっぽう、バルト諸国から黒海までの町や村でも、より小規模な作戦によってユダヤ人たちが姿を消した。

ベルリンでは、ローゼンベルクのもとに、広大な領土のどの都市が「ユーデンフライ」つまり「ユダヤ人ゼロ」を宣言されたかを伝える定期的な報告が届いていた。

都市だけでなく国そのものに関する報告もあり、ローゼンベルクの故郷エストニアがその第一号だった。一五〇〇人いたユダヤ人がすべて除去されていた。九月、ローゼンベルクは、ラトヴィアおよびエストニアの視察から帰国した東部占領地域省幹部からの報告を歓迎した。彼らの報告によれば、現地住民――ナチスの猛攻撃を生きのびた人々――は、一九四〇年から一九四一年のソ連による過酷なバルト諸国占領から解放されて喜んでいるという。ソ連占領時、何千人ものエストニア人、ラトヴィア人、リトアニア人が処刑されるか、追放された。

「彼らはユダヤ人に精神を毒されていただけではなく、彼ら自身も分裂していた」と、報告を受けた後、ローゼンベルクは日記に書いている。「あまりにも恐ろしい経験をした彼らにとって、ドイツによる支配は救いだったのだ。ユダヤ人と共産主義者の両方が一掃された今、人々は活気を取り戻しつつある」

多くの場所では、ナチスの虐殺作戦は遂行が困難だった。なぜならドイツ人は工場、商店、建設計画の強制労働力としてユダヤ人を必要としていたからだ。「労働に適した」ユダヤ人は、一時的に死を免れ、隣人たちが警察に引っ張られ、死地へ連れていかれるのを目にしながら、恐ろしい宙ぶらりんの状態で生きていた。

ベラルーシの首都ミンスクもその一例だった。ミンスクは開戦六日で陥落した。七月上旬、四五歳未満の男性全員が集められ、野原に作られた収容所に連れていかれた。街の広場ほどの面積のところに一四万人以上の戦争捕虜と民間人が詰めこまれた。食糧と水は限られていた。男たちはゴム製の警棒で殴られ、ほんの些細な名目で撃ち殺された。七月、ローゼンベルクは収容所の状況に関する伝文書を受けとった。「限られた警備要員たちは、何日間も交代なしで警備に立つという負担を強いられており、囚人に対するときは、唯一可能な言語すなわち武器という言語を用い、しかも容赦なく用いる」。しばらくして、囚人は国や人種別に分けられ、ロシア人とポーランド人は釈放された。ユダヤ人は釈放されなかった。

ある朝、警備兵が知識階級のユダヤ人——技師、医師、会計士——に仕事に登録するよう求めた。二日後、彼らは収容所から引きずり出され、撃ち殺された。それ以外の男たちは市内に連れていかれ、残っていた街のユダヤ人と同じゲットーに入れられ、占領当局のために働かされた。少なくとも七万人が住んでいたミンスクのゲットーは、ドイツ占領下のソ連では最大の規模だった。

ユダヤ人はイラクサやジャガイモの皮で飢えをしのぎながら、恐怖の中で暮らしていた。「突然、ゲシュタポがトラックで大挙して押し寄せ、男たちを捕らえはじめる」とミハイル・グリチャニクは書いている。仕立屋のグリチャニクはミンスクの縫製工場で働き、数カ月間ゲットーで過ごしたのちに脱出した。ナチスは彼の母、妻、三人の子供、その他三人の親戚を処刑した。「やつらはアパートメントに踏みこみ、人々をゴムの棍棒で殴りつけ、泥炭地などの仕事に派遣するという名目で連れ出す。そうやって連れていかれた人々の生きた姿をふたたび目にした者はいなかった」。アインザッツグルッペンの報告書はこの事象を正確な統計数値で記録している。八月一六日——処刑六一五。八月

三一日および九月一日――一九一四。九月四日――二一四。九月二三日――二二七八。

九月、コヴァルスキー家の家長は、伝えられるところでは、警察が踏みこんできたときに息子の一人と身を隠し、ほかの息子二人、娘二人、彼らの祖母が殺されるのを目撃したという。長女は最初、服を脱いでテーブルの上で踊って見せろと命じられた。

窓を覆った黒のワゴン車が夜中、街頭をパトロールするようになり、ユダヤ人、パルチザン、ホームレスの子供が拉致された。ゲットーの人々は、この車がガス殺の実験をおこなっていることを知って震えあがった。鍵のかかった後ろの貨物室に排気ガスが流れこむようになっていて、乗客を窒息させるのだ。ユダヤ人はこの車のことを「魂の破壊者」と呼んだ。

一九四一年一一月七日、警察はミンスク・ゲットーの住民全員を路上に追い出した。「死の恐怖からくる呻き声、絶望の悲鳴、子供たちの泣く声、女たちのすすり泣きが……街中で聞こえた」と虐殺を生きのびた教師ソフィア・オゼルスカヤはふりかえる。その日付は象徴的だった。ソ連人が共産革命を祝う日だったのだ。嘲笑をこめて、見せかけの祝賀行事をおこなうために、ナチスは一部のユダヤ人にいちばん上等な服を着せ、赤旗を掲げた男に導かれて、愛国的な歌を歌いながら通りを行進するよう命じた。パレードが終わると、ユダヤ人は全員トラックに乗せられ、近くの収容所に連れていかれた。そこで穀物倉庫に入れられ、終わりを待った。その後の数週間のあいだに、彼らは細長い溝のあるところへ引きずり出され、一人また一人と撃ち殺された。この作戦で一万二〇〇〇人が殺害された。

二週間後、さらに七〇〇〇人が集められ、撃ち殺された。一部のナチ将校のあいだで熟練労働者として知られ、保護されていたレヴィンというユダヤ人理髪師は、妻と娘の命も助けてくれるよう司令官に必死に嘆願した。だがドイツ人はどちらかいっぽうを助けると答えた。レヴィンは選ばなければならなかった。
「レヴィンは娘を選んだ」と仕立屋のグリチャニクはふりかえる。「工場へ連れてこられたとき、労働者たちの顔色は紙のように真っ白で、一言も発することができなかった」
ミンスクはさらに三年近くにわたってドイツに支配されることになる。

ヒムラーの部下たちによる大量虐殺が続く中、ローゼンベルクが計画していた七つの文民行政機関のうち二つが、新占領地で活動を開始した。ウクライナをエーリヒ・コッホが、バルト諸国とベラルーシの一部を含むオストラントをヒンリヒ・ローゼが担当した。

一九四一年七月末、ローゼはヒトラーその人を含むベルリン当局者と会談した後、リトアニアのカウナスに派遣された。ローゼはそこで二度ヒムラーと会い、すでにかなり進行しているユダヤ人大量虐殺に関する説明を受けた。七月中、各地のユダヤ人一万五〇〇〇人が逮捕され、街外れに連れていかれ、撃ち殺され、共同墓地に埋められた。アインザッツグルッペンは数千人のリトアニア人有志の支援を受けていた。ローゼは八月一日にベルリンに戻り、調査結果をローゼンベルクや東部占領地域省の上級幹部らに報告した。リトアニアにおけるユダヤ人虐殺について説明する際――その数を一万人と報告し、「リトアニア人住民」の手にかかって死んだと述べ――殺害は毎晩続いたと語った。「総統の決定に従い、ユダヤ人はこの地域から完全に取り除かなければなりません」とローゼは言った。

報告の翌日、ローゼは自分の管轄区のユダヤ人政策をSS幹部と調整しようとした。ローゼンベルクがこの春示した指針に従い、東部占領地域の政治的統治計画を立案し、「ユダヤ人の強制労働、ゲットーの設置など」を実施することによって、ユダヤ人問題に対する「一時的な解決策」とした。ローゼのより詳細な規制の下で、ユダヤ人は地方から「浄化される」ことになる。許可なく移動することはできない。「必要に応じて」いつでも逮捕される可能性がある。黄色い星を身につけなければならない。歩道、自動車、公共交通機関の使用は禁じられる。劇場、図書館、美術館、博物館、プール、遊び場、運動場に行くことはできない。所有物は没収される。

かなり過酷な措置のように思われたが、SSから見ると厳しさが足りなかった。SSはこの縄張りの侵害に憤慨した。

オストラント の殺人部隊、アインザッツグルッペンAの指揮官フランツ・ヴァルター・シュターレッカーは反対した。今や「ユダヤ人問題の根本的処理」が初めて可能になったという事実をローゼは無視している、とシュターレッカーは書いている。シュターレッカーは問題をより詳細に協議するため会議を要請した。なぜならローゼの指針には「上層部からの一般命令」が含まれており「……書面で協議することができない」からだった。

これに応じて、ローゼは命令を改訂し、先に示した規制が「暫定的で……必要最低限の措置」であること、さらに、文民行政官はヒムラー配下の治安部隊の任務に干渉してはならないことを強調した。この命令が布告された後、シュターレッカーはアインザッツグルッペンの将校たちに手紙を書き、ユダヤ人問題の死による解決を追求するSSを、ローゼが全面的に支持していることを伝えて安心させた。

シュターレッカーは正しかった。一九四一年から一九四二年に噴出したSSと東部占領地域省のさまざまな対立と同様、この対立もまた主に管轄権をめぐるものだった。問題は、東部占領地域におけるユダヤ人政策が、親衛隊全国指導者配下の警察が扱うべき事柄なのか、東部占領地域担当大臣が扱うべき政治的事柄なのか、ということだった。ローゼンベルクはまだ引き下がらず、自分の省を東部占領地域における最高権威にするために戦っていた。側近の一人、オットー・ブロイティガムは、それは賢明ではないと考えた。彼は、ユダヤ人問題に関しては、「SSおよび警察指導者の管轄だと強調することにとくに問題はないと思った」と述べている。

だが、一九四一年、ヒムラーの部隊が自分の縄張りでユダヤ人虐殺を進めているとき、ローゼンベルクは自分が蚊帳の外に置かれることを望まなかった。

一九四一年九月、ローゼンベルクは運命の一歩を踏み出した。ベルリンは、スターリンがボルガ川沿いに住む六〇万人のドイツ系住民を追い立て、家畜運搬車でシベリアとカザフスタンに送ったことを知った。「われわれすべての胸にモスクワへの憎悪が今まで以上にわきあがった」とローゼンベルクは日記に書いている。追放は殺人を意味する、と彼は書いた。「痛烈な非難声明を出すことを決め、草案の文言を総統に送った。総統はさらに痛烈な非難を書き加えた。きのう、ロシア、イギリス、アメリカに向けたラジオ・メッセージを放送するための提案書を部下に作成させた。もしもこの大量殺人が実行されたら、中央ヨーロッパのユダヤ人がその報いを受けることになる、という内容だ」。ローゼンベルクは覚え書きの中で、報復としてただちに「中央ヨーロッパのすべてのユダヤ人」を東へ追放すべきだとヒトラーに進言している。

ヒトラーはユダヤ人追放を開始すべきだという訴えを退けた。ユダヤ人追放はソ連に勝利した後にやるつもりだった。この戦争が短期間の一方的な戦いになると思っていたからだ。しかし、スターリンの軍隊は初期攻撃の打撃を生きのびた。そして侵攻三カ月後、モスクワが今にも崩壊し、降伏することはありそうにないと、ベルリンにもわかっていた。

リッベントロップやヒムラーと協議を重ねた結果、ヒトラーは、ドイツはこれ以上待てないと判断し、九月一七日、SS長官にドイツ、オーストリア、チェコのユダヤ人の追放に着手するよう命じた。

ゲッベルスは興奮していた。東部占領地域では、ユダヤ人が「厳しい環境下で扱われるだろう」と一カ月前の日記に書いている。

オストラントの当局者たちは、何千人ものユダヤ人が自分の管轄地域に追放されてくること、リガとミンスクに新しい強制収容所が建設されることを知り、不快感を示した。最終的にローゼンベルクの東部占領地域省から届いた返事は、心配するな、――これは一時的な措置であり、すぐにユダヤ人はいなくなる、というものだった。ローゼンベルクの人種問題担当顧問、エアハルト・ヴェッツェルは、ローゼに返事を書き、ラトヴィアのリガに「ガス発生装置」を設置し、「労働に適さない」被追放者を処分することを提案した。ヴィクトール・ブラックは、精神を病んだドイツ人数万人を安楽死させるという計画の遂行に一役買った。多くの場合、致死性ガスが用いられた。そのブラックは喜んで部下の技術者たちをリガに派遣し、ローゼ管理下のユダヤ人を処理するための設備を作らせるつもりだった。

その手紙が発送された証拠はなく、その提案からはなんの結果も生まれなかった――死の収容所が建設されたのは占領下のポーランドである――が、注目すべきは、ローゼンベルクの省が、「労働に適さないユダヤ人がブラックの支援によって取り除かれることに反対しなかった」ことである。

一〇月四日、ハイドリヒがローゼンベルクの省の幹部らと面会し、協力を求めた。議論はしたくない。いずれにせよ、「ユダヤ人の処遇の実施は、すべて治安部隊の手に委ねられている」と述べた。しかし、一九四一年秋、ローゼ配下の文民行政官たちは、ヒムラーの指揮下で暴れ回る治安部隊による虐殺の一部に異議を唱えはじめた。

主な争点は殺人そのものではなかった。ナチ党員は皆、ユダヤ人に甘いと見られるのは嫌だった。むしろ、文民当局者が異議を唱えたのは、事前になんの相談もなかったからであり、白昼堂々の虐殺は都市の不安定化を招くからであり、強制労働力として一部のユダヤ人の虐殺を免除させたいからだった。

ローゼ配下の地区指導者の一人、ハインリヒ・カールの報告によれば、一〇月二七日朝八時、ベラルーシのスウツクに一人の将校が警察大隊を率いてあらわれ、市内のユダヤ人全員を一掃するよう命じられたと宣言した。指揮系統を通じてローゼに届いたメモの中で、カールは、事前になんの通知もなく、しかもユダヤ人の一部は革なめし工、大工、鍛冶屋などの職人だったと抗議した。もしもユダヤ人が処刑されたら、市内の工場はすぐに閉鎖に追いこまれる。だが警察の指揮官はカールに、自分は「街全体から例外なくユダヤ人を一掃せよ」という命令を受けていると言った。

殺し屋たちは仕事に取りかかった。その「言語に絶する残虐さ」は「サディズム」に近いものだった。仕事場からユダヤ人を引きずり出し、トラックに乗せ、街の外で撃ち殺した。人々はゴム製の棍棒やライフルの台尻で殴りつけられた。「街のどこにいても銃声が聞こえた」とカールはメモに書いている。そしてあちこちの街路に撃ち殺されたユダヤ人の遺体が積み重なっていた」

一部のユダヤ人は生き埋めにされた。ある少女は街中を駆け回り、お金を集めて父親の命を救おうとした。

警察は犠牲者たちから腕時計や指輪を剝ぎ取り、家からはブーツ、皮革、金、その他の持ち運べるものを奪った。街の非ユダヤ人たちは「啞然としていた」とカールは書いている。「失った住民の信頼を取り戻すまでには、長い時間がかかるだろう」

同じ頃、別の地区指導者の報告によれば、ラトヴィアのバルト海を臨む都市リエパーヤでは、虐殺が大きな騒動を引き起こしていた。「将校たちでさえ、子供を殺す必要があるのかと私に訊いてくる」。ローゼはそれ以上の処刑を阻止しようとした。リガのゲットーを一掃する計画にも反対した。するとヒムラーはすぐに伝令をよこし、干渉するなと言ってきた。「これは私の命令であり、総統の意向を反映したものだとローゼに伝えろ」

ＳＳはローゼンベルクの省に抗議を申し入れ、省はローゼに自分の行動について説明するよう求めた。

「私はリエパーヤでのユダヤ人のやみくもな処刑を禁じた。なぜならそのやり方が正当とは認められないからだ」とローゼは答えた。「お教え願いたい。一〇月三一日の貴殿からの問い合わせは、東部占領地域からすべてのユダヤ人を一掃せよという指示書とみなすべきなのか？」ローゼはユダヤ人を殺すことにとくにためらいを感じたわけではないが、特定のユダヤ人を必要としていた。「言うまでもなく、東部占領地域からユダヤ人を一掃することは必要な任務である。しかし、その解決法は、軍需生産の必要性と調和したものでなければならない」。国家弁務官としては、代わりの労働者の養成ができるまで、貴重な労働力を失いたくなかったのだ。

一二月、ローゼンベルクの東部占領地域省からローゼのもとへ謎めいた返事が届いた。ベルリンでの協議によって問題は解決したという。「ユダヤ人問題の明確化は、すでに言葉による議論を通じて、おそらく達成されたであろう」と、その手紙には書かれていた。「この問題の解決において、経済的な配慮は、完全に考慮の外に置いておくべきである」。疑問がある場合には、ＳＳに助言を求めることができるとのことだった。

どうやらローゼは助言を求めなかったようである。彼はこの件から手を引いた。

ユダヤ人問題を明確化する協議がおこなわれたのは、一九四一年一一月中旬、ローゼンベルクとヒムラーの会談でのことだった。一一月一五日土曜日、二人の指導者は、午後二時に昼食をともにした後、ローゼンベルク配下の行政長官とヒムラー配下の治安部隊のあいだの争いについて、四時間にわたって議論した。

ヨーロッパでユダヤ人虐殺を拡大させるという、ますます過激化する計画の詳細について、ヒムラーがローゼンベルクに語ったかどうかは不明である。ヒムラーは、八月にミンスクの大虐殺を目撃して以来、より効率的な殺害方法を模索していた。虐殺を見て動揺したヒムラーは、何千人ものユダヤ人を撃ち殺すのは、殺す側にとって心理的負担が大きすぎると判断した。一一月にローゼンベルクと会談したとき、ポーランド南東部のベウジェツ強制収容所では初の本格的なガス室の建設が進められていた。

ヒムラーがローゼンベルクにどんなことを話したかを判断する最善の手がかりは、会談三日後にローゼンベルクが演説をおこなったという事実である。このときローゼンベルクはユダヤ人の「生物学的根絶」について語っている。

一一月一八日火曜日、ドイツの報道機関の代表者たちがローゼンベルクの東部占領地域省本部で開かれる午後の記者会見に招待された。石灰岩で覆われた巨大な建物はベルリンのティーアガルテン公園の南西端に位置していた。これはローゼンベルクの東部占領地域担当大臣としての初登場だった。ローゼンベルクの大臣就任は公表されたばかりだった。なぜなら、ヒトラーはバルバロッサ作戦の初期数カ月間は、占領当局の設置計画を極秘にしておくほうが賢明だと考えていたからだ。

ストライプのスーツを着て、襟にナチ党のバッジをつけたローゼンベルクは、集まった忠実なドイツ人ジャーナリストたちに語りかけた。彼らは第三帝国の中で宣伝大臣の管轄下で活動していた。ローゼンベルクは、きょう集まってもらったのは、東部占領地域で起こっていることを理解してもらうためだと述べた。しかし、それについて書くことは認められなかった。少なくともはっきりとは。そこまではたんなる背景説明だった。その後に話すことはすべて極秘とされた。

このときのローゼンベルクの発言は報道されていないが、演説のコピーが戦後、彼の文書の中から見つかった。ソ連を永遠に粉砕してその天然資源を利用する計画について述べた後、ローゼンベルクはユダヤ人問題に話を転じた。

「東にはまだ六〇〇万人ものユダヤ人が住んでいる。この問題はヨーロッパから全ユダヤ人を生物学的に根絶しないかぎり解決できない。ユダヤ人問題は、ドイツにとって、ユダヤ人の最後の一人がドイツの領土からいなくならないかぎり解決しない。ヨーロッパにとって、ユダヤ人がウラル山脈までのヨーロッパ大陸から一人もいなくならないかぎり解決しない。これは運命がわれわれに与えた使命なのだ」。ローゼンベルクは、一九一八年一一月九日、すなわちドイツが降伏した日を「運命と決意の日」として忘れなかった。「当時、ユダヤ人はドイツを滅ぼそうとする意図を示していた。その意図が成功しなかったのは、ひとえに総統とドイツ国民の気骨のおかげである」。しかし、ユダヤ人が大陸に住んでいるかぎり、同情的なヨーロッパ人がふたたび彼らの繁栄を許すという危険が残る。だからこそ全ユダヤ人を追放する必要がある。だからこそ、「ウラル山脈の向こうへ追放するか、何かほかの方法で根絶する」必要があるのだ。

ローゼンベルクはそれ以上はっきりとは言えなかった。東への追放は婉曲表現になっていた。一九四一年末には、すでにそれは死を意味していた。

ローゼやその他の文民行政官が一〇月と一一月に異議を唱えたのは、この規則の例外だった。ローゼンベルク以下、東部占領地域省の行政官たちは、虐殺を支持し、ヒムラー配下の警察部隊に協力し、虐殺への道を整えた。

行政官たちはユダヤ人の財産リストを作成した。犠牲者を集める手助けをした。現場に同行し、殺戮を目撃した。中にはじっさいに銃殺に参加する者もいた。

ヒムラー、ひいては総統がリガのゲットーの一掃を命じたのだと言われた後の一一月末、ローゼは異議を唱えることなく、ヒムラーの部下たちやラトヴィアの警察が一万四〇〇〇人の人々を街から一〇キロほど離れたルンブラの森まで連れていくのを見守った。人々はそこで、ベルリンのユダヤ人の最初の東への移送を生きのびた列車の乗客たちといっしょになった。強制移送された人々の多くは途中で凍え死んだのだった。犠牲者たちは衣服を脱ぎ、溝に横たわり、撃ち殺された。墓穴は土をかぶせられ、地面はスチームローラーで押し固められた。

リトアニアで活動していたヒムラー配下のアインザッツコマンド（アインザッツグルッペンの下に置かれた部隊。出動分遣隊）隊長カール・イェーガーは、一九四一年一二月、夏以降の自分の仕事について、率直な説明を記している。「リトアニアにはもはやユダヤ人は一人もいない」とイェーガーは報告している。「ただし労働ユダヤ人とその家族をのぞいて」。強制労働者として救われた人々のことである。イェーガーによれば、占領前の人口二五万人以上のうち、生き残ったのはおよそ三万五〇〇〇人だという。

つまらない経済上の理由による反対がなければ、その生き残りも喜んで殺していただろう、とイェーガーはつけくわえた。

その年の終わりまでに、リトアニアのユダヤ人の七〇パーセント——一七万七〇〇〇人——が死亡した。そのほとんどはローゼが赴任した後に殺害された人々だ。ラトヴィアでは七万五〇〇〇人いたユダヤ人のおよそ九〇パーセントが非業の死を遂げた。東部占領地域全体ではすでに八〇万人ものユダヤ人民間人が死んでいた。

いっぽう、一九四一年の後半、カトリックの司祭たちが演説や印刷物を通じて改めてナチスを攻撃していた。ヒトラーはこれを快く思わなかった。ヒトラーはローゼンベルクに言った。「坊主ども」――信仰心を示すために頭を剃った聖職者に対する軽蔑的な言葉――「あいつらの中には頭痛持ちがいるようだ。頭を取ってしまわないかぎり、頭痛から解放されることはない」

「どうやら、これらの紳士たちはまだ彼のことをよくわかっていなかったらしい」とローゼンベルクは日記の中でつけくわえた。

司祭たちの抗議行動は、東で進行中のものとは異なる種類の大量虐殺作戦と関係があった。それは、障害を抱えた子供や大人を安楽死させるナチスの秘密計画で、作戦本部の住所、ティーアガルテン通り四番地にちなんだT4という名前で知られている。ヒトラーは、純粋アーリア人種を作ろうとするナチスの試みの一環として、一九三九年に計画に着手した。あちこちの施設が患者に関するアンケートに記入するよう求められるようになり、計画の噂が広まった。犠牲者の多くは教会が運営する施設に預けられていた人々だった。宗教指導者たちは驚き、安楽死に静かに反対を表明したが、公然と計画の中止を求めるような運動は実施しなかった。ナチスの報復を恐れていたからだ。

しかし、一九四一年八月三日、ミュンスターの司教、クレメンス・フォン・ガーレンは、ついに説教壇の上から安楽死を非難することにした。司教は聖ランベルト教会の教区民たちに向かって言った。「確かな筋からの情報では、ヴェストファーレン地域の病院や施設では、ある種の患者や入所者のリストが準備されている。彼らは『国民共同体の非生産的構成員』に分類されており、病院や施設を追われ、その後まもなく殺されることになっている。その患者の最初の一団が、今週、ミュンスター近郊のマリエンタールの精神病院から去った」。司教は言った。まもなく犠牲者たちの灰が近親者のもとに届けられるだろう。彼らの愛する人々は自然死で亡くなったという言葉とともに。

これは殺人だ、とフォン・ガーレンは言った。ナチスの支配層の意見によって、もはや「生産的」でないとされた人々が死んでいく。そんなゆがんだ原理が成り立つなら、「年老いて身体が弱ったときには、われわれすべてに災いが降りかかる……障害を抱えた人々にも災いが降りかかる……大きな障害を負って帰還した勇敢な兵士たちも、障害者、病人となって、災いが降りかかる！」司教は続けた。そんな政策の下では、「誰も安全ではない。どこかの委員会によって、いつ『非生産的』人間のリストに載せられるか、わかったものではない。その委員会の判断で、『生きるに値しない』人間にされてしまうのだ。そうなったら警察も守ってくれないだろう。裁判所も敵を討ってくれないし、殺人者を裁いてもくれないだろう」

司教の発言は抗議の嵐を巻き起こした。八月二四日、ヒトラーは、この安楽死計画を、開始したときと同じように、ひそかに中止した。中止の理由は世論だけではなかった可能性がある。T4作戦はすでにヒトラーが設定したノルマすなわち犠牲者七万人を達成していた。そして――ローゼンベルク事務所のヴェッツェルが国家弁務官ローゼに「ブラックの支援」について伝えた忌まわしい手紙の中でほのめかしたように――安楽死要員が東へ派遣されようとしていた。東部占領地域では、きわめて大規模なガス殺が計画されていた。

四カ月後の一九四一年一二月、ローゼンベルクとヒトラーはあいかわらず蜂起の話をしていた。ヒトラーには理解できなかった。ローゼンベルクは日記に書いている。「教会が断固として馬鹿者を守ろうとするなら、彼は教会がすべての愚か者を司祭や信者として用いることを認めるだろう」。司教の説教はBBCで放送されていた。それを他の言語に翻訳されたものが小冊子に印刷され、イギリスの航空機によってドイツ、フランス、オランダ、ポーランド、その他ドイツ占領下のヨーロッパに空中投下された。他の聖職者たちも司教の主張を支持し、手紙を書き、堂々と発言した。

「これらの紳士たちは『殉教者』になりたがっていて、名誉ある逮捕を望んでいる、と総統は言った」とローゼンベルクは書いている。そして場合によっては望みどおりになっていた。ゲシュタポは、フォン・ガーレンの説教を広めた人々を集めて強制収容所に送った。しかし司教その人を捕らえることはなかった。有力なナチ党員たちはフォン・ガーレンを絞首刑にすることを要求したが、ヒトラーは国内の政治的な影響を恐れ、司教を殉教者にしたくなかった。代わりに、報復は戦争が終わるまで待つことにした。ローゼンベルクは日記に書いている。いずれにせよ、「ミュンスターの司教はいつかライフルの前に立つことになるだろう」

T4作戦は中止されたものの、ドイツ国内における障害児のガス殺は続いていた。また、ユダヤ人の虐殺も続いていた。ドイツからのユダヤ人追放が始まったとき、フォン・ガーレンは何も言わなかった。少なくとも公には。

一九四一年一二月一二日——日本軍が真珠湾を爆撃した五日後、そしてドイツがアメリカに宣戦布告した翌日——ヒトラーは党の首脳陣をベルリンの自分の居住区に招き、ユダヤ人をきっぱりと処理する時が来た、と語った。「総統はテーブルをきれいに片づける決心だ」とゲッベルスはその秘密の演説について日記に書いている。「彼はユダヤ人に対して、もしも新たな世界大戦を引き起こすつもりなら、自身の破滅につながるだろうと警告した。そして今、世界大戦が始まった……この血なまぐさい紛争を引き起こした者は、その代償として命を失うことになる」

その月の後半、ローゼンベルクは、ベルリンのスポーツ宮殿で演説することになっており、ユダヤ人への新たな報復を訴えるつもりだった。それは連合軍によって進行中のドイツ貿易航路の海上封鎖に対するものだ。ローゼンベルクは次のように語る予定だった。「ニューヨークのユダヤ人」が画策した「世界的な反ドイツ運動」は、「東部占領地域に住むユダヤ人に対する措置」というドイツの反撃に直面するだろう。東部占領地域のナチス支配下には六〇〇万人のユダヤ人が住んでおり、「全世界のユダヤ人の力の源泉」となっている。ドイツは「ニューヨークのユダヤ人が力を引き出した源泉を破壊する」必要があり、そのために「これらの劣等な寄生分子の排除」に着手する。それは一カ月前にドイツの報道陣の前でオフレコで語ったことと大して違わない演説になりそうだった。

しかし、アメリカが宣戦布告した今、ローゼンベルクには、そんな火のつきやすい発言は時期的にふさわしくないように思えた。これまでユダヤ人に脅しをかけてきたナチスの理論的根拠の一つは、アメリカに参戦を思いとどまらせるため、というものだった。今やローゼンベルクは事態の進展に先を越されていた。

一二月一四日、ローゼンベルクはヒトラーと会い、どうすべきか協議した。その会談についてのメモにローゼンベルクは書いている。「ユダヤ人問題に関して、ニューヨークのユダヤ人についての私の言葉は変更するしかなさそうだ。決定が下されたのだから」。おそらく、アメリカの参戦決定のことを言っているのだろう。「ユダヤ人絶滅には言及すべきではないというのが私の立場だった」。ヒトラーは同意し、一つの意見をつけくわえた。それはそこにいる者には言うまでもないことだった。というのも、何より、ローゼンベルクの全政治生活の推進力となっていた言葉だからである。ユダヤ人がこの戦争と破壊をもたらした。だからユダヤ人はその苦い結果を最初に味わうことになる、と。

同日、ヒトラーは別の会合を主催した。出席者はローゼンベルク、ヒムラー、そしてＴ４安楽死計画の責任者の一人フィリップ・ボウラーである。

ナチスはまだ絶滅について公然と語る準備はできていなかったが、ヒトラーからひそかに語られて以来、党首脳のあいだではずっと話題の的になっていた。ポーランド総督のハンス・フランクがそのよい例である。フランクはその場にいてヒトラーの話を聞いていた。そして、黙示録的な気分で自分の王国に戻った。「ユダヤ人については、まあ、はっきり言って、いずれにせよ終わりにしてやらなければならない……彼らは消えてなくなることになる」と、地域のナチス当局者の集まりで語った。「彼らは取り除かれなければならない」

五週間後の一九四二年一月のある火曜日、ベルリン郊外の高級別荘地ヴァンゼーにあるＳＳのゲストハウスの前で、一五人のナチスの官僚たちが車から降りた。町には美しい湖岸と浜辺があり、夏には金持ちや著名人の保養地となる。だが、この日の朝は、窓の外の湖には雪が降っていた。席についた男たちはコニャックで身体を温めた。

テーブルを囲む当局者の中には、外務省、内務省、司法省、経済省、占領下ポーランド総督府の局長や次官もいた。ユダヤ人問題を担当する七人のＳＳ将校も出席していた。ロベルト・ケンプナーはこの集まりについて、のちに次のように記述している。「彼らはあなたが知らなければならなかったことを知っていた紳士たちだ」。他の大臣と同様、ローゼンベルクもこの会議には出席しなかった。代わりに、東部占領地域省の二人の重要メンバーを派遣した。アルフレート・マイヤー次官とゲオルク・ライブラント政治局長だ。二人は間違いなく協議の内容をのちにローゼンベルクに伝えている。

官僚たちに招集をかけたのはラインハルト・ハイドリヒだが、招待状を見ると、議題についてはいかにも慎重な書き方がされていた。ハイドリヒの下、国家保安本部ユダヤ人担当課長としてヨーロッパ全土からのユダヤ人追放を準備・管理したアドルフ・アイヒマンは、会議の要約を作成し、のちに出席者やその他の当局者に配布した。このアイヒマンの「議定書」はまさに有罪を立証する証拠だったため、受けとった三〇人は、一人をのぞく全員がこれを破棄している。残った一部の議定書によって、この一時間半にわたる会議は、最終的解決に向けた計画の分岐点として歴史に残ることになる。

ハイドリヒは様々な省庁を結集させ、最終的解決への青写真を推進したいと考えた。そして官僚たちに、自分がユダヤ人をヨーロッパから除去する任務を負っていることを思い出させ、ユダヤ人の国外移住を促すそれまでの手段――一〇年にわたる暴力、逮捕、差別――では問題を解決できなかったことを説明した。ヒトラーは新たな解決策を承認していた。「ユダヤ人を東へ退去させることである」

ハイドリヒは総合計画案の概要を述べた。ヨーロッパの西から東まで、ユダヤ人を「徹底的に除去」する。また、重労働に耐えられる頑健なユダヤ人には文字どおり死ぬまで働いてもらう。「男ばかりの労働者の巨大な列ができる。そうして労働に適したユダヤ人は、道路を建設しながら東へ進む。大部分は間違いなく自然の原因によって除去されるだろう」とアイヒマンの要約には書かれている。「そして最後まで生きのびた生存者は間違いなく最も強力な抵抗分子になるだろう。彼らは適切に処理されなければならない。なぜなら、そうしなければ、自然選択によって、新たなユダヤ人復活の生殖細胞となるからだ。(そのことは歴史が示している)」

ヨーロッパの全ユダヤ人に死を宣告する政策があからさまに語られているにもかかわらず、その日の出席者はのちに、ハイドリヒが大量虐殺の話をしたことを否定する。だが、のちのアイヒマンの証言によれば、この議事録はやむをえず婉曲表現で書かれているという。それは、ヴァンゼーの別荘に集まった一五人が本当は何を話していたのかをわかりにくくするための暗号だった。ユダヤ人を退去させるというのは、本当は皆殺しにすることだった。

この会議は、ホロコーストのわけのわからない恐ろしさを象徴するものになった。ドイツのような開明的で進んだ国がどのようにして最悪の野蛮国家に堕してしまったのか。「ここにはヨーロッパで最も洗練された首都の一つの、洗練された郊外にある、優雅な別荘の雰囲気があった」と歴史家マーク・ローズマンは書いている。「ここには教養ある文明的な社会出身の、教養ある文明的な一五人の官僚がいて、守るべき礼儀作法を守っていた。そしてここでは大量虐殺計画がすんなりと合意に達した」

ヴァンゼー会議の数カ月前、ヒトラーは、ドイツのユダヤ人を孤立させるためにすでにしてきたすべてのことをじっくり考えていた。そのとき、ある不気味な類似性が頭に浮かんだ――それは一九二〇年代の不快なスローガンと有名な細菌学者の業績を結びつけた。その細菌学者は、ロベルト・ケンプナーと同じ名前を持つ、ケンプナーの名付け親だった。

「自分は政治の世界のロベルト・コッホのようなものだ」と総統は同僚に言った。夜明け前に語り合っていると、ちょうど東の空が明るくなりはじめた。ヒトラーは説明した。「コッホは結核菌を発見し、それを通して医学に新しい道を示した。私は、ユダヤ人があらゆる社会的腐敗を引き起こす細菌にして酵素であることを発見した。彼らの酵素を発見した。そして私はあることを証明した。国家はユダヤ人なしでも生きていけるということを」

第19章 「私たちの悲劇的な特別な運命」

第二次世界大戦が始まった日、ベルリンに住むユダヤ人夫妻、フリーダとマックス・ライナッハは、中が方眼紙になった小さな黒い手帳を開き、大きくなった子供たちのために日記をつけはじめた。子供たちはどうにかドイツを脱出していた。半世紀後、黒い表紙をセロハンテープで修理された小さな日記は、二世代下の遠い親戚のもとにたどりついた――ヘンリー・メイヤー。ワシントンにあるホロコースト記念博物館の主任アーキビストである。

「私がこの小さな手帳に、これからの日々の記録を書きとめようとするのは、おまえたち愛するわが子のためだ。だからおまえたちはいつの日か、私たちがどのような時代に生き、どんな苦難を経験したかを理解し、知ることができるはずだ」とマックスは書いている。「おまえたちの両親は神を信じている。神は困難な時代には私たちの守護者であったし、これからもずっとそうだ。だからこう書いてある。『あなたがたは永遠の神の子供です。父親は子供に腹を立てたとしても、だからといって完全な破壊に子供をさらすことはありません』。私たちの良心は清らかで純粋であり、私たちが恐れるのは神だけだ」

戦争前、フリーダは学校の教師をしていて、マックスは葉巻を売っていた。仕事を失うと、二人ともユダヤ人コミュニティー・センターの無料食堂でボランティアとして働いた。しかし、日に日に戦争が進行し、心労が積み重なっていくにつれ、フリーダはだんだん気持ちが落ちこんでいった。一家はとくに信心深くはなかったが、マックスは信仰心を取り戻し、第三帝国時代のドイツで生きることの試練に決然かつ冷静に立ち向かった。自分もフリーダも生きるための戦いをやめない、とマックスは誓った。信仰を失った人々のように屈したりはしない、と。「言葉にできないほどの苦しみと悲しみが、私たちすべてを打ちのめした。現在のこれらの試練を生きのびるために私たちに必要なのは岩のごとき信念と神への信仰だ」とマックスは子供たちに伝えた。「おまえたちの両親には確固たる意志がある。恐怖に満ちたこの時代を生きのび、別の未来に、できれば平和な時代が訪れるのをこの目で見たいという意志がある」

「私たちは法律に従ってダビデの星を身につけなければならない……星の下にはJude（ユダヤ人）と記されている」とマックスは一九四一年九月に書いている。布生地の形で、およそ一〇〇万個分が作られ、切り取られて、一個一〇ペニヒでユダヤ人に売られた。星を身につけているのはユダヤ人の証拠であり、ゲシュタポによる尋問の対象となった。星を身につけていないユダヤ人は逮捕される危険性があった。マックスはショックを受けた。「まさかこんなことが起こるとは、思ってもいなかった」

年々、制限はますます厳しくなっていった。ユダヤ人は許可なく鉄道駅に入ることを禁じられた。ベルリンの中央官庁街からも締め出された。車の運転も認められなかった。「ユダヤ人にはもはや車のハンドルを握る用事はない！」とナチスのパンフレットには書かれていた。ユダヤ人は、平日は夜八時、週末は夜九時以降の夜間外出禁止令に従うことを命じられた。会社の株式、宝飾品、美術品を引き渡すことを義務づけられた。電話も使えなくなった。ラジオも使えなくなり、一年で最も神聖な日、ヨーム・キップールの日に引き渡すよう命じられた。アーリア人の隣人よりもはるかに少ない配給しか受けられず、買い物が許されるのは一時間だけで、商店の店頭がほとんど空っぽになる遅い時間に限られた。

マックスは嘆いた。「六〇年間、見た目も実際も他の人々となんの違いもないと思って暮らしてきたのに、今では通りの子供たちが笑いながらユダヤ人を指さしている。私たちの市民としての平等は失われた」

宣伝省は一九三九年一月三〇日から、ヒトラーの「予言」が書かれたポスターを張り出した。その予言は国会での演説での発言だった。「ヨーロッパ内外の国際ユダヤ人金融家たちが、万一ふたたび諸国を新たな世界大戦に追いこむことに成功したとしても、その結果は世界のボリシェヴィキ化でも、それによるユダヤ人の勝利でもなく、ヨーロッパにおけるユダヤ人の絶滅である！」

一九四二年五月、マックスはユダヤ人と「自分たちの悲劇的な特別な運命」について深く考えた。追放が始まっていた。

最初の列車がベルリンから出発したのは一九四一年一〇月一八日のことである。これ以降、ユダヤ人はもはや国外移住を認められなかった。

マックスは日記に、すでに自分と妻の兄弟姉妹は「退去させられた」と書いている——マックス、ユーレ、モーリッツ、マルタ、リアーヌ、アデーレ、ベルンハルト。「ここの友人のほとんどが連れ去られ、生活はすっかり寂しくなった」。それでもまだマックスは子供たちとの再会を信じていた。もしも再会できなかったとしても、誰も嘆いてはいけない、とマックスは書いている。「おまえたちはずっと私たちの太陽だ。夕暮れが訪れ、私たちが暗い夜に包みこまれるまでは。おまえたちの子供時代は、おまえたちにとっても私たちにとっても、幸せと喜びに満ちていた。その思い出はいつまでも変わらない」

数日後、フリーダが手帳を手に取った。彼女は怒りを隠すことができなかった。「一九四一年一〇月から何千人のユダヤ人が『退去』させられたのでしょう?」とフリーダは書いている。「ドイツから『退去』させられると言うけれど、『退去』というのは遠回しな言い方です……『退去』のことを考えると恐ろしくてたまらない。みんなこの恐ろしい可能性がずっと頭から離れないのです。それにはちゃんと理由があるのです。そのことを想像するたびに、私はひどくうろたえてしまう。わかっているからです。私たちがこの道を行かなければならなくなったら、もう二度とあなたたち愛しい子供たちには会えないということを」

彼らはしばらくのあいだ、ポーランドのウッチのゲットーで暮らす親戚に食糧や現金を送っていた。自分たちもほとんど食べるものがなく、すっかり痩せ細っていたのだが。時間が経つにつれて、配給券があっても肉、魚、バター、卵、果物、コーヒー、酒、タバコの購入を許されなくなった。靴も石鹸も薪も買えなかった。

公園ではユダヤ人専用ベンチにしか座れなくなった。「そのベンチは黄色く塗られていました」とフリーダは書いている。「私たちはそれを使うことを拒否しました」。やがて公園に入ることそのものを禁じられた。

それからまもなく、ユダヤ人はペットを引き渡すよう命じられた。「この規則に違反した場合は、警察による措置がとられる」と公式通知には書かれていた。

一九四二年五月二四日、アパートを共同で借りていた女性の一人が部屋を明け渡すよう命じられた。「いつもそうだが、これは追放への第一段階だ」とマックスは書いている。

六月、二人はマックスがナチスの仕事をするために登録すべきかどうかで悩んだ。お金は必要なかった。あってもほとんど使い途がなかったからだ。だが、働いているあいだは「退去」させられずにすむかもしれない。二人はユダヤ人コミュニティー・センターで働いていたおかげで、当面は保護されていたが、マックスが戦争努力に貢献する軍需工場で働けば、もっとずっと安全になるだろう。だが逆に、仕事に登録したことがきっかけで、ナチスが二人に襲いかかる恐れもあった。フリーダは書いている。「決断はとても難しく複雑です。どのような決断を下しても、けっきょく間違いだったということになりかねないからです」

東へ追放された親族からはなんの連絡もなかった。「どこで、どうしているのでしょう?」とフリーダは書いている。

掃除機、アイロン、電気座布団、ストーブなどの電気器具も差し出さなければならなかった。理髪店への出入りも禁じられた。タイプライター、自転車、カメラ、望遠鏡も没収された。「まったくひどい話でしょう?」とフリーダは書いている。「でもそんなにひどくもない。ここでは毎日のように逮捕、射殺、処刑がおこなわれているのです。恐ろしいと思うのは当然でしょう?……奇跡でも起こらないかぎり私たちは助からない。しかもすぐにでも起こらなければ。でないと、私たちはみんな終わりです」。彼らはドイツが戦争に負けることを期待していたが、それは希望的観測のようだった。「今は夢を見ている時ではありません」

季節は夏だったが、雨が多く、肌寒かった。その年の初めに、毛皮や毛織りの服を差し出すよう命じられていたのだ。

六月二九日、マックスは仕事に登録した。ただ決定を待つように言われた。一週間後、返事が来た。

「退去」させられることになり、四カ月後に当局に出頭するよう命じられた。二人は恐怖でいっぱいになった。それでもマックスには「不思議なことに心の中がとても静か」に感じられる瞬間があった。「見てのとおり、仕事に登録しようとしたのは間違いだった」とマックスは書いている。「人には人それぞれの運命がある。私の守護者はけっして私たちをこの恐れと苦しみの中に置き去りにはしない。これまでもつねに私たちとともにあったのだから」

三カ月半後の一〇月二〇日、フリーダとマックスは、オラニエンブルガー通りにあるユダヤ人コミュニティー・センターの事務所に朝七時に呼び出された。そこで、センターの他の一五〇〇人の従業員といっしょに、恐怖に震えながら、ゲシュタポ関係者があらわれるのを待った。

一年前、ベルリンのユダヤ人指導者たちは、ナチスが東への移送を準備するのを手伝うよう強制された。ティーアガルテン地区の旧シナゴーグは「集合収容所」に変わり、そこでユダヤ人センターの職員が、東へ行く人々を選ぶ手続きを手伝った。ユダヤ人指導者たちは「悪い予感を抱きながらも」協力していた、と戦争を生きのびたある人は述べている。指導者たちはまだ追放が死を意味することには気づいていなかった。列車に乗る人々が、旅に必要な衣服と食糧を持っていけるようにしたかった。すべてをゲシュタポに任せなければ、それほどひどいことにはならないだろう、と思っていた。

だが今やゲシュタポは彼らにも襲いかかろうとしていた。

職員たちはコミュニティー・センターの会議室や廊下や事務所で何時間も待った。警察が来て、五〇〇人の職員がただちに職を失うと発表し、選抜された人々は二日後に集合収容所に出頭することになった。出頭しない者がいた場合には、一人につき一人のユダヤ人指導者を撃ち殺すとナチスは断言した。

移送者リストが作成された。そこにはライナッハ夫妻の名前もあった。

午後三時、二人は呆然として帰宅した。

真夜中、フリーダはペンを取り、子供たちへの短い最期の言葉を書き記した。いつの日か日記が子供たちのもとに届くことを願って。「私たちは私たちユダヤ人の運命の犠牲者です。私たちは国を失い、家を失い、財産を失います。すべてを失うのです……愛するわが家にいられるのはあと数日です。その後は――無です」。彼女は子供たち、孫たちの幸福を祈った。「あなたたちが私たちのことをけっして忘れないということはわかっています。でも一つお願いがあります。あなたたちの人生に私たちの運命が暗い影を落とすようなことがないようにしてください」

二日後にはマックスが最後の遺言を書いている。そして、自分は恐れることなく行くと誓った。なんであれ起こることは起こるべくして起こるものだ。「持ち物はすべてなくなった。先祖代々四〇〇年以上暮らしてきたこの国から、ほとんど裸同然で出ていくのだ」とマックスは書いている。「私たちがどこへ行くことになるのかまだわからないが、神はどこにでもいらっしゃる。どこであれ呼び求めれば、きっと見つけることができる」

追放は日常化していた。一〇月二二日、フリーダとマックスは集合収容所にやってきた。残っていた財産を登録すると、それも没収された。貴重品が残っていないか鞄の中も調べられた。四日後の早朝、集合収容所から約三キロ北にある貨物駅まで歩いた。一五歳未満の子供たち八八人を含むおよそ八〇〇人の人々とともに、三等客車に乗って東へ向かった。

彼らの荷物は運ばれなかった。ベルリンでは、彼らが住んでいたアパートメントには需要があった。一〇月二九日、死刑を宣告されたフリーダとマックスとその他のユダヤ人たちは、ベルリンから一〇〇〇キロ以上離れたラトヴィアのリガ郊外の駅に到着した。列車から降りた後、森の中へ連れていかれ、撃ち殺された。

しばらくして、イスラエルにいた娘トルーデのもとに両親から手紙が届いた。強制移送の数日前にベルリンからドイツ赤十字を通じて出されたものだった。「震える胸の奥底の、心からのお別れの言葉を送ります。あなたに神のご加護がありますように」

ただ次のように署名されていた。「あなたの悲しい両親より」

一カ月後、ナチスは列車をベルリンから直接アウシュヴィッツへ送るようになる。戦争が終わるまでのあいだに全部で五万人のユダヤ人が強制移送された。生き残ったベルリンのユダヤ人はわずか八〇〇〇人だった。

ナチスが試みたことは、「強制移送される人々の完全なる社会的存在の入念な消去」である、と、ある歴史家は書いている。

しかし、ライナッハ夫妻が去る前、同じアパートメントの建物に住む女性が、日記を預かり、子供たちに届くようにしてほしいという夫妻の願いを引き受けていた。この使命に献身的に取り組んだ彼女は、手帳を腰のベルトに隠して身につけていた。戦後、アメリカ兵に、アメリカの親戚の住所とともに手帳を託した。兵士はアメリカに帰国すると、ボストン郊外に住むライナッハ夫妻の娘リリアンに届けた。

何年ものち、英語しか話せない孫たちのために、トルーデが日記を翻訳した。孫たちに読んでもらいたかっただけではない。彼女には「もっと深い動機」があったという。日記を次の世代に伝えることとは、両親の記憶を誠実に守っていく行為であり、夫の両親やその他何百万人ものナチスの手によって命を落とした人々の記憶を守ることだった。

トルーデは孫への手紙を次の詩の一節で締めくくった。アルフレート・ケルというドイツ系ユダヤ人作家の詩だという。

人が死ぬのは
忘れ去られたときだけだ。

第20章　隣のナチ

ニューヨークに到着したドイツからの移民の半分は、そこにとどまることにした、というのがロバート（ロベルト）・ケンプナーの見方だった。その結果、ひじょうに多くの移民が暮らすワシントン・ハイツは、第四帝国と呼ばれるようになった。ケンプナーはけっきょくフィラデルフィアに住むことになったが、都市生活にはまったく興味がなかったので、お金の問題を片づけるとすぐにランズダウンへ引っ越した。広さ二・五平方キロメートルの郊外地区で、古い樹木や大きなヴィクトリア朝様式の建物がたくさんあった。ランズダウンはかつて暮らしていたベルリンのリヒターフェルデのあたりを思い出させた。静かな分譲地に家を買い、都市部に住む友人を招いて、いっしょにベランダで過ごした。ベランダからは公園の中を流れる小川を見おろすことができた。

自分の小さなオアシスはのどかで幸福に感じられたが、アメリカがナチスと戦争状態にある今、ドイツから来たばかりの移民にとって、生活はより複雑になってきていた。「私が本当に敵性外国人であるかどうかの問題は、まだ最終的な結論が出ていない」とケンプナーは、当局の決定に抗議する手紙の中で書いている。ヨーロッパにあるドイツの放送局を聴くことができないように短波ラジオを使えなくすることを要求されていたのだ。「私はヒトラー政権の特別令により国を追われた人間なので、ドイツ国民ではなく無国籍者だ。外国勢力に忠誠を誓う義務はなく、唯一アメリカにのみ忠誠を誓う義務がある」。ラジオをめぐる議論には勝ったものの、それはケンプナーや他の亡命者たちが新たな祖国で直面する困難な戦いを象徴していた。

「移民はみんな深刻な欠点を抱えていた」とケンプナーは書いている。「英語を話すとき、強いドイツ語訛りが出るのだ」。ドイツ語訛りを聞くと人々は不審に思った。「ドイツ人か？　監視したほうがいいんじゃないか？　だって、ヒトラーのスパイだったか、ひょっとすると今もそうかもしれないだろ？」

こうした疑問を明らかにするのに、ケンプナーは力を貸すことができた。こうした疑問への答えは、一九三九年秋にニューヨークに到着したときに、まさにケンプナーが売りこまなければならなかったものである。ケンプナーは、ナチスが自らの理想をひそかに広めるためにアメリカに送りこんだスパイをつきとめる手助けができた。

なんでも貯めこんでおくケンプナーは、ドイツの政府文書の原本七箱を持って、どうにか大西洋を渡ってきたのだった。彼はこれらの文書をハントヴェルクスツォイク、つまり商売道具と呼んだ。ただで手放すつもりはなかった。

数年後、ケンプナーは自分がどのようにアメリカ司法省に協力するようになったかを語っている。ある日、二人の若い連邦検察官がペンシルヴァニアにいるケンプナーを訪ねてきた。おそらく、ワシントンの当局者に送った助力を申し出る手紙がきっかけになったのだろう。一九四〇年、司法省に「特別防衛部」が設置され、アメリカ国内のナチスのプロパガンダに関する情報を収集し、刑事訴追に向けた証拠集めをしていた。この部署は、「破壊活動を排除する政府の戦いの司令塔」となり、主にファシストに好意的な報道機関を監視し、厳しく取り締まることになっていた。ケンプナーは一九四一年夏にはすでにこの部署と接触している。

ケンプナーの説明によると、訪ねてきた二人の検察官は彼のことを気安くボブと呼び、自分たちのために何ができるかを訊いた。「私たちのために文書を入手できますか？」

ケンプナーは、いつものように単刀直入に尋ねた。「その場合、報酬はどうなりますか?」

「それはちょっと難しいですね」と一人が答えた。「じっさいのところ、あなたはまだ敵性外国人なのです」

ケンプナーは肩をすくめて言った。「いいですか。あなたがたの組織にはこのような件に出せる資金がないというなら、すべてまったく無意味です」。男たちはニヤリとした。

もちろん、と一人が言った。「あらゆることに出せる資金があります」

それで納得したケンプナーはファイルからサンプルを抽出した。そして、エルンスト・ヴィルヘルム・ボーレ配下のナチ党外国組織部に関する文書を見せた。海外に住む党員の活動を調整しようとしていた外国組織部は、情報提供者と破壊工作員からなる第五列（内通者グループ）を指揮している疑いがあった。さらにケンプナーは、同部の任務と戦術を概説する文書を見せた。

ボーレは当初、「新生ドイツの友」を支援していた。一九三四年にマディソン・スクエア・ガーデンで騒動を起こした反ユダヤ主義団体である。だが、「新生ドイツの友」は無能で、まもなく厄介者になった。ベルリンのナチ党は、この非公認のアメリカ支部が使う露骨な表現が、すでに緊迫しているワシントンとの関係をさらに悪化させることを恐れ、公然と距離を置いた。その結果、団体はすぐに解散に追いこまれた。後継組織として「ドイツ系アメリカ人協会」が登場するが、指導者のフリッツ・クーンは横領・偽造の罪で刑務所行きになった。ケンプナーが一九三九年にやってきた直後のことだ。

だが、アメリカ国内にはほかにもたくさんのナチスのシンパがおり、ヒトラー支持の旗を掲げていた。ワシントンの検察官や政策立案者たちは、ファシストによる危険な国家的陰謀の策動を恐れた——人種的憎悪を扇動して民主主義体制の転覆を狙う陰謀である。ヒトラーのプロパガンダ機関が成功をおさめていることを考えると、ナチスの影響下にある精神的闘士たち、たとえば最も有力な広告主などが、アメリカ人の潜在意識に浸透して、大混乱を引き起こすということも、まったくありえないことではないように思えた。

のちにケンプナーは、アメリカで騒動を引き起こそうとするドイツの企てを嘲笑した。「ナチスのやり方は、じつに愚かで、面白みに欠け、ひどくでたらめだった」とケンプナーは言う。「つまり、個別の小さな集団が妨害工作、ナチスの宣伝、スパイ活動を展開していた……第五列がドイツのために遂行すべき任務は、じつにばかばかしいものだった。ベルリンの連中はアメリカに前線基地を築くことができると思いこんでいた。その基地を通じて、どうにかしてアメリカの参戦を阻止しようとしたのだ」

しかし、戦争中、アメリカ国内の扇動者たちはそれほど滑稽には見えなかった。ケンプナーも、彼らはアメリカの安全保障にとって重大な脅威だと警告したうちの一人だった。

司法省は、ドイツの宣伝工作員の監視、取り締まり、逮捕に着手した。ロバート・ジャクソンならびに後任のフランシス・ビドル両司法長官の指揮の下、連邦検察官たちは、新たに制定された扇動取締法すなわちスミス法に違反した罪、さらには、外国勢力の代理人としてアメリカ政府に登録しなかったというありふれた罪で、数十人のナチス支持者を裁判にかけた。後者の罪の重さは、所得税脱税で暗黒街のギャングを起訴する場合と同等だった。

まもなくケンプナーは、この種の問題に関する独立した本職の専門家になり、きちんと報酬も支払われた。検察官たちはケンプナーの協力に感謝した。なぜなら、ケンプナーはナチスの台頭をその目で見てきた人であり、ナチスとアメリカの宣伝工作員のあいだの類似点を詳しく説明することができたからだ。唯一の問題は服装だったようである。色彩豊かなジャケットやズボンを好んだ。もっとアメリカのビジネスマンや政府関係者らしい服装をしてもらえないだろうか、と言われた。ダークスーツに白いシャツ、赤いシルクの無地のネクタイ、といった格好である。

ケンプナーは次のような人々の訴追に協力した。ドイツのトランスオーシャン通信社の社員たち。同社はベルリンの外務省、宣伝省とつながりのあるナチス支持の会社だった。コロンビア大学の元教授、フリードリヒ・エルンスト・アウハーゲン。「アメリカン・フェローシップ・フォーラム」という親ナチス団体を運営していた。カール・ギュンター・オーゲル。オーゲルの団体、「海外在留ドイツ人連盟」は、ローゼンベルクのナチス外交部から資金提供を受け、ナチスの理想を広範に広めようとしていた。

一九四四年、アメリカ合衆国とマックウィリアムズのあいだで争われたアメリカ史上最大の扇動罪裁判で、ケンプナーは「この困難な訴訟において、説得力ある論拠を導き出すのに一役買った」とO・ジョン・ロゲ検察官は書いている。アメリカに住む声高な親ドイツ宣伝工作員二九人が検挙され、一斉に裁判にかけられた。まったく手に負えない連中で、多くの場合、裁判は道化芝居の様相を呈した。「めったにないことだ」とワシントンでずっと裁判の行方を見守っていた記者は書いている。「これほどたくさんの、目つきのおかしい、落ち着きのない、いかれた過激派が一堂に会するというのは」

検察側は、被告人がナチスの陰謀に加担し、全世界の民主主義政府を転覆させようとしている、と主張した。被告人らは一九四〇年のスミス法に違反して、ドイツ政府およびナチ党幹部と——相互に——協力し、書籍、新聞、パンフレットを印刷、配布した。これらは事実上、「わが国の軍隊の兵士たちに不服従と不忠実を」奨励するものである。彼らのプロパガンダは、アメリカの民主主義体制は「守る価値もなければ、そのために戦う価値もない」と兵士たちに信じこませることを狙いとしている。

この陰謀者たちはナチスが描いた筋書きどおりに事を運ぶつもりだ、とロゲは陪審員に向かって言った。彼らはアメリカ育ちのヒトラーを求めている。ユダヤ人を攻撃しようとしている。暴力革命、大虐殺、そして、「街灯柱から人を吊す」といった話をしている。「ヒトラーのやっていることなど日曜学校のピクニックに見えるほどの」大虐殺を思い描いている。ナチスとまったく同じように、アメリカのファシストたちは、まずアメリカにおける宣伝戦に勝利し、次に民主主義的制度を弱体化させ、最後に軍の裏切り者の助けを借りて権力を奪取するつもりなのだ。被告人側は、そんな陰謀にはいっさい加担していないと反論し――「私は共和党員であって、ナチではない！」と一人は叫んだ――、法廷内で大暴れしたため、裁判には何カ月も何カ月もかかった。結審まではまだほど遠い時期に、裁判官が心臓発作を起こして、審理無効が宣言された。

ロゲとケンプナーは再度起訴しようと試みたが、戦争が終わった後、取り下げられた。アメリカの市民的自由を擁護する人々は、こうした訴追の影響を懸念していたが、自身が危険分子として祖国を追われたばかりのケンプナーは、アメリカが潜在的な敵を一掃して沈黙させるのに手を貸すことにためらいはなかった。重要なのは、自分がふたたびナチスと戦っていること――それによって名を上げることだった。ホーボーケンで船を降りてからわずか数年、ケンプナーの噂はアメリカの主要政治家のあいだに広まっていた。

運命の巡り合わせか、ナチスの扇動工作員を起訴した検察官たちはどんどん出世していた。まもなく、彼らはケンプナーに千載一遇のチャンスをもたらすことになる。

ケンプナーは司法省検察官の仕事を手伝いながら、あいかわらず、フーヴァーに媚びを売る手紙を書きつづけていた。今なおＦＢＩ長官の目にとまることを期待していた。フーヴァーが展開する潜在的な危険分子の摘発運動は、今や「特別防衛部」の管轄外にまで大きく拡大していた。一九四一年五月、ＦＢＩの「敵と思われる者」のリスト――ルーズヴェルトが五年前にひそかに許可した徹底的な国内監視プログラムを通じて収集した情報を基に作成――には、一万八〇〇〇人の名前が載っていた。

ケンプナーはフーヴァーにメモを送り、ＦＢＩはヨーロッパの戦後に向けた準備を進めるため、警察関係の基本的な問題を研究しておくべきである、と提案した。「人員、地域、本部所在地、地元警察の特徴などなど……関係する主要問題についての覚え書きを喜んで用意するつもりです。きっとさまざまな目的で役に立つでしょう」

また、クルト・ダリューゲに関して自分の持っている情報を提供することを申し出た。ダリューゲはナチスの警察幹部の「危険な男」で、旧チェコスロヴァキアの副総督まで登りつめた人物だ。

プレゼントも贈っている。一九四二年のクリスマスに、ナチスに関する自分の著書を長官に贈呈した。『正義の黄昏』という本で、一九三二年にアイケ・フォン・レプゴーというペンネームで出版したものだ。今は二冊しか残っていません。ほかはすべてヒトラーの命令で燃やされたんです、とケンプナーは強調した。また別の機会には、ケンプナーはフーヴァーに、ナチスに関する未発表の報告書を提供しようと申し出た。一九三〇年のプロイセン内務省への報告書で、ケンプナーも作成に加わっていた。この「歴史的かつ予言的な」文書は、「私が個人的な危険を冒してドイツから持ち出したものです」。きっとＦＢＩ博物館の収蔵品に追加するにはうってつけの資料です、とケンプナーはフーヴァーに請け合った。

いくら手紙を出しても、短く丁寧だが素っ気ない返事しか期待できないことがわかってきた。文通では、ケンプナーが求めていたアメリカで最も有名な法執行官への拝謁はかなわなかったが、フーヴァーはケンプナーからの手紙の一通を、フィラデルフィア支部長を務める特別捜査官に転送し、適切に対応せよと指示していた。そしてケンプナーは一九四二年、調査員兼秘密情報提供者として雇われた。身分はただの「特別職員」で、本質的にフリーランスなので、一日あたり一四ドル、プラス経費しか請求できなかったが、どんな立場にせよFBIのために働けるのは「大いなる名誉」だとケンプナーは思っていた。この仕事に費やせる時間は限られていたため、毎月得られる報酬は微々たるものだった。その年の終わりに、ケンプナーはフーヴァーに手紙を書き、「ヒトラーとの戦いにささやかながら貢献させていただいたこと」に感謝した。「一九二八年から一九三二年には敗者の側にいましたが、今回私は勝者の側にいます」。フーヴァーはいつもの素っ気ない返事の中で、ケンプナーの助力について、「この上なく勇気づけられた」と述べている。

当時、FBIの特別職員の仕事は主に共産主義者と戦うことだった。フーヴァーの「冷戦」は第二次大戦終了前から始まっていたのだ。フーヴァーは、クレムリンがすでにアメリカ国内の共産主義者と共謀してアメリカをスパイしていると確信していた。

ケンプナーはドイツ語を話す調査員および翻訳者からなる小チームを率いて、ドイツ人共産主義指導者の経歴をまとめ、フィラデルフィアの共産主義団体を監視し、共産主義活動の隠れ蓑となっている可能性のある組織について報告した。また、ペンシルヴァニア・ドイツ協会や、デラウェア州沿岸の船の動きに関する情報を提供した。ケンプナーのチームは、ロンドン、メキシコ・シティ、ブエノスアイレス、ニューヨークのドイツ人共産主義者が発行する新聞の記事を翻訳した。ケンプナーは毎月マンハッタンまで足を運び、FBIの分析にかけるための共産主義文献を購入した。

一九四三年二月、ケンプナーはニューヨークの「中央ヨーロッパ共産党関係者」の動向を探ることも申し出た。彼らはすでに、本国に戻って戦後の政権を掌握するための準備を進めていたのだ。ケンプナーは担当する特別捜査官に報告した。「この作家は、戦後計画に関する科学的な調査に取り組まなければならない、というような『見出し』で会話を交わしている」

ケンプナーはまた、少数の個人の情報も収集、伝達していた。アメリカまたはドイツ在住の、著名人もいれば無名の人もいた。ハリー・アイゼンブラウン。アメリカ人の教授で、一九三七年にドイツに戻って教鞭をとった。エズラ・パウンド。アメリカ人の詩人でヒトラー支持を表明した。フレッド・カルテンバック。アイオワ州ダビューク生まれで、戦争中はドイツで過ごし、アメリカ本土に向けた親ナチスのラジオ放送をおこなった。ルート・ドミノ。ドイツ人作家。ＦＢＩの誤解で、アメリカにおける重要なコミンテルン工作員ゲルハルト・アイスラーと結婚していると思われていた。

ケンプナーのことを「本物のゲシュタポ」と評したルドルフ・ディールスは正しかったようだ。ＦＢＩは、何百万人ものアメリカ人の活動を記録した秘密文書を大規模に収集していた。ケンプナーはわずかながらその活動に貢献していた。

第21章　混沌省

ウクライナの民族主義者たちは苦い失望を味わった。一九四一年のドイツ軍の侵攻は新しい独立国家の成立を告げるものだと信じていたからだ。七月、ラインハルト・ハイドリヒ指揮下の治安部隊は、リヴィウにおいて、独立国家成立の一瞬の光を踏み消した。夏が終わる前には、ヒトラーはすでにウクライナの解体に着手していた。

征服された領土にばらまかれた宣伝ビラになんと書かれていたかはともかく、ナチスは東部占領地域の住民を本当に解放するつもりなどさらさらなかった。

八月一日、ヒトラーはウクライナ西部のガリツィア地方をハンス・フランクのポーランド総督府に統合することを決定した。翌月、黒海に面した主要港湾都市オデッサを含むウクライナ南西部をルーマニアに引き渡すことが話し合われた。ドイツと同盟を結んでいたルーマニアの首相、イオン・アントネスク将軍は、一九四一年夏のバルバロッサ作戦の際、ルーマニア軍の兵士を派遣し、ナチスとともに戦わせた。ルーマニア軍は、最終的解決に加わったひときわ積極的な加害者であった。戦争の最初の年、アントネスクの軍隊は三八万人のユダヤ人を虐殺することになる――撃ち殺し、焼き殺し、餓死させた。

「総統は文字どおりアントネスクを愛している。アントネスクは軍事的にも個人的にも本当に並はずれた行動をした」とローゼンベルクは九月一日の日記に記している。

ヒトラーがオデッサを譲ると申し出たとき、アントネスクは断った。自分にはそのような重要な港を守ることはできない。しかし、ローゼンベルクは将軍が考え直すだろうと判断した。ルーマニア軍は八月にオデッサを包囲していた。一〇月半ばにオデッサが陥落するまでに一万七〇〇〇人の兵士が戦死し、七万四〇〇〇人が負傷することになる。「ルーマニア軍はオデッサを包囲しており、この戦いでたくさんの血を流している」とローゼンベルクは日記に書いている。「アントネスクは一五個師団を投入している。食べれば食べるほど食欲が出るものだ」

ウクライナの「解体」はとんでもない考えだ、とローゼンベルクは不満を述べている。「どうやら理性と愚かさがせめぎ合い、決着がつかないようだ……万一、われわれが折れるようなことがあれば、ウクライナ人を味方に引き入れ、対ソ連戦に動員するという構想は、完全に挫折する可能性がある」

しかし、ヒトラーには、戦前にローゼンベルクやその他の人々に語ったこととは裏腹に、東部占領地域の諸国民に自主独立を認めるつもりがないことは明らかだった。ウクライナが自由な国家として復活すれば、将来、恐ろしい敵になる可能性がある。同様に、ヒトラーは、キエフに新しい大学を設立してスラヴ人の文化と誇りをふたたび花開かせるというローゼンベルクの考えを否定した。「現地住民を教育しようなどというのは間違っている」とヒトラーは戦時のある私的晩餐会で腹心たちに語っている。その模様はボルマンによって記録され、戦後出版された。「われわれが彼に与えることができるのは、中途半端な知識――つまり革命を実行するのに必要な知識だけだ!」ヒトラーは読み書きさえ教えたくないと思っていた。

ウクライナ人はナチスからは何も得られなかった。

いや、何も得られないばかりではない。ローゼンベルクの激しい反対にもかかわらず、ヒトラーはアントネスクが希望するウクライナの一部を本当にルーマニアに割譲した。トランスニストリアとして知られるドニエストル川とブク川に挟まれた地域である。

一九四一年九月、ローゼンベルクはついに自分が戦いに敗れたことを悟った。「これほど大人口の民族が絶えず抑圧されるままになっているとしたら、独立しているとみなされる価値のない民族だ、というのが総統の考えなのだ」とローゼンベルクは日記に書いている。ローゼンベルクは困惑を隠せなかった。わが英雄に惑わされていたのだろうか？「この姿勢は……私自身のそれとはまったく異なる。そして――私にはそう思う理由があるのだが――以前総統が同意したものと異なる」

しかしいつものようにローゼンベルクは方針を転換し、総統に従った。ヒトラーはベルドィーチウとジトームィルの各都市を訪れたが、住民の堕落をさらに確信しただけだった。「ひどく驚くほどのことではない」とローゼンベルクは日記に書いている。「どちらもほとんどユダヤ人の都市である」。おそらくヒトラーは正しい、とローゼンベルクは判断した。おそらく、ウクライナ人を文化的に触発しようとしても無意味だ。おそらく、ありのままに放置しておいたほうがいいだろう。「たとえば、今の未開性を」。ヨーロッパ全土に食糧を供給しなければならないという懸念から、総統の態度は変わった。「肥沃な土地、豊かな天然資源、そしてドイツの血の犠牲によって、総統は直接自分の管理下でこれらの資源を守ろうと決意したのだ。なんといっても彼はウクライナの征服者なのである」

それでもローゼンベルクは不安だった。まもなく、配下の行政官たちは「消極的抵抗」や暗殺未遂事件に直面する。怒れる民衆を抑制するためには数百万人の兵士が必要かもしれなかった。ウクライナ人はロシア人と同盟を結び、「汎スラヴ戦線を形成する」可能性もある。「私の元の計画でまさに回避したいと考えていたことである」。このまま放っておけば、現場の状況はあっという間に悪化の一途をたどり、激しい反ナチス革命が起こる恐れがあった。

すでにウクライナ人は、たんに圧制者がソ連からナチスに変わっただけだという事実に目覚めつつあった。

ヒトラーの大構想は、東部占領地域を植民地にする、というものだった。ドイツ人は生まれながらの君主のように統治する。「新たに獲得した東部地域をエデンの園にするのだ」とヒトラーは言った。長年ヒトラーが話題にしてきた「生存圏」がついに実現しようとしていた。

だが、ナチスが新たな帝国にやってくるにつれ、混乱が支配した。ローゼンベルクが指揮する部下たちはベルリン本部から何百キロも離れた場所にいた。命令が内陸部に到達する頃には、多かれ少なかれ手遅れになっていた。電話はうまくつながらず、郵便が届くのは遅かったので、ローゼンベルクが物事を管理するのは不可能だった。したがって、上は国家弁務官から下は地区指導者に至るまで、はるか彼方の東部占領地域省から出されるローゼンベルクの命令を、誰もがかなり自由に解釈し、あるいは無視していた。ゲッベルスは書いている。「東部では誰もが好き勝手にやっている」

ローゼンベルクの一連の仕事があまりにも無秩序に広がり、統制を欠いていたので、ゲッベルスは東部占領地域省のことを「混沌省」と呼ぶようになった。「あの省では、何十年も先のための計画を立てている。じっさいは、目の前の問題が急を要するものばかりで、一刻の猶予もないというのに」とゲッベルスは日記に書いている。「この省の無能ぶりは、理論家ばかりで実務家がほとんどいないという事実に起因する」。ローゼンベルク配下の行政官たちはこんなあだ名でも呼ばれていた――「東部のカスども」

ローゼンベルクはヒムラーのSSに対しては権限を持っていなかった。また、食糧や原材料をウクライナ人から没収するゲーリングの活動を支援する義務があった。

さらに悪いことに、ウクライナを担当する名目上の部下であるエーリヒ・コッホがどうしようもない専制君主であることがわかった。これはヒトラーが七月に任命したときにローゼンベルクが予期していたとおりだった。四五歳の元鉄道職員のコッホはかつてこう言ったことがある。もしもヒトラーがいなかったら、自分は「狂信的な共産主義者」になっていただろう、と。コッホはソ連に好意的な本を書いていたし、過去にはナチスとボリシェヴィキの緊密な同盟を支持さえしていた――ローゼンベルクの目には、そのこと自体、重大な人格的欠陥に見えた。一九二八年、コッホは、ほとんどが農村地帯である東プロイセン州の指導者になり、その傲慢さと、手の込んだ陰謀を好むことで知られた、と知人の一人で、戦争中、ドイツの情報将校だったハンス・ベルント・ギゼフィウスはふりかえる。「一流のデマゴーグにして大胆な山師。国内では、どのような地位にあるときも、抜きん出た指導者だった。想像力旺盛で、――小声で、完全な秘密厳守のもとに――いつでも荒唐無稽な話を広めることができた」。東プロイセンでは、経営するエーリヒ・コッホ協会が無秩序に広がる腐敗した企業帝国へと成長し、さまざまな会社の株式を保有していた。ときには売らなければ逮捕すると脅されて、所有者が売却を強要される場合もあった。この複合企業の収入によって、コッホは贅沢三昧の生活を送っていた。

別の国にいたならば、コッホは「良いことをたくさんしていたかもしれない」とギゼフィウスは書いている。「だが、なんでもやりたい放題にできた必然的結果として、その多彩な才能を不正に費やした。一九四一年にウクライナへの赴任を命じられたときには、すでにコッホは誇大妄想に陥っていた」。コッホは王のように暮らしていた――いみじくも東プロイセンのケーニヒスベルク（「王の山」の意）で。

コッホとローゼンベルクほど、東部占領地域の問題について、正反対の見方をしている者はいなかった。コッホは極端なまでにヒトラーの方針に従った。すなわち、ドイツ人は主人であり、ウクライナ人は奴隷である。ナチスがウクライナを容赦なく搾取することを、何者にも妨害させてはならない、という方針である。「私はここに幸福をもたらすために来たのではない」とコッホはある演説で述べている。「私は総統の力になるためにやってきたのだ。人々は働いて、働いて、働きつづけなければならない」

コッホはヒトラーと同じように口ひげを生やし、髪を広い額から後ろになでつけていた。そして、こうした極端な考え方を隠そうともしなかった。自分が迫害する相手に対してもだ。「もしも私と同じテーブルに座るにふさわしいウクライナ人がいたとしても、私は彼を撃たなければならない」とコッホはあるとき言った。また別の機会にはこう述べている。「われわれは支配者民族である。最底辺の労働者であっても、ドイツ人である以上、民族的にも生物学的にも、この土地の住民の一〇〇〇倍の価値があるということを忘れてはならない」。自分たちが相手にしているのは「ウンターメンシェン」すなわち人間以下の者どもである。人種間の接触は制限されるべきである。性交渉など論外だ。「この民族は鉄の力で統治されなければならない。今の戦争に勝つ手助けをさせるために」とコッホは言った。「われわれがウクライナを解放したのは恵みをもたらすためではない。ドイツに必要な生存圏と食糧源を手に入れるためである」

在任中、コッホは恐怖による支配を実行した。その手段は「厳格で妥協のない」ものだった。服従しない者は、死刑を含む厳しい刑罰に処せられた。コッホは、「絶え間ない脅威」を人々に感じさせておきたかった。たとえナチスを怒らせるようなことを何もしていなくても。

要するに、ウクライナ人は、コッホの言葉を借りれば、「黒人のように」扱われなければならなかったのである。南北戦争前のアメリカ南部の黒人のように、ウクライナ人はドイツ人に食糧を供給するために広大な農園で働かされた。ウクライナは公開むち打ち刑がおこなわれる土地になった。ローゼンベルクがこの扱いに対して抗議の書簡を送り、むち打ちをやめさせるよう求めると、コッホは肩をすくめた。「たしかに事実です」とコッホはある事件について書いている。「約二〇人のウクライナ人が警察によってむち打たれました。ドニエプル川の重要な架橋工事を妨害したからです。むち打ちについて、私は何も知りませんでした。そんなことで非難を浴びることがわかっていたら、たぶん私は、妨害行為を働いたウクライナ人たちを銃殺刑に処していたでしょう」

ローゼンベルクは、自分がコッホのやり方に反対しているのは、道徳的に気が咎《とが》めるからではなく、もっと現実的な問題によるものである、と明言した。たしかにナチスは、必要なものを手に入れるために、この地域を平定する必要があるが、コッホの「気まぐれな思いつきと、声高で挑発的な行動」とが入り交じったやり方は、まったく非生産的である、とローゼンベルクは国家弁務官を叱責する手紙の中で述べている。コッホの公式声明は、人々に敵意を抱かせ、レジスタンスへの参加を促すだけだ。ナチスが本当はスラヴ人をどう思っているかについては、黙っていたほうがいいに決まっている。コッホの暴力の結果、「妨害行為とパルチザン行動の形成」が生じることになる。ローゼンベルクはのちに日記に書いている。「戦争においては、人々はたいていのことには耐えられる。しかし、あからさまな軽蔑には耐えられない」

ローゼンベルクはヒトラーに不満を訴えたが、コッホは総統を味方につけていた。またコッホはより多くの情報を入手できた。ヒトラーの指揮所である「狼の巣」が、コッホの担当地域のど真ん中の東プロイセンにあったのだ。いっぽうローゼンベルクのオフィスは六四〇キロ離れたベルリンにあった。

コッホが友人にして盟友のマルティン・ボルマンの助けを借りてヒトラーに定期的に直接報告していたの対して、ローゼンベルクは遠くのほうからメモを送るだけだった。

指揮所ではローゼンベルクが「シュラップ」——無力——と中傷されていることが、本人のもとまで漏れ伝わってきた。

戦争が数週間から数カ月で終わっていれば、そんな意見の不一致は重要ではなかったかもしれない。だが、一九四一年の終わりには、ソ連軍が防備を強化し、ナチスの進撃は止まっていた。東部地域では三〇万人以上のドイツ兵が戦死または負傷した。やがて第一陣が退却し、雪が降りはじめた。モスクワ郊外でドイツ軍はソ連軍の攻撃を受けた。すべては――容赦ない計画も青写真もユートピアの構想も――東部での戦闘が短期で終了するという考えに基づいていた。

今やドイツは長い戦争に突入していた。

「まだわかっていない者もいるようだが、今や状況を違う方法で計算しなおさなければならなくなっている」とローゼンベルクは日記に書いている。

ローゼンベルクがウクライナ人の扱いをめぐって議論しているあいだ、部下である文民行政官たちはヒムラーのSSと協力して、東部占領地域のユダヤ人大虐殺作戦を新たに展開していた。一九四二年四月、ハイドリヒがミンスクを訪問した。五月中旬の五日間でミンスクのゲットーのユダヤ人一万六〇〇〇人が処刑された。春から夏にかけて新たに大量のユダヤ人が撃ち殺された後、ローゼンベルク配下のオストラントの国家弁務官、ローゼは、ベラルーシの文民行政長官ヴィルヘルム・クーベから次のように知らされた。「この一〇週間で、われわれは五万五〇〇〇人のユダヤ人を一掃した」。ウクライナでも同様のことがおこなわれ、生き残ったのは強制労働のために残されたわずか数千人だった。ヒムラーが一九四二年一二月二六日に受けとった報告書によると、同年後半の四カ月間に、ウクライナとポーランドの都市ビャウィストクで、合わせて三六万三二一一人のユダヤ人が殺された。

この組織的大虐殺の最中に、首謀者の一人が命を落としている。

ヒトラーは九月、分割されたチェコスロヴァキアの一部であるベーメン・メーレン保護領のトップにハイドリヒを任命した。ハイドリヒは抵抗勢力を弾圧した。これに対して、ロンドンに亡命していたチェコ人指導者たちは、イギリスと協力してハイドリヒ殺害計画を立案した。一九四二年五月二七日、二人の暗殺者がハイドリヒの車を銃と手榴弾で襲撃した。負傷したハイドリヒは一週間後に死亡した。ナチスはハイドリヒ暗殺の報復として、たくさんの人々を殺害した。暗殺者をかくまっているとされたリディツェの村は焼き尽くされた。その前に男は全員殺され、女は強制収容所へ送られた。村の子供たちは人種で分類された。ふさわしいとみなされた子供はドイツ人家族の養子として育てられ、それ以外は処刑された。

ハイドリヒの死は、むろん、ユダヤ人絶滅の進展を遅らせるものではなかった。

最初の虐殺施設が開設されたのはポーランドのヘウムノだった。一九四一年一二月から、一度に五〇人のユダヤ人がガス・ワゴン車の貨物室に閉じこめられた。ミンスク・ゲットーで恐れられたのと同様のワゴン車だ。最初のガス室が作られたのは、ポーランド東部のベウジェツの収容所で、一九四二年三月から運用が始まった。ガス室は汚染除去用のシャワーのような作りになっていた。シャワーと違うのは、配管が車の排気ガスを中に引きこんでいることだった。

春から夏にかけて、北部のソビボルとトレブリンカにも同様の収容所が開設された。既存のマイダネク強制収容所にもガス室が設置された。時が経つにつれ、犠牲者たちはシャワーだという嘘に騙されなくなった。トレブリンカでは、裸のユダヤ人たちが、恐怖の中、殴られたり押されたりしながら、ガス室への通路を進んだ。SSたちはこの通路を「天国への道」と呼んだ。

最大の虐殺施設、アウシュヴィッツ=ビルケナウ強制収容所は、トレブリンカから西へ数百キロ離れたヴィスワ川沿いにあり、一九四二年二月から運用が始まった。この収容所はドイツ、フランス、ベルギー、オランダ、イタリア、セルビア、スロヴァキア、ルーマニア、クロアチア、ポーランド、デンマーク、フィンランド、ノルウェー、ブルガリア、ハンガリー、ギリシャのユダヤ人たちの最終目的地となった。そこでドイツ人が構築した殺人システムは、その設計者が特許を取得するほど、じつに効率的なものだった。犠牲者たちは地下のガス室に閉じこめられた。そして、ツィクロンBというシアン化合物系殺虫剤ペレットの入った容器が天井から降りてきた。全員が死亡すると、収容所の他の囚人たちが、歯の金の詰め物、補装具、髪の毛などを取り去った後、遺体をエレベーターに乗せ、上階の焼却炉まで運んで焼いた。

ナチスは六つの強制収容所で全部で三〇〇万人以上を殺害した。そのほとんどがユダヤ人だった——戦争中の全ユダヤ人の死者数のおよそ半数である。

こうした虐殺が進行する中、ある夜、ポーランドの都市ポズナンのホールで、ヒムラーはSS指導者の一団に向かって、自分たちが進めている仕事について率直に語った。「何百人もの遺体が並び、あるいは、五〇〇人、一〇〇〇人の遺体が横たわっているとき、諸君のほとんどはそれが何を意味するのかを知るだろう。最後まで耐え抜くのだ……そうすることでわれわれは強くなった。これはわれわれの歴史の輝かしい一ページであり、これまで書かれたことがなく、そして、けっして書くことのできない一ページだ」

一九四二年、ソ連における一連の軍事作戦が成功をおさめ、ドイツ人に希望を与えた。ナチスはクリミアとカフカスを攻撃した。そしてドイツ空軍による絨毯爆撃が数週間にわたって続けられた後の九月一二日、フリードリヒ・パウルス将軍指揮下のドイツ第六軍がスターリングラード市内に入った。

スターリングラードはモスクワとカスピ海のあいだを流れるヴォルガ川に面した重要都市である。ヒトラーはなんとしてもこの褒美を自分のものだと主張したかった。そして、住民のうち男は皆殺しにして、女子供は強制移送すると誓った。スターリンは、自分の名を冠した都市の戦略的、象徴的重要性を理解していたので、防衛に全力を挙げた。赤軍は降伏を拒み、ナチスに対して廃墟から銃撃を加え、至る所に偽装爆弾を仕掛けた。苦境にあったドイツ軍は、一一月、ソ連軍の大規模な反撃に不意を突かれ、二五万人の将兵が包囲された。ナチスは空輸および救助作戦を展開したが、将兵たちを解放することはできなかった。まもなく、飢えと、寒さと、シラミに襲われ、弾薬不足に陥った。包囲された兵士たちが書いた何百万通もの手紙がわが家に郵送され、ドイツ国民はその危機的状況を知った。

ヒトラーはパウルス将軍がスターリングラード脱出を試みることを許可しようとしなかった。それは敵の目の前で撤退することを意味していたからだ。戦いをやめることも許そうとしなかった。しかし、一九四三年一月三一日、パウルスは、この状態をこれ以上続けても無駄だと考え、ついに指揮下の部隊をソ連軍に投降させた。

この敗北に国民は呆然とした。帝国全体が陰鬱な雰囲気に包まれた。一部には、スターリングラードは、早くも今後の成り行きを占う出来事だと考える人々もいた。これは終わりの始まりだ、と。

いっぽう、東部占領地域では、ローゼンベルクの恐れていたことが現実のものとなった。ドイツ占領軍の激化する残虐行為に不満が募り、激しい抵抗が勃発したのだ。反体制派が組織化されたパルチザン運動に参加するようになると、ドイツ軍は破壊工作、暗殺、反抗に直面した。一九四二年五月、ローゼンベルクはオストラント訪問を早めに切りあげたおかげで幸運に恵まれた。破壊工作員が線路を切断したため、乗る予定だった列車が脱線したのだ。同じ年のその後、キエフで捕らえられたソ連のスパイが、ウクライナ訪問中のローゼンベルクを暗殺する計画だったことを自白した。ある破壊工作ではオペラ劇場が爆破されたが、その日、満員の劇場にはウクライナ人の民間人しかいなかった。

予定が変更されたおかげで、新たな企ては未然に防がれたのだ。

ソ連では、ウクライナ訪問中にパルチザンの銃撃を受けた後、ローゼンベルクが「自宅にバリケードを作って立てこもっている」と言われている、とローゼンベルクは日記に書いている。「鉄の二重の鎧戸、強化壁、そして、すべての窓に隠しマシンガンを設置している」というのだ。防弾チョッキを着用し、大勢の護衛隊を引き連れて旅行している、という噂もあった。全部嘘だった。ローゼンベルクは笑わずにはいられなかった。「今この瞬間、家の中には私以外一人の男もいないし、これまでSSの護衛付きで車に乗ったことは一度もない」。そのラジオ報道の締めくくりの言葉は、ローゼンベルクにはまるでドイツの共産主義者に、自分に対して行動を起こすよう呼びかけているように聞こえた。「つまり、改めて殺人を扇動しているのだ」

抵抗運動に火をつけたのは、強制労働者を調達しようとするナチスの容赦ない作戦だった。何百万人ものドイツ人が最前線に出ているため、ドイツ国内の工場、農場、鉱山では労働者が不足していた。当初、ナチスは東部占領地域で宣伝パンフレットを配ったりポスターを張ったりして募集しようとした。劇場では「美しいドイツへいらっしゃい」と題するニュース映画が上映された。ドイツは、良い給料、無料の住宅と医療、さらには個人貯蓄口座の保有まで約束した。

最初のうち、楽観的なウクライナ人たちが志願して出かけたが、まもなく嫌な噂が流れてきた。労働者は食糧もトイレもない鉄道車両で運ばれ、仕事を辞めようとすると強制収容所に送られるという。一九四二年の中頃には、すでに誰も志願しなくなっていた。ナチスは自分たちをユダヤ人と同じように扱うのではないかと恐れる人々もいた。列車に乗った労働者たちは撃ち殺されて、石鹸になって帰ってくるという噂も流れていた。

ベルリンの当局は、労働者の割り当て人数をどんどん増やしていった。ウクライナでは、地元の指導者の助けを借りて、ナチスは市場や映画館などで人々を駆り集めた。真夜中に村々を襲撃した。住民が駆り集めを避けて逃げた場合には、家を燃やし、家畜を没収した。鉄道駅では暴力によって家族が強制的に引き離された。ナチスは妊娠中の女性に対して、強制労働を免除するのではなく、中絶を強制したという報告もあった。

最終的に、あらゆる年齢層の人々が駆り出された。「ウクライナは、ウクライナ人から解放されようとしている」と強制徴用の被害者たちは言った。

戦争中、占領下のソ連から三〇〇万人以上が西へ連れていかれた。そのうちの一五〇万人はウクライナの人々だった。

ベルリンでは、ローゼンベルクが強制労働に頭を悩ませていた。計画を進めている連中は、効率や割り当て人数を達成することしか考えていない。激化する暴力がもたらす悪影響のことなど、何も考えていない。「東部地域の労働者二〇〇万人を求めることは、帝国にとって必要だ」とローゼンベルクは書いている。「しかし、東部地域の住民を鼓舞する仕事にとっては大打撃だ……最初から村を包囲するようなことをしては、かつてのボリシェヴィキによる追放のときと同じ恐怖感を強めるだけで、けっきょく誰にとっても状況はより困難になる」

強制徴用によってある変化が起ころうとしていた。ウクライナがナチス支配へ反感を抱きはじめたのだ。

ローゼンベルクの東部占領地域省はもう一つ問題を抱えていた。東部地域の部下たちは、自分の住居に置く家具調度類をひどく必要としていた。

この「劣悪な環境」をなんとかするため、大臣はヒトラーに要望書を送り、西部占領地のユダヤ人

——脱出した者および「すぐにいなくなる」者——の「家具」を没収することを提案した。ナチスはすでに、死亡したユダヤ人から、見つけられる貴重な美術品はすべて奪取していた。そして今度は、「家具調度作戦（ムーベル・アクツィオン）」を通じてテーブル、椅子、台所用品、毛布、鏡など、より日常的なものを手に入れようとしていた。

クルト・フォン・ベーアは、裕福なユダヤ人たちから没収した五〇部屋もある豪邸を拠点にして作戦を指揮し、引っ越し会社を雇って、フランス、ベルギー、オランダの無人になったユダヤ人のアパートメントから、その中身を運び出した。二年半のあいだに少なくとも六万九〇〇〇戸の住居が空っぽにされた。フォン・ベーアは、家具を分類、修理、梱包するために、パリ中心部の三カ所に拠点を設置し、北東部郊外のドランシーにある強制収容所からユダヤ人労働者を徴用した。拠点の一つはかつての家具店に置かれた。もう一つはパリの裕福な人々が住む地域にある優雅な大邸宅。三つ目は線路沿いの倉庫だった。

各拠点には毎日何千個もの大きな木箱が届いた。中には家具だけでなく、敷物、金庫、台所用品、銀器、玩具、本、毛布、ランプ、楽器、衣類、ネグリジェまで入っていた——要するに、家にあるもの全部である。

ユダヤ人労働者たちがそれらを分類していると、手つかずの料理が載ったままの皿があった。

書きかけの手紙もあった。

驚いたことに、自分自身の持ち物を見つけることもあった。あるユダヤ人は自分の娘の写真を見つけた。

拠点にいたユダヤ人の女性裁縫師たちが、没収された一巻きの布を使って、ナチス幹部とその家族のために衣類などを作った。たとえばベーアの妻のためにドレス、ハンドバッグ、靴を作った。

拠点の労働者はつねに強制移送の恐怖におびえていた。男女を問わず、逃亡を試みた場合だけではなく、シラミがわいているといったことも違反行為となり、ドランシーに逆戻りになった。フォン・ベーアは、どこかの拠点に視察にあらわれると、労働者たちに、いつも自分のほうを見ているよう求めた。これが命に関わるものでなければ、ばかばかしいルールだっただろう。やがてユダヤ人たちは、収容所に送り返された労働者が二度と戻ってこないことを知る。

略奪品は、東部占領地域にいるローゼンベルクの省の幹部だけでなく、SS、ゲシュタポ、ベルヒテスガーデンのゲーリング所有の邸宅、その他有力ナチ党員にも送られた。労働者たちはとくに高級な品物を磨きあげて棚に飾り、そこにフォン・ベーアが高官たちを案内して、欲しいものを選ばせた。まるでベルリンのライプツィヒ通りにあるヴェルトハイム百貨店で買い物をしているかのようだった。特注品が、フランスの協力者、ナチスの将兵、フォン・ベーアを知るドイツ人民間人、ときには映画スターのところへも届けられた。

ローゼンベルクは「大量のシーツ、タオル、その他の装飾品」を個人的に注文した、と、ある強制労働者は語っている。ローゼンベルクの姪だという女性が、自分の上司のための買い物にパリを訪れた。上司は、ベルリンの裕福な人々が住む郊外地区ダーレムの邸宅に置く家具を必要としていた。需要が圧倒的に大きくなった結果、ベルギーのリエージュの家具調度作戦担当の幹部たちは、もっと多くのユダヤ人を逮捕して、彼らの家から家具を没収できるようにしてもらいたいという要請を出さなければならなかった。

しかし、略奪品の大部分は、最終的に、ドイツの庶民の手に渡った。作戦は当初、ローゼンベルクの省のオフィスに家具調度をそろえるという口実で始まったが、まもなく任務は変更された。連合軍がドイツの大都市に空襲を開始して以降、家具の大部分は、家を失って、新たな生活を始めなければならなくなった数千の一般家庭に回された。

いっぽう、東部占領地域では、ローゼンベルク特捜隊が本来の使命に力を注いでいた。美術品や貴重な資料の略奪である。

特捜隊には競争相手がいた。陸軍の特別部隊がレニングラードの南、プーシキンにあるエカチェリーナ大帝の宮殿の「琥珀の間」を解体した。伝説的な彫刻を施された羽目板――金箔で裏打ちされた琥珀で赤く輝いていた――を梱包し、ケーニヒスベルクに運んだ。ナチスはそれを展示した。兵士たちは、有名なロシア皇帝のゴットルプの天球儀も略奪した。直径約三メートルのプラネタリウムで、内側には獅子、熊、白鳥などの精密な絵の上に星座が重ねられている。

ドイツ軍は、望むものすべてを手に入れると、ロシア人にとって特別な意味を持つ宮殿や歴史的遺跡を破壊しはじめた。かつて詩人アレクサンドル・プーシキンが住んでいた家を略奪した。チャイコフスキーの古い住居の中にオートバイを駐めた。トルストイの家、ヤースナヤ・ポリャーナで見つけた貴重な原稿を燃やした。

いっぽう、SSはミンスク、キエフなどの都市で略奪を働き、最高級の品物を、装飾品としてヒムラーのヴェヴェルスブルク城に、研究用に配下の考古学研究機関「アーネンエルベ」のオフィスに送った。

ローゼンベルク特捜隊もたくさんのお宝を見つけ、東部占領地域の戦利品とした。宮殿の図書館、博物館、共産党の公文書保管所に踏みこんで、数十万冊の本を没収した。リトアニアのヴィリニュスでは、ユダヤ人研究所を接収し、多くの中央集積所の一つとした。ナチスはヴィリニュス・ゲットーのユダヤ人四〇人に、地域全体から流れこんでくる品物の目録作成を命じ、最も貴重な書籍をドイツに送る準備をさせた。リガ、ミンスク、キエフでもほぼ同様のことがおこなわれた。

ロシアの美術品、書籍、家具、考古学的貴重品――有名な蝶のコレクションまであった――を満載した列車は、血と泥にまみれた戦時ヨーロッパを西に向かった。

略奪品のすべてが生きのびたわけではない。無価値だとみなされた何万冊もの書籍がパルプにされた。作戦中にかき集められたトーラー（ユダヤの律法）の巻物については、ローゼンベルクの事務所はまったく関心を示さなかった。特捜隊の幹部は、現場からの問い合わせに答えて、バラバラにして革を取っておくことを提案した。他の本を縛ったり、ベルトや靴を作るのに使えるというわけである。

複数の木箱が輸送列車から放り出されときに、ひそかに積みこまれていたたくさんの本が失われた。場所を空けて、もっと価値のあるものを積みこむためだった。豚である。

「ヨーロッパ全土の貴重品がここに確保されたというのは驚くべきことだ」とローゼンベルクは一九四三年、エストニアの倉庫の一つを訪問した後のある日の日記に書いている。「最も貴重な文学関係資料は、ディドロの原稿、ヴェルディ、ロッシーニ、ナポレオン三世などの手紙だ。そしてもちろん、われわれに対抗するユダヤ人、イエズス会のすべての扇動的文献もある」。ローゼンベルクは嬉しくて仕方がなかった。「笑ってしまうほどちっぽけな」ローゼンベルク特捜隊が、わずか数年のうちに、これだけ大きな事を成し遂げたのだ。

一九四三年の初め、五〇歳の誕生日の朝、ローゼンベルクは気分の落ち込みと戦っていた。戦争中は誕生日を控えめに祝っていた――よりによってゲーリングと生年月日が同じだった――が、この年は党にとって重要な存在であるローゼンベルクにふさわしい盛大な行事が予定されていた。「けっきょくのところ、ゲーリングと私はすでに国家社会主義革命の歴史の一部になっている」とローゼンベルクは書いている。午前中、ヒトラー・ユーゲントとドイツ女子同盟の子供合唱団が自宅まで来てローゼンベルクを楽しませた。ナチスの有力者たちがオフィスに挨拶に訪れた。ローゼンベルクの省の舞踏場では二〇〇〇人の招待客がシチューとビールを味わった。この建物はウンターデンリンデン通りに面した旧ソ連大使館だった。

胸を打つ手紙を送ってくる人々もいた。「最も感動したのは総統からの手書きのメモである」とローゼンベルクは書いている。ヒトラーはローゼンベルクについて、「党の最も重要な知的形成者」の一人であると宣言し、その忠誠への感謝の印として、二五万ライヒスマルクを贈った。「われわれは互いの相違点を知っている」とローゼンベルクは続ける。「彼は承知している。おそらく国家的な理由によって、前面で活動することを許されている一部の人々のことを私が人間のクズだと思っていることを」。少なくともヒトラーが自分に感謝しているということに慰めを見いだすことができる、とローゼンベルクは思った。「私は彼に次のように答えた。今ここに申しあげたい。これまであなた自身やあなたの仕事に対する信頼が揺らいだことは一度もなく、あなたの側で戦うことができるのは私の人生最大の栄誉だ、と」

だが、ローゼンベルクの信じる心は厳しく試されようとしていた。

コッホとの争いが激化する中、ローゼンベルクは、東部占領地域省指導部の再編について、ヒムラー側近のトップで、親衛隊本部長のゴットロープ・ベルガーと話し合った。ローゼンベルクはウクライナの敵対的な国家弁務官を追い出すため、最後の抵抗を試みた。自分にもヒムラーに匹敵する強力な味方が必要だということはわかっていた。そして、同盟を申し出た。ベルガーを人事および行政を司る次官に任命するという——ただしコッホとの争いでSSがこちらを支持することを確約できるなら、という条件付きで。

一月、ローゼンベルクはポーランドでヒムラーと三時間にわたって会談した。SS長官はベルガーの次官就任に喜んで同意した。後はヒトラーの承認待ちだった。

ヒムラーにとっては簡単な決断だった。ローゼンベルクの省の内部に忠実な側近がいれば、東部占領地域に対して、今よりもずっと大きな影響力を行使できる。コッホに関しては、ヒムラーはなんの約束もしなかった。「Hはコッホについて、突然、きわめて寛大な姿勢になった。『推進力』として高く評価しているのだ」とローゼンベルクは日記に書いている。「またヒムラーは総統がコッホを降ろすとも思っていなかった」

ヒムラーとの交渉で、ローゼンベルクは忠実な側近ゲオルク・ライブブラントを解雇することを求められた。ライブブラントは一九三三年から一九四一年まで、ローゼンベルク率いる党外交部で働き、その後、東部占領地域省に入省していた。SSとゲシュタポの指導者たちは、ライブブラントの信頼性に以前から疑いを抱いていた。ライブブラントは一九三一年から一九三三年にかけて、ロックフェラーの助成金を受けてパリとアメリカで生活していたからだ。

ライブブラントは苦々しい思いで解雇を受け入れ、こう予言した。「もしも戦争に負けたら、大臣、あなたは絞首刑になるでしょう」

一九四三年初頭の数カ月、コッホとの争いはついに山場を迎えた。ローゼンベルクはコッホが新たに発した厳しい指令に異議を唱えた。するとコッホは長年のライバルに、五二ページにわたって恨み言を書き連ねた返事を送りつけた。自分の立場を弱体化させようとしているとローゼンベルクを非難し、ヒトラーにこの問題を裁定してくれるよう求めた。

ローゼンベルクはコッホをベルリンに呼んで話し合った。二人の闘士は怒鳴り合いを始めた。ローゼンベルクは今や自分が総統からクビを言い渡されるかもしれないと恐れていた。そこで総統官邸に手紙を書き、コッホ解任の許可を求めた。コッホは「住民に対する意図的かつ誇張された侮蔑の象徴となっており」、「大きな政治的チャンスを完全に台無しにし」、「病的としか言いようのないコンプレックスの持ち主」である。

争いが激化する中、ヒムラーは中立を守った。一月に結ばれたヒムラーとローゼンベルクの一時的同盟は無に帰した。三月、ヒトラーはベルガーの次官就任を不要としてこれを阻止した。数日後、ヒムラーは「あらゆる事柄を詳細に話し合うため」コッホを招いた。

五月一九日、ヒトラーはいがみ合う両者を戦場の指揮所に呼びつけた。今度はウクライナのヴィーンヌィツャの指揮所だった。

ローゼンベルクにはすぐにわかった。総統のウクライナに対する考え方は二年前とまったく変わっていないと。じっさい、ヒトラーは最近のある晩餐会の客にこう語った。「地元の住民を大切にし、教化するなどという話をする人間は、強制収容所にまっしぐらだ！」そんなことが役に立つと考えているとしたら、そいつはただ嘘をついて、ウクライナ人に解放を約束したりするだろう、とヒトラーはそのとき周りにいた将軍たちに言った。だが、住民を鼓舞する措置などというものは、ただ期待を抱かせて、住民を制御するのを難しくするだけだ。

ローゼンベルクとコッホの言い分を聞いた後、総統は裁定を下した。ドイツにとって東部占領地域からの食糧と労働者が必要であることをくりかえした後、ヒトラーは、ローゼンベルクが何年ものあいだ主張してきた方法を、最終的かつ永遠に否定した。「今の状況では、このような厳しい措置をとらざるをえない」とヒトラーは言った。「ウクライナ人がわれわれの行動を政治的に承認するとはけっして期待できない」

会合が終わったとき、大臣は激怒し、コッホと握手しようともしなかった。ローゼンベルクは完敗を喫した。二度と立ち直ることはなかった。

ローゼンベルクは日記に不満を書き散らした。総統は門番たち、とくにボルマンの陰に隠れて、ローゼンベルクを遠ざけた。軍事、外交問題ばかりに集中して、ドイツ国内の重要問題がおろそかになっていた。議論も協議もなかった。ボルマンがローゼンベルクのメモを総統に渡しているのか、それともただ読まれないままファイルに入れてしまっているのかも判然としなかった。ボルマンがヒトラーからの指示書を送るとき、それが総統からの本物の命令なのか、ボルマンが独断で出した命令なのか、誰にも確かめようがなかった。

ヘスがイギリスに飛んだ後、ボルマンが昇格したことをローゼンベルクは歓迎していた。「現実的な理性の持ち主で、意志堅固なしっかりした人物」のように見えた。キリスト教会に対するローゼンベルクの運動を熱心に支持していた。かつてボルマンはローゼンベルクに、「新しいドイツ人の生活のための指示書」を作成するよう求めたこともある。それは宗教的道徳教育に取って代わる、学童向けのナチスの教義問答書のようなものだった。少年少女に「勇気の掟、臆病を戒める掟……、血の純潔を守る戒律」を教えるべきだとボルマンはローゼンベルクに言った。

二人の不和が始まったのは、ボルマンが教会に関するヒトラーの最も重要な秘密発言をまとめ、それを率直な言葉で表現された秘密の警告として党の地方幹部に配布した後のようだ。すぐに、その一冊が発見された。プロテスタントの聖職者が所持していたものだ。ボルマンは書いている。「占星術師、予言者、その他のペテン師たちの有害な影響が国家によって排除、抑制されるように、教会の影響力の可能性も完全に除去しておかなければならない」。ローゼンベルクはボルマンに手紙を書き、文章の出来が良くないように思うと伝え、今後はこの手の文章は自分に任せるようにと提案した。「木こりのやり方でヨーロッパ二〇〇〇年の歴史を克服することはできない」と、やりとりの後、ローゼンベルクは日記に書いている。「Bは実際的な男だが、このような問題の分析にはあまり向いていない」。ローゼンベルクは異議を唱えるときには細心の注意を払うようにした。ボルマンの持つ権力はけっして小さくなかったからだ。ボルマンは、「自分はけっして大きなことを始めるつもりはなかった」と答えた。もちろん教会に関しては、ローゼンベルクが第一の発言者でなければならない、と。

しかしそのうちに、奇妙なことが起こりはじめた、とローゼンベルクは書いている。「明らかに私の党事務所を攻撃しようとしている」。ボルマンは「一部の人間が力を持ちすぎている」と判断した。「その一番手が私だったのだ」

ボルマンはこう主張した。ローゼンベルクは東部占領地域の仕事に集中すべきであり、そのためには、ヒトラーのイデオロギー上の代理人としての役割に関連した多くの事務所を閉鎖する必要がある、と。ボルマンはまた、ローゼンベルク特捜隊から美術品略奪計画の指揮権を奪い、それをリンツで総統美術館の計画を進めているスタッフに移そうとして、ローゼンベルクの部下たちは無能で腐敗していると非難した。ローゼンベルクはこの試みを撃退したが、そのうち今度は親しい盟友の一人が、ローゼンベルクがでっち上げと考えるいくつかの容疑で攻撃された。ボルマンは捜査を命じ、その盟友の解任を要求した。「本当に、最も原始的な不当行為――最も情けない密室政治の一例だ」とローゼンベルクは書いている。「連中は彼を攻撃しているが、本当は私を攻撃しようとしているのだ」

ローゼンベルクは、ボルマンに面会を求め、捜査は自分の事務所がおこなうと直談判しようかと考えた。以前、ローゼンベルクはボルマンの考えを変えさせることができた。

しかし、このことでローゼンベルクはやるせない思いを抱いた。第三帝国がボルマンのような陰で人を操る男たちに支配されていると思ったからだ。「何千もの人々を血祭りにあげて手に入れた権力を用い、取り巻きの陰謀団を利用して、名誉ある男たちを真っ赤な嘘で中傷し、彼らの話も聞かずに処分する。――こんなことに、まともなナチ党、まともな人々は、この先いつまでも耐えられないだろう……だがそれを総統に面と向かって言ったところで、どうしようもない。経験豊かな部下に対する攻撃だとみなされるだろうし、下手をすれば『理論家』の『実際家』に対する嫉妬だとみなされるかもしれない」

ローゼンベルクはさらに述べている。「Bのやり方が万一成功するようなことがあれば、私の生涯をかけた仕事も無駄になるだろう」

戦争はきしみをあげながら四年目の終わりに向かっていた。すべてが崩壊しつつあるように思われた。

第22章「廃墟」

ソ連侵攻から二年後の一九四三年夏、ドイツ軍は東部戦線の主導権を失った。スターリンが圧倒的多数の兵士を戦場に投入したためである。七月から八月にかけて、赤軍は一五〇万人以上の兵士を失いながらも、ドイツ軍を撃破した。それはキエフ東方約四八〇キロに位置するクルスクでの、史上最大の陸上戦であった。ヒトラーは撤退を臆病者のすることだと考えていたが、ソ連軍による絶え間ない正面攻撃に直面したドイツ軍は、後退するしかなかった。ウクライナでは、ソ連軍が年末にはキエフまで進撃していた。ソ連軍が利用できるものを何一つ残さないために、ナチスは撤退する際、村を焼き、建物を爆破した。ある兵士は自宅への手紙に書いている。「ぞっとするほど美しい光景だ」

いっぽう、イギリスは首都を直接狙うことによってドイツの意志を挫こうとした。一九四三年一一月下旬の曇りの夜、イギリスの航空機七〇〇機以上がベルリン上空に飛来し、爆弾を投下した。

ローゼンベルクは、ベルリンのダーレム地区のラインバーベン通りにある自宅の地下壕で、妻のヘドヴィヒと娘のイレーネといっしょに、空襲がやむのを待っていた。くぐもった爆発の轟音がやっと消え、警報解除信号が出ると、一家は暗い外に出た。北東に「燃える赤い空」が見えた。南のオーストリア北部、モンド湖畔に別荘があったが、ローゼンベルクは家族をそこには避難させないことにした。代わりに、大混乱の中を、ホテル・カイザーホフへ連れていった。ヴィルヘルム広場を挟んだ向かい側には総統官邸がある。

車は、ベルリン中心街に入る主要道路沿いの炎と荒廃の中を通り過ぎた。クアフュルステンダム通りでは、カイザー・ヴィルヘルム記念教会が爆弾にやられていた。その向こうでは動物園が炎に包まれていた。煙が立ちこめ、ほとんど何も見えなかった。運転手は悲惨な状態の街路を、車をジグザグに走らせながら、路上の穴や火の玉を避け、瓦礫《がれき》で塞がれた道を迂回《うかい》して、ゆっくりと東に進み、政府中枢のあるタウエンツィーン街に向かった。「火の粉が降り注ぎ、濃い煙が立ちこめて、前に進めなかった」とローゼンベルクは報告している。車は歩道の上を走った。運転手は、爆弾から逃れてきた、家を失ったばかりのおびえるベルリン市民に向かってクラクションを鳴らした。「右にも左にも、巨大な松明と化した燃える建物から火の粉が降り注いでいた」。ティーアガルテン公園に入る道を見つけた。戦勝記念塔のところでバスが炎上していた。ブランデンブルク門の脇のパリ広場では、フランス大使館が炎に包まれていた。やっとホテル・カイザーホフに着くと、ローゼンベルク一家は消防士たちがヴィルヘルム広場の向こうの交通省にポンプで水をかけているのを見た。猛火に水がかかるたびに濃い煙が立ちのぼった。

風で舞いあがった火の粉が、広場の向こうまで飛んでいき、旧総統官邸の屋根に火がついた。カイザーホフの電話は不通になっていたが、そのうちローゼンベルクの補佐官があらわれた。全身煤だらけで、鉄製のヘルメットをかぶり、ローゼンベルクの党事務所の一つが爆弾にやられたことを報告した。

翌朝は塵が立ちこめ、人々はほとんど話すこともできなかった。塵は六〇〇〇メートル上空まで舞いあがった。生存者たちは目と口を布で覆いながら息をした。「イギリスはどのようにしてたった一度の空襲で帝国首都にこれだけ大きな打撃を与えることができるのか、私にはまったく理解できない」とゲッベルスは書いている。ヴィルヘルム広場には「完全な荒廃」の光景が広がっていた。

総統官邸では多くの部屋が焼失していた。ゲッベルスの家では、ドアや窓が室内側に吹き飛ばされ、部屋の中は水浸しだった。閣僚たちは焼け出されていたので、使者が廃墟の中を用心しながら行き来するという方法でしか連絡がとれなかった。総統地下壕は家を失った人々の避難所として使用された。

ローゼンベルクはポツダム広場近くの自分の党事務所の被害を調べに出かけた。「廃墟だ」と彼は書いている。「煙が立ちのぼる瓦礫の中に、潰れた金庫が転がっている。地下室へは小さな縦穴を通って降りるしかない」。メモの山は焼けていた。鉄製金庫の中の二万マルクも同様だった。ウンターデンリンデン通りの東部占領地域省本部はなんとか無事で、一部の窓が割れ、汚い塵が積もっているだけだった。

ローゼンベルクは、家族をこんな物騒な場所に連れてきたことの愚かさにすぐに気づいた。その後もまた夜間空襲があり、ローゼンベルク一家は総統地下壕に避難しなければならなかった。地下壕は地下深くに作られていたが、地上の爆発で壁が震えた。後で外に出てみると、深い穴が開いていた。爆弾は地下壕の真上に落ちていたのだ。ホテル・カイザーホフは直撃を受けていた。誰も消火作業をしていなかった。手に入るホースがなかったからだ。ローゼンベルクは燃える通路を走って自室まで行き、スーツケースに荷物をありったけ詰めこんで、ヒトラーの地下壕にとって返した。その夜は全員が簡易ベッドの上で過ごした。

「わが国の爆撃を受けた各都市の建物や地下室で起こっていること、これからまだ起こるであろうことを、未来の劇作家たちは、人々に与えられる最も恐ろしい試練として描くだろう」とローゼンベルクは日記に書いている。ローゼンベルクはこの状況を、三〇年戦争における一六三一年のマグデブルクの陥落になぞらえた。当時、神聖ローマ帝国の兵士たちの襲撃によって、二万人が虐殺され、街は焼かれた。「今日ではこ一日でそれだけの損害を受けるのだ」とローゼンベルクは書いている。「すでに大部分が廃墟と化した二〇の大都市では、すでに何十万という女性や子供がその下に埋もれている」

これは誇張である。一九四三年と一九四四年の空襲では、九〇〇〇人以上の市民が死亡し、八〇万人以上が焼け出され、ドイツ国民は恐怖のどん底に叩きこまれる。

しかし、それ以上の損害――もっとはるかに大きな損害――を受けるまで、ヒトラーは動じなかった。

「これほどの事態に直面しても国が崩壊しないのは、国家社会主義運動の功績である」とローゼンベルクは書いている。「この不屈の精神は、今日、国民全体の美徳となっている」

一九四四年夏の暗黒の日々、ローゼンベルクは日記に書いている。「東では絶え間ない後退が続く」。その春クリミアでは一二万人の兵士が退路を断たれた。ソ連軍が容赦なく西へ進撃した結果である。六月、ベラルーシでは戦車と大砲に支援された一五〇万人のソ連兵がドイツ軍を呑みこみ、ドイツ側の損害は死者と捕虜合わせて三〇万人に達した。その後ソ連軍はベルリンまで約八〇〇キロ以内のところまで迫った。西部では連合軍が六月六日のDデイにノルマンディーに上陸し、ドイツの前線突破、パリ解放に向けて全力を挙げた。

ドイツ国内では、ふたたびヒトラー暗殺の陰謀がめぐらされていた。総統の戦争指揮と、大陸規模の破壊への無謀な欲求に対して、軍の高官たちの多くが以前から腹立たしく思っていた。元文民政府関係者を含むその他の人々は、ヒムラー指揮下の警察国家、ユダヤ人絶滅、東部諸民族に対する残虐行為に不安を感じていた。動機はともかく、陰謀者たちは、ヒトラーがドイツを破滅へ導こうとしているという確信のもとに結束した。彼らはドイツの崩壊を食い止め、戦争を終わらせ、人々の命を救いたかった。

「いかなる犠牲を払ってでも、暗殺は試みられなければならない」と首謀者の一人で陸軍参謀本部将校のヘニング・フォン・トレスコウは言った。「われわれは、ドイツ抵抗運動の男たちが勇気を持って断固たる一歩を踏み出し、それに命を賭けたことを世界と将来世代に証明しなければならない」

スターリングラードにおける第六軍の降伏から六週間後の一九四三年三月、トレスコウはヒトラーの乗る飛行機に爆弾を載せることに成功した。総統はロシアのスモレンスクの軍集団本部を訪問することになっていた。しかし、軍情報部が製作したコニャックの瓶のように見えるその装置は、爆発しなかった。また自爆攻撃も失敗に終わった。六年前のミュンヘンのビュルガーブロイケラーのときと同じように、ヒトラーが公式行事の席から予定より早く引きあげてしまったからだ。

陰謀の指導者たちはそれでもくじけず、ヴァルキューレ作戦の青写真を描いた。同作戦は、ヒトラーを暗殺したのち、ベルリン駐屯の予備軍を使って軍事クーデターを起こそうというものだった。ついにその機会が訪れたのは一九四四年七月二〇日、ラステンブルク近郊のヒトラーの指揮所、「狼の巣」だった。陸軍将校クラウス・フォン・シュタウフェンベルクは、ヒトラーが同席する軍幹部会議に、ブリーフケース爆弾を持って参加した。総統の近くのがっしりとした木製テーブルの横にブリーフケースを置いて席を外した。兵舎で爆発が起こるのを見届けた後、言葉巧みに切り抜けて敷地の外に出た。それから仲間に電話をかけ、結果を知らせた。「ヒトラーは死んだ」

ベルリンでは、ほとんどすぐに大混乱が始まった。ヒトラー指揮所との電話回線は切断されておらず、まもなく、総統がどうにか爆発を生きのびたという知らせがベルリンに届いた。この爆発で兵舎の壁は吹き飛んでいた。頑丈なテーブルが爆弾の威力をそらしたのだ。ヒトラーは歩いて外に出た。ズボンが燃え、鼓膜がひどく損傷していたが、反乱の鎮圧に着手した。

ベルリンの予備軍司令官、フリードリヒ・フロム将軍は事前にこの計画を知っていた。クーデターを開始するため、部隊を派遣して主要な政府庁舎を占拠することになっていた。ところが、ヒトラーが生きていることを知って、協力を拒否した。首謀者たちが軍本部にあらわれると、フロムは彼らを逮捕させようとしたが、代わりに自分が囚われの身となってしまう。しかし、軍本部での銃撃戦の末に、フロムは解放され、陰謀者たちは逮捕される。陰謀を事前に知っていたフロムは、自分が巻きこまれることを恐れ、シュタウフェンベルクを含む四人の中心人物を中庭に引き出し、処刑した。翌朝、ヒトラーはラジオに出演して陰謀者を非難し、一九三九年一一月のミュンヘンのときと同じように、またしても命を救ってくれたことを神に感謝した。

ローゼンベルクは、軍の将軍たちが——憎きワイマール共和国に対しては立ち上がらなかったのに——どうして第三帝国創設の英雄を暗殺しようとするのか理解できなかった。ローゼンベルクは主張する。「一将校がこんな卑劣なやり方で最高司令官を殺そうとするというのは、以前はけっしてなかったことだ」

ヒムラーは、総統に対する今回の陰謀およびその他の陰謀に関わりのある者を片っ端から逮捕しはじめた。逮捕を避けるために銃、手榴弾、毒などで自殺する者もいた。捕らわれた者は殴られ、情報を聞き出すために拷問にかけられた。生き残った者たちは、悪名高い人民法廷で裁判にかけられ、ヒトラーの明確な指示に基づいて絞首刑に処された。天井の鉤と細い針金を使用する方法で、ゆっくりとした苦しみを伴う死をもたらすものだった。「狼の巣」に戻った総統は、このぞっとする処刑の光景を映画で観た。ヒムラーは陰謀者たちの親戚を逮捕して強制収容所に送り、子供は孤児院に送った。

ローゼンベルクは、裁判中に明らかになった詳細を聞いて、激怒した。カトリック教徒であるルートヴィヒ・フォン・レオンロート少佐は、友人の従軍神父、ヘルマン・ヴェーレのところへ行き、教会の教義が暴虐な独裁者の暗殺を認めているかどうかを尋ねた。神父は認めていないと答えたが、法廷では次のように証言した。レオンロートの質問は理論上のことのように思われたので、ナチスには報告せず、司教に報告した、と。

「つまりヴァチカンは半年も前から知っていたのだ。そしてシュタウフェンベルクのような、いつも金色の十字架を胸につけているカトリックの暗殺者たちを待っていた」とローゼンベルクは書いている。「残念なことに、シュタウフェンベルクは尋問を受ける前に銃殺された。だから彼の告解を聴いた司祭たちのことについては何も訊くことはできない」

レオンロートとヴェーレも、二人とも処刑された。


一九四四年一〇月、ローゼンベルクはミーヘンドルフの森の丸太小屋で初めて眠った。「周囲の世界が荒れ狂う中、ここではひじょうに深い落ち着きを満喫できた」。その夏は何度かポツダムの南の村に引っこんだ。自分の専用列車「ゴーテンラント」に乗って眠りながら、ベルリンの荒廃から遠ざかった。生まれ故郷であるエストニアのレヴァルは戦闘で大きな被害を受けた。温泉の街アーヘンも、ケルンも同様だった――どれも若い頃に訪れた場所だ。ローゼンベルクが最も衝撃を受けたのは、ナチズム発祥の地であるミュンヘンを訪れたときだ。「真夜中に車で入った」と日記に書いている。「廃墟と電線の迷路だ。近隣の通りは破壊されている」。都市は「ずたずたに……切り刻まれた」

第三帝国を支える梁があちこちで崩れ落ちようとしていた。ソ連はドイツの進軍をすべて押し返した。ローゼンベルクは書いている。「今や最大の戦闘がドイツ国内で起ころうとしている。総統指揮所の近くで」。ローゼンベルクは引きつづき東部占領地域省の大臣を務めていたが、それはもはや中身のない肩書きだった。ある毒舌家の官僚は「東部もはや非占領地域担当大臣だ」と述べている。宿敵ゲッベルスは上機嫌でこう言った。ローゼンベルクはまるで「国も臣民も失った」ヨーロッパの君主のようだ、と。

ローゼンベルクは一九四四年後半の数カ月間、基本的な——しかしけっきょくは無意味となった——課題を自分の仕事として取り戻そうと試みた。それはヒムラーと、前線で捕らえられたソ連軍の将軍、アンドレイ・ウラソフが関わっていた。過去三年間、ローゼンベルクや他の多くの人々が、東部占領地域の諸民族を兵士として徴募し、ソ連と戦わせることについて、ヒトラーの考えを変えさせようとしてきたが、うまくいかなかった。総統はどうしても同意しなかった。やつらに武器を渡せば、ナチスに矛先を向けるかもしれない、というのがヒトラーの揺るぎない確信であり、それを変えることはできなかった。

だが、軍内部では、ロシア人とロシア人を戦わせようとする動きがまとまり、一九四二年七月、ウラソフこそ、それに必要なカリスマ的指導者だと考えられた。ウラソフはドイツ側に、赤軍はスターリンに反抗し、共産主義者を打倒する準備が整っていると述べた。国民の愛国心を結集して独裁者に対抗させることができれば、革命は可能だ。必要なのは軍隊と政治的操作だった。軍のプロパガンダ部門はウラソフを架空のロシア解放委員会の名目上の指導者に仕立てあげ、そうすることで夢が現実になることを期待した。

ローゼンベルクは警戒した。ウラソフはロシア統一について語っている。これではナチスが強力な新ロシア建設の手助けをしているように聞こえる——この二〇年間、滅ぼそうとしてきた相手である。しかし同時に、ローゼンベルクは必死でもあった。そして、他の主要な東部諸国——ウクライナ、ベラルーシ、エストニア——も解放されるなら、ということで、ロシア解放委員会の設立に協力することを約束した。

一九四三年一月、ウラソフの署名入りのパンフレットが戦闘地域に散布された。パンフレットはロシア民衆にウラソフの理想を支持するよう訴えていた。その理想とは、スターリン打倒、ドイツとの和平、そして共産主義者にも資本主義者にも支配されない「新生ロシア」である。パンフレットは大当たりだった。ウラソフは東部占領地域各地へ講演旅行に出かけ、自由に話した。おそらく自由に話しすぎたのだろう。ナチスによる強制労働計画やドイツによる過酷な統治を非難した。「ロシア人は生きてきた、生きている、そしてこれからも生きていくのだ」とウラソフは宣言した。「植民地人という身分に引きずりおろされることなど、けっしてありえない」

ナチスは激怒した。あたりさわりのないプロパガンダになるはずだったのに、これではまるで脅迫だ。一九四三年六月、ヒトラーはウラソフ作戦を中止させた。ヒムラーはソ連の将軍とそのドイツ人に関する講演の内容を非難した。「ウラソフ氏は、そのロシア的な傲慢さで、われわれに語りはじめた」とヒムラーはその年の後半のSS将校団への演説で述べた。「彼はこう言った。『ドイツはこれまでたったの一度もロシアを打ち破ることができなかった。ロシアを打ち破ることができるのはロシア人だけだ』。諸君、この一節は、国民と軍に危機的状況をもたらすものだ」

しかし、それから一年が過ぎた今、戦争の趨勢はドイツには完全に不利となり、ふたたびウラソフが登場した。今回ウラソフを担ぎ出したのは、なんとヒムラーであった。ローゼンベルクにとってさらにひどいことに、SS長官はウラソフのロシア統一の理想を支持しており、ヒトラーもそれを承認していたのだ。

これは限度を超えた恥辱だった。一九四四年一〇月一二日、ローゼンベルクはヒトラーに抗議のメモを送った。東部地域に対するナチスの展望が損なわれている、と不満を述べた。「総統、私がこの分野で働くことをまだ望んでおられるのかどうか、教えてください」とローゼンベルクは書いている。「事の推移から見ると、私の活動をもはや不要と考えておられるとしか思えないのです」

ボルマンの話では、ヒトラーは寝こんでいて、ローゼンベルクのメモを読んでいないとのことだった。その後もヒトラーからの返事はなかった。

一一月一四日、ウラソフはプラハのフラッチャニ城に姿をあらわし、ロシア諸民族解放委員会の創設を発表した。綱領が公表された。ウラソフは、「国家の発展、自己決定、国家の地位に関する諸民族の平等と真の権利」を約束した。

だが、ローゼンベルクにとっては、空虚な言葉ばかりだった。現実には、ヒムラーは、ウラソフを支持することによって、新たな帝国主義ロシアという考え方を補強しただけである。この目標は最初から失敗する運命にあることがローゼンベルクにはわかっていた——今の戦況ではもはや手遅れだ——しかし、それでもローゼンベルクは心配だった。なぜなら、失敗したら、どうせ自分のせいにされることがわかっていたからだ。

「すべてが失敗に終わった場合、原因は、この問題を気まぐれに扱い、その後、悪化するまま放置したことにある。東部問題に真剣に取り組まなかったことにある」とローゼンベルクは日記に記している。「この問題をめぐる個人的な苦しみと怒りについては後で書くことにする。その感情は今なお抑えられていない。そんなことは、帝国の運命を考えれば、さほど重要ではない。……私としては、ドイツ国が、コッホのような政治的愚か者のせいですでに受けてきた損害を、これ以上受けないことを願うのみである」

国家弁務官に対する苦々しい思いが和らぐことはなかった。コッホという男は「政治の世界で猛威をふるう俗物根性の見本だ。東プロイセンで豚を飼育したり、ツィヘナウ——占領下ポーランドの一部——に入植地を建設したりするのには向いているかもしれないが、帝国の東部占領地域政策に関してはまったく使いものにならない」。コッホは、ウクライナ人に歴史などない、と発言する愚行を犯した。「これ以上愚かなことを言うことはほとんど不可能だ」とローゼンベルクは激怒した。「何人かの同僚が暗殺されたのは、おそらく、この発言を含むさまざまな言動が原因であろう」。その最たる例がベラルーシの文民行政長官ヴィルヘルム・クーベの暗殺である。クーベは一九四三年九月、ベッドの下に仕掛けられた時限爆弾によって吹き飛ばされた。仕掛けたのはレジスタンスとつながりのあったメイドである。

「ニーチェがいかにして自分の世界で正気を失うことができたのか、私にはよく理解できる」とローゼンベルクは書いている。「彼はそれがやってくるのが見えていながら、変えることができなかった」。ヒトラーが自分の言葉に耳を傾けてさえいたら、戦局全体が変わっていた可能性がある。「東部地域に新しい国を建設するという展望を持った一〇〇万人のウクライナ人の軍隊ができていたら、スターリングラードの悲劇は回避できた可能性がある」

だが、これだけ拒絶と失望と失敗を経験しても、ローゼンベルクはヒトラーに楯突こうとはしなかった。

彼は自分の地位にとどまった。すでに中身はなくなっていたが。

ローゼンベルクは一年間ホテルで寝泊まりしていたが、一二月初め、自宅が再建されたベルリンのダーレム地区に戻った。翌日、日記を書いた。これが戦争を生きのびた最後の日記になる。「自宅の廃墟から、蔵書の残骸が拾い集められた。引き裂かれ、潰れ、まだモルタルの欠片やガラスの破片にまみれていた」。ローゼンベルクは神秘的なオーストリアの詩人、ライナー・マリア・リルケの一冊を見つけた。すると、突然、青春時代に、この詩集を夢中で読んだ気ままな日々に戻った。

「あの青春時代からなんとたくさんの時間が過ぎたことだろう」とローゼンベルクは書いている。そのことをほとんど信じられなかった。

ソ連軍はすぐ近くにまで迫っていた。一九四四年後半、ヒトラーはついに東プロイセンの「狼の巣」から逃れ、安全なベルリンに移らなければならなくなった。一二月、ヒトラーは西部戦線に赴き、連合軍の前線を二〇万人の兵力で突破する試みを指揮したが、バルジの戦いにおいて、ドイツ軍は米英軍に押し返された。これはこの戦争におけるドイツ軍最後の大攻勢であった。一月、ヒトラーは事実上、決定的敗北を喫して首都に帰還した。東西から数百万の連合軍がベルリンに押し寄せた。

一九四五年初めの時点で、ローゼンベルクはヒトラーとすでに一年以上も個人的に会っていなかった。そして、二月二四日、ヒトラーが党指導部の決起に向けた演説をおこなったときが、総統との最後の面会になる。ヒトラーは驚くほどひどい状態だった。まるで老人のように足を引きずって部屋に入ってきた。左手が激しく震え、水の入ったグラスを口に運ぶこともできなかった。ローゼンベルクは総統と握手をするのがやっとだった。その後も何度か仲介者を通じて会談を申しこんだ。すると次のような返事が来た。ヒトラーは茶飲み話なら喜んでするが、大臣はきっと「専門的な議論」を求めてくるだろう。ヒトラーは今、それに応じられる精神状態にない、と。

「なんのための国家元首だ」とローゼンベルクは自分の首席補佐官に尋ねた。「専門的な議論に応じられないとは?」

三月のある夜、アメリカ軍はベルリンに対して最大規模の空襲を開始し、日中、一〇〇〇機の航空機を都市上空に出撃させた。三〇〇〇人のドイツ人が死亡し、一〇万人が家を失い、都市の大部分が断水、停電した。

ローゼンベルクの家の屋根は、その月後半の空襲で崩れ落ちたため、ローゼンベルクはヘドヴィヒとイレーネとともに地下室に移動した。空襲の後、「私は重要だろうと思われることをした」とローゼンベルクは、のちに獄中回顧録の中で書いている。「庭を耕し、野菜とジャガイモを植えた」。空襲で、イレーネの一五歳の誕生日パーティーの計画が台無しになった。娘が家のタイプライターの前に座って文章を打っているところを見た。「何を書いているのか知らないが、たぶん、ベルリンの生活、自分が目にした破壊の様子、耳にした都市中心部での死者のことだろう」

友人で、親しい同僚であるアルノ・シケダンツが妻と八歳の娘を道連れに自殺したことを知った。ローゼンベルクは自分の取るべき道について考えた。ナチス指導部全員にシアン化物カプセルが配られており、ローゼンベルクは家族の分まで備蓄していた。愛する者たちをソ連に取られるつもりはなかった。

四月、すでにドイツ軍はほとんど壊滅状態だった。一九四五年に入ってからだけで、一〇〇万人以上のドイツ兵が戦死していた。

それでもヒトラーは降伏しなかった。

四月二〇日、ヒトラー五六歳の誕生日に、ソ連軍はベルリンに最後の攻勢をかけた。

翌日の朝は雨だった。ローゼンベルクは窓辺に立って庭を眺めていた。彼は永遠に去ろうとしていた。「あれは私たちが散歩した小道だ」とローゼンベルクは書いている。「裏にはイレーネのブランコと壊れかけたガーデンハウスがある。右手には最近植えたばかりの細い樺の木がある。今持っているものはすべて置いていかなければならない」

ソ連兵たちは同志の死に打ちひしがれ、制圧した絶滅収容所に衝撃を受け、復讐を心に誓っていた。ある兵士は書いている。「ドイツ領内を進むわが軍の行進を、彼らは長い長いあいだ忘れることはないだろう」。ソ連軍は、美術品から産業機械、自転車、ラジオ、腕時計まで、あらゆるものを略奪した。ドイツの都市を焼き払い、何十万人もの女性を強姦した。「われわれはあらゆることに対する報復を加えている」と、別の兵士は故郷への手紙に書いている。「そしてわれわれの報復は当然のことなのだ。火には火を、血には血を、死には死を」

総統官邸のヒトラーの居室は破壊されていたので、ヒトラーは恋人エーファ・ブラウンや、ボルマン、軍司令官、側近ら最も忠実な支持者とともに地下壕へ移った。ゲッベルスも妻と六人の子供たちとともに地下壕に入った。誕生日の二日後、ヒトラーは側近たちが今までに見たことのないヒステリックな感情の爆発を起こした。そして、ついに戦争に敗北したことを認め、自分は皆に裏切られたと言った。

ひそかにベルリンを脱出し、ベルヒテスガーデンへ移る提案をヒトラーはしりぞけ、だめだ、ここにとどまって、正しいことをする、と言い張った。拳銃で自殺するつもりだった。

また、オーバーザルツベルクにあるバイエルンの拠点にいたゲーリングに南ドイツを任せ、連合国との交渉にもあたらせることを提案した。このことが伝えられると、ゲーリングは一九四一年の命令の写しを取りだした。それは、万が一、総統の「行動の自由」が抑制された場合、ゲーリングをヒトラーの後継者にする、というものだった。

ゲーリングは地下壕に通信文を送り、引き継ぐべき時が来たのかどうか尋ねた。「もしも二二〇〇時までに返答が来なければ、あなたの行動の自由が奪われたものとみなします」とゲーリングは書いている。「その場合、あなたの命令の条件が効力を発したものと考え、それに基づいて国民と祖国のために行動します」

ボルマンはその通信文を、ゲーリングがリッベントロップに送ったもう一通の通信文といっしょにヒトラーのところへ持っていき、ゲーリングがクーデターを起こそうとしているとヒトラーに思いこませた。

激怒のあまり判断力を失っていたヒトラーは、すぐさまゲーリングからすべての役職を剝奪した。ボルマンはゲーリングをただちに自宅軟禁下に置くためSSを派遣した。ロベルト・リッター・フォン・グライムが、対空砲火をよけながらベルリンに飛んでくると、ゲーリングの後任としてドイツ空軍総司令官に任命された。だが、BBCの報道でヒムラーが無条件降伏を申し出ていることを知ったヒトラーは、グライムにふたたび首都から飛び立ち、もう一人の側近を逮捕するよう命じた。そして叫んだ。「裏切り者に総統の地位を継がせるわけにはいかん！」

いっぽうソ連軍は官庁街を包囲していた。ヒトラーが地下壕で冷静さを失ってから一週間後、敵はポツダム広場にいた。四〇〇メートルも離れていなかった。

翌日の一九四五年四月三〇日、将軍たちがヒトラーのもとに深刻な知らせをもたらした。「もうこれ以上は持ちこたえられません」

同じ週、アメリカ軍は大小の塔を持つノイシュヴァンシュタイン城にたどりついた。おとぎ話に出てくるようなそびえ立つ要塞はバイエルンの狂王ルートヴィヒのために建てられたもので、ミュンヘン南部の険しい尾根の頂上にある。ニューヨークのメトロポリタン美術館の学芸員で、連合軍の「記念建造物・美術品・公文書部隊」の一員であるジェームズ・ロリマーは、何週間ものあいだ部隊の地図部屋をうろうろしながら、連合軍が城を奪取したという知らせが届くのを待っていた。赤十字のジープを勝手に拝借し、――まだドイツ兵が完全には排除されていない地域を二〇〇キロ以上走り抜けるという現実は無視して――調査のため急いで南に向かった。

のちに不朽の名声を与えられることになる「モニュメンツ・メン」は、学者や建築家からなる小さな一団で、一九四四年から一九四五年、軍隊がベルリンに向かって進撃する際に、ヨーロッパの歴史的・美術的貴重品を保護、確保するために派遣された。ロリマーは一九四四年八月、解放後のパリでしばらく過ごしたが、そこでフランス人美術史家のローズ・ヴァランに会った。彼女はジュ・ド・ポーム美術館で、ローゼンベルクの作戦のために働いていた。ヴァランはナチスがどのような美術作品を奪い、どこへ持っていったかをひそかに記録していた。占領中、アメリカの美術館職員をローゼンベルク特捜隊の保管庫に案内した後、自分のアパートメントに招き、最後にシャンパンを飲みながら、綿密なリストを見せた。彼女はロリマーに、ノイシュヴァンシュタイン城とその他いくつかの城に行けば、盗まれたフランスの美術品が見つかる、と請け合った。

要塞に着くと、ロリマーはナチスが姿を消していることを知ったが、古くからの管理人がまだそこにいて、お宝を見守っていた。「それは、利己と狂気に駆られた権力の亡者たちのために蘇った天空の城だった」とロリマーは書いている。「絵のように美しく、ロマンチックで、美術品の略奪を続ける悪党どもにはまったく似つかわしくない場所だ」

巨大な鍵束の輪を持ったドイツ人は、ロリマーとその部下たちを案内して階段をのぼった。階段は城が立つ岩だらけの山とほとんど同じくらい急峻《きゅうしゅん》だった。管理人は部屋から部屋へと案内した。ほとんどの部屋も略奪品で溢れていた。彼らは全国指導者ローゼンベルク特捜隊のイニシャル――ERR――が打ち出された未開封の木箱を見つけた。そのほか、タペストリー、書籍、版画、そしてもちろん数多くの絵画もあった。鉄扉の向こうには、ロスチャイルド家から奪った二つの宝石箱と、銀行業を営むダヴィッド・ヴェイル家の保有する一〇〇〇点もの銀器があった。

「部屋を通り抜けるとき、私は夢うつつの状態だった」とロリマーは書いている。「そして、ドイツ人が評判どおり几帳面で、これらの品々すべての写真、目録、記録を残していることを祈った。それがなければ、この大量の略奪品を鑑定するには二〇年かかるだろう」

ロリマーはついていた。城の別棟で、八〇〇〇枚の写真ネガと、ローゼンベルク特捜隊がかき集めた二万二〇〇〇点を記録したカード目録が見つかったのだ。

だが驚くべきことに、連合軍はまだ主鉱脈を発見していなかった。最も貴重な品々の一部が依然として行方不明だったのだ。モニュメンツ・メンの別の二人、ロバート・ポージーとリンカーン・カースタインはそれらの行方を探った。三月末、二人はパリのゲーリングとフォン・ベーアに密接に協力していた若い美術史家を偶然見つけた。美術史家の話では、ヒトラーの略奪品コレクションは、ザルツブルクの東のアルトアウスゼーという小さな村の外れにある岩塩坑のトンネルの奥深くに隠されているという。

アメリカ軍が村を勢力下に置いた数日後、ポージーとカースタインは確認のためオーストリアに向かった。曲がりくねった急峻な道を通って鉱山の入口に到着すると、ぎょっとしたことに、逃げ出したナチスによって入口が爆発物で封印されていた。しかし翌日、なんとかして小さな穴を通り、トンネル内に入ることができた。目的のものを見つけるのにさほど時間はかからなかった。手提げランプの光を受けて輝いていたからだ。

彼らが調べた二つ目の場所で、一四三二年作の有名なヘントの祭壇画のパネルが発見された。さらにトンネルの奥深くまで進むと、広い空間に美術品の入った箱が並べられていた。汚れたマットレスの上に、ミケランジェロ作の彫刻、ブリュージュの「聖母子像」が置かれていた。数日後、引きつづき広大な隠し場所を調べているとき、フェルメール作の絵画「天文学者」を見つけた。

略奪品を集計した二人の推定によれば、ナチスはアルトアウスゼーの鉱山に絵画、素描、版画、彫刻、タペストリーなど大量の貴重な美術品およそ九〇〇〇点を隠していた。

ナチスが略奪した美術品は全部でおよそ六五万点にのぼる。連合国は美術品を持ち主に返還することに決め、まず、ヘントの祭壇画を故郷で修復、展示するため空路ベルギーに運んだ。モニュメンツ・メンは六年かけて目録作成と返還を実施した。しかし、多くの美術品は行方不明のままで——あるものは数十年、あるものは永遠に——、見つかっても返還できないものも多かった。正当な所有者がホロコーストで亡くなっていたからだ。また、他の多くの作品は、悪辣な買い手や売り手が戦争の混乱に乗じて取引したため、それらをめぐって国際的な争いが起こり、長引いた。

何年かのあいだには、たとえばチューリヒの貸金庫など、妙な場所で見つかる美術品もあった。この貸金庫は、フランスでの略奪に加担した罪でほんの数年服役したのちに仕事に復帰した美術商のものだった。それから数世代を経た二〇一二年、当局が一四〇〇点以上、一〇億ドル相当の絵画を発見する。場所はコルネリウス・グルリットのミュンヘンのアパートメントだった。グルリットの父親は、ユダヤ人の家系だったが、ヒトラーの美術館のためのバイヤーを務め、そのいっぽうで、自分のためにマティス、オットー・ディクス、ピカソなどの「退廃的」絵画数百点を、脱出するユダヤ人から格安で買い取っていた。

ローゼンベルクによる略奪の波紋は世代を越えて広がることになる。

四月二一日、ローゼンベルク一家は北へと逃れた。廃墟と逃げ惑う難民たちの中を通って、最終的にフレンスブルクにたどりついた。ベルリンの北西およそ四四〇キロに位置するデンマークとの国境の街だ。

フレンスブルクにいるときに、衝撃的なニュースが届いた。四月三〇日午後三時三〇分、前日に結婚したヒトラーとエーファ・ブラウンがヒトラーの書斎に閉じこもり、自ら命を絶ったのだ。ヒトラーは拳銃で、エーファは毒を飲んで。その五時間後にはゲッベルスが妻とともに自殺した。ゲッベルスはその前に、居合わせた医師たちに、六人の子供たちに麻酔をかけた後、毒殺するようにと強く言い置いていた。

最後の命令で後継者を選ぶ際、ヒトラーはゲーリングとヒムラーを候補から外し、カール・デーニッツ大提督を指名した。デーニッツはドイツ海軍の総司令官で、戦争中、Uボートを船団で展開させるという画期的な戦略を編み出し、それによりナチスは商船約三〇〇〇隻と連合軍の複数の海軍艦艇を撃沈した。この任命によってデーニッツに与えられたものは、ドイツの連合国への正式な降伏という恥辱だけだった。ヒトラーの自殺から八日後、五月八日のことである。

五月六日、ローゼンベルクはデーニッツによって東部占領地域担当大臣を正式に解任された。バルト海の入り江であるフレンスブルク湾の海岸線を歩きながら、この人生が自分をどこへ連れてきたのかについて考えた。北東に一〇〇〇キロ離れたエストニアの生まれ故郷のことを考えた。もう二度と目にすることはないとわかっていた。本部に戻るときに、激しく転倒して足を負傷し、ふたたび入院することになった。ローゼンベルクは、転んだのは足の病気のせいだと述べている。その病気のために長年足を引きずっていた。しかし、ヒトラーお気に入りの建築家で、一九四二年から軍需大臣を務めたアルベルト・シュペーアの話ではそうではなかった。

「ほとんど死んだような状態で見つかった」とシュペーアは書いている。「自分で毒を飲んだと話していて、自殺未遂が疑われたが、けっきょく、ただ酔っ払っていただけだとわかった」

五月一八日、イギリス軍が迎えに来た。ローゼンベルクの話では、その六日前にバーナード・モントゴメリー陸軍元帥に手紙を書き、「自分の身柄を委ねる」と伝えていたという。しかし、兵士たちがヒムラーを捜索しているときに、偶然ローゼンベルクに出くわしたという説もある。そのSS長官は五月二一日に、変装して逃走しようとしているところを連合軍に逮捕され、二日後、シアン化物カプセルを噛みしめて自殺した。

ローゼンベルクは、泣いている妻と娘にキスをすると、片足を引きずりながら、自分を刑務所に連れていく車のほうに向かった。監房の中に座って、二人の連合軍兵士が「リリー・マルレーン」を歌おうとしているのを聴いた。当時、両陣営の兵士のあいだで流行した歌で、恋人と別れる悲しみを歌っていた。

数日後、ローゼンベルクは手錠をかけられ、飛行場に連れていかれ、空路南に向かった。窓の外を見ると、ケルン市内の廃墟が見えた。「まるで巨大な獣に踏み潰されたかのように、大聖堂の骨組みの周りには瓦礫の山ができていた」とローゼンベルクはのちに書いている。「川にかかるいくつもの橋が吹き飛ばされていた。この荒野が、国民と帝国の恐ろしい運命を示している」

飛行機が西に向かっていることがわかり、安堵の波が全身に押し寄せた。ソ連側に引き渡されることはないようだ。

その代わりに、ドイツ国境のすぐそばにある、ルクセンブルクの温泉地バート・モンドルフのパレス・ホテルに収容された。到着すると、第三帝国の生き残った多くの指導者たちがすでに来ていた。ゲーリングもいた。オーバーザルツベルクでの自宅軟禁からなんとか脱出した後、連合軍に捕らえられていたのだ。

八階建てのホテルは、豪華な家具調度の類はすべて取り除かれ、二〇世紀最大の戦争犯罪者たちのための簡素な留置場に改装されていた。シャンデリアも、カーペットも、カーテンも、ベッドもなかった。窓は鉄格子になっていた。囚人は藁のマットレスを敷き、ざらざらした毛布をかぶって、軍用寝台で眠った。自殺防止のため、テーブルは人の体重で壊れるように細工されていた。

ローゼンベルクは全裸にされての所持品検査を受けた。衣服は毒入りカプセルや鋭利な物体が隠されていないか、徹底的に調べられた。靴紐とベルトも取りあげられた。

ローゼンベルクの仮住まいはもはやパレス・ホテルではなく、アメリカ軍によって新しい名前をつけられていた。連合国最高司令部枢軸国捕虜収容所（Allied Supreme Headquarters Center for Axis Nationals）――略してＡＳＨＣＡＮ（英語で「ゴミ箱」の意）。

第23章　「彼に最後まで忠誠を尽くした」

一九四五年三月八日、ロバート・ケンプナーとその妻は、フィラデルフィアの九番通りとマーケット通りの角にある連邦裁判所に行き、アメリカ市民として宣誓をした。ケンプナーはスーツにストライプのネクタイを身につけ、妻は花の飾りのついた帽子をかぶっていた。

ケンプナーは市民権を獲得した。政府のための仕事は、戦争の最後の三年間に大きく拡大していた。司法省に専門家としての証言を提供したり、FBIに情報を提供したりするだけでなく、陸軍省軍事情報部にも報告し、妻や助手のチームの手を借りて、中央情報局の前身である戦略情報局（OSS）にも広範囲にわたる報告書を提出していた。OSSの仕事では、ケンプナーたちは人類学者のヘンリー・フィールドと協力した。フィールドはルーズヴェルトから、大統領が最も差し迫った戦後問題だと考える事柄を研究するよう命じられていた。その問題とは、国際難民の移住および再定住である。極秘の「M」計画の結果、全世界から六〇〇件以上の報告が寄せられた。ケンプナーたちは、ドイツ政府の上級幹部から下級職員までを含む名簿と、ナチス・ドイツにおける女性に関する五つの部分からなる報告書を提出した。これらの調査報告書はワシントンの主要な当局者に配布されたが、ルーズヴェルトの死とともに、「ファイルの境界領域《トワイライトゾーン》に紛れこみ、忘れ去られた」。

ケンプナーはあいかわらず、特別職員の地位から脱して、FBIの正職員になることを望んでいた。このままFBIに居続けても未来があるのかどうか、はっきりしなかったが、それでもケンプナーは、ワシントンでの高賃金の仕事への誘いを二度断っている。一つは年俸六二〇〇ドルの外国人資産管理局捜査官で、アメリカ国内の敵資産の押収を監督する仕事、もう一つは年俸五六〇〇ドルの陸軍省の調査員で、ナチスに対する戦争犯罪裁判の準備を進める仕事だった。

しかし、連合軍がベルリンに迫り、戦争犯罪の告発が現実味を帯びてくると、ケンプナーは、その世紀の裁判となるであろう法廷で一定の役割を果たす人間として自らを位置づけていた。訴追されたドイツの扇動者に対するケンプナーの仕事は、重要な人脈を築くのに役立った。検察団に自分を売りこむため、この裁判は一九三〇年代に自分が告発しようとした問題に決着をつけるものだと考えている、という内容の手紙を書いた。「ドイツの行政、法律、慣習に関する知識と、被告側の嘘に対する正しい対処法を持つ人間が少なくとも一人はいたほうがいいでしょう」とケンプナーは書いている。

連合国は一九四二年以降、敵を戦争犯罪人として裁くべきだと訴えていたが、その方法についてては意見が分かれていた。皮肉なことに、チャーチルが即決処刑を主張するいっぽうで、スターリンは審理を求めた。ルーズヴェルト政権の財務長官、ヘンリー・モーゲンソウは、ヨーロッパとアメリカを二つの世界大戦に引きずりこんだ国への厳しい懲罰を求めた。軍の解体と、産業の永久的破壊を求め、ナチ党員の抑留、強制労働刑と、最高指導者たちの逮捕即銃殺を求めた。ヘンリー・スティムソン陸軍長官は報復的な案に反対した。ナチスに対してナチスと同じ方法を用いるのは馬鹿げている。「何よりもまず、ナチス指導者を、そしてゲシュタポのようなナチスの恐怖支配の手段を徹底的に理解、調査、審理することによって、われわれは世界がそのような体制に対して抱いている憎悪を明確に示すことができる」とスティムソンは書いている。ルーズヴェルトはスティムソンを支持し、連合国は一九四五年にはすでに、第二次世界大戦終結と同時にナチスの指導者たちを裁判にかけることで合意していた。

戦争犯罪裁判というものがどのように進められるものなのか、次々に疑問が生じた。前例もなく、規則もなく、仕組みもなかった。スティムソンは陸軍省にこの問題を研究するよう指示し、下級弁護士のマレー・C・バーネイズ大佐が簡潔なメモを作成した。このメモから生まれたのが、さまざまな問題点がありながらも世界の賞賛を集めた「国際軍事裁判」である。バーネイズは、ナチスの支配体制は壮大な陰謀であるから、その指導者たちに犯罪者としての責任を負わせることができる、と主張した。同時に、党、SS、ゲシュタポなど、ナチスを構成する個々の機関もまた犯罪組織であるから、その構成員一人一人も犯罪者とみなすことができる。六ページのメモの中で、バーネイズは、一つの劇的な裁判で、ナチス首脳陣と一般党員の両方に法の裁きを受けさせる方法を見つけた。

このアイデアは一部から批判を受けた。一つは、起訴全体が、実行後に犯罪と規定された行為についてナチスに責任をとらせるという、事後法的な傾向がある。それに、巨大な犯罪組織に所属していたというだけで何百万人もの人々を有罪にするのは正しいことなのだろうか?

だが、バーネイズの案はある人の関心を惹いた。一九四五年五月にアメリカ検察団団長に任命された最高裁判事のロバート・H・ジャクソンである。夏のあいだ、ジャクソンはイギリス、フランス、ソ連の代表団の団長たちと会い、戦争犯罪法廷の憲章を作成した。それは陸軍省の弁護士が思い描いた構想におおむね基づいていた。ナチスは、侵略戦争の遂行を企てたこと、それを実行に移したこと、戦争犯罪、そして人道に対する罪の四点で裁かれることになる。戦争犯罪には民間人の殺害、虐待、奴隷労働の強要、捕虜・囚人の殺害が含まれ、人道に対する罪にはユダヤ人の絶滅が含まれる。ゲーリング、リッベントロップ、ヘス、ローゼンベルク、ボルマンら二三人が「主要戦争犯罪人」として裁かれることになった。ただし、ボルマンは戦後行方不明となっていたため、不在だった。

ロバート・ジャクソンはこの裁判を、ただ強力な新しい国際的判例を打ち出すための歴史的な機会としてだけではなく、道徳的主張の場だと考えた。同時に、ジャクソンはこの法廷が見世物裁判で、司法の名の下におこなわれる報復だという印象を与えないように苦心した。

ケンプナーは、陸軍省の仕事を通じて、ついにジャクソンのレーダーに引っかかった。ケンプナーは例によって、頼まれてもいないのに、予定されている戦犯裁判に関する提案書を陸軍省戦争犯罪部に送っていた。いまだFBI入局への思いを捨てがたく、陸軍省の正職員としての仕事は断ったが、フリーランスの専門コンサルタントとしてすぐに雇用され、ドイツ政府の「組織、人員、活動」、ナチ党の歴史、ドイツの記録保管システムの詳細などに関する報告書を作成した。日当二五ドルで作成される報告書は、戦争犯罪人を逮捕、起訴するための背景資料として活用されるものだった。ケンプナーはまた、ナチスの主要人物の短い伝記を書いた。その中にはゲーリングに関する詳細な文書も含まれた。

この難民弁護士は、「違法逮捕、拘禁、財産没収のための機関」であるゲシュタポを創設したのがゲーリングであることを記録で立証した。また、ゲーリングの国会議事堂放火事件への関与も示唆した。この事件がきっかけでヒンデンブルク大統領は市民権停止の緊急令に署名したのである。そしてこの緊急令はすぐに、共産主義者、平和主義者、その他ナチスの敵への全国的な弾圧へとつながった。「この緊急令は一九四五年の第三帝国の敗北まで実施され、ヨーロッパ全体の絶滅・収奪政策の主要手段となった。こうしてゲーリングは……これらすべての行動の責任を負うことになった」

国家元帥はそのことを否定しないだろう、とケンプナーは報告している。ナチスが一九三三年に権力を掌握した直後、ドルトムントでおこなった将校たちへの演説で、自分が部下の行動の責任を負うとゲーリングは明言している、と。「警官の拳銃から撃たれた弾丸はすべて私の弾丸だ。それが殺人だというなら、私が殺したことになる。これはすべて私が命じたことだ。私はそれに耐える。責任は私にある。私はそのことを恐れはしない」

ケンプナーの概要説明はきちんとした起訴状ではなかったが、その始まりではあった。

ケンプナーの文書は陸軍省内に広まり、ジャクソンの側近たちの関心を惹いた。その中にバーネイズもいた。「彼は、権力を握る前のナチスの行動についても調査を続けています。一九三五年か一九三六年までドイツに残り、それ以降のナチスの活動に精通しています。アメリカでの経験も豊富で、ナチスの浸透、破壊工作などの事件に取り組んでいます」と、バーネイズは七月一七日にジャクソンに書いている。「ゲーリングについての調査は……信頼できる確かなものです。有利に使える人材だと思います」。三日後、ケンプナーは正式に検察団の一員になった。FBIの上司には一〇週間ほど「無給休暇」をとると伝えた。

何年にもわたって何百通もの手紙、メモ、報告書を書きつづけた苦労がついに報われた。文民将校用の上着を支給された。襟には三角形の記章がついていて、USの文字が入っていた。八月三日、ワシントンからロンドンに飛び、バミューダ、アゾレス諸島を経由して、パリに到着した。別の飛行機で、重さ約四〇キロの資料を二つの箱に入れて送った。ドイツとナチスについて収集してきた資料の一部である。

特大の自我を持つ男ケンプナーは、凱旋軍の主役として母国に帰ってきたような気分にならずにはいられなかった。

「私は一六年前に始めたことに決着をつけようとしている」とケンプナーはある新聞記者に語った。そして後年には次のように述べている。「私はただ、ひとかけらの正義を世界に取り戻したかったのだ」

ニュルンベルクは廃墟であり、墓場だった。爆撃で破壊されたたくさんの建物の下に何万人もの遺体が埋まっていた。空気中には消毒薬が漂っていた。訪れる者は水を飲むなと警告された。ニュルンベルク裁判所も戦争中に爆撃の被害を受けた。窓は吹き飛ばされ、水道は寸断され、廊下は火に焼かれた。一発の爆弾はまっすぐ地下室にまで達した。しかし、驚くべきことに、石造りの建物は瓦礫の中に堂々とそびえていた。国際軍事裁判の当局者たちは、ここでナチスの戦争犯罪人を裁くことに決めた。まず、主要法廷をバーに変えてしまったアメリカ兵たちを立ち退かせる必要があった。法律家たちがこの場所を調べに来たとき、「今夜、ビール一杯二分の一マルク」という看板があった。

ニュルンベルクで一堂に会することには象徴的な意義があった。かつてナチスがドイツの復興を祝う大規模な党大会を開催したのはここだった。一九三五年にナチスがユダヤ人から市民権を剝奪したのもここだった。そして今、このニュルンベルクで、責任を負う男たちが、自分の犯罪について釈明するのだ。

八月一二日、ローゼンベルクをはじめとするナチスの被告人たちがC－47輸送機でバート・モンドルフから到着した。「さあ、諸君」とゲーリングが窓の外を見ながら言った。「ライン川をよく見ておくんだ。たぶんこれがライン川を目にする最後の機会になるだろう」。ナチスの面々は裁判所裏の刑務所に移され、Cウィングと呼ばれる場所で裁判を待った。

ローゼンベルクは下の階の一六号監房を割り当てられた。両側の監房にはヒトラーお気に入りの建築家で、強制労働を頼りにドイツの軍需工場を運営していたアルベルト・シュペーアと、ポーランド総督府の残虐な指導者、ハンス・フランクが入っていた。各監房には簡易寝台のほか、椅子と、ぐらぐらするテーブルが一脚ずつあった。隅にあるトイレは、看守の監視の目から逃れられる唯一の場所だった。看守は囚人が自殺を図らないようにつねに目を光らせておくよう指示されていた。夜間、収容者はスポットライトで照らされていた。「私は彼らが監房の中で傷ついた獣のようにうずくまっているところを想像した」とエアリー・ニーヴは書いている。ニーヴはイギリス検察団のメンバーで、戦争中、ドイツの捕虜収容所から脱走した経験を持つ人物だ。「死体を見たら後ずさりするのと同じで、私は怖くて彼らに近づけなかった」

囚人はいつも毛布の外に両手を出しておかなければならなかった。この規則にローゼンベルクはとくに抗議した。両手を毛布の下に滑りこませて温めようとするたびに、看守につつかれるのである。被告人との接触は厳しく制限されており、家族から受けとれる手紙は一週間に一通だけだった。唯一本当の人的交流は、刑務所の心理学者や尋問官と会うときだけだった。

裁判が始まる数カ月のあいだに、ローゼンベルクは二十数回の尋問を受ける。八月一四日、ニュルンベルクでの初公判で、自分の日記を突きつけられたローゼンベルクはそれを、「覚え書き」、「短い感想」と呼んだ。はぐらかしだ、と尋問者はローゼンベルクを非難し、ローゼンベルクの証言は、今や連合軍の手にある膨大な証拠書類によって反証されるだろう、と警告した。

「われわれがあなたの個人的な文書をすべて持っていることをご存じですか？」

「今聞いたばかりで」とローゼンベルクは答えた。「知りません」

「今夜、その文書のことをよく考えてみてください」と尋問者は言った。「もっと進んで真実を述べなければ、あなたは最終的にたいへん困ったことになるでしょう」

その日その部屋にいた法律家の一人に、一九四二年にコネティカットで起こったナチスのスパイ事件でケンプナーといっしょに仕事をした連邦検察官トーマス・J・ドッドがいた。ドッドはローゼンベルクについて、「ひじょうに明晰な頭脳の持ち主で、狡猾で、用心深い」と思ったが、茶色のスーツがくたびれていることに気づかないわけにはいかなかった。「これが強者のなれの果てだと思った」とドッドはアメリカの妻への手紙の中で書いている。「この街で、彼はかつて、高級なナチスの制服を着て偉そうに歩きまわっていたのだ。それが今では廃墟に暮らす囚人だ」。一カ月後、ローゼンベルクは、自分の哲学をドッドに説明しようとしたが無駄だった。また、ヒトラーとともに、戦争終了後に教会を廃止する計画を練っていたという容疑から必死で逃れようとした。

「事実ではないのですか」とドッドは尋ねた。「古い既成の宗教を破壊するのがあなたの目的だったというのは？」

「それについては――」とローゼンベルクが口を開きかけた。

「このような質問に対して演説をする必要はありませんよ」とドッドがさえぎった。

「そのような質問に対して、私はいいえと答えるしかありません」とローゼンベルクは言った。検察官はローゼンベルクに、自身の本を読んでみてはどうかと提案したが、ローゼンベルクは、聖職者たちとの「正式の闘争」には一度も関心を抱いたことはないと反論した。

「あなたはたしかにユダヤ人に対する闘争を支持していましたね？」

「はい」とローゼンベルクは言った。「帝国の政治指導からユダヤ人を排除することを支持していました」

「ドイツから完全に排除したかったわけですね」

「まあ、それが最も単純な問題の解決法です」

ローゼンベルクは、自分のユダヤ人に関する理論がナチスによって「ひじょうに頻繁に用いられた」ことを認めた。

「長らく権力の座にあった時代に、あなたが表明していた考えについて、今は恥じていますか？」ドッドは尋ねた。「『はい』か『いいえ』でお答えください」

「いいえ」とローゼンベルクは答えた。

「今のドイツの苦境に対して、責任を自覚していますか？」

「この一カ月間、もっとうまくやれただろうかと、しばしば自問しました」とローゼンベルクは言った。「おそらく、この二〇年間、何気なくある言葉を漏らしていました。今のように頭がはっきりしているときには、使ってはならない言葉です。でもやはり、苦しんでいるときには、それらの言葉を発していました。起こったことの原因となった運動の一員として、もちろん私にもある程度責任があります。それでも、私が目指していたこと、意図していたこと、成し遂げたかったことの主旨は、道義にかなった誠実なものです。今日でも、そうでなかったとは思えません」

そこで言葉を切り、どうやら自分が何を認めたかに気づいたらしく、発言を訂正した。「私は私個人がしたことにしか責任を負うことはできない」

その後、九月から一〇月にかけて、何時間にもわたる尋問が続いた。尋問者のトーマス・ヒンケルはローゼンベルクに次々に文書を突きつけた。すると論争好きなナチ党員は、信じがたいほど複雑な弁明を展開した。

ローゼンベルクは次のように主張した。ナチスの反ユダヤ政策は、ドイツを滅ぼそうとする敵対勢力に対する「防衛的な」措置だった。ドイツがユダヤ人を追放したのは、シオニストたちがパレスチナ人を強制的に土地から排除したと言われているのと同じことだ、と。ローゼンベルクは戦争捕虜が凍死したり餓死したりしたことを認めつつ、だがドイツ兵も同じ目に遭っていると反論した。また、ナチス・イデオロギーの中心をなしていたのが「アーリア」人種は他のどの人種より優れているという考え方だという事実を否定しようとした。ローゼンベルク特捜隊によって没収された書籍や美術品について、ドイツはいつの日かその一部を返還していた可能性がある、とローゼンベルクは言った。また、ドイツの強制収容所内での出来事については何も知らなかったと主張した。中に入ったこともなく、「そのことについて警察はどちらかと言えば沈黙を守っていた」と述べた。そして、配下の文民行政機関がホロコーストに深く関わっていたにもかかわらず、自分は東部地域におけるユダヤ人虐殺にはまったく関与していないと主張した。

「ユダヤ人の銃殺がおこなわれたという話は聞きました」とローゼンベルクは九月二二日に認めている。「それを聞いたとき、どうしましたか?」尋問者のヒンケルが尋ねた。「問い合わせたりはしましたか?」

「いいえ」

「なぜです?」

「できませんでした」とローゼンベルクは言った。「私にはその権限がなかったからです」より詳しいことを知ろうとしたがSSに拒否された、と主張した。それ以上しつこく訊いたとしても、「どうせ返事はもらえなかったでしょう」

「ユダヤ人絶滅がヒムラーの方針だったことは知っていましたね?」

「このような形や方法でおこなわれるとは、最後まで思っていませんでした」

「知らされていたのではありませんか?」

「いいえ、知らされていませんでした」とローゼンベルクは主張した。

ローゼンベルクは自分の省の役割は大きくなかったと主張し、無力どころかまったく無意味だったかのように表現した。「私が言いたいのは、省の本部はベルリンにあり、私はただ行政のための一般的な規則や法令を発していただけだということです」とローゼンベルクは言った。「現地の問題には関与しませんでした」。東部地域にいる部下からの報告はあまり詳細なものではなかった、とローゼンベルクは主張した。

それどころか、八日後の一〇月四日第一一回公判でローゼンベルクは、東部占領地域担当大臣として、自分はユダヤ人の扱いにはまったく関与していないと語った。「ユダヤ人問題に関する話し合いに、私は一度も参加したことがありません」とローゼンベルクはヒンケルに言った。個人的には、「ドイツ国内のユダヤ人の数を減らすために、完全にユダヤ人だけのユダヤ人居留地を作りたかった」。しかし、それは自分の決めることではなかった――ヒムラーの責任だった。

「あなたは長年、ユダヤ人問題に関心を寄せてきましたね？」とヒンケルは尋ねた。

「しかし、私は自分の省を設立する仕事で手いっぱいだったし、ユダヤ人問題全体が私の責任分野からきれいに切り離されていたので、それにはまったく時間を費やしていません」とローゼンベルクは言った。ユダヤ人は食べ物を与えられ、生産的な仕事を与えられているものと思っていた。

「東部占領地域担当大臣に就任してからユダヤ人問題については誰とも一度も協議していないと言うんですか」とヒンケルは尋ねた。「それがあなたの陳述ですか？……ちょっと信じがたいですね。この問題に長年ずっと大きな関心を寄せてきたというのに、東部占領地域担当大臣になったとたん、いきなり興味を失い、自分の管轄地域の住民の扱いにあまり興味もなく、それについて誰にも尋ねたり、報告を受けたりもしていない、なんてことがあるでしょうか」

「われわれのいつもの習慣です」とローゼンベルクは主張した。「ある者に任務が与えられると、他の者はいっさい干渉しないことになっていたのです」

ヒンケルは、ローゼンベルクが東部地域での残虐行為に関する報告を受けたことを示す文書を突きつけて反論した。

一〇月一九日、ニュルンベルクのC監房区に収容されたローゼンベルクその他のナチス指導者たちはついに起訴された。通知書を届ける役に選ばれたのはイギリスの検察官、ニーヴだった。ローゼンベルクの監房に行ってみると、そのナチ党員はパン屑だらけで、それを衣服から払い落とそうともしていなかった。「病気のスパニエル犬のような印象を受けた」とニーヴは書いている。ボリス・カーロフの恐怖映画に出てくる暇な葬儀屋のようにも見えた。黄色っぽい顔色が葬儀屋にぴったりだった」監房には悪臭が漂い、紙屑が散らかっていた。訪問者を迎えるために立ち上がったとき、ローゼンベルクは震えていた。

ケンプナーは一九四五年八月四日にパリに到着した。「二時間の休憩を含む二七時間半のフライトだった」とペンシルヴァニア州ランズダウンにいる妻ルースと元愛人マーゴット・リプトンに宛てて手紙を書いた。その後、任務のためロンドンに飛んだ。都市は数年にわたるドイツ軍の爆撃で大損害を受けており、まだあちこちに破壊された建物、穴、瓦礫の山があった。

アメリカ国民になって五か月が過ぎ、自分が帰化した国は世界で最も偉大な国であり、ヨーロッパはダメだ、と思うようになっていた。ヨーロッパ大陸がかつての栄光を取り戻すことはまずないだろうと思った。ドイツに戻ってかつての暮らしを立て直すのは無意味だ、とケンプナーは二人の女性に伝えた。今のアメリカでの生活をこのまま続けるほうがいい。「私たちがどれほど幸運だったか（ついでに言えば、どれほど利己的だったかも）、君たちには想像できないだろう。ちょっと嫌なことがあったとしても、ヨーロッパの状況と比べれば、なんでもないことだ……ランズダウンほどわくわくする場所はない。私はこの制服姿の旅行を、自分の訓練と新しい視点を得るための手段だと考えている（もちろん果たすべき任務でもあるが）」

数日後、パリに戻ったケンプナーは、中央訴訟手続き事務所に大量に送られてくるドイツ語文書の分析に加わるよう命じられた。その事務所は国際軍事裁判のために設置されたもので、シャンゼリゼと凱旋門から一ブロック離れた建物の中にあった。

連合国はそれぞれの軍に対して、ヨーロッパ各地に進撃する際、重要な記録文書を探すよう命じていた。兵士たちは文書の本当の主鉱脈を掘り当てた。パリ事務所は全部で三カ所ある文書センターの一つだった。押し寄せる大量の文書に分析官たちはほとんど追いつけないほどだった。すべてを翻訳している時間はなかった。まして証拠としての価値を調べるとなると、とても全部は無理だった。「このナチスの連中は病的なまでになんでも書きとめていた」と、ジャクソン指揮下の主任尋問官ジョン・ハーラン・エイメンは九月に新聞記者に語っている。「だから今、文書が洪水のように押し寄せていて、与えられた時間内にすべてに丁寧に目を通すのはまず不可能だ。毎日のように新しい文書の束が発見されている」

リヒテンフェルス郊外の城で見つかったローゼンベルク文書はほんの始まりにすぎなかった。ドイツ外務省の公文書保管係ハインリヒ・ファレンティンは調査官たちを五〇〇トン近い外交記録が隠された場所に案内した。ドイツ中部の険しいハルツ山脈の山奥だった。ファレンティンは連合国がそれらの文書を分類、梱包するのを手伝いさえした。ナチス時代の最も重要な外交会議のいくつかに参加していた通訳のパウル・シュミットは、大量のメモを引き渡した。シュミットはそれらのメモを大きなブリキや木の箱に入れて森の中に埋めていた。ゲーリングが率いたドイツ空軍の文書はバイエルン各地で発見され、公式歴史家のハンス＝デトレフ・ヘルフト・フォン・ローデン少将とともにイギリスに送られた。空軍の歴史を書きはじめていたローデンは、それを完成するよう指示された。ファイル六万冊に相当する海軍記録は、ある城の水のない池で焼却されることになっていたが、無傷で引き渡された。ヒトラーの公式カメラマン、ハインリヒ・ホフマンの記録文書はニュルンベルクに届けられ、そこでホフマン自身が目録を作成した。

パリの文書センターでは、ケンプナーが押収文書に目を通す仕事にとりかかっていた。ある日、ローゼンベルクの文書を読んでいると、すぐにドイツに飛ぶよう命じられた。ほぼ一〇年ぶりの故郷への帰還である。

フランクフルトまでの短い空の旅のために軍用機に乗りこんだ。飛行機が母国の廃墟の上を飛んでいるとき、不思議と冷静だった、とケンプナーは後年、回顧録の中で書いている。何もかも見覚えがあるとしか思えなかった。まるで一九一八年に戻ってきたような気がした。あのときは荒廃したベルギーとフランスを通ってドイツまで帰ってきたのだ。と、そのとき、飛行機が着陸した。ケンプナーは車でフェッヒェンハイムまで連れていかれ、そこで、押収された軍事文書に目を通した。目の前にあったのは、ヨーロッパを破壊するための命令文書で、加害者自身が書いたものだった。第三帝国の犯罪の張本人たちの筆跡を目の当たりにしたとき、ついにケンプナーは冷静ではいられなくなった。

その旅の後半、フランクフルトの帝国銀行の地下室を訪れた。そこで、戦争末期、ナチスがドイツ中部の岩塩坑に隠した数十個の箱を目にした。木箱の中にはナチスが犠牲者たちの歯から引き抜いた金の詰め物が入っていた。何千、何万もあった——その一つ一つが殺人と、最後の盗みを証明するものだった。

「今まで生きてきて、こんなものを目にすることがあろうとは、夢にも思わなかった」とケンプナーは書いている。

ロバート・ジャクソンは、国際軍事法廷がナチスを起訴するときには、彼ら自身の言葉を証拠として用いるべきだと考えた。しかし、大量の文書をふるいにかけ、大陸規模でおこなわれたドイツの残虐行為を解明するのは容易なことではない。

尋問は文書分析と連携しておこなわれ、ケンプナーがたいそう喜んだことに、自分で証人と被告人に質問する機会を得られることになった。ケンプナーはのちにこう書いている。「犯罪者たちは、ニュルンベルク裁判に私が参加することをひじょうに不快に思っていた。自分の罪を知る者と向かい合うことになるのだから」。ある日、ケンプナーは旧敵の一人と対面した。

「おはようございます、ゲーリングさん」とケンプナーはかつて一九三三年に自分をクビにした男に言った。「私を憶えているでしょうか。最後に会ってから、ずいぶん時間が経ちました」

その前の週、尋問者たちはゲーリングに国会議事堂放火事件について質問し、ゲーリングが一九三三年のドイツ議会放火の陰謀の黒幕であり、この事件を口実にナチスが政敵の共産主義者たちを弾圧した、という報告書についても尋ねていた。

「まったく馬鹿げている」とゲーリングは反論した。当時、自分は国会の議長だった――どうして自分の家を燃やしたりするだろうか？

尋問者に選ばれたケンプナーは、この主張に異議を唱えた。ケンプナーによると、ゲーリングは、この市民権を剝奪された弁護士のことを憶えていて、法廷に入ってきた自分を見て驚いたという。最初ゲーリングはケンプナーの質問に答えようとしなかった。たしかに、この男は公平ではありえなかった。ケンプナーはただほほ笑んだ。「国家元帥閣下、私はあなたに偏見など抱いていません。一九三三年二月三日に私を放り出してくれて、本当に良かったと思っています。もしもそうしてくれていなかったら、私は煙突の煙になっていたでしょう」

そして尋問が始まった。

ケンプナーは一九三三年にルドルフ・ディールスから聞いた情報をゲーリングに突きつけた。ディールスはかつてゲーリングの指揮下でゲシュタポの長官を務めていたが、ケンプナーの友人でもあり、戦争を生きのび、証人としてニュルンベルクに連れてこられていた。「ディールスが言うには、なんらかの形で火事が起こることをあなたは正確に知っていました」とケンプナーは言った。「そしてディールスはすでに逮捕者リストを準備していました」。ゲーリングはケンプナーに、リストが準備されていたのは本当だと答えた。ナチスはずっと前から共産主義者を弾圧する用意ができていた。だが、火事など些細なことだった。国会議事堂が燃えなかったとしても、「いずれにせよ彼らは逮捕されていただろう」。

ゲーリングはふたたび放火の陰謀を否定し、そんな「愚かなこと」をするものかと言った。その告発者が「私に面と向かって」主張をするのを聞きたい、とゲーリングはケンプナーに言った。

当時、火災の一時間後に、ゲーリングが共産主義者の仕業だと断言したと報道官から聞いたが、あれはどういうことだったのかとケンプナーはゲーリングに尋ねた。「なんの捜査もしないうちに共産主義者が火をつけたと言うのは早すぎるのではないですか？」

「ああ、それはそうかもしれない」とゲーリングは認めた。「だが総統がそれを望んだのだ」

ケンプナーは何度も話を元に戻し、詳細を話すよう求め、ゲーリングの陳述に異議を唱えた。そして尋ねた。なぜ社会民主党員や平和主義者が逮捕されたのか。なぜ突撃隊の指導者たちが火災に関与しているという報告を受けたときに徹底的に調査しなかったのか。なぜ国会議事堂とゲーリングの公邸のあいだの通路に、あの日の夜は鍵がかかっていなかったのか。

ゲーリングは一貫して主張を変えなかった。ナチスはヒンデンブルクが国民から市民権を剝奪する悪名高い命令書に署名するよう仕向けるために議事堂に火をつける必要があった、とする説に異議を唱えた。

ゲーリングはケンプナーに言った。いずれにせよ、自分が国会議事堂を全焼させる陰謀を企てていたとしたら、もっと違う理由によるものだっただろう。あの議事堂はあまりにも醜かった。

ケンプナーは家族にまめに便りを送った。ある手紙の中で、毎日何時間も、ナチス政権についての飽くなき好奇心を満足させる機会を得ている、と述べている。「すばらしい人生ではないだろうか?」ある日、ルースとリプトンの両方にロマンチックな絵葉書を送った。二人は今もフィラデルフィア郊外の家にいっしょに住んでいた。ルースへの手紙には、「ぼくの心は生涯、君だけのものだ!」と書いてあった。リプトンの手紙には、「世界のどこを探しても君ほどかわいいものはない!」と書かれていた。二人はケンプナーに手紙、電報、チョコレートや石鹸の小包を送った。ケンプナーは手紙で不平を漏らした。「きょうでヨーロッパに来て五週間になる」と九月九日のフランクフルトからの手紙に書いている。「恐ろしく長く、あまりにも長く感じられる」。気分が落ちこんでいるようだった。裁判所全体が組織として整っていなかった。「その結果、こうして何もせずにぶらぶらしていることが多い……孤独の中で日々が過ぎていく」。エッセンまで現地調査に行くよう頼まれたが、任務を逃れようとした。「また多くの廃墟を目にし、その結果、さらにひどい塵やほこりにまみれることになる。しかも、イギリス料理しか食べられない」。検察団の他の法律家たちとの交流はあったが、何もすることがない退屈さに、頭がおかしくなりそうだった。

そのためか、ケンプナーは一〇月に新聞発表の草稿を自宅に郵送し、ランズダウンの女性たちにそれをフィラデルフィア・レコード紙に伝えるよう指示した。控えめにそれとなく示唆する手法を得意とするケンプナーは、広報活動の達人だった。「アドルフ・ヒトラーとエーファ・ブラウンの新たな痕跡が発見された可能性があるという噂がニュルンベルクに広まりはじめた。それはちょうどロバート・M・W・ケンプナー博士がアメリカから到着したのと同時だった。博士はヒトラーとナチ党の機構に関する第一級のアメリカ人専門家だ。ケンプナー博士はワシントンDCから飛行機で到着したが、裁判所に立ち寄った後、明らかにされていない任務のためニュルンベルクを発った」

案の定、アメリカの新聞各紙が根も葉もない話を書き立てはじめた。ある新聞には「ホワイトハウスの指令を受け、フィラデルフィア市民がヒトラーを追跡。生死を問わず」という見出しが躍った。この法螺話の要点は、ケンプナーがヒトラーを何年も「ひそかに追跡してきた」人物で、ヒトラーの身体的外観あるいは骨格構造まで熟知する世界でも数少ない反ナチス闘士の一人だということだった。整形手術で顔形が変わっていようが、遺体が火葬されていようが、ヒトラーを指さしてはっきりと、「これが総統だ」と言うことができる、というのである。

あるジャーナリストは書いている。「ホワイトハウスが特別に優先する旅行として、博士が四週間前にドイツに向けて発ったことが、きのう判明した」。記事によれば、ケンプナーはプロイセン内務省の職員だった時代、一二人の秘密諜報員チームを率い、一九二八年から一九三三年にヒトラーの尾行を続けていたという。「ケンプナーはインタビューの中で、ヒトラーには隠したり変装したりしてもけっして消すことのできないいくつかの身体的特徴があると述べている」と星条旗新聞は報じた。「その特徴は、鋭く尖った右耳、異常に長い右親指、歯が後退した顎、そしてつねに前屈みになった肩だという」

もちろん、どれもこれも途方もない話だったが、これらの記事が出た一〇月二二、二三日は、ケンプナーがパリからニュルンベルクに移動するときだった。「ラジオでヒトラー狩りのニュースが流れた」とケンプナーはランズダウンに返事の手紙を書いた。「楽しませてもらった」

このニュースは大きな関心を呼び、ホワイトハウスの報道官補は質問攻めに遭った。報道官補は、ホワイトハウスがドイツに法律家を派遣した事実はないと答えた。この売名行為によって、ケンプナーはニュルンベルクに集まった検察官たちから明らかに孤立した。自分で広めた虚偽情報を訂正するため、ケンプナーはある放送局に手紙を書き、「今は」ヒトラーを追跡しているのではなく、ナチスを裁判にかけるために協力しているのだと説明した。

ジャクソンはケンプナーをニュルンベルクに呼び寄せ、七つあるうちの七番目の部門の指揮を任せた。起訴容疑に対してナチス側がどのような弁護策を講じるかを予想する法律家たちの部署である。というわけで、戦争終結から六カ月後の一一月二〇日火曜日の朝、裁判所の混雑した法廷で審理が始まったとき、ケンプナーは検察団席そのものではなく、その近くに座っていた。ケンプナーが座っていたのは、ジャクソンのテーブルの後ろの最後列だった。ふりかえれば、法律家たちと報道陣を隔てる木製の柵に腕をかけることもできた。混み合った報道席は臨時の台の上に十数列以上が用意されていた。

ケンプナーは亡き両親に思いを馳せた。細菌学者だった二人は、ヨーロッパ各地をめぐり、大陸から感染症をなくそうとしていた。ニュルンベルクにおける自分の使命も、同じようなものだった。こうしてドイツに戻ってきたのは、ナチスの脅威を生み出した源を干上がらせるためだ。

ケンプナーは雑誌「タイム」の一二月三日号のあるページを切り取った。広角撮影の法廷内の写真だ。後ろのほうに見える小さな頭に丸をつけ、それをランズダウンに郵送した。

公判一日目、法廷に入ってきたローゼンベルクら被告人たちはスーツにネクタイを締め、あるいは軍服に身を包んでいた。手錠で看守とつながれた被告人たちは、覆いのついた木の通路を通って監房区から裁判所の地下へ移動し、エレベーターで法廷に上がった。前列に座ったローゼンベルクは、半開きの目で成り行きを見守った。腕を組んだその姿は、小さく、いつものように陰気で冷静に見えた。

修復され、黒っぽい羽目板と蛍光灯が設置された法廷は満員だった。法廷の向こうでは、アメリカ、ソ連、イギリス、フランスを代表する裁判官たちが、戦勝国四カ国の国旗が飾られた高い席から見おろしていた。白いヘルメットとベルトをつけた警備員がずらりと並び、二列に並んだ被告人たちを取り囲んだ。弁護人たちは依頼人の前に並んだ茶色の木製テーブルの席に座った。左に目をやると、ガラスの仕切りの向こうで通訳が仕事をしていた。右手には検察団席、報道席、映画・ラジオ用ブース、さらに一五〇人の見物人が座れるバルコニーがあった。ニュルンベルクは今や完全に世界の中心といった感じだった。

一日目は、ナチスの指導者二二人と七つの機関に対する起訴状の朗読に費やされた。翌日、被告人らは嘆願書を提出した。ゲーリングが冒頭陳述で審理を乗っ取ろうとして裁判官に阻止された後、ジャクソンが四人の裁判官に向かって話しはじめた。ジャクソンはお膳立てをするために、まず冒頭の弁論で、歴史は人々の行為を肩越しに見守っているということを法廷にいる全員に思い出させた。

「われわれが糾弾し、処罰しようとしている悪事は、あまりにも意図的で、あまりにも悪意に満ち、あまりにも壊滅的な被害をもたらしました。文明はそれらを見過ごすわけにはいきません。なぜなら、同じことがくりかえされれば、文明は存続できないからです」とジャクソンは法廷に向かって述べた。ジャクソンは左肘を演台に載せ、右手の親指をストライプのズボンのポケットに差しこんでいた。被告人たちはイヤフォンから聞こえる通訳の声に耳を傾けた。「勝利に活気づき、損害に苦しむ四つの偉大な国家が、復讐の手を止め、捕らえた敵を自らの意志で法の裁きに差し出すことは、強国がこれまでに理性に払った最も意義深い敬意の一つです」

アメリカの首席検察官は、ドイツ側からの裁判の正当性に対する攻撃に対応した。ある弁護人はこの裁判を「別の手段による戦争の継続」と呼んだ。ジャクソンは、検察は戦勝国によるナチスへの報復を求めているのではなく、国際法の下の正義を求めているのだと主張した。「これらの被告人に毒杯を渡すことは、それを自分の口に運ぶことでもあります」

ジャクソンは冒頭陳述の中で、ドイツ人の「なんでも徹底的に紙の上に残そうとするゲルマン民族特有の情熱を利用する」と約束した。そしてその後の数週間から数カ月にわたって、検察は有罪証拠となる文書を次々に被告人たちに突きつけた。

一一月、強制収容所およびSSの残虐行為の場面を記録した映画が法廷で上映された。ナチスの被告人の中には、スクリーンに映しだされる大虐殺や積み重なる遺体の映像をほとんど観ていられない者もいた。二週間後、検察は自身の申し立てを劇的に表現した「ナチスの計画」と題する映画を上映した。ナチスが政権の座にあった時代にドイツで撮影された映像を使用した。最初にローゼンベルクの姿が映しだされた。ナチスの制服を着て椅子に座り、党の初期について語っている。ヒトラーの思想形成に影響を与える重要な役割を果たした時代である。

一二月、検察は、SSのユルゲン・シュトロープ少将が作成したワルシャワ・ゲットーの破壊に関する一冊の文書を紹介した。「ドイツの凝った職人技の最高の一例で、革の装丁に、図表も豊富で、厚いボンド紙にタイプされています」とアメリカの検察官は言った。「この文書はドイツ軍部隊の勇敢さと英雄的行為に敬意を表しています。部隊が参加していたのは、無力で無防備なユダヤ人の集団に対する冷酷無慈悲な作戦で、犠牲になったユダヤ人の数は正確には五万六〇六五人で、幼児や女性も含まれます」

一九四六年一月、殺人部隊「アインザッツグルッペン」の指導者の一人は、自分の部下たちが一九四一年の夏から翌一九四二年の夏までのあいだに九万人の人々を撃ち殺した、と証言した。

残虐行為、奴隷労働、大量虐殺の証拠が積み重なっていくのと並行して、刑務所の心理学者、グスタフ・ギルバートは各監房を訪ね、ナチス幹部たちが法廷で聞いたことについて、話をした。ローゼンベルクは、ギルバートに対して、自分の答弁を試しているようだった。あきれたことに、ローゼンベルクは、ナチズムは人種的偏見とは関係がないと言った。ドイツ人はただ人種的に純粋な国を求めていただけであり、ユダヤ人もそうするべきなのだ。自分自身はユダヤ人に死んでもらいたいなどとは一度も思ったことはない。「ユダヤ人が劣等だとは言っていません」とローゼンベルクは言った。人種間の対立は世界各国で生じている。「それが今や突然、犯罪となってしまった。ただドイツ人がそれをやったからという理由で！」ローゼンベルクは、ナチ党を廃止すべきだということを認めた。しかし、この裁判で問題となっている戦争犯罪については、本当に有罪なのはヒトラー、ヒムラー、ボルマン、ゲッベルスだ。「私たちに責任はありません」

検察はもちろん異議を唱えた。一九四六年一月九日、一〇日、ウォルター・ブラッドノーという法律家がゆっくりと、順序立てて、ローゼンベルクが戦争犯罪で有罪となるべき理由を説明した。ローゼンベルクは全部で四つの罪に問われていた。教会とユダヤ人に対する党の理論を発案し、広めることによって、ナチスが権力の座につくのを助けたこと。ドイツを心理的かつ政治的に侵略戦争へ向かわせたこと。東部占領地域担当大臣として戦争犯罪および人道に対する犯罪に加わったこと。

「ナチス哲学の基本思想にはすべてローゼンベルクによって権威ある表現が与えられていたことがわかるでしょう」とブラッドノーは言い、その間、当の被告人は真剣にメモをとっていた。「新たな異教信仰の使徒として、レーベンスラウムすなわち『生存圏』運動の唱道者として、北欧人種優越神話の礼賛者として、そして、最も古くからの、最も精力的なナチスの反ユダヤ主義主唱者の一人として、彼は鉤十字の背後のドイツ国民の統合に大きく貢献しました」。ブラッドノーは人種に関するローゼンベルクの文章を暗唱した。そして、一九四一年のローゼンベルクの悪名高い宣言をくりかえした。ユダヤ人問題は、「ユダヤ人の最後の一人がヨーロッパ大陸からいなくならないかぎり」解決しない。さらにブラッドノーは、ローゼンベルクがナチスのイデオロギーを党員に吹きこんだヒトラーの代理人であることを説明した。

ブラッドノーは『二〇世紀の神話』の文章をえんえんと引用しつづけ、とうとう裁判長に止められた。「われわれはもうそれ以上聞きたくありません」

続いてブラッドノーは、東部占領地域におけるローゼンベルクの協力的な役割について説明した。ローゼンベルクは、非人道的な作戦の計画と実行を支援し、ドイツ系住民の居住地を確保するために他人種を一掃する手助けをし、ソ連を飢餓に追いこむドイツの計画に異議を唱えず、一〇〇万人以上の強制労働者のドイツへの強制移送に協力し、「筆舌に尽くしがたい残虐行為」について定期的に報告を受けていた。

ブラッドノーがローゼンベルクに対して証拠を挙げて論駁《ろんばく》してから数日後のこと、捕らえられ、ダッハウに収容されていた医師から、有罪を証明する決定的な証拠が得られた。医師は囚人仲間が恐ろしい医学実験をされるのを目撃した。ドッドから収容所ではどの被告人を見かけたかと訊かれ、医師は四人の名前を挙げた。本人は否定したが、ローゼンベルクが含まれていた。


審理が本格化する中、ケンプナーは配下のチームとともにすべての起訴、すべての弁護側証人について文書を作成し、検察官のために審判請求理由補充書を準備し、個々の被告人に対する主張を作成するのに忙しかった。スタッフの多くはグランド・ホテルに滞在していた。「市内で最高のホテルだ」とドッドは書いている。だが、お湯は出なかったし、廊下を通るためには、三階下まで突き抜けた穴にかけられた厚板の上を歩かなければならなかった。「私の部屋はとても快適だ。壁はすべて引き剝がされていて——銃弾の穴がある——窓にはガラスがない。天井は半分なくなっているけれど、ほかの部屋と比べればよいほうだ」。スタッフは裁判所で長時間過ごした後、ホテルの「大理石の間」で酒を飲んだ。ドイツ人の演奏家たちによるアメリカの音楽に合わせて踊り、自分たちが暴く残虐行為と、外の通りのひどい荒廃をしばし忘れようとした。

公判三五日目――アメリカが担当する訴訟の最終日――、ケンプナーはついにスポットライトの中に踏み出す機会を得た。今回は、自分の話にメッキを施す必要はなかったが、それでも報道機関に事前に知らせずにはいられなかった。ニューヨークのタブロイド紙「PM」の特派員は書いている。「彼はこの裁判中、公開法廷に立って自分の考えを声に出す機会を得た、ただ一人のナチスによる迫害の直接の被害者だ」

「ここで検察側に立つということは、要するに、法的宇宙の中心にいるということだった」と、のちにある歴史家は書いている。一九四六年一月一六日、ケンプナーは演台に立ち、山のような書類を抱え、検察側の主張を提示した。被告人は「ナチスの陰謀の責任者」で、一九三三年から一九四三年まで内務大臣を務めたヴィルヘルム・フリックである。

ヒトラーがドイツの市民権を獲得するのを手助けすることにより、フリックは戦争への道を開いた、とケンプナーは主張した。フリックはオーストリア人だったヒトラーがドイツのブラウンシュヴァイクの州文化・測量局参事官として公職に任命されるよう画策し、その結果、ヒトラーは自動的にドイツに帰化したのだった。フリックがいなければ、ヒトラーはドイツの首相になれなかったはずだ、とケンプナーは主張した。フリックは内務大臣として、国や地方政府、選挙、人種法、保険政策、そして厳密に言えば警察も監督した。ケンプナーはフリックがとりわけニュルンベルク法に署名することによってナチスの人種法を成立させたと主張した。ニュルンベルク法は一九三五年にユダヤ人から市民権を剝奪した。

「彼はナチズムのための国家機構を考案し、その機構を侵略戦争に向かわせた行政の頭脳だった」と検察官は法廷に向かって言った。フリックはT４安楽死計画について知っていただけでなく、じっさいにそれを開始する秘密の命令書に署名している。その後フリッツがベーメン・メーレン保護領の総督を務めていたとき、チェコスロヴァキアのユダヤ人が死の収容所に強制移送された、とケンプナーは非難した。

あいかわらずの自己宣伝家だったケンプナーは、国会議事堂放火事件に関するゲーリングへの自分の尋問を引用して、冒頭の陳述を開始した。新聞に載ることを見越していた。(予想どおり、翌朝のニューヨーク・タイムズ紙に掲載された)。

ケンプナーが暗唱を始めると、裁判長のサー・ジェフリー・ローレンスが尋ねた。「フリックとどういう関係があるのですか?」

「前にも言ったとおり、彼はその翌朝に市民的自由の廃止命令に署名しています」とケンプナーはまごつきながら言った。

ケンプナーの弁論はいつものアメリカ人の無味乾燥な陳述とは違った。ケンプナーはこの機会を最大限に活用して、派手なパフォーマンスを展開した。被告席のナチス幹部たちは、ケンプナーの劇的な説教に笑わずにはいられなかった。自身も英語を話すルドルフ・ヘスは検察官の訛りをひそかにからかい、ハンス・フランクはケンプナーの派手で劇的な身振りを嘲笑した。

だが、イギリスの検察団は、ナチスの歴史をじゅうぶんに把握しているアメリカ人検察官を歓迎した。彼らは、それこそが七〇〇人いるジャクソンの他のスタッフにひどく欠けているものだと思った。

ケンプナーは裁判がどれだけドイツ国民に受け入れられているか心配だった。国民はラジオ放送、ニュース映画、包括的な新聞報道からその成り行きについて知っていた。検察団はドイツ国民の見方を変えさせたかった。長年、ナチスのプロパガンダにさらされてきた国民の中には、裁判が本当にニュルンベルクでおこなわれているのか、疑う気持ちもあった。そこでジャクソンは、政治家、大学教授、教師、聖職者、裁判官、弁護士らをニュルンベルクに招待し、裁判の成り行きをその目で見てもらった。その後、ケンプナーが彼らを劇場に連れていき、ドイツの悪名高い人民法廷の映画を見せた。人民法廷では、一九四四年のヒトラー暗殺未遂事件の後、ヒムラーに捕らわれた人々が裁判にかけられた。ニュルンベルク裁判との違いは明らかだった。人民法廷のローラント・フライスラー裁判長が被告人を叱責し、いばり散らす様子が映しだされた。被告人が馬鹿みたいにズボンを引きあげているのは、法廷でさえベルトを身につけることが許されなかったからだ。「この汚い年寄りめ」とフライスラーがある被告人を怒鳴りつけた。「なぜずっとズボンをいじくっているのだ？」ゲッベルスが裁判を撮影したのは、ドイツ国内の潜在的反体制派の恐怖を訴えるためだった。今やナチスの幹部たちが起訴の対象になっている。

四月一五日、アウシュヴィッツの司令官だったルドルフ・ヘス（副総統のルドルフ・ヘスとは無関係の別人）が証人台に立ち、自分の管理下の絶滅収容所のガス室で何百万人もの男女や子供たちが殺害されたことを証言した。ヘスは最初ダッハウやザクセンハウゼンの強制収容所に勤務し、その後、一九四〇年五月にアウシュヴィッツに異動になった。ヘスの話によれば、一九四一年にヒムラーにベルリンに呼ばれ、秘密の命令を受けたという。「正確な言葉は憶えていませんが、ユダヤ人問題の最終的解決のために総統が命令を下したという旨の話がありました。われわれＳＳとしてはその命令を実行しなければなりません。実行しなければ、後になってユダヤ人がドイツ国民を滅ぼすことになるでしょう」

証人台のヘスは、検察に対して、自分が署名した宣誓供述書の以下の内容が真実であることを認めた。列車が到着すると、労働に適した者は縞模様の制服を支給され、収容所の兵舎に送られた。それ以外の者は服を脱ぎ、シャワー室に偽装されたガス室に行くよう命じられた。ガス室には一度に二〇〇〇人が押しこまれ、一五分以内に全員が死亡した。労働者たちは悲鳴がやんだことで犠牲者が死んだことを知った。

「あなた自身、犠牲者に同情を感じたり、自分の家族や子供のことを考えたりしましたか？」と尋ねられた。

「はい」

「それなのに、どうしてこのような行為を実行することができたのですか？」

「唯一決定的な根拠は、親衛隊全国指導者ヒムラーから与えられた厳格な命令とその理由でした」

その後、刑務所の心理学者、ギルバートは思いきってヘスの監房を訪れてみた。なぜ収容所司令官がそのような官僚的な誠実さで絶滅政策を追求したのかを知りたかった。ユダヤ人が死に値すると本気で思っているのだろうか？　ユダヤ人は人間以下であるから根絶されて当然だということ以外、生まれてこの方耳にしたことがない、とヘスは答えた。ずっとローゼンベルクの『神話』、ヒトラーの『わが闘争』、ゲッベルスの新聞の論説を読んでいたという。「古くからの狂信的な国家社会主義者である私は、すべて事実として解釈しました――カトリック信者が教会の教義を信じるのと同じです」とヘスは言う。「それは疑問の余地のない真実であり、まったく疑いもしませんでした。ユダヤ人はドイツ国民の対極に位置している、と私は揺るぎない確信を持っていました。遅かれ早かれ、最終的決着をつけなければならないだろうと」。これらの本から、ユダヤ人が少数派であるにもかかわらず、新聞、ラジオ、映画を牛耳っていることを知ったという。「そしてもしも反ユダヤ主義がこのユダヤ人の影響力を一掃できなければ、ユダヤ人が戦争を引き起こし、ドイツを一掃することになるのです。しかし、誰もがそう確信していました。読んだり聞いたりできるのはそういうことばかりだったのですから」

だからヒムラーからユダヤ人を絶滅させることが任務だと言われたとき、「長年教わってきたこととぴたりと一致したのです」

ヘスが証言したのと同じ日に、ローゼンベルクはついに自分を弁護する機会を得た。公判一〇八日目に証人台に立ったローゼンベルクは、三日間にわたって証言した。誰もがいらだちを覚えたことに、ローゼンベルクはただ質問に答えるだけですませようとはしなかった。裁判所に任命されたローゼンベルクの弁護士で、ナチ党に入党した経験のないアルフレート・トーマも、同様にいらだちを覚えた。ローゼンベルクは、枝葉末節の問題について退屈な独白を始めるのだった。

著書やメモ、演説でもそうであったように、また尋問室でもそうであったように、ローゼンベルクは聞く者を藪の奥深くへと導いた。あるアナリストは、ASHCANでこのナチスの哲学者と会った後に書いている。「アルフレート・ローゼンベルクの世界で普通の人間が足場を固めるためには時間と忍耐が必要だ」

トーマが定めた証言の基調はとても信じられないものだった。依頼人はこれまでずっと「すべての人種の尊重」、「良心の自由」、「ユダヤ人問題に対する良識的な解決策」を提唱してきた、とトーマは主張した。ローゼンベルクは詳細な説明を始め、自分のまとまりのない哲学とナチ党の政治理論を弁護した。まるでインチキな学識で煙幕を張って、数百万の人々の殺害を隠蔽できるかのように。「工業化と利益追求が人生を支配し、産業国家と大都市を創造しましたが、その領域は自然や歴史からかけ離れたものになりました」とローゼンベルクは法廷に向かって言った。「世紀の変わり目に、母国とその歴史を取り戻したいと考えた多くの人々が、この一方的な流れに反発しました」。それは過去を肯定しつつ、近代的な未来に進もうとする、若者たちによる改革運動だった、とローゼンベルクは言った。

「トーマ博士」とローレンス裁判長が口を挟んだ。「自分への告発についてのみ証言するように言ってくれませんか?」

ドッドが立ち上がって同意した。「検察の誰も、被告人の考えたことについては、いかなる告発もしていません」とアメリカ人法律家は言った。「われわれは全員が、原則として、相手が誰であれ考えていることを理由に起訴することには反対の立場であると考えます」

個人的には、人々はなんであれ神について信じたいと思うことを信じることが許されるべきだと自分は思っている、とローゼンベルクは言った。そして、教会への措置の責任をボルマンに着せた。このときボルマンは姿をくらましていると思われていた。(じっさいには戦争末期に総統地下壕から逃げようとしたときに死亡した。一九七二年に遺体がベルリンの建設作業員によって発見され、一九九八年にDNA鑑定の結果、本人であることが判明した。顎骨に食いこんでいたガラス片から、ボルマンはソ連軍に脱出を阻止され、毒入りカプセルを噛んだのだろうと歴史家たちは推定した。)

ローゼンベルクはヨーロッパ略奪計画を全面的に否定した。ナチスがパリに入城したとき、ユダヤ人たちはすでに脱出していて、彼らの所有物にはもはや持ち主がいなくなっていた。ナチスはその貴重な品々を保護することに決め、ローゼンベルクの部下が綿密な目録を作成し、細心の注意を払って梱包した。「われわれは予想外の状況に対処したのです」とローゼンベルクは言った。いずれにせよ、ナチスが過去の戦争でドイツから持ち出された美術品を取り戻すのは当然のことだった。そして、反ドイツ運動を扇動してきた敵を調査するために文書を没収するのも当然のことだった。

ローゼンベルクは、検察が発見した一九四一年一二月の秘密のメモについて説明した。そのメモの中でローゼンベルクは、フランス駐留のドイツ人将校への襲撃が激化する中、ヒトラーに恐ろしい対応策を提案していた。一〇月、独裁者は、ナントとボルドーにおけるドイツ当局者二人の殺害事件への報復として、フランス人の人質一〇〇人を処刑するよう命じた。しかし、ローゼンベルクの見方によれば、レジスタンスの目的は、ナチスのフランス人に対する報復を誘発し、ナチスに対する新たな敵意をかき立てることにあった。「私は、フランス人一〇〇人を処刑する代わりに、ユダヤ人銀行家、弁護士その他を一〇〇人処刑することを総統に提案する。フランスの共産主義者たちを扇動して暴力行為へと駆りたてているのはロンドンやニューヨークのユダヤ人たちであるから、同じユダヤ人種が代償を支払うのが唯一公正な方法だと思われる」とローゼンベルクは書いている。「責任を負うべきは、フランスの小物のユダヤ人ではなく、有力なユダヤ人たちだ。そうすることで、反ユダヤ人感情を呼び起こすことになるだろう」。証人台のローゼンベルクは、これは興奮状態で書いたメモであり、ヒトラーは自分の提案には従わなかったと述べた。そして、いつもの混乱した論法で、あんな提案をしたことを後悔していると言いながら、戦争中は人質を撃ち殺すことは違法ではなかったと主張した。

　ローゼンベルクはさらに自己弁護を続け、自分はバルバロッサ作戦の計画立案にはまったく関与していないと述べた。ヒトラーに呼ばれて占領地域に民政を敷く準備をするよう命じられたときには、作戦は既成事実となっていた。東部地域の住民を大量に虐殺する計画など自分は持っていなかった。大臣に就任した後も、経済や警察の問題についてはなんの権限もなく、ウクライナの国家弁務官であるコッホは、自分の命令を無視した。

　ローゼンベルクは、一九四四年夏に東部地域の子供たちをドイツに連れてくる計画を承認したことについて、自分に都合良く解釈しようとした。この「ホイアクツィオン」すなわち干し草収穫作戦では、一〇歳から一四歳までの子供四万～五万人が逮捕された。その中には、親が要塞建設のため強制労働に駆り出され、置き去りにされた子供もいれば、たんに自宅から連れ去られた子供もいた。この計画は、さらってきた子供たちを徒弟としてドイツの工場で働かせるというものだった。子供たちを拉致することの長期的な根拠の一つは、東部地域住民の「生物学的可能性」を消し去ることだった。ローゼンベルクは法廷に対し、自分は当初、計画に反対していたと述べた。もっとも、軍には年長のティーンエイジャーを捕らえさせていたが。気が変わったのは、軍が自分の同意の有無にかかわらず、子供を強制移送しようとしていたからだ、とローゼンベルクは言った。自分がこの仕事を担当していれば、配下の「青少年部門」が子供たちを適切に扱うことができただろう。自分としては子供たちを村や小さな収容所に預け、戦争が終わったら親の元に帰すつもりだったと主張した。

弁護士は、一九四三年六月にローゼンベルクに届いたベラルーシのミンスク郊外での残虐行為に関する報告について尋ねた。収容所長は、警察がユダヤ人収容者を引き渡す前に歯の金の詰め物を引き抜いている、と書いていた。ベラルーシの文民行政長官ヴィルヘルム・クーベは、パルチザンに対する「警察行動」で女性や子供が殺害されていることを報告していた。

「ユダヤ人が特別な取り扱いを受けるという事実はこれ以上の議論を要しない。しかし、それがこのような方法でおこなわれているとは、にわかには信じがたい」とローゼの事務所からローゼンベルク宛てに届いた書簡には書かれていた。人々を恐れさせてしまったら、どうして占領地域の住民を平定し、利用することなどできるだろうか？ 「残虐行為を回避し、一掃された者たちを埋葬することを可能にしなければならない。男、女、子供を納屋に閉じこめ、それに火を放つというのは、集団と戦う方法として適しているとは思えない。たとえ住民を絶滅させることが望まれるとしてもだ。このやり方はドイツ人の理想にふさわしくないうえに、われわれの評判をひどく傷つけるものだ。必要な行動をとるよう要請する」

法廷でこの手紙を突きつけられたローゼンベルクはこう説明した。手紙が届いたのは一九四三年、ヒトラーがコッホの側につき、東部占領地域担当大臣である自分に、くだらないことでもめるのはよせと命じた直後のことだった、と。「私は落胆していて、この文書を読みませんでした」とローゼンベルクは主張した。

強制収容所については知っているが、人々の逮捕は「政治的、国家的に必要なことだ」と思っていた、とローゼンベルクは証言した。そして、強制収容所における残虐行為に関する外国からの報告について ヒムラーに尋ねたところ、親衛隊全国指導者からダッハウに来て自分の目で確かめるようにと言われた、とローゼンベルクは主張した。「スイミング・プールもあるし、衛生設備もある」とヒムラーは言った。「まったく非の打ち所はない。異議を唱えられることなどありえない」。ローゼンベルクは法廷に対して、ヒムラーの誘いを断ったと述べた。「断ったのは趣味の問題であり、ただ自由を奪われた人々を見たくなかったのです」

ヨーロッパのユダヤ人の殺害については、ローゼンベルクは知らなかったと主張した。もちろん、東部占領地域における「恐ろしい過酷さ」に関する報告は読んでいた。もちろんユダヤ人の銃殺についても聞いていた。「しかし、ユダヤ人全体を一人残らず滅ぼせなどという命令が出ているとは考えられませんでした」とローゼンベルクは言った。「われわれの議論の中で、ユダヤ人の絶滅は話題になりました。もちろんこの言葉は、現在証言に使用可能な言葉から見ると、たしかに恐ろしい印象を与えます。しかし、当時の一般的な状況下では、一〇〇万人のユダヤ人を一人残らず根絶やしにするとか、一人残らず滅ぼすというふうには解釈されませんでした」

他に類を見ない反ユダヤ主義によってホロコーストへの道を開いた男が、今、自分はユダヤ人に対する「丁重な」扱いを推奨してきたと主張していた。もっとも、その代案ではユダヤ人をどうするつもりだったのかについては詳述しなかったが。「その逆の結果になってしまったことは、悲劇的な運命です」とローゼンベルクは言った。「いろいろと遺憾なことが起こり、じつのところ私には自分がよいと思う方法を採用するよう総統に嘆願しつづけるだけの精神力が残っていませんでした」

しかし、ローゼンベルクは大量銃殺や死の収容所のことは知らないと主張した。

「たとえハインリヒ・ヒムラー自身が私をそのことに関係させていたとしても、私はそれを信じなかったでしょう」とローゼンベルクは言った。「私から見ても、人間の力では不可能に見えることがあります。そしてこれがその一つです」

四月一七日、トーマス・ドッドが演台に立ち、ローゼンベルクに反対尋問をおこなった。ドッドはゆっくりと、順序立てて、ローゼンベルクの主張を突き崩し、最後に、ユダヤ人問題に迫った。

「あなたはユダヤ人の絶滅について話したことはありますか？」ドッドが尋ねた。

「この用語の意味でのユダヤ人の絶滅についてはほとんど話したことはありません」とローゼンベルクは答えた。「その言葉についてはよく考える必要があります」

ドッドは、一九四一年一二月一四日のヒトラーとの会談に関するメモをローゼンベルクに突きつけた。このとき二人は、ローゼンベルクがおこなう予定の演説の中で、ユダヤ人の絶滅――「アウスロットゥング（根絶、一掃などの意）」――については言及すべきでない、という結論に達した。

「その言葉にはあなたが考えているような意味はありません」とローゼンベルクは主張した。

ドッドは独英辞典を差し出して、ローゼンベルクに調べるように言った。ローゼンベルクは受けとらず、検察官に向かって講義を始めた。

「ドイツ語の『アウスロットゥング』が持つ多様な意味について説明するのに外国の辞書は必要あり

ません」とローゼンベルクは言った。「人は思想、経済制度、社会秩序、そしてもちろん最終的には人間の集団も絶滅させることができます。この単語にはこのようにさまざまな可能性が含まれています。ドイツ語から英語への翻訳は間違っていることが多いのです」

ドッドは粘り強く続けた。「この単語の意味について私にまったく同意できないということを本気で主張しているのですか、それとも、時間つぶしをしようとしているのですか？」

ローゼンベルクによれば、予定していたスポーツ宮殿での演説は、「政治的脅し」以上のものではなかった。最終的解決の宣言ではなかった。

「でも、その時以降、じっさいにユダヤ人は、東部占領地域で絶滅させられていたのではありませんか？」

「そうです」

「そうです。そしてその後も……あなたは、それを実行していたのは警察で、あなたの部下は関与していなかったと、法廷に信じこませたかったのでしょう」

次にドッドはローゼンベルクにオストラントの国家弁務官だったローゼからの手紙を突きつけた。手紙の中でローゼは「やみくもな処刑」に抗議していた。さらにドッドはローゼンベルクの返事も突きつけた。ローゼンベルクはその中で、ユダヤ人問題についてはSSの任務に干渉するなとローゼに伝えていた。ドッドはまた一九四二年七月の別の文民行政長官からローゼへの手紙も示した。その報告によれば、ベラルーシで過去一〇週間のあいだに五万五〇〇〇人のユダヤ人が「一掃され」、同地域に移送された他のユダヤ人も同じ運命をたどったという。

どちらの手紙もベルリンのローゼンベルクのオフィスで発見されたものだが、ローゼンベルクはそんな手紙は見たことがないと述べた。ドッドは、東部占領地域省の少なくとも五人の上級幹部が何が起こっているかを知っていたことを指摘し、ローゼンベルクを問い詰めた――あなたも知っていたはずだ。

ローゼンベルクは話を変えようとしたが、裁判長が口を挟んだ。「まず質問に答えていただけますか？　この五人がユダヤ人絶滅に従事していたことを認めますか？」

「はい、一定数のユダヤ人が一掃されたことを彼らは知っていました。それは認めます」とローゼンベルクは言った。「彼らは私にそう報告しました。あるいは、報告がなかったとしても、別の情報源から聞いています」

この罪を証明する自白によって、ドッドはローゼンベルクの裁判を有罪へさらに一歩近づけた。

「ヘス証人が証言した際、あなたは法廷にいましたか？」

「はい、彼の話を聞きました」とローゼンベルクは答えた。

「ヘス氏が証人台から語った、二五〇万から三〇〇万人が殺され、その大部分がユダヤ人だったという恐ろしい話を聞いていたのですね？」

「はい」

「このヘスという人があなたの著書や演説の読者だということをご存じですか？」

いいえ、それは知りませんでした、とローゼンベルクは言った。

ドッドはその日、ローゼンベルクへの反対尋問のことを家族宛ての手紙に書いている。「ひどく尋問しにくい相手だった――言い逃れしてばかりの嘘つきの悪党だということは間違いない。私は本当にあいつが嫌いだ――ろくでもないいかさま師で、完全な偽善者だ」

裁判が休みに入ると、アメリカの検察官たちは一斉にニュルンベルクを離れた。だがケンプナーはドッドといっしょに残るように説得された。ケンプナーは、被告人とその弁護士によって提起された主張に反駁する部門を監督していた。「私はまだここにいる——言うなれば、最後の生存者の一人だ」とケンプナーは友人への手紙に書いている。「年寄り連中はほとんどいなくなった」。裁判所は、裁判にかけられている組織のメンバーから証言を聴くため、個別の委員会を設置していた。組織とは、SS、ゲシュタポ、突撃隊、軍である。ケンプナーはアメリカ検察団とこの補助的な委員会のあいだの首席連絡係を務めていたが、少しも楽しくなかった。「あらゆる点から見て、かなり難しい仕事だ」とケンプナーは書いている。「あまりにも多面的であるため、組織の主張を徹底的に調査、分析することは不可能だ。最後の段階になっても、やるべきことが山ほどある」

ケンプナーはランズダウンのわが家に帰りたかった。まさにその月、長い逃亡生活を経て、息子のルシアンがやっと無事に到着したのだ。

一九四一年から一九四三年まで、ルシアンはデュッセルドルフとベルリンの学校に通っていた。一時期、生計を立てるため夜警として働いた。半分ユダヤ人の血が流れている自分は、ゲシュタポにいつ捕らえられてもおかしくないことは、つねにわかっていた。そして一九四三年九月、ついにゲシュタポがやってきた。

最初にジルト島のヴェスターラントの強制労働収容所に派遣された。ジルト島はデンマークとの国境に近い、北海に突き出た島だ。ドイツ空軍の基地があり、連合軍の攻撃に備え、一二〇〇人の囚人が要塞建設に駆り出されていた。一九四四年二月、ルシアンはオランダのアルンハイムにある収容所に送られ、別の空軍基地の拡張工事に従事した。その後、最終的にアメルスフォールトの強制収容所にたどりついた。そこには数千人のユダヤ人、良心的兵役拒否者、政治犯が捕らえられていた。

ルシアンは何度も脱走しようとした。ついに一九四五年四月、ベルリンの新しい収容所に移される途中で脱走した。ドイツの前線をすり抜け、盗んだ自転車で連合軍の前線に到達した。およそ一六〇キロ西のマクデブルクに近いエルベ川だ。ルシアンはアメリカ第九軍に降伏し、尋問を受けた後、通訳者として部隊と行動をともにした。（彼は四カ国語を話せた。）その年の後半、イギリス王立ノーフォーク連隊C中隊の兵士に志願した。そこでしばらくナチスに教化されたドイツの若者を再教育する仕事をした。

一九四五年の後半、父親との再会を果たそうと、ヴォイス・オブ・アメリカに手紙まで書いた。「どうか父を探すのを手伝ってください」とルシアンは書いた。「あなたがたはぼくの最後の望みです」。一九四五年末、二人はついにお互いを見つけ、手紙を交換した。「ぼくは命を危険にさらした」とルシアンは書いている。「そして奇跡的に取り戻した」

だがそれは奇妙な種類の自由だった。ルシアンはまだドイツにいて、デュッセルドルフとケルンの中間にあるゾーリンゲンに駐留していた。除隊に必要な書類がまだ手に入らなかった。彼はまだ歴史の力に翻弄されていた。「ぼくは今もドイツ人だとみなされている」とルシアンは父親に書いている。「ドイツ人は全世界に悪名を轟かせているので――当然のことだ――ぼくも世間からのけ者にされている。言ってみれば、追放者だ。戦前・戦中に、ドイツのアーリア人種から受けた仕打ちと同じだ。ぼくはドイツ人でも、イギリス人でも、アメリカ人でもない。じゃあ、ぼくはなんなのか？」ルシアンは必死だった。「この恐ろしい国からぼくを救い出してくれ」

イギリス人はとてもよくしてくれたが、惨めな気分だった。何も読むものはないし、軍隊仲間は「ドイツの女と酒とタバコ」の話しかしない。ルシアンは配給カードさえ手に入らなかったので、仲間からいろいろと恵んでもらった。

ルシアンの望みは基本的なものだった。「平等な権利を持つ人間として自由な国に住みたい」

二月、ニュルンベルクのグランド・ホテルで、短い時間だったが、父と息子は再会の機会を得た。ケンプナーは息子がアメリカのビザを取得できるよう手配し、一九四六年五月、ルシアンは貨物船マリーン・パーチ号でアメリカに上陸し、バスに乗ってランズダウンのケンプナーの家にたどりついた。ルシアンはホワイトハウスに感謝の電報を打ち、フィラデルフィアの記者たちのインタビューに答えた。「彼は迫害され、追跡され、殴打され、飢餓にさらされた」とフィラデルフィア・インクワイアラー紙は報じた。「きのう、彼の現代の『オデュッセイア』はランズダウンで終わった」。ルースは家を花で飾った。記事ではルースがルシアンの母親だと紹介された。イタリアから息子を拉致した生みの母ヘレーネは、戦争が終わる前にドイツで亡くなった。ロバート・ケンプナーの古い友人でジャーナリストのクルト・グロスマンは、「新聞の切り抜きを見るかぎり、彼は本当のケンプナーだ」とニュルンベルクに手紙を書いた。

ルシアンは、捕らえられた後、やせ衰えていたが、一年前に連合軍の前線に到達して以降、体重を二〇キロほど取り戻していた。アメリカ陸軍に入隊するつもりだと言った。「ヨーロッパの戦場では、ぼくを救うために多くの若者が倒れ、死んでいきました」と彼は新聞に語った。「彼らがいなければ、ぼくはきょうここにいなかったでしょう。自分の知っている唯一の方法で、ぼくは彼らに報いたいと思うのです」

いっぽうアンドレは、正式にケンプナー夫妻の養子になった後、一九五〇年代初頭にランズダウンにやってくる。その後、結婚して、スウェーデンに移り住む。

七月一七日、ケンプナーは驚くべき相手から手紙を受けとる。エミー・ゲーリング。国家元帥の妻である。

「お願いを聞いていただけませんでしょうか？」と彼女は書いていた。「向こう一四日以内に三〇分ほどお時間はありますか？」ケンプナーは同意した。彼女が何を望んでいるのかは不明だが、おそらく刑務所にいる夫との面会許可か、あるいはただ法廷で傍聴する許可が得られるように力添えしてほしいというのだろう——どちらも被告人の妻には認められていなかったのだ。九月、この元女優は毛皮のコートを着て颯爽と裁判所に入ってきたが、すぐに気づかれて、追い返されたのだった。

戦後、彼女はバイエルンのロッジにいることが突きとめられた。大量のシャンパン、蒸留酒、キューバ葉巻と、トランクいっぱいの宝石や金《きん》とともに身を隠していたのだ。逮捕され、五カ月間監獄で生活し、一九四六年二月に釈放された後、水道も暖房もない家で貧しい生活を送った。ヒトラーが総統地下壕での錯乱した最後の日々に、夫の逮捕を命じたことを、彼女はまだ怒っていた。ニュルンベルクの軍の心理学者の一人が三月に彼女を訪問した。彼女なら総統への忠実な支持をやめるよう国家元帥を説得できるのではないかと期待してのことだ。彼女はゲーリングに手紙を送った。だがゲーリングの心は動かなかった。ゲーリングは心理学者に言った。「何があろうと私は揺るがない」

ケンプナーはエミーを定期的に訪れ、食糧とチョコレートを持っていった。ケンプナーは貴重な情報源を開拓する方法を知っていた。これは育む価値のある関係だった。

ケンプナーには、ニュルンベルクで拘禁されている、より複雑な関係のある別のナチ党員がいた。元ゲシュタポ長官のルドルフ・ディールスだ。一九三〇年代、ケンプナーはディールスが売春婦とのあいだの厄介な状況を回避するのに一役買ったことがあった。ディールスは、ケンプナーが一九三五年に逮捕された後、コロンビアハウス強制収容所から出られるように手を回した可能性がある。一〇年後のニュルンベルクで、イギリスの検察団は、秘密警察の創設責任者には「残虐な蛮行に対する最も重大な責任がある」と主張し、ディールスの起訴を強く支持した。ケンプナーは起訴の回避に尽力した。ディールスは、ナチスが権力を握った後の数日から数カ月間、自分は最悪の虐待をやめさせるため、できるかぎりのことをしたと主張し、検察官に対して、ゲーリングとローゼンベルクを含む被告人について、一連の宣誓陳述書を提出することに同意した。ディールスは重要な初期の情報提供者となった。「できるだけ多くのことを、できるだけ早く解明したかった」と後年ケンプナーはディールスのようなナチ党員との関係について述べている。「それはつまり、ふつうならいっしょに紅茶を飲んだりしないような人々と話をするということだった」。ケンプナーは回顧録に次のように書いている。「殺人犯は殺人仲間についての真実を語ることができる——真実を語る動機など、どうでもいい」

ケンプナーとディールスは裁判中、かなり頻繁に会っていた。ディールスは証人として、アメリカが設置した証人用宿舎に滞在しなければならなかった。驚いたことに、その宿舎にはナチ党員とともに、強制収容所の生存者も滞在していた。だが、ディールスは、ニュルンベルク南部にある、友人が所有する狩猟用ロッジを訪問する許可も得ていた。友人とは、ファーバー＝カステル伯爵夫妻である。ロッジは小さな社交界の中心となった。ケンプナーも定期的に訪れた。

ディールスは、いつものように、伯爵夫人と浮気をしていた。夫人が最初の子を産んだとき、ケンプナーはディールスが父親だと言っていた。おそらく知っていたのだろう。ケンプナーは子供の名付け親の一人に名を連ねている。

七月二六日、ロバート・H・ジャクソンは最終弁論をおこなうためニュルンベルクに戻ってきた。ローゼンベルクの順番が回ってくると、ジャクソンは彼を「『支配者民族』の知的指導者」と断じ、次のように述べた。「ユダヤ人絶滅を促進する憎悪の理論を提供した人物であり、東部占領地域に対して異教徒的な理論を実践した人物である。彼の漠然とした哲学はまた、ナチスの残虐行為の長いリストに退屈さをつけくわえた」

一カ月後、被告人たちは被告席の中央に立ち、短い最終陳述をおこなった。

ローゼンベルクはナチスによる大虐殺に対するいかなる責任も否定した。「私は、自分の良心が、そのようないかなる罪からも、人々の殺害におけるいかなる共謀からも、完全に自由であることを知っています」。自分は東部地域の住民を鼓舞して、モスクワに対抗させたかった。ユダヤ人が自分たちだけの国に移り住むことを願っていた。「スラヴ人とユダヤ人の物理的絶滅――つまり民族全体の本当の抹殺――などという考えは、一度も頭に浮かんだことがありません。いかなる形であれ、そのようなことを唱道しなかったということは絶対確実です」。ナチスのイデオロギーに仕えるという自分の仕事は、陰謀でも犯罪でもない。「これが真実であることを理解していただきたい」

四人の判事は九月を審議に費やした。即席の国際法独特の特徴をめぐって議論が戦わされた。それは、言うまでもなく連合国四カ国の政治的思惑とともに、当初からニュルンベルク裁判を導いてきたものだった。ゲーリングとリッベントロップを有罪にするのはきわめて容易だった。ローゼンベルクについてはかなり議論しなければならなかった。九月二日、裁判官たちは、このナチスの理論家をどうするか話し合ったとき、たんに彼の思想がナチスによる迫害および大量虐殺にイデオロギー的隠れ蓑を与えたという理由だけで、共謀罪による有罪を宣告することには気が進まなかった。そのいっぽうで、ローゼンベルクに対する罪状はただの言葉では言いあらわせないものだった。大陸規模の略奪、強制労働計画、残虐かつ残忍な東部地域の占領に参加していた。一九四〇年のノルウェー侵攻でも一定の役割を果たしていた。

第一回の審議では、ローゼンベルクをすべての罪状で有罪にするか、ごく一部についてのみ有罪にするか、絞首刑にするか、終身刑にするか、といったことをめぐって、裁判官の意見の不一致が明らかになった。九月一〇日までには四人の裁判官のうち三人がすべての罪状での有罪判決を支持していた――しかし、ソ連とイギリスが死刑判決を求めたのに対して、フランスの裁判官は終身刑を求めた。かくしてローゼンベルクの運命はアメリカの裁判官、フランシス・ビドル元司法長官が握ることになった。

ビドルはまだ決めかねていた。票を投じる前にこの案件をひと晩検討したい、と他の裁判官たちに伝えた。

一〇月一日、被告人たちは判決を聞くため最後に被告人席に集まった。ゲーリング、有罪。ヘス、有罪。リッベントロップおよびカイテル、有罪。そしてローゼンベルク、有罪。裁判にかけられた二二人のうち三人が無罪になった。一九三三年のヒトラー権力掌握の黒幕、フランツ・フォン・パーペン元副首相と、宣伝省幹部、ハンス・フリッチェ、そして銀行家のヒャルマール・シャハトである。一時四五分、裁判は休憩に入った。

休憩後、男たちは一人一人戻ってきて、刑の宣告を聞いた。ローゼンベルクは六番目で、二人の警備員に挟まれてエレベーターで上に上がった。引き戸が開き、法廷内に入った。法廷内は最初、照明が薄暗くなっていた。刑の言い渡しは撮影されないため、蛍光灯は消されていた。ローゼンベルクはヘッドフォンをつけ、自分のために通訳された裁判長の短い言葉を聞いた。

「トート・ドゥルヒ・デン・シュトラング」。絞首刑。ビドルは死刑の側に回ったのだ。裁判官たちはこの判決で、ローゼンベルクの考えではなく、行為のみについて有罪とした。

ローゼンベルクは黙ってヘッドフォンを外すと、ふたたびエレベーターに乗って階下に降りた。

ナチスの被告人たちに付き添った従軍牧師、ヘンリー・ジェレックはのちに、被告人の半数以上が最後には悔い改め、赦しを請うた、と書いている。ローゼンベルクは、「あいかわらずの教養人で、子供時代の信仰を必要としなかった」。彼は刑務所付き聖職者の奉仕を辞退した四人のうちの一人だった。刑の言い渡し後、被告人の妻子は監房を訪れることを許された。ジェレックは子供たちのあいだを回った。ローゼンベルクのティーンエイジャーの娘イレーネに近づくと、彼女は「お祈りの言葉なんかかけないで」と言った。

ジェレックはびっくりして尋ねた。「私に何かできることはありませんか?」

「ええ」と彼女はすぐに答えた。「タバコある?」

刑務所にいた何カ月かのあいだに、ローゼンベルクは回顧録を書いた。その中で、自分なりの第三帝国の歴史を語り直した。「ヒトラーは何をしたのか、ヒトラーは何を命じたのか、いかにして最も名誉ある男たちに重荷を負わせたのか、いかにして自身が創り出した運動の理想を塵埃《じんあい》の中に引きずりこんだのか、これらすべては恐ろしく重大なことであるので、日常的な形容詞ではとても記述できない」とローゼンベルクは書いている。ヒトラーは晩年、「自己中毒の発作」に屈し、放言をくりかえした。それは「もはや誰にも相談しようともせず、それでも自分は内なる声に耳を傾けていると思いこんだ男の爆発だった。それらの言葉は、まだ論理的な部分もあれば、ただ大げさなだけの部分もあった」

ヒトラーの大きな欠点は、ローゼンベルクのような男たちの話にあまり耳を傾けず、ヒムラーや

「かつてのわれわれの単純明快な運動のメフィストだった」ゲッベルスに助言を求めたことだ、とローゼンベルクは断じた。

「この二人は、制限されることなく、最も信じられないことをやった」とローゼンベルクは刑務所の監房の静けさの中、ちゃちなテーブルの上で書いた。「この純粋な人間土壌には、アドルフ・ヒトラーの大いなる不作為の罪の根源がある。それはあまりにも悲惨な結果をもたらした――その結果には、矛盾、混乱、怠慢という漠然とした要素と、長期的には、彼自身の考察、計画、活動をたびたび無駄にした不法が含まれた」

ローゼンベルクは、ヒムラーが第三帝国の完全な支配権を望んでいることに気づいた瞬間のことを書いている。あるとき、ローゼンベルクがヒムラーの盟友の一人とワインを酌み交わしていると、親衛隊全国指導者の写真が別室の壁に掛かっているのに気がついた。「私の目は釘付けになった」とローゼンベルクは書いている。「そしてそのとき、自分がヒムラーの目をまっすぐに見る機会がそれまで一度もなかったことに思い当たった。ヒムラーの目はいつも鼻眼鏡に隠されていた。今、その写真は、まばたき一つせずに私を見つめていた。私はそこに悪意を見たような気がした」

ローゼンベルクはさらに続ける。「これほどの残虐行為をやってのけることのできるヒムラーを、人はどうして信じることができたのか？」

同僚のナチス指導者がベルリンにいるローゼンベルクを訪ね、連合軍に対して、山中にこもって最後の抵抗を示すという話をしていたことをローゼンベルクはふりかえる。ローゼンベルクはほとんど無意味だと思った。そして、その男のある質問が引っかかった。ナチズムという思想そのものが最初から間違っていたのではないか？

そんなことはない、とローゼンベルクは答えた。「昔から偉大な思想はつまらぬ人間たちに悪用されていた」
ローゼンベルクは、今自分は未来のために書いているのだ、と考えた。未来には、自分の思想とナチ党の理想の正しさが完全に証明され、自分は英雄として紹介されるだろう。「われわれがきわめて崇高な思想を持っていたために犯罪者として告発されたという事実を、今の世代の孫たちが恥じる日が来るだろう」

ローゼンベルクはナチスの理想の気高さと、いろいろと欠点はあったが、ヒトラーの偉大さに、最後までしがみついていた。

「私は彼を崇拝し、彼に最後まで忠誠を尽くした」とローゼンベルクは書いている。「そして今、彼の死とともにドイツは滅びた。殺され、追放された何百万人ものドイツ人のことを思い、言いようのない惨めさを思い、残されたわずかなものが略奪され、一〇〇〇年の富が浪費されたことを思うと、心に憎しみがわきあがる。しかしそのいっぽうで、ある男への同情心もわきおこる。彼もやはり運命の犠牲者であり、誰にも負けず劣らずドイツを熱烈に愛していた」

ハンス・フランクは宗教に出会った。戦争中、ナチスが占領下ポーランドで残虐と破壊の限りを尽くしていたときに、フランクはポーランド総督府の指導者として、クラクフのヴァヴェル城で贅沢な暮らしを送っていた。ニュルンベルクでは、自分とナチスの仲間が言ったこと、やったことをすべて悔い改めた。死の収容所の司令官ヘスの証言を聞いた後、フランクは刑務所の心理学者に、父親の親友がアウシュヴィッツで死んだことを打ち明けた。自分のせいだと思った——自分とローゼンベルクのせいだ、とフランクは言った。「いいえ、私自身が殺したわけではありません」とフランクは言った。「しかし、私の発言、そしてローゼンベルクの発言が、あのような恐ろしいことを可能にしたのです」。

証人台に立ったフランクは、ユダヤ人絶滅の罪を告白した。「一〇〇〇年が過ぎても、ドイツの罪が消し去られることはないでしょう」

ローゼンベルクは何も撤回しなかった。ナチスの指導的理論家は、自分が声高に世間に広めた思想が大量虐殺につながったという意見を、最後まで受け入れられず、また受け入れようともしなかった。「私はどうなるのですか？」とある日、弁護士に尋ねた。

弁護士はゲーテの有名な詩『旅人の夜の歌Ⅱ』で答えた。バルト人であるローゼンベルクにとって不吉なもじりが加えられていた。

山の頂には
安らぎがあり、
木々の中では
そよ風さえ
ほとんど感じられない。
森の小鳥の歌声も消えた。
待て、バルト人よ。もうすぐ、
おまえにも安らぎの時が来る。

一〇月一五日、消灯から一時間後、ゲーリングの監房を見張っていた看守は、国家元帥が片手で顔を覆っているのを見た。三分後、窒息しはじめ、口から泡を吹いた。何も手を打つことができぬ間に死んだ。刑務所職員たちは胸の上に二枚の封筒が載っているのを見つけた。いっぽうには四通の手紙が、もういっぽうには空のシアン化物の小瓶が入っていた。まさにその夜に、死刑が執行されることになっていた。ゲーリングはこっそり知らされていたのだ。

真夜中過ぎ、その他一〇人の死刑宣告を受けたナチス幹部に刑の執行が言い渡され、ソーセージ、ポテトサラダ、果物の最後の食事が提供された。

午前一時少し過ぎ、警備員が男たちを一人ずつ迎えに来た。ローゼンベルクは列の四番目だった。従軍牧師のジェレックが祈りの言葉をかけようかと尋ねた。「いえ、けっこうです」とローゼンベルクは答えた。

ローゼンベルクは手錠をかけられ、監房区から中庭を通る短い距離を歩き、午前一時四七分に刑務所の体育館に入った。中では立会人たちがテーブルの席に座ったり、後ろのほうに立ったりしていた。両手を後ろで革のベルトで縛られ、一三段の階段を導かれて、絞首台にのぼり、そこで両足を縛られた。「ぼんやりとして頰が落ちくぼんだローゼンベルクは、処刑場を見回した」とインターナショナル・ニュース・サービス通信社を代表して処刑に立ち会ったキングズベリー・スミスは書いている。「顔は土気色だったが、緊張した様子もなく、しっかりとした歩みで絞首台にのぼっていった……無神論者を公言していたにもかかわらず、プロテスタントの牧師を伴っていた。牧師は後から絞首台にのぼり、横に立って祈りを捧げた。ローゼンベルクは一度だけ牧師のほうを見たが、無表情だった」

第三帝国の歴史上、この最も多作の著述家は、死刑囚の中でただ一人、最期の言葉を遺さなかった。頭に覆いがかぶせられた。落とし戸が開き、ローゼンベルクは落下した。数時間後、彼の遺体は他の遺体といっしょにミュンヘンに運ばれ、そこで火葬された。灰は川に投棄された。

エピローグ

「別の世紀の別の大陸から来たこの歴史的文書は、現在、私たちがふさわしいと考える場所に保管されています」とアメリカ合衆国ホロコースト記念博物館館長サラ・ブルームフィールドは二〇一三年一二月一七日にそう語った。その日の朝、国立公文書館――厳密に言えば日記の所有者――は、正式にこの日記をホロコースト記念博物館に譲渡した。同博物館はたくさんの時間と労力を投入してその行方を突きとめたのだった。日記は、ナチスの大虐殺の話を伝える何千もの他の政府文書、手紙、写真、録音とともに博物館のアーカイブに収蔵された。博物館のホロコースト高度研究センターでは、学者たちがこれらの資料を用いて、今も虐殺の歴史を研究し、今も解明しがたい事柄を解明しようと汗水を流し、今も何が起こったのかを理解しようとしていた。

引き渡されてから数カ月後、ホロコースト記念博物館は、メイヤーが各地方、各地域のユダヤ人グループ向けの講演をおこなう計画を進めた。メイヤーの仕事は、ナチスの犯罪に関する重要文書を保存する――あの犯罪が忘れられたり、くりかえされたりしないようにするため――という博物館の使命の最高の例だと、これらのグループから評価されていた。

ある晩、メイヤーはフィラデルフィアのインディペンデンス・モールにある全米ユダヤ歴史博物館のステージに立ち、満場の聴衆を相手に質疑応答セッションに臨んだ。長くこみいった日記追跡劇について語り、第三帝国を研究する歴史家にとっての日記の重要性について語った。

セッションの終わり近く、ある人が、ローゼンベルクの失われた日記を手にするのは、どんな気分か、と質問した。

「残念ながら」メイヤーは素っ気なく言った。「仕事なので当然という感じです」

そこで一拍置いた。

メイヤーは、ホロコーストで苦しんだ先祖のことをあまり話すほうではなかった。何百万という多くの悲劇の中のほんの二つか三つの例にすぎなかった。父親は自分のことを生存者とさえ思っていなかった。ただ博物館としてはそう考えていた。ドイツでの迫害から逃れてきたユダヤ人だったからだ。だがメイヤーは、自分と同じユダヤ人たちの恐ろしい死――グールの泥の中、アウシュヴィッツのガス室、ラトヴィアの森の中での死――が、博物館での自分の仕事に深い目的を与えたことを否定できなかった。

メイヤーは質問者のほうを見て、ほほ笑んだ。

「この男の日記を発見したのが、このユダヤ人だという事実に、私は大いに満足しています」とメイヤーは言った。

ウィットマンはもはや潜入捜査官ではなく、カメラから身を隠す必要はなかったが、この手のイベントでのいつもの定位置にいた。部屋の後ろのほうである。メイヤーはステージからウィットマンを紹介した。聴衆は首を伸ばして後ろを見た。中には近づいて握手を求める人々もいた。

美術品や貴重な文書を追跡し、ついに発見したときのウィットマンの気分を説明するのは難しかった。成功の最初の瞬間は、一瞬の幸福を感じた。それはたぶん、この種のユニークな文化遺物が持つ、言葉では言いあらわせない力の証なのだろう。ウィットマンにとって、今回の遺物は何か違う感じがした。アルフレート・ローゼンベルクはただの日記作者ではなく、ホロコースト記念博物館もただの博物館ではなかった。ナチスの文書を取り戻し、ナチスによる大虐殺という解決不可能なパズルの一ピースを守る手助けをすることによって、ウィットマンは博物館の使命を推進するために、自分なりの小さな役割を果たした。それは命を落とした何百万という無実の人々に敬意を表するためだけでなく、二度と起こってはならない恐怖をこれからの世代に思い出させるためでもあったのだ。

謝辞

次の方々に深く感謝する。アメリカ合衆国ホロコースト記念博物館のヘンリー・メイヤー、ユルゲン・マテウス。アメリカ国立公文書館のティム・マリガン。デラウェア州連邦検事局のデイヴィッド・ホール。アメリカ移民税関捜査局のマーク・オレクサ。彼らはローゼンベルクの日記を公共の財産として取り戻す上で重要な役割を果たした。メイヤーは、自分の時間と物語を私たちと惜しみなく分かち合ってくれた。以下の方々にも感謝したい。ホロコースト記念博物館アーカイブの司書、ローン・コールマン、ミーガン・ルイス、ヴィンセント・スラットは、幾度となく私たちに正しい方向を指し示してくれた。フリーランス研究者のサトゥ・ハーゼ＝ウェブはケンプナー・コレクションを掘り起こし、手紙や個人文書を探求してくれた。翻訳者のナターシャ・ホフマイヤー、ニカ・ナイト、クリス・アーブはドイツ語文書、とくにローゼンベルクの日記そのものの解読を手伝ってくれた。時間を割いてくださったジョナサン・ブッシュ、アラン・スタイペック、エドワード・ジェセラにも感謝する。ペンシルヴァニア大学ヴァン・ペルト図書館の膨大なドイツ史コレクションでは、必要な答えを思いのままに入手できた。また、メリーランド州カレッジパークの国立公文書館、ワシントンＤＣの議会図書館のたくさんの親切な助手のみなさんにも感謝する。

ワシントンで宿泊場所とワインを提供してくれ、話し相手にもなってくれたケイティ・シェーヴァーとボブ・バーナードに、乾杯。

次の方々に特別な感謝を捧げる。ジョン・シフマンはたくさんの人々を紹介してくれた。私たちのエージェント、ラリー・ワイスマンとサーシャ・アルパーは別の大きな契約をまとめてくれた。ジョナサン・バーナム、クレア・ワクテル、ハナー・ウッド、ジョナサン・ジャオ、ソフィア・アーガス・グループマン、ブレンダ・シーゲル、ジュリエット・シャプランド、ヘザー・ドラッカー、そのほかハーパーコリンズ社のみなさんには、本書を世に出すにあたってお世話になった。

そしていつものように私たちの家族、ドナ、ケヴィン、レネー、ジェフリー、クリスティンと、モニカ、ジェーン、オーウェンに、たくさんの愛を捧げる。

p.453 強制労働収容所に：Lucian Kempner draft Application for Federal Employment, Kempner Papers, Box 41; camp details drawn from Weinmann, *Der Nationalsozialistische Lagersystem*, p. 69; Megargee, *The United States Holocaust Memorial Museum Encyclopedia of Camps and Ghettos 1933–1945*, p. 820; and the Web site of the Amersfoort National Monument, www.kampamersfoort.nl/p/start.
p.454 盗んだ自転車で：別の説明では、ルシアンはアメリカ軍によって解放されたと述べている。Lucian Kempner deposition in *Lipton v. Swansen*.
p.454「どうか父を探すのを」：Lucian Kempner to Voice of America radio station, July 1945, Kempner Papers, Box 71.
p.454「ぼくは命を危険にさらした」：Lucian Kempner to Robert Kempner, January 9, 1946, Kempner Papers, Box 71.
p.455 再会の機会を得た：Lucian Kempner deposition in *Lipton v. Swansen*.
p.455「彼は迫害され」："Refugee and Mother Reunited After Decade," *Philadelphia Inquirer*, May 27, 1946; "Kempner's Son, Victim of Nazis, Rejoins Mother," *Philadelphia Record*, May 27, 1946.
p.455「彼は本当のケンプナーだ」：Grossman to Robert Kempner, June 18, 1946, Kempner Papers, Box 262.
p.456「お願いを聞いて」：Kempner memorandum to Thomas Dodd, July 17, 1946, Kempner Papers, Box 262.
p.456 すぐに気づかれて：Persico, *Nuremberg*, p. 367; Tusa and Tusa, *Nuremberg Trial*, p. 455.
p.456「何があろうと」：Persico, *Nuremberg*, pp. 294–98; Gilbert, *Nuremberg Diary*, pp. 212–14.
p.456 食糧とチョコレートを：Kempner interview, 引用は以下より．Mosley, *The Reich Marshal*, pp. 325, 347.
p.457 ケンプナーは起訴の回避に：Hett, *Burning the Reichstag*, pp. 194, 220. ケンプナーはニュルンベルクでのディールスの証言を「特に感謝に値する援助」と述べた。
p.457「それはつまり」：ケンプナーとディールスの関係の詳細と引用については以下による。Kohl, *The Witness House*, pp. 43–47, 152–53.
p.457 おそらく知っていた：Hett, *Burning the Reichstag*, p. 183.
p.458「ナチスの残虐行為の長いリストに」：*Trial of the Major War Criminals*, vol. 19, p. 416.
p.458「私は、自分の良心が」：同上, vol. 22, pp. 381–83.
p.458 九月を審議に費やした：Smith, *Reaching Judgment at Nuremberg*, pp. 190–94; Persico, *Nuremberg*, pp. 388–94.
p.459 判決を聞くため：Persico, *Nuremberg*, pp. 395–405.
p.460「タバコある？」：Henry F. Gerecke and Merle Sinclair, "I Walked to the Gallows with the Nazi Chiefs," *Saturday Evening Post*, September 1, 1951.
p.460「運動の理想を塵埃の中に」：Lang and Schenck, *Memoirs of Alfred Rosenberg*, p. 201.
p.460「自己中毒の発作」：同上, p. 248.
p.461「メフィストだった」：同上, p. 161.
p.461「大いなる不作為の罪」：同上, p. 104.
p.461「まばたき一つせずに私を」：同上, pp. 184–85.
p.461「これほどの残虐行為を」：同上, p. 189.
p.461「昔から偉大な思想は」：同上, p. 197.
p.462「われわれがきわめて崇高な思想を」：同上, p. 113.
p.462「彼に最後まで忠誠を尽くした」：同上, p. 266.
p.463「ドイツの罪が消し去られることは」：Persico, *Nuremberg*, pp. 322–23.
p.463 おまえにも安らぎの時が来る：Kempner, *Ankläger*, p. 236.
p.463 四通の手紙が：One of the letters, or part of it, ended up in Kempner's possession; Taylor, *The Anatomy of the Nuremberg Trials*, p. 619.
p.464「ぼんやりとして」：Kingsbury Smith, "The Execution of Nazi War Criminals," International News Service, October 16, 1946.
p.464 ローゼンベルクは落下した：Burton Andrus memorandum, October 17, 1946, Jackson Papers, Box 101, Roll 7; Persico, *Nuremberg*, pp. 423–29.

p.436 小さな頭に丸をつけ：Marked clipping from *Time* magazine dated December 3, 1945, Kempner Papers, Box 418.
p.436 法廷に入ってきた：Persico, *Nuremberg*, pp. 131–34.
p.437「われわれが糾弾し」：*Trial of the Major War Criminals*, vol. 2, p. 99.
p.437「別の手段による戦争の継続」：Otto Kranzbühler, 引用は以下より．Maguire, *Law and War*, p. 88.
p.438「ゲルマン民族特有の情熱」：*Trial of the Major War Criminals*, vol. 2, p. 102.
p.438「ドイツの凝った職人技の」：同上, vol. 3, p. 553.
p.439「私たちに責任はありません」：Gilbert, *Nuremberg Diary*, pp. 97, 120, 354.
p.439 全部で四つの罪に問われていた：*Trial of the Major War Criminals*, vol. 5, pp. 41–66.
p.440 四人の名前を挙げた：同上, pp. 176, 181–82. この状況についてはよくわかっていない。
p.440 個々の被告人に対する主張を：Robert G. Storey memorandum to Kempner, November 28, 1945, Kempner Papers, Box 418.
p.440「市内で最高のホテルだ」：Dodd, *Letters from Nuremberg*, p. 90.
p.440 ホテルの「大理石の間」で：Neave, *On Trial at Nuremberg*, pp. 43–44.
p.441「彼はこの裁判中」：Victor H. Bernstein, “Kempner Will Have His Day in Court,” *PM*, January 11, 1946; clipping in Kempner Papers, Box 263.
p.441「法的宇宙の中心に」：Persico, *Nuremberg*, p. 175.
p.441 ケンプナーは主張した：*Trial of the Major War Criminals*, vol. 5, pp. 352–67.
p.442 派手で劇的な身振りを：Raymond Daniell. “Goering Accused Red Baselessly,” *New York Times*, January 17, 1946.
p.442 ナチスの歴史をじゅうぶんに把握している：Persico, *Nuremberg*, p. 226.
p.442 ケンプナーは裁判が：Robert M. W. Kempner, “Impact of Nuremberg,” *New York Times*, October 6, 1946.
p.443「この汚い年寄りめ」：Shirer, *Rise and Fall*, p. 1070; Evans, *The Third Reich at War*, p. 643.
p.443「ドイツ国民を滅ぼすことに」：*Trial of the Major War Criminals*, vol. 11, pp. 396–422.
p.444「それは疑問の余地のない真実」：Gilbert, *Nuremberg Diary*, pp. 267–68.
p.445「時間と忍耐が必要だ」：OSS memorandum on Rosenberg, July 11, 1945, National Archives, Record Group 238, German Dossiers 1945–1946, Container 41.
p.445 トーマが定めた証言の基調は：*Trial of the Major War Criminals*, vol. 11, pp. 444–529.
p.446（じっさいには）：Evans, *Third Reich at War*, p. 728; Graeme Wood, “Martin Bormann has a Stomachache,” *Atlantic*, July 20, 2009.
p.446 秘密のメモ：Rosenberg memorandum, “Concerning: Jewish Possessions in France,” December 18, 1941, reproduced as 001-PS in Office of the U.S. Chief of Counsel for the Prosecution of Axis Criminality, *Nazi Conspiracy and Aggression*, vol. 3, p. 1.
p.447 フランス人の人質一〇〇人を：Laub, *After the Fall*, p. 46.
p.447「ホイアクツィオン」：Memorandum, “Re: Evacuation of youths,” June 12, 1944, reproduced as 031-PS in Office of the U.S. Chief of Counsel, *Nazi Conspiracy*, vol. 3, pp. 71–74.
p.448「ユダヤ人が特別な取り扱いを」：Letter from Lohse’s office to Rosenberg, June 18, 1943, reproduced as R-135 in Office of the U.S. Chief of Counsel, *Nazi Conspiracy*, vol. 8, pp. 205–8.
p.450 反対尋問をおこなった：*Trial of the Major War Criminals*, vol. 11, pp. 529–64.
p.452「二五〇万から三〇〇万人が」：Höss estimated that 2.5 million people were gassed at Auschwitz, but historians have put the number at 1.1 to 1.5 million; Evans, *Third Reich at War*, p. 304.
p.452「完全な偽善者だ」：Dodd, *Letters from Nuremberg*, p. 287.
p.453 少しも楽しくなかった：Kempner to Murray Gurfin, June 17, 1946, Kempner Papers, Box 262; Thomas Dodd memorandums on assignments, May 16 and 18, 1946, Kempner Papers, Box 263.
p.453 ゲシュタポにいつ捕らえられても：Lucian Kempner application letter to company commander, September 29, 1945, Kempner Papers, Box 71.

p.422 重さ約四〇キロの資料を：Daniel Noce memorandum on shipping details, August 7, 1945, National Archives at St. Louis, Kempner personnel papers, Department of the Army/Air Force.
p.422「私は一六年前に」："Yanks Sing for Newsmen at Nuremberg," clipping from unknown newspaper, Kempner Papers, Box 418.
p.422「私はただ」：Thom Shanker, "Despite Nuremberg Trials, War Crimes a Murky Issue," *Chicago Tribune*, June 30, 1993.
p.422 ニュルンベルクは廃墟であり：Persico, *Nuremberg*, p. 39; Neave, *On Trial at Nuremberg*, p. 42.
p.423「さあ、諸君」：Andrus, *I Was the Nuremberg Jailer*, p. 52.
p.423「私は彼らが」：Neave, *On Trial at Nuremberg*, p. 45.
p.424 看守につつかれる：Persico, *Nuremberg*, p. 151.
p.424「あなたは最終的に」：Rosenberg interrogation, August 14, 1945, National Archives, M1270, Roll 26.
p.424 トーマス・J・ドッド：ドッドと息子のクリストファー・J・ドッドは、どちらもコネティカット州選出の上院議員（それぞれ、1959〜71年、1981〜2011年）だった。
p.424「廃墟に暮らす囚人」：Dodd, *Letters from Nuremberg*, p. 92.
p.425「古い既成の宗教を」：Rosenberg interrogation, September 21, 1945, 14:30–16:40, National Archives, M1270, Roll 17.
p.426「防衛的な」措置：同上, September 22, 1945, 14:15–16:00.
p.426 ドイツ兵も同じ目に：同上, September 24, 1945, 10:30–12:00.
p.426 他のどの人種より優れている：同上, September 22, 1945, 11:00–12:00.
p.426 いつの日かその一部を：同上, September 24, 1945, 14:30–15:30.
p.426「そのことについて警察は」：同上, September 24, 1945, 10:30–12:00.
p.427 ユダヤ人虐殺には：同上, September 22, 1945, 14:15–16:00.
p.427「省の本部はベルリンにあり」：同上, September 24, 1945, 10:30–12:00.
p.428「ちょっと信じがたいですね」：同上, October 4, 1945, 10:30–12:15.
p.429「病気のスパニエル犬」：Neave, *On Trial at Nuremberg*, pp. 102–4.
p.429「私たちがどれほど幸運だったか」：Kempner letter, "Dear Folks," August 11, 1945, Kempner Papers, Box 418; Kempner interview, Records of the Emergency Committee in Aid of Displaced Foreign Scholars.
p.430「このナチスの連中は」：Tusa and Tusa, *Nuremberg Trial*, pp. 96–101.
p.431「こんなものを目にすることがあろうとは」：Kempner, *Ankläger einer Epoche*, pp. 251–52.
p.432「自分の罪を知る者」：同上, p. 253.
p.432「最後に会ってから」：Kempner interview, 引用は以下より．Mosley, *The Reich Marshal*, p. 325.
p.432「私は煙突の煙に」：Kempner interview, 引用は以下より．Maguire, *Law and War*, p. 117.
p.432 ゲーリングに突きつけた：Göring interrogation, October 13, 1945, National Archives, M1270, Box 5.
p.433 ゲーリングは一貫して：ドイツ国会議事堂放火事件へのナチスの関与を証明する試みが進んでいたにもかかわらず、多くの歴史家は1934年に死刑を執行されたオランダ人共産主義者マリヌス・ファン・デア・ルッベがその夜単独で行動したと結論づけていた。1970年代から80年代、ケンプナーはファン・デア・ルッベの兄弟の依頼のもと有罪判決をくつがえそうとしたが失敗に終わる。2008年、独政府はファン・デア・ルッベに死後恩赦を与えた。
p.434「すばらしい人生では」：Robert Kempner to Ruth Kempner, September 21, 1945, Kempner Papers, Box 418.
p.434 ロマンチックな絵葉書：Kempner postcards, September 13, 1945, Kempner Papers, Box 418.
p.434「恐ろしく長く」：Kempner letter, September 9, 1945, Kempner Papers, Box 418.
p.435「明らかにされていない任務」：Kempner letter, October 10, 1945, Kempner Papers, Box 418.
p.435 アメリカの新聞各紙が：Newspaper clippings in Kempner Papers, Box 418.
p.435「楽しませてもらった」：Kempner postcard to "Der Folks," October 23, 1945, Kempner Papers, Box 418.
p.436 どのような弁護策を講じるかを：Office of U.S. Chief of Counsel memorandum, Kempner Papers, Box 418.
p.436 ナチスの脅威を生み出した源を：Kempner, *Ankläger*, p. 252.

p.407「正気を失うことができたのか」: 同上, November 12, 1944.
p.407「スターリングラードの悲劇は回避できた」: 同上, October 26, 1944.
p.407「あの青春時代から」: 同上, December 3, 1944.
p.408 ソ連軍はすぐ近くにまで：Evans, *Third Reich at War*, pp. 657–58, 681–83.
p.408 驚くほどひどい状態だった：同上, pp. 718–20.
p.408「専門的な議論」: Lang and Schenck, *Memoirs of Alfred Rosenberg*, pp. 294–95.
p.408 最大規模の空襲：Evans, *Third Reich at War*, p. 699.
p.409 家のタイプライターの前に座って：Lang and Schenck, *Memoirs*, pp. 295–96.
p.409 一〇〇万人以上のドイツ兵が：Evans, *Third Reich at War*, p. 682.
p.409「すべて置いていかなければ」: Lang and Schenck, *Memoirs*, p. 297.
p.409「長い長いあいだ」: Evans, *Third Reich at War*, p. 708.
p.410「われわれの報復は」: 同上, p. 710.
p.410 地下壕へ移った：同上, p. 722–27; Kershaw, *Hitler: A Biography*, pp. 951–55, 960.
p.410「もしも二二〇〇時までに」: ゲーリングの通信文とヒムラーの裏切りについては以下による。Read, *The Devil's Disciples*, pp. 899–905.
p.412「モニュメンツ・メン」は：Edsel, *The Monuments Men*, pp. 348–52.
p.412「天空の城だった」: Rorimer, *Survival*, pp. 183–85.
p.413 オーストリアに向かった：Edsel, *Monuments Men*, pp. 382–84.
p.414 場所は：Alex Shoumatoff, "The Devil and the Art Dealer," *Vanity Fair*, April 2014.
p.415 海岸線を歩きながら：Lang and Schenck, *Memoirs*, p. 299.
p.415「ほとんど死んだような状態で」: Speer, *Inside the Third Reich*, p. 496.
p.415「自分の身柄を委ねる」: Lang and Schenck, *Memoirs*, pp. 300–2.

第23章 「彼に最後まで忠誠を尽くした」

p.418 アメリカ市民として：Kempner memorandum to FBI, March 8, 1945, Kempner Papers, Box 43; "Searching For Hitler?" *Philadelphia Record*, October 22, 1945.
p.418 戦略情報局（OSS）にも：Kempner Papers, Box 44.
p.418「ファイルの境界領域に」: Field, 引用は以下より. Sandy Meredith and Bob Sanders, "Refugees on Mars: FDR's Secret Plan," *Mother Jones*, February-March 1983.
p.418 ワシントンでの高賃金の仕事：Kempner memorandum to FBI special agent in charge, April 5, 1945, Kempner Papers, Box 43.
p.419「被告側の嘘」: Kempner to Sam Harris, July 9, 1945, Kempner Papers, Box 43.
p.419 ナチスの指導者たちを裁判にかける：Tusa and Tusa, *The Nuremberg Trial*, pp. 52, 63.
p.420 一つの劇的な裁判で：同上, p. 54. Persico, *Nuremberg*, p. 17.
p.421 司法の名の下におこなわれる報復：同上, pp. 26–27.
p.421 起訴するための背景資料：Ruth S. Bentley memorandum, "Reappointment of Robert Max W. Kempner as Consultant," June 9, 1945, National Archives at St. Louis, Kempner personnel papers, Department of the Army/Air Force.
p.422 ケンプナーの概要説明は："The Guilt of Herman Goering," June 11, 1945, National Archives, Record Group 238, Security-Classified General Correspondence 1945–1946, Container 18. 書面のなかでケンプナーは、1935年にベルトルト・ヤーコブを拉致してスイスからコロンビアハウス強制収容所に連れさったのはゲーリングの部下たちだったと述べた。「時を同じくしてヤーコブの知人らはベルリンで逮捕され、拷問を受けた」とも書いているが、自身がそのひとりであったことは明記していない。
p.422「有利に使える人材だと思います」: Bernays memorandum to Jackson, July 17, 1945, Robert H. Jackson Papers, Box 106, Roll 12.

p.388 家を失って：同上, pp. 16–17.

p.389 美術品や貴重な資料の略奪：ローゼンベルク特捜隊による略奪については以下による。Collins, "The Einsatzstab Reichsleiter Rosenberg and the Looting of Jewish and Masonic Libraries During World War II," pp. 24–34, and Grimsted, *Reconstructing the Record of Nazi Cultural Plunder*, pp. 25–35.

p.389 ロシア人にとって特別な意味を持つ：Nicholas, *The Rape of Europa*, pp. 192–200.

p.390「最も貴重な文学関係資料」：Rosenberg diary, February 2, 1943.

p.391「信頼が揺らいだことは」：同上。"After January 12, 1943."

p.391 そして、同盟を申し出た：Mulligan, *The Politics of Illusion and Empire*, pp. 65–70.

p.392 ローゼンベルクはポーランドで：Rosenberg diary, January 25–26, 1943.

p.392 SS長官は：Dallin, *German Rule*, pp. 168–176. 取り決めは6月まで決まらなかった。

p.392 ライブラントの信頼性に：同上, p. 88.

p.392「もしも戦争に負けたら」：Cecil, *Myth of the Master Race*, p. 212.

p.393「あらゆる事柄を」：Mulligan, *Politics of Illusion*, p. 70.

p.393「強制収容所にまっしぐらだ」：Trevor-Roper, *Hitler's Table Talk*, p. 466.

p.394 ローゼンベルクは完敗を喫した：Dallin, *German Rule*, pp. 157–63.

p.394 ボルマンが独断で出した命令なのか：Rosenberg diary, August 7, 1943.

p.394「血の純潔を守る戒律」：Bormann memorandum to Rosenberg, February 22, 1940, reproduced as 098-PS in Office of the U.S. Chief of Counsel, *Nazi Conspiracy*, vol. 3, pp. 152–57.

p.394「完全に除去しておかなければならない」：Memorandum, "Relationship of National Socialism and Christianity," undated, reproduced as D-75 in Office of the U.S. Chief of Counsel, *Nazi Conspiracy*, vol. 6, pp. 1036–39.

p.395「木こりのやり方で」：Rosenberg diary, September 7, 1941.

p.395「明らかに」：同上, August 7, 1943.

第22章 「廃墟」

p.397「ぞっとするほど美しい光景だ」：Evans, *The Third Reich at War*, pp. 490, 618.

p.397 爆弾を投下した：同上, pp. 459–66.

p.397 空襲がやむのを待っていた：Rosenberg diary, December 31, 1943.

p.398「完全な荒廃」：Lochner, *The Goebbels Diaries*, p. 586.

p.399 メモの山は焼けていた：Piper, *Alfred Rosenberg*, p. 612.

p.399 地上の爆発で壁が震えた：Lochner, *Goebbels Diaries*, p. 588.

p.400「東では」：Rosenberg diary, July 29, 1944.

p.400 ソ連軍が：Evans, *Third Reich at War*, p. 618.

p.400 ヒトラー暗殺の陰謀が：同上, pp. 632–46.

p.402「こんな卑劣なやり方で」：Rosenberg diary, July 30, 1944.

p.402 質問は理論上のことのように：Shirer, *The Rise and Fall of the Third Reich*, p. 1060, note.

p.403「カトリックの暗殺者たち」：Rosenberg diary, August, 27, 1944.

p.403「ずたずたに」：同上, October 22, 1944.

p.403「東部もはや非占領地域担当大臣」：Dallin, *German Rule in Russia 1941–1945*, p. 639.

p.403「国も臣民も失った」：Petropoulus, *Art as Politics in the Third Reich*, p. 157.

p.404 アンドレイ・ウラソフ：同上, pp. 553–86.

p.405「そのロシア的な傲慢さで」：同上, p. 594.

p.405 ふたたびウラソフが：同上, pp. 613–40.

p.406「東部問題に真剣に」：Rosenberg diary, November 12, 1944.

p.406「俗物根性の見本だ」：同上, October 22 and 26, 1944.

第21章　混沌省

p.374 独立国家成立の一瞬の光を：Dallin, *German Rule in Russia 1941–1945*, p. 121, n. 5. Berkhoff, *Harvest of Despair*, p. 52.
p.375「食べれば食べるほど」: Rosenberg diary, September 1 and September 7, 1941.
p.375「万一」: 同上, September 7, 1941.
p.375「革命を実行するのに必要な知識」: Trevor-Roper, *Hitler's Table Talk 1941–1944*, p. 28.
p.375 ローゼンベルクの激しい反対：Dallin, *German Rule*, pp. 120–22.
p.376「これほど大人口の」: Rosenberg diary, September 1, 1941.
p.376「たとえば、今の未開性を」: 同上, October 1, 1941.
p.377「エデンの園」: Lower, *Nazi Empire-Building and the Holocaust in Ukraine*, p. 99.
p.377「誰もが好き勝手にやっている」: Lochner, *The Goebbels Diaries*, p. 409.
p.377「実務家がほとんどいない」: 同上, p. 229.
p.377 エーリヒ・コッホ：Buttar, *Battleground Prussia*, p. 5; Berkhoff, *Harvest of Despair*, pp. 36–37; Dallin, *German Rule*, p. 125.
p.378「一流のデマゴーグ」: Gisevius, *To the Bitter End*, pp. 200–201.
p.379「人々は働いて」: Dallin, *German Rule*, p. 439.
p.379「一〇〇〇倍の価値がある」: Berkhoff, *Harvest of Despair*, p. 47.
p.379「黒人のように」: Lower, *Nazi Empire-Building*, p. 131.
p.380「銃殺刑に」: Koch memorandum to Rosenberg, March 16, 1943, reproduced as 192-PS in *Trial of the Major War Criminals*, vol. 25, pp. 255–88; 引用は以下より. Dallin, *German Rule*, p. 157.
p.380「声高で挑発的な行動」: Rosenberg to Koch, May 13, 1942, 引用は同上, pp. 134–35.
p.380「あからさまな軽蔑には」: Rosenberg diary, December 18, 1942.
p.380 遠くのほうからメモを送るだけだった：Dallin, *German Rule*, p. 133.
p.381「わかっていない者もいるようだが」: Rosenberg diary, December 18, 1942.
p.381「五万五〇〇〇人のユダヤ人を」: Kube to Lohse, July 31, 1942, reproduced as 3428-PS in Office of the U.S. Chief of Counsel for the Prosecution of Axis Criminality, *Nazi Conspiracy and Aggression*, vol. 6, pp. 131–33.
p.382 ハイドリヒ暗殺：Evans, *The Third Reich at War*, pp. 275–78.
p.383 全部で三〇〇万人以上を：同上, pp. 282–302.
p.383「けっして書くことのできない」: Himmler speech, October 4, 1943, reproduced in Noakes, *Nazism: A History in Documents*, vol. 2, p. 1199.
p.383 スターリングラード：Evans, *Third Reich at War*, pp. 409–23.
p.384 パルチザン運動に：同上, p. 402.
p.384 破壊工作員が線路を切断したため：Cecil, *The Myth of the Master Race*, p. 213.
p.384 ローゼンベルクを暗殺する計画：Rosenberg diary, November 30, 1942.
p.385「自宅にバリケードを作って」: 同上, November 20, 1942.
p.385 強制労働者を調達しようとする：Berkhoff, *Harvest of Despair*, pp. 255–72.
p.386「ウクライナは」: 引用は同上, p. 264.
p.386「大打撃だ」: Rosenberg diary, October 12, 1942.
p.386「劣悪な環境」: Rosenberg memorandum, "Concerning: Jewish Possessions in France," December 18, 1941, reproduced as 001-PS in Office of the U.S. Chief of Counsel, *Nazi Conspiracy*, vol. 3, p. 1.
p.387「家具調度作戦」: Dreyfus, *Nazi Labour Camps in Paris*, pp. 1–33, 56–82.
p.387 六万九〇〇〇戸の住居が：同上, p. 120.
p.387 あるユダヤ人は自分の娘の写真を：同上, pp. 66–67.
p.388「大量のシーツ」: 同上, p. 69.
p.388 もっと多くのユダヤ人を逮捕して：同上, p. 32.

p.361 彼らにも襲いかかろうとしていた：同上, p. 327.
p.362 貴重品が残っていないか：同上, p. 185.
p.363 森の中へ連れていかれ：Bundesarchiv memorial book for the victims of Nazi persecution of Jews in Germany (1933–1945), bundesarchiv.de/gedenkbuch.
p.363 八〇〇〇人だった：Meyer, Simon, and Schütz, *Jews in Nazi Berlin*, p. 189.
p.363「入念な消去」：Longerich, *Holocaust*, p. 288.
p.363 日記を預かり：Trude and Walter Koshland to their grandchildren, December 1972, letter on file with the Reinach diary.
p.364 アルフレート・ケル：偶然にもケルの誕生時の名前はアルフレート・ケンプナーで、ロバート・ケンプナーの遠い親戚だった。1942年のケンプナーからの手紙にケルはささやかな韻文で応えている。「暗い時代だが、されども陽気に。裁きの日には、猿どもを吊るそう」1942年7月13日、ケルよりケンプナーへ。Kempner Papers, Box 1.

第20章　隣のナチ

p.365 都市生活には：Kempner, *Ankläger einer Epoche*, pp. 177–79.
p.365「私が本当に敵性外国人」：Kempner to Gerald Gleeson, January 5, 1942, Kempner Papers, Box 1.
p.366「ドイツ人か？」：Kempner, *Ankläger*, p. 183.
p.366「破壊活動を排除する」：Gary, *The Nervous Liberals*, p. 199.
p.366 この部署と接触している：Special Defense Unit prosecutor Charles Seal to Kempner, July 29, 1941, Kempner Papers, Box 1.
p.366「私たちのために文書を」：Kempner, *Ankläger*, pp. 149–50.
p.368 ナチスの影響下にある精神的闘士たち：Gary, *Nervous Liberals*, pp. 175–79.
p.368 独立した本職の専門家：Thomas G. Spencer memorandum to FBI special agent in charge, October 28, 1942, Kempner Papers, Box 43.
p.369 ケンプナーは次のような人々の：*Report of the Attorney General to Congress on the Foreign Agents Registration Act, 1942–44* (Washington, D.C.: Department of Justice, 1945), www.fara.gov/reports/Archive/1942-1944_FARA.pdf.
p.369「この困難な訴訟において」：Rogge to U.S. Immigration and Naturalization Service, January 10, 1945, Kempner Papers, Box 76.
p.369「いかれた過激派が」：James Wechsler, "Sedition and Circuses," *The Nation*, May 6, 1944.
p.369「守る価値もなければ」：Rogge's opening statement is reproduced in St. George and Lawrence, *A Trial on Trial*, p. 129.
p.370 手紙を書きつづけていた：Kempner to Hoover, January 1, May 30, October 28, and December 19, 1942, and February 21, September 2, and September 26, 1943, Kempner Papers, Box 43.
p.371 一万八〇〇〇人の名前が：Gary, *Nervous Liberals*, p. 201.
p.371 いくら手紙を出しても：自伝のなかでケンプナーは、ある捜査に関連して一度だけフーヴァーに会ったことがあり、米国では法律家の身分を明かさないほうが得策だと助言された、と記している。Kempner, *Ankläger*, p. 180.
p.371 フィラデルフィア支部長：Hoover to Kempner, June 10, 1942, Kempner Papers, Box 43.
p.372「一九二八年から」：Kempner to Hoover, December 19, 1942, and Hoover to Kempner, December 28, 1942, Kempner Papers, Box 1 and Box 43.
p.372 小チームを率いて：Kempner memorandum to FBI special agent in charge, January 8, 1945, Kempner Papers, Box 43.
p.372 情報を提供した：Kempner invoice memos, Kempner Papers, Box 43.

as 1104-PS in Office of the U.S. Chief of Counsel, *Nazi Conspiracy,* vol. 3, p. 785.
p.344「子供を殺す必要があるのかと」: Arad, " 'Final Solution' in Lithuania," p. 249.
p.345「これは私の命令であり」: Breitman, *Architect*, pp. 208, 217.
p.345「やみくもな処刑を禁じた」: Arad, " 'Final Solution' in Lithuania," p. 250.
p.345「ユダヤ人問題の明確化は」: Letter dated December 18, 1941 from Rosenberg's ministry to Lohse, reproduced as 3666-PS in Office of the U.S. Chief of Counsel, *Nazi Conspiracy*, vol. 6, pp. 402–3.
p.345 ローゼンベルクとヒムラーの：Arad, "Alfred Rosenberg and the 'Final Solution' in the Occupied Soviet Territories," pp. 279–80.
p.347「この問題は」: Browning, *Origins*, p. 404.
p.347 虐殺への道を整えた：Longerich, *Holocaust*, pp. 345–56.
p.348 ローゼは異議を唱えることなく：Gerlach, "The Wannsee Conference," p. 768.
p.348 溝に横たわり：Breitman, *Architect*, p. 219.
p.348 その生き残りも：Arad, " 'Final Solution' in Lithuania," p. 252.
p.348 そのほとんどは：同上, p. 247.
p.348 すでに八〇万人もの：Matthäus, "Controlled Escalation," p. 219.
p.349「頭を取ってしまわないかぎり」: Rosenberg diary, October 1, 1941.
p.349 司祭たちの抗議行動は：Greich-Polelle, *Bishop von Galen*, pp. 78–80; Evans, *The Third Reich at War*, p. 95–101.
p.350「教会が断固として」: Rosenberg diary, December 14, 1941.
p.351 国内の政治的な影響を恐れ：Greich-Polelle, *Bishop von Galen*, pp. 89–92.
p.351 フォン・ガーレンは何も：同上, p. 92.
p.351「総統はテーブルを」:Gerlach, "Wannsee Conference," p. 785. Gerlachはこれがヒトラーによるヨーロッパのユダヤ人を根絶やしにするという決意の表明だとするが、歴史家の同意は得られていない。
p.351 ローゼンベルクは次のように：同上, p. 784.
p.352「ユダヤ人絶滅には」: Rosenberg, "Memorandum about discussions with the Führer on 14 December 1941," reproduced as 1517-PS in Office of the U.S. Chief of Counsel, *Nazi Conspiracy*, vol. 4, p. 55. 以下も参照。Browning, *Origins*, p. 410, and Gerlach, "Wannsee Conference." その中で彼は、ローゼンベルクが最終的解決の実施を始める決定について言及していると述べている。
p.352 ヒトラーは別の会合を：Trevor-Roper, *Hitler's Table Talk 1941–1944*, p. 112. Piper, *Alfred Rosenberg*, p. 589. 彼らの議論のすべてについての報告書は存在しない。
p.353「彼らは取り除かれなければならない」: Gerlach, "Wannsee Conference," p. 790.
p.353「彼らはあなたが」: Roseman, *The Villa, the Lake, the Meeting*, p. 57.
p.354「男ばかりの」: 同上, p. 113.
p.355「ここには」: 同上, pp. 87–88.
p.355「自分は政治の世界の」: Kershaw, *Hitler, 1936–45: Nemesis*, p. 470.

第19章 「私たちの悲劇的な特別な運命」

p.356 小さな黒い手帳を：Frieda and Max Reinach diary, United States Holocaust Memorial Museum.
p.357 一個一〇ペニヒで：Meyer, Simon, and Schütz, *Jews in Nazi Berlin*, p. 111.
p.357 制限はますます厳しくなっていった：同上, pp. 102–4.
p.358「ヨーロッパにおけるユダヤ人の絶滅」: Kershaw, *Hitler: A Biography*, p. 469.
p.358 もはや国外移住を：Meyer, Simon, and Schütz, *Jews in Nazi Berlin*, pp. 184–85.
p.359 薪も：同上, p. 107.
p.360 戦争努力に貢献する：同上, p. 187.
p.361 移送を準備するのを手伝うよう：同上, p. 321.

p.328 ヴォルフスシャンツェ：同上, July 20, 1941; Martin Bormann's minutes of the meeting, July 17, 1941, reproduced as L-221 in Office of the U.S. Chief of Counsel, *Nazi Conspiracy*, vol. 7, pp. 1086–93; Kay, *Exploitation*, pp. 180–85.
p.331 独立して活動する自由：Kay, *Exploitation*, p. 184.
p.331 イチジクの葉とでも：同上, pp. 191–93; Mulligan, *Politics of Illusion*, p. 10.
p.332 自由に操れる：Dallin, *German Rule*, p. 35.
p.332「きわめて大きな任務」：Rosenberg diary, July 20, 1941.

第18章　「特殊任務」

p.333 皆かなり機嫌がよさそうだった：Rosenberg diary, January 27, 1940.
p.334 ユダヤ人虐殺で重要な脇役を：Matthäus, *Alfred Rosenberg: Die Tagebücher von 1934 bis 1944*, p. 61; Browning, *The Origins of the Final Solution*, pp. 293–97, 301; Lower, *Nazi Empire-Building and the Holocaust in Ukraine*, pp. 139–42; and Lower, "On Him Rests the Weight of Administration," p. 239.
p.334 二つの世界観の激突であり：Longerich, *Holocaust*, pp. 198–99; Steinberg, "The Third Reich Reflected," p. 634.
p.335「特殊任務」：Keitel top-secret order, March 13, 1941, reproduced as 447-PS in Office of the U.S. Chief of Counsel for the Prosecution of Axis Criminality, *Nazi Conspiracy and Aggression*, vol. 3, p. 409.
p.335（狙撃兵、暗殺者、扇動家など）：Longerich, *Holocaust*, p. 190.
p.335「哀れみも同情も感じることなく」：Breitman, *The Architect of Genocide*, p. 177.
p.336 遺体に土が：Browning, *Origins*, p. 261.
p.336「残っていた遺体の数」：Snyder, *Bloodlands*, pp. 201–3.
p.337「人々は活気を取り戻しつつある」：Rosenberg diary, September 14, 1941.
p.338 野原に作られた収容所に：Mikhail Grichanik account in Rubenstein, *The Unknown Black Book*, pp. 235–43; Arad, *The Holocaust in the Soviet Union*, pp. 151–158.
p.338 しかも容赦なく：Arad, *The Holocaust in the Soviet Union*, p. 152.
p.339 テーブルの上で踊って見せろと：Rubenstein and Altman, *The Unknown Black Book*, p. 244.
p.339「死の恐怖からくる」：同上, pp. 250–51.
p.340 ユダヤ人一万五〇〇〇人が：Arad, "The 'Final Solution' in Lithuania," p. 241.
p.340「ユダヤ人はこの地域から」：Browning, *Origins*, p. 284.
p.340「一時的な解決策」：Memorandum, "General organization and tasks of our office for the general handling of problems in the Eastern territories," April 29, 1941, reproduced as 1024-PS in Office of the U.S. Chief of Counsel, *Nazi Conspiracy*, vol. 3, p. 685.
p.341「書面で協議することが」：Browning, *Origins*, pp. 285–86.
p.341「『暫定的で……必要最低限の措置』」：Memorandum, "Provisional directives on the treatment of Jews in the area of Reichskommissariat Ostland," reproduced as 1138-PS in Office of the U.S. Chief of Counsel, *Nazi Conspiracy*, vol. 3, pp. 800–5.
p.341 ローゼが全面的に支持している：Browning, *Origins*, p. 287.
p.341「SSおよび」：Steinberg, "The Third Reich Reflected," p. 647.
p.342 運命の一歩を：Kershaw, *Hitler: A Biography*, pp. 683–84.
p.342「モスクワへの憎悪が」：Rosenberg diary, September 12, 1941.
p.343 不快感を示した：Browning, *Origins*, pp. 303, 332–33.
p.343「ガス発生装置」：同上, pp. 304.
p.343 その手紙が：同上。署名され、郵送されたその手紙を歴史家たちはまだ発見していない。
p.343 協力を求めた：同上, p. 301.
p.344 市内のユダヤ人全員を：Heinrich Carl memorandum to Wilhelm Kube, October 30, 1941, reproduced

p.315「心にもない同情など」: Dallin, *German Rule*, pp. 39–40.
p.316「これについては」: *Trial of the Major War Criminals*, vol. 36, p. 145; Kay, *Exploitation*, p. 134.
p.316「愚かなナチ党員」: Shirer, *The Rise and Fall of the Third Reich*, p. 832. シャイラーは次のように続ける。「ローゼンベルクの膨大なファイルは完全な形で保管された。彼の著書同様に荒涼たる内容で、先に述べた人物像の否定にはなり得ない」
p.317「住民中の有害分子を」: Rosenberg memorandum, "The USSR," April 2, 1941, reproduced as 1017-PS in Office of the U.S. Chief of Counsel, *Nazi Conspiracy*, vol. 3, pp. 674–81.
p.317「君にとって重大な時が来た」: Rosenberg diary, April 2, 1941.
p.318「だがけっして」同上。ローゼンベルクが後日詳細を綴ることはなく、このときの会合でヒトラーがユダヤ人の根絶について語ったのか否か歴史家たちは想像をめぐらすほかない。ナチスの計画のもと何百万のスラヴ人が死に直面するだろうことについて、ローゼンベルクが衝撃を受けていたとも十分に考えられる。 Piper, *Alfred Rosenberg*, p. 510.
p.318「貪欲に」: Dallin, *German Rule*, p. 26.
p.319「理論を立てることはできても」: Goebbels diary, May 9 and June 16, 1941, 引用は以下より. Kay, *Exploitation*, p. 81.
p.319 特別任務を負っている : Keitel top-secret order, March 13, 1941, reproduced as 447-PS in Office of the U.S. Chief of Counsel, *Nazi Conspiracy*, vol. 3, p. 409.
p.319「だったらこの任務を」: Rosenberg diary, April 20, 1941.
p.320「楽園の」: 同上, February 2, 1941.
p.320「これとは違う結末に」: 同上, April 20, 1941.
p.320 重要会議を主催した : Kay, *Exploitation*, p. 125. ローゼンベルク自身がその会合に出席したかどうか、歴史家のなかでは多少意見が分かれている。だがどちらにしても彼のメモは、そのとき出された結論を自身の計画に組みこんだことを示している。 Browning, *The Origins of the Final Solution*, p. 237.
p.321「間違いなく数百万人が」: "Memorandum on the Result of Today's Discussion with the State Secretary Regarding Barbarossa," May 2, 1941, reproduced as 2718-PS in Office of the U.S. Chief of Counsel, *Nazi Conspiracy*, vol. 5, p. 378. 以下も参照。 Kay, *Exploitation*, p. 124.
p.321「有意義な参謀会議」: Rosenberg diary, May 6, 1941.
p.321 興奮したりの : 同上, April 11, 1941.
p.321「見通しの明るい任務」: 同上, May 6, 1941.
p.321「苦難に満ちた歳月が」: Speech by Rosenberg, June 20, 1941, reproduced as 1058-PS in *Trial of the Major War Criminals*, vol. 26, pp. 610–27. Kay, *Exploitation*, pp. 171–72; Dallin, *German Rule*, p. 109.
p.322 ローゼンベルクを迎えたヘスは : Rosenberg diary, May 14, 1941.
p.322 ほとんどヒトラーと : ヘスの行程については以下による。Evans, *The Third Reich at War*, pp. 167–70.
p.324「事務机のマキアヴェッリ」: Fest, *The Face of the Third Reich*, p. 127.
p.324「不可欠な存在と」: Lang and Schenck, *Memoirs of Alfred Rosenberg*, p. 192.
p.325 必要に応じて : Longerich, *Holocaust*, pp. 260–61, and Kay, *Exploitation*, p. 109.
p.325 厄介な利害対立が : Mulligan, *The Politics of Illusion and Empire*, p. 22.
p.325「それでは警察官が」: Rosenberg diary, May 1, 1941.
p.326「私は彼が」: 同上, May 6, 1941.
p.326「ナチ党内で最も困難な」: Dallin, *German Rule*, p. 37.
p.326「障害に直面しないように」: Breitman, *The Architect of Genocide*, p. 160.
p.326「前代未聞の大混乱」: Kay, *Exploitation*, p. 168.
p.326 ドイツ軍が : Evans, *Third Reich at War*, pp. 178–90.
p.327「すべて失われた」: 同上, p. 187.
p.327「彼らは飢えた獣のように」: Zygmunt Klukowski, 引用は以下より. Evans, *Third Reich at War*, p. 183.
p.327 火災が発生し : Snyder, *Bloodlands*, p. 179.
p.328「これらの殺人に対して」: Rosenberg diary, September 12, 1941.

Diels's statement for lack of corroborating evidence. Piper, *Alfred Rosenberg*, p. 699, n. 360.
p.301 天の恵みのように：Petropoulos, *Art as Politics in the Third Reich*, pp. 133–34.
p.301「何もかもがドイツへ持ち去られた」：Rosbottom, *When Paris Went Dark*, p. 71.
p.301「あらゆる方法と手段を」：Rosenberg letter and report to Hitler, April 16, 1943, reproduced as 015-PS in Office of the U.S. Chief of Counsel, *Nazi Conspiracy*, vol. 3, pp. 41–45.
p.301 跳ね上げ戸の下の：Rosenberg diary, September 6, 1940.
p.302「所有者はみんないなくなっていた」：Rosenberg interrogation, September 25, 1945, 14:15–16:30, National Archives, M1270, Roll 17.
p.302 尊大でうぬぼれの強い：Dreyfus, *Nazi Labour Camps in Paris*, pp. 9–10.
p.302「毛皮や宝飾品」：OSS Art Looting Investigation Unit Consolidated Interrogation Report No. 1, Activity of the Einsatzstab Rosenberg in France, August 1945, National Archives, M1782, Roll 1.
p.303 ゲーリングがパリに：Nicholas, *The Rape of Europa*, pp. 127–28.
p.303「フランスの美しい首都を」：Rosbottom, *When Paris Went Dark*, pp. 30, 66–67.
p.304 六〇〇ページにも及んだ：同上, p. 101. 歴史家 Cécile Desprairies が調査した。
p.305「パリの名前は」：同上, p. 11.
p.305「ここで話すのは妙な気分だった」：Rosenberg diary, February 2, 1941.
p.306 死んでいたかもしれない：同上。
p.307 フランスでの美術品略奪作戦の：OSS Consolidated Interrogation Report No. 1; Nicholas, *Rape of Europa*, pp. 130–32.
p.308「どんなにつまらないものでも」：Rosenberg interrogation, September 25, 1945, 14:15–16:30, National Archives, M1270, Roll 17.
p.309 オランダから略奪された三点の：Davidson, *The Trial of the Germans*, p. 139. ローゼンベルクはそれらをもらったものだと言った。
p.309「お誕生日のお祝いに」：Rosenberg letter and report to Hitler, April 16, 1943, reproduced as 015-PS in Office of the U.S. Chief of Counsel, *Nazi Conspiracy*, vol. 3, pp. 41–45.
p.309 ゴミといっしょに燃やされた：Nicholas, *Rape of Europa*, p. 170.

第17章　「ローゼンベルクよ、君にとって重大な時が来た」

p.310「今度の大戦は」：Report on Rosenberg speech in *Völkischer Beobachter*, March 29, 1941, reproduced as 2889-PS in Office of the U.S. Chief of Counsel for the Prosecution of Axis Criminality, *Nazi Conspiracy and Aggression,* vol. 5, pp. 554–557
p.310 ヨーロッパ一〇カ国から：これら外国の客人はノルウェイ、デンマーク、オランダ、ベルギー、ルーマニア、ブルガリア、ハンガリー、スロバキア、イタリアのナチス支持者だった。そのなかには反ユダヤ主義新聞のベルギー出身の編集者、占領下のオランダの法務局長、ノルウェイ侵攻に際してナチスと協力関係を結んだヴィドクン・クヴィスリングがいた。
p.310 自身の言葉を：Rosenberg diary, March 28, 1941.
p.312「世界が息を呑むだろう」：Dallin, *German Rule in Russia 1941–1945*, pp. 13–19
p.312「ロシアを攻撃する場合に」：Rosenberg diary, August 12, 1936.
p.312 注意深く見守り：Kay, *Exploitation, Resettlement, Mass Murder*, pp. 18–22.
p.312 彼らはウクライナ：1930年代のソ連による支配については以下による。Snyder, *Bloodlands*, pp. 21–105.
p.314「その血族親族を」：同上, p. 72.
p.314 さらに別の恐怖を：ソ連占領計画の詳細については以下による。Kay, *Exploitation*, pp. 68–95, 120–98, and Dallin, *German Rule*, pp. 20–58.
p.314「イギリスがインドを」：Trevor-Roper, *Hitler's Table Talk 1941–1944*, p. 21.
p.315 一九三二年にウクライナが：Kay, *Exploitation*, pp. 39, 141.

p.289「無人地帯」：Rosenberg diary, April 11, 1940.
p.289「最後の戦いが始まる」：同上, May 10, 1940.
p.289　ナチスが立案した西への侵攻計画：Evans, *Third Reich at War*, pp. 122−36.
p.290　コンピエーニュの森：Shirer, *Rise and Fall*, pp. 741−46.
p.291「強制的同一化」：Evans, *The Coming of the Third Reich,* pp. 386−90.
p.291　ヒトラー・ユーゲントの：Evans, *Third Reich in Power*, pp. 271−81.
p.291「武器を渡した」：作者不詳, *The Persecution of the Catholic Church in the Third Reich*, p. 360.
p.291　ナチスの教化キャンプ：Cecil, *The Myth of the Master Race*, p. 143.
p.292「排除されなければならない」：作者不詳, *Persecution of the Catholic Church*, p. 364.
p.292「ナチ党を求めている」：Rosenberg diary, September 24, 1939.
p.293「アールヌーヴォーの思想家」：同上, November 1, 1939.
p.294「ヴォードヴィル・ショー」：同上, November 11, 1939.
p.294「これまで自分は」：同上, November 1, 1939.
p.294　ヒトラーは突然：独軍兵士の思想教育についてはローゼンベルクが担当できることになった。彼は自身のオフィスに政治的に妥当な書物を取りそろえ、戦場に講演者を派遣して重要なナチスの理念を繰りかえさせた。案の定ゲッベルスはローゼンベルクの仕事をあまり評価しなかった。「我々のなかに理念を偏重する者が絶えることはない。薄汚れ、機械油にまみれてエンジンルームから顔を出した潜水艦の乗組員が、何にもまして『二十世紀の神話』を読みたがると信じるような者だ」と、ゲッベルスは日記にしたためた。「当然ながらそれはナンセンスの極致だ……戦争が終われば思想教育について語りあうこともできるだろう。だが今、我々は理念を生きているのであり、教えこまれる必要はない（ルイス・P・ロックナー編 *The Goebbels Diaries*, 122頁）
p.294「大規模攻撃を目前に控えて」：Rosenberg diary, March 3, 1940.
p.294　新しい図書館：Weinreich, *Hitler's Professors*, pp. 98−99.
p.295　荘厳な石板造りの本館は：Hermand, *Culture in Dark Times*, p. 49.
p.295　エリートの：Evans, *Third Reich in Power*, pp. 285−86.
p.295　ホーエ・シューレのための蔵書収集：図書館や公文書館の略奪については以下による。Collins, "The Einsatzstab Reichsleiter Rosenberg and the Looting of Jewish and Masonic Libraries During World War II," pp. 24−34, and Grimsted, *Reconstructing the Record of Nazi Cultural Plunder*, pp. 25−35.
p.296「戦闘組織」：Rosenberg interrogation, September 25, 1945, 14:15−16:30, National Archives, M1270, Roll 17.
p.296　独自に秘密の学術研究図書館を：Starr, "Jewish Cultural Property under Nazi Control," pp. 45−46; Grimsted, "Roads to Ratibor," pp. 409–10. The RSHA cache held an estimated two million volumes.
p.297　鉄道貨車一両に：Petropoulos, *Art as Politics in the Third Reich*, p. 128.
p.297「他に類を見ないものだ」：Rosenberg diary, March 28, 1941.
p.297「フランクフルトへ」：同上, February 2, 1941.
p.297　オーストリアのリンツに：Nicholas, *The Rape of Europa*, pp. 41−46; James S. Plaut, "Hitler's Capital," *The Atlantic*, October 1946.
p.298　略奪にかけては：Nicholas, *Rape of Europa*, pp. 35−37; James S. Plaut, "Loot for the Master Race." *The Atlantic*, September 1946.
p.298　ウィーンでも略奪を働いた：Nicholas, *Rape of Europa*, pp. 37−41.
p.298　神聖ローマ帝国皇帝の：同上, p. 40.
p.299　ナチスの捜査網は：同上, pp. 101−2.
p.299　一片の正当性を与えた：同上, pp. 104−9.
p.299「止めることはできない」：同上, p. 107.
p.300「持ち主のいなくなった」：Keitel order, September 17, 1940, reproduced as 138-PS in Office of the U.S. Chief of Counsel for the Prosecution of Axis Criminality, *Nazi Conspiracy and Aggression*, vol. 3, p. 186.
p.300　ラブレターが：Diels, *Lucifer Ante Portas*, p. 76. Lüdecke, *I Knew Hitler*, pp. 650−51. Historians discount

p.273「恐ろしい実体」: Rosenberg diary, September 29, 1939.
p.273「きょうは久しぶりに絵を」: 同上, January 7, 1940.
p.274「私の著作によって」: 同上, January 19, 1940.

第15章　売り込み

p.275 自分たちの幸運に : Ruth Kempner postcard to Otto Reinemann, September 2, 1939, Kempner Papers, Box 95.
p.275 彼らは旧チェコスロバキア領内にあった : Kempner, *Ankläger einer Epoche*, p. 143.
p.276「政治的に自由な国」: Kempner interview, Records of the Emergency Committee in Aid of Displaced Foreign Scholars.
p.276「精神に異常がある」: 同上。
p.277「政治について議論することは」: "Ex-Advisor to Germany's Police Comes Here to Begin New Life," *Evening Public Ledger* (Philadelphia), September 29, 1939.
p.277「ドイツ人はドイツ人だ」: Kempner, *Ankläger*, p. 158.
p.278「私のスクラップブックは」: Kempner speaker's profile, Kempner Papers, Box 1.
p.279 だから、本名の : Kempner to FBI, March 16, 1942, Kempner Papers, Box 1.
p.279『凍りついて』: Kempner to F. P. Foley, October 8, 1941, Kempner Papers, Box 1.
p.279 報告書を自費出版し : その後、レポートはタイトルを少し変え、*Research Studies of the State College of Washington* として出版された。
p.279 ベストセラーになると確信していた : Kempner to Knopf, December 10, 1941, and Curtice Hitchcock to Kempner, November 11, 1941, Kempner Papers, Box 1.
p.280 自分は「貴国のために」: Kempner to Hoover, December 21, 1938, Kempner Papers, Box 43.
p.280 有名人になっていた : フーヴァーについては以下による。Weiner, *Enemies*, pp. 3−6, 13−46, 60−70.
p.281「ドイツで受けている扱いなど」: Olson, *Those Angry Days*, p. 240.
p.282「リンドバーグはナチだ」: Charles, *J. Edgar Hoover and the Anti-Interventionists*, p. 30.
p.282 ナチスは本当にここにいる : Weiner, *Enemies*, pp. 78−79.
p.282「ゲシュタポの手法に」: 同上, pp. 83, 106.
p.283 励ましの言葉は一つも : Hoover to Kempner, January 16 and July 24, 1939, and Kempner to Hoover, July 10 and September 25, 1939, Kempner Papers, Box 43.

第16章　パリの盗人たち

p.284 陰謀団は四散した : Kershaw, *Hitler: A Biography*, pp. 541−43.
p.284「古い聖者の行進では」: Rosenberg diary, November 14, 1936.
p.284 時限爆弾が : Kershaw, *Hitler: A Biography*, pp. 544−47.
p.285「ベルリンに戻らなければ」: Rosenberg diary, November 11, 1939.
p.286 デンマークとノルウェーに : Evans, *The Third Reich at War*, pp. 117−22; Shirer, *The Rise and Fall of the Third Reich*, pp. 673−83, 697−712.
p.287「首相に任命されるまでは」: Rosenberg diary, December 20, 1939.
p.287「きょうは、ドイツの歴史上」: 同上, April 9, 1940.
p.288「戦争の趨勢を決する」: 同上, April 27, 1940.
p.289 連合軍の要塞を探っているときに : G. H. Archambault, " 'Violent' Nazi Fire Pounds Key Points," *New York Times*, March 31, 1940; Torrie, "*For Their Own Good*": *Civilian Evacuations in Germany and France*, p. 33.

第14章　「これからの苦難」

p.259「ユダヤ人の犯罪性」: Rosenberg diary, August 22, 1939.
p.259「血に汚れた常習犯罪者」: Hitler, *Mein Kampf*, p. 660.
p.260「魔王を用いて悪魔を」: 同上, p. 662.
p.260「精神的な屈辱だ」: Rosenberg diary, August 22, 1939.
p.260「周知の事実である」: 同上, August 12, 1936.
p.261 洗練されたしつけを受けて：リッペンドロップの若い頃の詳細については以下による。Read, *The Devil's Disciples*, pp. 392–98.
p.261 計画遂行を手助けする：同上, pp. 246, 264–70.
p.261「そのため総統は」: Rosenberg diary, August 12, 1936.
p.262「信頼の種を」: Read, *Devil's Disciples*, p. 379.
p.262「リッベントロップ事務所」: 同上, pp. 400–3.
p.262「向こうもリッベントロップを」: 同上, p. 413.
p.263 戦争を始めるつもりは：同上, p. 555.
p.263 ナチスは条約の締結を：Evans, *The Third Reich in Power*, pp. 691–95.
p.263 協議や電報のやりとりが：Shirer, *The Rise and Fall of the Third Reich*, pp. 520–28.
p.264 モスクワに飛んで：同上, pp. 538–44.
p.264「歴史的まぬけ」: Rosenberg diary, September 24, 1939.
p.265「まぬけか？」: 同上, May 21, 1939.
p.266「悲惨な結果を」: 同上, August 25, 1939.
p.267「容赦なく、冷酷に」: Shirer, *Rise and Fall*, p. 532; Evans, *The Third Reich at War*, p. 11.
p.267 国境を越えた：Evans, *Third Reich at War*, pp. 3–8.
p.267「このような人類は」: Rosenberg diary, September 29, 1939.
p.268「昔かかった」: 同上, August 19, 1936.
p.268 かなり太りすぎている：Piper, *Alfred Rosenberg*, p. 310.
p.268「闘争の時代を」: Rosenberg diary, September 24, 1939.
p.268 すべてはポーランド人の：英独の交渉の詳細については以下による。Shirer, *Rise and Fall*, pp. 548–49, 574–76.
p.268「爆弾には爆弾で」: 同上, pp. 598–99.
p.269「イギリスはことさら」: Rosenberg diary, September 24, 1939.
p.269「シラミのように叩き潰す」: Shirer, *Rise and Fall*, p. 592.
p.269「さて、どうする？」: 同上, p. 613.
p.270「呆然としていた」: Shirer, *Berlin Diary*, p. 200.
p.270 イギリスが何を望んでいるのか：Rosenberg diary, September 24, 1939.
p.270「徹底的に叩きこんでやらないと」: 同上, November 1, 1939.
p.270「破滅させるだろう」: 同上, September 29, 1939.
p.270 いっぽう、ナチスは：Evans, *Third Reich at War*, pp. 9–23.
p.271 殺害の多くを実行したのは：Read, *Devil's Disciples*, p. 371.
p.271「この黒い制服を見ると」: Burleigh, T*he Third Reich: A New History*, p. 192. Heinrich Himmler, *Die Schutzstaffel als antibolschewistische Kampforganisation* (Munich: Franz Eher Nachfolger, 1937).
p.271 一種の教団として：Evans, *Third Reich in Power*, pp. 50-52, 252.
p.271「あらゆる残虐行為」: Shirer, *Berlin Diary*, p. 110.
p.271 広範かつ強力な警察活動を：Read, *Devil's Disciples*, pp. 608–11.
p.271 効率追求のためには：Evans, *Third Reich in Power*, pp. 53–54.
p.272「人口を激減させたのち」: Evans, *Third Reich at War*, p. 11.
p.273「どうでもいいことだ」: Longerich, *Holocaust*, p. 154.

p.246 現実的な態度、頼れる友人：Henry Kahane, 引用は以下より. *Dial 22-0756, Pronto*, pp. 28–29.
p.246「だから私は腹を立て」:*Dial 22-0756, Pronto*, p. 92. ヒルシュは脱出することはできず、アウシュヴィッツで亡くなった。
p.246 ドイツ国籍を剥奪された：List published in the official government newspaper, *Deutscher Reichsanzeiger*, October 21, 1938, Kempner Papers, Box 41.
p.246「国家社会主義の挑戦に」：Copy of recommendation letter from Hans Simons at the New School for Social Research, undated, Kempner Papers, Box 76.
p.247「謝礼金」：Stephen B. Sweeney to Roland Morris, December 1, 1938, Kempner Papers, Box 95.
p.247「数十万フラン」：Kempner to Alexandre Besredka, September 8, 1938, Kempner Papers, Box 2.
p.247「返事を心待ちにしています」：Kempner to Stephen B. Sweeney and Kempner to Martha Tracy, December 19, 1938, Kempner Papers, Box 95.
p.248 財政援助を求めた：Peiser and Kempner to American Jewish Joint Distribution Committee, September 13, 1938, Kempner Papers, Box 2.
p.248 二万一〇〇〇フランを：Grossman to Kempner, November 25, 1938, Kempner Papers, Box 2.
p.248 数カ月もかかった：Kempner to Carl Misch, November 28, 1938, Kempner Papers, Box 2.
p.248「恐ろしい拷問を」：Kempner to Milly Zirker, December 6, 1938, Kempner Papers, Box 2.
p.248「きっと利益があるはずだ」：Kempner to Grossman, December 16, 1938, Kempner Papers, Box 2.
p.248 子供を教育、保護：Kempner correspondence with Emil Gumbel, November 8–December 19, 1938, Kempner Papers, Box 2.
p.248 イギリスとフランスの難民委員会：1938年12月、フランス・ストラスブールのJewish Assistance Committee、パリのAssistance Médicale aux Enfants de Réfugiés、同じくパリのAlliance Israélite Universelleへの書簡および1939年1月12日のBritish Committee for the Jews of Germanyへの書簡。Kempner Papers, Box 2.
p.249「一〇人のユダヤ人の子供たち」：10人の生徒たちの身元とのちの運命については定かではない。学校の評伝*Dial 22-0756, Pronto*によると少なくとも4人のフィオレンツィア学園元生徒はホロコーストで命を落としたが、卒業生の大半は米国、英国、イスラエル、南米に逃れた。
p.249「大きくすることも」：Kempner to Ernst Hamburger, February 17, 1939, Kempner Papers, Box 2.
p.249 次にチェコが屈服した：Shirer, *The Rise and Fall of the Third Reich*, pp. 444–48.
p.250 反ポーランドを訴えはじめた：同上, pp. 462–75.
p.251「すぐにでもアメリカに」：Kempner to Stephen B. Sweeney, May 1, 1939, Kempner Papers, Box 95.
p.252「私の複数の友人が」：同上。
p.252 ウィルバー・トーマス：Reinemann to Kempner, May 29 and June 6, 1939, Kempner Papers, Box 95.
p.252「本当にありがとう」：Cables between Reinemann and Kempner, June 9–10, 1939, Kempner Papers, Box 95.
p.252「人生の新たな時代を」：Kempner to Reinemann, June 21, 1939.
p.252「どれも間違いはないものと」：Talking points, Kempner Papers, Box 76.
p.253 ニースの養護施設に：Margot Lipton deposition in *Lipton v. Swansen*, June 23, 1999.
p.254「第三帝国に」：Carl Misch to Kempner, December 10, 1938, Kempner Papers, Box 2.
p.254「親愛なるルシアン」：Transcript of handwritten Robert Kempner letter to Lucian Kempner, July 1939, Kempner Papers, Box 71. 手紙の写しは親権を得るため元妻が作成したとみられる。
p.254 ニュー・アムステルダム号：Kempner to Immigration and Naturalization Service, July 1, 1969, Kempner Papers, Box 76.

p.229 男らしい力と闘争心：同上, p. 8.
p.229 総統崇拝を促進する：Evans, *The Third Reich in Power*, pp. 123–24.
p.231 黒のメルセデスの車列を：Frederick T. Birchall, "Duty Is Stressed at Nazi Congress," *New York Times*, September 8, 1937.
p.231「それは華やかなショー以上」：Shirer, *Berlin Diary*, pp. 18–19.
p.231 ドイツ芸術科学国家賞：Frederick T. Birchall, "Labor Has Its Day at Nazi Congress," September 9, 1937.
p.232「明らかなどよめき」：Entry titled "After the party congress. 1937," Rosenberg diary, September 1937.
p.232「観念世界の」：Stephen Kinzer, "Exonerations Still Eludes an Anti-Nazi Crusader," *New York Times*, January 13, 1996.
p.232「非常識で致命的だ」："Germany Enraged by Ossietzky Prize," *New York Times*, November 25, 1936.
p.232「こんなに貴重な星を」：Rosenberg diary, January 31, 1938.
p.232「深い満足感とともに」：Bonney, *Confronting the Nazi War on Christianity*, p. 247, n. 47.
p.233 妄想的な自我が：Entry titled "After the party congress. 1937," Rosenberg diary, September 1937.
p.234「過激な反ローマカトリックの」：Entry titled "At the beginning of October," Rosenberg diary, October 1937.
p.234 四五歳の誕生日に：Undated entry, Rosenberg diary, January 1938.
p.234 ますます裕福に：Read, *The Devil's Disciples*, pp. 384–85.
p.235「私は戦っている」Entry titled "At the end of July 1936," Rosenberg diary, July 1936.
p.235「黒人ステップ！」：同上。
p.235「子供たちは」：Fritz Sauckel, 引用は以下より. Rosenberg diary, July 20, 1938.
p.236「大臣を演じている」Rosenberg diary, July 29, 1943.
p.236 G博士の虚栄心：同上, November 25, 1937.
p.236 ゲッベルスの結婚と関係があった：彼の情事と結婚の悲哀については以下による。 Read, *Devil's Disciples*, pp. 421–22, 443, 484, 491–92.
p.237「人生はあまりにも困難で」：引用は同上, p. 492.
p.237「ドイツで最も嫌われている男」：Undated entry, Rosenberg diary; Matthäus, in *Alfred Rosenberg: Die Tagebücher von 1934 bis 1944*, dates this entry to late November or December 1938.
p.238「G博士のいかがわしさ」：Rosenberg diary, March 1, 1939.
p.239「それは空間の問題だ」：Evans, *Third Reich in Power*, p. 359.
p.240 異様に興奮している：Shirer, *Rise and Fall*, p. 326. Schuschnigg, *Austrian Requiem*, pp. 12–19.
p.240 九九・七五パーセントが：Evans, *Third Reich in Power*, pp. 111–13.
p.241「これがわれわれの時代の平和」：同上, p. 674.
p.241 一連の新たな差別的措置：Meyer, Simon, and Schütz, *Jews in Nazi Berlin*, pp. 98–100.
p.242 外交官を撃った：Evans, *Third Reich in Power*, pp. 580–86.
p.242「われわれは」：Read, *Devil's Disciples*, p. 510.
p.243 ジャガイモ用の鍬で：オウバールシュタットの水晶の夜については以下による。two documents in the Irma Gideon collection at the U.S. Holocaust Memorial Museum: a copy of Landau criminal court records from a 1948 trial against five Germans who organized the assault, and an account by Gideon, who witnessed the events.
p.244 強制収容所に送られた三万人：Evans, *Third Reich in Power*, p. 591.
p.244「ブラボー！ ブラボー！」：同上, p. 590.
p.244「私だったら」：同上, p. 593.
p.245「Gがやることなすことすべてに」：Undated entry, Rosenberg diary; Matthäus and Bajohr, in *Alfred Rosenberg: Die Tagebücher*, dates this entry to late November or December 1938. Lang and Schenck, *Memoirs of Alfred Rosenberg*, pp. 171–72.

p.217 ニュルンベルク法は：Noakes, *Nazism: A History in Documents*, vol. 1, p. 535.
p.218 暴徒の群れは：Evans, *Third Reich in Power*, pp. 570−75.
p.218 ベルリンは：Brandt, *My Road to Berlin*, p. 79.
p.218「彼のおこないに」：Rosenberg diary, August 21, 1936.
p.218 出発の準備をしている：Unknown friend in The Hague to Kempner, June 4, 1938, Kempner Papers, Box 2.
p.219 これが二人の：Evans, *Third Reich in Power*, pp. 638−41.
p.219 ヒトラーがローマに到着し：ヒトラーの訪問についての詳細は以下による。Baxa, "Capturing the Fascist Moment," pp. 227−42.
p.219「皇帝ネロに」：Leo Longanesi, 引用は以下より. Baxa, *Roads and Ruins*, p. 150.
p.220 ウフィツィ美術館を：Deirdre Pirro, "The Unwelcome Tourist," *The Florentine*, May 7, 2009.
p.220 かすり傷一つ負わずに：*Dial 22-0756, Pronto*, pp. 50−52.
p.221 特定、調査した：Felstiner, *Refuge and Persecution*, pp. 12−14.
p.221 いつの間にか：Bosworth, *Mussolini*, pp. 334−44; Zimmerman, *Jews in Italy under Fascist and Nazi Rule*, p. 3; Felstiner, *Refuge and Persecution*, p. 15.
p.222 イタリアでの生活は：Kempner, *Ankläger einer Epoche*, p. 147.
p.222 親からの授業料の送金を：Ruth Kempner to Otto Reinemann, August 13, 1938, Kempner Papers, Box 95.
p.222「終わりに近づいている」：Moura Goldin Wolpert, 引用は以下より. *Dial 22-0756, Pronto*, p. 86.
p.222「最後の瞬間まで」：Kempner to Erich Eyck, October 21, 1938, Kempner Papers, Box 2.
p.222「ファシスト党の信条に反する」：Closure decree, Kempner Papers, Box 94.
p.223「呆然」とした：*Dial 22-0756, Pronto*, p. 95.
p.223「あまり眠れなかった」：同上, pp. 89−92.
p.223 胸が悪くなった：Beate Davidson to Margot Lipton, October 23, 1938, Kempner Papers, Box 2.
p.224 ユダヤ女たち：Peiser and Kempner to Beate Davidson, October 26, 1938, Kempner Papers, Box 94.
p.224 三〇〇〇リラ以上の：Peiser and Kempner, Kempner Papers, Box 94.
p.225「われわれだけなら」：Kempner to Carl Misch, November 28, 1938, Kempner Papers, Box 2.
p.225「この世の巡礼の最後の地」：Kempner to Rudolf Olden, December 12, 1938, Kempner Papers, Box 2.
p.225「イタリアの小さな山岳リゾート」：Robert Kempner to Helene Kempner, November 20, 1937, Kempner Papers, Box 71.
p.226 自分は拉致された：Lucian Kempner application to company commander, September 29, 1945, Kempner Papers, Box 71.
p.226 ヘレーネの親としての適性に：Kempner memorandum in response to letter from lawyer Adolf Arndt, March 17, 1938, Kempner Papers, Box 2.
p.226「反ドイツ的考え方」：Villingen district court ruling, July 1, 1939, Kempner Papers, Box 71.
p.226「ドイツはその苦しみを」：Lucian Kempner to Robert Kempner, January 9, 1946, Kempner Papers, Box 71.
p.227「まだ父親が」：Robert Kempner to Lucian Kempner, September 29, 1938, Kempner Papers, Box 71.
p.227「今も美しいニースに」：Robert Kempner to Lucian Kempner, October 7, 1938, Kempner Papers, Box 71.

第12章 「私は長老たちの心をつかんだ」

p.228 これまでで最大の規模に：Burden, *The Nuremberg Party Rallies*, pp. 137−47.
p.228 一〇〇人ほどいる売春婦の：Vice squad report, 引用は以下より. Täubrich, *Fascination and Terror*, p. 76.
p.229 ヨーロッパで最も豊かで：Burden, *Nuremberg Party Rallies*, pp. 3−9.

p.202「不完全な人間の」: Rosenberg, *Der Mythus*, pp. 577–78.
p.202「品種改良」: 同上, p. 596.
p.202「生命の権利を奪われた」: 同上, p. 593.
p.202『神話』の事実誤認：Krieg, *Catholic Theologians in Nazi Germany*, p. 53.
p.202 情報を：Cecil, *Myth of the Master Race*, p. 121.
p.202「最も危険な同僚」: Rosenberg diary, February 24, 1935.
p.203 アルバン・シャハライター：同上, January 18, 1937.
p.203 ファウルハーバーは：Hastings, *Catholicism and the Roots of Nazism*, pp. 171–73.
p.203「大変動が始まった」: Rosenberg diary, December 26, 1936.
p.204 マルティン・ニーメラー：Evans, *Third Reich in Power*, pp. 231–32.
p.205「この点」: Rosenberg diary, August 11, 1936.
p.205「野火のように」: Letter from Canon Vorwerk, reproduced in Anonymous, *Persecution of the Catholic Church*, pp. 121–24.
p.205 かつてないほどの抗議運動：Bonney, *Confronting the Nazi War*, pp. 132–35; Evans, *Third Reich in Power*, pp. 240–241.
p.206 とても長く続いた：Kershaw, *Hitler: A Biography*, pp. 375–76; Longerich, *Goebbels*, pp. 251–52.
p.207「死体を食べる者」: Rosenberg diary, February 2, 1941.
p.207「教会は世界中で」: 同上, January 18, 1937.
p.208「もしも天国があるなら」: 作者不詳, *Persecution of the Catholic Church*, p. 278.
p.209「血はどんな紙切れの文書よりも」: Evans, *Third Reich in Power,* pp. 623–37.
p.210「私にとって時はまだ」: Rosenberg diary, August 11, 1936.

第11章　トスカーナでの亡命生活

p.211 簡単な安全策：Kempner, *Ankläger einer Epoche*, p. 141.
p.211 少しずつだが絶えず：Felstiner, "Refuge and Persecution in Italy, 1933–1945," p. 4.
p.212 公立学校から追放された：Evans, *The Third Reich in Power*, p. 562.
p.212「おまえはユダヤ人のにおいが」: Ernst Levinger, 引用は以下より. *Dial 22-0756, Pronto*, p. 96.
p.212「ぼくらを追い払いたいと」: *Dial 22-0756, Pronto*, p. 15.
p.213「先発隊」として：Kempner to the Council of German Jewry in London, May 5, 1937, Kempner Papers, Box 2.
p.213 入学申込者が急増する：Kempner, *Ankläger*, p. 142.
p.213「美しい女性に似て」: Eva Keilson-Rennie, 引用は以下より. *Dial 22-0756, Pronto*, p. 59.
p.214「少し霧が出て」: *Dial 22-0756, Pronto*, p. 61.
p.214「並はずれた景観の美しさが」: Henry Kahane, 引用は同上, p. 28. 以下も参照。 Ruth Kempner to Otto Reinemann, August 13, 1938, Kempner Papers, Box 95.
p.214「ブルジョア階級の」: *Dial 22-0756, Pronto*, p. 18.
p.215「臨時宿泊施設」: 同上, p. 47.
p.215「まるで探偵のように」: 同上, p. 107. マナッセはケンプナーと衝突後、学校を去った。
p.215「ペテン師」: Wasow, *Memories of Seventy Years*, pp. 176–86.
p.216 そして、恋に落ちた：*Dial 22-0756, Pronto*, pp. 88–95.
p.216「毎日カーニバルと」: Robert Kempner to Lucian Kempner, July 4, 1938, Kempner Papers, Box 71.
p.216 それに乗ることを：*Dial 22-0756, Pronto*, p. 93.
p.216「われわれは脱出できて」: Manasse, 引用は同上, p. 102.
p.217 デューク大学：ヴァルター・ケンプナーは糖尿病や腎臓、心臓血管に疾患のある患者の治療のための米飯食の発明者として有名だった。

p.187「難しいことではない」：同上, p. 15.
p.187「ユダヤ人問題が」：Kempner, *Ankläger*, pp. 137–40.

第10章　「私にとって時はまだ熟していない」

p.189「生け贄を捧げる」：Otto D. Tolischus, "Hindenburg Rests on Site of Victory After Hero's Rites," *New York Times*, August 8, 1934.
p.190「聖書の引用で」：Rosenberg diary, August 19, 1934.
p.191「聖地は」：同上, May 29, 1934.
p.191「ただのドイツ人になるのだ」：Cecil, *The Myth of the Master Race*, p. 112.
p.192「どれもこれも迷信だ」：Rosenberg, *Der Mythus des 20. Jahrhunderts*, p. 79.
p.192「改竄した歴史」：同上, p. 73.
p.192「じつのところは」：同上, p. 133.
p.192「血の宗教」：同上, p. 258.
p.192「第五の福音書」：同上, p. 603.
p.192「恐ろしい十字架像」：同上, p. 701.
p.192「礼拝堂の怒れる男」：同上, p. 604.
p.192「すらっと背の高い」：同上, p. 616.
p.192「それは血の神話」：同上, p. 114.
p.193「醜く歪んでいる」：Rosenberg diary, August 19, 1934.
p.193「ドイツの聖なる教団を」：Dodd and Dodd, Ambassador *Dodd's Diary*, p. 199.
p.194「アシャンティ族の宗教」：Rosenberg diary, January 19, 1940.
p.194「われわれにはけっして」：同上, December 14, 1941.
p.194 梅毒とキリスト教である：同上, April 9, 1941.
p.195 ついにキリスト教の：同上, June 28, 1934.
p.195「愚か者か犯罪者」：Hitler, *Mein Kampf*, p. 267.
p.195 ナチスの福音を伝道する：Evans, *The Third Reich in Power*, pp. 220–24.
p.196 深刻な認知障害に：Arendzen, foreword to "*Mythus*," p. 4.
p.196「宗教的妄想であり」：Lewy, *The Catholic Church and Nazi Germany*, p. 8.
p.197「わが国の国民道徳」：Baynes, *The Speeches of Adolf Hitler*, pp. 369–70.
p.197 司教たち：Lewy, *Catholic Church*, pp. 40–41.
p.198 声高に反対して：同上, p. 258.
p.198 根本的な誤解：同上, pp. 53, 132.
p.198 ルネサンス様式の大聖堂：教会については以下による。Jeffrey Chipps Smith, *Infinite Boundaries: Order, Disorder, and Reorder in Early Modern German Culture*, vol. 40 of *Sixteenth Century Essays & Studies*, edited by Max Reinhart (Kirksville, Mo.: Sixteenth Century Journal Publishers, 1998), p. 154.
p.199 すべての命は尊い：Lewy, *Catholic Church*, p. 274.
p.199「ユダヤ人は自力で」：Griech-Polelle, *Bishop von Galen*, p. 52.
p.199「神が国民のために」：Lewy, *Catholic Church*, p. 104.
p.199「ユダヤ人ではなくアーリア人」：Faulhaber, *Judaism, Christianity and Germany*, pp. 2–5.
p.200「この本は」：Bonney, *Confronting the Nazi War on Christianity*, p. 127.
p.200「禁書目録入りで」：Office of the U.S. Chief of Counsel for the Prosecution of Axis Criminality, *Nazi Conspiracy and Aggression*, vol. 6, pp. 240–41.
p.200「私にはあの本は必要ない」：Ryback, *Hitler's Private Library*, p. 122.
p.201 彼らは微妙な区別を：Lewy, *Catholic Church*, p. 152.
p.201「じっさいには存在しない」：Evans, *Third Reich in Power*, pp. 234–38.

p.171「この豚を」: Rosenberg diary, May 15, 1934.

p.171「突然かつ苦々しいものに」: 同上, May 17, 1934; 1930年代にユダヤ人が国外に脱出するのに協力したベルンシュトロフは、反ナチスの知識人グループ「ゾルフ・サークル」の一員として1944年に逮捕される。現体制について参加者が批判的な意見を口にする集会にゲシュタポのスパイが潜りこんでいたのだ。ベルンシュトロフは終戦の数週間前に処刑された。

p.171「われわれはやつらを」:「長いナイフの夜」については以下による。Evans, *Third Reich in Power*, pp. 30−41; Shirer, *The Rise and Fall of the Third Reich*, pp. 204−25; Read, *Devil's Disciples*, pp. 343−74; and Noakes, *Nazism: A History in Documents*, vol. 1, pp. 172−85.

p.173 ゲルマン民族の歴史に：ヒムラーの若い頃と経歴の詳細については以下による。Read, *Devil's Disciples*, pp. 39−49, 93−95.

p.173 恐るべき軍隊に：同上, pp. 168−69, 179−81.

p.175 まるで大衆小説：Rosenberg diary, July 7, 1934.

p.176 この血の粛清は：名称の由来は定かではないが「長いナイフ」という表現を裏切りの意として用いるのはアングロサクソンの神話に起源がある。

p.179「誰もそんなところに」: Rosenberg diary, August 2, 1934.

p.179「偉大な人物が失われた」: 同上。

第9章　「賢明な行動と幸運な偶然」

p.180「迅速な解決」: Kempner flyer, "Emigration and Transfer to Palestine and Other Countries," Kempner Papers, Box 41; correspondence on Kempner legal work from 1933 to 1935, Kempner Papers, Box 95. Nicosia, "German Zionism and Jewish Life in Nazi Berlin," Schmid, *Lost in a Labyrinth of Red Tape*, p. 71.

p.181 ドイツから脱出しようとする：Evans, *Third Reich in Power*, pp. 555−60.

p.181 賄賂や贈り物：Kaplan, *Between Dignity and Despair*, p. 72.

p.181 かなりの大金を：Kempner interview, Records of the Emergency Committee in Aid of Displaced Foreign Scholars.

p.182 一歩間違えれば：Kempner to Ernst Hamburger, February 17, 1939, Kempner Papers, Box 2. Kempner to Alfred S. Abramowitz, November 16, 1938, and Kempner to Carl Misch, November 28, 1938, both in Kempner Papers, Box 2.

p.182 八〇〇〇ドル：連邦雇用に関するケンプナーの申請書、司法省および陸軍省所蔵ケンプナー個人ファイルより。下書きの時点ではケンプナーは当時の年収を10,000〜30,000ドルとしている。 Kemper Papers, Box 41.

p.182 母のリディアを：Creese, *Ladies in the Laboratory II*, p. 137.

p.182 ユダヤ系である夫や家族に対して：Copy of affidavit by Sidney Mendel, dated 1944, and copy of divorce ruling, March 9, 1932, in Kempner Papers, Box 76. Evans, *Third Reich in Power*, p. 566.

p.183「これから大虐殺が」: Kempner, *Ankläger einer Epoche*, p. 135.

p.183 ベルトルト・ヤーコブ：Barnes, *Nazi Refugee Turned Gestapo Spy*, p. 76.

p.184「これで終わりだ」: Kempner, *Ankläger*, p. 134.

p.184 いちばん不安だったのは：Kempner to Misch, November 28, 1938, Kempner Papers, Box 2.

p.185「最初に訊かれたのは」: Kempner, *Ankläger*, p. 133.

p.186「幸運な偶然」: Kempner to Misch, November 28, 1938, Kempner Papers, Box 2. *Ankläger*, ヒトラーは国際的な圧力によってケンプナーとヤーコブ、それ以外の囚人を解放したとケンプナーは述べている。

p.186 六カ月後に：Palmier, *Weimar in Exile*, p. 432. 1941年、ヤーコブは海外へ逃げようとしている際にポルトガルで再逮捕された。その3年後、ベルリンの刑務所で亡くなった。

p.186 母が亡くなり：Creese, *Ladies*, p. 137.

p.187「トスカーナの田園地帯に」: Advertisement reproduced in *Dial 22-0756, Pronto*, p. 11.

York: Harper Perennial, 1995), p. 6.
p.154 モダニズムが花開いた：Ladd, *Ghosts of Berlin*, pp. 110–15.
p.155「あらゆる邪悪なものの坩堝」：*Völkischer Beobachter* article, 引用は同上, p. 82.
p.155「国民を」：Rosenberg article from 1925 issue of *Der Weltkampf*, 引用は以下より. Rosenberg, *Race and Race History*, p. 173.
p.155 いっぽうゲッベルスは：Petropoulos, *Art as Politics in the Third Reich*, pp. 23–25.
p.157「言いようのないタイプの」：Rosenberg article in *Völkischer Beobachter*, July 1933, 引用は以下より. Rosenberg, *Race and Race History*, p. 161.
p.157 批判者たちをなだめようと：Evans, *Third Reich in Power*, pp. 164–66.
p.157「これ以上不幸に」：同上, p. 189.
p.157「おびえたりするわけがない」：Nicholas, *The Rape of Europa*, pp. 15–16.
p.158「ボリシェヴィズムの」：Evans, *Third Reich in Power*, p. 171.
p.158「芸術作品保護局」は：Rothfeder, "A Study," pp. 136–38, 215–18.
p.158 ゲシュタポに連絡メモを：Petropoulos, *Art as Politics*, p. 45.
p.159「教育上重要なドイツ文学全般」：Barbian, *The Politics of Literature in Nazi Germany*, p. 118.
p.159「好ましくない文学」：同上, p. 121.
p.159 部局の下にまた部局が：Rothfeder, "A Study," pp. 199–207.
p.160「『今一つ』の」：Allen, *Infancy of Nazism*, p. 202.
p.160「邪神をあがめる人々を」：Cecil, *Myth of the Master Race*, p. 4.
p.160「われわれの革命には」：Rosenberg diary, February 6, 1939.
p.161「最終的に」：同上, May 7, 1940.
p.161「第二革命」を唱えた：Shirer, *Rise and Fall of the Third Reich*, pp. 204–6.
p.161「軍服、精緻なドレス、きらめく宝石」Fromm, *Blood and Banquets*, pp. 134–35.
p.162「彼の取り巻きは」：Rosenberg diary, July 7, 1934.
p.162「そこのバルトの豚を」：Fromm, *Blood and Banquets*, p. 135.

第8章　日記

p.163 次の戦争の準備に："Reich to Be Armed in Air with Mighty Fleet by 1936," *New York Times*, May 11, 1934; "Britain Alarmed by Reich Planes," *New York Times*, May 12, 1934; "Aviation Exports to Reich Mounting," *New York Times*, May 12, 1934. 米国の飛行機製造会社は軍事ではなく商業目的の輸出だと釈明し、独政府に直接売っているのではない、取引の相手は企業だと主張した。
p.163 二万人のドイツ系アメリカ人が："20,000 Nazi Friends at a Rally Here Denounce Boycott," *New York Times*, May 18, 1934.
p.163 ハインツ・シュパンクノーベル：Rogge, *The Official German Report*, pp. 17–21; Bernstein, *Swastika Nation*, pp. 25–37; Diamond, *The Nazi Movement in the United States*, pp. 113–24.
p.165 そのとき："Reds Riot in Court After Nazi Rally," *New York Times*, May 18, 1934.
p.166「警告しておく」："Goebbels Utters Threats to Jews," *New York Times*, May 12, 1934.
p.166「不平を言い、あら探しをする」反逆者：Details of the campaign are drawn from Longerich, *Goebbels*, pp. 258–59; Read, *The Devil's Disciples*, p. 361; Evans, *The Third Reich in Power*, pp. 28–29.
p.167「すでに毎日が」：Otto D. Tolischus, "Grumblers Face Arrest in Reich," *New York Times*, May 19, 1934.
p.167「私は日記をつけてこなかった」：Rosenberg diary, May 14, 1934.
p.168 個人的な覚え書きを：Matthäus and Bajohr, *Alfred Rosenberg: Die Tagebücher von 1934 bis 1944*, p. 20.
p.169 ミモザのように：Rosenberg diary, May 22, 1934.
p.170「ローゼンベルク氏が」："The German Jigsaw: Herr Hitler as Helmsman," *The Times* (London), May 9, 1934.

p.143「すべての人種は」: Rosenberg, *Der Mythus des 20. Jahrhunderts*, p. 116.
p.143 長大な用語解説書：Cecil, *Myth of the Master Race*, p. 82.
p.143「異なる血」: Rosenberg, *Der Mythus*, p. 105.
p.144「イデオロギーのげっぷ」: Fest, *The Face of the Third Reich*, p. 168.
p.144 眠りそうになったと：Goldensohn, *The Nuremberg Interviews*, pp. 108–9; Piper, *Alfred Rosenberg*, p. 494.
p.144「ざっと目を通し」: Trevor-Roper, *Hitler's Table Talk 1941–1944*, p. 318. これらの発言はローゼンベルクの敵を明言していたマルティン・ボルマンによって記録されたものであることを記しておかねばならない。
p.144「この本はでたらめです」: Hanfstaengl, *Hitler: The Missing Years*, p. 122.
p.144 ひそかに嘲笑していた：Papen, *Memoirs*, p. 261.
p.145「真のドイツ人には」: Strasser, *Hitler and I*, p. 96.
p.145「それが理解できるだろう」: Baynes, *The Speeches of Adolf Hitler*, p. 988.
p.145「ドイツの若者の道だ」: Bollmus, "Alfred Rosenberg," p. 187. のちにフォン・シーラッハはニュルンベルク刑務所付きの精神科医ダグラス・ケリーに、ヒトラーユーゲントのリーダーは全員『神話』を持っていたが誰もそれを読みきることができなかった、と語った。「ローゼンベルクは誰ひとりとして読まない本をどんな作家よりも多く売った男として歴史に名が残るべきだ」シーラッハの発言は、ローゼンベルクのファイルに読者からの手紙が大量に残されていたという事実によって反証されている。以下を参照。Kelley, *22 Cells in Nuremberg*, p. 44, and Piper, *Alfred Rosenberg*, p. 213.
p.145 この本は一〇〇万部以上の：Piper, *Alfred Rosenberg*, p. 293. これによると彼の出版物による収入は、1934年だけでも、42,000ライヒスマルク、現在の金額にして30万ドルにもなる。
p.145「あなたの作品は」: Rosenberg diary, August 10, 1936.
p.146 だが、ポツダム広場ほど：Ladd, *The Ghosts of Berlin*, pp. 115–25.
p.146「超法規的政府」: Report from Consul General George Messersmith, April 10, 1933, reproduced in *Foreign Relations of the United States*, 1933, vol. 2, p. 223.
p.147「誰でもほぼ正確に」: Kelley, *22 Cells*, p. 38. ダグラス・ケリーはローゼンベルクの収監時に面接をした精神科医のひとり。
p.148「戯言ばかり並べる」: Dodd and Dodd, *Ambassador Dodd's Diary*, p. 190.
p.148「君は英単語の一つも」: Lüdecke, *I Knew Hitler*, pp. 642–43.
p.148「いかにも冷血漢」: Vansittart, *The Mist Procession*, p. 475.
p.148 のちにスパイと判明する：Winterbotham, *The Nazi Connection*, pp. 32–81.
p.149「親愛なる党同志」: Piper, *Alfred Rosenberg*, pp. 293–94.
p.149 ロベルト・ライ：Evans, *The Third Reich in Power*, pp. 457–60.
p.150 この理論家がカリキュラムを：Rothfeder, "A Study of Alfred Rosenberg's Organization for National Socialist Ideology," pp. 72–76.
p.150「まだ始まったばかりだ」: Cecil, *Myth of the Master Race*, p. 113.
p.151「喜んで他の幹部の寝首を掻く」Fromm, *Blood and Banquets*, p. 164.
p.151 労働者階級の家庭で育った：ゲッベルスの若い頃の詳細については以下による。*The Devil's Disciples*, pp. 126–34, and Lochner, *The Goebbels Diaries*, pp. 12–14.
p.152「本当は敵ではない」: Read, *Devil's Disciples*, p. 142.
p.152「反動主義者になったのか？」: Lochner, *Goebbels Diaries*, p. 19.
p.152「それを人は天才と呼ぶ」: Kershaw, *Hitler: A Biography*, p. 171.
p.153「塩酸と」: Fest, *Face of the Third Reich*, p. 333, n. 44.
p.153「都会的な仮面の」: Lochner, *Goebbels Diaries*, p. 20.
p.153「メフィストフェレスを想起させる」: 同上, p. 22.
p.154「国民の」: "Decree Concerning the Duties of the Reich Ministry for Public Enlightenment and Propaganda," June 30, 1933, reproduced as 2030-PS in Office of the U.S. Chief of Counsel for the Prosecution of Axis Criminality, *Nazi Conspiracy and Aggression*, vol. 4, pp. 653–54.
p.154「彼らは中央ヨーロッパの」: Otto Friedrich, *Before the Deluge: A Portrait of Berlin in the 1920s* (New

p.131 自分の書いた原稿を：“Charge Terrorism by Nazi Troopers,” *New York Times*, March 15, 1933.
p.131「身元不明の自殺者」：“German Fugitives Tell of Atrocities at Hands of Nazis,” *New York Times*, March 20, 1933.
p.132「都市全体が」：Brandt, *My Road to Berlin*, p. 58.
p.132 ユダヤ人や：Report from Sackett, March 21, 1933, reproduced in *Foreign Relations of the United States*, 1933, vol. 2, p. 212.
p.132「どうしようもない楽観主義者」：“Reviews Nazi Rise in Talk Over Radio,” *New York Times*, March 13, 1933.
p.132「ユダヤ人をドイツから」：Report from Consul General George Messersmith, “Present Status of the Anti-Semitic Movement in Germany,” September 21, 1933, George S. Messersmith Papers, Item 305.
p.133「一つ問題が」：同上 *Der Deutsche* より引用。
p.133「精神的虐待」：Report from Messersmith, November 1, 1933, reproduced in *Foreign Relations of the United States*, 1933, vol. 2, p. 363.
p.133 ディールスはゲーリングとは：Kempner, *Ankläger*, pp. 26−37; Read, *The Devil's Disciple*, p. 280.
p.133「ここにまともな人間は」：Hett, *Burning the Reichstag*, p. 34.
p.134「失せろ」：Mosley, *The Reich Marshal*, p. 151.
p.134 政治的な信頼性：Kempner, *Ankläger*, pp. 88−90. “Police Counsel on Leave of Absence,” *8 Uhr-Abendblatt*, February 23, 1933; Kempner dismissal and pension documents, Kempner Papers, Box 95.
p.135「たまたま人種に」：この引用と、ケンプナーとディールスの関係については以下による。Kohl, *The Witness House*, pp. 43−47, 152−53.
p.135「アメリカの西部劇に」：Leni Riefenstahl, 引用は以下より．Hett, *Burning the Reichstag*, p. 28.
p.135 ケンプナーは仲裁に入り：Kempner, *Ankläger*, pp. 111−12.
p.135 ベルリンの外交界に：Larson, *In the Garden of Beasts*, pp. 116−19.
p.136「リストを」：Kempner, *Ankläger*, p. 110.
p.136「ケンプナーには」：Hett, *Burning the Reichstag*, p. 79.
p.137 会員リストを燃やし：Kempner, *Ankläger*, pp. 68−72.
p.137 みんな自分は：Kaplan, *Between Dignity and Despair*, pp. 62−66.
p.137 新たな自由を歓迎した：Dippel, *Bound Upon a Wheel of Fire*, 1−20.
p.138 この先さらにひどい攻撃を：同上, p. 140.
p.138「そして日和見主義」：同上, p. xxiii.
p.138 一部のユダヤ系企業は：同上, p. 139.
p.138「忠実なドイツ人の愛国者」：Kempner, *Ankläger*, p. 176.

第7章 「ローゼンベルクの道」

p.139 いつも座ってばかりの生活：Henry C. Wolfe with Heinrich Hauser, “Nazi Doctor of Frightfulness,” *Milwaukee Journal*, July 6, 1940.
p.139「氷の塊だ！」：Lüdecke, *I Knew Hitler*, pp. 83−85.
p.140「あまりにも自分の意見に」：Allen, *The Infancy of Nazism*, p. 217.
p.141 現実離れした空想：同上, p. 184.
p.141 難解で無意味なこと：同上, p. 220.
p.142「だから、学者のように」：Rosenberg interrogation, September 21, 1945, 14:30−16:40, National Archives, M1270, Roll 17.
p.142「見習いのお馬鹿さんだ！」：Allen, *Infancy of Nazism*, pp. 220−21.
p.142「独創的」：Cecil, *The Myth of the Master Race*, p. 101.
p.143 自己の哲学：Rosenberg interrogation, September 21.

p.115「ユダヤ人が」: Piper, *Alfred Rosenberg*, p. 240.
p.115「戦争中」: 同上, p. 244.
p.116「きさま」: 同上, p. 240. 翌年ナチスが権力の座に就き、攻撃を仕掛けた政治家Christian Heuckはより厳しい罰を受けることになる。残るおもだった共産主義者や不穏分子とともに捕らえられ、反逆罪のかどで刑務所に送られたのちSSに殺害されたのだ。
p.116「彼は本当の祖国が」: 同上, p. 243; Cecil, *The Myth of the Master Race*, p. 107.
p.116 一九二三年に離婚した: Lang and Schenck, *Memoirs*, pp. 70–71.
p.117 文章の総量が: Piper, *Alfred Rosenberg*, p. 74.

第6章　夜のとばり

p.119 すべては: Evans, *The Coming of the Third Reich*, pp. 310–54.
p.120 一人の記者が: Delmer, *Trail Sinister*, pp. 185–86.
p.121 二種類の人間がいる: Read, *The Devil's Disciples*, p. 282.
p.121 若い革命: Fromm, *Blood and Banquets*, p. 88.
p.121 ただ破壊し、滅ぼすこと: Shirer, *The Rise and Fall of the Third Reich*, p. 195.
p.121「茶番」: Report from U.S. Ambassador Frederic M. Sackett, March 3, 1933, reproduced in *Foreign Relations of the United States*, 1933, vol. 2, pp. 201–4.
p.122「立ち直れないかもしれない」: Report from Sackett, March 9, 1933, reproduced in *Foreign Relations of the United States*, 1933, vol. 2, pp. 206–9.
p.122「全権を」: Shirer, *Rise and Fall*, p. 199.
p.122「すべてが合法的に」: 同上, p. 188.
p.122 国家に忠実な野党: Kempner, *Ankläger einer Epoche*, p. 16.
p.123「懐疑主義が大きな役割を」: 同上, p. 205.
p.123「疫病を待っているのです」: 同上, pp. 13–14.
p.123 リディア・ラビノヴィッチ: Creese, *Ladies in the Laboratory II*, pp. 129–38.
p.123 ロベルト・コッホ: "Robert Koch," Nobelprize.org, http://www.nobelprize.org/nobel_prizes/medicine/laureates/1905/koch-bio.html.
p.124 コッホにちなんで: Kempner, *Ankläger*, pp. 11, 19.
p.124 また銃が必要に: 同上, pp. 22–26.
p.124 反乱に直面した: Watt, *The Kings Depart*, pp. 247–73.
p.125「市街戦」: Kempner to Büro für Kriegsstammrollen, May 9 and September 3, 1934, Kempner Papers, Box 41.
p.126「純粋な好奇心から」: Kempner, *Ankläger*, pp. 25–26.
p.126 だが軍歴記録によると: Certified copy of Kempner Landsturm-Militärpass, Kempner Papers, Box 76.
p.127 無料で法律業務を: Kempner, *Ankläger*, p. 71.
p.127 包括的な調査: Memorandum detailing Kempner's planned testimony in *United States v. McWilliams*, Kempner Papers, Box 154.
p.128 ナチ党を非合法化し: Kempner, "Blueprint of the Nazi Underground—Past and Future Subversive Activities."
p.128 一三万九九〇〇個の誤り: "Hitler Ridiculed as a Writing Man," *New York Times*, February 9, 1933.
p.130「いくつも首が」: Shirer, *Rise and Fall*, p. 141.
p.130「何もかも信じがたい」: Fromm, *Blood and Banquets*, p. 73.
p.130「二〇〇〇年にわたる」: *Foreign Relations of the United States*, 1933, vol. 2, p. 320.
p.130「ナチ党員による」: Frederick T. Birchall, "Nazi Bands Stir Up Strife in Germany," *New York Times*, March 9, 1933.

p.99 「ナチス運動の福音」: Shirer, *The Rise and Fall of the Third Reich*, pp. 104–9.
p.99 「そうだ」: Bollmus, "Alfred Rosenberg," p. 185.
p.99 反ユダヤ主義の論客: Nova, *Alfred Rosenberg*, p. 103.
p.100 ユダヤ人の策略: Alfred Rosenberg, *The Track of the Jew Through the Ages*, 抜粋は以下より. Rosenberg, *Race and Race History*, p. 178.
p.100 「知らぬ間に毒が」: 同上, p. 189.
p.100 「疫病として」: Nova, *Alfred Rosenberg*, p. 118.
p.101 どうやら: Kellogg, *The Russian Roots of Nazism*, pp. 70–73. ローゼンベルクはヒトラーへその本を持っていったとされているが、証拠はない。
p.101 ユダヤ人の世界的な戦略を: 同上, p. 75.
p.101 「紛れもなく」: Strasser, *The Gangsters Around Hitler*, pp. 21–23.
p.102 「私はいつも耳を傾ける」: Lüdecke, *I Knew Hitler*, p. 79. リューデッケは後にヒトラーと不仲になった。
p.102 「ドイツの次なる」: Kershaw, *Hitler: A Biography*, pp. 37–42.
p.102 まるで教会の伝道集会: Evans, *The Coming of the Third Reich*, pp. 171–75.
p.103 「人種的結核」: 同上, p. 174.
p.103 「天下を睥睨する民族の象徴」: Baynes, *The Speeches of Adolf Hitler*, p. 73.
p.103 ロシア語を話す部下は: Kershaw, *Hitler: A Biography*, pp. 92–93; Kellogg, *Russian Roots*, p. 242.
p.103 最初に発表した文章の中で: Alfred Rosenberg, "The Russian Jewish Revolution," *Auf Gut Deutsch* 21 (February 1919), reproduced in Lane and Rupp, *Nazi Ideology Before 1933*, pp. 11–16.
p.103 「ロシア=ボリシェヴィキ思想」: Dallin, *German Rule in Russia*, p. 9.
p.104 「ただそれだけで」: Baynes, *Speeches of Adolf Hitler*, p. 12.
p.104 「これは途方もなく」: Hitler's July 28, 1922, 印刷されたスピーチは同上, pp. 21–41.
p.105 「諸君に神の恵みが」: Evans, *Coming of the Third Reich*, pp. 174–75.
p.105 ワイマール共和国: 同上, pp. 78–96.
p.106 今こそクーデターを: 同上, pp. 176–94; Shirer, *Rise and Fall*, pp. 68–75; Read, *The Devil's Disciples*, pp. 85–102.
p.106 幼い頃: Read, *Devil's Disciples*, pp. 26–38.
p.107 「憎しみを忘れないで」: 同上, p. 38.
p.108 「各自ピストルを」: Hanfstaengl, *Hitler: The Missing Years*, p. 92.
p.108 「明日」: Layton, "The *Völkischer Beobachter*, 1925–1933," p. 91.
p.109 「熱にうなされて見る悪夢から」: Layton, "The *Völkischer Beobachte*r, 1920–1933," p. 359.
p.110 「今から君が」: Lang and Schenck, *Memoirs*, p. 73.
p.110 まったく不向きで: Kershaw, *Hitler: A Biography*, p. 140.
p.111 「極秘!」: Piper, *Alfred Rosenberg*, p. 98.
p.111 ロルフ・アイドハルト: Lang and Schenck, *Memoirs*, p. 76.
p.111 「ローゼンベルクは」: Lüdecke, *I Knew Hitler*, p. 184.
p.112 その地位を追われた: 後にローゼンベルクは辞めさせてもらえるよう、ヒトラーに手紙を書いている。Lang and Schenck, *Memoirs*, p. 78.
p.112 「そんな滑稽なものには」: Lüdecke, *I Knew Hitler*, p. 279.
p.113 「そうか」: 同上, p. 278.
p.113 「心がいっぱいのときには」: Cecil, *Myth of the Master Race*, pp. 50–51.
p.113 六人乗りの黒いメルセデス: 車は彼の年間の収入(2万ライヒスマルク)より高かった。ヒトラーは銀行が金を貸してくれると言った。Kershaw, *Hitler, 1899–1936: Hubris*, p. 685.
p.114 「好かれてはいなかった」: Cecil, *Myth of the Master Race*, p. 52.
p.114 「大義を捨てるわけには」: Lüdecke, *I Knew Hitler*, p. 288.
p.114 皮肉に満ち、好戦的な: Layton, "The *Völkischer Beobachter*, 1920–1933," pp. 367–68.
p.115 敵対する新聞からの攻撃は: Lang and Schenck, *Memoirs*, pp. 260–61.

p.82　「ひざまずいたとき」：Cecil, *The Myth of the Master Race*, p. 11; Rosenberg, "How the *Myth* Arose," National Archives, T454, Roll 101.
p.82　中等学校時代：ローゼンベルクの若い頃の詳細については以下による。Lang and Schenck, *Memoirs*, pp. 1–30.
p.83　「深遠な半教養の持ち主」：Fest, *The Face of the Third Reich*, pp. 163–74.
p.83　「哲学者」：Cecil, *Myth of the Master Race*, p. 15.
p.84　「何百万もの人々が」:Rosenberg, *Pest in Russland!*, 引用は以下より．Cecil, *Myth of the Master Race*, p. 17.
p.85　同胞たちを引き連れて：Cecil, *Myth of the Master Race*, p. 20.
p.85　「私が故郷を後にしたのは」：Lang and Schenck, *Memoirs*, p. 29.
p.86　「イーザル川河畔のアテネ」：Large, *Where Ghosts Walked*, pp. xii–xvii.
p.86　「ビアホールよりカフェを好んだ」：同上, pp. 3–5.
p.87　不可解な混乱：Evans, *The Coming of the Third Reich*, pp. 156–61.
p.87　「運命の継子」：Lang and Schenck, *Memoirs*, p. 40.
p.88　「反エルサレムの闘士」：Layton, "The *Völkischer Beobachter*, 1925–1933," pp. 58–59; Alfred Rosenberg, *Dietrich Eckart: Ein Vermächtnis* (Munich: n.p., 1927).
p.88　「その会員名簿は」：Kershaw, *Hitler: A Biography*, p. 82.
p.88　トゥーレ協会への入会を断られた：Evans, *Coming of the Third Reich*, p. 160.
p.89　「ボリシェヴィズムを打倒せよ」：Lang and Schenck, *Memoirs*, p. 43.

第5章　「この地で最も嫌われている新聞！」

p.90　ブラウナウに生まれ：ヒトラーの若い頃の詳細については以下による。Kershaw, *Hitler: A Biography*, pp. 1–46.
p.91　「私はこの街を」：Hitler, *Mein Kampf*, p. 126.
p.91　それらはまだ：Kershaw, *Hitler: A Biography*, p. 27.
p.91　とてもうまくやっているように：Reinhold Hanisch, "I Was Hitler's Buddy," *The New Republic*, April 5, 12, and 19, 1939.
p.92　「理性」に基づく反ユダヤ主義：Kershaw, *Hitler: A Biography*, pp. 74–75.
p.93　「私は彼に」：Lang and Schenck, *Memoirs of Alfred Rosenberg*, pp. 47–50.
p.93　「ヒトラーの知性の」：Lüdecke, *I Knew Hitler*, p. 510.
p.93　「そこで私が目にしたのは」：Cecil, *The Myth of the Master Race*, p. 30.
p.94　「自分の運命をすっかり」：Lang and Schenck, *Memoirs*, pp. 47–50.
p.94　「ドイツ民族が」：Layton, "The *Völkischer Beobachter*, 1920–1933," p. 354.
p.94　「この地で最も嫌われている新聞」：同上, p. 360.
p.94　フェルキッシャー・ベオバハター紙：新聞名は " People's Observer" や "Racial Observer" などと訳されている。
p.94　「混乱に満ちて」：Paula Schlier diary entry, 引用は以下より．Layton, "The *Völkischer Beobachter*, 1925–1933," pp. 87–88.
p.95　「理解するのに」：Trevor-Roper, *Hitler's Table Talk*, p. 490.
p.95　ローゼンベルクの難解な思索を：Layton, "The *Völkischer Beobachter*, 1920–1933," pp. 369–80.
p.96　「おしゃべり」：Layton, "The *Völkischer Beobachter*, 1925–1933," p. 256.
p.96　「販売部数が増えて」：Trevor-Roper, *Hitler's Table Talk*, p. 490.
p.97　「ローゼンベルクはじつに」：Hanfstaengl, *Hitler: The Missing Years*, p. 91.
p.97　「本質的に無教養だ」：同上, p. 122.
p.98　過去の作家や：Rosenberg, *Race and Race History*, p. 14.
p.98　比較言語学：このアーリア的な考えと展開は以下による。Pringle, *The Master Plan*, pp. 27–36.

p.42　「地面は」：Dr. Ludwig Mann, 引用は以下より．Frank, *The Curse of Gurs*, p. 239.
p.43　「尿の悪臭」：Poznanski, *Jews in France*, p. 180.
p.43　「あらゆる年齢の」：Professor A. Reich, 引用は同上, p. 182.
p.43　最後の目的地に到着した：詳細は以下のオンライン資料による。The Bundesarchiv Memorial Book at bundesarchiv.de/gedenkbuch と The Yad Vashem Central Database of Shoah Victims' Names at db.yadvashem.org/names. Klarsfeld, *Memorial to the Jews Deported from France, 1942–44*, pp. xxvi–xxvii.
p.48　教師時代の：リチャードソンについては以下による。Charles Trueheart, "Publish AND Perish?" *Washington Post*, July 13, 1994, Jake New, "Herbert Richardson v. the World," *Chronicle of Higher Education*, April 15, 2013. 筆者たちは彼にインタビューを試みたが、彼の事務所や弁護士への電話に応じることはなかった。
p.50　「この公の場での」：Trueheart, "Publish AND Perish?"
p.50　自分に都合のいい一部の真実に：*University of St. Michael's College v. Herbert W. Richardson*, p. 5.
p.51　リプトンが訴えを：*Lipton v. Swansen.*
p.51　訴えを起こすようそそのかした：Motion of the Estate of André Kempner and Lucian Kempner for Permanent Injunction, September 20, 1999, filed in *Lipton v. Swansen.*
p.52　「憶えていません」：Lipton deposition in *Lipton v. Swansen*, June 23, 1999.
p.53　捜査官たちは：Timothy Logue, "History Uncovered," *Delaware County Times*, August 26, 1999.

第3章　「邪悪なる者の心を覗きこむ」

p.56　元検事は：Correspondence between Kempner and Seraphim, 1955–56, Kempner Papers, Boxes 53, 58.
p.57　私の保存資料：Kempner, *SS im Kreuzverhör*, p. 228.
p.58　「一〇〇万か」：メイヤーの会話については彼の以下のメモによる。"Re: Alfred Rosenberg 'Tagebuch,'" June 12, 2006. ウォルト・マーティンはコメントを求める著者の電話に対して返答していない。
p.60　「それ以上の文書は」：Ralph Vigoda, "Nazi Papers in Custody Fight," *Philadelphia Inquirer*, March 25, 2003.
p.61　すべては連邦裁判所で：*United States of America v. William Martin*, United States District Court for the Eastern District of Pennsylvania.
p.62　ジェセラは：Edward Jesella, interview with author, April 20, 2015.
p.71　「自分の母親のように」：このリチャードソンの証言は2013年3月1日付の特別捜査官の調査報告より引用した。米国移民税関捜査局の情報公開法にもとづき筆者たちに公開されたものである。
p.71　連邦大陪審の召喚状：各地域に配属されているものの、米連邦検事は全米のどこでも犯罪行為の調査を開始できる。担当の地域外で召喚状を送るのは珍しいことではない。
p.74　「私は彼らに喜んで会い」：Patricia Cohen, "Diary of a Hitler Aide Resurfaces After a Hunt That Lasted Years," *New York Times*, June 13, 2013.

第4章　「運命の継子たち」

p.79　「あまりにも群衆が」："Berlin Welcomes Army," *New York Times*, December 10, 1918. The British Pathé newsreel "German Troops Return 1918," at britishpathe.com.
p.80　「諸君はいかなる敵にも」：Stephenson, "*Frontschweine* and Revolution," pp. 287–99.
p.80　「生を恐れていません」：Blücher von Wahlstatt, *An English Wife in Berlin*, p. 305.
p.81　「その瞬間」：Lang and Schenck, *Memoirs of Alfred Rosenberg*, p. 29.
p.81　ドイツにはこんなお決まりの：Piper, *Alfred Rosenberg*, p. 208.
p.82　『世界でただ一人の』：Neave, *On Trial at Nuremberg*, p. 103.

シュペーア（懲役20年）、バルドゥール・フォン・シーラッハ（懲役20年）は刑期を満期務めた。終身刑の判決を受けたルドルフ・ヘスは1987年に自殺した。

p.24　率直なノスタルジア：Robert M. W. Kempner, "Distorting German History," *New York Herald Tribune*, January 13, 1950.

p.24　五種類の文書：Administrative memos, National Archives, Record Group 238, Correspondence with European Document Centers Relating to the Receipt and Return of Documents 1945–1946.

p.25　ヴァンゼー・プロトコル：Roseman, *The Villa, The Lake, The Meeting*, pp. 1–2.

p.26　「それを信じる者は」：Ben Ferencz to Kempner, December 15, 1989, Telford Taylor Papers, Series 20, Subseries 1, Box 3. 手紙はこう続く。「終わりよければすべてよし。だからといって君がくず野郎で、喜んでぶっ殺してやるという人間がいなくなるわけではないぞ。元ナチ党員やその信奉者の多くも心から賛同するだろう」手紙の閲覧にはテルフォード・テイラーの伝記作者、ジョナサン・ブッシュの協力を得た。

p.26　一個人の：Eckert, *The Struggle for the Files*, pp. 58–59.

p.27　書類であふれかえって：Memorandum on document disposal, August 27, 1948, National Archives, Record Group 260, Records of the Office of the Chief of Counsel for War Crimes.

p.27　「私は何も」：Kempner, *Ankläger*, pp. 400–7.

p.28　「本署名者は」：Fred Niebergall, memorandum, April 8, 1949, Kempner Papers.

p.28　『ヒトラーと彼の外交官たち』：Kempner correspondence with Dutton, 1949–50, Kempner Papers, Box 55.

p.29　私は自分で確保して：Kempner, *Ankläger*, p. 408.

p.29　箱にして：Pennsylvania Railroad notice, Kempner Papers, Box 3.

p.29　とくに：Kempner, *Ankläger einer Epoch*, p. 380; Lester oral history.

p.30　よく知られた事件に関する著書：ケンプナーの著書一覧を参照。

p.31　「数学的に不可能だ」：Hans Knight, "Anthology of Hell," *Sunday* (Philadelphia) *Bulletin Magazine*, May 9, 1965.

p.31　マーゴット・リプトン：彼女はアメリカに渡り、Margot Lipsteinから名前を変えた。

p.32　「簡単だった」：Lipton deposition in *Lipton v. Swansen*, June 23, 1999.

p.32　「それ以上は」：Lucian Kempner deposition in *Lipton v. Swansen*, December 8, 1999.

p.32　「ぼくがあなたと」：André Kempner to Robert Kempner, September 14, 1969, Kempner Papers, unfiled as of March 2015.

p.34　「私たちは動揺したり」：Jane Lester testimony in *Lipton vs. Swansen*, January 31, 2001.

第2章　「何もかもなくなった」

p.36　彼の遺産を守る方法を：Lester oral history.

p.37　「私に何ができるでしょう」：Richardson to Kempner, April 8, 1982, Kempner Papers, Box 69.

p.37　ケンプナーが保管していた文書を：Henry Mayer, memorandum, "Re: Alfred Rosenberg 'Tagebuch,' " June 12, 2006.

p.37　手の込んだ式典：Video of dedication of the Robert Kempner Collegium, September 21, 1996, Kempner Papers, Videobox #1.

p.40　圧力をかけられたのだ：Levine, *Class, Networks, and Identity*, pp. 37–41; Kaplan, *Between Dignity and Despair*, p. 23; Evans, *The Third Reich in Power*, p. 574.

p.42　グール：Details of the October 1940 deportations and life at Gurs come from Browning, *The Origins of the Final Solution*, pp. 89–91; Zuccotti, *The Holocaust, the French, and the Jews*, pp. 65–80; Poznanski, *Jews in France During World War II*, pp. 171–95; Schwertfeger, *In Transit*, pp. 137–62; Frank, *The Curse of Gurs*, pp. 229–67; and Gutman, *Encyclopedia of the Holocaust, Vol. 2*, pp. 631–32.

p.42　人の絶望感が充満し：American Friends Service Committee report, 引用は以下より. "Misery and Death in French Camps," *New York Times*, January 26, 1941.

原註

プロローグ　金庫室

p.10　徹底的に破壊された地域の：*After Action Report, Third US Army, 1 August 1944–9 May 1945*, vol. I: *The Operations*, p. 337.

p.10　戦争中：Dreyfus and Gensburger, *Nazi Labour Camps*, p. 9, p. 130.

p.10　王族のように暮らすことに：Marguerite Higgins, "Americans Find Nazi Archives in Castle Vault," *New York Herald Tribune*, April 24, 1945.

p.11　G-2軍事情報部：*After Action Report, Third US Army, 1 August 1944–9 May 1945*, vol. II: *Staff Section Reports*, p. G-2 47.

p.11　いかにも象徴的な：Higgins, "Americans Find Nazi Archives."

p.12　このような日記を：現存するヒムラーの日記は1924年で終わっている。第三帝国の下級官吏たちの多くは日記を残した。

p.13　「ユダヤ民族と」：Office of the U.S. Chief of Counsel for the Prosecution of Axis Criminality, *Nazi Conspiracy and Aggression*, vol. 5, pp. 554–57.

p.13　ヒムラー指揮下の：Ernst Piper, "Vor der Wannsee-Konferenz: Ausweitung der Kampfzone," *Der Tagesspiegel*, December 11, 2011.

p.14　戦いのための方向性と材料：Rosenberg diary, August 23, 1936.

p.14　ルドルフ・ヘス：Gilbert, *Nuremberg Diary*, pp. 267–68.

p.14　激しい怒りに：Rosenberg diary, August 23, 1936.

p.15　重大な罪：Goldensohn, *The Nuremberg Interviews*, pp. 73–75.

p.15　「『支配者民族』の知的指導者」：Closing statement of Robert Jackson, chief American prosecutor, *Trial of the Major War Criminals*, vol. 19, p. 416.

第1章　十字軍戦士

p.20　「ポーランド人を」：Maguire, *Law and War*, p. 128.

p.21　ついに終結を：同上, pp. 151–58.

p.21　「全犯罪のフレスコ画」：Kempner, *Ankläger einer Epoche*, p. 348.

p.21　「国際法への信頼の砦」：同上, p. 369.

p.22　ただの犯罪者を受難者に：Charles LaFollette to Lucius Clay, June 8, 1948, Frei, *Adenauer's Germany and the Nazi Past*, pp. 108–10.

p.22　「最もゲシュタポのような男」：Eivind Berggrav, Lutheran bishop in Oslo, 引用は以下より. Wyneken, "Driving Out the Demons," p. 368.

p.22　復讐に燃える：新聞のひとつは右翼ジャーナリスト、Richard Tüngelの*Die Zeit*。Pöppmann, "The Trials of Robert Kempner," p. 41, and Pöppmann, "Robert Kempner und Ernst von Weizsäcker im Wilhelmstrassenprozess," pp. 183–89.

p.22　「どんな愚か者たちが」：Maguire, *Law and War*, pp. 160–61.

p.23　「きょう」：Jack Raymond, "Krupp to Get Back Only Part of Plant," *New York Times*, February 2, 1951.

p.23　戦犯のほとんどが：1946年にニュルンベルク裁判によって刑務所に送られた7人の主要戦争犯罪人のうち3人は健康状態を理由に早期釈放された。カール・デーニッツ海軍元帥（懲役10年）、アルベルト・

New York: Bloomsbury, 2013.

Taylor, Telford. *The Anatomy of the Nuremberg Trials: A Personal Memoir.* New York: Knopf, 1992.

Tomasevich, Jozo. *War and Revolution in Yugoslavia, 1941–1945.* Stanford, Calif.: Stanford University Press, 2001.

Torrie, Julia S. *"For Their Own Good": Civilian Evacuations in Germany and France, 1939–1945.* New York: Berghahn, 2010.

Trevor-Roper, H. R., ed. *Hitler's Table Talk 1941–1944.* New York: Enigma, 2008.

Trial of the Major War Criminals Before the International Military Tribunal. 42 vols., 1947–1949; http://www.loc.gov/rr/frd/Military_Law/NT_major-war- criminals. html.

Trials of War Criminals Before the Nuernberg Military Tribunals Under Control Council Law No. 10. 15 vols., 1946–1949; http://www.loc.gov/rr/frd/Military_Law/NTs_war-criminals.html.

Tusa, Ann, and John Tusa. *The Nuremberg Trial.* New York: Atheneum, 1986.

University of St. Michael's College v. Herbert W. Richardson. Toronto: Hearing Committee, St. Michael's College, 1994.

U.S. Department of State. *Foreign Relations of the United States: Diplomatic Papers, 1933.* Vol. II: *The British Commonwealth, Europe, Near East and Africa.* Washington, D.C.: U.S. Government Printing Office, 1949.

Vansittart, Robert. *The Mist Procession: The Autobiography of Lord Vansittart.* London: Hutchinson, 1958.

Wasow, Wolfgang R. *Memories of Seventy Years: 1909 to 1979.* Madison, Wis.: n.p., 1986.

Watt, Richard. *The Kings Depart: The Tragedy of Germany; Versailles and the German Revolution.* New York: Simon & Schuster, 1968.

Weinberg, Gerhard L. *The Foreign Policy of Hitler's Germany: Diplomatic Revolution in Europe 1933–36.* Chicago: University of Chicago Press, 1970.

Weiner, Timothy. *Enemies: A History of the FBI.* New York: Random House, 2012.

Weinmann, Martin. *Das Nationalsozialistische Lagersystem.* Frankfurt: Zweitausendeins, 1990.

Weinreich, Max. *Hitler's Professors: The Part of Scholarship in Germany's Crimes Against the Jewish People.* New York: Yiddish Scientific Institute, 1946.

Winterbotham, F. W. *The Nazi Connection.* New York: Dell, 1978.

Wittman, Robert K., with John Shiffman. *Priceless: How I Went Undercover to Rescue the World's Stolen Treasures.* New York: Crown, 2010.

Wyneken, Jon David K. "Driving Out the Demons: German Churches, the Western Allies, and the Internationalization of the Nazi Past, 1945–1952." Dissertation, Ohio University, 2007.

Zimmerman, Joshua D., ed. *Jews in Italy under Fascist and Nazi Rule, 1922–1945.* Cambridge, UK: Cambridge University Press, 2005.

Zuccotti, Susan. *The Holocaust, the French, and the Jews.* Lincoln: University of Nebraska Press, 1999.

Reinemann, John Otto. *Carried Away…Recollections and Reflections*. Philadelphia: n.p., 1976.
Ribuffo, Leo P. *The Old Christian Right: The Protestant Far Right from the Great Depression to the Cold War.* Philadelphia: Temple University Press, 1983.
Rogge, O. John. *The Official German Report: Nazi Penetration 1924–1942, Pan-Arabism 1939–Today.* New York: Thomas Yoseloff, 1961.
Rorimer, James. *Survival: The Salvage and Protection of Art in War.* New York: Abelard, 1950.
Rosbottom, Ronald C. *When Paris Went Dark: The City of Light Under German Occupation, 1940–1944.* New York: Back Bay, 2014.
Roseman, Mark. *The Villa, the Lake, the Meeting: Wannsee and the Final Solution.* London: Allen Lane, 2002.
Rosenberg, Alfred. *Der Mythus des 20. Jahrhunderts*. Munich: Hoheneichen-Verlag, 1934.
———. *Race and Race History and Other Essays by Alfred Rosenberg.* Edited by Robert Pois. New York: Harper & Row, 1970.
Rothfeder, Herbert Phillips. "A Study of Alfred Rosenberg's Organization for National Socialist Ideology." Dissertation, University of Michigan, 1963.
Rubenstein, Joshua, and Ilya Altman, eds. *The Unknown Black Book: The Holocaust in the German-Occupied Soviet Territories*. Bloomington: Indiana University Press, 2008.
Ryback, Timothy W. *Hitler's Private Library: The Books That Shaped His Life.* New York: Knopf, 2008.
Safrian, Hans. *Eichmann's Men*. Cambridge, UK: Cambridge University Press, 2010.
Schmid, Armin. *Lost in a Labyrinth of Red Tape: The Story of an Immigration That Failed*. Evanston, Ill.: Northwestern University Press, 1996.
Schuschnigg, Kurt von. *Austrian Requiem*. New York: Putnam, 1946.
Schwertfeger, Ruth. *In Transit: Narratives of German Jews in Exile, Flight, and Internment During "The Dark Years" of France.* Berlin: Frank & Timme, 2012.
Seraphim, Hans-Günther, ed. *Das politische Tagebuch Alfred Rosenbergs: 1934/35 und 1939/40*. Munich: Deutscher Taschenbuch Verlag, 1956.
Sherratt, Yvonne. *Hitler's Philosophers*. New Haven, Conn.: Yale University Press, 2013.
Shirer, William L. *Berlin Diary: The Journal of a Foreign Correspondent, 1934–1941*. Baltimore: Johns Hopkins University Press, 2002. First published 1941 by Alfred A. Knopf.
———. *The Rise and Fall of the Third Reich: A History of Nazi Germany*. New York: Simon & Schuster, 2011. First published 1960 by Simon & Schuster.
Smith, Bradley F. *Reaching Judgment at Nuremberg: The Untold Story of How the Nazi War Criminals Were Judged*. New York: Basic Books, 1977.
Snyder, Timothy. *Bloodlands: Europe Between Hitler and Stalin*. New York: Basic Books, 2010.
Speer, Albert. *Inside the Third Reich: Memoirs*. New York: Macmillan, 1970.
St. George, Maximilian, and Dennis Lawrence. *A Trial on Trial: The Great Sedition Trial of 1944*. Chicago: National Civil Rights Committee, 1946.
Stein, George H. *The Waffen SS: Hitler's Elite Guard at War, 1939–1945*. Ithaca, N.Y.: Cornell University Press, 1966.
Steinweis, Alan E. *Studying the Jew: Scholarly Antisemitism in Nazi Germany*. Cambridge, Mass.: Harvard University Press, 2006.
Stephenson, Donald. "*Frontschweine* and Revolution: The Role of Front-Line Soldiers in the German Revolution of 1918." Dissertation, Syracuse University, 2007.
Strasser, Otto. *Hitler and I*. Boston: Houghton Mifflin, 1940.
———. *The Gangsters Around Hitler*. London: W. H. Allen, 1942.
Täubrich, Hans-Christian, ed. *Fascination and Terror: Party Rally Grounds Documentation Center, The Exhibition*. Nuremberg, Germany: Druckhaus Nürnberg, n.d.
Taylor, Frederick. *The Downfall of Money: Germany's Hyperinflation and the Destruction of the Middle Class.*

Maguire, Peter. *Law and War: International Law and American History.* Rev. ed. New York: Columbia University Press, 2010.

Matthäus, Jürgen, and Frank Bajohr, eds. *Alfred Rosenberg: Die Tagebücher von 1934 bis 1944*. Frankfurt: S. Fischer, 2015.

Megargee, Geoffrey P., ed. *The United States Holocaust Memorial Museum Encyclopedia of Camps and Ghettos, 1933–1945.* Vol. I. Bloomington: Indiana University Press, 2009.

Meyer, Beate, Hermann Simon, and Chana Schütz, eds. *Jews in Nazi Berlin: From Kristallnacht to Liberation.* Chicago: University of Chicago Press, 2009.

Morris, Jeffrey. *Establishing Justice in Middle America: A History of the United States Court of Appeals for the Eighth Circuit.* Minneapolis: University of Minnesota Press, 2007.

Mosley, Leonard. *The Reich Marshal: A Biography of Hermann Goering.* London: Pan Books, 1977.

Mulligan, Timothy Patrick. *The Politics of Illusion and Empire: German Occupation Policy in the Soviet Union, 1942–1943.* New York: Praeger, 1988.

Neave, Airey. *On Trial at Nuremberg*. Boston: Little Brown, 1979.

Nicholas, Lynn H. *The Rape of Europa: The Fate of Europe's Treasures in the Third Reich and the Second World War.* New York: Knopf, 1994.

Nicosia, Francis R. "German Zionism and Jewish Life in Nazi Berlin." In *Jewish Life in Nazi Germany: Dilemmas and Responses*, ed. Francis R. Nicosia and David Scrase, pp. 89–116. New York: Berghahn, 2010.

Noakes, J., and G. Pridham, eds. *Nazism: A History in Documents and Eyewitness Accounts, 1919–1945.* 2 vols. New York: Schocken, 1983–1988.

Nova, Fritz. *Alfred Rosenberg: Philosopher of the Third Reich*. New York: Hippocrene, 1986.

O'Brien, Kenneth Paul, and Lynn Hudson Parsons. *The Homefront War: World War II and American Society.* Westport, Conn.: Greenwood Press, 1995.

Office of the U.S. Chief of Counsel for the Prosecution of Axis Criminality. *Nazi Conspiracy and Aggression.* 8 vols. Washington, D.C.: U.S. Government Printing Office, 1946.

Olson, Lynne. *Those Angry Days: Roosevelt, Lindbergh, and America's Fight Over World War II, 1939-1941*. New York: Random House, 2013.

Palmier, Jean Michel. *Weimar in Exile: The Antifascist Emigration in Europe and America.* New York: Verso, 2006.

Papen, Franz von. *Memoirs*. New York: Dutton, 1953.

Papen-Bodek, Patricia von. "Anti-Jewish Research of the Institut zur Erforschung der Judenfrage in Frankfurt am Main between 1939 and 1945." In *Lessons and Legacies VI: New Currents in Holocaust Research*, ed. Jeffry Diefendorf, pp. 155–189. Evanston, Ill.: Northwestern University Press, 2004.

Persico, Joseph E. *Nuremberg: Infamy on Trial.* New York: Penguin, 1994.

Petropoulos, Jonathan. *Art as Politics in the Third Reich*. Chapel Hill: University of North Carolina Press, 1996.

Piper, Ernst. *Alfred Rosenberg: Hitlers Chefideologe*. Munich: Karl Blessing Verlag, 2005.

Pöppmann, Dirk. "Robert Kempner und Ernst von Weizsäcker im Wilhelmstrassen-prozess." In *Im Labyrinth der Schuld: Täter, Opfer, Ankläger*, ed. Irmtrud Wojak and Susanne Meinl, pp. 163–197. Frankfurt: Campus Verlag, 2003.

———. "The Trials of Robert Kempner: From Stateless Immigrant to Prosecutor of the Foreign Office." In *Reassessing the Nuremberg Military Tribunals*, ed. Kim C. Priemel and Alexa Stiller. New York: Berghahn, 2012.

Posnanski, Renée. *Jews in France During World War II*. Hanover, N.H.: University Press of New England, 2001.

Prange, Gordon W., ed. *Hitler's Words*. Washington, D.C.: American Council on Public Affairs, 1944.

Pringle, Heather. *The Master Plan: Himmler's Scholars and the Holocaust.* New York: Hyperion, 2006.

Read, Anthony. *The Devil's Disciples: Hitler's Inner Circle.* New York: Norton, 2003.

Cambridge, UK: Cambridge University Press, 2005.
Kempner, Robert M. W. *Eichmann und Komplizen*. Zurich: Europa Verlag, 1961.
———. *SS im Kreuzverhör*. Munich: Rütten + Loening, 1964.
———. *Edith Stein und Anne Frank: Zwei von Hunderttausend*. Freiburg im Breisgau, Germany: Herder-Bücherei, 1968.
———. *Das Dritte Reich im Kreuzverhör: Aus den Vernehmungsprotokollen des Anklägers*. Munich: Bechtle, 1969.
———. *Der Mord an 35000 Berliner Juden: Der Judenmordprozess in Berlin schreibt Geschichte*. Heidelberg, Germany: Stiehm, 1970.
———. *Ankläger einer Epoche: Lebenserinnerungen*. Frankfurt: Verlag Ullstein, 1983.
———. *Autobiographical Fragments*. Translated by Jane Lester. Lewiston, N.Y.: Edwin Mellen Press, 1996.
Kershaw, Ian. *Hitler, 1889–1936: Hubris*. New York: Norton, 2000.
———. *Hitler, 1936–1945: Nemesis*. New York: Norton, 2000.
———. *Hitler: A Biography*. New York: Norton, 2008.
Klarsfeld, Serge. *Memorial to the Jews Deported from France, 1942–1944: Documentation of the Deportation of the Victims of the Final Solution in France*. New York: B. Klarsfeld Foundation, 1983.
Kohl, Christine. *The Witness House: Nazis and Holocaust Survivors Sharing a Villa During the Nuremberg Trials*. New York: Other Press, 2010.
Krieg, Robert A. *Catholic Theologians in Nazi Germany*. New York: Continuum, 2004.
Ladd, Brian. *The Ghosts of Berlin: Confronting German History in the Urban Landscape*. Chicago: University of Chicago Press, 1997.
Lane, Barbara Miller, and Leila J. Rupp, eds. and trans. *Nazi Ideology Before 1933: A Documentation*. Manchester, UK: Manchester University Press, 1978.
Lang, Serge, and Ernst von Schenck, eds. *Memoirs of Alfred Rosenberg*. Chicago: Ziff-Davis, 1949.
Large, David Clay. *Where Ghosts Walked: Munich's Road to the Third Reich*. New York: Norton, 1997.
Larson, Erik. *In the Garden of Beasts: Love, Terror, and an American Family in Hitler's Berlin*. New York: Broadway, 2011.
Laub, Thomas J. *After the Fall: German Policy in Occupied France, 1940–1944*. Oxford, UK: Oxford University Press, 2010.
Layton, Roland Vanderbilt, Jr. "The *Völkischer Beobachter*, 1925–1933: A Study of the Nazi Party Paper in the *Kampfzeit*." Dissertation, University of Virginia, 1965.
Lester, Jane. *An American College Girl in Hitler's Germany: A Memoir*. Lewiston, N.Y.: Edwin Mellen Press, 1999.
Levine, Rhonda F. *Class, Networks, and Identity: Replanting Jewish Lives from Nazi Germany to Rural New York*. Lanham, Md.: Rowman & Littlefield, 2001.
Lewy, Guenter. *The Catholic Church and Nazi Germany*. New York: Da Capo, 2000.
Lochner, Louis P., ed. *The Goebbels Diaries*. Garden City, N.Y.: Doubleday, 1948.
Longerich, Peter. *Holocaust: The Nazi Persecution and Murder of the Jews*. New York: Oxford University Press, 2010.
———. *Goebbels: A Biography*. New York: Random House, 2015.
Lower, Wendy. *Nazi Empire-Building and the Holocaust in Ukraine*. Chapel Hill: University of North Carolina Press, 2005.
———. "On Him Rests the Weight of the Administration: Nazi Civilian Rulers and the Holocaust in Zhytomyr." In *The Shoah in Ukraine: History, Testimony, Memorialization*, ed. Ray Brandon and Wendy Lower, pp. 224–27. Bloomington: Indiana University Press, 2008.
Lüdecke, Kurt G. W. *I Knew Hitler: The Story of a Nazi Who Escaped the Blood Purge*. New York: Charles Scribner's Sons, 1937.

New York: Crown, 2007.

Dodd, William Jr., and Martha Dodd, eds. *Ambassador Dodd's Diary 1933–1938.* New York: Harcourt, Brace, 1941.

Dreyfus, Jean-Marc, and Sarah Gensburger. *Nazi Labour Camps in Paris: Austerlitz, Lévitan, Bassano, July 1943–August 1944.* New York: Berghahn, 2011.

Eckert, Astrid M. *The Struggle for the Files: The Western Allies and the Return of German Archives After the Second World War.* New York: Cambridge University Press, 2012.

Edsel, Robert M., with Bret Witter. *The Monuments Men: Allied Heroes, Nazi Thieves, and the Greatest Treasure Hunt in History.* New York: Back Bay, 2009.

Ehrenreich, Eric. *The Nazi Ancestral Proof: Genealogy, Racial Science, and the Final Solution.* Bloomington: Indiana University Press, 2007.

Evans, Richard J. *The Coming of the Third Reich.* New York: Penguin, 2004.

———. *The Third Reich in Power.* New York: Penguin, 2005.

———. *The Third Reich at War.* New York: Penguin, 2009.

Farago, Ladislas. *The Game of the Foxes: The Untold Story of German Espionage in the United States and Great Britain During World War II.* New York: David McKay, 1971.

Faulhaber, Michael von. *Judaism, Christianity and Germany.* Translated by Rev. George D. Smith. New York: Macmillan, 1934.

Fest, Joachim. *The Face of the Third Reich: Portraits of the Nazi Leadership.* London: I. B. Tauris, 2011.

Frank, Werner L. *The Curse of Gurs: Way Station to Auschwitz.* Lexington, Ky.: n.p., 2012.

Frei, Norbert. *Adenauer's Germany and the Nazi Past: The Politics of Amnesty and Integration.* New York: Columbia University Press, 1997.

Fromm, Bella. *Blood and Banquets: A Berlin Social Diary.* New York: Harper, 1942.

Gary, Brett. *The Nervous Liberals: Propaganda Anxieties from World War I to the Cold War.* New York: Columbia University Press, 1999.

Gilbert, G. M. *Nuremberg Diary.* New York: Farrar, Straus, 1947.

Gisevius, Hans Bernd. *To the Bitter End.* New York: Da Capo Press, 1998.

Goldensohn, Leon. *The Nuremberg Interviews.* New York: Knopf, 2004.

Griech-Polelle, Beth A. *Bishop von Galen: German Catholicism and National Socialism.* New Haven, Conn.: Yale University Press, 2002.

Grimsted, Patricia Kennedy. *Reconstructing the Record of Nazi Cultural Plunder.* Amsterdam: International Institute of Social History, 2011.

Gutman, Israel. *Encyclopedia of the Holocaust.* 4 vols. New York: Macmillan, 1990.

Hanfstaengl, Ernst. *Hitler: The Missing Years.* New York: Arcade, 1994.

Hastings, Derek. *Catholicism and the Roots of Nazism.* New York: Oxford University Press, 2010.

Hermand, Jost. *Culture in Dark Times: Nazi Fascism, Inner Emigration, and Exile.* New York: Berghahn, 2013.

Hett, Benjamin Carter. *Burning the Reichstag: An Investigation into the Third Reich's Enduring Mystery.* New York: Oxford University Press, 2014.

Hitler, Adolf. *Mein Kampf.* Translated by Ralph Manheim. Boston: Mariner, 1999. First published 1925 by Franz Eher Nachfolger.

Kaplan, Marion A. *Between Dignity and Despair: Jewish Life in Nazi Germany.* New York: Oxford University Press, 1998.

Kay, Alex J. *Exploitation, Resettlement, Mass Murder: Political and Economic Planning for German Occupation Policy in the Soviet Union, 1940–1941.* New York: Berghahn, 2006.

Kelley, Douglas M. *22 Cells in Nuremberg: A Psychiatrist Examines the Nazi Criminals.* New York: Greenberg, 1947.

Kellogg, Michael. *The Russian Roots of Nazism: White Émigrés and the Making of National Socialism 1917–1945.*

Baedeker, Karl. *Southern Germany (Wurtemberg and Bavaria) : Handbook for Travelers.* Leipzig: Karl Baedeker, 1914.

———. *Berlin and Its Environs: Handbook for Travelers.* Leipzig: Karl Baedeker, 1923.

Barbian, Jan-Pieter. *The Politics of Literature in Nazi Germany: Books in the Media Dictatorship.* Translated by Kate Sturge. New York: Bloomsbury Academic, 2013.

Barnes, James J., and Patience P. Barnes. *Nazi Refugee Turned Gestapo Spy: The Life of Hans Wesemann, 1895–1971.* Westport, Conn.: Praeger, 2001.

Baxa, Paul. *Roads and Ruins: The Symbolic Landscape of Fascist Rome.* Toronto: University of Toronto Press, 2010.

Baynes, Norman H., ed. *The Speeches of Adolf Hitler, April 1922–August 1939.* 2 vols. London: Oxford University Press, 1942.

Berkhoff, Karel C. *Harvest of Despair: Life and Death in Ukraine Under Nazi Rule.* Cambridge, Mass.: Harvard University Press, 2004.

Bernstein, Arnie. *Swastika Nation: Fritz Kuhn and the Rise and Fall of the German-American Bund.* New York: St. Martin's, 2013.

Biddle, Francis. *In Brief Authority.* New York: Doubleday, 1962.

Blücher von Wahlstatt, Evelyn Mary. *An English Wife in Berlin: A Private Memoir of Events, Politics, and Daily Life in Germany Throughout the War and the Social Revolution of 1918.* New York: Dutton, 1920.

Bollmus, Reinhard. "Alfred Rosenberg: National Socialism's 'Chief Ideologue' ?" In *The Nazi Elite,* edited by Ronald Smelser and Rainer Zitelmann, pp. 183–93. New York: NYU Press, 1993.

Bonney, Richard. *Confronting the Nazi War on Christianity: The Kulturkampf Newsletters, 1936–1939.* New York: Peter Lang, 2009.

Bosworth, R. J. B. *Mussolini.* New York: Oxford University Press, 2002.

Brandt, Willy. *My Road to Berlin.* New York: Doubleday, 1960.

Breitman, Richard. *The Architect of Genocide: Himmler and the Final Solution.* New York: Knopf, 1991.

Browning, Christopher R. *The Origins of the Final Solution.* Lincoln: University of Nebraska Press, 2004.

Burden, Hamilton T. *The Nuremberg Party Rallies: 1923–39.* London: Pall Mall, 1967.

Burleigh, Michael. *The Third Reich: A New History.* New York: Hill & Wang, 2000.

Buttar, Prit. *Battleground Prussia: The Assault of Germany's Eastern Front 1944–45.* Oxford: Osprey, 2012.

Cecil, Robert. *The Myth of the Master Race: Alfred Rosenberg and Nazi Ideology.* New York: Dodd, Mead, 1972.

Ciano, Galeazzo. *Ciano's Diplomatic Papers.* Edited by Malcolm Muggeridge. London: Odhams, 1948.

Charles, Douglas M. *J. Edgar Hoover and the Anti-Interventionists: FBI Political Surveillance and the Rise of the Domestic Security States, 1939–1945.* Columbus: Ohio State University Press, 2007.

Creese, Mary R. S. *Ladies in the Laboratory II: West European Women in Science, 1800–1900: A Survey of Their Contributions to Research.* Lanham, Md.: Scarecrow Press, 2004.

Dallin, Alexander. *German Rule in Russia 1941–1945: A Study in Occupation Politics.* New York: Macmillan, 1957.

Davidson, Eugene. *The Trial of the Germans: An Account of the Twenty-Two Defendants Before the International Military Tribunal at Nuremberg.* New York: Macmillan, 1966.

Delmer, Sefton. *Trail Sinister: An Autobiography.* London: Secker and Warburg, 1961.

Dial 22-0756, Pronto: Villa Pazzi: Memories of Landschulheim Florenz 1933–1938. Ottawa: n.p., 1997.

Diamond, Sander A. *The Nazi Movement in the United States 1924–1941.* Ithaca, NY: Cornell University Press, 1974.

Diels, Rudolf. *Lucifer Ante Portas: Zwischen Severing und Heydrich.* Zurich: Interverlag, [1949?].

Dippel, John V. H. *Bound Upon a Wheel of Fire: Why So Many German Jews Made the Tragic Decision to Remain in Nazi Germany.* New York: Basic Books, 1996.

Dodd, Christopher J., with Lary Bloom. *Letters from Nuremberg: My Father's Narrative of a Quest for Justice.*

Security-Classified General Correspondence 1945–1946, Record Group 238, National Archives, College Park, Md.
Taylor, Telford, Papers, 1918–1998. Columbia University Library, Rare Book and Manuscript Library, New York.
Third Army After Action Reports. U.S. Army Combined Arms Center, Combined Arms Research Library Digital Library (cgsc.contentdm.oclc.org).
United States Evidence Files 1945–1946, Record Group 238, National Archives, College Park, Md.
United States v. William Martin, Civil Action No. 03-01666. United States District Court for the Eastern District of Pennsylvania, Philadelphia.

雑誌記事

Arad, Yitzhak. "Alfred Rosenberg and the'Final Solution' in the Occupied Soviet Territories." *Yad Vashem Studies* 13 (1979) : 263–86.
———. "The 'Final Solution' in Lithuania in the Light of German Documentation." *Yad Vashem Studies* 11 (1976) : 234–72.
Baxa, Paul. "Capturing the Fascist Moment: Hitler's Visit to Italy in 1938 and the Radicalization of Fascist Italy." *Journal of Contemporary History* 42, no. 2 (2007) : 227–42.
Collins, Donald E., and Herbert P. Rothfeder. "The Einsatzstab Reichsleiter Rosenberg and the Looting of Jewish and Masonic Libraries During World War II." *Journal of Library History* 18, no. 1 (Winter 1983) : 21–36.
Felstiner, Mary. "Refuge and Persecution in Italy, 1933–1945." *Simon Wiesenthal Center Annual* 4 (1987) : n.p. Online archive.
Gerlach, Christian. "The Wannsee Conference, the Fate of German Jews, and Hitler's Decision in Principle to Exterminate All European Jews." *Journal of Modern History* 70, no. 4 (December 1998) : 759–812.
Grimsted, Patricia Kennedy. "Roads to Ratibor: Library and Archival Plunder by the Einsatzstab Reichsleiter Rosenberg." *Holocaust and Genocide Studies* 19, no. 3 (Winter 2005) : 390–458.
Kempner, Robert M. W. "Blueprint of the Nazi Underground—Past and Future Subversive Activities." *Research Studies of the State College of Washington* 13, no. 2 (June 1945) : 51–153.
Layton, Roland V., Jr. "*The Völkischer Beobachter*, 1920–1933: The Nazi Party Newspaper in the Weimar Era." *Central European History* 3, no. 4 (December 1970) : 353–82.
Matthäus, Jürgen. "Controlled Escalation: Himmler's Men in the Summer of 1941 and the Holocaust in the Occupied Soviet Territories." *Holocaust and Genocide Studies* 21, no. 2 (Fall 2007) : 218–42.
Starr, Joshua. "Jewish Cultural Property under Nazi Control." *Jewish Social Studies* 12, no. 1 (January 1950) : 27–48.
Steinberg, Jonathan. "The Third Reich Reflected: German Civil Administration in the Occupied Soviet Union." *English Historical Review* 110, no. 437 (June 1995) : 620–51.

書籍

Allen, William Sheridan, ed. *The Infancy of Nazism: The Memoirs of Ex-Gauleiter Albert Krebs 1923–1933.* New York: New Viewpoints, 1976.
Andrus, Burton C. *I Was the Nuremberg Jailer*. New York: Tower Publications, 1970.
Anonymous (作者不詳). *The Persecution of the Catholic Church in the Third Reich: Facts and Documents.* Gretna, La.: Pelican, 2003.
Arad, Yitzhak. *The Holocaust in the Soviet Union*. Lincoln: University of Nebraska Press, 2009.
Arendzen, Rev. John. Foreword to "*Mythus*": *The Character of the New Religion*, by Alfred Rosenberg. London: Friends of Europe, 1937.

参考文献

記録資料

ローゼンベルクの日記の高精度スキャン画像は、アメリカ国立公文書館とアメリカ合衆国ホロコースト記念博物館のウェブサイトで見ることができる。1934年から1935年の日記については、archives.gov/research/searchで "Alfred Rosenberg diary" と入れて検索し "1749-PS" という資料を、1936年から1944年の日記については、collections.ushmm.org/view/2001.62.14を参照。

American Friends Service Committee Refugee Assistance Case Files, Ruth Kempner file, United States Holocaust Memorial Museum, Washington, D.C.

Correspondence with European Document Centers Relating to the Receipt and Return of Documents 1945–1946, Record Group 238, National Archives, College Park, Md.

Einsatzstab Reichsleiter Rosenberg correspondence (microfilm M1946), Record Group 260, National Archives, College Park, Md.

German Dossiers 1945–1946, Record Group 238, National Archives, College Park, Md.

Interrogation Records Prepared for War Crimes Proceedings at Nuernberg 1945–1947 (microfilm M1270), Record Group 238, National Archives, College Park, Md.

Irma Gideon collection, United States Holocaust Memorial Museum, Washington, D.C.

Jackson, Robert H., Papers. Boxes 14, 101, and 106. Library of Congress, Washington, D.C.

Kempner, Robert M. W., files from Department of Justice and Department of the Army. National Archives, National Personnel Records Center, St. Louis, Mo.

Kempner, Robert M. W., and Ruth Benedicta Kempner Papers, Record Group 71.001, United States Holocaust Memorial Museum, Washington, D.C.

Lester, Jane, oral history. USC Shoah Foundation Institute for Visual History and Education (sfi.usc.edu), Los Angeles.

Lipton, Margot, probate and estate records. File 2006-80096. Niagara County Surrogate's Court, Lockport, New York.

Margot Lipton v. Samuel T. Swansen, et al. Case no. 98-12106, Delaware County Court of Common Pleas, Office of Judicial Support, Media, Pa.

Messersmith, George S., Papers. University of Delaware Library, Newark, Del.

OSS Art Looting Investigation Unit reports, 1945–1946 (microfilm M1782), Record Group 239, National Archives, College Park, Md.

Records of the Emergency Committee in Aid of Displaced Foreign Scholars, Robert Kempner file, Record Group 19.051, United States Holocaust Memorial Museum, Washington, D.C.

Records of the Office of the Chief of Counsel for War Crimes, Record Group 260, National Archives, College Park, Md.

Records of the United States Nuernberg War Crimes Trials Interrogations 1946–1949 (microfilm M1019), Record Group 238, National Archives, College Park, Md.

Reinach, Frieda and Max, diary, Record Group 10.249, United States Holocaust Memorial Museum, Washington, D.C.

Rosenberg, Alfred, diary, 1936–1944, Record Group 71, United States Holocaust Memorial Museum, Washington, D.C.

【著者紹介】
ロバート・K. ウィットマン　Robert K. Wittman
元FBI特別捜査官。20年のキャリアの中で美術犯罪チームの創設に尽力し、同チームの幹部捜査官も務める。世界で犯罪捜査を指揮するとともに、警察組織や美術館に、美術犯罪の捜査や盗難品の回収、美術品の警備に関する技術指導を行ってきた。現在、国際美術警備保障会社、Robert Wittman Inc.代表取締役。主な著書に『FBI美術捜査官　奪われた名画を追え』(柏書房)がある。

デイヴィッド・キニー　David Kinney
ジャーナリスト。2005年には政治記者としてピュリッツァー賞受賞に貢献。現在「ニューヨーク・タイムズ」「ワシントン・ポスト」「フィラデルフィア・インクワイアラー」「ロサンゼルス・タイムズ」紙などに寄稿。主な著書に『The Dylanologists: Adventures in the Land of Bob』『The Big One: An Island, an Obsession, and the Furious Pursuit of a Great Fish』などがある。

【訳者紹介】
河野純治（こうの・じゅんじ）
1962年生まれ。明治大学法学部卒業。翻訳家。主な訳書に『一四一七年、その一冊がすべてを変えた』『ホーキングInc.』(ともに柏書房)『ピュリツァー賞受賞写真全記録』(日経ナショナルジオグラフィック社)『趙紫陽極秘回想録』『ぼくはいかにしてキリスト教徒になったか』(ともに光文社)『アフガン侵攻1979-89 ソ連の軍事介入と撤退』『不屈 盲目の人権活動家 陳光誠の闘い』(ともに白水社)『中国安全保障全史』(みすず書房)『イスラエル秘密外交』(新潮社)などがある。

悪魔《あくま》の日記《にっき》を追《お》え
FBI捜査官《そうさかん》とローゼンベルク日記《にっき》

二〇一七年七月二五日　第一刷発行

著者　ロバート・K・ウィットマン　デイヴィッド・キニー
訳者　河野純治
発行者　富澤凡子
発行所　柏書房株式会社
東京都文京区本郷二―一五―一三（〒一一三―〇〇三三）
電話（〇三）三八三〇―一八九一（営業）
（〇三）三八三〇―一八九四（編集）
組版　高橋克行　金井紅美
印刷・製本　中央精版印刷株式会社

ISBN978-4-7601-4875-2